MARTIN MONGIN

Martin Mongin est né en 1979. Il est professeur de philosophie, et passionné de politique. Depuis dix ans, il a signé plusieurs articles (notamment au *Monde diplomatique*) et publié divers essais politiques sous des noms d'emprunt. En parallèle, il a toujours écrit de la fiction, imprimant ses ouvrages à quelques dizaines d'exemplaires pour ses proches. *Francis Rissin* est son premier roman, paru aux éditions Tusitala en 2019 et repris chez Pocket.

Paroles de libraires

« Roman rural, fantastique, politique, le texte de Martin Mongin repousse les limites de l'écriture et de l'imagination, sans se cantonner à un genre, pour nous offrir un texte mémorable, singulier, un monstre d'originalité ! Inclassable et addictif ! »

Libraire Ravy, Quimper

« *Francis Rissin* est un roman politique, protéiforme, étrange et inquiétant, malin et stimulant. »

Librairie La Cavale, Montpellier

« Un livre hors norme. »

Librairie L'Écume des Pages, Paris 6e

« Attention OLNI (Objet littéraire non identifié). Tour à tour enquête littéraire, roman politique, journal intime, ce texte original à la mécanique implacable n'aura de cesse de vous intriguer. Un roman vertigineux. Une très belle découverte. »

Librairie Les Mots et les Choses, Boulogne

« Du thriller politique au jeu littéraire, des débordements délirants aux imbrications intertextuelles les plus ingénieuses, Martin Mongin tisse une toile addictive et particulièrement savoureuse. »

Librairie Myriagone, Angers

« Étrange et addictif, on le referme avec plus de questions que de réponses, mais n'est-ce pas justement le rôle de la (bonne) littérature ? »

Librairie Les Villes Invisibles, Clisson

« Premier roman malin, joueur et brillant. »

Librairie Nordest, Paris 10e

« Complètement démentiel ! On s'amuse follement. »

La Chouette Librairie, Lille

FRANCIS RISSIN

MARTIN MONGIN

FRANCIS RISSIN

ⓣ
ÉDITIONS TUSITALA

MIXTE
Papier issu de sources responsables
FSC® C003309

L'éditeur de cet ouvrage s'engage dans une démarche de certification FSC® qui contribue à la préservation des forêts pour les générations futures.

Pour en savoir plus :
www.editis.com/engagement-rse/

ISBN : 978-2-266-31188-5
Dépôt légal : mars 2021

À Elsa A., Gildas G., Xavier L., Maxime S.,
relecteurs de la première heure ; à Laure G.,
émissaire bruxelloise ; à Gaël L.-C. et Maria S.
pour leur performance à l'hôtel Pasteur ;
à Patrick B., Catherine J., Nicolas S., Pierre T.
et Anne V.-M. pour leur disponibilité
et leur patience pendant les entretiens.

« Est-ce qu'il y a quelqu'un ici
qui pense à la France ? »

AVERTISSEMENT

Aucun éditeur n'ayant voulu se risquer jusqu'ici à publier les documents suivants, tous inédits à ce jour, nous avons décidé de les rassembler dans le présent recueil.

Nous les avons classés dans l'ordre qui nous paraissait le plus évident, mais un autre que nous les eût peut-être agencés différemment – nous laissons au lecteur le soin d'y tracer sa voie.

Du reste, si ces onze pièces, mises bout à bout, jettent une lumière nouvelle sur ce qui s'est passé au cours de la décennie qui s'achève, on regrettera que les hypothèses qu'elles permettent de formuler restent lacunaires, et parfois contradictoires.

Si cela a un sens de parler de vérité ici, on la cherchera plutôt dans leurs interstices, si tant est que les onze pièces en question fonctionnent comme autant de plans de réalité distincts, coïncidant de manière discontinue – avec le nom de Francis Rissin qui les traverse de part en part.

1.

Catherine Joule, séminaire *Textes et intertextes*, cours du 3 septembre *** : « Approche centrée sur la personne », université de Paris IV-Sorbonne (enregistrement sonore), collection privée, fac-similé en possession de l'éditeur.

Il y a les livres qui existent, les livres qu'on peut facilement se procurer sur les étals des librairies, chez les bouquinistes ou dans les arrière-salles poussiéreuses des antiquaires de la rue de Sèvres – ces livres qui nous présentent lascivement leur dos coloré sur les étagères des bibliothèques, pour qu'on les caresse du bout des doigts. Il y a les livres qui existent, et les livres qui n'existent pas, les livres qui n'ont jamais été écrits, les livres imaginaires, les livres de romans.

Vous savez que certains auteurs se sont amusés à inventer des ouvrages de toutes pièces, et à les jeter négligemment dans les mains de leurs personnages. Les surréalistes ont abusé de ce procédé, tout comme Pierre Manon, Frédéric Balaire, ou encore François Rabelais, longtemps avant eux, avec son célèbre catalogue de la bibliothèque de l'abbaye de Saint-Victor, dans *Pantagruel*.

Madame Bovary est un livre qui existe. *La Barre fixe*, de Robert de Passevant (citée par André Gide dans *Les Faux-Monnayeurs*), ou *La Chrestomathie du désespoir*, de François Merlin (citée par Louis Guilloux dans *Le Sang noir*), sont des livres qui n'existent pas – des livres dont vous pourrez seulement croiser le nom dans un autre livre, bien réel celui-là. Vous trouverez la liste de ces ouvrages inexistants dans le beau dictionnaire de Stéphane Mahieu, *La Bibliothèque invisible*, publié il y a quelques années aux éditions du Sandre.

Parmi les livres qui existent, il y a aussi ceux qui ont disparu, les livres dont l'existence est attestée mais dont on n'a jamais retrouvé la trace – ces livres dont les longues listes des doxographes de l'Antiquité nous donnent un minuscule aperçu. Et puis il y a les livres dont nous ne savons rien, les livres dont nous ne savons même pas qu'ils ont été détruits ou perdus. Combien de livres disparus pour un livre qui arrive jusqu'à nous ? « Les chercheurs d'or remuent beaucoup de terre, disait Héraclite, et ils ne trouvent pas grand-chose. »

Il y a les livres qui existent et les livres qui n'existent pas ; mais entre les deux, il y a encore la place pour certains livres d'un genre intermédiaire, qu'on serait bien en peine de classer dans l'une ou l'autre de ces deux catégories. Des livres qui existent à peine, des livres qui flottent dans les limbes de la thermosphère littéraire et qui se soustraient sans cesse à nos efforts pour les saisir. Des livres ontologiquement indécidables et qui subsistent pourtant à leur façon, comme une promesse, comme un rêve, comme un espoir.

L'*Approche de Francis Rissin* est un livre de cette catégorie mitoyenne.

J'ai fait toutes les recherches que j'ai pu, j'ai passé plus de dix années de ma vie à lui courir après ; mais autant poursuivre un courant d'air. Avec le temps, j'ai fini par me faire une raison, par me rendre à l'évidence. Ce n'était pas un livre, ou alors un livre fait de limaille et de sable, quelque chose qui vous glisse des mains dès que vous pensez l'avoir saisi. Avec le temps, j'ai arrêté de chercher des réponses, j'ai arrêté de me demander ce qui s'est passé – car il s'est quand même bien passé quelque chose.

Parfois, cependant, il y a encore une voix au fond de moi qui se révolte et me commande de repartir immédiatement à sa recherche. Quand vous passez dix ans à essayer d'attraper un mirage, j'imagine que vous finissez par lui donner une certaine consistance. Et quand quelqu'un vous explique pour finir qu'il s'agissait d'une illusion d'optique, vous hochez poliment la tête, par respect pour votre interlocuteur ; mais vous savez que, quand vous regarderez par la fenêtre, il sera encore là, à la même place, à vous faire de grands signes et à vous proposer de reprendre votre éternelle partie de cache-cache.

L'*Approche de Francis Rissin* est un livre qui n'existe pas – un livre qui n'a jamais existé sans doute. Et pourtant, je sais aussi qu'il est là, qu'il m'attend, quelque part.

C'est comme un démon qui vivrait à l'intérieur de moi, tapi au plus profond de ma chair. Pour tout vous dire, je suis encore possédée des pieds à la tête.

Mais je ne me suis pas présentée. Je m'appelle Catherine Joule. C'est moi qui animerai le séminaire

Textes et intertextes pendant tout le premier semestre. Laurence Masson a dû vous parler de moi l'an dernier – vous savez qu'elle est en détachement à l'université Toulouse-Jean Jaurès jusqu'au mois de février.

Mon cours portera justement sur la quasi-existence de ce livre amphibole, de ce livre fantomatique, qui m'a donné mon comptant de sueurs froides pour le restant de mes jours.

Après être partie à sa recherche pendant plus de dix ans sans jamais pouvoir l'attraper, comme je vous l'ai dit, j'ai décidé de raconter ce qui m'est arrivé. Ça donnera sans doute lieu à un livre, si les choses se passent comme prévu. Par défi, je pourrais l'appeler moi aussi *Approche de Francis Rissin*. Mais je ne suis pas sûre que ça simplifierait les choses. Je ne suis pas sûre non plus que ça plairait à Vincent Calori, mon éditeur – il faudra que je trouve autre chose.

Considérez en tout cas que ce séminaire est le premier chapitre de ce récit à venir.

Vous serez mes juges.

Vous allez voir, ça commence un peu comme un roman.

*

La première fois que je suis tombée sur ce titre, *Approche de Francis Rissin*, c'était dans une préface de Pierre Tarrent. Vous avez déjà entendu parler de Pierre Tarrent ? Non ? Certains disaient de lui qu'il était simplement biographe. C'est juste, en effet – il a écrit par exemple une excellente biographie de Charles II d'Espagne. Mais je ne suis pas sûre que ce soit la meilleure manière d'appréhender son travail, qui se trouve à la croisée de toutes les disciplines. S'il était biographe, il était tout aussi bien philosophe, mathématicien, géographe, psychanalyste – et que sais-je encore.

Il a écrit quelques romans difficiles, des textes presque ésotériques, à la croisée de Queneau et Guyotat. L'un d'entre eux, le plus abordable peut-être, s'appelle *Flamme veuve* – il a été réédité dans les années 90 chez Pauvert. Mais on associe surtout son nom à la revue *Tessarine*, qui a été publiée de manière erratique et relativement confidentielle par le collectif toulousain Babolat entre 1988 et 2001. Une très belle anthologie de ses contributions a été éditée en 2017 par Christian Bourgois.

Il faut vraiment que vous lisiez ça. Ça doit faire partie de votre bagage littéraire. Pierre Tarrent y parle tour à tour des cahiers perdus de Wittgenstein (y a-t-il eu aussi, comme le prétend Jacques Bouveresse, un cahier rose et un cahier gris ?), du tombeau de Louis III de France (caché derrière une grosse colonne de la nécropole royale de Saint-Denis), de certaines démonstrations ésotériques du mathématicien Benoît Mandelbrot (dans lesquelles il s'amuse à retrouver les élucubrations du philosophe Anaxagore), de l'opportunité d'une réécriture collective et participative des épopées perdues du cycle troyen (et en particulier de l'*Éthiopide* et de la *Télégonie*), et toujours de la France, mais de la France invisible, de cette France vaporeuse et spectrale qui flotte au-dessus de la surface de la terre – et qui s'en va.

Et puis dans ce fameux numéro hors série sur le thème de la désidentification, Pierre Tarrent s'arrête sur le cas de Mme M., cette femme d'une cinquantaine d'années qui souffre d'un syndrome délirant tout à fait particulier et qui est suivie par le psychiatre Joseph Capgras au début du XXe siècle. Elle est persuadée en effet que ses proches sont continuellement remplacés par des sosies. Elle raconte ainsi qu'on lui a volé sa fillette, et qu'on lui a substitué aussitôt une autre jeune fille qui lui ressemble, et à celle-ci à son tour une autre. Tant et si bien qu'elle en aurait vu défiler plus de deux mille en cinq ans ! Même chose pour son mari, assassiné et remplacé par un sosie, pour le concierge, les locataires de son immeuble et bientôt le personnel de l'hôpital psychiatrique : médecins, internes, infirmières, malades – car le défilé ne s'arrête pas, partout les sosies succèdent aux sosies. Elle en a elle-même plusieurs, qui sont sortis plusieurs fois de l'hôpital à sa place. Où finissent les disparus ? Elle parle d'oubliettes, de puits artésiens et de caveaux où ils seraient enfermés, sous la rue Mathurin-Régnier. Elle entend des voix d'enfants qui lui parlent sous sa propre maison. À en croire le Dr Capgras, elle imagine sous Paris tout un système d'arènes, de caves, de souterrains. Les gens sont descendus comme par un monte-plats ou un monte-charge, et on les supprime. On enterre des personnes vivantes dans les catacombes. Près de Pasteur, on a enfermé et momifié des milliers d'individus. Plus loin, on a inventé des salles d'opération souterraines pour défigurer les gens et on dit qu'ils reviennent de la guerre. Mais je m'égare. C'est encore beaucoup trop tôt pour que je vous parle de tout ça.

Bref, en mars 2015, on a retrouvé le cadavre d'un certain Pierre Tarrent, les membres brisés, au pied d'une falaise, à quelques kilomètres du petit village de Saint-Rambert-en-Bugey. Vous vous souvenez de cette histoire ? Le monde des arts et des lettres a été en émoi pendant quelques jours, jusqu'à ce que Pierre Tarrent sorte de son silence et confie à la presse qu'il était bien vivant, que la victime était simplement un homonyme. Si mes souvenirs sont bons, personne n'est jamais venu réclamer le corps de ce pauvre homme, qui a dû être enterré dans une fosse commune des environs.

Oui, attendez ! Inutile de lever la main pour le moment, je vous laisserai poser vos questions à la fin du cours. Je continue, je voudrais qu'on avance un peu aujourd'hui.

Pendant les dernières années de sa vie, Pierre Tarrent a participé activement à l'Institut d'histoire du temps présent. Je crois me souvenir qu'il était très ami avec Christian Delage.

Tout ça pour dire que je suis tombée en 2007 sur la préface qu'il avait écrite pour la réédition du livre de Jocelyn Masson, *Que ta volonté soit faite*, chez Campus. Vous l'avez peut-être déjà eue entre les mains. Je dois dire que c'est assez déroutant, je ne sais pas ce que vous en pensez – je parle de la préface (le livre de Masson n'a évidemment pas grand intérêt en lui-même). Dans le troisième tiers du texte, sans qu'il y ait véritablement de lien avec le reste de son argumentation, Pierre Tarrent se met à parler d'un ouvrage « presque introuvable » – ce sont les mots qu'il emploie –, un ouvrage « presque mythologique », qu'il serait pourtant parvenu à dénicher chez un petit bouquiniste des quais de Seine. Il le décrit comme un texte collectif sur le destin de la France et l'avenir du peuple français. Il raconte qu'il y est question d'une expérience inouïe, à la fois périlleuse et nécessaire, triviale et métaphysique, que ses auteurs s'apprêtent à mener au moment de sa rédaction. Son titre : *Approche de Francis Rissin*.

Ce qui m'a tout de suite frappée, c'est cette espèce de mise en abyme. Pierre Tarrent explique en effet qu'au départ les auteurs veulent simplement expliquer par écrit ce qu'ils ont l'intention de faire, ils veulent simplement décrire ce qui va se passer. Mais rapidement, et presque malgré eux, les événements se précipitent d'eux-mêmes et ils finissent par se dérouler sous leurs yeux – comme si ça revenait au même, au bout du compte, comme si la fiction et la réalité s'étaient subitement confondues.

Ça m'a évidemment fait penser à *Fitzcarraldo*, le film de Werner Herzog. Il faut absolument que vous l'ayez vu avant le prochain cours si vous voulez comprendre quelque chose à ce que je vais vous raconter. Je n'entre pas dans les détails aujourd'hui. Mais rappelons simplement qu'au milieu du film Brian Sweeney Fitzgerald, dit « Fitzcarraldo », décide de faire passer son bateau d'un confluent de l'Amazone à un autre, histoire de gagner du temps – ce qui n'implique rien de moins que de déboiser et d'araser la colline qui les sépare, et d'y faire monter le navire pour qu'il puisse rejoindre le second cours d'eau par l'autre versant. Ça, c'est pour le scénario. Sauf que, pour réaliser le film, il a fallu faire tout ça pour de vrai, il a fallu tirer ce putain de navire à travers la forêt vierge, il a vraiment fallu le hisser par-dessus la colline ! Tant et si bien que la lubie de Fitzcarraldo est bientôt devenue celle de Werner Herzog en personne – et ce sont les membres de son équipe qui ont essayé de le raisonner, en lui expliquant que ce n'était pas possible, que c'était beaucoup trop risqué. La fiction s'était subitement retrouvée propulsée dans la réalité : c'était la même chose de tourner le film et d'en jouer le drame dans le monde réel.

On retrouve ça presque à l'identique dans l'*Approche de Francis Rissin*. Parce que ça a été la même chose, semble-t-il, pour ses auteurs, de l'écrire et de faire advenir ce qu'ils écrivaient. Ou disons que l'un et l'autre se sont faits de concert, simultanément, dans un seul et même élan créateur. Comme si deux pans habituellement hermétiques de la réalité, la fiction et l'Histoire, les mots et les actes, comme si deux plans de l'univers s'étaient rapprochés à ce point qu'ils avaient pu passer de l'un à l'autre, comme Fitzcarraldo parvient finalement à passer du Pachitea à l'Ucayali.

C'était exactement le thème de mes recherches, à l'époque. Et puis j'ai toujours eu un faible pour les livres introuvables. Je suis partie à sa recherche comme si c'était le Graal ou la pierre philosophale des alchimistes. Je ne suis pourtant pas spécialement fétichiste. Mais je ne sais pas ce qui m'a pris. Il me le fallait, coûte que coûte. Je peux vous dire que je n'ai pas été déçue du voyage. Parce que c'est à ce moment-là que les choses ont commencé à dérailler.

*

Dans sa préface, qui fait quand même une bonne trentaine de pages, Pierre Tarrent reste très évasif sur les propriétés de cet ouvrage. À part son titre et l'année où il est parvenu à se le procurer, il ne dit rien, ou presque rien. Il parle quand même du logiciel GREGOR d'Adobe, grâce auquel il aurait fait des découvertes étonnantes ; mais je vous parlerai de ça plus tard.

J'ai tapé « Approche de Francis Rissin » sur Google et sur DuckDuckGo. Je suis tombée sur des pages étranges, certaines écrites en français, d'autres dans des dialectes indéchiffrables que j'ai identifiés comme étant proches du vieux francique – des pages en tout cas qui parlaient de tout sauf du livre en question. J'ai regardé directement sur Amazon, mais le titre ne correspondait à aucun des produits répertoriés sur le site.

Alors je suis sortie de chez moi. Il faisait un froid de Sibérie cet hiver-là. C'était pendant la grande grève des transports en commun – celle qui s'est terminée comme vous savez. Les salariés de la RATP réclamaient une augmentation de leurs salaires, qui n'avaient pas bougé depuis une bonne décennie, et de meilleures conditions de travail. Tout Paris était paralysé. Et pourtant, étrangement, les rues de la capitale étaient presque désertes, comme si les Parisiens en avaient profité pour rester chez eux au chaud, au lieu de se résoudre à prendre leur voiture ou à se masser dans les rares bus qui sillonnaient la ville.

Je suis allée voir Karl, un de mes amis qui travaillait à la FNAC de la rue de Rennes, pour lui demander s'il pouvait jeter un œil dans la base de données du magasin.

Il y a passé un bon quart d'heure, il a épluché toutes les références qu'ils avaient en mémoire, chez tous les éditeurs francophones ; mais il n'a rien trouvé du tout.

Alors j'ai voulu remonter à la source. Je me suis rendue directement sur les quais de Seine. Pierre Tarrent parlait d'un bouquiniste de la rive gauche : ça me divisait le travail par deux ! Je suis allée jusqu'à Saint-Michel, et puis j'ai commencé à descendre le quai des Grands-Augustins.

Le premier type à qui j'ai adressé la parole m'a regardée d'un air dédaigneux. Je crois qu'il a sursauté quand j'ai prononcé le nom de l'ouvrage, quand je lui ai demandé s'il avait déjà entendu parler de l'*Approche de Francis Rissin.* Mais il a fait comme si de rien n'était, il m'a dit que ça ne lui disait rien, qu'il ne l'avait jamais vu passer. Je me souviens qu'il avait le menton en galoche et des petits yeux très ronds. Je n'aimais pas la manière qu'il avait de me dévisager. Il me regardait avec un mélange de répulsion et de fascination, comme si j'étais une femme à barbe.

Je ne sais pas pourquoi je vous raconte tout ça. Bref, j'ai pris congé et je suis allée voir son voisin, qui était nettement plus sympathique. Ça lui évoquait bien quelque chose, pour le coup, il avait déjà entendu ce nom-là – qui l'avait fait penser à une nouvelle de Borges. Il m'a invitée à aller poser la question à l'un de ses collègues qui se trouvait plus loin, à hauteur de la rue Séguier. C'était un vrai connaisseur, ça faisait trente ans qu'il était là, enfin il saurait certainement me renseigner.

Je me souviens que quelques flocons ont commencé à tomber. Il y avait de rares piétons sur les trottoirs, mais les voies de circulation restaient désespérément désertes. J'ai descendu la Seine jusqu'à la rue Séguier, longeant les étals des bouquinistes qui avaient eu le courage de braver ces températures arctiques. Mais la file s'arrêtait plus tôt que prévu. Le dernier vendeur se trouvait au niveau de la rue Gît-le-Cœur. Après, il n'y avait plus personne.

J'étais presque congelée, malgré mon blouson de ski et mon gros pull en laine – un pull islandais que j'avais acheté l'année précédente au BHV. Le type portait une énorme chapka, une barbe en éventail et des lunettes de soleil démesurées. Une épaisse vapeur blanche sortait de ses narines à chaque expiration. On aurait dit une sorte de monstre, un homme à tête de bête, je ne sais pas, comme le Minotaure ou un dieu égyptien, quelque chose comme ça, parce qu'il dégageait aussi quelque chose d'animal et de vaguement menaçant.

En le voyant, je me suis dit que j'étais sur la bonne piste.

Quand j'ai prononcé le nom du livre, il m'a dit, avec un fort accent des pays de l'Est : « Vous vous trompez d'adresse, madame, il faut frapper à côté. » D'un revers de main, il a tendu son pouce vers le carré de trottoir qui se trouvait à sa droite. Je lui ai répondu qu'il n'y avait personne. Il m'a dit : « En effet, en effet. C'est étrange, il est toujours là d'habitude. »

D'après le bouquiniste, son vieux collègue s'appelait Charlie, et c'était bien lui qui avait vendu le livre à Pierre Tarrent.

« Je l'ai eu aussi une fois entre les mains. Je l'ai feuilleté rapidement. Ça ne payait pas de mine, je vous assure, ça ressemblait à n'importe quel roman défraîchi. Je me rappelle quand même que quelque chose m'a chiffonné, au moment où je l'ai reposé, mais je ne sais plus très bien quoi. Peut-être simplement que c'était le prix que Charlie avait écrit au crayon de bois en haut de la première page ; mais ça peut être autre chose. En tout cas, je me souviens très bien de Pierre Tarrent, le jour où il est venu l'acheter. Ce type avait ce qui s'appelle une gueule. Il m'a fait penser à Lino Ventura ou quelqu'un comme ça. Après son départ, j'ai demandé à Charlie s'il l'avait déjà vu, et il m'a répondu qu'il le connaissait un peu, que le type venait le voir de temps en temps et qu'il lui mettait des trucs de côté, des livres invendables qui n'intéressaient que lui. Non, vraiment, ce n'est pas de chance, il ne manque jamais à l'appel, d'habitude. Revenez demain, ou même un peu plus tard dans l'après-midi si vous avez le temps. J'imagine qu'il a eu un contretemps. Il doit être bloqué dans les transports en commun, avec cette foutue grève. »

J'allais prendre congé, mais le bouquiniste m'a retenue en me tendant d'un geste une revue au format inhabituel. Elle s'appelait *Catacryst*. Il m'a dit : « J'ai ça pour vous en revanche ! » Sur la couverture, il y avait un symbole triangulaire surmonté de quatre branches. On aurait dit un masque africain. J'ai pensé qu'il voulait me refiler un truc sur les arts premiers ou je ne sais quoi, je lui ai fait non de la tête et je suis partie à travers le froid de cette insondable journée de décembre.

Je voulais rentrer rapidement à la maison, mais je suis quand même passée par le jardin du Luxembourg. J'avais besoin de mettre un peu d'ordre dans mes idées.

Le long du boulevard Saint-Michel, de grandes affiches annonçaient l'exposition-événement qui allait se tenir prochainement à Beaubourg. Les chargés de com avaient bien fait leur travail, on les retrouvait dans tout Paris, sur les panneaux d'affichage ou dans les abribus. C'était assez mystérieux. Je les avais aperçues un nombre de fois incalculable, mais sans jamais vraiment prendre le temps de les lire. C'étaient des affiches bleues avec de grandes capitales blanches, et un visage qui apparaissait derrière en filigrane. Mais ça m'était bien égal, encore une fois, et puis de toute façon on ne voyait rien, ce jour-là, la ville était plongée dans le brouillard.

Le parc était désert. Le bassin principal était complètement gelé. Des gamins avaient dû essayer de briser la couche de glace à coups de pierres, mais ils l'avaient à peine entamée, elle devait être épaisse jusqu'au fond. Leurs projectiles avaient néanmoins dessiné d'étranges arabesques en ricochant sur la surface parsemée de petits flocons blancs.

Au pied de la statue d'Anne d'Autriche, je suis tombée sur un cadavre de chien à moitié dévoré par les pigeons. Je m'y connais assez peu, mais je pense que c'était un border collie. Il était noir et blanc. Je me suis approchée en silence. Sa fourrure était recouverte de givre. Il portait un collier autour du cou, avec un petit médaillon sur lequel on avait gravé son nom. Il s'appelait Tonkar. J'ai regardé autour de moi. Il n'y avait personne. Un peu plus loin, les premiers arbres avaient déjà des allures de fantômes. Qu'est-ce que je pouvais faire ? Je l'ai laissé là et j'ai poursuivi mon chemin.

La température semblait avoir encore baissé de plusieurs degrés, j'ai donc été surprise d'apercevoir un attroupement un peu plus loin, dans le carré des joueurs d'échecs. Une dizaine de personnes se tenaient autour d'une petite table sur laquelle deux types disputaient une partie. Il régnait là un silence écrasant, comme si l'enjeu de ce qui se passait sur l'échiquier était immense. L'un des deux joueurs était une sorte de petite frappe. Il portait une casquette Little Bastard et un gros blouson rose et beige. Il déplaçait ses pièces avec nervosité. Le visage de son adversaire ne m'était pas inconnu. Je crois qu'il s'agissait du grand maître français Jean-Marc Tual. Je me suis demandé ce qu'il pouvait bien faire là, dehors, par des températures pareilles. Après chaque coup, il se frottait longuement les bras et les épaules, pour essayer de se réchauffer.

Je ne me suis pas attardée. J'étais pressée de me glisser sous une grosse couverture.

*

Je suis repassée quai des Grands-Augustins le lendemain, en milieu d'après-midi.

Mon interlocuteur de la veille avait disparu, comme ses collègues que j'avais vus avant lui. Ils n'avaient sans doute pas eu le courage d'affronter encore une fois le grand froid et les transports bondés. Ce n'était pas ce jour-là que j'allais faire la connaissance de Charlie.

J'étais dépitée. Je suis rentrée chez moi, je me suis servi une grande tasse de thé à la bergamote et je me suis décidée à entrer directement en contact avec Pierre Tarrent.

Il me suffisait de trouver son adresse électronique sur Internet – on devait pouvoir dénicher ça sans peine. Au pire, je pouvais même téléphoner directement à ses éditeurs. Du fait de mon statut de maître de conférences, je n'aurais eu aucun mal à leur extorquer ses coordonnées. Pourtant, je ne sais pas. Ça me mettait mal à l'aise. Comme si je n'étais pas tout à fait légitime. Pierre Tarrent avait toujours été une légende pour moi et je craignais, à entrer en contact avec lui, de briser quelque chose.

J'ai trouvé son adresse électronique sur le site de l'université de Grenoble. Il avait participé à un colloque sur Huysmans et les genres littéraires en 2006, avec Sylvie Doillon et Fabrice Halimi. Les coordonnées des intervenants étaient rassemblées sur la plaquette d'information.

Je lui ai envoyé un premier mail. J'avais eu un mal fou à trouver mes mots, c'était sans doute un peu brutal. Alors j'en ai envoyé un second dans la foulée, pour lui présenter mes excuses et lui expliquer qu'il comptait beaucoup pour moi, que je ne savais pas comment m'adresser à lui, que j'étais extrêmement gênée de m'immiscer comme ça dans son existence – d'où le ton maladroit de mon précédent message.

Aussi bien, c'était sans conviction. Je ne pensais pas qu'il eût pu porter le moindre intérêt à ma demande. Mais il m'a répondu le jour suivant. C'était un message bref. Il disait ne vous inquiétez pas, appelez-moi quand vous voulez, nous parlerons de tout ça de vive voix. Sous le message, il y avait ses coordonnées avec son numéro de téléphone personnel.

Il neigeait abondamment ce matin-là. Je me souviens que j'ai regardé les flocons tourbillonner par la fenêtre pendant plusieurs minutes. Et puis, dans un élan dont la soudaineté m'a un peu surprise, j'ai composé son numéro sur mon téléphone portable.

Plusieurs sonneries ont résonné dans mon oreille, et une voix s'est adressée à moi, une voix grave et profonde qui venait de très loin, comme celle de Michel Surya – vous connaissez Michel Surya ? Il m'a dit : « Qu'est-ce que je peux faire pour vous ? »

Je lui ai expliqué l'objet dc ma requête. La lecture de sa préface, le nom de ce livre qui m'était inconnu à ce jour, mes recherches désespérées aux quatre coins de Paris pour le trouver, le froid qui ralentissait mes déplacements dans la ville. Les mots venaient tout seuls cette fois.

Il m'a dit : « Je préfère que nous ne parlions pas de ça au téléphone. Vous êtes libre demain après-midi ? Nous pourrions nous rencontrer quelque part. »

J'ai été étonnée que les choses aillent aussi vite. Nous nous sommes donné rendez-vous pour le jour suivant à la ménagerie du jardin des Plantes, à l'intérieur de la singerie. Vous y êtes déjà entrés ? C'est un lieu vraiment hors du commun. Il y a évidemment ces petits singes, qui sont tous très amusants avec leurs queues graciles et leurs bouilles de personnages de dessin animé. Mais quand je vais là-bas, ce qui m'arrive quand même plusieurs fois par an, c'est pour rendre visite aux femelles orangs-outans. Vous les connaissez ? Chacune a son petit nom. Il y a Nénette, une vieille matriarche de presque cinquante ans, Théodora, sa fille, et puis Tamu, la plus jeune. Il faut vraiment que vous alliez les voir. Non seulement parce qu'elles sont très drôles, notamment Tamu lorsqu'elle joue au fantôme avec ces grands draps blancs qu'on laisse à leur disposition dans les cages ; mais surtout parce que c'est une expérience bouleversante, qui fera vaciller toutes vos convictions sur ce gouffre censé séparer l'homme du reste du monde animal. Il faut voir les yeux de Théodora, et les plissements de son front, quand elle pose sa tête contre la vitre de plexiglas et qu'elle regarde dans le vide, comme si elle songeait à la vanité des choses.

Bref, je me suis retrouvée là, dans la tiédeur de la singerie, un peu avant l'heure dite. J'avais cherché des photographies de Pierre Tarrent sur Internet pour pouvoir le reconnaître à son arrivée, mais je m'y étais prise au dernier moment, je n'avais rien trouvé de probant. Il régnait là une moiteur de hammam, quand même bien appréciable par ces températures polaires. J'essayais de me souvenir de la manière dont avait commencé cette grande vague de froid, mais j'avais la tête engourdie, je n'arrivais pas à me concentrer.

Les singes étaient étrangement calmes. Nénette trônait comme à l'accoutumée sur un gros bidon bleu. Théodora était avachie dans un coin, à demi dissimulée derrière un morceau de tissu. Seule Tamu sortait parfois de sa torpeur et s'offrait un petit aller-retour dans la cage. Elle sautait d'une corde à l'autre avec une agilité incroyable.

C'est à ce moment-là que j'ai remarqué qu'il lui manquait une main. On aurait dit qu'elle avait été amputée au niveau du poignet. C'était étrange. Je l'avais vue au même endroit quelques mois plus tôt, juste après les vacances d'été, et je n'avais pas remarqué qu'elle était mutilée comme ça. Pourtant la peau était complètement reconstituée, l'amputation devait dater d'au moins plusieurs années. Et quelle dextérité, malgré ça ! On eût dit que ses pieds étaient des mains supplémentaires.

Bref, j'ai attendu Pierre Tarrent et Pierre Tarrent n'est jamais venu. J'ai attendu, je ne sais pas, une heure ou une heure et demie. J'étais bien, assise là à regarder ces trois bonnes femmes, ces trois cousines de l'humanité. Il faisait chaud. C'était comme prendre un bain, un grand bain avec de la mousse parfumée. Le temps semblait arrêté.

Quand j'ai regardé ma montre, il était déjà 16 h 30. La ménagerie allait fermer peu après. J'ai remis toutes les couches de vêtements dont je m'étais débarrassée, je me suis emmitouflée dans mon gros anorak, la capuche bien enfoncée sur la tête, et puis je suis sortie affronter les éléments.

Il neigeait encore à gros flocons. Paris était recouverte d'une grande robe de mariée, ou d'un épais linceul – chacun sa façon de voir les choses. J'ai filé jusqu'à la station Gare d'Austerlitz. Mes bottes s'enfonçaient dans la neige qui commençait à épaissir sur le bitume. Ce gros mammouth de plomb qui garde l'entrée du Muséum semblait avoir retrouvé son environnement naturel. Je ne crois pas que j'aurais été étonnée s'il s'était mis en branle devant moi et s'il avait commencé à marcher vers la Seine.

Arrivée chez moi, rue Madame, j'ai essayé à plusieurs reprises de contacter Pierre Tarrent, mais je suis tombée à chaque fois sur son répondeur. Le message qu'il avait laissé était étrange. Il disait de sa voix profonde : « Vous êtes bien sur le répondeur du Gardian. »

Je lui ai également envoyé un long mail, pour lui demander s'il avait eu un empêchement, si quelque chose s'était passé, si je pouvais l'appeler plus tard ; mais il est resté sans réponse.

Les jours suivants, j'étais dans un état d'anxiété que j'avais rarement connu.

Et puis le vendredi, à bout de nerfs, j'ai téléphoné à son éditrice, Laurence Genevois, pour lui demander si elle avait eu récemment de ses nouvelles. Elle a eu l'air extrêmement gênée. Elle m'a répondu qu'elle n'avait pas eu besoin de le joindre ces dernières semaines, mais qu'elle avait justement prévu de l'appeler dans les jours suivants, pour régler une histoire d'assurance je crois. Elle m'a assurée qu'elle lui toucherait un mot de mon appel et qu'elle me préviendrait si elle avait du nouveau.

Je n'ai plus jamais eu de nouvelles de Pierre Tarrent. J'ai bien essayé de rappeler une fois Laurence

Genevois, mais je suis tombée sur l'un de ses collaborateurs qui m'a poliment envoyée paître. C'était comme si l'écrivain s'était évaporé dans le ciel blafard.

Comme tout le monde, j'ai appris son décès dans la presse, l'année suivante. Je crois que, pendant quelques heures, chacun s'est demandé s'il ne s'agissait pas encore une fois d'une méprise, si Pierre Tarrent n'allait pas s'exprimer le lendemain dans les pages du *Figaro* ou de *Libération* pour rassurer ses admirateurs. Mais personne n'a pris la parole. Cette fois Pierre Tarrent était bien mort, emportant ses secrets avec lui. Il a été inhumé au cimetière du Montparnasse, à quelques mètres de la tombe d'André Citroën. Je ne suis pas allée à ses funérailles. On dit pourtant qu'il y avait du beau monde, ce matin-là, qui suivait son cercueil le long de cette grande allée bordée de frênes et de tilleuls qui descend jusqu'à la rue Froidevaux.

*

Si j'ai laissé tomber la piste Pierre Tarrent, si je n'ai pas cherché à retrouver sa trace après ce premier échec, ce n'est pas seulement pour effacer le souvenir de ce désagréable lapin du jardin des Plantes. C'est surtout parce que mes investigations m'avaient conduite sur une autre piste, plus prometteuse peut-être que la première.

Quelques semaines plus tard, en effet, je suis tombée sur un article du *Monde* qui relatait l'incroyable histoire d'un réseau de prostitution marseillais. Pour faire face à la crise, les proxénètes avaient été contraints de se diversifier dans le trafic de drogue. Ils avaient mis au point de nouvelles substances psychoactives, dont les effets secondaires étaient encore mal connus. L'une d'elles s'appelait Argas – je me souviens de ce nom parce que ça m'a fait penser à une marque de lessive ou de détergent. Mais ils s'étaient également reconvertis dans le trafic d'organes. En France, on pouvait vendre un rein entre quinze et vingt mille euros – ce qui promettait de beaux jours à la filière, en ces temps de vache maigre. Une simple main se négociait parfois jusqu'à quatre ou cinq mille euros. Le journaliste s'attardait un moment sur les liens que cette organisation entretenait avec les milieux d'extrême droite, avant de clore son article par une citation de je ne sais plus qui sur le fléau du marché noir.

L'article suivant n'avait rien à voir avec ça. Il y était question de la mort d'un jeune mathématicien qui avait participé quelques mois plus tôt à un petit colloque autour du livre d'Anne Vayr-Melin, *Traversée circulaire de la zone grise.*

Vous avez déjà entendu parler d'Anne Vayr-Melin ?

Elle est née à la fin des années 60 à Saint-Martin-de-Ré, juste avant la fermeture de ce petit service de maternité qui donnait sur la rue du Père-Ignace – celui où virent le jour tous ces anciens dont on aperçoit parfois le visage suspicieux derrière la fenêtre d'une maisonnette blanche bordée de roses trémières. J'y suis allée souvent en vacances quand j'étais gamine.

Du fait de certaines incohérences chronologiques, très imparfaitement corrigées dans la deuxième édition, du fait surtout de ces longs errements sibyllins, à la limite de l'écriture automatique, qui encombrent le troisième et le quatrième chapitre, *Traversée circulaire de la zone grise* a reçu au moment de sa publication un accueil extrêmement réservé de la part du public de chercheurs et d'universitaires auquel il s'adressait

– même s'il a obtenu aussi une reconnaissance inattendue dans certains milieux périphériques par la suite.

J'avais dû l'acheter à ce moment-là, l'année de sa publication, j'avais dû en lire quelques pages, et puis il était sorti de ma tête par une fente ou par une autre. Mais quand je suis tombée à nouveau sur son titre, au hasard de cette brève, quelque chose s'est renversé ou a éclaté en moi. Ou plutôt, c'est comme si quelque chose était remonté à la surface après être resté englouti sous les eaux pendant des millénaires.

L'ouvrage en question avait disparu de ma bibliothèque. Est-ce que je l'avais perdu à l'occasion d'un déménagement ? Est-ce que je l'avais prêté à une copine distraite qui avait oublié de me le rendre ? J'ai téléphoné à Karl, pour lui demander s'ils l'avaient encore en rayon. C'était le cas. Je l'ai prié de m'en mettre un exemplaire de côté, j'ai enfilé mon anorak et j'ai plongé à nouveau dans la tourmente hivernale.

J'ai descendu la rue de Vaugirard et remonté la rue de Rennes à vive allure.

Je suis arrivée à la FNAC à demi trempée, de la neige fondue plein les épaules. J'ai gravi les escalators en trois enjambées. Karl était devant son comptoir, avec son petit boléro aux couleurs du magasin. Il m'a dévisagée, une pointe d'inquiétude dans le regard. Il ne m'avait sans doute jamais vue dans cet état, à bout de souffle, les cheveux décoiffés par ma capuche, les joues rougies par le froid.

« Tu es sûre que tout va bien ?

— Oui oui, tout va bien. Le livre est en rayon ?

— Non, il est là. Tiens. »

Il me l'a tendu avec maladresse. J'ai failli le laisser tomber en le saisissant avec mes doigts gourds.

« C'est payé. Cadeau ! »

Il m'a lancé un sourire gêné.

On se connaissait depuis longtemps avec Karl. Je n'avais pas souvenir qu'il m'eût jamais offert quoi que ce soit de cette manière. Est-ce qu'il essayait de me dire quelque chose ? De toute façon, je n'avais pas la tête à chercher une explication.

« Merci. Je dois filer. À plus. »

L'instant d'après, j'avais disparu.

Vous vous demandez peut-être pourquoi je m'attarde sur ces détails. Vous allez voir. Tout prendra son sens en temps voulu.

Je suis rentrée chez moi en courant. Les flocons me fouettaient le visage comme des petits graviers qui seraient tombés du ciel. Je n'avais pas pensé à prendre de sac plastique. J'ai caché le livre comme j'ai pu sous mon manteau. Je le tenais fermement de la main droite, collé contre ma poitrine qui pulsait comme un moteur à explosion.

Une fois à la maison, j'ai jeté mon anorak dégoulinant sur le canapé du salon.

J'ai ouvert fiévreusement le livre par la fin. Je cherchais l'index des ouvrages cités. Il était coincé entre la bibliographie et le sommaire.

M... J... B... A...

Je me suis arrêtée de respirer.

Alors comme ça je ne m'étais pas trompée. Son nom s'étalait là en toutes lettres, à côté de celui des autres ouvrages cités par l'auteure.

Approche de Francis Rissin.

Alors comme ça on se retrouvait, mon bonhomme ! J'allais enfin en apprendre un peu plus sur ce texte, si obscurément évoqué par Pierre Tarrent.

Mais il faut d'abord que je vous parle du livre d'Anne Vayr-Melin – de cette *Traversée circulaire de la zone grise.*

*

Vous connaissez la phrase de Raymond Queneau, dans sa préface inachevée de 1947 à *Bouvard et Pécuchet* ? « La littérature (profane – c'est-à-dire la vraie) commence avec Homère et toute grande œuvre est soit une *Iliade* soit une *Odyssée.* » Vous voulez que je répète ? « La littérature (profane – c'est-à-dire la vraie) commence avec Homère et toute grande œuvre est soit une *Iliade* soit une *Odyssée.* »

On peut dire que tout le travail d'Anne Vayr-Melin a consisté à prendre cette phrase au sérieux. Mais au lieu de s'en tenir à ces deux catégories fixées par Queneau, au lieu de procéder au classement des grands textes de la culture universelle entre « récits de temps plein » pour les Odyssées, et « recherches du temps perdu » pour les Iliades, elle a cherché au contraire à se frayer un passage du nord-ouest entre ces deux pôles, elle a cherché leur point de frottement. Parce que c'est là, sur le fil de cette frontière, que se situe d'après elle le lieu du genre épique, qui est toujours à la fois bataille et voyage, guerre et traversée – qui est toujours « Odyliade », comme elle dit. Dans ces conditions, ni l'*Iliade* ni l'*Odyssée* ne seraient des épopées en tant que telles ; mais placées l'une en face de l'autre, elles dessineraient les contours de toute épopée possible.

Traversée circulaire de la zone grise se présente justement comme une exploration de cette zone intervallaire, de cette zone indécise et nébuleuse où se répondent les colères de tous les Achille et les errances de tous les Ulysse. Sauf qu'Anne Vayr-Melin s'intéresse moins aux épopées du passé qu'à celles du futur, qu'aux épopées à venir. « Quel est le lieu où s'élaborent les grands récits nationaux d'aujourd'hui et de demain ? » : voilà la véritable question qui la préoccupe.

Pour y répondre, elle s'est d'abord tournée vers la littérature contemporaine. Elle a épluché des milliers de romans expérimentaux et de recueils de poésie, sans omettre d'aller fouiner du côté de la littérature de genre : polar, science-fiction, heroic fantasy – et même la littérature érotique. Et puis elle a progressivement ouvert le champ. Elle s'est intéressée de près aux séries télévisées, dont on dit aujourd'hui qu'elles ont complètement renouvelé les codes de la narration. Certains spécialistes n'hésitent pas à affirmer que les scénaristes de séries comme *The Wire* ou *Les Sopranos* ont largement dépassé l'œuvre d'un Ellroy ou d'un Pynchon. Mais ce n'était pas suffisant encore, il fallait aller un peu plus loin. Alors elle s'est plongée dans l'univers des jeux vidéo – et c'est là qu'elle a trouvé le creuset qu'elle recherchait.

Ces vingt dernières années, on a assisté à un véritable raz-de-marée en la matière. En France, on compte presque une centaine d'éditeurs, qui sortent en moyenne deux ou trois titres par an. Dans le lot, il y a évidemment beaucoup de ratés, mais on trouve aussi de véritables chefs-d'œuvre, capables de mêler des milliers de trames narratives, chacune d'une richesse inouïe, actualisées en fonction des choix opérés par le joueur – Victor Hugo lui-même aurait été incapable de faire ça !

Au départ, Anne Vayr-Melin a choisi de se concentrer sur les jeux vidéo de guerre édités par des studios français comme Cryo, Gameloft ou Quantic Dream. Et ses premières découvertes ont dépassé toutes ses espérances.

En effet, elle a rapidement constaté que, si ces jeux puisaient leurs sources immédiates dans la chronologie militaire mondiale, ils s'employaient toujours à la dépasser et à élever l'Histoire au rang de mythe. Elle a montré alors que des titres comme *À mon commandement*, *ChaMMal* ou *Zone de tir*, avec leurs univers apparentés (histoire, géographie, cosmogonie), fonctionnaient comme de véritables embryons de grands récits, et qu'ils pouvaient du même coup avoir une valeur fondatrice pour l'identité d'un peuple – au moins à l'échelle d'une génération. D'où son désir de se plonger dans la littérature spécialisée, afin de comprendre comment les récits en question étaient perçus par les gameurs.

Avec l'aide de Rémi Coint et Marlène Thibault, archivistes au Centre historique des Archives nationales, elle a réuni une importante collection de documents, qu'elle s'est efforcée ensuite de trier, classer et ordonner – qu'ils aient été édités au format papier, sous la forme de feuilles volantes ou de pages photocopiées et agrafées, ou publiés en ligne. Et il faut féliciter ici le patient travail de collecte de ses deux collaborateurs, qui ont passé des mois à écumer les sites et les forums de discussion les plus confidentiels.

Très méthodiquement, très méticuleusement, Anne Vayr-Melin essaie de fixer un certain nombre de catégories appropriées pour classer ces différentes ressources bibliographiques. Et c'est là que les difficultés commencent. Quoi de commun en effet entre le bulletin *Octogone* (A4 RV, n&b, mars 2013), consacré au jeu en temps réel *Des hommes et des chefs II*, et les fanzines *Récarède* (16 pages, A4 plié, 7 numéros, 2013-2014) et *Chair à canon* (20 pages, A4 plié, 6 numéros, 2012), qui se cantonnent pour leur part dans les productions de la société Serum Interactive (*Victoire Soleil levant*, *Première CroiXade*, *Vauban II : Ceinture de fer*, *Souvenirs de Légion*, etc.) ? Quoi de commun entre les bulletins *Summa perfectionis* (64 pages, 32 numéros, 2015-2021) et *Caracal gang* (80 pages, 17 numéros, 2013-2014), imprimés de manière presque illisible sur des feuilles de papier recyclé, et les cinq numéros de la très luxueuse revue *Exocet* (60 pages, 130 × 200 mm, 2016-2017) ? Quoi de commun encore entre les publireportages du site *Joystick Arena*, les discussions très informelles du forum *jeudhistoire.fr*, consacrées aux jeux de grande stratégie, et les billets très fouillés du blog *##Remake##*, avec leurs innombrables commentaires ?

Si vous voulez voir la liste complète de ces fanzines, journaux, bulletins, magazines et revues, et celle des jeux vidéo auxquels Anne Vayr-Melin s'est intéressée, je vous renvoie à la bibliographie que je vous ai distribuée au début du cours.

Bref, à la lumière de ces textes, elle parvient à montrer que les jeux vidéo de guerre fonctionnent bel et bien comme des épopées en devenir – relevant à la fois du genre *Odyssée*, avec le thème récurrent de l'errance et de la vengeance personnelle, et du genre *Iliade*, parce qu'ils associent toujours conflit militaire et colère divine. C'est pourquoi ils se situent dans cette zone grise négligée par Queneau, cette zone intermédiaire et fluctuante, cette zone flottante où se joue et se déploie le destin des peuples. Cette zone où l'on retrouverait pêle-mêle l'*Épopée de Gilgamesh*, l'*Énéide* de Virgile, les sagas scandinaves, les bylines russes, *Le Paradis perdu* de Milton, l'épopée dynastique du *Livre des Maccabées*, les *Chroniques des Trois Royaumes* – mais tout aussi bien les jeux *Champ de mines*, *Faucon VII : Terreur* et *Opération Barkhane*.

*

S'ils sont dénués de la rigueur analytique qui faisait la puissance des démonstrations précédentes, les développements des chapitres III et IV constituent le morceau de bravoure de *Traversée circulaire de la zone grise* – Anne Vayr-Melin faisant preuve ici, pour décrire le gris de la « zone grise » en question, d'une audace stylistique rarement assumée dans ce genre d'écrits.

Ce sont de longs tableaux, qui se présentent comme autant de natures mortes, autant de paysages immobiles et figés, dans lesquels elle parle de la poussière, cette couche de particules incolores et inertes qui se dépose lentement sur le monde et que les vents chassent, et qui va se déposer ailleurs, et que les vents chassent encore, et qui continue comme ça son éternelle migration, chaque jour un peu plus dense, chaque jour un peu plus compacte, comme si l'univers, à la fin des temps, devait se confondre avec une montagne de poussière, lourde et salée.

Elle parle également de cette pluie sèche qui s'abat parfois sur certaines forêts des Vosges, dans des zones presque désertées des hommes, cette pluie incolore qui n'est pas vraiment de l'eau, mais pas non plus tout à fait du sable, ni de la terre, ni non plus de la roche, mais quelque chose quand même qui tombe en miettes, quelque chose qui se délite dès que ça entre en contact avec l'atmosphère terrestre.

Et puis elle parle encore de ce ciel gris, mais d'un gris métallique, d'un gris spectral, d'un gris trouble comme du pus, ce ciel de pollution qu'elle a vu s'étaler tout d'un coup, un jour, au-dessus des Saintes-Maries-de-la-Mer, alors que les prévisions météorologiques annonçaient une grande journée sans nuages.

Dans un article publié en 2020 par la revue *Chimères*, le psychanalyste Jérôme Gozman fustige ces longues errances poétiques qu'il compare aux élucubrations des fous littéraires – sans manquer de préciser : « la littérature en moins ». Il cite en particulier cette phrase qui s'étale sur plus de trois pages, cette phrase qui commence par « Il n'y a pas de certitude de la victoire dans la guerre » et s'achève par « la tactique appropriée, et d'autres choses de cet ordre ». Il note l'utilisation obsessionnelle des mots « cobalt », « marine », « cyan », « outremer » et « céruléen », ainsi que certains néologismes, qui dénotent selon lui une rupture complète de l'auteure avec la réalité, voire certaines tendances psychotiques.

Mais passons. Je reprends le fil du cours.

C'est donc à l'issue de ces longs développements qu'Anne Vayr-Melin évoque finalement l'existence d'un autre texte, inédit et inconnu du grand public. Il s'agit selon elle d'un livre *borderline*, qui n'entre pas tout à fait dans le cadre bibliographique qu'elle s'est fixé. En effet, il ne parle pas directement de jeux vidéo, même s'il en parle aussi à sa manière, même s'il y est beaucoup question de la guerre – et même s'il semble avoir inspiré quelques titres de l'éditeur Sentinelle Studio. En revanche, il s'agit selon elle d'un livre qui oscillerait constamment entre *Iliade* et *Odyssée*, un livre qui serait comme le parfait trait d'union entre les deux récits d'Homère. Ou en d'autres termes, si vous voyez où je veux en venir, un livre qui serait la première – et peut-être la seule, allez savoir – véritable épopée en langue française !

Vous connaissez la fameuse phrase de Théophile Gautier, qu'on attribue parfois à Voltaire ou à Nicolas de Malezieu : « Les Français n'ont pas la tête épique. » La France a bien eu quelques romans d'envergure nationale, des vieilles choses comme *La Chanson de Roland* ou les textes de Chrétien de Troyes, des choses plus récentes aussi, assez faibles il faut bien le reconnaître, comme *La Franciade* de Pierre de Ronsard, *La Pucelle ou la France délivrée* de Chapelain, ou *La Henriade* de Voltaire. Mais rien en tout cas qui puisse rivaliser avec *La Divine Comédie* des Italiens, l'*Edda* des Islandais, *Les Niebelungen* et *La Messiade* de l'Allemagne, *L'Araucana* des Espagnols, ou *Les Lusiades* des Portugais – ces textes qui ont forgé à chaque fois l'esprit d'un peuple en narrant ses exploits historico-mythiques. Rien qui puisse rivaliser avec ces titres, si ce n'est peut-être ce livre insaisissable, si ce n'est peut-être l'*Approche de Francis Rissin*, justement. Ça vous paraît difficile à croire ? Attendez encore un peu.

Anne Vayr-Melin précise toutefois qu'elle n'a jamais eu directement cet ouvrage entre les mains, mais que plusieurs de ses pages ont été reproduites dans un recueil de textes expérimentaux, publié par une petite maison d'édition marseillaise et intitulé *Catacryst*.

Catacryst. Ça ne vous rappelle rien ?

*

J'étais assise sur mon lit, avec trois gros oreillers calés derrière le dos.

En lisant ce nom, je me suis instantanément souvenue de cette espèce de revue flétrie que le bouquiniste du quai des Grands-Augustins avait essayé de me fourguer à la dernière minute.

Vous voyez que les choses commencent à se mettre en place.

Je me suis levée, j'ai enfilé mon anorak et puis j'ai couru, je peux juste vous dire que j'ai couru, je ne savais pas que j'étais capable de courir aussi vite que ça, qu'un corps comme le mien était capable d'un tel exploit. Plusieurs fois j'ai failli glisser sur ces grandes plaques de neige verglacée qui s'étalaient dangereusement sur les trottoirs de la rue Saint-André-des-Arts. J'ai battu des bras comme si j'essayais de m'envoler, plusieurs fois j'ai cru que j'allais décoller pour de bon, mais je suis parvenue à garder mon équilibre et à reprendre ma course de plus belle.

Par chance, le type était à nouveau là. Il m'a fallu quelques secondes pour reprendre mon souffle. Il ne portait plus ses lunettes de soleil. Il me regardait de ses petits yeux de satyre. J'imaginais qu'à la seconde suivante il allait ouvrir son grand manteau en peau de bête et me jeter son pénis tendu au visage.

Je lui ai articulé en haletant le nom de la revue qu'il avait voulu me vendre quelques jours plus tôt.

Il m'a répondu qu'il avait la mémoire courte, qu'il ne se souvenait pas. J'étais persuadée qu'il se foutait de ma gueule ou qu'il essayait de me cacher quelque chose.

« *Catacryst*, je lui ai dit, ça s'appelait *Catacryst*, vous me l'avez montrée juste avant que je parte. »

Il a fouillé nerveusement dans un tas de journaux d'un autre âge, qui se délitaient entre ses doigts jaunis comme des vieux tasseaux de bois.

Et puis subitement il s'est tourné vers moi, un éclair de lucidité dans le regard. Il a approché son index de sa joue gauche, en accompagnant ce mouvement d'un grand « Ah ! ».

L'espace d'un instant, j'ai repris espoir.

« Je l'ai vendue hier. »

Sur le moment, j'ai eu du mal à comprendre ce qu'il me disait. C'était comme si tout s'effondrait autour de moi.

« Mais... Vous êtes sûr que c'est celle-là ?

— Puisque je vous dis que je l'ai vendue, madame, laissez-moi travailler maintenant. »

Il s'est retourné vers son étalage et s'est mis à classer d'autres périodiques qui tombaient en lambeaux.

« Vous savez où je pourrais en trouver un autre exemplaire ?

— Partez, madame, vous ne savez pas dans quoi vous mettez les pieds ! »

Une grosse bourrasque a menacé d'emporter sa marchandise, déjà malmenée par la neige.

« Il faut que je ferme, partez ! »

J'étais hors de moi, mais je me suis quand même retournée pour prendre le chemin du retour.

J'ai marché un peu. De l'autre côté de l'avenue, un groupe de collégiens s'était arrêté devant une espèce de cabane en carton dans laquelle semblait s'être réfugié un SDF. J'ai vu le plus grand d'entre eux donner un coup de pied dans le fragile édifice, geste aussitôt reproduit par ses camarades. Ils disaient : « Tu vas aller au travail, fainéant ! » en hurlant de rire. J'étais pétrifiée. J'espérais que la cabane était vide, mais elle a commencé à bouger et un type est sorti de là à quatre pattes. Il avait un vieil appareil photo argentique autour du cou. Le grand collégien lui a envoyé sa basket au visage en disant encore : « Ça te fera un beau sourire pour ton prochain entretien d'embauche ! »

J'étais saisie d'horreur. Je ne savais pas si je devais intervenir ou appeler la police. En même temps, j'avais peur qu'ils m'aperçoivent si je restais trop longtemps à les regarder, j'avais peur qu'ils jettent leur dévolu sur moi et que je devienne leur nouveau souffre-douleur.

J'avais l'impression que tout se liquéfiait autour de moi. Comme s'il n'y avait plus rien de tangible, plus rien de stable. Comme si le monde était en train de prendre l'eau, ou comme si j'étais en train de m'enfoncer dans les sables mouvants de la baie du Mont-Saint-Michel.

Je me suis hâtée de rentrer à la maison, je me sentais infiniment coupable de n'avoir rien fait, d'avoir pensé seulement à sauver mes fesses.

Et puis j'ai repensé à mes recherches. La revue *Catacryst* m'était passée sous le nez, et avec elle les extraits de l'*Approche* sur lesquels avait travaillé Anne Vayr-Melin. J'étais infiniment déçue – et vexée. En même temps, je me demandais à quoi le bouquiniste avait voulu faire allusion quand il avait dit « Vous ne savez pas dans quoi vous mettez les pieds ».

J'étais affamée. Je me suis mis des lasagnes surgelées au four, et je me suis replongée dans *Traversée circulaire de la zone grise*.

*

Anne Vayr-Melin raconte qu'elle a découvert l'existence de l'*Approche* dans une brochure intitulée *Hechizado* (4 pages, A4 plié, n&b), non datée, dont certains exemplaires auraient été retrouvés en 2018 dans une librairie de la ville du Mans. Il s'agit d'une sorte de bulletin à destination des joueurs d'un jeu de stratégie en temps réel un peu particulier qui s'appelle *Cosmiomma* – vous chercherez ça sur Internet. Mais d'autres publications très particulières, et souvent très sulfureuses, y faisaient également allusion. Parmi celles-ci, Anne Vayr-Melin cite le tract *Molitor* (A5, recto, n&b), qui a été diffusé autour de la ville de Limoges au mois de juin 2017. Elle donne également d'autres noms de brochures. Il y a *L'Autre Nom de Dieu* (16 pages, A4 plié, décembre 2016), *Unguibus et Rostro* (8 pages, A4 plié, 2 numéros, non daté), *Je passe* (24 pages, 200 × 240 mm, 6 numéros, 2021-2023). Il y a aussi ce fanzine qui s'appelle *Bothriocroton* (16 pages, A4 plié, 4 numéros, 2018) et qu'elle décrit comme quelque chose de très violent. Il y en a un autre encore qui s'appelle *Berkout* (32 pages, A4 plié, 12 numéros, 2018-2019), sur lequel Anne Vayr-Melin reste étrangement évasive. Mais on trouve également mention de l'*Approche* dans une série de textes publiés en ligne, sur des pages du *deep web* comme *MM26* et *@berezina* ou sur le célèbre forum *Coagula*. Elle cite aussi l'article de Vincent Chapuis et Omar Dipanda,

« Tentative d'ouverture d'un char de combat », que je ne connaissais pas, et *Catachrèse et Métacatachrèse*, le livre de Laurent Duprieux sur le jeu *Verdun* publié chez Ellipses en 2019.

Je n'avais jamais lu ce dernier ouvrage, dont j'avais toutefois entendu le plus grand bien.

En quelques clics, j'ai appris que Duprieux devait donner deux conférences dans une petite galerie d'art de la rue d'Hauteville. La première avait lieu le lendemain. Il allait parler du jeu vidéo en question, édité chez Ubisoft, mais également du *Stratégikon*, un vieil ouvrage de guerre byzantin qui avait beaucoup inspiré Clausewitz. Je me suis dit que le monde n'était pas toujours si mal fait, et que parfois la Fortune œuvrait à notre avantage.

Vous connaissez le jeu *Verdun* ? C'est un jeu de tir tactique en ligne censé vous plonger dans l'enfer de la guerre des tranchées. Vous devez d'abord choisir votre camp – à vous de voir si vous préférez défendre les couleurs de la France ou celles de l'armée allemande. Vous vous constituez ensuite une petite équipe dans le genre escadron de la mort, et puis vous sautez à pieds joints dans la grande boucherie – au milieu des trous d'obus, des barbelés, des maisons en flammes, des balles perdues, des cadavres de chevaux et des nappes de brouillard qui ajoutent encore à l'ambiance irréelle de la scène.

C'est une expérience assez traumatisante, je ne sais pas si je dois vous inviter à essayer ça.

*

Nous nous sommes rendus à la galerie Area le lendemain avec Karl. Il m'avait appelée dans la soirée pour me dire que j'avais l'air préoccupé l'autre jour à la FNAC. Il était inquiet pour moi, il m'a posé plein de questions. Je ne pouvais pas le laisser comme ça non plus. Karl était un bon ami, nous nous connaissions depuis une dizaine d'années. Je lui ai donc proposé de m'accompagner là-bas. Nous pourrions ensuite aller dîner dans un bistrot de la rue de l'Échiquier.

Le jour dit, nous avons franchi le porche du 50 de la rue d'Hauteville et pénétré dans la cour pavée d'un petit hôtel particulier. Sur une feuille de papier protégée des intempéries par une pochette en plastique, une petite flèche surmontée du nom de Laurent Duprieux nous invitait à emprunter la porte centrale. La galerie se trouvait au deuxième étage.

Nous étions en retard, la conférence avait déjà commencé.

Le lieu était tenu par un type d'une soixantaine d'années, rond et jovial, qui s'agitait derrière une sorte de bar. Il préparait le cocktail qui serait offert après l'exposé.

Il y avait une vingtaine de personnes sagement assises. Certaines prenaient des notes.

J'ai confié à Karl que je trouvais ça étonnant d'organiser une conférence sur les jeux vidéo de guerre dans une galerie d'art contemporain. Il m'a répondu qu'il était d'accord avec moi.

Nous avons pris l'exposé en route. Laurent Duprieux parlait de cette terrible opération baptisée *Gericht* – « tribunal » – par les Allemands, qui débuta au mois de février 1916 et fit trois cent mille morts et plus de cinq cent mille blessés en moins de dix mois. Justement, les concepteurs du jeu avaient voulu mettre le paquet sur l'ambiance. Le décor lunaire, le bruit des obus lourds qui tombent sans discontinuer comme une pluie de météorites, les râles des mourants : aucun moyen n'avait été négligé pour reconstituer l'atmosphère de cette bataille apocalyptique, parce que de toute façon c'était ça que les joueurs réclamaient.

J'ai fait de mon mieux pour me concentrer sur sa voix douce et rassurante. Alors qu'il évoquait l'attaque du fort de Douaumont, sans savoir pourquoi, j'ai commencé à me demander ce qui pouvait motiver des individus à recréer comme ça les moments les plus terrifiants de l'histoire humaine et à proposer à d'autres individus de les revivre de l'intérieur. Comment pouvait-on avoir envie de se mettre dans la peau d'un *Feldgrau* ou d'un poilu ? Comment pouvait-on avoir envie de rejouer les scènes les plus sanglantes de la Première Guerre mondiale ? Est-ce qu'il ne fallait pas laisser ça à jamais derrière nous ?

Vous jouez à ce genre de jeu, vous ?

Les idées défilaient dans mon esprit comme des rames de RER. J'ai repensé à tout ce qui m'était arrivé depuis que j'avais lu cette préface de Pierre Tarrent. Je voyais des silhouettes de poilus qui dansaient sur le grand mur blanc qui nous faisait face, chahutés par les balles et les déflagrations des bombes.

Un type que je n'avais pas aperçu au départ se tenait prostré dans le coin opposé de la galerie. Il avait une chapka sur la tête et une grande barbe de taliban. Il a regardé dans ma direction et j'ai reconnu le bouquiniste du quai des Grands-Augustins, celui que j'étais retournée voir l'avant-veille. Qu'est-ce que ce type pouvait bien foutre dans un endroit pareil ? Il regardait la salle de ses yeux ronds, brillants comme ceux d'un candidat au suicide. De grosses gouttes de sueur perlaient sur son front et il tapotait de ses doigts impatients la surface blanche d'un carnet de notes.

Je ne crois pas être spécialement encline à la paranoïa mais, à ce moment-là, j'ai su que quelque chose allait se passer, que quelque chose de mauvais allait nous arriver si nous restions là.

J'ai tiré la manche de Karl, je lui ai dit : « Viens, on s'en va. »

Il s'est laissé faire.

Je pouvais recontacter Laurent Duprieux plus tard dans la semaine et lui proposer un rendez-vous en tête à tête dans une brasserie. On serait plus à l'aise pour parler du livre d'Anne Vayr-Melin et de l'*Approche de Francis Rissin*. Et puis il devait faire une seconde conférence au même endroit le mois suivant.

On a retrouvé la neige et le froid. C'est à ce moment-là que j'ai été prise de vertiges.

Karl a vu que je ne me sentais pas bien, il m'a raccompagnée rue Madame.

Je ne me souviens pas très bien de ce qui s'est passé ensuite. Ce dont je me souviens, c'est qu'il était allongé à côté de moi dans mon lit lorsque j'ai ouvert les yeux le lendemain matin.

Ça ne m'était jamais venu à l'esprit qu'il puisse se passer quelque chose entre nous. Mais il était là, lové sous la couette, chaud comme un croissant frais. Je l'ai pris dans mes bras.

Plus tard dans la matinée, Karl a appelé la FNAC pour dire à sa responsable qu'il avait un empêchement de dernière minute, qu'il ne pourrait pas venir travailler. Il avait pris soin d'appeler un de ses collègues, qui avait accepté de venir le remplacer. Il avait la journée devant lui.

Je lui ai tout raconté : Pierre Tarrent, l'*Approche de Francis Rissin*, les orangs-outans du jardin des Plantes, les bouquinistes, le petit chien mort du Luxembourg, la revue *Catacryst* – ça me faisait un bien fou de verbaliser tout ce que j'avais dans la tête.

Karl connaissait le livre d'Anne Vayr-Melin de nom. Il se souvenait qu'une femme était venue le commander quelques mois auparavant. C'était une femme très grande, avec les cheveux très noirs. Elle devait avoir une cinquantaine d'années. Ça lui était resté en mémoire parce qu'elle lui avait dit qu'elle voulait offrir ce livre à son père – celui-ci souhaitait le lire avant de mourir. Karl avait ouvert de grands yeux étonnés. Le type en question vivait dans une petite ville médiévale du Centre-Bretagne. Il avait été boulanger-pâtissier toute sa vie mais, depuis qu'il était à la retraite, il s'était passionné pour les jeux de guerre multijoueurs. Il passait ses journées devant son écran plasma, la manette de sa vieille console entre les mains. Aussi bien, il n'en avait plus pour longtemps. Les médecins ne lui donnaient pas jusqu'à l'hiver.

La *Traversée* était sur mon bureau, ouverte à la page où je l'avais quittée la dernière fois. Nous nous y replongeâmes main dans la main.

*

D'après les informations qu'elle est parvenue à recueillir, Anne Vayr-Melin affirme que l'*Approche de Francis Rissin* a été imprimée et diffusée à plusieurs centaines d'exemplaires dans la région de Rouen, du Havre et de Caen, aux alentours du printemps 2017.

Ce qu'elle sait de ses auteurs ? Pas grand-chose, en vérité. Ce sont seulement quelques détails sans importance, quelques informations lacunaires et confuses, quelques anecdotes arrachées à cette masse grouillante et débordante que certains appellent le passé et d'autres la mémoire, et d'autres encore simplement l'archive.

Mais elle donne en revanche quelques éléments plus ou moins précis sur le contenu du texte.

L'*Approche de Francis Rissin* relate ainsi ce qui semble être une « expérience », réalisée ou en voie d'être réalisée par un petit groupe d'individus réunis autour d'un certain Francis Rissin – dont le nom traverse l'ouvrage de part en part.

De quoi s'agit-il au juste ? Anne Vayr-Melin reste assez vague sur la nature de l'expérience en question. Tant et si bien qu'on ne sait pas vraiment, à la fin du long paragraphe qu'elle lui consacre, si cette expérience a déjà eu lieu ou si elle va avoir lieu dans un futur proche – ni même si elle concerne seulement les auteurs du texte ou s'il s'agit plutôt de recommandations que le lecteur serait invité à mettre en pratique de son côté. On ne sait pas, sur ce sujet, si le texte exprime un souhait, une crainte, un rêve, une interdiction, une impossibilité, une invitation, une mise en garde. Et devant tant d'incertitudes, on se demande presque, pour finir, si l'écriture ne serait pas le tout – l'alpha et l'oméga – de l'expérience elle-même, et si ça ne s'arrêterait pas là. Vous vous souvenez quand je vous parlais de *Fitzcarraldo* tout à l'heure ?

J'imagine quand même que, depuis le début du cours, vous vous demandez qui est ce mystérieux Francis Rissin, dont le nom revient constamment dans ma bouche. C'est justement la question qui occupe toute la quatrième partie de la *Traversée*, et à laquelle hélas ! Anne Vayr-Melin ne répond pas – ou si peu et si mal. Ainsi, on ne sait toujours pas, à la fin de l'essai, si cet homme est présent physiquement au moment de la rédaction de l'*Approche*, ou pendant le rassemblement qui l'a précédée, ou s'il se tient à l'écart, à distance, tout au long du processus. On ne sait pas s'il est à l'initiative de cet écrit et de l'expérience qu'il rapporte ou qu'il annonce, on ne sait pas s'il fait partie de ses instigateurs ou si la mention de son nom apparaît là seulement comme un clin d'œil, un argument d'autorité ou une caution morale.

Anne Vayr-Melin insiste pourtant sur l'influence de cet individu, qui joue assurément ici un rôle de premier plan et qu'elle assimile à une figure paternelle. Le chapitre III de la quatrième partie se présente d'ailleurs comme une longue série d'analyses historico-philosophiques portant sur la notion de chef – chef de famille, chef de guerre, chef d'État. En s'appuyant sur un certain nombre d'événements précis de l'histoire de France, elle s'interroge sur la psychologie de ces êtres d'exception qui ont été capables, par la seule force de leur volonté, de diffuser autour d'eux un irrépressible sentiment d'unité nationale – et qui ont parfois été considérés comme des dieux parmi les hommes. C'est très précis, très bien documenté. Elle parle de Léon Blum et de Jean Jaurès, du général de Gaulle et du maréchal Pétain, mais surtout des vingt-six maréchaux d'Empire qu'elle associe aux héros des épopées homériques – puisqu'on baptisa même l'un d'eux le Nestor des armées, et un autre l'Ajax français. Elle revient également sur les jeux *Bataillon d'élite* et *Dunkerque 1940*, dont l'intrigue est placée à chaque fois sous l'égide de l'un de ces héros qui n'ont rien à envier à un Hector ou un Diomède. Elle s'interroge pour finir sur la série de causes et d'effets qui peut conduire un simple individu à s'élever subitement très haut au-dessus de ses semblables, et à les entraîner à sa suite vers des destinées nouvelles ; sur la série de causes et d'effets qui peut conduire un type ordinaire à devenir un jour Lion rouge, Maréchal de fer, Brave des braves, Bayard de l'armée française, Enfant chéri de la victoire – comme un nouvel Ulysse ou un nouvel Achille.

*

Mais ce n'était pas suffisant pour satisfaire notre curiosité. Les semaines suivantes, nous avons mené notre petite enquête, Karl et moi, pour essayer d'en savoir un peu plus sur cet insaisissable individu. Laurent Duprieux était aux abonnés absents, alors nous avons écumé les moteurs de recherche en ligne et les catalogues des Archives nationales. Et pendant ce temps, le président de la République décidait de dissoudre l'Assemblée nationale et d'organiser des élections législatives anticipées, et tout le monde pensait que le pays allait toucher le fond de l'océan, qui se trouve quand même à pas mal de kilomètres au-dessous de la surface des eaux. Dans un petit troquet de la rue Linné, nous avons rencontré Sylvain Brument et Naoki Zin, qui avaient dirigé l'année précédente la publication de l'*Encyclopédie de l'histoire française* aux éditions Sillages, et qui connaissaient un Turenne, un Rossel, un maréchal Foch, mais pas de Francis Rissin – ce type était probablement un imposteur. Le jeudi suivant, les salariés de la fonction publique manifestaient dans les rues avec les salariés de la RATP, rejoints bientôt par les chômeurs et les intermittents du spectacle, et les affrontements qui suivirent place de la Bastille se prolongèrent jusque tard dans la nuit. Cette semaine-là, nous avons rencontré des documentalistes, des biographes, des mémorialistes, des chroniqueurs, des généalogistes, et tout le pays désormais était en feu, les mairies et les écoles brûlaient dans les banlieues, joyeux souvenir de l'automne 2005, le président menaçait de faire intervenir l'armée et de décréter une fois encore l'état d'urgence ; mais c'est une autre histoire. Vous la connaissez déjà, du reste.

J'avais mes entrées dans le milieu des arts et des lettres, certains disaient même que j'avais le bras long, que mon réseau était immense. J'ai fait jouer mes relations, et nous avons remué tout ce qu'il y avait à remuer, on nous a surpris à fouiller jusque dans les poubelles de la Sorbonne et de la BNF, mais c'était peine perdue, nous nous sommes retrouvés aussi ignares à l'issue de ces recherches qu'au moment où nous les avions entamées. Pour tout dire, c'était comme s'il n'y avait jamais eu de Francis Rissin à la surface de la terre.

Nous aurions pu chercher encore, nous aurions pu chercher toujours, pour répondre un jour peut-être à toutes les questions qui nous taraudaient – mais rapidement nous n'en avons plus eu la force. Si nous ne pouvions pas aller à Francis Rissin, nous pouvions peut-être attendre que Francis Rissin vienne à nous, qu'il frappe à notre porte, un beau matin, et qu'il nous dise simplement « Me voilà ! » – avant de disparaître comme il était apparu.

La tête lourde, nous avons quand même décidé, dans un geste désespéré, de retrouver les différentes publications qu'Anne Vayr-Melin évoquait dans son essai. C'était l'option de la dernière chance, après nous n'aurions plus qu'à essayer d'oublier tout ça ou à nous jeter tous les deux dans la Seine.

Nous avons envoyé un mail à Jacques Sauvamain qui avait été son collaborateur pendant les dernières années de sa vie. C'était notre dernière carte. Peut-être avait-il récupéré quelques dossiers, quelques cartons, dans lesquels se seraient glissés une brochure ou un vieux magazine ? Nous étions relativement abattus. Et puis nous sommes tombés sur la page du site lemonde.fr.

Il s'était passé quelque chose la veille à la galerie Area.

Les journalistes hésitaient encore à employer le terme d'attentat – il pouvait aussi s'agir d'une simple explosion au gaz. Mais ce qui était sûr, c'est qu'une détonation avait retenti aux alentours de 21 h 30, soit quelques minutes seulement avant la fin du deuxième volet de la conférence de Laurent Duprieux, suivie par un puissant incendie qui avait ravagé toute une aile du numéro 50 de la rue d'Hauteville. Il y avait eu une bonne dizaine de blessés. Laurent Duprieux avait été admis au service de réanimation de l'hôpital Cochin dans un état préoccupant.

Ça commençait à faire beaucoup pour moi.

La présence de Karl parvenait à me canaliser un peu, mais j'étais au bord de la crise de nerfs. C'était comme si quelque chose avait été lancé, quelque chose que personne ne pouvait plus arrêter et dont le fil se déroulait devant moi à toute allure.

J'ai repensé à ces silhouettes de soldats que j'avais vues s'agiter sur le mur de la galerie, le soir où nous étions allés là-bas. Je les revoyais quitter la grande surface plane de la deuxième dimension, sortir d'elles-mêmes, prendre corps dans le monde en relief, passer les unes après les autres au-dessus de l'assistance, sortir de la galerie et aller rejoindre les étendues boueuses des champs de bataille.

L'explosion de la galerie Area pouvait-elle avoir un rapport avec l'existence – ou la non-existence – de l'*Approche de Francis Rissin* ? Pouvait-elle avoir un rapport avec la présence de ce bouquiniste du quai des Grands-Augustins que nous avions vu là-bas ? Ou bien est-ce que je devenais complètement folle ?

*

Jacques Sauvamain m'a rappelée le lendemain en fin de matinée.

J'étais nue dans mon lit. Nous avions bu pas mal de vin la veille avec Karl. Il pensait que ça ne pouvait pas nous faire de mal, vu les circonstances. Il était quand même parti de bonne heure à la FNAC.

Malgré sa voix chevrotante et son grand âge, mon interlocuteur avait une énergie communicative. Il m'a proposé de venir prendre le thé chez lui, rue de la Croix-Nivert. Il ne pouvait plus se déplacer seul dans Paris, il était trop vieux pour ça. J'ai immédiatement accepté l'invitation. Je lui ai demandé si Karl pouvait nous rejoindre un peu plus tard après son travail. Il m'a répondu qu'il serait heureux de le rencontrer aussi.

Je suis passée prendre quelques mignardises chez Dalloyau, et puis j'ai attrapé le métro à la station Odéon.

La mobilisation des salariés grévistes de la RATP n'avait pas faibli, elle s'était même renforcée les derniers jours, après un flottement passager. Personne n'aurait su dire depuis combien de temps ils s'étaient lancés dans cette éprouvante bataille, dont l'issue paraissait quand même de plus en plus incertaine. En toute logique, je m'attendais à trouver un monde fou sur les quais, et des rames archibondées. Mais bizarrement, il y avait seulement quelques personnes à attendre le prochain métro, comme si les Parisiens avaient définitivement renoncé à utiliser les transports en commun. Quand la rame est arrivée, j'ai encore eu la surprise de constater qu'elle était à moitié vide. Je me suis faufilée entre les rares usagers et je me suis assise sur un strapontin au fond du wagon.

Les stations défilaient lentement derrière les fenêtres opaques : Mabillon – Sèvres-Babylone – Vaneau. Pour lutter contre la fatigue, j'ai regardé discrètement les autres passagers, m'invitant quelques secondes dans le secret de leur intimité suspendue, surprenant leurs bâillements, leurs soupirs, leurs petites manies, tous ces gestes ordinaires que chacun essaie, en public, de dissimuler à la vue des autres. Beaucoup d'entre eux avaient le nez collé aux pages rêches et colorées des quotidiens gratuits ou à l'écran tactile de leur smartphone, les autres balayaient le wagon des yeux en prenant soin de ne pas croiser le regard de leurs voisins, ou fixaient un point qui n'existait pas, perdus dans leurs pensées. Et puis j'ai vu cette jeune femme assoupie, assise en face de moi.

Profitant de son état de somnolence, je l'ai observée pendant plusieurs minutes. Il y avait quelque chose qui clochait dans la manière dont les traits de son visage étaient tournés. Je ne sais pas. C'était comme si la nature s'était amusée à contredire les règles qui président habituellement à la bonne harmonie d'une figure humaine. Et pourtant, elle dégageait aussi un puissant parfum de phéromones. Je n'arrivais pas à dire si je la trouvais infiniment repoussante ou infiniment désirable. Si vous m'aviez demandé à ce moment-là pourquoi je la regardais avec une telle insistance, j'aurais été un peu gênée je crois – je n'aurais pas su quoi vous répondre.

À un moment donné, elle a entrouvert les yeux et elle a regardé dans ma direction. Je me suis dit qu'elle allait me surprendre, qu'elle allait voir dans mes yeux ce mélange de répulsion et de désir qu'elle devait lire si souvent dans le regard des gens. Ses lèvres ont bougé dans le vide, elle a tendu son cou vers moi. Est-ce qu'elle a essayé de m'envoyer un signe ? Est-ce qu'elle a voulu me dire quelque chose ?

Je n'ai pas baissé le regard, j'ai continué à la fixer, préférant risquer la désagréable éventualité d'un échange plutôt que de lui faire l'affront de détourner les yeux au dernier moment ; mais doucement ses paupières se sont refermées.

Les stations défilaient toujours : Duroc – Ségur – La Motte-Picquet Grenelle. La rame se vidait et se remplissait à chacune d'elles – des corps affairés venaient s'entasser là où d'autres corps affairés s'étaient entassés quelques secondes plus tôt. On lisait sur les visages le ras-le-bol des jours de grève, mais le mouvement de vidage et de remplissage de la rame se faisait sans heurts, sans à-coups, comme si les usagers du métro étaient des liquides non miscibles dont la seule fonction était simplement de s'écouler et de remplir les vides.

La respiration de ma voisine produisait un léger râle, un tout petit ronflement qui faisait vibrer sa lèvre supérieure. Elle a encore entrouvert les yeux, avant de se rehausser sur son siège, comme si elle sortait pour de bon de sa léthargie. C'est là que j'ai réalisé que ses jambes étaient d'une incroyable finesse et qu'elle avait des seins magnifiques. C'était étrange, elle avait aussi de grandes marques rouges au niveau du cou, comme si un maniaque avait essayé de l'étrangler quelques minutes plus tôt. Elle tenait son sac à main haute couture serré fortement sur ses genoux. Sa robe courte à motifs roses et bleus, cirée comme une nappe, avait dû lui coûter une petite fortune. Cette fois, j'ai fini par tourner la tête de l'autre côté du wagon, mettant un terme à mon petit jeu de voyeuse et rendant cette femme à sa fortune ; mais elle m'a encore fixée pendant quelques secondes je crois, l'air ennuyé.

*

Malgré les grèves, je suis arrivée devant la porte du 47 de la rue de la Croix-Nivert quelques minutes avant l'heure dite. La neige s'était remise à tomber. J'ai sonné à l'interphone. La serrure de la porte d'entrée a fait un drôle de claquement, avant de s'ouvrir toute seule devant moi.

Jacques Sauvamain vivait au cinquième étage. L'ascenseur qui montait là-haut était minuscule. Nous n'aurions jamais pu nous serrer tous les deux là-dedans avec Karl.

C'était un immeuble cossu. Un tapis rouge orné de motifs exotiques recouvrait le sol des escaliers.

La porte de gauche était entrouverte, j'ai glissé la tête dans l'embrasure.

Un vieillard se tenait devant moi, assis dans un fauteuil roulant électrique, une couverture sur les genoux.

« Bonjour, entrez, ne restez pas là. »

Au moment où il m'a tendu la main, j'ai remarqué qu'il avait une prothèse à la place de la main gauche. C'était une sorte de moulage de main très grossier, en plâtre ou en plastique. J'ai dû faire une tête étonnée. Il a souri et il m'a dit :

« Ça fait longtemps, vous savez. On s'habitue à la longue. On vit avec – enfin on vit sans.

— Qu'est-ce qui vous est arrivé ? »

J'étais stupéfaite de lui avoir posé une question aussi indiscrète. Je suis plutôt du genre réservée avec les inconnus, mais elle était sortie toute seule.

« Petit souvenir de la guerre d'Algérie. J'étais à Bab el Oued au printemps 62. Mais si j'ai bien compris ce que vous m'avez dit au téléphone, ce n'est pas ça qui vous amène. »

Il me regardait d'un air plein de malice.

Jacques Sauvamain était un fervent admirateur de Pierre Bordage, l'auteur des *Guerriers du silence*. Il écrivait lui aussi, d'ailleurs, à ses heures perdues. Il avait déjà publié quelques polars chez des petits éditeurs spécialisés.

Je n'ai rien contre la littérature de genre, mais je n'étais pas là pour ça non plus. Alors je suis entrée dans le vif du sujet, je l'ai interrogé sur l'*Approche*.

Il a encore souri et il m'a raconté qu'un jour, en fouillant dans les documents de son ancienne collaboratrice, il était tombé sur une brochure jaunie qui s'intitulait *Tovar*. Il avait lu le premier article, qui ressemblait à une sorte d'éditorial. C'était quelque chose d'atroce, d'une violence inouïe – mais il a refusé de me donner plus de détails. Il avait vu des choses horribles pendant la guerre, en Algérie, il n'allait pas me faire un dessin, mais la lecture de ces quelques paragraphes lui avait complètement retourné l'estomac. Dans un accès de colère, il avait jeté le livret. Or il appartenait à la liasse qui faisait explicitement référence à l'*Approche de Francis Rissin.*

« Venez voir, il faut que je vous montre. »

Il m'a conduite dans un couloir étroit aux murs couverts de cadres, avant de pousser une porte en bois sombre sur sa gauche. Nous sommes entrés dans une pièce qui devait faire office de bureau. Il y avait là un incroyable foutoir. D'immenses piles de documents menaçaient de s'affaisser les unes sur les autres. Les étagères étaient couvertes de dossiers, de lettres, de photos, de cartes postales. Sur le mur de droite s'étalait une grande affiche, sur laquelle était simplement imprimé en capitales démesurées : « FRANCIS RISSIN ».

C'est comme si ma mâchoire était tombée d'un coup.

« Qu'est-ce que c'est que ça ?

— Je n'en sais rien. J'ai trouvé ça un jour dans les archives d'Anne. Je n'ai jamais su ce que ça faisait là. J'ai pensé au départ que c'était elle qui l'avait fait imprimer. Mais il s'agit d'une affiche pro, éditée par une petite entreprise de sérigraphie domiciliée en Lozère. Ils n'existent plus hélas – ça m'aurait bien aidé de les rencontrer. Ça m'a obsédé pendant des semaines entières. Alors j'ai décidé de partir à sa recherche.

— De l'imprimeur ?

— Non, de Francis Rissin.

— Vous avez trouvé le livre – vous avez trouvé l'*Approche* ?

— Non, je ne l'ai pas trouvée. Personne ne l'a jamais trouvée. En revanche, au fil de mon enquête, j'ai fait un certain nombre de découvertes qui risquent de vous intéresser. »

La sonnerie de l'interphone a retenti.

« Karl ?

— Je n'attends personne, ça doit être lui. Allez lui répondre. Et laissez la porte d'entrée entrouverte, il viendra nous rejoindre ici. »

Karl avait réussi à quitter la FNAC plus tôt que prévu. Malgré le froid et la neige, il avait traversé Paris à Vélib'.

Quand il a pénétré dans le petit bureau, Jacques Sauvamain était en train de sortir un gros classeur qui débordait de feuilles volantes.

« Bonjour.

— Enchanté. »

Les deux hommes se sont serré chaleureusement la main.

« J'ai lu votre dernier roman, *Les bandits mangent tôt*. J'ai beaucoup aimé.

— Merci, vous êtes gentil. Mais regardez plutôt ça. »

Il nous a tendu une longue liste qui ressemblait à une bibliographie.

« Ce sont toutes les références qui apparaissent dans le livre d'Anne, toutes les publications censées évoquer l'*Approche de Francis Rissin*. Vous voyez les petites croix, à gauche ? Elles signalent celles que j'ai réussi à me procurer.

— Beau travail. »

Je n'en revenais pas. Il était parvenu à dénicher les deux tiers des documents cités.

« N'oubliez pas que j'avais ses dossiers à ma disposition. Mais attendez. Vous allez avoir du mal à me croire, mais je n'ai trouvé mention de l'*Approche* dans aucune d'elles. »

Nous sommes restés bouche bée.

« Aucune trace ?

— Rien. *Nada*. Il n'y a que deux fanzines qui évoquent son existence, en plus de *Tovar* dont je vous parlais tout à l'heure. Ce sont ceux qui se nomment *Hechizado* et *L'Autre Nom de Dieu*.

— Mais ?

— Ils en parlent en citant le livre d'Anne, ils connaissaient *Traversée circulaire de la zone grise*. »

Tout cela était à proprement parler invraisemblable. D'autant que ça ne pouvait pas coller au niveau des dates.

« Vous croyez qu'Anne aurait inventé tout ça ?

— Non, impossible. Elle ne se serait jamais amusée à ce genre de canular. C'est pour ça que j'ai voulu tirer tout ça au clair.

— Et alors ?

— Je ne suis sûr de rien, ce sont seulement des hypothèses que j'ai eu l'occasion d'échafauder après plusieurs années d'investigation. J'étais à la retraite, j'avais du temps. Je me suis plongé là-dedans comme d'autres se jettent du pont du Garigliano. »

Il était devenu grave.

« Vous savez que le nom "Rissin" a été très peu porté en France depuis le XIVe siècle ? J'ai retrouvé la trace d'un Pierre Rissin, né à Bordeaux en 1634, d'une Josette Rissin, née à Murat en 1734, et même d'une certaine Francine Rissin, née à Sorgues en 1874. Mais je m'intéresse à la généalogie à peu près comme à la menuiserie, donc j'ai rapidement arrêté de chercher de ce côté-là.

« Je suis persuadé que l'*Approche de Francis Rissin* a bel et bien existé. Il y a des éléments incontestables en faveur de cette supposition. Mais de là à dire qu'il y a encore des exemplaires en circulation, des exemplaires qui traîneraient ici ou là...

— Pierre Tarrent en a pourtant déniché un chez les bouquinistes des quais de Seine !

— Vous savez comme moi que Pierre Tarrent est un petit malin. Il sait qu'il suffit parfois de prononcer le nom d'une chose pour lui donner corps et l'inviter de plain-pied dans le monde réel. »

Il me considérait à nouveau d'un œil goguenard.

« La question qui m'a animé au départ, ça a été de savoir pourquoi ils avaient écrit ce livre, quelle avait été leur intention initiale. Rien n'est sans raison sur la terre, et il a bien fallu que quelque chose, que quelqu'un les pousse à se réunir, à écrire ce texte, à le mettre en page, à l'imprimer et à en diffuser une poignée de copies dans quelques villes de province. Et à quoi bon ? À quoi bon perdre son temps à publier un texte ésotérique en si petite quantité et à le distribuer dans des agglomérations qui sont presque des villages fantômes ? Qu'est-ce qui leur est passé par la tête ? Qu'est-ce qu'ils ont voulu faire ? »

Dehors, la neige tombait de plus belle.

« Je n'ai évidemment jamais réussi à répondre à cette question. Ce qui m'a intéressé, du coup, c'est de reconstituer la “scène inaugurale”, ce moment privilégié où le texte a été écrit, ou du moins élaboré. On sait en effet que les protagonistes se sont retrouvés dans un lieu bien particulier, un endroit dont je suis sûr qu'Anne connaissait la localisation précise – même si elle a toujours prétendu le contraire. Alors j'ai simplement essayé de l'imaginer.

« Ça m'est venu assez naturellement. Je voyais un endroit assez vaste, un endroit en hauteur, peut-être le sommet d'une colline ou d'un vaste plateau, comme ceux qui s'étalent au sud du Massif central.

Je voyais aussi un site géologique peu fréquenté et un sentier qu'on ne peut emprunter que dans un seul sens. Je voyais un rocher ou une forêt de rochers surplombants offrant une vue en enfilade sur une succession de mamelons. Ça aurait pu se passer dans les environs du petit hameau de Larnin, sur la commune de Brénaz, dans les plaines qui encerclent la ville de Mimizan, dans le pays de Born, ou peut-être quelque part autour de Goderville, derrière le pré de Trébons – ce qui cadre davantage avec la zone de diffusion initiale de l'ouvrage ; mais aussi bien ailleurs, dans une autre région, dans un autre recoin de l'univers.

« Ensuite, il y a la lumière et des ombres qui s'étalent, car le soleil est en train de décliner. Il y a un peu de vent, mais c'est un vent tiède, un vent sucré plutôt qu'un vent salé, si cela a un sens de parler de vent sucré – si on peut dire de l'air qu'il est sucré comme on peut le dire de l'eau ou même d'un baiser. Il y a le soleil qui décline, il y a le vent qui caresse leurs visages innocents. Il y a quelque chose d'autre encore, quelque chose d'insaisissable qui tournoie autour d'eux, qui ne s'arrête plus de tournoyer.

« Et c'est là que ça se passe, sur cette petite hauteur, à proximité de ce site géologique peu fréquenté, entre ces rochers surplombants offrant une vue en enfilade sur une succession de mamelons. Ils se retrouvent là sans savoir pourquoi, ou sans vraiment le savoir, même s'ils se doutent aussi de quelque chose, même si chacun a sa petite idée qu'il garde pour lui dans un lieu inaccessible aux autres. Et planant au-dessus d'eux, ou les encerclant de toutes parts, il y a cette présence à la fois proche et lointaine, il y a le spectre de Francis Rissin – Francis Rissin qui s'apprête à tomber sur la terre.

« Excusez-moi, je deviens un peu lyrique. »

Je commençais à douter sérieusement que Jacques Sauvamain puisse me donner les réponses que j'attendais.

« Ça me rappelle cette histoire qui m'est arrivée ensuite, et qui m'a poussé à arrêter définitivement mes recherches. Vous connaissez la rue Méchain, dans le 14e ? J'étais chez ma sœur, elle était venue me chercher pour que je passe la journée du 14 juillet avec eux, il y avait une sorte de réunion de famille, un truc comme ça. Je n'aime pas spécialement ces moments-là, ça me fatigue ; mais je voulais lui faire plaisir, et puis je me suis dit que ça pouvait être la dernière fois. Vous savez, à nos âges...

« Depuis les fenêtres de son salon, on aperçoit les toits de la prison de la Santé. C'est un édifice assez impressionnant, je veux dire d'un point de vue architectural. C'était juste avant les travaux de rénovation, ceux de 2013 ou 2014. Bref, il y avait les Alpha Jet de la Patrouille de France qui passaient et repassaient dans le ciel, laissant derrière eux leurs grandes traînées bleu-blanc-rouge. J'étais bloqué dans mon fauteuil, donc je regardais le spectacle. Je trouvais évidemment ça très impressionnant, et plus intéressant en tout cas que ce qui se passait autour de la table basse, où s'entrechoquaient de vieilles tasses à café en porcelaine de Limoges. Et puis j'ai vu un avion quitter la formation et venir dans notre direction à pleine vitesse. C'était effrayant, je le voyais vraiment fondre sur nous. Au tout dernier moment, juste avant de survoler la prison, il a pris un virage très serré, très très serré, et puis il est reparti dans les hauteurs en faisant un bruit assourdissant. Sauf qu'il a lâché quelque chose au passage. J'y vois à peu près aussi clair qu'une taupe, mais je vous garantis qu'il a lâché quelque chose. Je ne sais pas ce que c'était. Un instant, j'ai bien cru qu'il s'agissait d'une bombe et que tout allait sauter. J'ai eu extrêmement peur. J'ai presque vu les flammes danser au-dessus du pâté de maisons, et un grand champignon atomique s'élever au-dessus de la capitale. Mais si c'était un projectile, Dieu merci il n'a pas explosé. Et puis pourquoi seraient-ils allés bombarder la Santé – elle était vide à ce moment-là ?

« En tout cas, ce que je peux vous assurer, c'est qu'après avoir disparu, la fumée de l'avion a dessiné un visage dans le ciel, au-dessus de la maison d'arrêt. Je ne sais pas ce qui s'est passé, mais à ce moment-là, j'ai eu la certitude, l'intime conviction qu'il s'agissait du visage de Francis Rissin. J'ai appelé les autres pour qu'ils voient ça. Mais le temps qu'ils posent leurs soucoupes, l'apparition s'était déjà dissipée dans les airs.

« Avec le temps, j'ai un peu recouvré mes esprits. J'imagine qu'on projette parfois sur le monde ce qui nous trotte au fond du crâne. D'autres y auraient peut-être vu la couronne du Christ, le manteau de la Sainte Vierge ou un vaisseau extraterrestre. Si j'y ai vu le visage de Francis Rissin, c'est parce que j'avais ça en tête à ce moment-là. Toujours est-il que ça m'a poussé à mettre un terme à mes investigations. Je crois que je commençais vraiment à divaguer. Vous verrez, vous finirez par le voir aussi, que ce soit dans les traînées de condensation qui flottent dans les airs au crépuscule ou dans le marc de votre tasse à café. »

Il était déjà tard. Nous avons laissé Jacques Sauvamain regarder la tempête qui se calmait par la fenêtre du petit bureau.

*

J'ai continué mes recherches pendant plusieurs mois.

L'explosion qui avait détruit la galerie Area et brûlé l'aile gauche de l'hôtel particulier du numéro 50 de la rue d'Hauteville a d'abord été mise sur le compte de dissidents du groupe Daech, puis de militants du Bloc identitaire, puis d'écologistes radicaux tendance antispéciste, et finalement d'une simple fuite de gaz dans un appartement de l'immeuble voisin.

L'état de santé de Laurent Duprieux s'est stabilisé, mais il était toujours dans le coma.

Nous avons pris de la distance, Karl et moi. Je ne dis pas qu'il ne se passera plus jamais rien entre nous. Mais je ne sais pas, j'ai besoin de respirer, j'ai besoin d'air – sinon j'étouffe.

Je n'ai pas vu le visage de Francis Rissin entre les rayons du soleil couchant ou au fond de ma tasse de thé, alors j'ai continué à faire ma fouine ici et là.

Et puis, il y a quelques mois à peine, j'ai découvert tout à fait par hasard que Pierre Tarrent n'avait jamais existé, qu'il s'agissait d'une simple signature, sans qu'on sache très bien qui se cachait au juste derrière ce nom : un membre de l'équipe de rédaction de la revue *Tessarine*, un collaborateur épisodique, un anonyme ou un collectif à la Nicolas Bourbaki. Quant à savoir, du même coup, qui avait réellement collaboré sous ce patronyme à l'Institut d'histoire du temps présent ; quant à savoir qui avait déniché l'*Approche* chez ce bouquiniste du quai des Grands-Augustins et avait été inhumé plus tard au cimetière du Montparnasse, à quelques mètres de la tombe d'André Citroën – quant à savoir qui j'avais attendu à la singerie du jardin des Plantes...

J'ai tout de même fini par mettre la main sur la brochure *Tovar*, dont nous avait parlé Jacques Sauvamain. Je n'ai pas compris pourquoi elle avait autant choqué le collaborateur d'Anne Vayr-Melin. À première vue, il s'agissait d'un texte d'histoire militaire, avec son lot de descriptions macabres il est vrai ; mais rien en comparaison de ce qu'on peut voir dans un jeu vidéo comme *Verdun*.

En revanche, elle ne se contentait pas de mentionner l'*Approche*. Elle en reproduisait plusieurs pages ! Je me suis demandé pourquoi il ne m'en avait rien dit. C'était très obscur, du reste, ça partait dans tous les sens. Vous trouverez ça sur le second polycopié que je vous ai distribué.

J'ai essayé de garder la tête froide. Avant de m'emballer encore une fois, je voulais m'assurer que je n'avais pas affaire à un nouveau canular.

Vous vous souvenez que je vous ai parlé du logiciel GREGOR d'Adobe ? Il permet, à partir d'un texte donné, et moyennant la spécification d'un certain nombre de paramètres comme le nombre de lettres ou de mots successifs, de retrouver tous les emprunts ou toutes les références que celui-ci dissimule en le croisant avec la totalité des textes disponibles en ligne. C'est un outil très puissant, qui a totalement refroidi les étudiants qui écrivaient leurs mémoires en glanant leurs idées sur Wikipédia. Enfin, Google fait ça très bien aussi.

Bref, comme Pierre Tarrent prétendait l'avoir fait à l'époque dans sa préface, j'ai scanné les extraits de l'*Approche*, je les ai convertis en un fichier texte que j'ai importé directement sur mon PC. Quelques secondes plus tard, GREGOR faisait défiler sur mon écran une longue liste de références.

Quelques emprunts provenaient justement de l'encyclopédie en ligne Wikipédia ; mais on trouvait également, répartis de manière désordonnée dans le texte, de courts extraits de l'*Histoire de France* de Michelet, de l'*Histoire militaire de la France* de Corvisier, de l'*Histoire de l'armée française* du général Weygand, ou de *Verdun 1914-1918* d'Alain Denizot – comme si les auteurs avaient pioché au hasard dans le rayon « histoire » d'une bibliothèque municipale.

D'autres emprunts avaient été faits à de vieux livres de science-fiction, des trucs que plus personne ne lit aujourd'hui comme *Les Messagers de l'An 3005* de Patrick Sérémond, *Destination iota Draconis* de Chaden Elfassi, *La Forêt de cristal* et *Le Vaisseau des condamnés* de Luc Buissonnat. Mais certains d'entre eux provenaient aussi d'*Abzalon* et du cycle de *Wang* de Pierre Bordage. Encore une fois, comment cela pouvait-il avoir échappé à Jacques Sauvamain ?

Jusqu'ici toutefois, il s'agissait de quantités négligeables. Le logiciel était formel, la plupart des citations cachées du texte provenaient de l'*Iliade* et de l'*Odyssée*, dans les traductions de Séguier et de Leconte de Lisle, mais également dans celle qu'a donnée Louis Bardollet pour Robert Laffont. D'après GREGOR, elles étaient non seulement infiniment nombreuses, mais elles étaient surtout en proportions égales, à la lettre près. En d'autres termes, exception faite des quelques références que je viens de vous donner, l'*Approche* était un gigantesque agglomérat des deux chefs-d'œuvre de la littérature grecque – comme une plongée dans cette zone intervallaire, indécise et nébuleuse, où se répondent les colères de tous les Achille et les errances de tous les Ulysse.

Vous comprenez maintenant pourquoi ce texte a tellement fasciné Anne Vayr-Melin ?

*

Je n'ai jamais réussi à prouver l'existence de l'*Approche de Francis Rissin*. Mais je n'ai jamais réussi non plus à prouver le contraire, je n'ai jamais réussi à prouver qu'elle n'existait pas. Comme je vous le disais au début du cours, j'en suis venue à conclure que ce livre flottait dans les limbes de la chaîne signifiante, dans les limbes de la zone grise, prisonnier de ce champ d'indécision qui s'ouvre juste après que s'arrête l'*Iliade* et juste avant que commence l'*Odyssée* ; autrement dit qu'il était ontologiquement indécidable, mais qu'il subsistait pourtant à sa façon, comme une promesse, comme un rêve, comme un espoir. Mais ne vous faites pas d'illusions, il vous glissera toujours des mains comme une poignée de vase ou de civelles au moment où vous refermerez les doigts, si vous avez la chance de le tenir un jour dans le creux de votre paume.

De toute façon, pour être honnête avec vous, je n'ai toujours pas compris ce qui m'était arrivé au cours de cette période.

C'est pour cette raison que j'ai décidé de faire ce séminaire et d'écrire ce livre – pour y voir un peu plus clair.

Bon, je m'arrête là pour aujourd'hui.

Désolée d'avoir débordé sur votre pause déjeuner.

2.

« Événements du département de l'Ain », Inspection générale de la police nationale (IGPN), délégation de Lyon, rapport n° 27-00067-0620-L du 27 juin ***, document classé « secret Défense ».

On fait généralement remonter au matin du 3 juin le premier signalement officiel d'une affiche Francis Rissin sur le territoire français. Nous savons en effet que ce jour-là, il est 7 h 55 quand Océane Pouzettat, la secrétaire de mairie de Chalamont (2400 habitants), gare sa Twingo Zen sur le petit parking qui se trouve en face de l'hôtel de ville. En poussant la portière, elle se dit justement que ça va être une journée tranquille, car Laurent Feyrolles, le maire, est en déplacement à Lyon avec d'autres élus de la communauté de communes. Mais quand elle se tourne vers la mairie, après avoir actionné la fermeture centralisée, elle les aperçoit immédiatement, collées de chaque côté du porche, sous les panneaux de sens interdit et les drapeaux de la France. Ce sont deux affiches bleues de grand format, sur lesquelles se détache le nom « FRANCIS RISSIN », écrit en capitales blanches dans une police de caractère qui semble proche de celle utilisée pour les campagnes de communication du groupe Ricard.

D'autres affiches sont-elles apparues avant cette date ? Il nous est évidemment très difficile de répondre à cette question. Peut-être que certaines d'entre elles ont été collées plus tôt dans des lieux peu fréquentés des hommes, des fermes vides, des hangars désaffectés, des châteaux d'eau à l'abandon, des hameaux fantômes – ou dans des lieux difficilement accessibles comme les zones humides de la Dombes ou les profondeurs des grottes du Cerdon. Peut-être que ces affiches se sont envolées au loin dès le premier jour comme des feuilles mortes ; ou peut-être que la colle utilisée à ce moment-là n'a pas résisté au mauvais temps, à la pluie, à la grêle ou aux harcèlements des vents d'orage – comment savoir ? Peut-être que la France a eu droit à un petit apéritif mais que personne ne s'en est rendu compte sur le moment, que personne n'a songé à lever son verre et à trinquer avec son voisin en entonnant *La Marseillaise*.

Bien qu'il n'y ait sûrement pas de quoi s'affoler, Océane Pouzettat préfère appeler Laurent Feyrolles pour le prévenir – elle a obtenu ce poste de secrétaire de mairie il y a quelques mois seulement, elle veut être irréprochable. Après cinq longues sonneries, c'est la voix numérisée du répondeur qui s'adresse à elle. Elle laisse quand même un message où elle prie le maire de la rappeler quand il aura le temps, et elle s'approche tranquillement de la porte d'entrée du bâtiment. Elle nous a raconté plus tard qu'elle n'était pas spécialement craintive de nature. Quand elle vivait près de Paris, sa boîte aux lettres se faisait forcer presque une fois par semaine – sans compter les tags qui recouvraient toutes les façades des immeubles.

Avant d'entrer, elle compose encore le numéro d'une de ses amies qui travaille à la boulangerie de Saint-André-de-Corcy, mais son téléphone sonne également dans le vide.

Elle plonge finalement le bras dans son sac à main pour y attraper son trousseau de clés, quand le chant enfantin de Lisa Portelli fait brusquement retentir son iPhone.

En décrochant, elle est quand même soulagée d'entendre la voix du maire. Celui-ci lui demande de ne toucher à rien avant son retour. Inutile de s'inquiéter, la rassure-t-il, c'est sans doute une mauvaise plaisanterie. Mais il lui demande quand même de prendre les affiches en photo et d'envoyer un fax à la gendarmerie, par acquit de conscience. Il lui demande également de passer un coup de fil à la préfecture pour savoir si le nom de Francis Rissin leur évoque quelque chose.

Après avoir raccroché, Océane Pouzettat se félicite de l'avoir averti – elle ne pensait pas qu'il serait aussi procédurier. Elle prend trois clichés des affiches avec son smartphone et entre dans la mairie. Un léger frisson la saisit pendant les quelques secondes où elle se retrouve seule dans le noir ; mais elle allume rapidement toutes les lumières et elle se dépêche d'ouvrir les volets pour laisser entrer le jour.

Il est 8 h 17 quand elle appelle finalement la préfecture. Elle tombe directement sur Léa Deguillin, la secrétaire du préfet – celui-ci n'est pas disponible, il est en déplacement pour la journée.

Nous savons en effet que ce jour-là Vincent Grangé, le préfet de département, est retourné à Oyonnax à la demande du préfet de région et du ministre de l'Intérieur. Depuis plusieurs mois, ses deux supérieurs lui mettent la pression pour qu'il fasse le ménage dans le quartier de la Forge. Du fait de son taux de chômage anormalement élevé, celui-ci est devenu au fil des ans une importante plaque tournante pour le trafic de stupéfiants en France, mais aussi une pépinière de laboratoires spécialisés dans la production de nouvelles drogues de synthèse.

Léa Deguillin propose à son interlocutrice de lui faxer simplement les photos, elle les déposera sur le bureau du préfet où il les trouvera à son retour.

Il est 8 h 20 quand Océane Pouzettat se lève pour se faire une tasse de café, et 8 h 21 quand elle aperçoit un épais dossier bleu posé sur l'étagère de son bureau. Elle est presque sûre qu'il n'était pas là la veille, quand elle a quitté les lieux. Elle le saisit à deux mains comme un colis pesant. Il s'agit d'une épaisse chemise cartonnée sur laquelle on a simplement écrit au feutre noir : « Sergent ».

*

Le lendemain du 3 juin, Marcel Chaillon, un agriculteur à la retraite de Jujurieux (2 150 habitants), part de bonne heure de chez lui au volant de sa vieille Renault R4 pour déposer des sacs de gravats à la déchetterie intercommunale. Mais c'est sur le chemin du retour, en longeant ce grand hangar désaffecté qui lui servait autrefois de grange à foin, qu'il aperçoit les affiches. Il y en a peut-être trois ou quatre. Il freine pour mieux les voir. Elles sont couvertes de terre et de moisissures, mais il parvient facilement à les déchiffrer. Le nom qui s'y déploie lui dit vaguement quelque chose. Il fait un effort pour se souvenir, mais rien ne vient – sa mémoire est trouée de partout comme une mine de charbon.

Marcel Chaillon habite entre l'ancienne ferme de Foilliet et le garage Gouvin, il sait bien à quoi ressemblent ces vieilles réclames – il y en a partout autour de chez lui. Ce sont d'immenses plaques de tôle rouillée qui ont été accrochées là des dizaines d'années plus tôt, et qui vantent la qualité des lubrifiants Igol, des huiles moteur Yacco ou des pneus Michelin ; mais également de vieilles affiches électorales illisibles, décolorées par la lumière et les intempéries, et qui tomberaient sûrement en poussière si on posait le doigt dessus. Mais c'est la première fois qu'il en voit des comme ça. En se garant devant son domicile, il se demande à nouveau qui est ce type, parce que quand même ce nom lui paraît familier ; et puis il se dirige vers son atelier.

Plus tard dans la journée, aux alentours de 15 heures a-t-il précisé quand nous l'avons interrogé, un inconnu frappe à sa porte. En règle générale, Marcel Chaillon est encore en train de faire la sieste à cette heure-là, mais ce jeudi il s'est levé plus tôt que d'habitude, pour réparer le grillage de son poulailler qui est dans un état épouvantable – les poules entrent et sortent comme des souris dans une grange. Il était en train de boire un café, avant de se mettre au travail, quand il l'a vu traverser sa cour.

C'est un bel homme d'une cinquantaine d'années aux traits fins et aux yeux bleus et secs. Chaillon le regarde d'un air suspicieux. Il doit venir de loin, on ne l'a jamais vu par ici.

Le type se présente d'une voix grave et puissante. Il s'appelle Baudrans, il marche dans les environs depuis plusieurs jours – et à la manière qu'il a de dire « jours », on comprend qu'il s'agit plutôt de semaines, de mois peut-être. Il sonne parfois chez les gens pour leur demander un verre d'eau ou un morceau de pain à grignoter. Il porte une soutane pleine de poussière, et quand Chaillon lui demande s'il est curé ou quelque chose comme ça, Baudrans lui répond simplement qu'il suit le chemin de Compostelle, mais sans se presser. Il prend son temps, il fait des détours, il va simplement de village en village, à la rencontre des habitants de la région. Ce qu'il cherche ? Il n'est pas bien sûr de le savoir lui-même.

« Vous voulez un café ? »

Chaillon le fait asseoir de l'autre côté de la lourde table qui se trouve au milieu de sa cuisine, et il pose une tasse fumante devant le pèlerin. Après en avoir avalé trois longues gorgées brûlantes, Baudrans commence à raconter son histoire. Il a pas mal bourlingué dans sa vie. Il a bien été prêtre par le passé, inutile de s'en cacher. Il officiait à Plouha, dans les Côtes-d'Armor – son église ressemblait à un bunker immense, avec des vitraux étroits comme des meurtrières. Et puis, pour des raisons sur lesquelles il ne s'attarde pas, il a décidé de quitter la Bretagne. Il a vécu à Vivonne et à Paray-le-Monial, où les années s'enchaînaient les unes après les autres comme des chansons à la radio, et même quelques mois à l'abbaye Notre-Dame-des-Neiges, pas très loin de Mende. L'été passé, il est parti marcher dans les Pyrénées. Il avait prévu de s'arrêter à Lourdes, comme il a l'habitude de le faire chaque fois qu'il vient dans la région, mais il a changé d'avis au dernier moment, préférant passer quelques jours de plus dans la montagne. Il n'a pas perdu la foi, pas exactement du moins, confesse-t-il ; mais, depuis plusieurs années, c'est comme si cette voix du ciel qui s'adressait parfois à lui s'était tue.

Marcel Chaillon a cessé de prêter attention aux paroles de son visiteur. Il pense à nouveau au nom de ce type qu'il a vu sur les affiches dans la matinée. C'est quand l'autre a dit « Lourdes » que ça lui est revenu. Il a fait un effort pour se concentrer, et puis les souvenirs ont déboulé d'un seul coup dans sa tête comme des cailloux tombés d'un camion.

Ils étaient partis aussi dans les Pyrénées avec sa femme, en voyage organisé – ça remonte, c'était il y a plus de vingt ans. Elle était déjà malade à cette période-là, alors ils s'étaient arrêtés pour visiter les sanctuaires. À aucun moment ils n'en avaient parlé pendant le trajet, mais ils espéraient secrètement qu'il se passerait quelque chose, que ça l'aiderait à guérir.

En arrivant là-bas, ils avaient trouvé une ambiance d'euphorie qui cadrait mal avec l'image qu'ils se faisaient de ce lieu de recueillement et de prière. Mais on racontait qu'un miracle avait eu lieu devant la grotte de Massabielle, la semaine précédente. Marcel ne pouvait plus dire si le type avait simplement retrouvé l'usage de ses jambes, s'il avait vu la Sainte Vierge ou s'il était carrément revenu à la vie ; mais il était presque sûr en tout cas que c'était ce nom-là qu'il portait, qu'il s'appelait Francis Rissin.

*

Dans *Le Progrès* du 5 juin, le journaliste Alexandre Jeanpierre revient sur la conférence de presse que le préfet a donnée la veille dans le quartier de la Forge, à Oyonnax.

Face au désarroi et à l'exaspération des habitants, Vincent Grangé a multiplié les appels au calme. Si la présence policière est nécessaire pour assurer la sécurité des familles et arrêter les derniers trafiquants, il est hors de question de recourir à la force brute, a-t-il affirmé, et d'instaurer un couvre-feu comme le réclament certains militants du Rassemblement national. Il va continuer de travailler en amont avec les îlotiers, les élus de quartier et les associations de prévention ; mais aussi en aval avec les centres de soin et d'accompagnement. D'après ses informations, le trafic de drogue a baissé de manière significative ces derniers mois, ce qui a favorablement impacté les statistiques de la délinquance. Il a également admis que les travaux pouvaient être une source de nuisances pour les riverains, mais il leur a promis que la rénovation du quartier serait achevée d'ici au mois de septembre.

Un journaliste du *Dauphiné libéré*, Dilhan Paker, lui a demandé s'ils travaillaient à l'échelle européenne, puisque les réseaux de distribution des nouveaux produits de synthèse passaient aussi par la Hongrie, la Roumanie et les pays baltes. Mais à cette question, Vincent Grangé a répondu par la négative. Il n'y a toujours pas de prise de position concertée de l'UE sur le sujet, a-t-il déploré : « C'est déjà suffisamment difficile de se coordonner au niveau régional et national, alors s'il faut attendre que les autres états membres se décident, autant rester chez soi ! »

Profitant de cette remarque du préfet, Alexandre Jeanpierre devient presque sarcastique dans la suite de son article.

L'Union européenne ? Bien sûr il y a eu ce grand rêve d'une union sacrée entre ces vingt-huit nations, ces vingt-huit peuples, sur le modèle de ce qui s'est fait autrefois chez les Ricains outre-Atlantique ; mais en vérité, ça fait déjà un moment que ça tourne en eau de boudin, que c'est devenu du grand n'importe quoi – sans compter que certains ont déjà donné leur démission. Et puis merci, s'emporte-t-il aussitôt, on a compris la chanson ! Plus personne ne veut entendre le nom de ces mafieux associés, qui prétendent régler l'avenir du continent depuis les sous-sols de leur palais bruxellois – où ils passent leurs journées à s'acoquiner avec les représentants des firmes industrielles et à blanchir leurs comptes bancaires. Non, c'est fini tout ça ! Plus personne ne veut de cette arnaque à grande échelle, qui a déjà suffisamment duré comme ça – depuis ce jour funeste où un marchand de charbon et un marchand de ferraille ont eu la mauvaise idée de s'associer, pour relancer un peu leurs affaires à la fin de la Seconde Guerre mondiale.

En vérité, termine narquoisement le journaliste, les nations ne sont pas faites pour les aventures collectives, ou alors comme ça, une fois par an, le temps d'un aller-retour sur la Lune ou d'une petite aventure militaire au Proche-Orient. Le reste de l'année, elles aspirent seulement à se regarder le nombril en jouant au solitaire. Les autres pays de l'Union européenne ? Ils peuvent vivre leur vie comme ils veulent, tout le monde s'en fout. Ça fait une paye que plus personne n'a entendu parler d'eux par ici.

*

Le 7 juin, en fin d'après-midi, trois gamins de Châtillon-la-Palud (1 580 habitants) partent à vélo du côté du bois des Bruyères. Après l'école, ils ont l'autorisation de sillonner la campagne qui s'étend autour de la commune sur de vieux VTT qui ont appartenu autrefois à leurs parents. Les journées sont longues à cette période de l'année, le soleil est encore haut dans le ciel quand ils quittent la rue du Baronnier par le chemin de la Rouette pour rejoindre la route de Chalamont.

Le plus jeune d'entre eux s'appelle Léo Charpena. C'est un garçon sage qui a fêté ses onze ans la semaine précédente. Ses parents travaillent à la Part-Dieu, à Lyon. Ils ne sont jamais rentrés à la maison avant 19 heures ou 19 h 30, alors il peut bien s'aérer un peu en les attendant, une fois qu'il a fini de faire ses devoirs.

Le second, plus vieux de quelques mois que le premier, s'appelle Luca Penettis. Son père vit à Genève depuis trois ans – il se rend là-bas un week-end sur deux pour le voir. Sa mère est au chômage, elle passe ses journées chez elle à faire le ménage ou à regarder des séries à la télévision. Il peut rentrer à l'heure qu'il veut, elle se fiche bien de ce qu'il fabrique quand il est dehors.

La troisième, c'est Brune Duché. Elle a un an de plus que les deux garçons. C'est une belle fille de douze ans qui se rapproche doucement de l'âge de la puberté. Elle a les yeux en amande, la chevelure claire et un grand sourire qui chatouille déjà les hormones des garçons plus âgés. C'est elle qui a eu l'idée de monter au-dessus du village, au lieu de longer encore une fois les chemins qui bordent la rivière.

Quel parcours ont-ils suivi ce jour-là ? Nous savons grâce au témoignage de deux voisins qu'ils ont fait un détour par le village des Croix avant de rejoindre le bois des Bruyères proprement dit. Mais quand nous leur avons posé la question, ils nous ont répondu qu'ils ne se souvenaient pas d'être passés par là. Dans tous les cas, en remontant le chemin des Miraillettes, à l'endroit où il fait un coude, il y a un vieux hêtre deux fois centenaire qu'on appelle le hêtre au père Babolat – qu'il s'agisse soit du nom de l'ancien propriétaire du champ où il se trouve, soit simplement de celui qui a eu l'idée de le baptiser (personne ne s'en souvient, il n'y a plus de Babolat dans le coin depuis longtemps). C'est là qu'ils aperçoivent cette grande affiche, agrafée à même l'écorce de son tronc gris et sec, large comme une table de réunion.

Brune freine pour lire ce qui est écrit dessus, pendant que les deux garçons en profitent pour prendre de la distance. Elle se demande un instant qui est ce Francis Rissin, et surtout ce que cette annonce vient faire dans un endroit pareil – il n'y a pas vingt promeneurs qui passent sur ce sentier chaque année. Puis elle rejoint les autres d'un coup de pédale, et ils vont se perdre tous les trois entre le bois de Vavre et les Bouleaux. Et quand nous leur avons demandé encore ce qu'ils avaient fait là-bas, aucun d'eux n'a su quoi nous répondre, comme s'ils n'étaient pas tout à fait sûrs d'y avoir fait quelque chose.

Quand ils repassent devant le vieux hêtre, le soleil a déjà bien baissé dans le ciel. Brune descend de vélo pour décrocher l'affiche (elle nous a confié plus tard qu'elle avait trouvé ça idiot que quelqu'un ait planté ces grosses agrafes rouillées dans ce vieil arbre qui n'avait jamais fait de mal à personne). Elle commence d'ailleurs par la mettre en boule, dans l'intention de la lancer dans un fossé un peu plus loin, et puis elle se ravise et elle la met dans son sac à dos.

À leur retour au village, une bonne demi-heure plus tard, elle la montre à ses parents qui sont en train de consulter un épais catalogue de matériel de bricolage. Ils regardent distraitement le morceau de papier chiffonné et ils lui demandent de le jeter dans la poubelle des déchets recyclables. Après le dîner, Brune tape « Francis Rissin » sur Google, pour voir à quoi ressemble ce type qui se fiche bien de maltraiter les vieux arbres ; mais la page affiche aussitôt « aucun document ne correspond aux termes de recherche spécifiés ».

Quand nous avons finalement demandé aux gamins s'ils avaient remarqué quoi que ce soit de suspect au cours de leur virée, ils ont pincé les lèvres, comme s'ils voulaient éviter que quelque chose en sorte malgré eux, et ils ont secoué la tête de droite à gauche et de gauche à droite. Mais après que nous les avons autorisés à sortir, et alors que les deux autres avaient déjà filé, Léo s'est approché de nous et il nous a parlé de cette vieille voiture qui n'avait rien à faire là.

Ils l'ont remarquée parce qu'elle était garée au bord de la départementale, au niveau du carrefour qui conduit à la grange du Bois. Elle avait un vieux sticker « nucléaire non merci » collé sur le coffre. Il n'a pas retenu le numéro de la plaque d'immatriculation. En revanche, il nous a assurés qu'ils avaient aperçu deux filles à l'intérieur, en s'approchant un peu. Elles étaient allongées sur la banquette arrière comme si elles faisaient la sieste, serrées l'une contre l'autre, le torse nu. Mais elles n'étaient pas endormies, car elles battaient la mesure avec leurs pieds passés à travers la vitre, en fredonnant un air diffusé à la radio.

*

Quand son mari se lève pour lancer la cuisson du pain, aux alentours de 3 heures du matin, Sonia Mouchaoui a l'habitude de se retourner de l'autre côté du lit, de se cacher le visage sous l'oreiller et de se rendormir jusqu'à ce que le second réveil sonne, un peu avant 6 heures. Mais ce jour-là, elle n'arrive pas à retrouver le sommeil. Sa conscience vagabonde. Elle pense à leur fille, qui doit rentrer bientôt de son semestre d'études en Allemagne. Elle pense également au contrôle d'hygiène inopiné qu'ont subi leurs collègues de la boulangerie de Villars-les-Dombes, la semaine précédente. Elle n'arrive pas à se souvenir précisément du dernier rêve qu'elle a fait – même si elle se revoit en train de danser devant des hommes avec des bonnets de marins.

Il est peut-être 4 heures ou 4 h 15 quand elle se lève. Elle se rend rapidement aux toilettes pour soulager sa vessie, et elle descend à la cuisine où elle prend son petit déjeuner en silence, les paupières à peine ouvertes. Derrière la porte, elle entend le bruit étouffé de la radio de son mari. Il a l'habitude d'écouter de la musique, ou des émissions humoristiques qu'il podcaste sur Internet pour tromper son horloge biologique. Elle traîne un peu sur sa chaise, reprise par la fatigue. Elle hésite même à retourner se coucher ; mais elle se décide à laver la vaisselle qui traîne dans l'évier, avant de prendre sa douche et de s'habiller.

D'après nos calculs, il est environ 4 h 45 quand elle entre dans sa boutique. Le ciel commence déjà à pâlir au-dessus des silhouettes noires des maisons qui se trouvent de l'autre côté de la rue. Elle sait que tout est impeccable, elle a tout lavé en grand samedi soir, comme elle fait avant chacun de leurs minuscules morceaux de week-end. Mais elle n'arrive pas à oublier cette histoire de contrôle d'hygiène. Elle n'aime pas l'idée que ces types puissent débarquer comme ça sans prévenir et tout inspecter en déplaçant librement ses meubles, à l'affût du moindre moucheron ou de la moindre trace de poussière.

Elle sort une serpillière et un balai-brosse pour astiquer encore une fois le carrelage. Et puis elle désinfecte l'étal réfrigéré où elle disposera les tartelettes, les mille-feuilles, les éclairs, les Paris-Brest et les autres pâtisseries que son mari lui apportera en milieu de matinée, quand elles auront fini de décongeler. Elle s'approche finalement de la devanture, pour lui donner aussi un coup de spray. C'est à ce moment-là qu'elle remarque les affiches.

Il y en a deux, collées l'une à côté de l'autre sur la moitié inférieure gauche de la vitrine. Sonia tend la main pour ouvrir la porte, mais elle réalise que la serrure est encore fermée et qu'elle n'a pas la clé avec elle. Elle s'absente peut-être une minute, le temps de la décrocher du porte-clés qui se trouve dans l'entrée de la maison. Mais quand elle revient dans le magasin, elle aperçoit trois nouvelles affiches placardées de l'autre côté de la vitrine. Nous lui avons demandé à plusieurs reprises si elles n'étaient pas déjà là auparavant, nous lui avons dit de bien réfléchir, de bien se concentrer, en lui expliquant patiemment pourquoi nous ne pouvions pas nous contenter d'approximations de sa part. Mais à chaque fois elle nous a répondu qu'elle était sûre d'elle – qu'elle était sans doute encore abrutie par la fatigue, à une heure si matinale, mais que les trois affiches de droite étaient bien apparues pendant ce laps de temps.

Elle se précipite sur la porte pour voir s'il y a encore quelqu'un dans la rue, et puis elle a un brusque mouvement de recul. Il est encore tôt, les rues de Saint-André-de-Corcy (2960 habitants) sont vides. Elle serait infiniment vulnérable si elle sortait à ce moment-là et que les afficheurs traînaient encore autour du magasin. Le mois précédent, une commerçante de Châtillon-sur-Chalaronne (4950 habitants) s'était presque fait violer en se rendant à son travail. Il faisait encore sombre, elle n'avait pas vu cet homme qui l'attendait dans un renfoncement de l'impasse Alphonse-Baudin.

Un frisson lui remonte le long du dos jusqu'à la nuque. Par prudence, elle reste derrière la porte de la boulangerie, scrutant la rue qui se révèle lentement à travers la vitre comme une photo de Polaroid.

Son regard tombe à nouveau sur les affiches. Elle se demande un instant s'il peut s'agir d'un avis de passage des services de contrôle, mais en s'appliquant, elle parvient à déchiffrer les grosses lettres blanches qui lui apparaissent à l'envers, par effet de transparence. Il s'agit de banales affiches électorales pour un certain Francis Rissin. Elle a l'impression d'avoir déjà vu ce nom quelque part. Est-ce que ce n'était pas le nom de ce violeur de Châtillon-sur-Chalaronne justement ? L'instant suivant, elle a l'impression d'entendre un bruit de voiture qui démarre en direction de Pérouges, mais c'est sans doute un voisin qui part au travail.

Il est 6 h 30 quand Sonia se décide finalement à ouvrir la porte du magasin. Sur le marchepied, elle découvre les exemplaires du *Progrès* qui ont été déposés là plus tôt dans la nuit. Elle n'a rien entendu, le livreur a dû passer pendant qu'elle prenait sa douche ou son petit déjeuner. Elle ouvre l'emballage plastique et elle en tire un exemplaire. Elle lit la une. « Oyonnax : la tension monte entre le ministère et la préfecture ». Et puis elle le serre sous son aisselle, elle repose les autres journaux à ses pieds et elle sort sur le trottoir. Ça lui fait du bien de respirer un peu. L'air est doux, il va faire bon aujourd'hui.

Elle s'approche de sa vitrine. Les affiches lui font moins peur, maintenant qu'il fait presque grand jour. Elle commence à les décrocher. Elles ont été scotchées avec du gros ruban adhésif marron, et il lui faut plusieurs minutes pour en gratter les derniers morceaux avec le bout des ongles. C'est à ce moment-là qu'elle se souvient de cette conversation qu'elle a eue avec Océane. Celle-ci lui a téléphoné quelques jours plus tôt pour lui raconter qu'un type avait collé des affiches sur la façade de l'hôtel de ville, que le maire de Chalamont avait même un peu paniqué au début, mais que c'était sans doute un canular. Est-ce qu'il ne s'appelait pas aussi Francis Rissin ?

Une voiture passe à sa hauteur. Elle sort de sa rêverie. Elle aperçoit quelques passants un peu plus loin – on dirait bien qu'ils se dirigent vers sa boutique. Elle rentre à l'intérieur de la boulangerie et installe les exemplaires du *Progrès* sur leur présentoir. Elle jette encore un œil à travers sa vitrine, qui diffracte les premiers rayons du soleil pénétrant dans le magasin.

Elle cache les affiches le long de la caisse enregistreuse, où s'entassent des factures en attente et des enveloppes déchirées. Elle déplie le journal qu'elle avait gardé sous le bras pour chercher la page des faits divers, mais la porte qui se trouve derrière elle s'ouvre brusquement et son mari entre avec les premières baguettes, qu'il jette comme des bûches dans les panières qui se tiennent à sa droite.

« Tu viens ? »

Alors Sonia replie le quotidien, et elle suit son mari qui disparaît dans le couloir.

*

Quelques heures plus tard, le même jour, à quarante-deux kilomètres de là, Odette Candrea pousse la grille du cimetière de Revonnas pour aller fleurir la tombe de son mari. Il fait un temps merveilleux, il n'y a pas un nuage dans le ciel – même si le fond de l'air est encore frais pour la saison.

Bernard Candrea est mort quinze ans plus tôt d'un cancer du côlon, mais sa femme a pris l'habitude d'aller le voir tous les lundis matin pour fleurir sa tombe et lui donner les dernières nouvelles du village – et puis ça lui fait une promenade. Avant de venir, elle est allée cueillir un bouquet de dahlias au fond de son jardin, pour remplacer ceux de la semaine dernière qui ont sûrement déjà fané.

Odette referme la grille derrière elle. Elle s'apprête à s'engager dans l'allée principale, mais quand elle tourne la tête, elle reconnaît à peine les lieux. Les parcelles sont toutes retournées, les pierres tombales gisent en morceaux sur le sol – on dirait que quelqu'un a traîné une immense charrue sur toute la surface du cimetière. Elle laisse tomber ses fleurs et sort en courant pour trouver de l'aide. Elle n'a pas long à faire. La première maison en direction du bourg est celle de Pierre Bouteiller, le maire du village.

Le lendemain, c'est justement à cet élu « sans étiquette » de cinquante-deux ans que François Malinge donne la parole dans les pages du *Progrès*. Nous reproduisons ici l'intégralité de l'enregistrement, que le journaliste a eu la gentillesse de mettre à notre disposition.

« C'est un cimetière sans intérêt particulier, raconte le notable. Un cimetière banal et sans cachet, un cimetière moderne comme il y en a dans toutes les communes de France – où les vivants honorent comme ils peuvent la mémoire de leurs morts. Ils devaient être nombreux, car les dégâts sont vraiment importants. Je ne sais pas pourquoi ils ont fait une chose pareille. Ça fait trente ans que je vis ici et je n'ai jamais vu ça – jamais ! Plusieurs dizaines de stèles ont été renversées. Ils ont brisé les plaques funéraires directement sur les tombes, et ils ont jeté les autres dans les travées avec des vases et des pots de fleurs. Ils ont soulevé le couvercle de certains caveaux et brisé des plaques en ardoise où étaient inscrits les noms des défunts. Ils ont également dérobé plusieurs crucifix ; mais la fosse commune a aussi subi de multiples dégradations, de même que le monument aux morts, qui s'est retrouvé décoré d'un grand "devenezvousmeme.com". Non, c'est à pleurer ! Et puis il y a ce symbole triangulaire qui a été tagué sur les tombes des familles Chutaud, Homest et Joucand – ce qui doit constituer une violation de sépulture à part entière, j'imagine, même si ça n'a rien à voir avec une croix gammée.

« Tous les habitants du village ont un parent ou un proche qui est enterré ici, quand ce n'est pas un conjoint ou un enfant ; alors vous comprenez le choc. Ils vont lancer un grand appel à témoins dans la presse locale, dès demain, pour essayer de retrouver les coupables. Mais allez savoir si ça suffira à les coincer. Ils doivent être loin à l'heure qu'il est. De toute façon, ce pays part en eau de vaisselle. Ça fait trop longtemps qu'on se laisse cracher dessus par cette jeunesse insolente qui nous toise du haut de sa puberté. Je les enverrais se faire voir sur l'échafaud, moi, ces petits cons qui ne respectent pas plus les vivants que les morts !

« Les affiches ? Je les ai trouvées collées sur les panneaux électoraux, en sortant du cimetière – comme si elles étaient restées là depuis les dernières élections municipales, comme si personne n'avait pris la peine de venir les enlever. Je suis pourtant sûr qu'elles n'étaient pas là la veille. J'étais passé chez Eugène Bâton, le cantonnier, en fin d'après-midi, pour lui demander d'aller ramasser un gros chien mort que le facteur avait trouvé sur la route de Ceyzériat. Je n'ai rien vu, à ce moment-là, je n'ai rien vu du tout – les panneaux étaient vides.

« J'étais quand même pas mal secoué par cette histoire de profanation. Je me suis demandé un instant ce qu'elles fichaient à un endroit pareil, sans imaginer non plus que ça pouvait avoir un rapport. Après tout, il s'agissait d'affiches électorales sur des panneaux électoraux, pas de quoi s'arrêter de marcher, pas de quoi crier au voleur ! D'autant que j'avais d'autres affaires à régler, il fallait s'occuper des journalistes, des familles – et puis on attendait les gendarmes.

« Je les ai quand même prises en photo avec mon portable, au cas où, et puis j'ai demandé à Stéphane, le secrétaire de mairie, de venir les enlever. Il en a bavé, le pauvre ! Quand on colle des affiches électorales avec de la colle à papier peint, il suffit de les asperger d'eau et de les gratter avec un couteau à enduire. Mais là ça a été une autre affaire, c'était comme si elles avaient été fixées avec une sorte de liquide à la fois huileux et poisseux – le couteau glissait dessus sans rien arracher. Il a fallu sortir le Kärcher, pour finir. Stéphane en avait plein ses vêtements.

« Vous voulez les voir, ces photos ? Elles doivent être là, quelque part dans mon smartphone. Je les ai cherchées avant de venir vous voir, mais je n'ai pas réussi à les retrouver. Regardez si vous voulez. C'est un téléphone que j'ai acheté la semaine dernière à Bourg-en-Bresse, c'est à peine si je sais l'allumer. Mais rassurez-vous, vous serez le premier, personne d'autre ne les a vues. Les gendarmes sont venus poser des questions aux voisins, et les enquêteurs de la police scientifique ont passé l'après-midi à retourner le cimetière – comme si ça ne suffisait pas que les vandales l'aient foutu en l'air une première fois. Le général de brigade était un type exécrable. Pourquoi est-ce que je lui aurais sorti mes clichés ? Et puis elles me sont rapidement sorties de la tête, vos affiches. Je vous l'ai dit, j'ai pensé que c'était un oubli, une erreur, une blague destinée à quelqu'un d'autre. J'ai pris ces photos en passant, et puis je suis allé rejoindre le correspondant du *Dauphiné libéré* qui m'attendait devant la mairie.

« Mais je reconnais que c'est étrange, maintenant que vous le dites. Elles sont forcément apparues dans la nuit, puisqu'elles n'étaient pas là la veille. Pourtant, elles étaient déjà dans un drôle d'état. J'ai quand même pris le temps de les regarder attentivement – il y en avait peut-être cinq ou six. Elles étaient déchirées de part et d'autre, l'une d'elles était presque à moitié arrachée. Elles étaient également couvertes de petites taches de moisissure qui ressemblaient à des gouttes d'encre noire. Mais en tout cas je me souviens parfaitement de ce qui était écrit dessus. C'étaient des affiches bleues avec le nom de ce type écrit en grosses lettres, des grosses lettres blanches.

« Je n'avais jamais entendu parler de lui. C'était un nom banal pourtant, un nom tout ce qu'il y a de plus ordinaire – je l'ai retenu sans y penser.

« C'était Francis Rissin. »

*

Le matin du 10 juin, Vincent Grangé se rend à la préfecture plus tôt que d'habitude. Il a rendez-vous à Revonnas un peu avant 8 heures pour rencontrer Pierre Bouteiller, le maire de la commune – il lui faudra au moins vingt bonnes minutes pour arriver là-bas, même s'ils sortent rapidement de Bourg-en-Bresse.

Après avoir salué Léa Deguillin du bout des lèvres, le préfet claque la porte de son bureau et il s'installe dans son fauteuil en cuir noir. Il soupire en attrapant un gros tas d'enveloppes qu'il déchire avec frénésie, les jetant derrière lui les unes après les autres comme des boules de papier cadeau. Il donne encore un rapide coup de téléphone à Franck Blavier, le sous-préfet d'Oyonnax, et contresigne en râlant un document d'une quinzaine de pages qu'il n'aura jamais le temps de lire.

Avant de repartir, il attrape la petite boîte en métal gravé qui se trouve dans le tiroir du bas de son secrétaire, et il rejoint la Safrane qui l'attend devant les grilles de la préfecture, avenue Alsace-Lorraine.

Vincent Grangé est furieux. La veille, en lisant *Le Progrès*, il a découvert que Pierre Bouteiller leur avait dissimulé des indices capitaux pour l'enquête, et notamment la présence de ces affiches à proximité du cimetière. Et quand il a confié son agacement à sa secrétaire, celle-ci lui a rappelé qu'ils avaient reçu un fax, justement, le mercredi de la semaine précédente – un fax de la mairie de Chalamont, avec trois photos en noir et blanc. Vincent Grangé a failli s'étrangler en le retrouvant sous une imposante pile de dossiers. Sur les photos on apercevait les deux affiches Francis Rissin, obscènement placardées sous les drapeaux de la République. Est-ce que c'était normal qu'il soit toujours le dernier au courant ? Il s'est emporté contre Léa Deguillin, mais celle-ci lui a répondu sans broncher qu'elle avait posé le fax sur son bureau le jour où elle l'avait reçu, qu'elle n'y était pour rien s'il ne l'avait pas retrouvé en rentrant d'Oyonnax.

La D979 est plongée dans la brume. Le chauffeur du véhicule reste silencieux – il sait qu'un jour comme celui-là il suffirait qu'il tousse pour que le préfet le fasse remplacer par le premier chômeur qui passe. À hauteur de Ceyzériat, Vincent Grangé referme l'édition du jour du *Progrès* et il se dit que ça va être une très mauvaise journée. D'après François Malinge, des affiches identiques ont encore été retrouvées la veille à Francheleins, à Mantenay-Montlin et sur la façade du Carrefour Market d'Hauteville-Lompnes.

Il ne sait pas où en est l'enquête sur les profanations ; mais de toute façon si le maire a caché la moitié des informations aux autorités, il n'y a plus qu'à recommencer à zéro. Et puis dans tous les cas, il y a quelque chose qui ne colle pas, quelque chose qui lui fait croire que ce n'est que le début, que ce qui s'est passé à Revonnas n'est qu'un signe avant-coureur, un petit apéritif.

Il se souvient d'avoir lu un essai qui parlait du mystère de la « première occurrence » – c'était l'expression que l'auteur employait. Impossible de savoir, en effet, le jour où un individu succombe à une fièvre virale inconnue, s'il s'agit d'un simple concours de circonstances, s'il s'agit en tout cas d'un cas isolé, d'un hapax, ou s'il s'agit de la première victime d'une terrible pandémie à venir. De même, impossible de savoir, le jour où une déflagration rase un immeuble dans le centre de Paris, s'il s'agit d'un malheureux accident lié à une fuite de gaz, d'un malheureux fait divers, ou s'il s'agit du premier assaut d'une gigantesque vague d'attentats terroristes.

Pendant que la Safrane noire traverse les Condamines, Vincent Grangé repense à Oyonnax. Malgré son discours rassembleur de la semaine précédente, le préfet de région et le ministre de l'Intérieur ont continué de le harceler, en lui rappelant que son rôle consistait principalement à veiller au maintien de l'ordre public et à la sécurité des personnes. Mais c'est à se demander qui s'en préoccupe vraiment, du maintien de l'ordre public et de la sécurité des personnes, quand ces deux abrutis le tannent jour et nuit pour qu'il transforme le quartier de la Forge en champ de bataille !

Ce n'est pourtant pas comme si la situation allait vers le pire. Ils ont quand même arrêté les plus gros poissons, ces dernières années. Récemment, ils ont encore démantelé plusieurs ateliers de fabrication de MDMA et ouvert un nouveau centre de prévention rue Saint-Exupéry. Et puis de toute façon le marché se déplace lentement vers la banlieue lyonnaise. Sans compter le réaménagement du quartier, avec le Programme de rénovation urbaine. Est-ce qu'ils ne pourraient pas lui faire confiance, pour une fois ?

Dans tous les cas, il n'avait pas besoin de ce nouveau tordu qui vient profaner les cimetières en laissant sa signature sur tous les murs du département. À cette heure, rien ne lui permet encore d'établir un lien direct entre la profanation du cimetière de Revonnas et la prolifération de ces mystérieuses affiches électorales, mais Vincent Grangé espère que c'est bien le même cinglé qui a fait ça – sans quoi il va se retrouver avec deux nouvelles épines dans le pied au lieu d'une.

Au moment où la berline se gare devant l'hôtel de ville, il sent son téléphone vibrer dans la poche de sa veste. Il attrape le portable et ouvre le message que sa secrétaire vient de lui envoyer. Il se demande un instant ce que cette conne va encore lui annoncer.

Il lit simplement : « Ambronay : 5 affiches FR / Journans : 4 / Sainte-Julie : 6 / Charnoz-sur-Ain : 3 / Mogneneins : 4. »

*

Le 12 juin, Guylaine Tardier a retenu trois informations principales de sa lecture quotidienne du *Progrès* :

1° : Les gendarmes de Belley ont arrêté deux adolescents de quinze et seize ans qui pourraient être les profanateurs du cimetière de Revonnas ;

2° : Le ministre de l'Intérieur a ordonné de nouvelles perquisitions dans le quartier de la Forge à Oyonnax, pour démanteler un imposant réseau de trafiquants de drogues synthétiques ;

3° : Dans le cadre de la « Campagne de Francis Rissin », comme l'a baptisée le journaliste François Malinge, des affiches ont encore été signalées à Challex, Innimond et Massignieu-de-Rives.

Guylaine Tardier tient le Bar-restaurant des sports de Condeissiat (785 habitants) depuis bientôt dix ans. Elle l'a acheté avec son mari à l'époque, quand ils sont venus s'installer tous les deux dans le département. Mais Pierre est rapidement tombé malade et, malgré la désapprobation de ses proches, elle a décidé de garder le fonds de commerce après son décès et de s'en occuper seule.

Tous les matins, elle prend donc un moment pour feuilleter le journal. Non pas qu'elle s'intéresse particulièrement à l'actualité – si ça ne tenait qu'à elle, elle lirait des magazines ou elle ferait des mots croisés. Mais ses clients sont de grands amateurs de la presse locale, et il faut bien, d'une manière ou d'une autre, qu'elle soit en mesure de leur donner la réplique. Après tout, c'est aussi pour ça qu'ils viennent.

Il est environ 9 h 30. La « première fournée » est passée – la « première fournée », comme elle dit, ce sont les clients qui prennent un petit noir ou une noisette avant d'aller au travail. La « deuxième fournée », ce sont ceux qui viennent pour leur pause déjeuner ; car elle sert des formules du jour tous les midis de la semaine. La « troisième fournée », c'est celle de 18 heures, pour l'apéritif. Au commencement, Guylaine pouvait rester ouverte jusqu'à des 20 h 30 ou 21 heures ; mais les années passant, elle a quand même tendance à chasser ses derniers clients de plus en plus tôt le soir. La veille, il était à peine 19 heures quand elle a fermé la porte de l'établissement.

Trois habitués se tiennent à sa gauche, installés en rang le long du comptoir. Elle a du mal à saisir tout ce qu'ils racontent, mais en s'approchant un peu, elle parvient quand même à raccrocher le fil de leur conversation.

Le plus âgé, un certain Martial Chaveyron, raconte qu'il a vu des affiches collées sur des poteaux électriques la veille, sur la route de Romans. Elles étaient bleu et blanc, comme celles qu'ils ont montrées dans *Le Progrès*. Il ne s'est pas approché pour les prendre en photo, il a continué à marcher, mais elles portaient bien le nom de François Rissin.

Son voisin de droite le corrige en disant « Francis Rissin », mais l'autre répète le prénom qu'il vient de dire.

« En tout cas, continue celui-là (un chômeur d'une quarantaine d'années aux traits tirés), ce type n'a pas cherché le spectaculaire ou le clinquant, il n'a pas cherché à en faire des caisses. Il a été directement à l'essentiel et ça fait du bien, reconnaît-il, c'est une vraie bouffée d'oxygène dans un monde gouverné seulement par le diktat des apparences. Francis Rissin n'essaie pas de séduire les Français avec des mots doux ou des sourires de vendeur d'épluche-légumes. Il a la décence de rester en retrait, dans l'ombre, de ne pas afficher partout sa belle gueule d'opportuniste, et ça fait une sacrée différence quand on voit tous les autres faire les dindons devant les caméras de télévision, avec des discours d'autant plus creux que les plumes de leur queue sont longues et bariolées. »

C'est ce moment-là que le type de gauche, dont le nez est constellé de veines rouges et noires, choisit pour intervenir. Il parle en agitant un mégot éteint, qu'il tient dans sa main droite et qu'il tapote de temps en temps au-dessus d'un cendrier bleu et blanc que Guylaine n'a jamais vu sur son comptoir. Il ne sait pas qui est ce candidat. Il ne sait pas non plus à quelles élections il souhaite se présenter – on est quand même à trois ans des prochaines municipales –, mais il va avoir du travail, parce que le pays est salement encrotté. Même il va devoir ouvrir en grand les vannes du siphon national, s'il veut évacuer toutes ces merdes qui empestent la société française, toutes ces saletés qu'on a fait avaler de force aux Français pendant ces épouvantables décennies que les historiens devraient rebaptiser les « Trente Scélérates ». Parce qu'à la vérité tout doit partir à la fosse ! Après, on remettra le bouchon et ce sera de l'histoire ancienne. Et puis si l'évier est obstrué, on le décrassera à la soude – on ne craindra plus désormais d'employer la manière forte. Il n'est jamais trop tard pour bien faire, mais il faut bien reconnaître qu'on a un peu traîné pour vider la cuvette des chiottes de la France, au-dessus de laquelle flotte une épouvantable odeur de rat crevé.

Guylaine Tardier ouvre machinalement son lave-verres qui vient de s'arrêter de tourner. Un grand nuage de vapeur lui monte au visage ; mais elle se contente de pencher la tête sur le côté, avant de sortir le panier sur lequel s'entrechoquent deux douzaines de tasses blanches ruisselant d'eau.

Elle n'a jamais voté de sa vie. Mais elle se dit que si ce type se présentait vraiment aux prochaines élections, avec le projet de décrotter le pays ou de le décaper d'un grand coup de Kärcher, elle y repenserait peut-être à deux fois. C'est vrai qu'on se sentirait mieux, en tout cas, si quelqu'un venait racler cette épaisse couche de boue et d'excréments qui encrasse le pays. Elle pense à la mer, qu'elle n'a pas vue depuis de si longues années. Ce serait comme retrouver un paysage côtier à marée basse, après l'avoir toujours connu à marée haute. Il y aurait bien cette odeur de varech qui flotterait encore dans l'air, mais elle dégagerait les poumons ; d'autant qu'on aurait toute la place pour respirer, désormais – la plage aurait bien quintuplé de superficie.

*

Pour aller de Villefranche-sur-Saône à Pérouges, il est possible de passer par les autoroutes, en empruntant l'A46 jusqu'à Rillieux-la-Pape et en bifurquant plein est sur l'A42, jusqu'à la sortie 7. Mais nous savons que le 15 juin, pour faire ce trajet, Zoé Borkohvitz a choisi de prendre la départementale 4 qui traverse Saint-André-de-Corcy.

Pendant les vingt premiers kilomètres, elle pense à sa mère, qui est hospitalisée dans une clinique privée de la banlieue lyonnaise. Elle pense aussi à ce beau documentaire sur les îles bretonnes qu'elle a vu la semaine précédente dans *Thalassa*. Mais elle pense également à Océane, qui ne lui a pas donné de nouvelles depuis qu'elle est partie en claquant la porte, après la terrible engueulade qu'elles ont eue trois jours auparavant. Elle se demande ce qu'elle fait là plutôt qu'au chevet de sa mère mourante, ou quelque part au large des côtes, à Bréhat, Houat ou Molène, où l'air est si doux pendant les demi-saisons.

Elle a nécessairement croisé plusieurs affiches Francis Rissin sur sa route, notamment sur le quai de Saône, à Trévoux, et au carrefour du champ Dayet, où elles ont été signalées dans la matinée, mais quand nous lui avons posé la question, elle nous a répondu qu'elle avait la tête ailleurs, à ce moment-là, que son regard avait dû glisser sur elles.

Nous savons toutefois qu'elle a acheté *Le Dauphiné libéré* au tabac-presse de la rue de Belleville avant de monter dans sa voiture pour quitter Villefranche-sur-Saône. À la une de ce lundi 15 juin : l'inculpation des deux jeunes Belleysans, qui ont finalement reconnu être les auteurs des profanations de Revonnas ; mais également la poursuite de la campagne de Francis Rissin, dont les affiches ont encore été aperçues la veille à Nantua, Mantenay-Montlin et Dommartin.

Dans son article de la page 3, Fanny Quayron compare d'ailleurs Francis Rissin à Adolphe Bertron, cet ancien négociant millionnaire du XIXe siècle qui, aux périodes des élections, qu'il s'agisse du scrutin pour le conseil municipal ou de celui pour la présidence de la République, couvrait les murs de Paris de cette affiche énigmatique : « Candidat humain ». On l'appelait le « candidat omnibus » – même s'il faut bien reconnaître, ironise-t-elle pour finir, que si ce drôle de personnage avait eu beaucoup d'amis, il n'avait jamais eu beaucoup d'électeurs.

Zoé Borkohvitz est au volant d'une vieille Citroën GS bleue qu'elle a achetée trois ans plus tôt à un garagiste de Meximieux. Or nous savons qu'il s'agit là de la voiture que le petit Léo Charpena et ses camarades ont aperçue quelques jours plus tôt. Et de cela, nous pouvons facilement déduire que Zoé Borkohvitz est l'une des deux jeunes femmes qui écoutaient de la musique, enlacées sur la banquette arrière. Ce que Léo et ses deux amis ignoraient, en revanche, c'est que cette jeune sculptrice de vingt-sept ans et sa compagne étaient en pleine montée de méthamphétamines, à ce moment-là, et que l'autoradio diffusait la bande originale du film *Virgin Suicides*.

Ce lundi 15 juin donc, nous savons également que Zoé Borkohvitz se fait flasher par un radar automatique à la hauteur de Reyrieux – ça lui aurait coûté moins cher de prendre l'autoroute, au bout du compte – et que, dix minutes plus tard, elle se gare devant l'église de Saint-André-de-Corcy.

C'est là que les versions divergent. Un témoin raconte qu'il l'a vue entrer dans l'édifice religieux, dont elle ne serait ressortie qu'une heure plus tard. Mais une voisine au visage rouge et aux bras potelés affirme que, si elle s'est bien garée devant l'église, elle est partie à pied en direction de la gare, un gros sac à l'épaule, pour rejoindre le centre de réception radioélectrique qui se trouve à la sortie de la ville. Dans un cas comme dans l'autre, nous ignorons ce qu'elle a fait entre 10 h 20 et 11 h 55, car elle a toujours refusé de nous éclairer à ce sujet – malgré nos plus vifs encouragements.

Toujours est-il que nous retrouvons sa trace un peu avant midi, quand elle pousse la porte de la boulangerie Mouchaoui. Elle achète un sandwich américain au poulet, un cookie et une canette de soda. Au moment de régler, elle aperçoit les affiches que Sonia avait glissées dans un coin pour pouvoir les montrer aux gendarmes la prochaine fois qu'ils s'arrêteraient chez elle.

« Vous les avez trouvées où ? »

Sonia prend un air gêné, comme si elle n'avait pas le droit d'aborder ce sujet avec ses clients. D'une main elle tend sa monnaie à Zoé, et de l'autre le sac en plastique blanc contenant son déjeuner.

« Tenez. »

Ensuite, plusieurs témoins aperçoivent la jeune sculptrice en train de manger sur un banc, devant l'église Saint-André. Il est 12 h 27 quand elle remonte dans sa voiture, et tout au long des vingt et un kilomètres qui la séparent de Pérouges, nous savons que c'est aux affiches qu'elle pense.

Du reste, quand elle a évoqué ce point devant nous, elle a reconnu qu'elle ne comprenait pas, au départ du moins, pourquoi tout le monde s'intéressait à ce type. Ça n'aurait pas fait une telle foire s'il s'était appelé Zavatta ou Bouglione. Ce n'est pas comme s'il n'y avait jamais de réclames dans les villes ou au bord des routes. Elle nous a même avoué que, si elle avait un peu d'argent et quelques jours de vacances, elle ferait la même chose, elle collerait des affiches à son nom dans toutes les villes et tous les villages de la région, pour faire connaître son travail.

Du reste, à ce moment-là, les choses commencent à s'arranger doucement pour elle, après pas mal d'années de galère. Quelques-unes de ses sculptures ont été présentées dans des galeries d'art contemporain à Lyon et à Paris ; mais ce n'est pas parce qu'une œuvre est présentée qu'elle est nécessairement vendue. Neuf fois sur dix, elle retourne à son propriétaire à la fin de l'exposition.

La veille, elle était justement allée voir une amie à Villefranche-sur-Saône, pour qu'elle l'aide à actualiser son site Internet et à créer une page Facebook. Il s'agit de cette jolie artiste-peintre italienne autrefois connue sous le nom de Chiara Lomazzi. C'est elle qui lui a parlé des affiches Francis Rissin pour la première fois. Chiara disait que ça devait être une performance ou une campagne d'agitprop, un truc comme ça – ça ressemblait presque à du Warhol. Elle se souvenait que, dans les années 2000, des types avaient bombardé les rues de Paris avec le visage d'un parfait inconnu imprimé sur des photocopies en noir et blanc. Tout le monde s'était demandé qui était ce type à lunettes, dont le visage souriant sortait d'un épais duffel-coat. On avait appris pour finir, quelques années plus tard, qu'il n'avait jamais existé, que c'était un simple montage photo. Elle avait trouvé ça vraiment classe, à l'époque.

Plus tard dans la soirée, Chiara avait ouvert un tiroir de sa commode et elle en avait sorti une petite boîte en bois noir au fond de laquelle roulaient des gélules aux couleurs fluos. Zoé lui avait demandé si c'était du crystal ou de la MDMA, mais Chiara lui avait répondu qu'il s'agissait d'un nouveau truc qu'elle voulait absolument lui faire essayer. Elle croyait se souvenir que son dealer avait appelé ça le Puron, elle n'en était plus tout à fait sûre, mais en tout cas c'était vraiment de la folie.

D'après les analyses que nous avons faites de notre côté, les comprimés que Zoé et Chiara avalent ce soir-là appartiennent au lot n° 000756 d'une drogue de synthèse fabriquée dans le dernier laboratoire en activité d'Oyonnax, mais déjà présente dans la plupart des grandes villes de France et d'Europe de l'Ouest, et bien connue des chimistes sous le nom 25X-NBOZe. Ce sont également des comprimés de ce lot qui coûteront la vie à ladite Chiara Lomazzi, quelques mois plus tard – les gendarmes retrouveront en effet son corps en état de mort cérébrale au fond d'une cuve de plusieurs mètres de profondeur, dans un entrepôt désaffecté de la banlieue lyonnaise où se tenait une immense *rave party*.

Le lendemain matin, Zoé s'est étonnée de ne ressentir aucun effet secondaire, sinon une légère sensation de vertige. Elle a laissé Chiara dormir, et elle s'est éclipsée de son appartement après lui avoir laissé un mot sur la table de la cuisine.

Quand son amie lui avait parlé des affiches, Zoé était restée relativement sceptique, mais alors qu'elle se rapproche de Pérouges au volant de sa vieille Citroën GS, une idée commence à germer dans sa tête.

*

Vingt-sept affiches à Bouligneux, au moins autant à Champagne-en-Valromey, et puis cinquante-six exemplaires totalisés sur la commune de Chaneins. Autant dire que c'est la merde !

Plus tôt dans la matinée, Vincent Grangé a eu le ministre au téléphone et celui-ci lui a dit : « Vous allez me faire cesser ça tout de suite ! » Il lui a répondu qu'il faisait de son mieux, que toutes les équipes de gendarmerie disponibles étaient mobilisées, mais l'autre n'a rien voulu entendre.

« Arrêtez-moi ce guignol et concentrez-vous sur Oyonnax ! »

Le préfet a failli lui rétorquer qu'il ne pouvait pas être partout à la fois, mais il s'est retenu. Le ministre avait l'air excédé. Il a raccroché en disant encore : « Au travail ! »

Vincent Grangé ouvre la fenêtre de son bureau pour fumer une cigarette, histoire de se calmer les nerfs, puis il appelle Claude Lazarevitch, le préfet de région, pour implorer son aide. Après tout, l'Ain fait partie de la zone de défense et de sécurité Sud-Est dont il a le commandement. Mais Lazarevitch n'est pas joignable à ce moment-là. Grangé soupire. Il se doute bien que tout sera pour sa gueule.

Il a rendez-vous un peu plus tard dans l'après-midi avec François Malinge du *Progrès* et Fanny Quayron du *Dauphiné libéré*, pour les tenir informés des dernières avancées de l'enquête. C'est lui qui a insisté pour que cette rencontre ait lieu. Le problème, à la réflexion, c'est qu'il n'a rien à leur dire, aucune information à leur révéler. L'enquête n'avance pas d'un cul. Personne n'est foutu de lui dire qui est ce barjo, pourquoi il a décidé de recouvrir le département avec ses foutues affiches – et qui sont ces acharnés qui passent leurs nuits à lui prêter main-forte.

Pourtant les enquêteurs ont fait leur travail. Ces derniers jours, ils se sont intéressés à Paul Fourbier, un vieil anarchiste qui vit sur la commune de Dortan. Il avait fait parler de lui dans les années 90, pour avoir participé à la destruction d'un relais de télévision. On a envoyé la Brigade d'intervention pour aller le cueillir à 6 heures du matin. Il était dans son lit, il n'a pas compris ce qui lui arrivait. Et puis de toute façon il s'agissait d'une fausse piste. Le type n'avait rien à se reprocher.

Ils ont fait aussi quelques descentes dans les squats d'Oyonnax, les salles de prière du quartier de la Plaine, des bars louches et mal famés du cours de Verdun, les usines désaffectées de la zone industrielle sud, mais ça n'a rien donné de concluant non plus.

Par dépit, ils sont allés fouiller du côté de la mouvance écolo, qui possède encore quelques bases arrière dans les villes de Nantua et Bourg-en-Bresse. Trois jours plus tôt, ils se sont invités à une soirée-débat sur le nucléaire dans un petit café-librairie du quai Henri-Groboz. Les colleurs n'étaient pas là ; mais ils ont quand même arrêté trois activistes qui se vantaient d'avoir survolé le site nucléaire de Creys-Malville avec un drone.

Et puis ils ont poussé leurs investigations du côté de la nébuleuse d'extrême droite. La veille, ils ont encore enchaîné les perquisitions chez les leaders de plusieurs groupes identitaires locaux. Ça les a conduits jusqu'à Miribel. Deux ou trois pistes ont été jugées sérieuses par les responsables de la cellule d'enquête. Ils ont même inculpé une jeune femme de vingt-quatre ans qui a pris la fuite par la fenêtre quand ils ont sonné à sa porte. Ils l'ont retrouvée deux heures plus tard derrière le parking d'un centre commercial de Neyron. Elle vendait de la dope aux punks et aux clochards – mais pas de quoi relier sérieusement la campagne de Francis Rissin à ce qui se passe à Oyonnax.

Toujours est-il qu'ils n'ont rien eu de probant à lui donner. Pourquoi sont-ils si lents, quand il faut quelques heures à peine à un escadron du GIPN pour retrouver le cadavre d'un enfant dans les forêts des Cévennes ou un apprenti djihadiste dans la banlieue parisienne – ou pour secourir une cordée d'alpinistes coincée sur l'arête des Cosmiques ?

Il a donné rendez-vous aux deux journalistes à 16 heures dans son bureau. Il a encore un peu de temps devant lui.

Sa secrétaire frappe à la porte. Il lui dit d'entrer et celle-ci s'avance sans dire un mot, avant de poser une feuille sur son bureau avec un air de reproche contenu.

« Ça vient d'arriver. »

Vincent Grangé observe le document. C'est un fax envoyé par le commissariat de police d'Ambérieu-en-Bugey. Il a demandé à être informé en temps réel, tous les signalements d'affiches sont censés arriver sur son bureau.

Le message est laconique : « Ars-sur-Formans : 17 ; Échallon : 25 ; Oncieu : 12. » Mais la palme du jour revient au petit village de Thézillieu, logé au bout du plateau d'Hauteville, où plus de trente affiches ont été recensées depuis le début de la journée.

Il demande un café à sa secrétaire et il se prend la tête dans les mains. Est-ce qu'ils veulent sa peau ?

Mais il se ressaisit rapidement et il commence à noter des formules sur une feuille blanche. Ce sont des banalités d'usage comme « Les auteurs de ces débordements seront punis avec la plus grande sévérité » ou « Nous emploierons tous les moyens qui sont à notre disposition pour que justice soit faite ». Mais à les relire, il se dit que c'est faible, que c'est merdique, en tout cas que c'est beaucoup trop attendu – et sans doute légèrement disproportionné. Après tout, ces gens-là n'ont tué personne. Ils n'ont fait que coller leurs placards un peu partout dans la région. Les grandes enseignes font ça tout le temps et on ne leur dit rien. Si Francis Rissin s'était appelé Auchan ou Carrefour, personne ne lui aurait reproché quoi que ce soit.

Il regarde sa boîte mail. Il a reçu un message du préfet de région, pour finir. Ce dernier insiste encore sur « l'opportunité d'une véritable intervention militaire » – il a sans doute voulu écrire « policière », mais c'est « militaire » qui est sorti. La bonne blague ! Décidément, tout le monde s'est ligué pour lui gâcher sa journée.

Jusqu'ici pourtant, Grangé a tenu bon. Il sait que le quartier de la Forge est une vraie poudrière. Une seule maladresse de leur part, et la cité peut flamber comme un tapis d'allumettes. Depuis qu'il est en poste, il a toujours fait de son mieux pour éviter l'affrontement direct – peut-être plus par lâcheté que par conviction, du reste. Il a travaillé avec les associations de quartier, les centres de soins et les services sociaux. Et puis il a soutenu la maire, Marielle Jounain, quand elle a lancé ce grand projet de rénovation des zones urbaines sensibles. D'autant que, d'après le groupe d'experts qui travaille sur la question et qui lui a rendu son dernier rapport mensuel l'avant-veille, la tendance se confirme, l'épicentre du trafic se déporte lentement vers Vaulx-en-Velin et Villeurbanne, mais également vers la Suisse pour des raisons de logistique. Dans tous les cas, d'ici à quelques mois, un an tout au plus, les trafiquants auront complètement abandonné la sous-préfecture. Il ne va pas tout saborder maintenant en donnant l'assaut et en lâchant les cow-boys du RAID et du GIPN au milieu des tours.

Il ouvre le tiroir du bas de son secrétaire et il attrape la petite boîte en métal qu'il cache derrière une épaisse pile de dossiers. Il se lève et pénètre dans le cabinet de toilette qui se trouve derrière l'une des cloisons de son bureau. Il dévisse le capuchon et dépose une fine traînée de poudre argentée sur la tablette en verre d'un petit meuble de salle de bains. Il l'inhale en inspirant fortement, puis il se jette une gerbe d'eau fraîche sur le visage. Quelle idée il a eue, d'appeler ces deux journaleux ! Il s'essuie la face et les mains, referme la petite boîte en métal qu'il glisse dans sa poche, et il retourne dans son bureau en se pinçant plusieurs fois les narines. Dans tous les cas c'est trop tard pour annuler, ils sont sûrement déjà en chemin.

*

Le 17 juin, dans un très beau reportage photographique publié dans les pages de *La Voix de l'Ain*, Camille Valentigny part à la rencontre de ces individus (ces Bugistes, ces Bressans, ces Dombistes et ces Gessiens) qui sont de plus en plus nombreux à attendre la venue – et même le « retour » au dire de certains d'entre eux – de Francis Rissin.

Dans cette série de douze portraits où elle donne tour à tour la parole à Monique Vasseron, Julien Delescheux, Ali Houmed ou Nadine Pataine, Camille Valentigny saisit un treizième instantané, et c'est celui du premier département de France : de l'Ain des villes et des campagnes, de l'Ain des cités-dortoirs et des petits villages de montagne, de l'Ain où de plus en plus de « Témoins » – comme ils ont choisi de s'appeler – tournent leur regard dans la même direction, là où un soleil nouveau sort lentement de terre.

Car ce qui apparaît, derrière les commentaires des uns et des autres sur ces nuées d'affiches et sur ce candidat venu de nulle part, c'est d'abord un grand mécontentement, et même un formidable élan de colère, devant l'état du pays qui ne ressemble plus à rien de présentable. Après le grand silence de ces dernières années, de ces dernières décennies, les Français se mettent enfin à parler. Les langues se délient, que ce soit au bureau, devant la grille des écoles, dans les rayons des supermarchés, sur les terrains de football, on se lâche tous en chœur et ce n'est pas très beau à entendre – la France ferait bien de se boucher les oreilles !

Et entre ceux qui fustigent les actuels dirigeants du pays et ceux qui placent tous leurs espoirs de changement en Francis Rissin, on peut lire la même impatience, le même désir, la même attente. Ça fait trop longtemps que la cocotte-minute est sur le feu, la situation est devenue ingérable, ça va finir par péter à la gueule de la Ve République – et la Ve République l'aura bien cherché du reste ! À l'heure qu'il est, il n'y a que ce Francis Rissin, sans doute, qui puisse faire redescendre la pression et remettre un peu d'ordre dans cette pagaille.

Mais la journaliste ne s'arrête pas tant sur leurs paroles que sur cette grâce qui illumine leurs visages. Le visage confiant de Lucien Heurlaut, exploitant agricole à Serrières, avec ses cheveux en épis, son menton mal rasé, son nez aplati et ses yeux pleins de lumière qui regardent au loin ; le visage serein de

Bénédicte Soulier, infirmière à domicile dans la région de Lompnas, avec ses cheveux enturbannés, ses joues creuses et ses lèvres à demi effacées, comme si elle était en train de dire au revoir au monde d'avant ; le visage illuminé de Fatou Ntolo, retraitée de l'Éducation nationale à Boyeux-Saint-Jérôme, la tête penchée, les yeux cernés par la fatigue, mais des yeux si profondément humains qu'on a l'impression, à les voir, de tomber dans un gouffre ; le visage rayonnant de Jacques Ramoisset, garde forestier à Aranc, avec ses lèvres épaissies, ses joues larges comme des mains et son regard perçant qui traverse presque la page du magazine, comme s'il épiait quelqu'un ou quelque chose derrière l'épaule du lecteur.

Ils ne savent pas exactement qui est cet homme qui s'est invité comme ça du jour au lendemain dans leur vie quotidienne, et que certains d'entre eux appellent « le Messie » ou « le Très Ancien » ; n'importe, ils ne peuvent pas le laisser repartir, maintenant qu'il est venu jusqu'à eux et qu'il a gravé son nom en lettres d'or dans leur cœur.

Camille Valentigny achève son article en reconnaissant que les Français ont toujours été fascinés par les chefs, et notamment par les chefs militaires, le général de Gaulle et le maréchal Pétain représentant finalement les deux faces d'un seul et même désir, celui de se laisser entraîner par un homme au regard perçant, au dos bien droit et à la poigne de fer, un homme en uniforme monté sur un cheval blanc, à la voix grave et au doigt tendu au loin vers l'avant, vers l'avenir. Et à en croire les Témoins, Francis Rissin est assurément un homme de cette trempe-là, pas de souci à se faire là-dessus – il vaut bien deux Bonaparte ou trois Vercingétorix.

*

Le 18 juin, Franck Derberg et Fanny Quayron quittent Saint-Germain-de-Joux tôt dans la matinée pour se rendre à Gignez, dans l'intention d'emprunter ce joli sentier de randonnée qui démarre en haut du village et qui serpente jusqu'à Sur-Lyand, sur les hauteurs du Grand Colombier.

Fanny Quayron couvre la campagne de Francis Rissin pour *Le Dauphiné libéré* depuis le 9 juin. Ce matin-là d'ailleurs, le couple s'est arrêté à Châtillon-en-Michaille pour acheter la presse régionale du jour. Pendant que Fanny relit son article de la veille, dans lequel elle revient sur sa rencontre avec le préfet de département, Franck ouvre le *Progrès* en page 7, où un court article de François Malinge rapporte que de nouvelles affiches ont encore été signalées la veille à Hautecourt-Romanèche, à Évosges et sur la commune de Saint-Vulbas.

Plus tard, sur la D991, ils croient apercevoir les affiches en question une première fois à la sortie d'Ochiaz, et une seconde en traversant le hameau de Lhôpital. Mais dans le centre de Chanay, au niveau du feu tricolore, ils s'arrêtent devant une grande affiche bleu et blanc annonçant un tournoi de pétanque à Génissiat le dimanche suivant, et ils se disent que c'est peut-être celle-là qu'ils ont déjà croisée sur le trajet.

Quand ils se garent finalement devant les terrains de tennis de Gignez, ils découvrent d'autres affiches encore, collées quelques mètres plus loin sur le panneau d'affichage de la mairie. Aucun doute possible cette fois, il s'agit bien de trois affiches Francis Rissin.

En sortant de voiture, Fanny fait quelques pas dans leur direction et elle les prend en photo avec son téléphone portable, dans l'intention d'envoyer quelques clichés à sa rédaction. Mais au moment où elle se tourne pour rejoindre Franck, elle s'arrête brusquement et, prise d'un doute, elle fait encore quelques pas vers elles pour les examiner de plus près. En s'approchant, elle découvre qu'elles sont couvertes de longues phrases maladroitement écrites à l'encre rouge. Elle se demande comment quelqu'un a pu avoir la patience d'écrire ça. Elle essaie de les recopier dans le petit carnet qu'elle garde toujours avec elle, mais la plupart des mots sont impossibles à déchiffrer.

Il s'agit de phrases énigmatiques, ou du moins de phrases qui, en dehors de tout contexte, semblent dénuées de toute signification. Sur la première affiche, l'une d'elles commence de la manière suivante : « Le visage bienveillant de Philippe Auguste sur son lit de mort, une plume de cygne posée sur les lèvres », avant de se prolonger sur plusieurs lignes serrées les unes contre les autres comme des spaghettis collés au fond d'un plat. L'encre a coulé ici et là, certaines lettres semblent perchées sur de fines pattes de mouche comme les éléphants de Dalí. Sur la deuxième, Fanny reconstitue les fragments suivants : « les grandes plaines de la Perse et de la Mongolie », « une foule de barons aux visages durs et rocailleux » et « raclant les campagnes de France de leurs ongles fendus », et sur la troisième ce sont juste quelques bribes qui disent « le roi couronné », « contre une ancre de mouillage » et « des torches au-dessus de la foule ».

Les flancs du Grand Colombier sont déjà en plein soleil quand ils se lancent finalement sur le sentier qui doit les conduire à Sur-Lyand. Inutile de les y suivre plus longtemps, inutile de raconter ce qu'ils se sont dit en marchant ou ce qu'ils ont fait sur le tapis de mousse d'une jolie clairière, à quelques mètres du chemin, cachés par de hauts sapins aux branches alourdies de lichen. Inutile de parler du ciel bleu, de ce petit ruisseau qui coule à l'abri des regards au fond du golet au Loup, de ce tapis d'aiguilles qui s'enfonce dans la forêt profonde, des gentianes qui poussent dans les alpages et des vaches qui broutent paisiblement autour de la grange Péclet – même si nous en parlons aussi, quand nous écrivons cela.

Mais sur le chemin du retour, alors que deux kilomètres à peine les séparent du village où ils ont garé leur voiture, ils aperçoivent encore quelque chose sur cette grosse maison de pierre qui se trouve au bord du chemin, au lieu-dit « Montailloux de Vent ». Ils se regardent avec inquiétude. Il s'agit d'une nouvelle affiche bleu et blanc. Elle se trouvait dans leur dos à l'aller, c'est pour cette raison qu'ils ne l'ont pas vue. Ils s'approchent en retenant leur souffle. Fanny espère qu'il s'agit d'une annonce pour le tournoi de pétanque de Génissiat, mais non, il s'agit bien d'une affiche Francis Rissin.

En s'approchant encore, ils aperçoivent deux nouvelles phrases, écrites de cette même écriture compulsive. La première commence de la manière suivante : « Une de ces nuits noires d'automne où les étoiles naviguent tous feux éteints », et l'autre : « De toute façon ils avaient accepté la proposition de Sergent » – le reste est complètement illisible.

Plus tard, Fanny nous a avoué qu'elle avait eu la conviction, à ce moment-là, que ces messages lui étaient directement adressés, qu'ils avaient été laissés là à son intention – ce qui n'avait évidemment aucun sens. Elle s'était quand même reprise au bout de quelques secondes. Elle s'était donné un coup de paume sur le front, au grand étonnement de son compagnon. Mais elle avait eu beaucoup de mal à se débarrasser de ce sentiment de malaise. C'était comme si elle avait été projetée dans un autre temps ou dans une autre dimension ; comme si une autre partie d'elle-même existait ailleurs, sur un autre plan, et que ces messages avaient eu le pouvoir de la mettre en communication avec elle.

*

Dans l'édition du *Dauphiné libéré* du 19 juin, Daniel Decaens donne longuement la parole à Mourad A., un habitant du quartier de la Forge à Oyonnax.

« Ils ont bien détruit quelques immeubles, explique ce dernier, et ils en ont monté d'autres à la place – de grands immeubles blancs avec des balcons vert pomme qui sortent des façades comme des tiroirs. Ils ont aussi réaménagé les équipements sportifs et installé de nouveaux abribus. Ça fait des années que le grondement des engins de chantier résonne entre les barres de la cité. On les entend du lever au coucher du soleil, les jours de semaine comme le week-end. C'est à vous péter le crâne.

« Les élus ? Ils ont promis aux habitants que le quartier allait changer de gueule, que la vie serait plus facile et plus agréable quand ils auraient peint des bandes cyclables sur le macadam et réduit la vitesse de circulation sur l'avenue Jean-Moulin. Mais au bout du compte, ça ne va rien changer. Les gens qui vivent ici seront toujours aussi pauvres. Le taux de chômage atteint presque les 35 %, à en croire les statistiques publiées au mois d'avril dans *Le Progrès*, et ça fait bien vingt ans qu'il augmente d'un mois sur l'autre – je ne vois pas comment ils pourraient inverser la tendance. C'est pas leurs "aires de fitness" et leurs "salons de plein air" qui vont remplir nos frigos et payer nos factures de gaz.

« Je suis né ici vous savez, ça fait trente-six ans que les tours de la Forge me bouchent à moitié l'horizon ; et ce quartier, je l'ai vu s'enfoncer lentement dans la misère, quand les entreprises ont commencé à se tirer de là à la queue leu leu en laissant leurs anciens salariés sur le trottoir.

« J'ai aussi connu l'âge d'or, quand l'industrie de la plasturgie était encore florissante. Je n'ai jamais eu la chance d'obtenir un CDI, mais à l'époque j'ai quand même fait pas mal de missions d'intérim dans les boîtes de la région. Mais c'est fini tout ça, la roue a tourné. Les Gilac, les Grosfillex, les Bollé et les Berchet sont partis s'installer en Pologne ou en Hongrie, où le coût de la main-d'œuvre profite davantage aux actionnaires, et cette fameuse "Plastics Vallée", qui faisait la fierté des technocrates de la région, a été déclarée zone sinistrée.

« Alors aujourd'hui, ils remettent un coup de peinture sur les façades décrépites, ils nous offrent un ravalement généralisé du quartier pour nous faire croire que la fête continue ; mais ça ne changera rien au fond du problème. Le fond du problème, c'est que les gens n'ont pas de thune et que les chariots de supermarché ne se remplissent pas en disant "Alakazam".

« Le ministre raconte qu'il veut en finir avec les trafics qui gangrènent les quartiers de la Plaine et de la Forge – c'est le mot qu'il a employé, "gangrènent". Mais moi je crois que toute l'économie est un trafic. Quand un secteur d'activité disparaît, il y en a automatiquement un autre qui vient prendre sa place – c'est la même chose à La Défense. Les gens que je connais ont d'abord fabriqué des machins en plastique dans les usines ; et puis quand ils se sont fait virer, ils se sont mis à fabriquer d'autres genres de machins, des machins de synthèse – ça revient à peu près au même, c'est toujours de la chimie. Est-ce qu'on va faire la morale aux types qui assemblent des missiles pour les Rafale de Dassault, ou qui irradient le monde sous les bannières d'Orano ou d'Areva ?

« Au départ, c'est vrai que c'était relativement circonscrit, ça se limitait aux tours qui se trouvent entre la rue Blériot et l'avenue Jean-Moulin. Il y avait quelques dealers qui vendaient leur dope au pied des immeubles, des groupes de jeunes avec des sweats à capuche qui passaient leurs journées dans les halls – et je ne peux pas vous dire que je n'ai pas été l'un d'eux, à un moment de ma vie. Mais au fil des ans, il faut bien reconnaître que le quartier a changé de catégorie. Il y a eu ces gros caïds qui ont colonisé la cité avec leurs berlines allemandes immatriculées en Autriche, en Suisse et même parfois dans les pays de l'Est. Certains m'ont proposé de faire des affaires avec eux. Mais ça ne m'intéressait plus. Je ne dirais pas que je m'étais rangé. C'est simplement que j'avais changé de créneau – j'écoulais des marchandises tombées des camions : du matériel électronique, des téléphones portables. Je vous l'ai dit, toute l'économie est un trafic. Et puis c'est déjà loin, ça aussi.

« De toute façon, moi j'ai été un enfant du shit. Quand j'étais ado, on fumait des joints dans les parkings souterrains ou les locaux poubelles, on vendait des barrettes à la génération qui venait juste derrière nous. On n'a jamais fait de mal à personne, enfin je ne crois pas. C'est après, avec les suivants, que c'est devenu le Bronx. Mais de toute façon, ils se sont tous barrés à Lyon ou à Genève, c'est là-bas que ça se passe maintenant. Les rares dealers qui sont restés vendent encore de la coke, de l'héroïne, des ecstasys ou de la MDMA ; mais en vérité on ne fabrique plus rien à la Forge, tout arrive de Pologne ou de Hongrie.

« Le ministère de l'Intérieur a encore répété qu'Oyonnax était une plaque tournante, qu'il fallait une réponse forte des pouvoirs publics et tout le toutim. Mais moi, je peux leur dire qu'ils arrivent après la bataille. C'était il y a dix ans qu'il fallait intervenir, quand les laboratoires clandestins proliféraient dans les sous-sols du quartier comme des plaques de mérule. Aujourd'hui, je vous l'ai dit, c'est à Lyon que ça se passe. Si les flics viennent faire le ménage ici, ils trouveront quelques kilos de shit, un peu d'herbe, des buvards de LSD et basta – à peine de quoi assurer leur consommation personnelle. De toute façon, personne n'est dupe. Tout ça, c'est rien que de la com.

« Quand les murs auront été repeints à neuf, quand les vélos auront envahi les rues et que les derniers dealers se seront fait dégager de là, les loyers seront réévalués et des familles aisées voudront venir s'installer dans le quartier – ils parlent même de déplacer le Conservatoire de musique rue Georges-Guynemer. L'appartement dans lequel je vis prendra certainement de la valeur. J'imagine que c'est le moment que mes propriétaires choisiront pour résilier mon bail et me demander de partir. Plusieurs milliers de zonards comme moi vont se retrouver à la rue et, si vous voulez mon avis, il va se passer ce qui se passe toujours. Ils vont aller se mettre un peu plus loin, et ils vont chercher quelque chose d'autre à faire – quelque chose qui rapporte un peu plus que le RSA ou les allocations chômage.

« De toute façon, je vous l'ai dit. Tout le monde se casse. Les gars de ma génération sont déjà partis à Lyon ou dans la banlieue parisienne. Là-bas ils se font des salaires de présentateur télé, ils disent que c'est le pactole. Ils roulent dans des caisses énormes avec des jantes qui pètent et ils portent des chaînes lourdes comme des lingots. Non, les condés n'auront plus grand monde à expulser, le jour où les bobos viendront prendre notre place.

« On entend encore parfois quelques coups de feu, le soir, mais ce n'est plus ce que c'était il y a dix ans – à la belle époque. En tout cas, s'ils veulent nettoyer les façades des immeubles, ils vont avoir du travail, parce que, depuis quelques jours, il n'y en a plus que pour Francis Rissin dans les parages. Je ne sais pas qui s'est fait chier à coller toutes ces affiches, mais aucune tour du quartier n'a été épargnée. »

*

Le 20 juin, nous savons qu'il est 10 h 15 quand Jean-Michel Straetman sort de son bureau qui se trouve au premier étage du Carrefour Market de Culoz. Il est encore tôt, il n'y a pas beaucoup de clients dans le magasin. Il marche d'un pas décidé jusqu'à la caisse numéro 3. Zeïna, l'une de ses plus anciennes employées, l'a appelé quelques minutes plus tôt et, au ton de sa voix, il a compris que quelque chose déconnait.

Un homme d'une soixantaine d'années se tient de l'autre côté du tapis roulant. En voyant son patron arriver, Zeïna se tourne vers lui et elle lui tend un objet de petite taille qui ressemble à un cendrier.

« Ça ne passe pas. »

Jean-Michel le regarde attentivement. Il se tourne vers le client, manifestement agacé par ce contretemps.

« Vous pouvez me montrer où vous l'avez pris ? »

L'homme soupire, mais il pose les articles qu'il a dans les mains et repart lentement en direction des rayons.

« Je vous suis. »

Pendant qu'il marche derrière lui, Jean-Michel en profite pour regarder encore une fois l'objet que Zeïna lui a donné.

C'est un cendrier en plastique bleu épais, comme on en trouve généralement sur les tables des cafés. Sauf que ce n'est ni le nom d'un alcoolier ni celui d'une marque de cigarettes qui se détache sur sa surface vernie – c'est celui de Francis Rissin.

Arrivés au rayon jardinage, le sexagénaire lui montre une gondole du doigt.

« C'est là. »

Jean-Michel se fige. Au moins dix cendriers identiques sont posés les uns derrière les autres, et le plus étonnant, c'est qu'une étiquette électronique est accrochée sur le plateau métallique et qu'elle affiche : 2 € 99.

« Qu'est-ce que c'est que ça ? »

Jean-Michel tourne légèrement la tête et il aperçoit, un peu plus loin sur la même gondole, des stylos à bille et des bracelets en silicone bleus arborant le même nom et étiquetés de la même façon.

« Ce n'est pas possible ! »

Dix minutes plus tard, Jean-Michel Straetman est de nouveau assis à son bureau. Il repense à ces brèves qu'il a lues distraitement dans *Le Progrès* et *Le Dauphiné libéré*, les jours précédents, et qui évoquaient la prolifération de ces mystérieuses affiches. Pour tout dire, il aurait préféré qu'ils en collent trois douzaines sur la façade en tôle de son magasin. Il aurait demandé à quelqu'un de venir les enlever, et puis il aurait pu se remettre au travail. Mais là, c'est quand même autrement plus préoccupant. Car non seulement il a fallu fabriquer ces gadgets, non seulement il a fallu les amener jusqu'ici, les déposer à l'insu du vigile et du chef de rayon ; mais il a surtout fallu les étiqueter à l'aide des étiquettes électroniques du magasin, et ça, Jean-Michel ne voit pas comment c'est possible – à moins que ce soit l'un de ses salariés qui ait fait le coup.

Plutôt que de rester sans rien faire, il appelle Pierre Deshors, son collègue qui tient le Carrefour Market d'Hauteville-Lompnes. Celui-ci lui répond qu'aucune anomalie ne lui a été signalée jusque-là, mais il va aller vérifier la totalité des rayons de son magasin, pour être sûr. En revanche, ils ont bien reçu la visite des colleurs d'affiches, deux jours plus tôt. Ils en avaient scotché une bonne vingtaine sur les vitres du hall d'entrée.

Mais elles n'ont pas été bien difficiles à enlever, trois minutes plus tard tout avait disparu.

Il appelle également Mathieu Gramundi, qui tient l'enseigne de Bellegarde-sur-Valserine. Et cette fois, banco ! des mugs Francis Rissin ont bien été déposés sur ses étalages. Ce n'était pas l'invasion, il y en avait seulement cinq ou six. En revanche, ils étaient aussi étiquetés avec des étiquettes électroniques du magasin. Gramundi a appelé son fournisseur de vaisselle, mais évidemment le gars n'avait pas ça en catalogue, il ne voyait pas d'où ça pouvait venir.

Après avoir raccroché, Jean-Michel Straetman se saisit encore une fois du cendrier bleu. Il l'observe en silence pendant de longues minutes. À côté du nom Francis Rissin, il distingue de toutes petites lettres écrites en relief. Il plisse les yeux pour essayer de les déchiffrer ; mais il lui faudrait un microscope, ou une loupe à la rigueur. Du reste, c'est sans doute le nom du pays de fabrication – un *made in China* ou quelque chose dans le genre.

Il se dit qu'il devrait convoquer la totalité des salariés du magasin pour retrouver celui qui lui a fait cette mauvaise blague ; mais il ne parvient pas à détacher son attention du cendrier. Il n'est pas si laid, à y regarder de près. Les gars qui l'ont fabriqué ont bien fait leur travail. Est-ce que des travailleurs chinois auraient été capables de faire ça ?

Jean-Michel Straetman l'approche à quelques centimètres de ses yeux. Il croit distinguer cette fois un « *made* » et un « *in* », mais il n'arrive pas à reconnaître le troisième mot.

Ça ferait pourtant une sacrée différence – pour lui tout du moins – si Francis Rissin importait ses supports publicitaires de l'autre bout du monde, de l'Inde ou du Bangladesh, où la main-d'œuvre humaine est à peu près aussi qualifiée qu'un manche à balai ; ou bien s'il attachait au contraire une importance toute particulière à ce qu'ils soient produits ici, sur les terres de ce pays radieux qu'on appelle si bien la France.

*

Ce dimanche matin, Océane Pouzettat a du mal à se réveiller.

Laurent Feyrolle, le maire de Chalamont, est parti de chez elle tôt dans la matinée pour retrouver ses filles, qu'il voit seulement un dimanche sur deux. Océane a traîné un peu au lit, en se demandant si c'était une bonne idée d'avoir passé la nuit avec lui, d'avoir cédé à ses avances – si ça n'allait pas compliquer leurs relations de travail. Et puis pour se sortir ces questions de la tête, elle s'est levée et elle a pris son petit déjeuner en écoutant l'émission *On va déguster* sur France Inter.

Il est presque midi quand elle allume son ordinateur portable pour regarder ses mails. Elle n'aime pas consulter sa messagerie électronique le week-end, ça lui rappelle trop son travail à la mairie, mais elle attend une réponse de sa sœur pour pouvoir réserver ses billets d'avion – elles partent toutes les deux en Thaïlande l'hiver suivant.

Pas de nouvelles de sa sœur. Par dépit, elle ouvre sa messagerie professionnelle. Ce jour-là, elle a reçu en copie un nouveau mail de la préfecture. Il s'agit d'un message d'alerte concernant les signalements d'affiches Francis Rissin. Le préfet a créé une liste de diffusion à destination des élus du département, la semaine précédente. Depuis, elle en reçoit presque un par jour. Sans l'avoir vraiment décidé, Océane clique sur le message.

Elle apprend ainsi que, plus tôt dans la matinée, sept nouvelles affiches ont été signalées à Izernore, et que sur le coup de 10 heures, un automobiliste en a aperçu une ribambelle sur la D1504, entre Pugieu et Chazey-Bons.

Elle attrape l'édition du *Progrès* de la veille, qu'elle avait feuilletée distraitement. François Malinge, décidément devenu incontournable sur cette affaire, y rapporte en page 4 la découverte d'affiches à moitié arrachées à Lancrans et à Chavannes-sur-Suran.

Alors qu'elle se sert un deuxième café, Océane se demande ce que peut bien cacher cette histoire. Ça peut évidemment être un canular, tout le laisse d'ailleurs à penser ; mais s'il s'agit d'autre chose, si ce type est sérieux, elle se demande s'il faut s'inquiéter de ce qui est en train d'arriver ou au contraire s'en réjouir, comme le font ces originaux dont elle a lu le témoignage dans *La Voix de l'Ain*.

Elle essaie de chasser les images de la nuit précédente qui s'invitent constamment dans ses pensées. C'était évidemment un moment très agréable, d'autant plus agréable qu'elle n'avait pas fait l'amour avec un homme depuis plusieurs années. Elle repense à Zoé, qu'elle n'a jamais rappelée depuis leur dernière engueulade, mais le visage souriant de son supérieur vient se superposer à celui de la jeune artiste. Quelle conne quand même, de l'avoir laissé l'embrasser ! Elle n'aurait jamais dû l'inviter à dîner.

Pour chasser ces pensées, elle ouvre au hasard l'édition « week-end » du *Monde*. C'est à ce moment-là qu'elle tombe sur l'article de Céline Béatini.

D'après les informations de la journaliste, les juges Laurent Vandevelde et Sylvia Redon seraient sur le point de révéler l'existence d'un gigantesque scandale politico-financier, impliquant des membres éminents de la majorité ainsi que certains industriels proches du pouvoir. En d'autres termes, toute la classe dirigeante pourrait être éclaboussée. La journaliste reste prudente mais, à la lire, Océane a l'impression qu'il s'agit de quelque chose d'énorme, qui dépasse de loin l'affaire Clearstream ou celle des frégates de Taïwan. Elle s'étonne d'ailleurs de ne rien avoir trouvé à ce sujet dans *Le Progrès* et dans *Le Dauphiné libéré*. Elle se dit que les journalistes de la presse régionale sont vraiment des quiches, à se prendre de passion pour ce mégalo qui affiche son patronyme partout dans le département et à faire l'impasse sur ce scandale qui menace les fondations mêmes de l'appareil d'État.

C'est à ce moment-là qu'elle repense à ce que Laurent Feyrolle lui a dit, la veille, quand il lui a parlé de ses rapports avec eux. « Ce sont juste des pions, avait-il admis, des pions que les décideurs déplacent à leur guise, comme sur un échiquier. »

En riant, il avait reconnu avoir cédé parfois lui-même à ce genre de manœuvre – du reste, tous les élus faisaient ça, il n'était sûrement pas le pire, et puis c'était toujours dans l'intérêt de ses administrés. Elle avait ri avec lui, sans savoir s'il s'agissait d'une plaisanterie ou s'il était sérieux en disant ça.

Les deux quotidiens sont posés sur sa table de cuisine. *Le Progrès* plié en deux à sa gauche et *Le Monde* ouvert en grand devant elle.

Est-il possible qu'il y ait un lien secret entre ces informations ? Est-il possible que cette campagne d'affichage ait été montée de toutes pièces pour faire diversion, pour détourner le regard des médias et des curieux pendant que les dirigeants incriminés font le ménage ?

Et puis Océane se ravise. Pour ça, il faudrait que tous les départements soient touchés. Et puis les responsables politiques n'ont pas suffisamment d'imagination pour concevoir une telle supercherie. Ils ont déjà du mal à maquiller leurs comptes en Suisse ou à échapper à la sagacité des juges ; s'il fallait en plus qu'ils montent un barnum comme celui-là...

Quand ils se font rattraper par les affaires, ils se contentent de demander à David Pujadas de les recevoir au 20 heures de France 2, ou à Gilles Bouleau pour celui de TF1. Ça marche à tous les coups ! Ils leur répondent la main sur le cœur en regardant les Français dans les yeux, et l'affaire est pliée. Ça ne leur prend pas vingt minutes.

Elle referme *Le Monde*, elle le pose sur *Le Progrès*. Il est à peine midi. Dehors, le soleil illumine l'étang du Gourd. Elle pénètre dans sa salle de bains pour prendre une douche, mais elle aperçoit ses tennis derrière la porte et elle se dit qu'un petit footing lui ferait le plus grand bien.

*

Le 23 juin, au moment où de nouveaux chapelets d'affiches sont signalés à Corcelles, Ambronay et Peyzieux-sur-Saône, Zoé Borkohvitz se hâte de prendre son petit déjeuner. Elle a beaucoup réfléchi ces derniers jours. Elle a relu ses cours sur le Nouveau Réalisme et le Pop Art, sur l'art conceptuel et l'« actionnisme » viennois, mais également le *Manifeste cyborg* de Donna Haraway, qu'elle avait beaucoup aimé quand elle était étudiante.

Quand elle entre dans la pièce qui lui sert d'atelier, elle sait qu'elle va y rester plusieurs heures d'affilée, peut-être la journée entière.

D'après ce qu'elle nous a raconté par la suite, elle s'était dit au départ qu'elle pourrait imprimer de nouvelles affiches Francis Rissin et aller les coller à son tour. Mais après tout, les colleurs faisaient très bien leur travail, ça aurait plus de sens qu'elle essaie d'inventer autre chose.

Nous savons donc que, ce jour-là, Zoé Borkohvitz enfile sa blouse de travail, qu'elle ouvre la grosse commode rouge dans laquelle elle stocke ses blocs d'argile naturelle et qu'elle en attrape un lourd morceau, enveloppé dans plusieurs couches de film alimentaire. Nous savons également qu'elle profite d'une grande gorgée de thé fumé pour avaler le comprimé de Puron que Chiara lui a donné la veille à la terrasse d'un café.

Elle n'est pas encore tout à fait sûre de ce qu'elle va faire, mais elle a pensé à un buste – un buste de Francis Rissin. Elle voudrait le sculpter d'abord dans la glaise, et pourquoi pas en faire quelques reproductions, à l'aide d'une empreinte qui lui servirait de moule. Ce qu'elle en fera ensuite ? Elle n'y a pas encore vraiment réfléchi, mais elle ne s'inquiète pas trop à ce sujet – elle sait que l'idée viendra au moment opportun.

Elle dépose une grosse boule de terre sur l'épaisse toile cirée qui recouvre sa table de travail, et elle commence à la modeler avec ses paumes préalablement trempées dans de l'eau tiède. Le contact froid avec l'argile la plonge toujours dans le même état. C'est un mélange de joie enfantine, liée à la texture de cette pâte molle, et de plaisir érotique. Elle ferme les yeux, pour mieux se concentrer sur cette masse à la fois morte et vivante qui croît magiquement entre ses mains. Elle repense à cette performance qu'elle a vue, l'année précédente, dans une petite galerie d'art lyonnaise. Pendant plus d'une demi-heure, un homme à la tête couverte de glaise avait dessiné sur son visage, à l'aveuglette et à l'aide de quelques traits de pinceau ou du raclement de ses doigts, une galerie de portraits monstrueux qui l'avaient fait penser à des totems africains.

À mesure que les phényléthylamines se répandent dans son cerveau, Zoé laisse ses doigts aller et venir librement sur la boule de *materia prima*.

Elle repense aux affiches, elle repense au nom de Francis Rissin, et puis d'un seul coup, elle se sent submergée par quelque chose.

Ce n'est pas une « marée » à proprement parler. Quand la marée monte, en effet, c'est toujours de manière lente et progressive, et même quand elle court à la vitesse d'un cheval au galop, comme dans la baie du Mont-Saint-Michel, et à moins qu'il y ait du brouillard ce jour-là, on la voit toujours venir de loin. Pour cette raison, ce n'est pas davantage une « déferlante » ou un « tsunami », ni même un « raz-de-marée ». Les phénomènes marins, comme tous les phénomènes terrestres du reste, envoient toujours des signes avant-coureurs. Et c'est précisément ce qui fait défaut ici. Ça vient comme ça, tout d'un coup – *ex nihilo*. D'abord il n'y avait rien, et puis l'instant d'après elle se sent inondée par une présence, de même que Francis Rissin a inondé du jour au lendemain le département de ses nuées d'affiches éponymes.

La France naviguait à tâtons dans le noir, elle naviguait dans les ténèbres, les yeux aveugles, errant à la surface de l'abîme.

Et puis le bon Dieu avait eu la bonne idée d'allumer la lumière.

*

Depuis que nous l'avons rencontré la première fois à Jujurieux, le père Baudrans a erré de par les routes, marchant au hasard, dormant dans des granges abandonnées ou parfois à même le sol, à la lisière des forêts. Après son passage chez Marcel Chaillon, il a suivi le GR59 jusqu'à L'Abergement-de-Varey, avant de redescendre dans la vallée. Ensuite, il a rejoint Lagnieu en faisant du stop sur les départementales.

Il a passé quelques jours entre Fay et Soudon, et puis il a atteint Bouis en suivant le petit sentier qui serpente entre les vignes du Crêt. À Villebois, il a pris une douche dans un gîte d'étape. Le propriétaire, un homme d'une quarantaine d'années aux traits marqués par la fatigue, lui a proposé de lui offrir une chambre pour la nuit, mais Baudrans a préféré remonter dans la montagne de Cuny et gagner Serrières-de-Briord.

Le 24 juin au soir, justement, en cherchant le sentier qui longe la Brive et monte jusqu'à Marchand, il se perd sur les petites routes en lacets qui relient Vérizieu à Crept. La nuit commence à tomber et quelques gouttes froides ricochent sur la chaussée. Baudrans pourrait rebrousser chemin et redescendre à Vérizieu pour y chercher refuge, mais il continue d'avancer sous une pluie de plus en plus lourde et compacte.

Quelques minutes plus tard, un automobiliste s'arrête à sa hauteur. La cape de Baudrans est déjà détrempée. Après s'être penché et avoir ouvert la vitre du côté passager, le conducteur lui propose de le monter jusqu'à Lompnas. Le père Baudrans accepte d'un sourire reconnaissant et il ouvre la portière de la voiture.

« Je vais mouiller le siège.

— Installez-vous.

— Merci.

— Vous avez eu de la chance que je vous trouve. »

Alors que le véhicule reprend de la vitesse, les deux hommes font brièvement connaissance. Le conducteur s'appelle Dominique Soulier. Il raconte à Baudrans qu'il fait un léger détour par Vérizieu une fois par semaine pour rendre visite à sa sœur qui tient une chèvrerie avec son mari au lieu-dit « Le Graffin ». C'est presque sur sa route, il travaille sur le site nucléaire de Creys-Malville. D'habitude il sort plus tôt, il est toujours rentré à Lompnas avant l'heure du repas. Mais aujourd'hui il a été retenu par le chef d'équipe. Il était déjà presque 20 heures quand il s'est arrêté chez sa frangine. Du coup il a appelé sa femme pour lui dire qu'il serait en retard, et il est resté dîner avec eux au Graffin.

« Vous avez mangé ? »

Le père Baudrans est affamé, il n'a rien avalé depuis le morceau de pain rassis et la tranche de comté qu'on lui a offerts dans une petite épicerie Vival en début d'après-midi, mais il préfère changer de sujet.

« Je croyais que la centrale était arrêtée.

— Elle est à l'arrêt définitif depuis 1998. Mais maintenant il faut démanteler leur putain de réacteur Superphénix. On est environ quatre cents à bosser sur le site, ce n'est pas le travail qui manque. D'après les dernières estimations, on en a au moins jusqu'en 2033. Mais qu'est-ce que vous foutiez dehors à une heure pareille ?

— C'est difficile à expliquer. Disons que je me promène. Vous êtes croyant ?

— Moi non, mais ma femme ! Elle est un peu givrée, vous verrez si vous venez manger un morceau à la maison. Elle croit que le Christ est revenu. »

Baudrans a bien enregistré la proposition que son interlocuteur vient de lui faire en passant, mais il continue sur le même sujet.

« On trouve ça dans la Bible, vous savez. Ça s'appelle la parousie.

— Si vous le dites. Mais Bénédicte est plutôt du genre à croire qu'il va se présenter aux prochaines élections municipales, si vous voyez ce que je veux dire. Au fond, ça ne lui fera peut-être pas de mal de vous rencontrer, ça lui remettra la cervelle à l'endroit. »

Il rit à présent, d'un rire gras, et puis il reste silencieux pendant plusieurs secondes, concentré sur la route, alors qu'ils approchent de Seillonaz.

« Elle l'a vu, vous savez », reprend-il d'un ton plus grave.

Baudrans se tourne vers lui.

« Elle l'a vu...

— Le Messie. Elle l'a vu. Elle dit qu'elle fait partie des "Témoins". Vous n'avez pas vu sa photo dans *La Voix de l'Ain* ? »

Une forte crampe saisit brusquement Baudrans à l'estomac.

Ils traversent Seillonaz, à peine tiré de l'obscurité par cinq ou six réverbères faméliques. En sortant du village, les feux de route éclairent un petit cimetière qui se trouve sur leur droite. Sur le mur de béton, ils balaient trois affiches Francis Rissin à demi décollées par l'averse.

« Regardez ! C'est encore lui. »

Baudrans tourne la tête.

« C'est un vieil agriculteur de Jujurieux qui m'en a parlé la première fois. Il en avait trouvé une portée sur la façade de son hangar. C'était il y a déjà plus de deux semaines. Mais j'ai cru comprendre qu'ils en avaient encore trouvé hier du côté de Montanges et de Samognat. Ça commence à faire un moment que ça dure ; mais ça ressemble quand même surtout à une blague, pas vrai ?

— Une blague ? Une fumisterie oui ! Quand je vous dis que ma femme est folle. »

Baudrans reste silencieux. Le long de la chaussée, les sapins n'en finissent plus de surgir et de disparaître aussitôt sous le puissant halo des feux de route.

« Elle dit qu'elle l'a vu, reprend l'automobiliste.

— Qui ça ? Francis Rissin ?

— En personne.

— Mais vous m'avez dit que c'était le Christ.

— Parfaitement !

— Vous voulez dire que...

— Elle n'était pas belle à voir, quand je l'ai retrouvée ce jour-là. Elle en chialait presque. Elle disait : "Il est revenu, c'est lui, il est parmi nous, c'est Francis Rissin !" »

Dominique Soulier se tait. L'attention du père Baudrans se fixe sur le bruit du moteur, qui reprend péniblement son souffle à chaque passage de vitesse.

Il essaie de se souvenir de ce que Marcel Chaillon lui avait dit, dans la pénombre de sa cuisine de Jujurieux. Est-ce qu'il n'avait pas parlé du Christ lui aussi ?

Dans la dernière épingle à cheveux avant Lompnas, Baudrans se demande ce qu'il va bien pouvoir dire à cette femme. Il espère qu'il pourra s'entretenir avec elle en tête à tête, sans que son mari reste dans les parages. Et puis il aperçoit une croix en pierre, à gauche de la route inondée, et aussitôt après des phares qui leur arrivent dessus beaucoup trop vite.

Quand les pompiers de Montagnieu se présentent sur le lieu de l'accident, aux alentours de 22 h 15, ils constatent que le conducteur, qui n'avait pas attaché sa ceinture de sécurité, est mort sur le coup. Son passager est encore vivant, mais il est inconscient – il faut le transférer d'urgence à la clinique d'Ambérieu-en-Bugey.

*

Dans les pages du *Dauphiné libéré* du lundi 29 juin, Gabrielle Mallon revient sur la succession de causes qui a conduit au drame, quatre jours plus tôt, dans le quartier de la Forge à Oyonnax.

Ce jeudi-là, le ministre de l'Intérieur avait réquisitionné dix agents de la BAC de Bourg-en-Bresse pour qu'ils viennent prêter main-forte aux brigades qui étaient déjà sur place. Il n'en avait pas avisé le préfet de département – il pouvait bien aller se faire voir avec ses discours de socialo.

Dans la matinée, aux alentours de 10 heures, quatre de ces agents essaient de serrer un dealer qu'ils ont aperçu rue Louis-Blériot. Ils faisaient des tours dans le quartier depuis les premières lueurs de l'aube. Ils l'avaient aperçu une première fois sur l'avenue Jean-Moulin, mais il avait réussi à leur échapper. Alors, quand ils le recroisent une heure plus tard, ils sortent le grand jeu : les gyrophares, les pneus qui crissent sur le bitume froid, les canons de leurs flash-balls qui pointent vers le ciel.

Sauf qu'ils renversent malencontreusement un gosse.

Celui-ci s'est carrément jeté sous les roues du véhicule, comme le déplorera le lendemain le seul survivant devant le préfet de région et le ministre de l'Intérieur. Mais en essayant de l'éviter, le conducteur a aussi percuté la mère du gamin, qui regardait la scène en hurlant, les mains rivées sur son caddie Carrefour City.

Ensuite tout va très vite. Bien avant l'arrivée des secours, les habitants du quartier affluent autour du véhicule, pour voir la scène de leurs yeux. Le petit est mort sur le coup, le crâne fauché par le pare-choc avant. Sa mère est bien abîmée aussi, mais elle respire encore – elle doit son salut au chariot de supermarché, qui a amorti la violence de la collision.

Les visages expriment un mélange de consternation et de colère. Ce n'est pas la première fois que les flics tuent quelqu'un par ici, il y a au moins un blessé grave à chacune de leurs cavales – ils ne valent pas le dernier des chauffards. Quelqu'un leur lance une canette de bière. L'agent qui tenait le volant la reçoit sur l'épaule. Ses collègues hurlent : « Circulez, les renforts vont arriver, laissez cette femme respirer, reculez. » Ils empoignent leurs LBD 40 pour calmer les plus intrépides. Mais une deuxième canette vole, et une autre encore – suivie de plusieurs bouteilles en verre. La foule se presse devant les victimes. Une adolescente s'apprête à relever la mère du gamin, mais quelqu'un lui dit qu'il vaut mieux attendre l'arrivée des pompiers.

Les quatre agents de la BAC sont en contact radio avec le commissariat de police, leurs collègues sont en route, ils doivent arriver d'une minute à l'autre. L'un d'eux tire quand même un coup de lanceur de défense en l'air, pour faire reculer les badauds, mais des cohortes de riverains continuent de se masser là, comme si un seul texto avait suffi pour diffuser le message dans toute la cité.

Ils regardent le petit, couché sur cette grande flaque de sang. Ils regardent sa mère, immobilisée dans une posture d'alpiniste qui a fait une mauvaise chute. Alors ils prennent ce qui leur tombe sous la main : un pavé, un panneau de signalisation, une plaque d'égout, un morceau de pot d'échappement, et ils les jettent sur les flics. Un instant, ces derniers songent à pointer leurs flingues sur la foule, mais ils remarquent avec effroi que certains jeunes sont armés : ce sont des gros calibres, des armes de guerre – ils ne feront jamais le poids avec leurs armes de service.

Des grosses berlines aux vitres fumées se garent derrière eux, leur coupant toute possibilité de retraite. Ils sont pris au piège. Ils guettent la sirène des pompiers ou celle de leurs collègues ; mais il n'y a rien, rien à l'horizon. Ils sont seuls – seuls au milieu de cette foule en colère.

C'est à ce moment-là que l'un des agents aperçoit une affiche Francis Rissin, collée à un pylône électrique. Il se demande qui est ce type, pour finir, ce mégalo qui s'invite comme ça dans les endroits les plus saugrenus. Et puis il se raidit. Les habitants du quartier ont commencé à scander un nom. C'est presque imperceptible au départ, il ne parvient pas à distinguer ce qu'ils disent – sans doute le nom d'un prophète de l'Islam, d'un gros caïd de la cité, ou de ce syndicaliste que les nationaux ont écrasé l'année précédente avec les roues de leur Mégane III. Mais en se concentrant, il a l'impression d'entendre celui auquel il était en train de penser – le nom de Francis Rissin.

Un cocktail Molotov éclate contre la portière conducteur. Les flics sont coincés, mais la sirène des pompiers se fait brusquement entendre au loin. Alors, dans un geste désespéré, un autre agent attrape une vieille femme voilée qui se tenait là et il pointe son revolver sur sa tempe, comme s'il la prenait en otage. Sidérée par ce geste, la foule s'ouvre pour les laisser passer. Ils enjambent le gosse, en prenant soin de ne pas marcher dans la flaque de sang noir. Les pompiers ne sont plus très loin maintenant. Leurs collègues sont sûrement quelques dizaines de mètres derrière.

Il est environ 10 h 23. C'est à cet instant que le véhicule de police explose, touché par une grenade ou un tir de mortier. Le bruit de la déflagration fait sursauter l'agent qui tient la vieille femme, et il lui transperce le crâne d'une balle, après avoir appuyé malgré lui sur la détente. Elle tombe à terre, morte.

Un petit vent s'est levé. Les affiches Francis Rissin claquent autour de la scène comme des haubans sur des mâts. Il règne là un silence de cimetière. On se croirait sur le port de Marseille, un jour de règlement de comptes – entre deux fusillades.

Les gyrophares des secours apparaissent à quelques centaines de mètres de l'attroupement.

La femme voilée, le visage ensanglanté, fixe le ciel de ses yeux blancs.

Le jeune dealer que les agents ont pris en chasse un peu plus tôt dans la matinée saute sur le toit d'une grosse BMW et il tire deux coups de fusil à pompe en l'air en criant « Attica ! Attica ! ».

Et puis c'est le carnage.

*

Au soir du 25 juin, la rédaction du *Progrès* est en ébullition. On dénombre cinq morts, dont trois agents des forces de l'ordre, dans les émeutes qui ont dégénéré à Oyonnax ce matin-là, ainsi que dix-sept blessés, dont huit dans un état d'urgence absolue.

Pierre Fanneau, le directeur de la publication, et Xavier Antoyé, le rédacteur en chef, imaginent leur une du lendemain. Ils veulent quelque chose de fort, quelque chose qui frappe les esprits – quitte à être un peu racoleurs pour une fois. Le quotidien est au bord du dépôt de bilan, ils espèrent que ça compensera leurs mauvaises ventes du mois de mai. Tous les journalistes ont été convoqués dans la grande salle de réunion de l'agence de Bourg-en-Bresse, place Joubert.

Hélène Uberecken a trouvé un titre parfait : « Opération commando à la Forge : cinq morts ». Tout le monde dans la région connaît le nom de ce quartier d'Oyonnax à la triste réputation. D'ailleurs un de leurs pigistes a réussi à assister de loin aux affrontements, et les photos qu'il a prises au moment de l'explosion de la Scénic blanche sont superbes. Elles sont à la fois floues et suffisamment riches en détails pour laisser penser que le photographe se trouvait au milieu de la tourmente. À bien des égards, elles font penser à des photos de guerre, et c'est tout à fait ce que Pierre Fanneau et Xavier Antoyé veulent. Ils veulent que les gens lisent « Oyonnax », mais qu'ils pensent à Bagdad ou à Mogadiscio. Ils tablent sur un tirage à cinq cent mille, soit le double du tirage habituel.

Mais vers 22 heures, alors que la maquette du journal est déjà partie en correction, Pierre Fanneau reçoit un coup de téléphone de Vincent Grangé, le préfet de département. Ce dernier lui demande sans détour ce qu'ils ont prévu de mettre à la une, le lendemain, et il ne paraît guère surpris quand le directeur de la publication lui répond qu'ils vont titrer sur les événements d'Oyonnax.

Cinq minutes plus tard, après une conversation où il s'est contenté le plus souvent de hocher la tête, Pierre Fanneau appelle Xavier Antoyé, qui s'apprêtait à rentrer chez lui. Les deux hommes ont une brève discussion dans leur bureau, à la suite de laquelle ils appellent François Malinge, pour lui demander de venir les rejoindre de toute urgence. Et quand celui-ci leur demande pourquoi ils ont encore besoin de lui à une heure pareille, ils lui répondent simplement qu'ils ont changé d'avis – qu'ils vont titrer sur Francis Rissin.

*

Quand il découvre l'édition du *Progrès* du 26 juin, Vincent Grangé arbore un sourire démesuré. On voit bien que ça a été bouclé à la dernière minute ; mais ça fonctionne, ça fait vraiment son petit effet.

En photo de une, Pierre Fanneau et Xavier Antoyé ont opté pour un cliché pris l'après-midi précédent à Tournus. Il s'agit d'une vue de l'église abbatiale Saint-Philibert, après que sa façade a subi à son tour les assauts des afficheurs. En gros titre : « Percée de Francis Rissin », et dessous : « Les afficheurs quittent le département ».

La veille, en effet, on a retrouvé de nouvelles affiches à Béréziat, Bâgé-la-Ville, Certines et Talissieu ; mais également à Saint-Julien, dans le département du Jura, à Rumilly, en Haute-Savoie, et même à Bourgoin-Jallieu, en Isère – sans compter Tournus, en Saône-et-Loire. Autrement dit, tout porte à croire que Francis Rissin a décidé de quitter les frontières de la Bresse, du Bugey, de la Dombes et du pays de Gex, et d'aller voir un peu ce qui se passe ailleurs, dans les autres départements.

En apprenant ça, vingt-quatre heures plus tôt, Vincent Grangé a sauté de joie dans son bureau. Enfin ! Enfin il allait être déchargé de ce fardeau.

Du reste, ça n'a pas été la seule bonne nouvelle de sa journée de jeudi. Il a en effet suivi en temps réel le déroulé des événements d'Oyonnax. Il aurait pu exploser de colère en apprenant que tout ça s'était décidé dans son dos ; mais au contraire, un air de satisfaction s'est progressivement étiré sur son visage à mesure que la situation dégénérait. Il a écouté ses différents interlocuteurs de la police et de la gendarmerie d'une oreille lointaine ; et quand Claude Lazarevitch, le préfet de région, a essayé de le joindre, quelques minutes après la tuerie, il a demandé à sa secrétaire de lui dire qu'il était occupé, qu'il le rappellerait plus tard.

Il ne l'a pas rappelé, de même qu'il n'a pas rappelé le ministre de l'Intérieur, qui a essayé de le contacter plusieurs fois dans l'après-midi. Il s'est amusé à les faire poireauter toute la journée – ça les a probablement rendus fous de rage.

En refermant le quotidien, Vincent Grangé repense à ce qui s'est passé là-bas. C'est évidemment terrible pour les familles des trois agents qui ont perdu la vie ; n'importe, ses supérieurs l'ont bien cherché. Ça fait plus de trois mois qu'il refuse de céder à leur surenchère policière (« militaire », comme dirait l'autre), trois mois qu'il s'époumone à leur dire que c'est une mauvaise idée, que ça peut mal finir dans un quartier comme celui-là.

À cet instant, il jubile. Il imagine la tête du ministre et celle du préfet de région, il imagine ce qu'ils vont lui dire pour justifier ce bain de sang – ils ne vont sans doute pas tarder à le rappeler.

Et puis Francis Rissin qui a eu la bonne idée d'élargir son périmètre de campagne. En vérité, ça ne pouvait pas mieux tomber ! Vincent Grangé n'a pas voulu prévenir sa hiérarchie tout de suite, préférant qu'ils découvrent ça aujourd'hui dans le journal. À l'heure qu'il est, ils doivent sûrement péter un câble. Il aurait aimé être une petite bestiole pour voir leur tronche quand ils ont déplié la une du *Progrès*. Du reste, il a pris ses dispositions pour que *Le Dauphiné libéré* titre aussi sur la campagne. Les deux quotidiens ont quand même réservé un encart pour annoncer la boucherie d'Oyonnax ; mais il n'y a pas de visuel, c'est une simple accroche en petites capitales.

Il n'est pas encore tout à fait midi quand Vincent Grangé reçoit un mail de la préfecture de région. De nouvelles affiches Francis Rissin ont été signalées à Lyon, dans le 2e et le 3e arrondissement. C'est quelque chose d'insensé, il y en a des centaines, des milliers peut-être, ça dépasse tout ce qu'ils ont eu l'occasion de voir jusqu'ici.

Il repense à Claude Lazarevitch et au ministre de l'Intérieur. Il se dit en souriant que les mauvaises nouvelles n'arrivent jamais seules.

Il sait qu'il peut sauter sur un coup comme celui-là, même s'il a eu raison depuis le début – surtout parce qu'il a eu raison depuis le début, a-t-il ajouté en riant quand il nous a fait le récit de cette journée. Mais ça lui est bien égal désormais, ils peuvent le muter ou le révoquer, il acceptera son sort avec philosophie.

Au moment où il enfile sa veste de lin pour aller déjeuner, sa secrétaire lui annonce qu'un fax vient de tomber. Il lui demande de le lui apporter – c'est peut-être un mot du ministère. Mais non, ça provient de la sous-préfecture de Belley.

Franck Blavier, le sous-préfet, lui rapporte un étrange phénomène de substitution dans les mairies d'Ordonnaz, Ambléon et Cheignieu-la-Balme. Les bustes en staff de Marianne y ont mystérieusement été remplacés par d'imposants bustes en terre cuite à l'effigie d'un parfait inconnu. Enfin pas d'un parfait inconnu, précise le haut fonctionnaire, puisqu'il porte une couronne d'épines et qu'il a le visage du Christ ; et parce qu'une petite plaque en métal a été vissée à leur base et qu'on y a gravé simplement le nom « Francis Rissin ».

3.

Jacques Sauvamain, *Vous reprendrez bien un peu de Rissin !*, chapitres 15 à 22, roman interdit à la diffusion et à la vente (jugement du 12 mars *** du tribunal de grande instance de Tarbes, puis arrêt du 30 avril *** de la cour d'appel de Pau), d'après la vie du commissaire Michel Baudrans (né en 1969).

Toutes les histoires de flics commencent au volant d'une grosse berline, lancée à vive allure sur une voie rapide de la région parisienne martelée par les trombes, sous un ciel noir et lépreux de fin du monde – et celle de Nicolas Sirac ne devait pas déroger à la règle.

Il était un peu plus de 18 h 30. Il était au volant de sa Laguna III DCI 110 bleu métallisé, qu'il avait achetée en 2008 pour remplacer sa vieille Toyota Prius. Depuis, il n'avait jamais regretté d'avoir fait confiance au constructeur français. Avec ses courbes effilées, le véhicule avait une manière à la fois intimidante et gracile de se tenir sur la route, de fendre en deux l'espace qui surgissait devant lui. Mais sa stabilité et sa puissance offraient également un profond sentiment de sécurité à celui qui avait le privilège d'avoir le pied sur la pédale d'accélérateur.

Alors, chaque fois qu'il se sentait envahi par ces pensées noires et labyrinthiques, ces pensées obsessionnelles qui le harcelaient chaque jour un peu plus, Nicolas Sirac prenait le volant, et il sillonnait les autoroutes de la région parisienne à vive allure – pour se laver le cerveau à grande eau. Et dans ce genre de circonstances, il savait que la pluie ne gâchait rien à la fête.

La voiture dessinait sa trajectoire parfaite sur la chaussée noyée de l'A86, à hauteur de Rueil-Malmaison, juste après la sortie du tunnel Belle-Rive. Parfois, sur les murs antibruit, il apercevait une procession d'affiches, détrempées par le déluge, parfois à demi décollées, répétant en chœur leurs slogans monotones.

LOUANGE À TOI FRANCIS RISSIN

FRANCIS RISSIN PRENDS PITIÉ DE NOUS

Nicolas Sirac essaya de se rappeler comment les événements s'étaient enchaînés ces dernières vingt-quatre heures, comment il s'était retrouvé embrigadé malgré lui dans cette histoire à l'issue plus qu'incertaine.

Les images se bousculaient dans sa tête. Il revit le visage d'Hélène, qui était partie le jeudi de la semaine précédente. Ce qui s'était passé ce jour-là ? Il ne parvenait pas à s'en souvenir. Simplement elle avait décidé de le plaquer, comme ça, sur un coup de sang. Elle avait fait ses valises, elle avait claqué la porte. Depuis ce jour, elle était aux abonnées absentes.

Mais il pensait aussi – mystères de l'inconscient – à un article qu'il avait lu quelques jours plus tôt dans *Le Figaro*, et qui détaillait les différentes méthodes d'exécution dans les couloirs de la mort des prisons texanes. Le journaliste parlait notamment de ce condamné qui avait agonisé pendant plus de dix-sept minutes après l'injection d'un cocktail létal expérimental – un mélange de sédatif midazolam et d'antalgique hydromorphone – avant de mourir. C'était en 2014, dans l'État de l'Ohio. Ça avait dû être un moment insoutenable pour ceux qui assistaient à l'exécution.

Parfois, ça pouvait être le visage de Sergent qui refaisait surface, ou bien les résultats des examens sanguins qu'il avait reçus la semaine précédente et qui ne l'avaient pas inquiété outre mesure, malgré certaines irrégularités dont il devait s'entretenir rapidement avec son médecin traitant.

*

Ça faisait bientôt un an que les affiches étaient apparues aux quatre coins de l'Hexagone. Pendant tout ce temps, les Français les avaient eues régulièrement sous les yeux, et il faut bien dire qu'elles avaient commencé à faire leur petit effet, qu'elles avaient commencé à infuser des idées mauvaises dans leurs cerveaux déjà ruinés par les ondes électromagnétiques et les nanoparticules.

Bien sûr, on avait mis une équipe sur le coup. Mais les enquêteurs avaient ratissé le pays, ils avaient exploré toutes les pistes. Ils n'avaient pas eu plus de succès que s'ils avaient traqué le fantôme de Mathilde l'Emperesse ou le spectre du général de Gaulle. Alors ils avaient simplement abandonné l'affaire. À les écouter, il n'y avait plus qu'à s'asseoir et à attendre que l'orage passe.

Sirac s'était intéressé à cette histoire d'une oreille lointaine. Ces derniers mois, en effet, il avait remonté la trace de l'imam Ibn Mohamed Al-Jawziyya, ce « prêcheur des cités » qui alimentait un réseau de recrutement de jeunes djihadistes pour la Syrie. Il n'était plus très loin du but, le type avait été aperçu dans les environs de Villetaneuse deux jours plus tôt, et un indic leur avait donné l'adresse de l'immeuble où il se cachait.

Mais la veille, Bergognant était venu frapper à sa porte.

« J'ai besoin de toi », avait-il lancé froidement en lui serrant la main.

Sirac s'était récrié.

« Tu rigoles ? Ça fait un an qu'on court après ce barbu. On n'a jamais été aussi près de le serrer. »

Mais Bergognant l'avait regardé avec un tel désarroi qu'il s'était senti obligé de l'écouter.

« Viens, entre. »

Les deux hommes avaient parlé jusqu'à une heure avancée de la nuit. Au départ, Sirac avait eu du mal à admettre que Francis Rissin ait pu représenter une plus grande menace pour la sécurité nationale qu'un sergent recruteur djihadiste, mais son collègue avait fini par le convaincre. L'imam Ibn Mohamed Al-Jawziyya était bien gentil, mais il y avait plus urgent. Qu'il continue de prêcher si ça lui faisait plaisir, qu'il continue d'envoyer des jeunes se faire sauter la tête en Syrie. Tout ça n'avait plus vraiment d'importance, à l'heure qu'il était. La priorité était de retrouver l'autre, de retrouver Francis Rissin. C'était tout ce qui comptait.

Ce n'était pas la première fois qu'on faisait appel à ses services – Nicolas Sirac avait toujours été un chasseur hors pair. Deux ans plus tôt, c'était lui qui avait retrouvé Xavier Dupont de Ligonnès, ce petit gérant de société qui avait assassiné son épouse et ses quatre enfants, avant de les enterrer sous la terrasse de leur petit pavillon nantais, et qui avait disparu de la circulation pendant presque quinze ans. Toutes les pistes avaient été explorées. Toutes – sauf une. Et c'était justement celle-là que Sirac avait eu la bonne idée de suivre.

*

Nicolas Sirac avait intégré la direction générale de la Sécurité intérieure (DGSI) en 2011, après douze ans de bons et loyaux services à la sous-direction de la Police judiciaire (SDPJ) de Nanterre. Désormais, il travaillait en lien avec les Brigades de recherche et d'intervention (BRI) de la police judiciaire et la sous-direction antiterroriste (SDAT) – mais il opérait seul, on le laissait faire ses petites affaires dans son coin. Ses collègues l'avaient surnommé « le Têtard ». On le voyait marcher au hasard, chercher à l'aveuglette ; on le voyait tourner en rond, revenir sur ses pas, repartir de plus belle, et l'instant d'après il réapparaissait avec sa proie entre les dents.

Il avait obtenu le concours interne de commissaire de police en 1999. Ça lui faisait déjà un bon petit bout de carrière, et un joli palmarès avec son lot de médailles et de trophées. Du reste, il n'était plus si jeune, il lui restait à peine une dizaine d'années de service à tirer.

La pluie n'en finissait pas de marteler l'asphalte, de s'abattre avec fracas sur les banlieues inondées, criblant le pare-brise de la Laguna au passage. Mais Nicolas Sirac voyageait à l'intérieur de sa tête. Il pensait encore à Hélène. Il n'arrivait pas à faire disparaître la dernière image qu'il avait d'elle, juste avant qu'elle le gifle et qu'elle disparaisse, les yeux en larmes. Est-ce que c'était lui qui avait tout gâché ?

Et puis l'instant d'après il repensait à son travail. D'habitude, il était relativement sûr de lui. Si le type n'était pas mort, si le type ne s'était pas jeté du haut d'une falaise, s'il n'avait pas sauté dans un lac de montagne avec des pierres plein les poches, alors il avait forcément laissé des traces de pas derrière lui – alors, où qu'il soit, il pouvait le débucher. Sauf que cette fois c'était différent. Pendant près de dix mois une équipe avait été sur le coup, pendant dix mois elle avait couru après cet insaisissable furet. Quelques semaines auparavant, ils avaient même coordonné une grosse opération dans la région Centre, mais celle-ci s'était soldée par un nouvel échec. Pour finir, des experts du Groupe d'analyse comportementale de la Gendarmerie nationale avaient été mobilisés. Mais ils n'avaient rien trouvé – ils n'avaient rien trouvé du tout.

Il se dit qu'il aurait aussi bien pu prendre des vacances aux frais du contribuable pendant quelques semaines, avant de revenir à la maison mère en disant qu'il n'avait rien trouvé non plus. Mais depuis qu'il était entré dans la police nationale, il avait toujours fait preuve d'une grande conscience professionnelle, doublée d'un sens de l'honneur et du service à la patrie.

Il savait que ça allait être laborieux, qu'il allait ramer dans la fange, que ça allait l'entraîner sur des sentiers bourbeux où personne n'aurait souhaité s'engager. Mais il savait aussi qu'il donnerait le meilleur de lui-même et qu'il irait jusqu'au bout, parce qu'il était comme ça, parce qu'il avait toujours été comme ça – droit et entêté.

Quelques souvenirs remontèrent de son subconscient. En 2007, à l'occasion d'une sombre affaire de règlements de comptes entre bandes rivales dans le quartier du Chemin de l'Île, il avait décidé de persévérer encore un peu, malgré les récriminations de ses collègues, qui avaient baissé les bras depuis un moment. Il avait mis en place une dernière opération, un truc de grande envergure, une sorte de bouquet final. Et ils avaient bien fait de s'acharner, parce que ça avait payé cette fois-là. Ils avaient réussi à démanteler un gigantesque réseau de stupéfiants, lié aux mafias des pays de l'Est – c'était au moment de la déferlante de Puron et de Chimal.

Il bifurqua sur l'A15 en direction de Cergy-Pontoise. Il passa au-dessus des bassins du port de Gennevilliers. La silhouette spectrale des silos des Grands Moulins de Paris se découpait à travers le ciel pisseux.

Hélène lui avait dit qu'il pouvait aller se faire foutre. Il lui avait répondu qu'il ne s'était jamais privé pour ça. Elle s'était figée subitement, et elle l'avait regardé de ses grands yeux verts, ces yeux qui l'avaient rendu fou, cinq ans plus tôt, quand il l'avait croisée pour la première fois devant ce petit restaurant de Saint-Quay-Portrieux. Elle lui avait donné une grande claque. C'était la première fois qu'il se faisait frapper par une femme – il n'avait pas été loin de riposter, mais il avait retenu son geste, ravalant son humiliation.

Et puis le travail encore. Sa supérieure immédiate lui avait dit qu'il serait autonome, qu'il pouvait s'organiser comme il voulait, qu'il avait carte blanche. Ça le faisait chier d'abandonner comme ça la piste de l'imam Ibn Mohamed Al-Jawziyya. Mais peut-être que Bergognant avait raison, au bout du compte. Peut-être que ce type ne représentait pas une menace de première importance pour le pays. Bien sûr, il avait embrigadé quelques jeunes, qu'il avait poussés sur la voie de la guerre sainte en leur montrant des photos de filles à poil. Il assurait ainsi le ravitaillement en kamikazes des groupes islamistes radicaux, pour leurs attentats des prochaines années. Mais la plupart d'entre eux se feraient sauter la ceinture abdominale dans un pays du Proche-Orient, devant une école maternelle irakienne ou un supermarché israélien. La foudre ne tombe jamais deux fois au même endroit, et il faut bien dire que la France avait eu son compte, ces dernières années. En d'autres termes, il y avait peut-être de plus gros problèmes à régler.

On lui avait donné une épaisse pile de dossiers, contenant la totalité des documents rassemblés par ses collègues, avant qu'ils cessent leurs investigations. C'était surtout de la paperasse, mais il y avait aussi quelques clichés sur lesquels apparaissaient ces sempiternelles affiches, avec leurs slogans christiques. Avec ça, il était censé avoir toutes les cartes en main pour débusquer sa proie. C'était la dernière chance qu'ils avaient. S'il échouait... Mais il allait réussir.

Sauf que c'était comme chercher un arc-en-ciel au milieu des ténèbres. Si son nom s'étalait en toutes lettres sur tous les murs de tous les villages du pays, Francis Rissin semblait aussi impalpable que le vent. C'était autant essayer d'attraper le cauchemar qui vous avait réveillé en sursaut en plein milieu de la nuit.

Bergognant lui avait dit que certaines pistes n'avaient pas été explorées jusqu'au bout, notamment du côté des réseaux d'extrême droite. Mais Sirac connaissait bien les groupuscules d'extrême droite, il les avait approchés de près, quand il bossait encore à la SDPJ de Nanterre. Et pour ce qu'il en pensait, ça cadrait mal avec leur manière de fonctionner. C'était beaucoup trop barré pour eux. Non, il s'agissait d'autre chose. Ça ne pouvait être qu'un loup solitaire, un mégalomane qui officiait en dehors de toute structure de commandement.

Et ce n'était pas sans le séduire, au bout du compte.

Il se sentait comme un loup solitaire à la recherche d'un autre loup solitaire.

*

Il se gara à la place qui lui était réservée, au troisième sous-sol du parking souterrain de cet immeuble ultra-sécurisé de la rue de Villiers, à Levallois-Perret, où se tenait le siège des services de renseignement français.

La veille, il avait roulé jusqu'à une heure avancée de la nuit. Ses pensées l'avaient conduit jusqu'à Rouen, où il avait fini par faire demi-tour pour reprendre la direction de Paris. Tout au long de sa fugue, il avait attendu des nouvelles d'Hélène ; mais elle ne l'avait pas rappelé. Il aurait pu lui envoyer un texto, lui présenter des excuses, lui dire qu'il l'aimait, mais il n'en avait pas eu la force. Il espérait qu'elle aurait le courage de faire le premier pas.

Il s'assit à son bureau et commença à éplucher l'épais dossier qu'on lui avait confié. Il regarda longuement ces affiches hideuses, qu'il avait l'impression de connaître aussi parfaitement que cette mine fatiguée que lui renvoyait chaque jour le miroir de sa salle de bains – comme si un minuscule indice pouvait encore être dissimulé derrière ces grosses lettres blanches ou cet impénétrable fond outremer. On lui avait également transmis une liste des principaux sites Internet consacrés à Francis Rissin. Il tapa le nom du premier d'entre eux sur Google. Il jeta un œil distrait aux pages qui s'affichaient sur son écran. Puis il tapa « Francis Rissin » sur le moteur de recherche, qui lui annonça immédiatement « environ 1 290 000 résultats », soit à peu près autant que pour la chanteuse Mylène Farmer ou le tir à la carabine. Il tapa le nom de Francis Rissin sur le site des Pages jaunes. Celui-ci lui annonça cette fois « zéro résultat pour cette recherche ». En élargissant un peu ses critères, il tomba quand même sur l'adresse d'un certain François de Rissin, qui vivait au 17 de la rue Émile-Littré, à Morhange, sur un certain Francis Ricain, qui vivait quant à lui au 24 du square Louis-Guilloux, dans la petite ville de Langogne, et même sur un dénommé Francis Rissein, qui vivait pour sa part au 12 de l'impasse du Maréchal-de-Lattre-de-Tassigny, à Cazaubon. Il les appela tous les trois, par acquit de conscience, mais il tomba à chaque fois sur un répondeur téléphonique. Il nota leurs numéros sur son calepin.

Il avait arrêté de penser à Hélène, il avait chassé pour un temps ses démons. Le faisceau de sa conscience se recentrait progressivement sur sa cible. Quelque chose dans sa tête s'était mis en marche, et s'il parvenait à remonter le fil jusqu'au bout, s'il parvenait à retrouver la bobine, peut-être finirait-il par tomber sur sa proie – à condition évidemment que « Francis Rissin » ne soit pas un nom d'emprunt ou un pseudonyme, auquel cas les chances de retrouver celui qui se cachait derrière seraient presque nulles.

Il changea quelques paramètres, consulta quelques pages Web sans intérêt. Un peu avant 13 heures, il crut qu'il avait trouvé quelque chose. Sur un forum dédié à Francis Rissin, un type parlait d'un compte Twitter permettant de suivre en temps réel une improbable « tournée de gala », à partir du *hashtag* « #followfrancis ». Ça ressemblait à du foutage de gueule. Mais Sirac nota tout de même ces informations dans le coin d'une page. Il vérifierait ça quand il n'aurait plus rien d'autre à faire.

Il se servit un café à la machine, en prenant bien soin de ne pas tomber sur ses collègues, puis il se rassit à son bureau. Il consulta le fichier des personnes recherchées (FPR), les fichiers du Traitement d'antécédents judiciaires (TAJ), communs à la police et à la gendarmerie, et ceux du système d'information Schengen (SIS). Il consulta également le fichier de prévention des atteintes à la sécurité publique (FPASP), que ses collègues avaient sans doute déjà épluché plusieurs milliers de fois depuis le début de l'enquête. Mais toujours rien à signaler de ce côté-là. Sirac maugréa en silence contre ces innombrables archives informatisées, censées répertorier l'ensemble des citoyens français, coupables et innocents confondus, et dans lesquelles on ne trouvait jamais la personne qu'on cherchait.

Il fallait se rendre à l'évidence, le nom de Francis Rissin n'apparaissait dans aucune base de données, dans aucun système de fichage de la police – pas même dans l'annuaire. Autrement dit, si Francis Rissin existait, ce dont il y avait quand même lieu de douter au bout du compte, c'était comme s'il était mort et enterré.

Un éclair de lucidité traversa l'esprit du commissaire de police : et si justement Francis Rissin était mort – mort et enterré ? Ça suffirait à expliquer à la fois son absence de leurs fichiers et son étonnant silence depuis le début de l'affaire.

Il passa un coup de fil à Jacques Berthevin, avec qui il avait fait équipe autrefois à Nanterre. Celui-ci avait facilement accès aux archives des actes d'état civil, et Sirac lui demanda de vérifier si le nom de Francis Rissin apparaissait dans la liste des actes de décès des cinquante dernières années en France.

Une heure plus tard, son iPhone sonna.

Son ex-équipier parla sans attendre qu'il lui réponde :

« Il y a un acte de décès au nom de Francis Rissin sur la commune de Saint-Rambert-en-Bugey, dans le département de l'Ain. Je ne l'ai pas vu tout de suite, parce qu'ils ont oublié d'écrire le *s* de Francis, c'est sans doute pour ça que ça a échappé aux copains. Bon, mais ce n'est plus très frais, tu vas voir. Ça date de 1978, du 17 novembre 1978 pour être précis. Il est mort il y a quarante-deux ans, ton bonhomme ! »

Sirac jubilait. Non seulement c'était la première fois que le nom de Francis Rissin apparaissait dans les registres de l'administration ; mais surtout, s'il était mort quarante-deux ans auparavant, l'affaire était classée d'office. Quelles qu'aient pu être les motivations de ces petits malins qui avaient repeint les murs du pays à son nom, le défunt pouvait difficilement être tenu pour responsable de ces débordements.

Nicolas Sirac décida tout de même de se rendre sur place pour confirmer l'existence de la sépulture, et éventuellement demander une exhumation pour autopsie. Cela mettrait immédiatement un terme à sa mission. Ensuite il rentrerait à Paris, il essaierait peut-être de se réconcilier avec Hélène, et puis il reprendrait la piste de l'imam Ibn Mohamed Al-Jawziyya – avant de sonner l'hallali.

Pour la première fois depuis plusieurs semaines, Nicolas Sirac sourit.

*

Saint-Rambert-en-Bugey était une petite commune de l'Ain prise en étau entre les escarpements rocheux de la cluse des Hôpitaux, où coulaient les eaux claires et poissonneuses de l'Albarine.

Pour aller plus vite, Sirac avait pris le TGV de 8 h 13 jusqu'à Lyon, et puis un vieux chenillard l'avait déposé à Ambérieu-en-Bugey, où il avait loué une petite citadine. Il regrettait sa grosse Laguna. Il se sentait con et vulnérable, dans cette voiture de tapette.

La semaine précédente, un tremblement de terre de magnitude 5,5 sur l'échelle de Richter avait secoué la région. Il n'y avait pas eu de victimes, mais le séisme avait fait pas mal de dégâts. On apercevait encore ici ou là quelques toitures crevées ou des tas de bois renversés.

Les colleurs n'avaient pas épargné la zone, et Sirac avait machinalement commencé à compter les affiches, alors qu'il remontait la D1501 en suivant la direction de Chambéry.

IL EST VIVANT FRANCIS RISSIN

Il avait joint le secrétaire de mairie la veille, et celui-ci lui avait passé immédiatement le maire récemment réélu. Ils s'étaient donné rendez-vous ce jeudi-là en fin de matinée devant l'hôtel de ville, pour une petite visite express sur la tombe de Francis Rissin.

Maurice Gaudain était un homme d'une cinquantaine d'années, qui avait vécu une bonne moitié de sa vie dans la vallée, à Saint-Rambert, après avoir grandi dans les fraîcheurs du plateau d'Hauteville. Il serra mollement la main du commissaire. Maire sortant, il avait battu haut la main le candidat de la liste ouverte « Agir ensemble pour Saint-Rambert-en-Bugey ».

« J'ai fait quelques recherches, depuis que je vous ai eu au téléphone hier matin. C'est formidable ce qui arrive, pour la ville je veux dire. Si on avait pu s'imaginer qu'il était enterré ici. »

Sirac lui lança un regard glacial. L'élu changea de sujet.

« Ce qui est bizarre, c'est que l'acte de décès est presque illisible. Il a été rempli à la main, ce qui est quand même étonnant pour un acte de 1978. L'encre devait être de mauvaise qualité, on lit facilement le patronyme, parce qu'il est écrit en capitales, mais le prénom est vraiment difficile à déchiffrer, on dirait qu'ils ont oublié le *s*, qu'ils ont écrit "Franci" ou même "Franc". »

Il tendit à Sirac une feuille jaunie, protégée par une pochette en plastique transparent.

« J'enverrai ça au service d'analyse graphologique. Même si l'encre a bavé, ils pourront reconstituer le nom grâce à la trace de la plume sur le papier. »

Gaudain le regarda avec un mélange de crainte et d'admiration.

Le soleil se reflétait sur les eaux tumultueuses de l'Albarine.

Saint-Rambert n'avait pas spécialement souffert du séisme, même si l'épicentre avait été localisé à quelques kilomètres de là, du côté de Cleyzieu.

« Venez, je vais vous montrer le cimetière.

— Vous y êtes passé depuis notre coup de fil ?

— Non, j'ai préféré vous attendre. On avait un plan, autrefois, avec la localisation des différentes sépultures ; mais personne n'est parvenu à le retrouver. »

*

Le cimetière était perché sur les premiers contreforts de la ville, au pied de ces hautes falaises qui s'élèvent à l'ouest jusqu'au rocher de Talourd.

Sirac pensait qu'ils allaient torcher ça en quelques minutes, qu'il pourrait être de retour à Paris dès le milieu d'après-midi. Mais ils eurent beau examiner toutes les tombes, aucune d'elles ne portait le nom de Francis Rissin.

Famille Belaysoud, famille Jambon-Bouvier, famille Poirin, famille Malamard.

Ils se retrouvèrent finalement devant une tombe, dans le coin sud-ouest du cimetière. Elle était dans un état lamentable. La stèle s'était renversée sur la tombale, sans doute à la faveur du tremblement de terre, et dans sa chute elle s'était fragmentée en une infinité de morceaux, comme un verre trempé trop rapidement dans de l'eau bouillante. Si c'était bien la dernière demeure de Francis Rissin, son nom était illisible. Il faudrait une patience infinie aux enquêteurs de la police scientifique pour reconstituer le puzzle. La tombale elle-même était fissurée sur toute sa longueur. C'était étrange, car les autres sépultures n'avaient pas autant souffert. Il y avait souvent des séismes de cette magnitude dans la région. Ça renversait éventuellement les vases funéraires et les pots de fleurs, ça faisait parfois tomber un crucifix. Mais de là à casser une pierre tombale en deux !

« Vous croyez que ça peut être celle-là ?

— C'est possible. De toute façon il n'y en a pas d'autre. Regardez. »

Maurice Gaudain se baissa et ramassa un fragment de la stèle. Il était un peu plus gros que les autres. Les lettres *iss* étaient gravées à la peinture dorée. En fouillant les débris du bout des doigts, il en trouva une autre sur laquelle on pouvait lire la lettre *F*, suivie d'une autre qui pouvait très bien être un *r*.

« Je crois qu'on le tient.

— Francis Rissin avait une adresse ici, à Saint-Rambert ?

— Affirmatif. Mais c'est pareil, l'acte du notaire était illisible. Il a fallu qu'on s'abîme les yeux pour s'assurer que c'était le sien.

— Vous pouvez me montrer ça ?
— J'allais vous le proposer. »

*

Maurice Gaudain ramena Sirac au centre-ville. Ils empruntèrent la petite rue des Otages, puis ils bifurquèrent à droite, rue Claude-Mermet.

« C'est là, au numéro 16. »

Ils se tenaient devant une vieille maison de deux étages, qui n'avait manifestement jamais été rachetée depuis la mort de son propriétaire. Un vieux panneau branlant de l'agence Lagnieu annonçait qu'elle était toujours à vendre.

La façade était décorée de plusieurs affiches Francis Rissin, et le nom du candidat semblait narguer le flic et le maire de ses treize lettres blanches.

« J'ai récupéré les clés chez Lagnieu. »

Sirac ne réagit pas. Ça lui paraissait tout à fait normal, du fait de ses fonctions, que les portes s'ouvrent partout sur son passage. Gaudain fit jouer la serrure, tourna le loquet de la porte, et ils pénétrèrent tous les deux dans la demeure abandonnée.

Ils restèrent là une bonne demi-heure.

En sortant, Sirac nota l'adresse sur son carnet et prit congé du maire devant la maison à vendre, en le remerciant froidement pour son dévouement et en l'informant que ses collègues viendraient lui poser quelques questions le lendemain.

« N'hésitez pas ! »

Il savait que d'ici à vingt-quatre heures, Saint-Rambert-en-Bugey serait envahi par des cohortes de techniciens de la police scientifique venus passer les lieux au tamis. Il savait également que le corps de Francis Rissin serait exhumé et envoyé à l'Institut de médecine légale de Lyon pour une autopsie complète. Et Sirac essaya d'imaginer un instant ce que les enquêteurs trouveraient sous le couvercle du cercueil, quand ils l'auraient dégagé de la fosse. Après plus de quarante années passées là-dessous, il ne devait rester du bonhomme qu'un grand squelette flottant dans un costume trop grand pour lui, et fixant l'obscurité de son crâne vide.

Il était environ 13 heures, le soleil tapait sur les façades, mais le fond de l'air restait frais et humide. Un air à choper des mycoses aux pieds, pensa Sirac.

Il avait la dalle. Il se serait bien avalé une grande baguette au pâté de campagne, mais la boucherie et la boulangerie étaient fermées jusqu'à 15 heures. Il ne trouva rien d'autre à se mettre sous la dent qu'un panini et une barquette de frites.

En mâchant son sandwich, dont le fromage était à peine fondu, il se demanda ce qu'il foutait dans ce trou à rats. Il se dit qu'à bien y regarder la France était constituée d'une infinité de trous, comme la célèbre éponge fractale de Menger. Autrement dit, elle pouvait s'étendre autant qu'elle voulait dans l'espace, elle aurait toujours un volume nul. Heureusement qu'il y avait Paris et la région parisienne pour donner un peu de consistance à ce néant. Mais quand même, la question restait en suspens de savoir quel genre de solide on pouvait construire à partir d'une somme de vides.

Après avoir avalé la moitié de son déjeuner, il fut tenté de s'allonger au soleil pour faire une sieste. Mais il se ravisa. Il était pressé de s'enfuir de ce caveau.

*

Il retourna tout de même rue Claude-Mermet, pour parler aux voisins. Vu la moyenne d'âge des habitants de ce mouroir, il trouverait bien un patriarche qui se souviendrait de Francis Rissin.

Il frappa au numéro 14.

Une vieille femme aux joues creusées lui ouvrit une lourde porte qu'on n'avait sans doute jamais pris la peine de vernir depuis la Seconde Guerre mondiale.

« Vous l'avez connu de son vivant ?

— Attendez ! »

La femme s'enfonça dans la pénombre de sa cuisine, d'où elle avait surgi, et Sirac l'entendit crier :

« Raymond ! »

Au bout d'une longue minute, un homme se présenta sur le seuil. Il marchait péniblement, à l'aide d'un déambulateur à roulettes. Il portait de grosses pantoufles et des bas de contention. Il devait avoir dépassé les quatre-vingts ans, mais Sirac n'était pas sûr de lui. Il pouvait être plus âgé que ça encore. L'air de la montagne vous maintient en vie longtemps après que vous avez passé votre date limite de péremption.

« Francis Rissin ? Vous voulez dire Franck Rissin, c'est ça ? Nous on l'appelait Franck en tout cas, ou monsieur Franck, il préférait qu'on l'appelle comme ça. De toute façon, on le voyait pas beaucoup, il était toujours parti quelque part. On l'apercevait de temps en temps à la messe, le dimanche. Il s'entendait bien avec Baudrans, le curé – enfin celui qu'on avait en ce temps-là. Maintenant, on n'a plus la messe qu'un dimanche sur quatre. C'est le père Falco, un jeune prêtre d'Ambérieu, qui fait la tournée de la cluse, un dimanche à Serrières, un dimanche à Tenay, un dimanche à Argis, et puis le dernier chez nous, à Saint-Rambert, vous comprenez.

— Il avait une femme ? Des enfants ?

— C'était un solitaire, vous savez. Mais je vous l'ai dit, on le voyait pas beaucoup. Je ne sais pas trop ce qu'il trafiquait quand il partait en voyage. Les gens racontaient des choses. Il n'a jamais invité personne à entrer chez lui, alors vous savez, on se fait vite des histoires. »

Sirac repensa à l'intérieur de la maison mitoyenne. À ces vieux meubles couverts de poussière. À ce carrelage terne et gras. À ces toiles d'araignées qui pendaient au plafond. Les meubles et les placards avaient été vidés, peut-être par ses héritiers, s'il en avait eu, ou par les employés de l'agence immobilière. Ils n'avaient rien trouvé de probant. Ça aurait pu être la maison de n'importe qui.

« Charbulier vous en dira peut-être plus que moi.

— Charbulier ?

— Le voisin d'en face ! »

Sirac remercia le vieil homme.

« Mais il va revenir, vous savez. »

Sirac s'immobilisa.

« Il va revenir ?

— Vous n'avez pas vu les affiches ? »

Sirac hocha la tête sans conviction, puis tourna le dos à son interlocuteur. La porte claqua derrière lui.

Il chercha du regard la porte d'entrée de ce dénommé Charbulier.

C'était une porte rouge, avec une petite boîte aux lettres en métal. Il s'approcha.

*

« Francis Rissin ? Moi je disais juste Franck, ou quelquefois “le Dahu”, pour le charrier. C’était un vrai passionné d’alpinisme, il passait son temps sur les sommets des Alpes. “Hé, le Dahu !” que je lui disais quand je le croisais dans la rue, ici ou à Ambérieu – parce qu’il allait souvent là-bas, pour ses affaires. Il faisait des échanges, du commerce, je ne sais pas, moi. Il me parlait de ses ascensions, mais il ne donnait pas beaucoup de détails, il en parlait comme ça, pour faire la conversation. La politique ? Je ne crois pas qu’il ait jamais voulu faire de politique. Il ne s’intéressait pas à ça, non. Parfois il me parlait de la guerre, mais il ne fallait pas lui poser trop de questions. C’était quelqu’un de discret. Un jour il m’a parlé d’un type qu’il avait rencontré quelques mois plus tôt et qui avait écrit un livre sur le maquis de l’Ain. Je me souviens de son nom, il s’appelait Morrier. Je dois avoir ça dans mes affaires, je peux regarder. Manifestement, ils avaient fait des choses tous les deux, pendant la guerre – des choses pas très glorieuses, si j’ai bien compris.

« En tout cas, ça m’a fait bizarre de retrouver son nom partout sur ces affiches. Il y en a encore six ou sept qui ont été collées dans la rue, dans la nuit de mardi à mercredi. Vous savez qui a fait ça ? J’ai de la chance, vous me direz, je n’en ai jamais eu sur la maison. Mais les voisins râlent, ça se comprend, ils les enlèvent, elles reviennent, elles reviennent toujours. Y a que ceux qui les laissent qui ne sont plus embêtés. Vous pensez que c’est lui ? Vous pensez qu’il est vivant ? Comment est-ce qu’il pourrait être vivant ? Aussi bien, je vous l’ai dit, personne ne l’appelait

Francis Rissin, par ici. On l'appelait Franck ou monsieur Franck, et moi je l'appelais toujours "le Dahu". "Hé, le Dahu !" que je disais, et il se retournait, il savait bien que c'était moi, j'étais le seul à l'appeler comme ça – avec Seizeriat et Londrini. Il me regardait avec ses yeux bleus, des yeux grands comme le ciel qu'il devait avoir rien que pour lui, quand il crapahutait là-haut. Quand on a appris qu'il s'était donné la mort, ça nous a fichu un coup. Il y a eu une petite cérémonie, au funérarium. Tout le monde était effondré devant le cercueil. On voyait bien que Baudrans était très touché, lui aussi. Mais personne n'a assisté à la mise en terre. Ils ont fait ça en petit comité, je crois. Et puis il pleuvait à verse, ce jour-là. Un vrai déluge de l'Ancien Testament. »

L'heure tournait. Le soleil s'était déjà caché derrière le mont Charvet, et un courant d'air froid s'engouffra dans la rue Claude-Mermet.

S'il voulait avoir le temps de s'arrêter à Bourg-en-Bresse et d'attraper un TGV avant la tombée de la nuit, Sirac devait se presser un peu.

En remerciant Charbulier, il lui demanda son numéro de téléphone, qu'il nota sur son petit carnet à spirales. Il lui tendit sa carte en signe d'au revoir.

« Si un détail vous revient. »

*

Avant de quitter Paris, Sirac avait pris soin de contacter les archives départementales de l'Ain.

Il fut accueilli devant les portes du Conseil général par Sabine Reyberet, qui lui annonça fièrement qu'elle avait mis pas mal de documents de côté pour lui.

Elle le conduisit jusqu'à un ensemble de bâtiments préfabriqués posés à côté d'un bel hôtel particulier. L'édifice était classé au patrimoine historique, et il avait quant à lui pas mal souffert du séisme. Le toit risquait de s'écrouler à tout moment. Ils allaient devoir faire d'importants travaux de rénovation.

Sirac s'isola dans une pièce sans fenêtres, devant un gros carton rempli de paperasse : état civil, recensements, actes notariés, déclarations d'impôts, procès-verbaux, quittances. Un vrai condensé d'administration française ! Mais il y avait également des coupures de presse, des copies d'archives privées, des listes d'embarquement, des duplicatas de factures et même des notes du Centre des archives du personnel militaire de Lyon. Il regarda sa montre. Il avait encore une petite heure devant lui.

Francis Rissin était né le 14 avril 1922 à Ambérieu-en-Bugey, et il était mort le 24 juin 1978 à Saint-Rambert, dans des circonstances qui n'apparaissaient ni sur son acte de décès ni dans les documents que l'archiviste avait sélectionnés pour lui. Il avait donc vécu jusqu'à l'âge de cinquante-six ans.

Il feuilleta plusieurs liasses de documents relatifs à la Seconde Guerre mondiale dans lesquels Sabine Reyberet avait pris soin à chaque fois de surligner le nom de Francis Rissin au marqueur jaune fluo. Étrangement, il apparaissait souvent abrégé d'un simple « F. » ou « Fr. ».

Sirac commençait à subir les effets de la fatigue. Il essaya quand même de se concentrer encore un peu. Il était question des bombardements de Bourg-en-Bresse du 16 juin 1940, de la zone d'occupation italienne, qui avait été instaurée à partir du 11 novembre 1942, du défilé du 11 novembre 1943 à Oyonnax et de l'opération Caporal, menée par la Wehrmacht en février 1944. Il lui était difficile, au vu des informations dont il disposait, de savoir si Francis Rissin avait collaboré, et ainsi facilité les opérations de répression menées par les Allemands. Un vieil article de presse laissait entendre qu'un certain F. R. avait donné des listes de noms aux unités de la Waffen-SS – mais impossible de savoir si c'était bien le même homme. Sirac tomba encore sur des documents administratifs concernant l'immigration dans les années 50. Le nom de Francis Rissin apparaissait dans un procès-verbal de la Société d'émulation de l'Ain, daté de mai 1955, et relatif à la libération du département en septembre 1944. Et puis tout se mit à tourner dans sa tête. Il pensa encore à Hélène, à Sergent, à ses résultats d'examens sanguins.

Il avait besoin d'air. Il quitta le préfabriqué avec la totalité des documents sous le bras, sans se soucier de remercier Sabine Reyberet. Il s'arrêta quelques minutes sur un banc pour respirer, au milieu d'une petite place plongée dans la pénombre, et il se rendit directement à la gare de Bourg-en-Bresse.

*

Le TGV filait à travers la nuit. Il fallait à peine deux heures pour relier la préfecture de l'Ain à Paris-Gare de Lyon. Sirac grignotait sans conviction un sandwich à la rosette qu'il avait acheté à la boulangerie de la gare, avec une bouteille d'eau pétillante, juste avant le départ de son train.

En général, le mouvement du TGV, fendant l'espace comme un missile MBDA Meteor à longue portée, avait le même effet sur lui que ces longues fuites en Laguna qu'il s'offrait presque quotidiennement autour de la région parisienne. Il avait à chaque fois l'impression de glisser, de s'abandonner à un profond mouvement de pénétration. C'était très agréable – c'était comme faire l'amour à une femme.

Il divaguait maintenant. En privilégiant le TGV aux dépens de ces vieux trains de nuit désuets ou des horribles trains Corail, les cadres de la SNCF allaient non seulement dans le sens de l'Histoire, ou du moins de la civilisation moderne, avide de vitesse et de performances technologiques, mais ils défendaient aussi, à leur manière, l'éternel masculin. Les trains en général, mais plus encore peut-être le TGV, n'étaient-ils pas en effet de longs pénis mécanisés qui sillonnaient la France à la recherche du plus grand nombre d'orifices à combler – qu'il s'agisse de tous les tunnels qu'ils croisaient régulièrement sur leurs trajets ou de toutes ces gares dans lesquelles ils s'engouffraient quelques minutes, avant de repartir de plus belle ? Le TGV n'était-il pas une machine à ramoner la France ?

Pourtant, Sirac n'arrivait pas tout à fait à s'abandonner au plaisir de la glisse, quelque chose le chiffonnait. Il mit ça d'abord sur le compte de cette rupture qu'il n'arrivait pas encore à encaisser. Mais il y avait autre chose.

Il sortit les documents qu'il avait subtilisés aux archives départementales, et il les passa encore une fois en revue.

L'acte de décès que lui avait laissé le maire de Saint-Rambert et celui qu'il avait trouvé aux archives départementales coïncidaient point par point, quand bien même ils semblaient avoir été rédigés par deux personnes différentes. Rissin était né à Ambérieu-en-Bugey et mort à Saint-Rambert. En revanche, rien n'était précisé sur son lieu de sépulture. On pouvait légitimement supposer que son corps avait été inhumé dans le cimetière de Saint-Rambert, où il était domicilié l'année de son décès ; mais allez savoir ce qui avait pu se passer, quarante ans plus tôt – allez savoir ce qui avait pu traverser la tête du mort.

Le visage d'Hélène était en train de se matérialiser au-dessus de lui, dans l'atmosphère climatisée de la voiture non-fumeurs. Sirac composa le numéro de Bergognant, pour lui demander comment ils avaient prévu de procéder le lendemain ; mais le TGV filait à plus de trois cents kilomètres-heure vers le nord-ouest, le réseau était indisponible pour le moment.

Il feuilleta d'autres papiers encore. Il se laissait doucement bercer par les vibrations de la cabine et le ronronnement des moteurs. Il était sur le point de fermer les yeux quand il tomba sur une coupure de presse relatant un fait divers qui était arrivé à proximité de Saint-Rambert.

Ça datait du 19 novembre 1978. Un promeneur avait retrouvé le corps désarticulé d'un certain François Rissin, au pied d'une falaise, sous les rochers dits « de la Falconnière ». Les flics s'étaient déplacés. Ils penchaient pour l'hypothèse du suicide. Le type en question vivait dans la commune, c'était un passionné de haute montagne – certains disaient même que c'était le meilleur alpiniste de la région. Une petite cérémonie avait été organisée au funérarium, avant la mise en bière. L'enterrement en revanche s'était déroulé dans l'intimité, à huis clos.

Tout concordait. Sirac retrouvait là le détail de ce que Charbulier lui avait raconté quelques heures plus tôt – avec d'importantes précisions sur les causes du décès, sur lesquelles il n'avait pas jugé bon de l'interroger sur le moment.

Mais il tomba aussitôt après sur un acte notarié qui évoquait l'enterrement du même François Rissin. Or celui-ci n'avait pas été inhumé à Saint-Rambert-en-Bugey, mais à Arandas, un patelin posé sur le plateau qui s'élève au sud de Tenay, à une dizaine de kilomètres de là.

Dans ces conditions, si ce François Rissin était le Francis Rissin qu'il cherchait, et s'il avait bel et bien été enterré à Arandas, comme l'article le précisait noir sur blanc, il fallait nécessairement que la tombe du cimetière de Saint-Rambert-en-Bugey fût vide. S'il portait un prénom d'emprunt – et Sirac se demandait ce qui avait pu le pousser à dissimuler sa véritable identité –, Francis Rissin ne pouvait pas non plus se dédoubler.

Au moment de sombrer dans le sommeil, Nicolas Sirac vit un visage. Ce n'était plus le visage d'Hélène, ce n'était pas non plus celui de Sergent. Était-ce celui de Francis Rissin en personne ? Ses contours étaient flous, mais il possédait toutefois une certaine consistance. Il le dévisageait. Puis il se fendit sur toute sa longueur comme une cellule, et à partir de chaque moitié ainsi isolée un visage rigoureusement identique se reconstitua. Et c'étaient ces deux visages jumeaux qui le fixaient à présent de leurs yeux incandescents, de ces yeux bleus qui avaient été puiser leur incroyable couleur de banquise dans le nuancier polycristallin des glaciers alpins.

*

Le petit cimetière d'Arandas se trouvait à la sortie du village, le long de la départementale 104.

Sirac était reparti de Paris à la première heure, par le même TGV que la veille.

À Ambérieu-en-Bugey, l'employée de l'agence de location de voitures avait semblé ravie de le voir réapparaître :

« Encore vous ? Vous ne pouvez plus vous passer de moi ! »

Elle était plutôt craquante avec son teint frais et ses fossettes au creux des joues. Sirac se demanda s'il aurait le culot de lui demander son numéro de téléphone. Il savait qu'il plaisait aux femmes – du moins à celles qui étaient à la recherche d'un père de substitution. Celle-ci justement n'avait pas trente ans.

Il se ravisa immédiatement.

« Je vais prendre le même modèle qu'hier. »

Il roula sous la pluie jusqu'à Argis, et puis il bifurqua à droite, gravissant les épingles à cheveux de la petite route d'Arandas. Les essuie-glaces du véhicule de location peinaient à chasser ces grandes giclées qui martelaient le pare-brise comme un éboulement de pierres.

Depuis la veille, les affiches avaient résisté à la pluie. Elles continuaient de répéter leur message lancinant.

FRANÇAISES FRANÇAIS FRANCIS RISSIN

Il était un peu plus de midi lorsqu'il arriva à Arandas. La pluie s'était calmée, mais les champs étaient détrempés. L'eau gouttait abondamment des toits.

Il avait voulu chercher le numéro de téléphone du secrétariat de mairie pendant son trajet, mais le réseau était saturé, il n'était pas parvenu à se connecter à Internet. Il s'était dit qu'il se pointerait sans prévenir, quitte à trouver porte close.

Justement, la mairie n'ouvrait pas avant 14 h 30. Il était bon pour une petite balade en solo du côté du cimetière.

La pluie s'était remise à tomber. C'était un vrai temps de chiottes. Comme si le bon Dieu avait retiré la bonde du ciel et que les eaux-vannes du firmament s'étaient déversées à grande crue sur la terre. L'horizon était bouché de chez bouché, il faudrait sûrement attendre plusieurs jours avant de pouvoir espérer un petit rayon de soleil.

Le cimetière d'Arandas était plus spacieux que celui de Saint-Rambert. Il régnait là une odeur de fumier ou de compost, une forte odeur de fermentation en tout cas – comme si on avait installé des bouches d'aération sur les tombes, pour ventiler un peu les fosses, et donner aux vivants une petite idée des réactions chimiques qui se trament sous le couvercle des cercueils.

En poussant la grille rouillée, Sirac songea que Francis Rissin avait bien choisi sa dernière demeure. Il n'allait pas être importuné par les voisins, il n'y avait pas âme qui vive à plusieurs kilomètres à la ronde. Non, c'était autant se faire incinérer, plutôt que de croupir à jamais dans ce lieu paumé, qui était certainement le fond du trou du cul de la France.

Il regarda les tombes les unes après les autres, déchiffrant les noms de famille. Quelques plaques funéraires avaient été brisées, et elles gisaient dans les travées avec des éclats de vases et de pots de fleurs en terre cuite, curés par l'averse. Sans doute un effet du vent, qui soufflait à pleins poumons et qui chassait au même moment de gros nuages noirs vers la montagne d'Arandas – à moins que la terre eût tremblé jusqu'ici.

Il essaya de déchiffrer les inscriptions sur ces stèles grignotées par le temps et couvertes de lichens grisâtres.

Famille Gueurée, famille Torrand, famille Montarola, famille Chamonnal, famille Giardolo.

Au début du XIXe siècle, après la défaite française à la bataille de Novi, l'Ain était devenu une terre d'accueil pour les patriotes italiens exilés, ce qui expliquait la présence de nombreux noms à consonance italienne dans la région.

Famille Gastraldo, famille Lichtenstenner, famille Revol-Rognin, famille Charbulier.

Tiens, le vieux Charbulier avait des ancêtres qui pourrissaient dans les parages !

Sirac revit le visage anguleux du vieillard, tassé dans l'encadrement de sa porte.

Et puis il se figea.

C'était une tombe un peu plus récente que les autres, à l'angle nord-ouest du cimetière. Elle était en marbre noir. En caractères d'or se déroulaient les treize lettres formant le nom « Francis Rissin ». Et dessous : « 1922-1978 ».

Sirac n'en crut pas ses yeux. Alors ça y est, il était enfin nez à nez avec sa proie – ou du moins ce qu'il en restait. Inutile de lui passer les menottes aux poignets, Rissin avait choisi de se mettre au trou tout seul. Il avait simplement pris une grande inspiration, et puis il avait sauté du balcon de la Falconnière. Il faut dire que le coin était une vraie invitation au suicide. Tout autour, c'étaient d'épaisses forêts noires, dont la couleur sombre était renforcée encore par la lumière orageuse qui filtrait du ciel, fendues ici ou là par de longues combes qui remontaient en serpentant dans les hauteurs.

Sirac se demanda ce que Rissin avait pu se dire, pendant les quelques secondes qu'avait duré la chute, avant qu'il s'écrase lourdement sur le sol et qu'il se retrouve démantibulé comme un chaton lancé contre un mur. Et puis il pensa à ses collègues qui devaient procéder au même moment à l'ouverture de la sépulture de Saint-Rambert. Il passerait peut-être leur rendre visite plus tard dans la journée.

C'était fini. Il pouvait rentrer à la maison. Il ressentit une furieuse envie de monter dans sa Laguna et de partir pour une longue fuite à pleine vitesse sur l'A14 et l'A13 en direction de Val-de-Reuil, ou sur l'A1 en direction de Compiègne. Il prit le chemin de la sortie.

Un peu plus loin, une vieille femme était penchée sur une tombe. Elle avait une cape de pluie et une capuche transparente sur la tête. Elle se tourna dans sa direction. Son visage était incroyablement ridé. Elle lui dit : « Pourquoi cherchez-vous parmi les morts celui qui est vivant ? »

Sirac fut abasourdi. Il se frotta les yeux pour s'assurer qu'il n'avait pas rêvé. Lorsqu'il releva la tête, la femme avait disparu. C'était sans doute un effet de son imagination. Il se dit qu'il fallait qu'il parle rapidement à quelqu'un.

Il s'arrêta devant la première maison qu'il trouva en remontant vers le bourg. C'était une grande ferme avec un immense toit de tôle et une grande porte en bois sur le côté, derrière laquelle devait se tenir une étable ou une grange.

À quelques mètres de là, il sonna à une petite porte verte, à côté de laquelle on avait posé deux pots en terre. Les géraniums étaient fanés. Une femme fluette d'une soixantaine d'années lui ouvrit.

Les vêtements de Sirac lui collaient au corps comme une épaisse pellicule d'eau glacée.

« Je peux vous aider ?

— Nicolas Sirac. Police judiciaire. Ça vous dit quelque chose, Francis Rissin ou François Rissin ?

— Oui, c'est le type qui a été enterré ici.

— Vous vous souvenez des circonstances de l'enterrement ?

— Ce dont je me souviens, c'est qu'il n'était pas du village. On s'est longtemps demandé ce qu'il était venu faire ici. Il était d'en bas, de Saint-Rambert. Il aurait mieux fait de rester dans la vallée. C'est comme s'il était venu polluer le plateau. Depuis, la terre a arrêté de donner, les champs sont stériles – plus rien ne pousse par ici.

— Quelqu'un pourrait m'en dire davantage ?

— La veuve Pignolat. Elle l'a connu pendant la guerre. Elle est de l'autre côté du village, sur la route des Luets. »

*

La pièce était plongée dans la pénombre, délicatement troublée par la lueur mouvante des flammes qui dansaient dans la cheminée.

Il ne restait plus grand-chose de Colette Pignolat. Ça tenait à quelques plaques de peau sur de grands os pointus. Elle vivait dans une pièce d'une vingtaine de mètres carrés. Son lit était encastré dans le mur du fond. Le temps n'avait pas beaucoup bougé ici, depuis la fin de la guerre.

Elle parlait avec une voix étouffée que Sirac avait du mal à distinguer de sa respiration sifflante. Elle était elle-même sourde comme un mort.

Les questions s'embrouillaient dans la tête du commissaire. La chaleur qui régnait dans la pièce de vie invitait à la torpeur.

« Je vous sers une infusion ? »

Dehors, l'averse redoubla d'intensité. Le visage de la nonagénaire rougeoyait devant le halo du feu de cheminée.

« Vous avez connu Francis Rissin ? »

Colette Pignolat resta prostrée plusieurs secondes devant Sirac.

« Comment ?

— Francis Rissin, vous l'avez connu ? »

Un son incongru, que Sirac interpréta comme un rire gêné, sortit de la gorge noueuse de la vieille femme.

« Attendez ! »

Elle se leva et ouvrit un à un les tiroirs d'une imposante commode, qui se tenait dans un coin de la pièce.

« Je vais vous montrer quelque chose. »

Pendant qu'elle fouillait dans ses archives, Sirac regarda les flammes s'agiter au-dessus des braises. Il se dit que, si la mort avait une forme, ce serait sans doute celle-là – celle de ces langues de feu avides, qui se nourrissaient de l'air de la pièce.

Il s'étonnait de se sentir aussi bien dans un lieu à première vue aussi misérable, aussi lourdement chargé par le passage des années. Chaque meuble, chaque objet semblait recouvert d'une épaisse couche de poussière et de graisse figée. Tout était poisseux et collant. C'étaient les vestiges d'une France d'un autre âge, d'un temps où la vie sans doute était plus dure, mais où elle était aussi plus simple.

Il entendait la pluie qui battait le grand toit de tôle au-dessus d'eux. Il se sentait bien ici, lové dans cette alcôve de chaleur. Il entendait Colette Pignolat qui retournait sa commode, juste derrière lui. Il avait l'impression d'être dans une bulle, en dehors du monde. Il se dit que ça lui ferait énormément de bien, s'il pouvait venir se réfugier ici, chaque fois que ses mauvaises pensées revenaient à la charge.

*

Au dernier moment il avait renoncé à faire une halte à Saint-Rambert. Il appellerait Bergognant plus tard.

Il jeta quand même un coup d'œil à son iPhone, pour s'assurer qu'il n'avait pas reçu de mail ou de texto. L'écran affichait : dix-sept messages reçus. Il rangea le téléphone dans sa poche. Il regarderait ça dans le train, pendant le trajet du retour. Il pensa à Hélène. Il accéléra après le rond-point d'Argis, sous la pluie battante.

La veuve Pignolat avait passé vingt bonnes minutes le nez dans ses albums de famille, et elle n'avait pas réussi à lui présenter une seule photo dont les contours soient passablement nets. Sur l'une d'entre elles se détachaient tout de même trois silhouettes. C'était elle, à gauche, son mari au milieu et Francis Rissin à droite.

Ils se tenaient par les épaules comme des camarades de classe. Mais le tirage était trop mauvais pour qu'on distingue vraiment leur visage.

Elle avait accepté à contrecœur qu'il les emporte toutes avec lui. Il lui avait promis qu'il les lui renverrait par la Poste quelques jours plus tard. Sans qu'elle s'en rende compte, il avait aussi pris un cliché de la vieille femme avec son smartphone, et il avait ramassé un cheveu blanc et sec qui traînait sur son fauteuil en velours élimé. On verrait bien ce qu'ils pourraient tirer de tout ça à l'Institut national de police scientifique (INPS).

Il l'avait quand même questionnée sur les activités de son mari. Elle lui avait répondu presque en chuchotant, comme si toutes les commères du village écoutaient à la porte. Il était en Italie pendant la guerre. À son retour, en 1944, il s'était consacré aux travaux des champs. Des amis italiens venaient parfois lui rendre visite. Ils avaient des visages durs, des voix rauques, des yeux sales comme des cochonnets. Ils parlaient en italien, alors allez savoir ce qu'ils pouvaient bien se raconter ! Certains soirs ils s'emportaient, ils n'étaient jamais loin de se mettre sur la gueule. Parfois des Savoyards se mêlaient à eux. Elle faisait leurs lits, elle leur servait la soupe, le midi et le soir. Une fois, ils étaient arrivés avec un autre type. Il portait un uniforme gris clair, avec de nombreux insignes aux manches. C'était la première fois qu'elle le voyait, alors que les autres lui étaient maintenant plus ou moins familiers. Quand il prenait la parole, ils se taisaient pour l'écouter. Il disait des choses qu'elle avait du mal à comprendre, alors qu'il s'exprimait dans sa langue maternelle. Il parlait de l'avenir de la France et du destin des anciens peuples gaulois. Son mari lui avait dit que c'était quelqu'un d'important, qu'elle devait être plus dévouée encore que d'habitude. Le type était parti le lendemain. Avant de prendre la route, il lui avait jeté un regard glacial. Il était revenu plusieurs fois. Ils avaient fini par s'apprivoiser. Les autres l'appelaient le Dahu. Mais son mari lui avait dit un jour que c'était Francis Rissin, qu'il viendrait ici de temps en temps, que c'était un honneur pour eux de le recevoir à la maison. Et puis son mari était mort. Et puis elle avait appris un jour que Francis Rissin avait sauté dans le vide et qu'il serait enterré ici, à Arandas. Elle s'était bien gardée d'assister aux funérailles, les gens du village voyaient ça d'un mauvais œil, et puis elle n'aurait pas été la bienvenue – on avait raconté des choses sur son compte, à la fin de la guerre.

*

Le lendemain, Bergognant l'avait appelé à la première heure.

Ils n'étaient pas parvenus à reconstituer le puzzle de la stèle. Mais de toute façon, ils avaient eu une surprise, au moment de l'exhumation. Il n'y avait pas de cercueil, la fosse était vide.

Enfin pas tout à fait vide, parce qu'elle contenait une main toute desséchée, comme si quelqu'un l'avait jetée là il y a des siècles, une main de momie qui paraissait à peine humaine. Des analyses étaient en cours. Mais à part ça, *niente di niente* – pas un seul ver à l'horizon.

Dans d'autres circonstances, Sirac se serait laissé aller à sourire. Les choses semblaient en effet aller dans le sens de la logique. Si on n'avait pas trouvé le squelette de Francis Rissin dans le cimetière de Saint-Rambert-en-Bugey, alors on le trouverait dans celui d'Arandas. Une équipe était déjà sur place. Bergognant devait le rappeler dès qu'ils auraient du nouveau. Mais il avait du mal à croire que tout allait s'arrêter là. Il avait du mal à croire qu'ils allaient trouver Francis Rissin là-haut, sagement allongé dans son cercueil capitonné.

Par ailleurs, les recherches approfondies dans la maison de la rue Claude-Mermet n'avaient rien donné. Ils avaient récolté au moins quinze types d'empreintes digitales différentes, sans compter les traces ADN ; mais rien qui corresponde aux fichiers STIC et STIG.

Bergognant avait personnellement rencontré Lagnieu, le directeur de l'agence immobilière, qui avait accepté qu'on lui prenne ses empreintes digitales, et qui avait convaincu ses employés de se plier à cette formalité. Lagnieu lui avait également transmis la liste de tous les particuliers qui avaient visité la maison.

Après avoir raccroché sans même prendre la peine de remercier Bergognant, Sirac fut saisi d'un léger vertige.

Il se massa lentement les tempes avec ses index. Il essaya de faire le vide. Il essaya de ne plus penser à rien. Mais c'est le visage d'Hélène qui se présenta encore une fois à lui.

*

Il y avait bien un corps sous la sépulture du cimetière d'Arandas, mais pas celui d'un homme mort à l'âge de cinquante-six ans après une chute dans le vide d'une bonne centaine de mètres. Pas plus que celui d'un homme tout court, d'ailleurs. Ils avaient tiré de là le corps embaumé d'une femelle chimpanzé. L'une de ses mains était amputée au niveau du poignet. L'autre ressemblait étrangement à celle qu'ils avaient découverte la veille sous la stèle de Saint-Rambert. Si tous les puzzles pouvaient ressembler à celui-là !

Francis Rissin avait manifestement vécu dans les parages ; mais s'il était mort, si on l'avait retrouvé inanimé au pied des rochers de la Falconnière, alors sa dépouille ne se trouvait ni à Saint-Rambert-en-Bugey ni à Arandas. Autrement dit, il courait encore dans la nature. Et allez savoir si un cadavre qui court n'est pas un homme vivant !

Pour faire simple, on s'était bien foutu de leur gueule. Il fallait tout reprendre à zéro.

Sirac avait rejoint l'A86 et contourné Paris par le nord-est. Il avait traversé Colombes, Saint-Denis, Aubervilliers, Bobigny, Rosny-sous-Bois, Nogent-sur-Marne, et puis il avait pris plein est sur l'A4, en direction de Reims. Dans ces moments d'absence, il portait toute son attention sur le vrombissement du moteur. Ça le relaxait, ça le vidait de toute cette noirceur qui s'accumulait continûment au fond de son âme.

Mais pour l'heure, quelques pensées parasites affluaient encore dans son esprit brouillé. Il pensa à sa mère, qu'il n'avait pas revue depuis l'enterrement de son grand-oncle. Il pensa à la mort, qui l'attendait tapie quelque part, qui préparait son assaut, pour s'abattre sur lui au moment où il relâcherait sa vigilance.

Il doubla un long cortège de véhicules militaires. Il se demanda s'il y avait eu des cérémonies de commémoration particulières plus tôt dans la journée.

Sur la pile d'un pont, il remarqua une affiche qui flottait au vent, accrochée au béton par un seul de ses quatre coins.

IL EST VENU FRANCIS RISSIN

Il se dit que, dans un roman, c'était le moment que l'écrivain choisirait pour faire sonner son téléphone portable, et le mettre en relation avec un de ses collègues qui lui apporterait un élément nouveau susceptible de relancer l'enquête – c'était le moment béni pour un *deus ex machina*.

Mais son téléphone ne sonna pas. Son téléphone était éteint. Il ne devait surtout pas se laisser distraire. À plus de deux cents kilomètres-heure sur l'autoroute, même au volant d'une grosse berline française, la moindre erreur pouvait être fatale.

De retour au 84 rue de Villiers, Sirac s'assit dans son fauteuil et essaya de rassembler toutes les informations qui traînaient depuis quelques jours dans son cerveau malade. Il se sentait au bout de la jetée, avec la mer démontée devant lui. Il était grand temps que ça s'arrête, d'une façon ou d'une autre.

Il composa le numéro de Bergognant.

« Du nouveau ?

— On essaie de faire parler les voisins.

— Il avait des accointances avec le mari de la veuve Pignolat, il se déplaçait parfois jusque-là pour leur rendre visite, avec des amis italiens.

— La vieille nous a déjà chanté la chanson.

— Et à Saint-Rambert ?

— RAS. On a lancé une recherche sur les disparitions d'animaux de zoo et de cirque non résolues dans la région au cours des quarante dernières années. À mon avis, ça ne va rien donner. »

Sirac raccrocha d'un glissement de doigt sur l'écran de son iPhone.

« Bande de cons ! »

Il ouvrit une page Internet et tapa « Francis Rissin » sur la page d'accueil de Google. On était passé à plus de deux millions de résultats. Un frisson lui remonta le long de l'échine. Ça ne s'arrêterait donc jamais.

Il décida de changer de méthode.

Il se rendit sur un site qui proposait une cartographie participative des zones couvertes par les colleurs d'affiches. Ses collègues avaient pris l'habitude de le consulter, c'était beaucoup plus puissant que tout ce qu'ils auraient pu mettre en place de leur côté. Étonnamment, les zones les mieux couvertes étaient aussi celles qui étaient les moins peuplées. À en croire les internautes qui alimentaient la carte, la ville du Puy-en-Velay semblait particulièrement prisée de ces étranges annonceurs. Pendant les trois dernières semaines, autant d'affiches y avaient été comptabilisées que sur la totalité du département du Morbihan.

Son téléphone sonna.

Il pesta en s'attendant à voir encore le nom de Bergognant sur son écran.

Mais il fut surpris d'y lire celui de Charbulier.

Il décrocha.

*

« Sirac.

— Pardonnez-moi de vous déranger. Vous m'aviez dit que...

— Je vous écoute.
— Ça avance ? »
Sirac renonça à lui raconter ce qu'ils avaient découvert dans les deux cercueils.
« Pas vraiment.
— Je ne sais pas si je dois vous dire ça.
— Essayez toujours.
— J'ai un neveu qui vit à Mont-de-Marsan. Il est ingénieur informaticien, il gagne très bien sa vie. Il faut dire qu'il a fait de brillantes études.
— Mais encore...
— Oui, excusez-moi. Il est souvent venu ici, à Saint-Rambert. Il me rendait visite une fois par an. Il a rencontré Francis Rissin à plusieurs reprises, à la maison. Enfin il disait monsieur Franck, comme tout le monde. Il était féru d'alpinisme, lui aussi ; alors le courant est tout de suite passé entre ces deux-là.
— Vous ne voulez pas aller à l'essentiel ?
— Francis Rissin s'est donné la mort en 78 – ou est-ce que c'était en 79 ?
— En 78.
— Quand j'ai appris la terrible nouvelle à mon neveu, ça lui a fait un coup à lui aussi. Ils n'étaient pas spécialement proches, vous voyez, mais ils étaient de la même race, celle qui a toujours les yeux braqués sur les plus hauts sommets.
— Et ?
— Quelques années plus tard – c'était en 81 je crois, juste après l'élection de Mitterrand – j'ai reçu un coup de téléphone de mon neveu. Il avait l'air bouleversé. Je lui ai demandé ce qui se passait. Il m'a demandé si j'avais vu le corps de M. Franck, après son décès. Je lui ai répondu que ça ne devait pas être beau à voir,

qu'il avait fait une chute de presque cent mètres, qu'il devait être en mille morceaux. Alors, il m'a dit qu'il l'avait vu.

— Le corps ?

— Non, pas le corps ! Qu'il avait vu M. Franck, le jour même. Ils étaient allés à Pau avec sa femme et ses gosses, histoire de se balader en ville. Ils se promenaient rue Henri-IV. Il l'a vu sortir de l'église Saint-Martin. Il n'était pas habillé comme d'habitude, il aurait très bien pu le prendre pour quelqu'un d'autre. Sauf que Franck l'a reconnu aussi, et il a baissé la tête avant de disparaître d'un pas pressé. J'ai dit à mon neveu qu'il avait dû rêver. Francis Rissin avait été enterré à Saint-Rambert quelques années plus tôt. Je me souvenais encore de cette cérémonie, au funérarium. Il devait avoir un sosie, ou quelque chose comme ça. En tout cas il y avait sûrement une explication. Mais mon neveu était formel, je ne l'avais jamais vu aussi catégorique que ça. Le lendemain je suis monté jusqu'au cimetière. J'ai mis quelques fleurs sur la tombe du Dahu. Je ne suis pas croyant, mais j'ai dit une prière, quelque chose qui m'est venu sur le moment. Quelques semaines plus tard, j'ai appris que mon neveu avait fait une dépression. On n'a jamais reparlé de cet épisode tous les deux.

— Vous pensez qu'il a pu dire la vérité ?

— Vous savez, quand je suis allé me recueillir sur sa tombe, j'ai senti qu'il était là. On peut sentir la présence des morts, même si une épaisse plaque de marbre nous sépare de leurs reliques.

— Donc d'après vous, son corps aurait bel et bien été inhumé à Saint-Rambert ?

— Et où voulez-vous qu'il soit ? »

Après la conversation, Sirac sortit sur le trottoir de la rue de Villiers pour prendre l'air.

Il regarda quelques voitures qui passaient dans la rue au ralenti.

Sur la vitrine du petit restaurant qui se trouvait quelques dizaines de mètres plus loin, il devina la silhouette d'une affiche fraîchement collée.

JE VOUS SALUE FRANCIS RISSIN

Il remonta dans son bureau. Il alluma son ordinateur, ouvrit Twitter et commença la procédure d'inscription.

*

Le dernier tweet contenant le *hashtag* « #followfrancis » datait de la semaine précédente. Il disait laconiquement : « FrancisRissin@Tanavelle. » Sirac avait cliqué sur le lien, et celui-ci l'avait directement renvoyé vers le site Google Maps. Il y avait en effet un village qui s'appelait Tanavelle, à côté de Saint-Flour, dans le département du Cantal. Tanavelle. Décidément décidément, la France ne manquait pas de trous de balle, songea Sirac, c'était à croire qu'elle n'avait que ça sur le corps. Vue du ciel, ça devait faire un sacré feu d'artifice quand elle relâchait d'un coup tous ses sphincters, les jours de coulante – de quoi faire bisquer les fontaines du château de Versailles.

Par acquit de conscience, il passa un coup de téléphone à la sous-préfecture. On le mit rapidement en communication avec Mehdi Boukrif, le sous-préfet.

Celui-ci lui apprit que ça avait été la folie justement, la semaine passée, à Tanavelle. Des régiments de fêtards avaient convergé de tous les bouts de l'Hexagone. On se serait cru dans les années 70 sur le plateau du Larzac. En revanche, personne ne l'avait prévenu que Francis Rissin était aussi de la partie, sinon il serait allé lui serrer la pince – et puis ils auraient prévenu les médias, tous les édiles du coin seraient venus se joindre au défilé. C'est con, il venait sans doute de rater une belle occasion de monter en grade. N'importe, Sirac pouvait venir sur les lieux s'il voulait, mais la fête était finie, il n'y avait plus que le ménage à faire maintenant – aussi bien, on recrutait toutes les bonnes âmes qui passaient par là.

Sirac raccrocha.

Il venait de passer plusieurs jours à chercher un mort dans le fond du fond de la France, et pendant ce temps-là un autre Francis Rissin, bien vivant celui-ci, faisait la tournée des grands-ducs au nez et à la barbe des forces de l'ordre !

Il avait du mal à comprendre comment c'était possible.

Une équipe complète avait été mobilisée pendant dix mois pour essayer de retrouver la trace de ce charlatan, des experts de la police scientifique s'y étaient associés, et personne, personne n'avait jamais trouvé le moindre indice. Et il lui avait suffi de créer un compte Twitter pour régler l'affaire ? Le nom de Francis Rissin allait à présent clignoter en gras sur tous les écrans GPS, il n'y aurait plus qu'à aller le cueillir à Tanavelle, ou dans la prochaine commune où il avait prévu de faire son show. Ah, elle était belle la police, elle était belle la France ! Les révolutionnaires pouvaient investir l'Élysée quand ils voulaient – ils n'avaient pas grand-chose à craindre des forces de l'ordre, si ces dernières les attendaient en embuscade devant les portes du palais des Papes !

*

Sirac repassa chez lui pour faire son sac – il n'excluait pas de rester plusieurs jours sur place – et il repartit en direction de Clermont-Ferrand, cette fois au volant de sa Laguna.

Il fit le plein à la station-service Total de Briis-sous-Forge.

En sortant de la boutique, il se fit accoster par un jeune auto-stoppeur qui se rendait du côté de Laval. Il l'envoya bouler aussitôt, de toute façon il allait rapidement bifurquer sur l'A10 en direction d'Orléans, et puis ce n'était pas écrit chauffeur de taxi sur sa gueule !

Il pesta plusieurs minutes contre ces parasites qui vivaient aux dépens des autres – et contre tous ceux qui acceptaient sans broncher de faire les pigeons.

Il passa Vierzon aux alentours de 13 h 24.

Plus tard, il s'arrêta pour faire une pause sur l'aire de service des volcans d'Auvergne. Il hésita devant le menu de la cafétéria, mais pour faire vite il se résolut à acheter une terrine de sanglier et un morceau de cantal à la boutique de produits régionaux. L'aire de service avait été dessinée par l'architecte catalan Ricardo Bofill, et il se dit que seul un Espagnol pouvait avoir imaginé une horreur pareille. Jamais un architecte français n'aurait accepté de salir son pays avec une telle verrue. Elle était composée d'une série de buttes en forme de croissants de lune, censées représenter des cratères volcaniques à échelle réduite, et situées d'un côté et de l'autre d'une colline coupée en deux par l'autoroute, le tout relié par un pont hideux. Elles devaient offrir un panorama de choix sur la chaîne des monts Dôme qui se déroulait au loin, derrière Clermont-Ferrand. Mais de toute façon il faisait un temps dégueulasse ici, été comme hiver, et Sirac avait du mal à imaginer ce que ça pouvait changer dans la vie d'un automobiliste de passage de voir de loin ces montagnes rabougries, dont les courbes faisaient surtout penser à des seins ratatinés d'octogénaire.

Il fut heureux de retrouver la chaussée de l'A71, et bientôt celle de l'A75.

*

Depuis le début du trajet, il avait cherché en vain la sérénité que lui procurait généralement la vitesse. Les questions se bousculaient dans sa tête.

Par pragmatisme, il avait essayé de mettre de côté toutes celles qui concernaient ses dernières investigations. Mais elles franchissaient irrépressiblement tous les barrages de sa conscience. Est-ce que Francis Rissin avait voulu se faire passer pour mort ? Et alors qui était cet homme qu'on avait retrouvé en pièces détachées sous les rochers de la Falconnière ? Et surtout qu'est-ce que ce putain de cadavre de chimpanzé foutait dans le cercueil à sa place ?

Aussi bien, son métier comportait certains avantages. On le payait pour retrouver des individus, pas pour répondre à des questions. Alors il pouvait laisser son esprit divaguer.

Il passa le col de la Fageole, qui culminait à 1 100 mètres d'altitude.

Il se souvenait du jour où il avait décidé d'entrer dans la police. Il se souvenait aussi du jour où il avait rencontré Hélène. Les images de leur dernière scène revenaient encore le hanter, comme si elle se déroulait là, devant lui.

Qu'est-ce qu'il avait fait de sa vie ? Il avait bien arrêté quelques truands, élucidé quelques affaires – mais rien que quelqu'un d'autre n'eût pu faire à sa place. Il fallait se rendre à l'évidence : il n'était pas indispensable à la course du monde ni au cours de l'Histoire. Et aussitôt après il se ravisa. Personne n'était indispensable – personne. Les rois se faisaient détrôner, les présidents déloger par leurs conseillers, les patrons virer par les actionnaires, les généraux relever de leurs fonctions, les prêtres excommunier. Et d'autres prenaient la relève, qui seraient éjectés aussi vite. Ainsi allait le monde.

Il approchait de Saint-Flour.

Il se demanda ce qui le poussait comme ça à aller toujours de l'avant, à mettre sa vie privée de côté et à continuer envers et contre tout, alors que ce serait si commode, et si agréable, de s'asseoir sur un coin d'herbe, d'éteindre son téléphone, de regarder le ciel et d'attendre le passage d'une étoile filante – ou d'attendre que quelqu'un ou quelque chose de froid et de noir vienne le chercher.

Il repensa à Colette Pignolat, qui vivait dans sa pièce unique comme dans une vieille photo jaunie, décolorée par la lumière et le temps. Il se dit qu'il serait bien là-bas, avec elle, à se réchauffer les mains devant la cheminée en descendant des théières entières de pisse-mémé. Il repensa aussi à Sergent, qui s'était assis, qui avait attendu un peu, justement, et qui s'était foutu une balle de Glock 17 dans le crâne, pour accélérer un peu la venue de la Camarde.

Il emprunta la sortie numéro 28, qui le conduisit jusqu'au centre-ville de Saint-Flour.

Il se trouva une chambre à l'hôtel du Nord, rue des Lacs. C'était un petit établissement à la façade grise, dans la rue commerçante de la vieille ville, juste derrière cette grande place qu'on appelait le Foirail. Les boutiques alentour étaient exclusivement dédiées au tourisme. On y trouvait des cartes postales, des bâtons de pèlerin gravés, des couteaux avec des manches en corne de vache de Salers. Les gens ne devaient vraiment pas savoir quoi foutre de leur pognon, ou bien ils devaient en avoir des liasses entières cachées sous leur matelas, pour venir jusqu'ici et acheter des conneries pareilles !

Il était plus fatigué qu'il ne le pensait. Il décida de rester à l'hôtel le reste de l'après-midi. Il irait à Tanavelle le lendemain. Tant qu'à arriver après la bataille, autant être frais et dispos.

*

C'était une journée superbe. Le ciel était bleu d'un coin de l'horizon à l'autre. La température avait pas mal remonté, ce fut un air tiède qui accueillit Nicolas Sirac, lorsqu'il sortit du hall de l'hôtel du Nord. Il monta à bord de sa Laguna et prit la direction de la Planèze, ce grand plateau basaltique qui s'étend à l'est de la ville. Il dépassa toutes les limitations de vitesse. Dix minutes plus tard, il apercevait le clocher de Tanavelle, entouré par des alpages à la végétation jaunie. Le bourg avait l'air vidé de ses habitants. Il se gara devant ce qui ressemblait à une petite mairie et descendit du véhicule.

Son regard tomba sur des guirlandes d'affiches.

LÈVE-TOI FRANCIS RISSIN

Elles recouvraient presque entièrement le village. Il y en avait de toutes sortes, pendues de tous les côtés. Le sol lui-même disparaissait sous une épaisse couche de papier où se mêlaient des tracts, des flyers, des cartes postales anciennes et des autocollants. En effet, ça avait dû être la fête par ici, quelque chose de pas ordinaire – il ne manquait que les serpentins et les cotillons. Et Sirac se demanda qui était vraiment ce type qui affichait son nom sur toutes les façades du pays, qui échappait à tous les filets de la police et qui s'était mis en tête maintenant de faire le tour de l'Hexagone en répandant un grand vent de carnaval partout sur son passage.

Il tomba quand même sur la secrétaire de mairie, qui passait le balai devant l'église, entourée de gros sacs poubelle noirs prêts à éclater. Elle râlait en silence. Ils avaient été plusieurs milliers, plusieurs dizaines de milliers peut-être – passé un point, c'est difficile de compter. Et pas un seul ne s'était proposé de rester pour faire le ménage. Ça aurait pris quelques minutes à peine, si tout le monde s'y était mis de concert. Mais ils étaient partis, ils avaient suivi leur idole. Et elle se retrouvait toute seule comme une conne à faire le boulot. Autant ramasser les feuilles mortes du bois des Fraux, après l'automne. Elle aurait dû faire comme les autres, elle aurait dû prendre le train de la caravane, et les accompagner jusqu'au village suivant.

Mais elle se serait fait gourmander par le maire, et puis on ne pouvait pas laisser le village dans cet état-là. C'était déjà assez de ces affiches qui le recouvraient en permanence. S'il fallait en plus que toute la France déboule ici et inonde les rues de tracts et de cartes postales, on ne s'en sortirait pas. Est-ce qu'elle l'avait vu ? Non, il y avait beaucoup trop de monde, certains jouaient des coudes pour s'approcher de lui, pour lui toucher l'épaule ou lui réclamer un autographe. Elle avait regardé ça de loin. Elle pensait déjà au nettoyage, quand elle devrait retrousser ses manches le lendemain.

« Vous savez où ils sont allés ?

— Non, ils criaient trop fort, on ne comprenait rien, et puis je savais que j'allais rester ici, que j'étais bonne pour conduire la voiture-balai. Tout ce que je peux vous dire, c'est qu'ils sont partis par la route de Saint-Flour – mais alors, pour aller où ? Ce que je peux vous dire aussi, c'est qu'avant d'arriver ici ils sont passés à Chaudes-Aigues, à Saint-Amans-des-Cots, à Sébazac-Concourès, à Durenque et à Réquista. Certains racontent que le cortège est parti d'Argelès-Gazost, à côté de Lourdes, dans les Pyrénées, et qu'ils comptent bien monter jusqu'à Paris.

— Vous savez où je peux trouver le maire ?

— Oui, il s'appelle Cuzolles. Il habite à la sortie du village, je peux vous expliquer. Mais je ne suis pas sûre qu'il soit rentré chez lui. Il était avec les autres. »

*

Sirac fit le tour de la place de l'église et s'engagea dans une petite rue qui partait vers l'est, en direction du hameau de Plaisance. Il passa devant un gros hangar agricole. La maison du maire était la dernière du village, avant les pâtures. C'était une bâtisse récente, qu'on aurait pu trouver dans n'importe quel lotissement de banlieue. Seul signe distinctif, la pelouse n'avait pas été tondue depuis un bon moment.

Sirac sonna à l'interphone, qui ne retentit pas. Il frappa énergiquement à la porte en criant « Cuzolles ? ».

Il fit la tournée des habitations voisines. Personne n'avait vu le maire depuis la liesse de la semaine précédente, il avait dû suivre le cortège, mais allez savoir où ils étaient fourrés à l'heure qu'il était. Une vieille femme lui dit qu'il pouvait être chez Porcenat, qui vivait à la Rode, de l'autre côté du village. Le propriétaire du hangar agricole lui affirma pourtant qu'il l'avait aperçu dans les parages, la veille au soir, des T-shirts « Francis Rissin » plein les bras.

Il retourna devant la maison de Cuzolles. Il fit le tour du jardin, regarda autour de lui pour s'assurer que personne ne pouvait le voir. Puis il s'approcha de la porte du garage et l'ouvrit d'un puissant coup de pied au niveau de la serrure.

Il jeta encore un coup d'œil derrière lui et pénétra discrètement dans la demeure.

Sur le mur de droite, au-dessus d'un établi poussiéreux sur lequel trônait une vieille batterie au plomb, s'étalait une grande affiche bleue et blanche.

JE VOUS PROMETS FRANCIS RISSIN

Au fond du garage, une porte donnait sur l'intérieur de la maison. Sirac pensa un instant qu'il était bon pour un second direct du pied, mais elle était ouverte.

La maison était plongée dans la pénombre. Les meubles étaient recouverts de grands draps blancs, comme si le maire avait prévu de partir pour un long voyage. Sirac repensa à la petite maison de Saint-Rambert-en-Bugey. C'était cette même impression d'immobilité et de vide, comme si l'absence avait pétrifié les lieux.

Il monta à l'étage. Il pénétra dans une pièce qui pouvait être une chambre d'enfant. Il s'étonna de trouver des vêtements de fillette dans la commode qui se trouvait sous la fenêtre aux rideaux tirés. Il fit le tour des différentes pièces, pour être sûr de ne rien rater, mais son intuition de flic lui souffla qu'il ne trouverait rien là.

Il redescendit. Il traversa le séjour. Sur la table, recouverte comme tous les autres meubles d'un grand drap blanc, on avait laissé une vieille boîte à gâteaux sans couvercle. Elle était pleine de ces cartes postales d'antan qui jonchaient le sol de la place du village et que la secrétaire de mairie avait ramassées au râteau comme des monceaux de feuilles mortes. Sirac les regarda les unes après les autres. Il y en avait plusieurs dizaines. On y voyait la caserne Macdonald de Sedan, le casino Kursaal à Oyonnax, l'ancien hôtel du Cheval-Blanc à Gien, l'arrivée du tramway de Gérardmer à Remiremont, la place Marcadal à Lourdes, la villa Bonvouloir à Bagnères-de-Bigorre, la halle et la cathédrale de Mirande, la fontaine de Lanriec à Concarneau.

Sirac replaça les cartes postales dans leur écrin bon marché et reprit la direction du garage. Il avait besoin de prendre une grande gorgée d'air frais. Mais une sonnerie tinta quelque part dans son crâne. Il fit marche arrière. De retour devant la table du séjour, il prit la première carte postale du tas, qui montrait la façade de la mairie de Sartrouville. Il la retourna. Et puis il retourna toutes les autres, incrédule.

À l'emplacement du nom du destinataire, on pouvait lire sur chacune d'elles le même message, écrit à la main. « Rendez-vous à Talizat – signé : Francis Rissin. »

*

Sirac était repassé à son hôtel. Il avait avalé une entrecôte frites à la brasserie des Volcans, et il était reparti en direction du petit village de Talizat, qui se trouvait à une quinzaine de kilomètres au nord de Saint-Flour.

Entre-temps, il avait pris soin de consulter son compte Twitter. Il ne fut pas surpris d'y trouver un nouveau message qui disait justement : « Francis-Rissin@Talizat. »

Dans le dernier virage, juste avant de déboucher sur le village, il se demanda s'il allait devoir faire le tour de tous les hameaux du pays, et arriver à chaque fois après les réjouissances – comme si Francis Rissin devait toujours avoir un wagon d'avance sur lui. Mais il se dit aussi qu'il avait ses chances, que d'un patelin à l'autre il pouvait remonter progressivement jusqu'à lui, s'il appuyait sur l'accélérateur.

Il se retrouva une nouvelle fois devant une petite mairie ridicule. Le bourg de Talizat était posé au pied d'une colline qu'on appelait le Puy de Talizat, et dont les anciens disaient qu'elle avait été un volcan autrefois. Sirac se demanda comment on pouvait prétendre que cette pauvre colline tassée et aplatie ait pu être un volcan en activité, même en des jours lointains. Autant dire qu'une crêpe était un soufflé au fromage !

Il tomba directement sur le maire, Bertrand Chambolle, au moment où il sortait de la bâtisse. Il lui mit sa carte de police sous les yeux.

Chambolle avait été élu dès le premier tour avec sa liste « Demain Talizat », en promettant de faire entrer la petite commune dans le XXIe siècle. Mais désormais, il ne jurait plus que par Francis Rissin. Évidemment, il était allé à Tanavelle la semaine dernière. Ça avait été une belle fête, il n'y avait pas à dire. Et puis le défilé était venu jusqu'ici. Ils avaient rameuté pas mal de monde en chemin. Ça avait été plus joyeux encore. On s'en était mis plein la panse, le buffet était grand comme ça. On avait dansé toute la nuit, et puis ce petit monde s'était remis en marche à l'aube, pour rejoindre le village suivant.

« Vous savez où ils sont partis ?

— Oui, ils allaient en direction de Brioude. Je les ai suivis jusqu'à Valjouze, et puis je suis rentré ici, pour régler quelques affaires urgentes.

— Alors comme ça vous l'avez vu ?

— Si je l'ai vu ? Comme je vous vois ! Il était là, devant moi, on a parlé comme deux vieux copains. Vous êtes bien le premier type que je rencontre à ne jamais lui avoir serré la main ! »

Sirac sentait la colère monter en lui. Il tâcha néanmoins de se contenir.

« Vous le connaissez, alors ?

— Si je le connais ? Un peu. Rien qu'un peu. On n'a pas non plus gardé les vaches de Salers ensemble. Pour ça, allez voir Reveirolle. Il habite juste là, en face. Il pourra vous en raconter de belles sur Francis Rissin, si vous avez un peu de temps à perdre. »

*

Sirac marcha un moment dans les ruelles du village, le temps de se calmer les nerfs. C'étaient toujours les mêmes affiches, les mêmes banderoles, les mêmes guirlandes, le même tapis de flyers et de cartes postales. Il en souleva une, qui disait cette fois : « Rendez-vous à Brioude – signé : Francis Rissin. » Manifestement, personne n'avait eu l'idée de nettoyer les lieux ici. Peut-être que la secrétaire de mairie de Tanavelle allait débarquer avec son balai et ses grands sacs poubelle. Ou peut-être que ça plaisait aux gens du coin, toutes ces décorations. Ça les dispenserait de mettre autre chose dans les arbres, pour les fêtes de Noël, ou pour le prochain 14 Juillet. En même temps, il faudrait voir à quoi ça ressemblerait, quand il aurait plu à verse pendant dix jours d'affilée.

Il revint vers la mairie et frappa à la porte que Chambolle lui avait désignée. C'était une grande maison aux volets orange qui se tenait le long de la départementale. Il attendit une bonne minute. Il allait repartir, il allait rejoindre sa Laguna et prendre la direction de Brioude, comme un bon toutou, lorsque la porte s'ouvrit.

Étienne Reveirolle vivait à Talizat depuis sa naissance. Il avait travaillé un temps comme garagiste dans le village, et puis le garage avait fermé. Alors, il avait ouvert une casse auto à côté de Saint-Flour. Il n'avait plus toute sa tête ; mais comme il disait, certains souvenirs restent gravés à jamais dans la mémoire.

« Francis Rissin ? Il est venu à Talizat plusieurs étés de suite. Ça remonte, c'était dans les années 80. C'était avant toute cette histoire, avant qu'il organise le grand sauvetage de la France. Il avait une belle CX, qu'il était venu faire réparer au garage. Un problème de direction ou je ne sais quoi. On avait sympathisé. Il s'était posé là pour les vacances, il était copain avec la fille Feraysse. Je ne sais pas ce qu'ils fabriquaient tous les deux, et puis ça ne me regarde pas.

« Il est revenu l'année suivante. Il vivait à côté de Lyon, à Givors je crois, ça faisait quand même un peu de route, il n'y avait pas toutes ces voies rapides comme aujourd'hui, il fallait prendre les départementales et se faufiler entre les montagnes. Il était repassé au garage, pour me saluer avant de repartir le lendemain. Et puis finalement on avait été dîner tous les trois, avec Macha.

« Il travaillait à la centrale nucléaire de Saint-Alban. Les réacteurs avaient été mis en service en 1985 – ils recrutaient à tour de bras à ce moment-là. Et puis y a eu des trucs qui ont cloché. Un jour, un exercice incendie a mal tourné, et certains techniciens ont cru détecter quelque chose qui ressemblait quand même pas mal à une fuite radioactive. Rissin était aux premières loges et il a été méchamment irradié, du moins c'est ce qu'il m'a raconté. Il en a aussitôt avisé sa hiérarchie ; mais ils ont fait comme si de rien n'était, comme s'il délirait ou je ne sais quoi. Par la suite, il a essayé de contacter des journalistes, pour leur raconter ce qui était arrivé ce jour-là. Ses supérieurs ont commencé à lui mettre la pression. Quelques mois plus tard, début 91, il s'est fait licencier pour faute grave – allez savoir ce qu'ils avaient inventé pour se débarrasser de lui, c'était juste un prétexte si vous voulez mon avis. Mais, avant ça, il avait déjà reçu pas mal de menaces de leur part. En gros, il avait intérêt à tenir sa langue. Sauf que Rissin voulait parler.

« Il m'a confié un soir, c'était en 92 je crois, qu'il n'en dormait plus la nuit, qu'il allait tout balancer à un copain à lui, qui bossait pour un canard national, peut-être *France-Soir*. Il savait qu'il risquait gros, mais ce qui s'était passé en bas, dans le réacteur, ça lui foutait vraiment les jetons. Et puis les Français devaient savoir. Évidemment rien n'a jamais filtré dans la presse, ils ont le bras long, ils ont sûrement réussi à étouffer l'affaire.

« Rissin, je ne l'ai plus jamais revu. Ils se sont séparés avec Macha à la fin de ce dernier séjour, juste avant qu'il retourne à Givors. Elle n'a plus jamais eu de ses nouvelles. Moi, j'ai passé les semaines et les mois qui ont suivi à éplucher la presse et à écouter la radio, dans l'espoir que ça éclate. Et puis vous savez, le temps passe, on pense à d'autres choses, on se laisse entraîner par le train-train de la vie quotidienne. C'est à ce moment-là que le garage a fermé, ici à Talizat, et que je suis allé m'installer à côté de Saint-Flour, pour la casse.

« J'ai souvent repensé à lui. On s'entendait bien tous les deux. J'ai essayé plusieurs fois de retrouver sa trace, mais sans succès. Le jour où j'ai vu les premières affiches, j'ai tout de suite su que c'était lui, qu'il était de retour. Je me suis dit ça y est, c'est parti, la vérité va enfin éclater – même s'il a fallu attendre plus de quarante ans pour ça. J'avais un grand sourire accroché au menton. Je me suis dit il a réussi ce con, il a réussi.

« Alors vous pouvez imaginer ma joie quand j'ai appris qu'il allait revenir ici, que le cortège allait traverser le village. Je suis allé à leur rencontre, je suis descendu jusqu'à Sébazac-Concourès. Il m'a tout de suite reconnu. Il m'a dit ça y est, je la tiens. Je lui ai dit la centrale de Saint-Alban ? Il m'a dit non, la France ! Ça me paraissait complètement fou. Et en même temps j'ai toujours eu l'intuition que ce gars-là allait faire de grandes choses dans la vie. »

Reveirolle avait sorti un vieil album. Le cliché était délavé. On les voyait tous les trois, Macha, Francis et lui. Ils se tenaient par les épaules. Les couleurs étaient passées. Rissin avait l'air étrangement jeune.

En prenant congé de Reveirolle, Sirac jugea qu'il lui était inutile d'aller jusqu'à Brioude, il risquait d'arriver encore une fois après les festivités. Il aurait peut-être plus de chance en essayant de devancer le cortège. Mais dans l'intervalle, il avait peut-être le temps de faire un petit détour par Saint-Alban, histoire d'en savoir un peu plus sur ce qui s'était passé là-bas, à la fin des années 80. Il intercepterait le défilé plus tard. Après tout, ils n'étaient pas encore arrivés à Paris.

Il regagna sa chambre à l'hôtel du Nord. Il n'eut qu'à attraper son sac et il sortit de l'établissement, sans prendre la peine de passer par la réception pour payer la note. Quelqu'un s'occuperait de ça pour lui plus tard.

Il rejoignit sa Laguna, qu'il avait garée sur le Foirail. Il jeta son sac sur la banquette arrière et s'assit au volant. Il prit une longue inspiration et téléphona à la centrale EDF, afin de prendre rendez-vous pour le lendemain. Il téléphona également à Bergognant, pour lui demander de collecter toutes les infos qu'il pourrait trouver sur cet endroit, et il fit démarrer le véhicule. Il était à peine 18 heures. S'il se faisait un peu plaisir sur la route, il pouvait être à Saint-Alban-du-Rhône avant la nuit.

*

Il rencontra Catherine Felizzani au centre d'information du public, sur le site de la centrale, le lendemain matin. Elle était chargée de communication pour EDF depuis 2011. Elle avait un petit air de Sophie Marceau – mais une Sophie Marceau qui aurait un peu abusé des paquets de Gauloises. Sirac se dit qu'il passerait quand même bien une nuit avec elle. Elle l'avait accueilli en lui offrant plusieurs plaquettes, qui présentaient le fonctionnement de la centrale et les différentes activités du groupe, notamment dans le secteur des énergies renouvelables.

Elle répondit à toutes ses questions avec une volonté affichée de transparence. Sirac savait qu'elle récitait son texte – un texte que ses supérieurs lui avaient sans doute rédigé la veille au soir dans la plus grande précipitation.

Reveirolle avait dit vrai. Francis Rissin avait bel et bien travaillé à la centrale, pendant une période d'un peu plus de cinq ans – il avait démissionné au mois d'octobre 1991.

Sirac demanda à son interlocutrice si les protocoles de sûreté avaient toujours été respectés, pendant les premières années de fonctionnement, et s'il était possible que Rissin ait vu des choses que la direction eût préféré dissimuler. Felizzani lui répondit que, pendant les trois ou quatre premières années, une centrale est en rodage, et qu'un certain nombre de dysfonctionnements mineurs peuvent survenir durant cette période. Mais pour cette raison précise, les ingénieurs sont extrêmement réactifs, ils sont capables d'intervenir en quelques secondes. Il est possible que Rissin ait assisté à l'un ou l'autre de ces dysfonctionnements. Mais rien qui puisse justifier un scandale médiatique, rien qu'on puisse assimiler à un véritable accident nucléaire. Ce n'était pas Tchernobyl non plus, il fallait relativiser ! Il n'y avait pas d'Autorité de sûreté nucléaire à l'époque, mais les instances de contrôle n'avaient jamais rien trouvé à redire à ce qui se passait à Saint-Alban.

Elle proposa de lui fournir les différents relevés de contrôle, mais il lui dit que ce n'était pas nécessaire. Il voulait des informations récentes sur Francis Rissin. Elle prit un air étonné. Sirac lui demanda s'ils savaient ce qu'il était devenu après avoir quitté les lieux. Felizzani lui répondit qu'elle n'en avait pas la moindre idée, mais qu'elle pouvait faire quelques recherches dans les archives de la centrale. Ils se donnèrent un second rendez-vous en milieu d'après-midi.

Avant de retourner à son hôtel et d'aller manger un morceau, Sirac essaya de se dégourdir les jambes. Il marcha un peu le long de cette route étroite qui faisait le tour du site. La centrale se découpait sur un ciel cancéreux, chargé de nuages presque phosphorescents. L'orage n'était pas loin. Devant lui, les deux réacteurs ressemblaient à deux monolithes lisses comme des gratte-ciel, à deux dolmens de béton, élevés vers le ciel et cernés d'entrepôts de tôle. Et autour, c'était un enchevêtrement de lignes à haute tension avec leurs imposants pylônes métalliques, des grands parkings vides, des terrains vagues, des clôtures avec des fils barbelés. C'était très laid. Mais Sirac se dit que c'était ça aussi, la France. On n'était pas champion du nucléaire sans contrepartie. Toutes les médailles avaient leur revers.

Il rappela Bergognant, mais c'était encore trop tôt, il n'avait rien pour lui. Sirac sentait pourtant qu'il chauffait.

*

Il retrouva la sosie de Sophie Marceau dans son bureau du centre d'information du public à 16 heures. Il avait mangé dans une brasserie du centre-ville de Saint-Alban. Il avait même eu le temps de faire une petite sieste à l'hôtel.

« Vous allez être content, j'ai pas mal de choses pour vous, lui lança la quadragénaire, un grand sourire au visage.

— Dites-moi tout.

— Francis Rissin vivait à Chasse-sur-Rhône, à côté de Givors, l'année où il a été embauché à la centrale. En 89, il s'est installé à Saint-Maurice, pour se rapprocher de son lieu de travail. Mais immédiatement après sa démission, il est parti. J'ai fini par retrouver une copie des dernières fiches de paie qu'on lui a envoyées. À ce moment-là, il était remonté sur Vénissieux, dans la banlieue lyonnaise. Mais il n'est pas resté là-bas bien longtemps. Le délégué syndical de l'époque m'a transmis une lettre que Rissin a envoyée à ses anciens collègues, l'année suivante. Regardez. »

Elle lui tendit une enveloppe et une feuille pliée en quatre.

La lettre était écrite au stylo à bille bleu. Francis Rissin leur demandait de lui envoyer une série de documents qu'il associait à des numéros : B57 et B59.

« Vous savez à quoi il fait allusion ?

— Pas le moins du monde. Et vous allez rire, Ferneyrol, l'ancien délégué, non plus !

— À qui ce courrier était-il adressé ?

— Regardez sur l'enveloppe. À Ferneyrol en personne ! »

Sirac jeta un œil à l'enveloppe, et il lut encore une fois la lettre.

En haut de la feuille, Rissin avait noté son adresse, pour que Ferneyrol lui fasse parvenir les documents qu'il réclamait. Il lut : « Francis Rissin, 28 rue du 8-mai-1945, 22580 Plouha ». Tiens tiens. Alors comme ça Francis Rissin avait fait le grand saut, il avait traversé la France d'est en ouest, pour aller se réfugier chez les pêcheurs de moules.

Sirac nota l'adresse dans son carnet.

« Ce Ferneyrol, il travaille encore chez vous ?

— Non, ça fait longtemps qu'il est à la retraite.

— Vous avez ses coordonnées ?

— Oui, je me disais bien que ça pouvait vous intéresser. Je vous ai noté ça. »

Felizzani lui tendit une petite feuille en lui lançant un sourire plus grand encore. Elle était décidément charmante. Sirac se demanda s'il aurait les couilles de l'inviter à prendre un verre. Il avait remarqué qu'elle ne portait pas d'alliance. Ce n'était pas une preuve formelle, mais ça pouvait quand même laisser présager qu'elle était célibataire.

Mais c'est elle qui continua :

« Vous restez quelques jours à Saint-Alban ? Il y a pas mal de choses à voir par ici. Je pourrais vous montrer le centre-ville. »

Sirac était sur le point de se lancer pour l'inviter à dîner, mais l'assurance de son interlocutrice le coupa dans son élan.

« Je dois repartir dans la soirée. »

Il crut lire de la déception dans le regard de Felizzani, mais ça pouvait être autre chose. Il n'avait jamais vraiment réussi à décrypter ces messages que les femmes adressent aux hommes avec leurs grands yeux de sainte nitouche. Et encore une fois, il ne put s'empêcher de voir, derrière le visage de la chargée de communication, celui de cette gamine qui avait séduit la France entière en 1980 en apparaissant dans le film *La Boum*.

« Dites-moi si je suis indiscrète, mais ça a un rapport avec les affiches ? »

Il sortit brusquement de ses pensées.

« Les affiches ? Oui, les affiches.

— Vous pensez que ça peut être le même – je veux dire Francis Rissin ? »

En fin de compte, elle n'avait pas inventé l'eau chaude ! Il lui tendit la main, la remercia d'un signe de tête et sortit de la pièce. Les idées noires commençaient à affluer dans son crâne. Il était grand temps qu'il prenne la route, grand temps qu'il se vide le cervelet en narguant les lasers des radars automatiques. Il poserait des questions à Ferneyrol plus tard, au téléphone.

Il consulta son compte Twitter depuis son iPhone. Il avait reçu un nouveau message. « FrancisRissin@Plouha. » Tiens tiens, pensa-t-il, le monde était petit. Voilà que le père Rissin avait prévu de franchir d'un bond la moitié du pays pour retourner par chez lui, dans les Côtes-d'Armor. Ça allait être une sacrée partie, dans le genre retour du fils prodigue. D'autant que les photos de Brioude publiées sur le site laissaient supposer que ça avait été une sacrée bamboula. Il y avait eu un monde fou : ça brandissait des banderoles dans tous les coins, ça applaudissait à tout va, on se serait cru au beau milieu d'un défilé de Jean-Paul Goude.

Mais Nicolas Sirac n'avait pas le cœur à la fête. Il était épuisé. Il consulta son atlas routier. Il en avait bien pour huit heures de route. Mais qu'est-ce que Rissin était allé foutre encore une fois par là-haut ?

*

Alors comme ça, ce n'était pas fini, il allait devoir traverser à nouveau la France. Sirac était las. Il se demanda si ce jeu de piste aurait une fin – s'il pourrait s'asseoir un jour dans son gros fauteuil club et arrêter de penser à ça, arrêter de penser tout court. Il décida tout de même de repasser par Paris. Il rattrapa l'A7 à hauteur d'Auberives-sur-Varèze et il roula pleins gaz en direction de Lyon.

Bergognant avait fait du bon travail. Non seulement il avait compilé les articles de presse qui concernaient de près ou de loin la centrale de Saint-Alban, depuis sa mise en service en 1985 jusqu'au départ de Rissin en 91 – et il n'y avait pas grand-chose à signaler de ce côté-là ; mais il avait surtout épluché les registres de sécurité d'EDF, et c'est là que ça devenait intéressant. Car Rissin avait probablement dit vrai. Un certain nombre de pièces manquantes laissaient penser qu'il s'était bel et bien passé quelque chose, pendant les premières années de fonctionnement de la centrale ; quelque chose sur quoi la direction avait immédiatement voulu jeter l'omerta. Bergognant avait contacté l'Autorité de sûreté nucléaire dans la foulée. Des experts devaient se déplacer à Saint-Alban dès le lendemain matin. On en saurait plus à ce moment-là, mais ça ne sentait vraiment pas très bon. En revanche, il n'avait rien trouvé de particulier concernant Francis Rissin. Son nom n'apparaissait jamais, ni dans les coupures de presse ni dans les registres spéciaux.

Sirac appela Ferneyrol après avoir passé la métropole lyonnaise. Il filait plein nord sur l'A6, l'indicateur de vitesse oscillait entre cent soixante-dix et cent quatre-vingts kilomètres-heure. Il ne prêtait aucune attention aux avertissements répétés de son GPS, qui lui signalait pourtant les radars automatiques et les zones où ses collègues de la gendarmerie étaient susceptibles de procéder à des contrôles de vitesse.

Entre Villefranche-sur-Saône et Beaune, il interrogea longuement l'ancien syndicaliste sur la personnalité de Francis Rissin.

« On n'était pas spécialement amis, malgré les rumeurs qui circulaient à ce sujet. Les incidents ? Pas de quoi sortir un masque à oxygène, pas de quoi déclencher le plan ORSEC-RAD ! Il s'agissait d'anomalies mineures, comme il y en a quotidiennement dans toutes les centrales du monde. Rissin a dit qu'il avait vu quelque chose de vraiment pas normal, en 86, à l'occasion d'un exercice incendie qui ne s'était pas passé comme il fallait. Mais il s'agissait d'un exercice. Quant à cette histoire d'irradiation... Tout ça, c'était du chiqué. Les doses qu'il a reçues n'ont jamais dépassé les limites légales.

« Sauf que le Cacou – on l'appelait comme ça parce qu'il était têtu comme un âne – restait persuadé qu'ils avaient profité de cette simulation pour faire quelque chose d'autre, dans notre dos, pour tester la centrale, pour la pousser un peu, pour voir ce qu'elle avait dans les tripes. Et c'est vrai qu'il y avait du monde ce jour-là, autour des deux réacteurs P4 REP 1300. Je me souviens de ces types en combinaison de protection radiologique qui parlaient une langue étrangère – c'était peut-être du polonais, ou du russe. Mais Rissin était aussi un vrai parano. Depuis le début, il était à l'affût du plus petit écart par rapport au règlement et aux protocoles de sécurité. Il a fini par prendre la fumée d'un mégot de cigarette pour une réaction en chaîne non contrôlée.

« Est-ce qu'il a pu recevoir des menaces de la part de la direction ? Il en parlait souvent, mais il n'y avait rien de tangible. Du harcèlement moral peut-être ; mais de toute façon c'était un gars vraiment particulier, même avec les copains du syndicat. Évidemment, j'ai pensé à lui dès que les premières affiches sont apparues dans la région. Et à bien des égards, c'est vrai que ça lui ressemble, cette manière grandiloquente.

« À l'époque, il rêvait déjà de faire un grand coup, de frapper fort – il se prenait déjà pour une sorte de super-héros. Mais alors pourquoi avoir attendu plus de quarante ans ? Et pourquoi afficher son nom sur toutes les façades du pays ? Si c'est une blague, elle est de très mauvais goût, parce que les copains commencent à se monter gentiment le bourrichon. J'ai appris récemment qu'ils ont punaisé de grandes affiches à son effigie dans le local, mais aussi qu'ils portent des T-shirts "Francis Rissin" et qu'ils exhibent des écharpes à son nom, proprement étalées sur la lunette arrière de leur bagnole comme si ce type était une star de l'OM ou du PSG. »

Il était tard quand Sirac arriva à Paris. Il y avait peu de circulation. Il décida de prendre le boulevard périphérique plutôt que de rejoindre Nanterre par l'A86, qu'il empruntait parfois pour échapper aux embouteillages.

Une question résonnait dans sa tête. Une question qu'il craignait de voir s'agiter devant ses yeux jusqu'à une heure avancée de la nuit. Est-ce que le Dahu et le Cacou étaient une seule et même personne ? Autrement dit, est-ce que Francis Rissin avait eu une double vie ?

*

À peine entré dans son petit appartement rue des Venets, Nicolas Sirac posa son sac, il s'allongea sur son lit et, contrairement à ses craintes, il tomba de sommeil.

Il fit des rêves désagréables. Dans l'un d'eux, il se tenait à proximité de la mer, peut-être quelque part sur les côtes normandes, sur les plages du débarquement, du côté d'Asnelles ou de Langrune-sur-Mer, où il allait en vacances chaque été quand il était adolescent. Il y avait de la houle, les vagues étaient hautes et puissantes, comme celles qui battent les plages des Landes. Il se rapprochait du rivage, fasciné par la force du ressac. Et puis d'un seul coup, c'était comme si la mer se faisait aspirer, comme si les eaux se dérobaient dans un grand bruit de succion, comme si elles se retiraient très loin vers l'horizon, laissant derrière elles une plaine infinie de sable luisant. Alors il apercevait au loin une vague gigantesque, une vague haute comme un gratte-ciel, comme une montagne, comme une planète, et il la regardait, et la vague avançait vers lui, il était seul à présent sur la grève, et la vague avançait encore, et il restait pétrifié, conscient qu'elle allait l'écraser de toute sa masse liquide. Juste avant qu'elle ne s'abatte sur lui, il remarquait qu'il y avait un homme à son sommet, en équilibre sur un grand surf australien. C'était un homme avec des yeux plus bleus encore que celui, pourtant d'une pureté infinie, qui irradiait du creux de cette déferlante. Il était perché là, dévalant vers lui à toute vitesse. Et au moment de se faire écraser, Sirac comprenait que c'était Francis Rissin qui surfait ce mastodonte, cette vague gigantesque qui s'effondrait sur lui.

Il se réveilla en sueur. Il était déjà presque midi. Il prit une douche, s'habilla avec ses vêtements de la veille, avala quelques biscuits apéro et prit la direction du parking où il avait l'habitude de garer sa Laguna.

*

Il conduisit d'une traite jusqu'à Plouha, sous un grand ciel bleu qui cadrait mal avec l'image qu'il se faisait de la Bretagne. Il devait y avoir un problème quelque part. Mais rien de grave sans doute, le crachin finirait bien par avoir le dernier mot.

Décidément décidément, se dit-il en passant les premières habitations, il se retrouvait encore une fois dans le groupe des retardataires. Les rues étaient désertes, il n'y avait pas âme qui vive dans cette petite ville de pierres grisâtres. En revanche, des milliers d'affiches avaient été placardées sur les boutiques et sur l'église qui trônait au milieu de la place principale. C'était un bâtiment massif, avec des airs de gros bunker, qui bouchait la vue à deux cent soixante-dix degrés. Si ça n'avait tenu qu'à lui, Sirac aurait immédiatement fait raser cette horreur. Ça aurait mis un peu de fraîcheur dans cette bourgade qui sentait la poussière et le renfermé, avec une note d'iode et de chou-fleur bouilli.

Il fit quelques pas sur le tapis de tracts et de cartes postales. Il s'agenouilla pour en ramasser une. On y voyait la passerelle de la gare de Compiègne. Il la retourna et lut : « Rendez-vous à Lanvollon – signé : Francis Rissin. »

Avant de repartir, il alla tout de même sonner au 28 de la rue du 8-mai-1945, par curiosité. C'était une petite maison, entourée d'un joli chemin de graviers. Sur la parcelle de jardin qui donnait sur la rue, derrière une minuscule barrière de béton peinte en blanc, s'épanouissait un imposant laurier-rose. Dans le jardin adjacent, en haut d'un mât, on avait hissé un drapeau Francis Rissin.

Les propriétaires, M. et Mme Trastin, avaient acheté la maison plus de vingt ans auparavant, en 1990, à un certain François Rissin – et à l'évocation de ce nom, Sirac avait simplement hoché la tête, comme s'il ne faisait que vérifier quelque chose qu'il soupçonnait déjà. Ils étaient à la retraite maintenant. Ils montrèrent les contrats de vente au commissaire, après les avoir extraits d'un gros classeur. Francis Rissin ? Ça faisait déjà plusieurs jours qu'il était passé ici. Ça avait été un moment très fort, très émouvant. Ils avaient fait un de ces potins ! Une tribune avait été installée devant l'hôtel de ville. Ils n'avaient jamais vu autant de monde dans le bourg de Plouha depuis la Libération.

Est-ce qu'ils l'avaient déjà rencontré auparavant ? Non, c'était la première fois qu'ils avaient eu la chance de lui toucher le dos. Ce qui était sûr, c'est que ça avait fait tourner un peu l'économie du village. Les commerçants étaient ravis. Ils savaient ce que c'était, ils avaient tenu eux-mêmes la poissonnerie de la place Foch pendant plusieurs années. Ils étaient trop âgés pour continuer la balade, mais s'ils avaient eu dix printemps de moins, ils ne se seraient pas privés. Tous leurs voisins étaient de la partie, et ces derniers leur avaient même demandé en riant de garder le quartier, tout le temps qu'ils se joindraient à cette joyeuse procession.

Sirac avait remercié rapidement ses interlocuteurs. Il avait rejoint sa Laguna, composé « Lanvollon » sur son GPS et démarré.

Alors le grand jeu de piste avait commencé.

De Lanvollon, où le cortège était passé l'avant-veille, Sirac avait atterri à Guingamp, de Guingamp à Quimperlé, et de Quimperlé à Josselin, dans le Morbihan. À chaque fois, il avait quand même l'impression de gagner un peu de terrain, de se rapprocher sensiblement du défilé. À Josselin, même, il n'avait plus qu'un jour de retard. La ville d'ailleurs était encore en ébullition. Des stands avaient été installés dans la rue Olivier-de-Clisson. Certains fans dormaient devant les porches des maisons à colombages, ou devant les portes de la basilique Notre-Dame-du-Roncier. D'immenses poubelles débordant d'affiches déchirées, de flyers, de cartes postales, se trouvaient encore au coin des rues. C'était comme si la ville sortait de cette semaine de festivités avec une incroyable gueule de bois – mais une gueule de bois qui était à la hauteur du formidable élan d'euphorie que Francis Rissin avait insufflé à tous ceux qui avaient eu la chance de se retrouver autour de lui. C'était une ivresse joyeuse, une ivresse des grands sommets – rien à voir avec cette cuite monumentale que les élites avaient infligée toutes ces années au pays, et dont la France avait tellement de mal à se relever.

Sirac commençait à s'impatienter. Twitter avait toujours une ou deux villes de retard, à ce qu'il semblait. Quand il était arrivé à Josselin, le dernier tweet en date annonçait encore : « FrancisRissin@Quimperlé. »

Mais le commissaire connaissait les règles du jeu. Il mit le nez au-dessus d'un imposant container à ordures et il y plongea les mains, avant d'en sortir un nouveau lot de cartes postales. Il y avait la grand-rue de Saverne, la caserne Molitor à Argentan et la sortie des ateliers du chemin de fer, à Épernay. Et derrière chacune d'entre elles : « Rendez-vous à Déols – signé : Francis Rissin. »

Alors ni une ni deux, Sirac remonta à bord de sa Laguna, et il quitta les étendues boueuses de la Bretagne en direction de Déols, dans le département de l'Indre. Il avait peu dormi les nuits précédentes. Plusieurs fois, il faillit s'assoupir au volant. Il était perdu dans ses pensées, et puis soudainement le visage de Rissin apparaissait devant son pare-brise, flottant au-dessus de l'asphalte. L'instant d'après il donnait un grand coup de volant, pour se dégager du bas-côté ou de la bande d'arrêt d'urgence.

Bergognant lui passa un coup de fil dans l'après-midi pour lui transmettre les premiers résultats de l'expertise menée à Saint-Alban par l'Autorité de sûreté nucléaire, mais Sirac ne l'écouta que d'une oreille. Il avait l'impression d'être à des années-lumière de la centrale EDF. Il repensa seulement à Catherine Felizzani, dont le souvenir s'accompagna immédiatement du tube de Richard Sanderson, *Dreams Are My Reality*. Mais le visage d'Hélène vint rapidement se superposer à celui de la chargée de communication.

À Déols, pourtant, on lui certifia que Francis Rissin était passé là trois jours auparavant, ce qui défiait toute logique, puisqu'il était censé être à Josselin l'avant-veille. La ville était nickel. Ils avaient eu le temps de faire le ménage, même s'ils avaient pris soin de laisser quelques traces de son passage ici ou là, pour garder ce moment historique en mémoire.

FRANCIS RISSIN NOTRE VICTOIRE

Où est-ce qu'ils étaient partis ? Les avis divergeaient. Certains lui assurèrent que le cortège avait pris la route d'Issoudun ; d'autres lui garantirent qu'il s'était ébroué en direction de Montipouret. Sirac tomba même sur un vieillard, assis sur un banc de la place Carnot, qui lui expliqua que le défilé s'était scindé en deux, une première moitié ayant pris la route d'Aigurande et l'autre celle de Buzançais. Ils étaient trop nombreux de toute façon, et puis ça leur permettrait de couvrir une plus grande portion de territoire. Il fallait que tous les Français se joignent à la fête, continua-t-il. On se diviserait encore une fois quand les rangs auraient de nouveau grossi, et ainsi de suite – on aurait bientôt des processions sur toutes les routes de France. Francis Rissin ? Il avait dû aller d'un côté ou de l'autre. En même temps, ajouta-t-il d'un ton espiègle, avec toutes ces histoires de physique quantique, allez savoir s'il n'avait pas suivi les deux cortèges en même temps ?

Sirac lui demanda s'ils avaient laissé des cartes postales, mais le vieillard lui affirma que tout avait été jeté à la benne. Il fallait qu'il se rende à la déchetterie de Châteauroux s'il voulait avoir une chance d'en récupérer un sac. Mais il pouvait aussi poser la question à ceux qui étaient restés là. Ce n'était pas dans ses habitudes de ramasser ce qui traînait par terre, mais il trouverait bien un fétichiste dans les parages.

Le commissaire se résolut à sonner à une porte de la rue de Verdun. C'était une grande maison bourgeoise, décorée à la mode rococo, dans laquelle vivaient paisiblement M. et Mme Thabaud-Vallade, avec leurs quatre enfants. Des cartes postales ? Évidemment, ils en avaient gardé quelques-unes pour les gosses. Il arrivait un peu tard, on pouvait en ramasser des charretées, l'autre jour. M. Thabaud-Vallade pria Nicolas Sirac de le suivre jusqu'au garage. Il fouilla dans le fourbi qui s'entassait dans un coin de la pièce, dont il parvint à extraire un vieux carton.

« Les enfants s'en sont rapidement désintéressés, confia-t-il au commissaire. Je vais attendre encore quelques jours, et puis j'irai refourguer tout ça au brocanteur de la rue de l'Égalité. »

Dans un geste de précipitation, il renversa le contenu du carton sur le sol. Au milieu des chandeliers, des tasses à thé, des vieux cendriers et des disques vinyles, il y avait une petite boîte en fer au logo des pastilles Vichy-État.

« Tenez, c'est celle-là. »

À l'intérieur de la boîte, Sirac découvrit un nouvel assortiment de cartes postales. Cette fois, on y voyait la rampe Narbonne à Montélimar, l'école des filles de Chabreloche, le presbytère de Normanville, le champ de foire de Fougères, les bords de l'Yvette à Palaiseau.

Manifestement, le vieillard de la place Carnot ne s'était pas trompé. Certaines cartes postales donnaient rendez-vous aux admirateurs de Francis Rissin à Vierzon, et d'autres à Ambazac.

Il fallait choisir.

Sans trop savoir pourquoi, Sirac opta pour Vierzon.

*

Mais ce n'était pas fini encore. De Vierzon, où la fête avait été mémorable, au dire de tous les participants, Nicolas Sirac était arrivé à Langres, puis à Brive-la-Gaillarde. En vérité, il arrivait toujours après le coup de feu. Chaque fois qu'il débarquait quelque part, les ampoules étaient encore chaudes, mais les lumières étaient éteintes, les costumes de bal étaient rangés. Il ne lui restait plus qu'à remonter dans sa voiture, et à aller un peu plus loin encore.

Il sillonnait mécaniquement les routes de France dans sa Laguna III DCI 110 bleu métallisé, bondissant d'une commune à l'autre, au fil de ces cartes de visite que Rissin laissait immanquablement derrière lui. On pouvait bien y voir le faubourg de La Motte-Servolex, les anciennes fortifications de Vesoul ou la route de Ploërmel à Campénéac, n'importe, le fil était toujours le même, et Sirac voulait le dérouler jusqu'au bout, pour trouver enfin celui qui tenait la bobine.

À Périgueux, il était entré par effraction dans une petite maison de l'avenue Jeanne-d'Arc, où il avait trouvé des centaines de cartes postales qui l'avaient conduit à Bergerac. À Aigues-Mortes, il avait croisé une bande de gamins qui se poursuivaient dans les rues en portant des masques de Francis Rissin et en criant « Cacou ! Cacou ! ». À Lisieux, il avait repris un peu d'avance, il était à une journée à peine du cortège. À Péronne, il retrouva un lot de flyers qui le conduisirent jusqu'à Mornant, pas très loin de Givors, où il était passé quelques semaines plus tôt. À Moutier-d'Ahun, sur les rives de la Creuse, devant le pont médiéval, il se demanda ce qui lui faisait le plus peur, si c'était de ne jamais trouver Francis Rissin, ou au contraire de le trouver un jour, et de s'arrêter là.

Il tournait en rond autour de la France, mais ça pouvait aussi bien se passer dans sa tête. Parfois le visage ou le parfum d'Hélène arrivait jusqu'à lui, et sa silhouette flottait devant lui comme un spectre. Parfois aussi, c'était le visage de Sergent, une partie de son crâne étalée sur le mur blanc de la chambre d'amis.

Il aurait pu s'arrêter là, il aurait pu rendre son tablier, rentrer chez lui rue des Venets, reprendre sa routine ou demander sa retraite anticipée, ses supérieurs ne lui en auraient jamais tenu rigueur – à l'impossible nul n'est tenu. Ils lui auraient tout accordé plutôt que de le voir sombrer aussi bas dans ces profondeurs.

Mais Nicolas Sirac voulait aller jusqu'au bout de son chemin de croix. Quand il fermait les yeux, il se voyait les bras ouverts au sommet d'un calvaire en granite, et Francis Rissin lui clouant les bras et les jambes avec de longs clous rouillés. Mais l'instant d'après, il se voyait en habit de juge, Rissin agenouillé à ses pieds, et il se lavait longuement les mains en pensant à tous les supplices qu'on allait infliger à ce zinzin.

Francis Rissin n'était pas tout seul, certains disaient même qu'il avait tout le pays derrière lui. Mais à bien y regarder, cette foule, cette masse qui le suivait à la trace était une quantité négligeable – même, elle comptait pour zéro. C'était entre eux deux que ça se jouait, que ça s'était toujours joué, depuis le commencement. Et Nicolas Sirac savait pertinemment qu'aucun combat, qu'aucun duel n'était plus acharné, plus incertain aussi quant à son issue, que celui qui opposait un loup solitaire à un autre loup solitaire.

Mais une autre conviction s'était frayé un chemin dans son esprit fébrile. Depuis le temps, Francis Rissin savait forcément que quelqu'un était à sa poursuite. Et il le laissait doucement venir à lui, au fil des indices qu'il semait sur son passage, il le laissait doucement approcher, pour pouvoir l'affronter face à face, ou pour lui bondir dessus au détour d'un virage. Tout ce temps-là, en vérité, Sirac avait simplement suivi la piste que Rissin avait tracée exprès pour lui.

À Montdidier, il réalisa qu'il allait peut-être passer le restant de ses jours à courir après ce malin génie, et il en éprouva à la fois une certaine amertume, en pensant à la monotonie de cette existence à venir, et un certain soulagement, en songeant que sa vie avait un sens, désormais – et que celui-là en valait bien un autre. Du reste, il n'avait pas encore dit son dernier mot, il était rapide, il pouvait encore serrer sa proie dès qu'elle relâcherait sa garde.

Il roulait sur les routes de l'Isère, du Val-d'Oise, du Calvados et de la Meurthe-et-Moselle, au hasard de ces villages traversés par Francis Rissin et son cortège carnavalesque, au fil de cet improbable Tour de France. Les paysages changeaient. Parfois il voyait la mer, d'autres fois il voyait la montagne, la météo passait du soleil à la pluie et de la pluie au soleil, mais c'était toujours la même quête, toujours le même désir de vengeance. Sirac ne déviait pas de sa trajectoire.

Il se demandait parfois si Francis Rissin n'était pas en train de l'entraîner dans quelque chose qui le dépassait, quelque chose qui était beaucoup trop grand pour lui – si ce n'était pas Francis Rissin qui le traquait, depuis le départ.

Autour de lui, le monde était devenu un gigantesque tourbillon où s'entremêlaient tous les morceaux de sa vie présente et passée, tous les souvenirs qui flottaient librement dans son cerveau déconfit, et il était presque heureux à l'idée de pouvoir se noyer dans ce vortex.

Il y avait ces villages dont les noms défilaient devant lui, il y avait ces nationales et ces départementales dont il suivait les méandres infinis, il y avait ces affiches bleu et blanc qui tournoyaient partout autour de lui comme la colonne d'air d'une tornade, il y avait ces myriades de cartes postales projetées dans le ciel et dont les gerbes dessinaient d'étranges figures, comme ces nuées d'étourneaux qui se métamorphosent dans le couchant, il y avait tous ces visages aussi, celui d'Hélène, avec ses yeux cristallins qui l'écrasaient de culpabilité, celui de Sophie Marceau dans *L'Étudiante*, celui de Sergent, avec un grand trou sous la mâchoire, mais ça pouvait aussi bien être la silhouette de l'imam Ibn Mohamed Al-Jawziyya, celle de Xavier Dupont de

Ligonnès, celle de Bergognant, celle de cette vieille femme d'un autre temps qu'il avait rencontrée à Arandas – et Francis Rissin qui était juste là, tout près, si près même qu'il n'avait qu'à tendre la main pour pouvoir le toucher du bout des doigts.

4.

« Le cas Béranger », *in* F. Gressaud (dir.), *Visages de Francis Rissin : les coulisses de l'exploit*, Éditions du Centre Pompidou, 2023.

Patrick Béranger avait du mal à garder son calme. Il tournait en rond depuis le milieu de l'après-midi dans son grand bureau de la rue Quincampoix. Plusieurs fois on avait frappé à sa porte, plusieurs fois le téléphone avait sonné, mais il n'avait pas eu envie de répondre, il n'avait pas eu envie de parler – il voulait rester seul.

La nuit était tombée sur Paris. Par sa fenêtre, il voyait les lumières de la place Edmond-Michelet. Quelques passants la traversaient encore d'un pas rapide, pressés sans doute de rejoindre leur domicile, de se calfeutrer dans un loft douillet ou une minuscule chambre de bonne. Certains s'arrêtaient quand même quelques secondes au kiosque à journaux. Ils y achetaient *Le Monde* ou le dernier *Télérama*, et ils repartaient de plus belle. Dans quelques minutes ils seraient au chaud, chez eux, avec leur petit morceau de famille.

Dans quelques minutes, le monde extérieur aurait cessé d'exister pour eux.

Un peu plus loin, s'il penchait légèrement la tête, il pouvait apercevoir la place Georges-Pompidou, et la silhouette du Centre Beaubourg qui se découpait au fond. Avec son enchevêtrement de tubes colorés, avec son imposante armature métallique, on aurait dit un grand vaisseau extraterrestre qui serait venu se poser là, au milieu des immeubles haussmanniens, et qui n'aurait jamais trouvé le courage de repartir, préférant la vie parisienne aux lointaines contrées de l'espace intersidéral.

L'inauguration de l'exposition « Visages de Francis Rissin » devait avoir lieu le lendemain, en fin d'après-midi. La ministre de la Culture donnerait sa bénédiction aux alentours de 18 h 30. Ensuite, il y aurait les éternels discours, les éternels remerciements ; et puis on se bousculerait pour accéder au buffet. Mais juste avant ça, il allait se passer quelque chose.

*

Patrick Béranger avait travaillé d'arrache-pied pendant presque deux ans pour monter ce projet, il y avait consacré tout son temps, toute son énergie – et le jour du jugement était arrivé. Demain, des hordes de journalistes et de critiques d'art allaient se presser dans les couloirs de la Galerie 2, qu'il avait pris l'habitude d'avoir juste pour lui ces derniers mois. Deux mille invitations avaient été distribuées. Demain on allait l'assommer de questions, lui demander de justifier chacun de ses choix, de commenter chaque pièce de l'exposition. Certains crieraient au scandale, d'autres au génie. Dans tous les cas, les médias profiteraient de ce remue-ménage pour gonfler leurs ventes. Pendant plusieurs jours il serait le roi du monde, dans les écoles d'art et les rédactions. Et puis la tension finirait par redescendre, et puis il pourrait souffler un peu et penser à autre chose. Quoi qu'il arrive, dans une semaine tout au plus, le Tout-Paris aurait jeté son dévolu sur une autre exposition, sur une autre star du show-business. Les touristes feraient sagement la queue devant la billetterie. Les chargés de médiation accompagneraient les groupes. Alors il pourrait enfin penser à prendre des vacances.

Mais il ne pouvait pas sauter par-dessus la barrière du présent et se projeter comme ça d'une semaine dans le futur. Il ne pouvait pas voyager dans le temps. Il allait bien falloir que ça se passe, que ça ait lieu – qu'il fasse la douloureuse épreuve de cette inauguration dont on parlait jusqu'à Tokyo, Dubaï et San Francisco.

Patrick Béranger essayait de se rassurer. En un sens, il avait déjà réussi. Personne n'aurait parié un jeton sur lui, personne ne lui aurait donné plus de deux semaines avant de tout abandonner, et pourtant il avait tenu, pourtant il avait été jusqu'au bout. Tout était en ordre, tout était en place. Une importante logistique avait été déployée pour entourer l'ouverture de la Galerie 2 et assurer la sécurité des œuvres. Certains parlaient déjà de cette exposition comme d'un véritable événement national, comparable à la gigantesque exposition « Louis XIV. L'homme et le roi », qui avait eu lieu au château de Versailles en 2009-2010, ou à cette grande rétrospective François Pinault, qui avait été montée au Louvre en 2020, et qui avait échappé de justesse à un terrible incendie criminel. Il avait reçu un coup de téléphone du ministère de la Culture, la veille. La ministre l'avait dûment félicité pour son travail. En d'autres termes, la partie était jouée d'avance – ça ne servait à rien de rester là à se ronger les sangs.

D'autant qu'il y avait cette grosse surprise, qu'il avait prévue pour l'occasion. Patrick Béranger était parvenu à garder le plus grand secret autour de ce formidable happening – seuls quelques rares privilégiés étaient dans la confidence. Ça allait être un vrai moment d'extase et de communion nationale, les Parisiens n'en reviendraient pas.

Et pourtant, quelque chose continuait de le tarabuster, quelque chose continuait de lui nouer les entrailles. C'était une angoisse sourde, sans objet précis. Simplement, tant que tout ça n'était pas derrière lui, il pouvait encore se passer quelque chose. Un léger dysfonctionnement pouvait enrayer la machine, et transformer le triomphe annoncé en impitoyable débâcle.

Dans vingt-quatre heures, il serait fixé. Dans vingt-quatre heures le traiteur aurait démonté son buffet, les DJ auraient rangé leurs platines, les derniers invités seraient rentrés chez eux. Dans vingt-quatre heures, il saurait si ça avait marché, si sa petite mise en scène avait fait l'unanimité, si son nom allait être porté aux nues et si *Art Press* lui consacrerait la une de son prochain numéro, comme il l'espérait secrètement – ou s'il serait à jamais couvert de honte. Mais pour l'heure, son esprit tournoyait dans le vide. Car Dieu seul savait ce qui pouvait se passer pendant ce temps-là.

*

Deux ans plus tôt, Patrick Béranger avait reçu un coup de téléphone de Céline Chaban. Il était en train de prendre son petit déjeuner, il lui avait répondu la bouche à moitié pleine. La directrice générale du Centre national d'art et de culture lui avait annoncé franco qu'ils voulaient organiser un grand événement autour de la personne de Francis Rissin, et que c'était à lui qu'ils avaient pensé, que c'était lui qu'ils voulaient. Il lui avait fallu quelques secondes pour se convaincre que ce n'était pas un canular.

Il avait failli demander à son interlocutrice comment ils avaient pu avoir une idée pareille, comment ils avaient pu penser à Francis Rissin, mais il s'était ravisé. Il se doutait bien que ça venait de plus haut, que ni Céline Chaban ni Alain Seban, le président de Beaubourg, n'y étaient pour grand-chose – qu'ils se contentaient d'exécuter des ordres.

Béranger s'était longuement interrogé. Évidemment, depuis le coup d'État du 29 juin, le nom de Francis Rissin était sur toutes les lèvres. Mais pourquoi un événement de cette ampleur, comme ça, en plein Paris, dans le fleuron des musées d'art contemporain français – et quelques années à peine après son accession au pouvoir ? Il avait beau chercher, il ne voyait pas qui pouvait avoir imaginé ça. Ou bien est-ce que c'était Francis Rissin lui-même qui avait passé cette commande au ministère de la Culture, histoire d'amadouer encore un peu plus le cœur des Français ?

Béranger aurait pu mener sa petite enquête, avant de donner son accord. Il savait que les intérêts politiques étaient énormes, et que le montage d'une exposition de cette ampleur, à un moment de l'Histoire aussi décisif que celui-ci, prendrait forcément la forme d'un plébiscite. Mais l'occasion était trop belle, c'était la chance de sa vie, il ne pouvait pas dire non – et puis Francis Rissin ne lui avait jamais paru antipathique, bien au contraire.

Il avait rappelé Céline Chaban quelques heures plus tard. Il lui avait dit que c'était OK, mais qu'il voulait avoir carte blanche. Elle lui avait répondu qu'il avait carte blanche, qu'il serait « le seul maître à bord », c'étaient les mots qu'elle avait employés et, à ce moment-là, il n'avait pas saisi le caractère de menace qui pouvait se cacher aussi derrière cette expression. De toute façon, c'était la première fois qu'il se retrouvait à la tête d'un projet de cette envergure, et quand bien même on lui laissait une totale liberté de manœuvre, il savait qu'il devrait être prudent, que chaque faux pas pouvait lui coûter son poste et sa réputation.

Patrick Béranger était historien et critique d'art. Il avait enseigné aux Beaux-Arts de Paris, et travaillé pendant presque dix ans comme conservateur au musée d'art contemporain de la ville de Marseille. Mais le chantier de cette exposition-événement s'avérant colossal, il avait décidé de s'entourer de Kenza Shérif, historienne de la photographie, et de Vincent Mathoulin, conservateur en chef au département des estampes et de la photographie de la Bibliothèque nationale de France (BNF).

Dès le départ, les sommes engagées n'avaient pas manqué de faire réagir certains éditorialistes, qui fliquaient l'utilisation de chaque denier public comme des experts-comptables. Mais la directrice générale s'était défendue en précisant que 95 % du budget de l'exposition seraient pris en charge par des partenaires privés et par les grands mécènes du Centre Pompidou qu'étaient GDF Suez, Pernod Ricard, LVMH, Qatar Airways, la Caisse des dépôts, la fondation Clerc-Lazard et le groupe Lafayette. Et puis, au vu de l'extraordinaire richesse des pièces que Patrick Béranger allait bientôt réunir dans la Galerie 2 de Beaubourg, il n'était pas question de donner dans la demi-mesure, ni de compter. L'État et les Français pouvaient bien se saigner un peu pour Francis Rissin. Est-ce que les Romains étaient au centime près, quand les empereurs leur élevaient des cirques et des arènes grandioses au milieu de la Ville éternelle ?

*

Patrick Béranger feuilleta le *Libération* du jour, qui était posé sur son bureau blanc laqué Sarah Lavoine. Il relut le portrait qui lui était consacré. Interrogé quelques jours plus tôt sur le sens qu'il donnait à ce travail, il avait répondu aux journalistes que c'était à la fois la plus belle chose, et la plus terrible, qui lui soit arrivée dans la vie. La plus belle, parce que personne n'avait jamais approché Francis Rissin d'aussi près, personne n'avait eu l'occasion de nouer avec lui une relation d'intimité aussi forte. Bien entendu, il ne l'avait jamais rencontré physiquement, mais c'était du pareil au même – il pouvait en parler maintenant comme on parle d'un frère, d'un ami fidèle, d'un *alter ego*. Mais aussi la plus terrible, parce qu'il savait qu'il y aurait un avant et un après, que rien ne serait jamais plus pareil, autrement dit que cette exposition allait changer sa vie en destin. À cette heure, personne ne pouvait encore savoir ce qui allait se passer, comment son travail serait accueilli. Il essayait de rester confiant et serein. Mais s'il y avait du grabuge, il savait que c'était lui – et lui seul – qui tomberait.

La photographie qui illustrait l'article était vraiment mauvaise. Le mois dernier, dans *Vogue*, ils lui avaient déjà fait une jolie tête de chômeur, avec ses lunettes de travers et sa barbe de trois jours. Ce coup-ci, il ressemblait carrément à un pervers ou à un tueur en série. Patrick Béranger se demanda pourquoi les journalistes choisissaient toujours les clichés les plus dégueulasses. Est-ce que c'était une manière de se donner de l'importance, de se donner du pouvoir, en rabaissant tous ceux à qui ils étaient censés donner la parole ? L'article était signé Laurence Nunguesser, et la photo prise par un certain Sylvain Vuicelet. Il nota ces deux noms quelque part dans sa mémoire, et il jeta le canard dans la corbeille à papier qui traînait sur la moquette.

Demain ces connards viendraient lui manger dans la main, ils viendraient lui lécher les ongles des pieds, ils viendraient lui offrir leurs petits culs à la file, pour qu'il se laisse photographier devant le musée et qu'il leur fasse l'aumône d'une réponse ou deux à leurs questions de merde. Et si les clichés étaient mauvais, le rapport de force serait en sa faveur, cette fois. Il pourrait les faire sauter de leur poste d'un coup de téléphone – et ces incapables le sauraient bien, du reste, ils seraient gentils et dévoués avec lui, comme tous les chiens le sont avec leur maître.

*

Céline Chaban lui avait commandé un véritable événement, quelque chose qui resterait gravé à jamais dans les mémoires, et c'était ce qu'il allait lui offrir – autant dire qu'elle allait en avoir pour son argent.

Béranger avait d'abord imaginé des choses complètement folles, avec des pavillons annexes hauts comme des tours, des modules aériens, des jardins suspendus accrochés aux façades et des montagnes russes posées sur les toits – de quoi ridiculiser l'Exposition universelle de 1900. Mais l'enveloppe budgétaire ayant été revue à la baisse, il avait finalement fait le pari de la simplicité.

Ça serait une grande rétrospective iconographique, placée sous le signe de l'union et du rassemblement. En effet, depuis que Francis Rissin avait pris le pouvoir, il était resté caché dans ses palais, le nez dans les livres de comptes de ses prédécesseurs, et la France entière attendait fiévreusement qu'il lui montre enfin son vrai visage.

Eh bien c'est ce qu'il allait faire, lui, Patrick Béranger. Il allait précipiter un peu cette rencontre qui n'arrivait pas, et qui commençait à frustrer sévèrement les Français. Il allait offrir au public le visage de Francis Rissin. Après, si Francis Rissin en personne voulait se joindre à la fête... Et au fond de lui, Béranger espérait bien que ça le ferait sortir de son trou, que ça titillerait un peu sa curiosité, qu'il viendrait compléter l'exposition de sa bonne bouille de chef de la France.

Ça lui était venu à l'occasion d'un rêve, qu'il avait fait plusieurs semaines après avoir signé le contrat de commissariat. Il passait ses journées à se pressurer la tête, il dormait mal, il avait perdu l'appétit. Il cherchait quelque chose, un principe directeur, un fil d'Ariane, une trame qui donnerait son sens général à cette exhibition – le terrain était glissant, il n'avait pas le droit à l'erreur.

Et puis il avait fait ce rêve étrange. Il se trouvait au sommet d'un grand bâtiment qui croissait vers le ciel comme un phallus. Il pouvait s'agir du Centre Pompidou, au départ tout du moins, parce qu'il ressemblait de plus en plus à la tour Montparnasse. Au sommet de ce bâtiment, il y avait une sorte de vigie ou d'échauguette, et il se tenait là, face au vent. Il avait une vue panoramique sur la ville, une grande ville pourrie de l'ère industrielle, recouverte de poussière et de pollution. Et puis il avait entendu résonner un bourdonnement long et profond, ce genre de bourdonnement qu'on peut tirer d'une corne de brume, d'une conque des Caraïbes ou de cet étrange instrument que les Gaulois appelaient carnyx ou carnynx. Il s'était retourné et il avait aperçu un visage qui flottait au-dessus de la métropole. Ses contours étaient évanescents, mais il avait immédiatement reconnu les traits de Francis Rissin. Et à la vue de ce visage, il avait ressenti un profond sentiment de soulagement et de reconnaissance, comme si Francis Rissin avait chassé à lui seul la terrible menace qui planait au-dessus de cette ville immonde.

Béranger passa les jours suivants dans un état d'excitation rare. Il remplit des dizaines de cahiers de notes, il dessina des croquis, lut des livres d'histoire militaire et de philosophie existentialiste. Il avait toute la pelote en tête, il n'avait plus qu'à la dévider au fur et à mesure. Il commença également à contacter les collectionneurs privés. C'est pendant cette période de création intense qu'il arrêta l'équipe avec laquelle il devait travailler par la suite. Il engagea Léa Perrex, à laquelle il confia la réalisation architecturale et la scénographie de la Galerie 2, Vahid Hagopian pour la régie des œuvres, Simon Chezbordon pour la signalétique et la régie des espaces, Virginie Nicaise pour la coordination et la logistique, Maëlle Nuystens pour la communication et Fabrice Gressaud pour la direction du catalogue.

Dans son rêve, Patrick Béranger avait senti que derrière ce visage évanescent, qui flottait dans les airs comme une nimbe, il y avait autre chose, il y avait une présence, il y avait quelqu'un, il y avait un individu en chair et en os. C'était comme si Francis Rissin s'apprêtait à prendre corps devant lui. Et c'était précisément ce moment mystérieux et insaisissable, cet instant presque métaphysique où le nom de Francis Rissin s'était fait chair, autrement dit le moment métaphysique de l'incarnation, que Patrick Béranger voulait saisir et offrir au public.

Tout le reste avait découlé de là presque magiquement. L'exposition s'intitulerait « Visages de Francis Rissin » et, quand il disait « visages », on comprenait que Béranger signifiait jugement, vengeance, châtiment ; mais aussi confiance, paix, pardon – et finalement amour.

Il décida donc de présenter les différentes étapes de cette incarnation, de cette lente et implacable hypostase. Il y avait peut-être un léger accent christique dans cette manière de présenter les choses, mais ça ne choquerait personne – il savait que les Français le suivraient sur toute la ligne.

L'exposition serait donc organisée en trois temps, qu'il décida d'intituler : 1° « Approche de Francis Rissin », consacrée aux différentes variations de son célèbre drapeau de gala ; 2° « Présence de Francis

Rissin », qui se présenterait pour sa part comme une imposante galerie de portraits ; 3° « Passion de Francis Rissin », qui s'arrêterait cette fois sur son visage vivant, pris sur le vif, par le biais d'une série de clichés photographiques inédits.

C'était le pari de la franchise et de la simplicité, et Patrick Béranger savait que les expositions qui avaient connu le meilleur accueil, celles qui étaient restées dans les annales, allaient toujours dans ce sens-là ; car c'était ce que réclamait le public – et c'était le public qui jugeait. D'autant qu'il avait prévu de mettre un peu de fantaisie, de folie même, dans ce cadre bien ordonné. La surprise qu'il avait mijotée pour le lendemain était un truc impensable, un truc délirant qui marquerait durablement l'histoire de la capitale, et peut-être celle du pays tout entier.

*

Il avait commencé à pleuvoir. Patrick Béranger observait ces gros parapluies colorés qui traversaient la place, disparaissant provisoirement sous les feuilles des arbres et réapparaissant un peu plus loin. Il était bien au chaud, bien au sec. La température de la pièce était beaucoup trop confortable pour qu'il songe à sortir, pour qu'il songe à affronter la nuit et à rentrer chez lui, dans le 20e arrondissement. Il aurait pu aller se coucher, mais il savait qu'il ne trouverait pas le sommeil.

Au loin, la silhouette métallique du Centre Pompidou semblait contractée par l'averse, comme les membres repliés d'un gros monstre qui ne dormirait que d'un œil, un monstre ailé qui se tiendrait sur ses gardes, les muscles bandés, prêt à bondir ou à prendre son envol.

Il repensa à tout ce qui s'était passé depuis le jour où Céline Chaban lui avait fait cette proposition au téléphone. Il repensa à tout ce qu'il avait fallu faire, à toutes les montagnes qu'il avait fallu déplacer. Il repensa aussi à tous ceux qui l'avaient aidé à accomplir cette entreprise titanesque. Il les revoyait, s'agitant dans les entrailles du Centre Pompidou comme des fourmis laborieuses dans le corps d'un animal mort.

Il n'était pas encore tout à fait sûr de lui. Il n'avait pas forcément cherché à impressionner le public, ni à révolutionner le monde des arts, même si certaines pièces présentées étaient de véritables trésors. Il serait déjà pleinement satisfait si les visiteurs sortaient de là la mine ragaillardie, le cœur en joie. Il n'avait pas d'autre ambition que d'injecter un peu de bonheur dans ces vies qui avaient tellement souffert pendant toutes ces années de marasme – et dans lesquelles Francis Rissin était justement en train d'insuffler à nouveau un peu d'espoir.

*

Tout avait commencé avec les drapeaux de gala. Et Patrick Béranger avait naturellement voulu partir de là – ce qui était aussi une manière de rendre hommage à tous ces anonymes qui avaient passé plusieurs mois à les déployer dans toutes les rues du pays pour fêter l'arrivée de leur nouveau souverain.

Sur chacun d'entre eux, justement, il y avait cette effigie en noir et blanc de Francis Rissin, qui semblait vouloir rassurer les Français en leur disant « Je suis là ne vous inquiétez pas j'arrive ». C'étaient toujours plus ou moins les mêmes traits, mais Francis Rissin avait tenu à ce qu'ils ne soient jamais reproduits deux fois à l'identique, afin d'exprimer toutes les nuances de sa psychologie – au point qu'il en existait une variété presque infinie.

Pour la première partie de l'exposition, « Approche de Francis Rissin », Béranger décida de travailler en collaboration avec les Archives Francis Rissin (AFR), qui possédaient la plus importante collection de reproductions de ces portraits – plus de deux cent trente mille variations ayant été répertoriées et archivées depuis le coup d'État. Or la Galerie 2 du Centre Pompidou n'était pas suffisamment spacieuse pour accueillir la totalité de ces images, à moins d'en réduire la taille et de les rendre presque invisibles, ce qui cadrait certes avec l'exigence d'exhaustivité, mais pas avec celle de transparence. Par ailleurs, il fallait se méfier aussi des effets de saturation que cela pouvait induire chez les visiteurs, qui les avaient déjà quotidiennement sous les yeux.

Évidemment les Français manifestaient un grand attachement à ces drapeaux. Mais Patrick Béranger ne pouvait pas se contenter de répéter dans l'enceinte du musée ce qui se donnait déjà à voir à l'extérieur, dans les rues de Paris.

C'est pourquoi il avait demandé à Pierre Huygue de réaliser un montage vidéo à partir de la photothèque des Archives, afin que ces deux cent trente mille visages puissent être présentés successivement dans le temps, s'ils ne pouvaient l'être simultanément dans l'espace.

Béranger avait choisi le plasticien-vidéaste français après avoir regardé l'un de ses courts métrages sur YouTube, sur les conseils de Catherine Millet. Il s'intitulait *Tokyoïte /// Mirabella 3000.*

Le film se déroule dans le grand hall du Palais de Tokyo, le jour où les dirigeants de la société Aldebaran Robotics présentent au grand public la « Mirabella 3000 » – ou « guillotine connectée ». Il y a un monde fou dans l'aile ouest du bâtiment. Les invités se pressent autour du buffet et les journalistes mitraillent le rasoir national nouvelle génération qui trône au milieu de l'*open space*, sur une haute estrade recouverte de velours rouge. À 21 heures précises, trois agents de la BAC apparaissent et gravissent les trois marches qui se trouvent à droite du podium en poussant devant eux un homme menotté. Il est vêtu d'une combinaison orange et sa tête est cachée sous un sac en toile de jute. Est-ce qu'il avait été sur le point de commettre un attentat dans une boutique H&M de la rue de Rennes, ou est-ce qu'il en avait seulement évoqué la possibilité sur un forum djihadiste ? Cela n'est pas très clair pour les juges ; mais n'importe, cet homme a bafoué le nom de son pays, il a insulté la France – il mérite la peine capitale. Les invités se regroupent autour du massicot, derrière lequel on a installé une sorte d'écran géant, et un visage espiègle apparaît bientôt sur sa surface lisse et brillante. Il s'agit de celui de Valéry Giscard d'Estaing, qui va rendre la justice depuis le siège de l'entreprise, situé dans un lieu tenu secret : en effet, la machine est équipée d'une intelligence artificielle dernier cri ; tout va se passer à distance. On installe le condamné à genoux au pied de la guillotine, et on lui place le cou entre les deux parties de la lunette qui viennent immédiatement l'enserrer, dans un mouvement souple et précis de robot. Il se débat à peine, on a dû le droguer pour que les choses se passent dans le calme et la sérénité – d'ailleurs, son électrocardiogramme est projeté sur l'écran. VGE, un bandeau noué autour des yeux, est sur le point de lancer la procédure de décapitation lorsque l'écran s'éteint subitement, comme si quelqu'un l'avait débranché. Toutes les lumières du centre d'art contemporain s'éteignent à leur tour, plongeant l'assemblée dans le noir – et c'est alors qu'un gigantesque hologramme 3D représentant un visage courroucé s'élève au-dessus de la foule. On devine un mouvement de panique dans l'assistance. Et puis le visage ouvre exagérément la bouche, et il en sort une immense gerbe de liquide vert, épais et poisseux, qui vient recouvrir les murs du grand hall et les costumes des invités.

Béranger avait trouvé ça génial. Ce n'était évidemment pas le sujet en tant que tel qui l'avait convaincu, mais l'état de jubilation dans lequel il s'était retrouvé presque malgré lui, tout au long du visionnage. Il l'avait pourtant regardé sur l'écran de sa tablette, mais il était sorti de là en transe, des endorphines plein le corps, comme s'il avait avalé plusieurs cachets de MDMA. C'était un véritable chef-d'œuvre, bien au-dessus de ce que l'artiste avait fait par le passé, bien au-dessus de son long métrage, pourtant magnifique, *The Host and the Cloud*.

Béranger lui avait demandé de faire quelque chose d'équivalent, quelque chose qui ferait aux visiteurs l'effet d'un grand shoot de vitamines du bonheur, et Pierre Huygue avait dit : « Donnez-moi deux semaines. »

Pour réaliser le film *Face to Face to Face*, Huygue a voulu renouer avec le vieux principe du morphing, mais revisité ici avec les dernières innovations de la retouche d'image. Il a ainsi créé un programme informatique de toutes pièces, à partir de la base de données des Archives, qui lui a permis d'ordonner les deux cent trente mille effigies et d'animer le visage de Francis Rissin en les passant les unes après les autres, comme s'il s'agissait d'une pellicule de film. Ainsi, projetées à la vitesse de vingt-cinq images par seconde avec un projecteur HD Pentium 3D +, elles semblent véritablement prendre vie – Francis Rissin bouge la tête, il la tourne à droite ou à gauche, il la lève ou il la baisse. Parfois même, du fait du mouvement recomposé de ses lèvres, on dirait qu'il s'adresse au spectateur, qu'il essaie de lui dire quelque chose, et même de lui révéler une information capitale.

Le film original, qui durait presque trois heures, a été divisé en trois parties à peu près égales, chaque tiers étant projeté, selon des modalités sensiblement identiques, dans trois chambres noires, baptisées « la Chambre des Requêtes », « la Chambre de Compensation » et « la Chambre du Rachat ». Dans ces conditions, « Approche de Francis Rissin » se présente comme le point de pivot de l'exposition – les drapeaux de gala représentant finalement l'alpha et l'oméga de toute représentation possible du visage du nouveau chef de la France.

*

Patrick Béranger se rassit dans son grand fauteuil en cuir rouge et blanc. Il savait que l'heure tournait, inexorablement, mais il n'arrivait pas à se décider à tourner la tête pour jeter un œil à la grande horloge murale qui se tenait derrière lui.

Il savait que les forces de l'ordre étaient sur le qui-vive. Les démineurs de l'antiterrorisme avaient déjà inspecté le bâtiment cinq fois. Ils craignaient surtout d'être confrontés à des manifestations de mécontentement. L'exposition était indéniablement politique et, en tant que telle, elle ne pouvait pas faire l'unanimité. Francis Rissin avait ses détracteurs, à ce qu'on disait, et ils ne rateraient pas l'occasion de venir exprimer leur opposition, même s'ils n'étaient pas suffisamment nombreux pour vraiment foutre le bordel. D'après les rapports de la DGSI, c'étaient des groupuscules inoffensifs, qui ne feraient pas plus de bruit qu'un grognement de chômeur devant le ministère du Travail.

Mais on ne pouvait pas exclure la possibilité d'un attentat. Il y avait dans Paris de nombreuses cellules terroristes qui pouvaient juger que l'occasion était belle et profiter de l'inauguration pour lâcher une bonbonne de gaz pleine de clous au milieu de la foule ; c'était du moins la principale crainte du ministère de l'Intérieur. Mais à bien y regarder, les terroristes avaient toujours préféré frapper dans les RER, les stades ou les magasins Tati. Autrement dit, ils préféraient s'en prendre aux pauvres, à croire que c'était plus juteux pour leur business – les riches pouvaient dormir sur leurs deux oreilles, aussi longtemps qu'ils se déplaçaient en taxi et qu'ils s'habillaient dans les boutiques de luxe de la rue de Rivoli ou des Champs-Élysées.

D'ailleurs, Patrick Béranger espérait que les démineurs n'allaient pas tout faire foirer avec leurs putain de chiens détecteurs d'explosifs. Ils n'avaient pas encore trouvé les charges de C-4 qu'il avait fait installer partout sous le bâtiment, au niveau des murs porteurs. C'était un vrai arsenal, il y avait de quoi faire sauter plusieurs stations de métro d'un coup. S'ils tombaient dessus, c'en était fait de sa petite surprise distinction 5 étoiles.

Patrick Béranger savait qu'un gros dispositif de sécurité allait être déployé le lendemain autour du Centre Beaubourg. Il savait que des cohortes de vigiles quadrilleraient le bâtiment, et que des compagnies de CRS et de gardes mobiles se tiendraient en renfort rue Saint-Merri. Mais à vrai dire, la seule chose que les forces de l'ordre redoutaient, c'était le monde, c'était une affluence massive. Le préfet de Paris lui avait demandé personnellement que la date d'ouverture de l'exposition soit tenue secrète jusqu'à la veille de l'inauguration, et que celle-ci se fasse dans le plus grand secret. Mais Patrick Béranger avait refusé de céder à ses caprices. Ils avaient envoyé leurs cartons d'invitation deux semaines plus tôt, en prenant bien soin que l'info fuite sur les réseaux sociaux et que les médias la relaient tous en chœur. Ça allait être une véritable marée humaine, le quartier serait noir de monde – tant pis pour les flics, ils pourraient bien aller régler la circulation place de l'Étoile, ce soir-là, s'ils préféraient.

*

La deuxième partie de l'exposition s'intitulait « Présence de Francis Rissin ». Béranger souhaitait y réunir cette fois plusieurs dizaines de tableaux, réalisés par des peintres ou des plasticiens plus ou moins en vogue. Il pouvait s'agir de portraits en pied (Hossein Azoulay, *Le Mur des Lamentations* ; Cyrielle Bellikam, *Paix sur Marseille*), de portraits en buste (Tristan Gasola, *Quelque chose de vacant* ; Laurent Parrage, *Une rencontre*), de portraits en demi-grandeur (Else Grosemann, *Silence et Recueillement*), de portraits assis (Tiphaine Pandenberghe, *Face à l'Empereur*) ou de dos (Léo Vatelan, *Le Projet*), de portraits de face (Anonyme, *Masque de poix sur le visage*), de profil (Malther & Zirkine, *L'Homme au bec de pieuvre*) ou de trois quarts (Émilie Sage, *La Brume*), mais également de grandes fresques historiques (François Lauget, *Jubilé de Francis Rissin*, *Nuits de juin*), de scènes de genre (Raoul Michelin, *La Visite à la veuve* ; Fanny Durpois, *Un repas*) et même de peinture religieuse (Samir G. Dudoz, *Le Sauveur et l'Enfant* ; Gilles Alterant, *Rissin pantocrator*).

Il y avait évidemment là quelque chose qui tenait du pot-pourri, et la critique s'étonnerait sans doute que des propositions à ce point inégales, certaines réellement superbes, d'autres franchement médiocres, voire minables, et des artistes proposant des approches à ce point divergentes, sinon contradictoires, de leur pratique, aient pu être rassemblés dans la même pièce. Béranger entendait déjà les quolibets des critiques d'art, qui ne manqueraient pas de fustiger cette exposition-poubelle, où les commissaires avaient entassé tout ce qu'ils avaient trouvé sur le sujet pour faire illusion et habiller les deux ou trois œuvres un peu fortes qui traitaient vraiment le sujet.

Sauf que c'était bien le sens de « Présence de Francis Rissin ». Car ce salmigondis de portraits à demi ratés, sans grand intérêt par eux-mêmes, cette accumulation de tableaux relevant des mouvements les plus éloignés, le romantisme (Adam Amilhat, *Le Ballon ivre*) côtoyant ici le fauvisme (Walissa Saubeins, *Au fond du jardin*), l'art naïf (Pierre-Yves Holowinski, *Ventre nu*), le cubisme (Cecyl Geerbaert, *Palindrome VII*), le réalisme (Kevin Pelatha, *Entrée de la prison de Saint-Dizier*), le maniérisme (Jeanne Solsdevila, *Hechizado*) ou le minimalisme (Patrick Cirugueda, *Carrefour 21*), cette grande salade où se croisaient toutes les techniques, tous les supports, tous les formats, tous les « -ismes » de l'histoire de l'art, avait une fonction bien précise : celle de mettre en valeur une toile surnuméraire, située en deçà de toutes les autres, une toile qui ne pouvait pas trouver sa place dans ce conglomérat, puisqu'elle en était, chronologiquement du moins, sinon ontologiquement, la condition de possibilité.

Le portrait en buste *Francis Rissin devant le lac aux deux reflets* (date ?, huile sur toile, 72,90 × 60,80 cm) a été peint par un artiste inconnu, dans un style hyperréaliste proche de celui du peintre français Jacques Bodin. Du reste, comme le signalait Béranger, la question de savoir qui avait peint ce tableau s'effaçait devant celle, beaucoup plus importante, de savoir à quelle date il avait été réalisé. Car il s'agissait peut-être là en vérité du « portrait canonique », c'est-à-dire de celui qui avait servi d'archétype pour dessiner les multiples effigies apparaissant sur les drapeaux de gala.

Alors que les innombrables tableaux dits « auxiliaires » recouvraient littéralement les murs de la deuxième salle de la Galerie 2, au point qu'il devenait relativement difficile de les distinguer les uns des autres, *Francis Rissin devant le lac aux deux reflets* trônait seul au milieu d'un grand panneau blanc, dans une pièce spécialement montée pour lui, derrière une vitre de protection dont la réalisation avait été confiée au célèbre laboratoire muséotechnique Goppion de Milan.

Les hypothèses les plus folles se bousculaient au sujet de ce portrait saisissant. Est-ce qu'il avait été réalisé d'après nature ? Et le cas échéant, s'agissait-il d'une commande ? Et pourquoi Francis Rissin aurait-il accepté de poser plusieurs heures sans bouger, alors que les choses auraient été pliées en deux secondes avec un appareil photo numérique ? Pourquoi aurait-il choisi une scène d'extérieur, et pas un fond noir ou une scène d'intérieur, comme il est de coutume ? Et pourquoi précisément un lac, et même un lac de montagne, alors que tant de choses détestables ont été dites sur les lacs, et notamment sur les lacs de montagne, au cours de ces vingt dernières années ?

Si le tableau trônait au milieu d'un grand panneau blanc, Béranger avait choisi d'ajouter deux œuvres sur les panneaux de droite et de gauche, afin de le mettre en perspective, de le situer dans un horizon de questionnement. Sur celui de gauche, il avait accroché une reproduction ratée, au format un cinquième et en noir et blanc, du tableau *Napoléon Ier sur le trône impérial* de Jean-Auguste-Dominique Ingres, et intitulée : *Allons où nous appellent les prodiges des dieux*.

De l'autre côté, sur le panneau de droite, il avait opté pour une eau-forte de Pierre Soulages, composée de onze traits noirs très épais, qui dégageaient une incroyable présence organique, à la fois sensuelle et tactile, comme s'ils étaient vivants.

Par bien des aspects, *Francis Rissin devant le lac aux deux reflets* fait penser au célèbre *Portrait de Marcel Proust* de Jacques-Émile Blanche (1892). Le format est presque identique : 73,50 × 60,50 cm pour le tableau de Blanche, 72,90 × 60,80 cm pour le portrait de Francis Rissin. Le cadrage et la composition sont à peu près similaires, et la pose des deux hommes est étrangement analogue.

Mais les similitudes s'arrêtent là. Car si le portrait de Proust a été peint sur fond noir, ce qui renforce peut-être cette impression de gravité, celui de Rissin se découpe sur un décor grandiose. Derrière lui, en effet, le peintre a composé un paysage de montagne spectaculaire, à la Caspar David Friedrich. Un petit morceau de lac, celui qui a donné son titre à la toile, apparaît dans le coin droit. Les spécialistes s'accordent aujourd'hui pour affirmer qu'il s'agit des eaux turquoise du lac d'Aiguebelette, en Savoie – vues depuis le petit hameau de la Fauchère.

Or le peintre a utilisé la même teinte pour peindre les eaux du lac et les iris de Francis Rissin, qui fixent l'observateur avec une insistance presque insoutenable. Et c'est cette redondance de bleu, qui oscille entre le bleu Tiffany et le bleu des mers du Sud, qui place ce tableau au sommet des réalisations picturales humaines. Car le regard de Francis Rissin ne se contente pas de scruter le visiteur, il le suit, comme les yeux de verre du Scribe accroupi du musée du Louvre, il le pénètre, il le sonde, il s'immisce au plus profond de sa chair comme une bourrasque de vent glacé – et ce n'est bientôt plus du sang qui coule dans ses veines, mais seulement ce bleu, le bleu du lac d'Aiguebelette, ce bleu chimique et laiteux qui fait si peu penser à la couleur du ciel.

*

Il finit quand même par tourner la tête. 20 h 30. C'était à croire que l'horloge avait rendu l'âme. Mais non, elle fonctionnait. Il pouvait voir l'aiguille des secondes se déplacer avec nonchalance. Elle prenait son temps cette petite salope, elle se croyait peut-être dans un film qu'on aurait passé au ralenti.

Patrick Béranger repensa au coup de téléphone du ministère de l'Intérieur qu'il avait reçu dans la matinée. Il s'était entretenu avec un certain Marten Myers, conseiller spécial auprès du ministre. Le type lui avait expliqué que les équipes de déminage allaient peut-être passer encore une fois le lendemain matin, on n'était jamais à l'abri d'un colis piégé caché à la dernière minute par un « déglingos » – c'est le mot qu'il avait employé. Béranger lui avait demandé s'il croyait vraiment qu'un type mal intentionné ait pu envisager de cacher une bombe dans le musée, et l'autre lui avait répondu : « On dit toujours ça avant. »

Ça l'avait mis sur les nerfs, ces enculés avaient vraiment décidé de tout gâcher. En même temps, ses charges explosives étaient presque introuvables. Il avait déniché une cachette idéale. Ils n'auraient jamais l'idée de chercher par là – et puis peut-être qu'ils ne viendraient pas.

Patrick Béranger se leva et il ouvrit le tiroir d'une commode au-dessus de laquelle était affichée la reproduction d'une photographie d'Antoine d'Agata représentant deux corps emmêlés sur une grande couverture rouge. Il en sortit une boîte de Xanax. Il détacha un comprimé qu'il avala avec une gorgée d'eau. C'était le troisième qu'il prenait depuis que ses collègues étaient rentrés chez eux. Il était bien parti pour finir la tablette.

Il pleuvait fort à présent. Les trombes venaient s'abattre bruyamment sur les grandes fenêtres du bureau, comme des vagues frappant les hublots d'un paquebot un jour de tempête. Les rues de Paris étaient désertes. Au loin, le Centre Pompidou était noyé sous l'averse. Sa silhouette de métal se confondait presque avec les rideaux de pluie. Il était là, immobile. Ses entrailles tubulaires à l'air libre, livrées aux intempéries – comme un gros lapin dont on aurait retourné le corps à la manière d'un gant de toilette, mettant ses tripes à l'air.

Ce n'était pas à proprement parler un leurre, ce n'était pas à proprement parler un piège. Il ne s'agissait pas d'appâter Francis Rissin, de le laisser doucement venir, puis de le ferrer au dernier moment. Mais Béranger espérait que ça allait lui chatouiller les narines de se pointer là demain soir et de venir trinquer avec eux. Non, franchement, le bonhomme en sortirait encore grandi, s'il faisait l'effort de se joindre à la noce ! Béranger avait tout prévu. Évidemment, qu'il vienne ou qu'il ne vienne pas, le public aurait droit à sa petite surprise, pas de souci, personne ne serait lésé. Mais si Francis Rissin faisait une apparition publique, s'il daignait se mêler à leur joyeuse compagnie, alors là, alors là mes amis, ce serait un véritable triomphe – ce serait le jour de sa vie !

Les nerfs de Patrick Béranger se relâchèrent un peu – peut-être les premiers effets du comprimé qu'il venait d'avaler.

Il le voyait arrivant par la rue Rambuteau ou la rue Saint-Merri, fendant la foule. Il s'approcherait tranquillement, il traverserait la Piazza les pieds au sec, comme Moïse avait traversé la mer Rouge. Il arriverait devant les portes du Centre Pompidou et il se retournerait enfin. Il regarderait la foule, son visage balaierait le parvis bondé de droite à gauche et de gauche à droite. D'un seul coup régnerait là un silence d'église, un silence à entendre les larmes d'émotion du public rebondir sur les pavés. Et puis Francis Rissin lèverait la main droite, il baisserait le menton en signe de respect et de salut, comme font les chefs indiens – et alors ce serait l'ovation, ce serait l'apothéose.

*

Patrick Béranger s'était posé la question de savoir s'il fallait présenter aussi ces bustes d'argile de Francis Rissin, qui avaient remplacé ceux de Laetitia Casta ou de Sophie Marceau dans les mairies françaises – avant d'en être retirés pour des raisons inexplicables. Après avoir changé d'avis plusieurs fois, il avait finalement décidé de leur offrir toute la place qu'ils méritaient, l'exposition prétendant quand même à une certaine forme d'exhaustivité. Sauf qu'il avait rapidement été confronté à une série de difficultés juridiques, liées à la mise sous scellés des bustes, qui l'obligèrent finalement à revenir sur sa décision.

Ceux-ci avaient été stockés dans un immense entrepôt de la police judiciaire, quelque part dans la banlieue parisienne, du côté de Juvisy-sur-Orge, et Patrick Béranger était tout de même parvenu à passer quelques dizaines de minutes dans ce lieu tenu secret, grâce à certains contacts éminents qu'il entretenait au sein de la hiérarchie policière.

Après avoir franchi un nombre impressionnant de sas de sécurité, il était entré dans cette gigantesque caverne d'Ali Baba, où les objets les plus divers attendaient patiemment que la justice fasse son travail, prisonniers dans des sachets en plastique, des sacs poubelle opaques ou transparents, des sacs à gravats, des sacs en papier kraft, des cartons à sceller, des pots en plastique ou en aluminium, des flacons en verre, des bocaux, avec leurs rubans jaunes imprimés en noir : « Pièces à conviction, ne pas ouvrir », et leurs petits cachets de cire.

C'était à ce moment-là qu'il avait eu une vision, c'était à ce moment-là qu'il avait vu la France, ramassée dans ce hangar démesuré, et coïncidant avec ces étagères encombrées qui semblaient fuir à l'infini. Les objets y étaient entassés les uns sur les autres sans logique apparente, sans la moindre délicatesse non plus, comme s'il s'agissait de tous les rebuts du pays – ces objets qui avaient peut-être servi à commettre des crimes, des braquages, des actes de grand banditisme, des meurtres, et qui étaient autant de javelots plantés dans le corps de la France.

Ils avaient marché longtemps entre deux rangées d'étagères qui portaient les numéros J67 et J69, et Béranger s'était demandé un instant ce qui avait bien pu arriver à l'étagère J68 – et puis il avait pensé à autre chose. Elles faisaient bien cinq ou six mètres de hauteur, peut-être six mètres cinquante. À intervalles réguliers, une échelle mobile permettait d'accéder aux tablettes qui dépassaient la hauteur d'homme. Il y avait là des fripes et des bagages, des bijoux, des armes blanches à la lame rouillée, des appareils photographiques, des bocaux remplis de liquides douteux, des armes à feu, des armes de guerre, et même un objet qu'il n'avait pas vu depuis son enfance, et qui le plongea dans un état de stupeur incontrôlée.

Et puis ils étaient arrivés devant les bustes de Francis Rissin. Il y en avait environ cent quarante ou cent cinquante, peut-être un peu plus, Béranger n'avait pas eu le temps de les compter. Chacun d'eux était enveloppé dans un sac poubelle transparent trente litres ou cinquante litres. À première vue, ils avaient l'air parfaitement identiques, comme s'ils étaient sortis du même moule. Mais, au bout de quelques secondes, il avait remarqué certaines singularités, certaines anomalies. En balayant l'étagère du regard, il crut apercevoir un visage monstrueux, dont les yeux étaient rapprochés et dont la bouche s'ouvrait sur une série de chicots, mais c'était comme s'il avait disparu quand il essaya de le retrouver au milieu des autres. Il tomba sur un autre visage, qui souffrait cette fois d'une malformation au niveau des paupières.

Dans les minutes qui suivirent, il se fit les réflexions suivantes :

1° Contrairement au tableau *Francis Rissin devant le lac aux deux reflets*, il n'obtiendrait jamais l'autorisation de faire sortir ces bustes, c'était déjà un miracle qu'il soit là aujourd'hui, c'était déjà un miracle qu'il puisse les voir une fois de ses yeux – Marc Polligné, le préfet de Paris, ne ferait pas une entorse au règlement une deuxième fois ;

2° Il lui aurait fallu un temps non pas certes infini, mais en tout cas incroyablement long, pour comparer chaque buste avec tous les autres, et pour déterminer s'ils avaient bel et bien été moulés à partir d'une matrice commune, chaque moulage ayant éventuellement été retouché ensuite, ou si chaque pièce était une sculpture unique – or il savait qu'il ne disposait pas d'un tel délai ;

3° Bien que la qualité de l'air fût contrôlée et régulée artificiellement (humidité, température, pollution), il régnait dans ce lieu une incroyable odeur de poussière et de moisissure, une odeur non pas de mort ou de putréfaction, mais plutôt une odeur d'immobilité, d'attente, d'abandon et d'ennui, comme celle qui flottait dans les couloirs des maisons de retraite ;

4° Malgré certaines comparaisons qu'on avait pu entendre à l'époque, les bustes de Francis Rissin n'avaient pas grand-chose à voir avec ceux du maréchal Pétain, qui avaient fleuri dans les mairies françaises sous le régime de Vichy. Les deux hommes se ressemblaient finalement assez peu. La moustache de Pétain lui donnait certes un petit quelque chose de viril ; mais elle lui donnait surtout un côté grand-père, un côté vieil épicier à la retraite ou ancien combattant, que n'avait évidemment pas Francis Rissin. Sur les bustes, Rissin ne devait pas dépasser la cinquantaine, alors que Pétain avait quand même quatre-vingt-quatre ans bien frappés lorsqu'il s'était déclaré chef de l'État français en 1940. À bien des égards, le Maréchal avait toujours été un petit vieux, un grabataire dans un état de décomposition avancé, et c'était même son fonds de commerce, il vivait sur ses acquis du début du siècle, sur ses exploits de la Première Guerre mondiale, sur sa vieille réputation de « vainqueur de Verdun ».

Pétain était un vétéran, un homme du passé, et il fallait vraiment avoir de la merde dans les yeux pour s'imaginer que ce vieillard croulant – qui avait certes le regard vif et le menton relevé, mais dont les cernes, les joues tombantes, les yeux vitreux et les rides profondes comme des tranchées sentaient surtout le cercueil capitonné et le caveau funéraire – allait pouvoir relever le pays à la force de ses bras, et injecter un grand vent de renouveau dans tout l'Hexagone. En vérité, ces bustes en terre cuite que Pétain avait installés dans tous les hôtels de ville de la France occupée faisaient surtout penser à des masques mortuaires.

À l'inverse, si Francis Rissin pouvait difficilement se targuer d'avoir le *curriculum vitae* du Maréchal, qui avait accumulé les hauts faits et les médailles, il était jeune encore, il avait la vie devant lui, c'était un homme de l'avenir, un homme qui regardait vers le futur, les yeux braqués vers l'horizon. Ça ne l'empêchait pas d'ailleurs d'avoir aussi son petit air supérieur à lui, de dégager une sorte de grandeur impériale, de noblesse de race. Et ce petit éclair qui brillait au fond de son regard était bien celui des grands hommes, de ceux qui gravent leur nom en lettres capitales sur la grande frise de l'Histoire. D'ailleurs, l'artiste avait donné à Rissin, ironie du sort ! un petit air du général de Gaulle, qui rappelait ces bustes en terre cuite signés par le sculpteur Marcel-André Bouraine. Mais c'était un fait, Rissin regardait devant lui, et Pétain regardait derrière, parce qu'à l'heure où le maréchal de France appelait le peuple français à la Révolution nationale, la totalité de sa vie était derrière lui, il avait tout consumé

– et Dieu sait qu'il n'y a pas d'homme sur cette terre, fût-il chef de l'État français, fût-il roi d'Égypte, qui prenne la peine de se projeter un seul instant au-delà des limites de sa petite biographie individuelle et singulière –, et déjà la Mort l'attendait, tapie derrière la porte d'une petite maison de Port-Joinville.

Béranger avait fait son possible pour obtenir l'autorisation de prendre quelques clichés des bustes. Il aurait pu les présenter parallèlement aux portraits, afin de donner au public un petit avant-goût de la troisième partie de l'exposition ; mais les autorités s'étaient montrées intraitables, et Marc Polligné n'intercéderait pas en sa faveur encore une fois. C'est pourquoi, pour témoigner de cette expérience unique, de cette plongée en apnée dans les profondeurs de la République, pour témoigner de cette rencontre avec le visage, ou plutôt les visages, en trois dimensions de Francis Rissin, Béranger avait commandé un tableau très grand format à Martial Raysse.

Refrigerium est un imposant tableau de 250 × 150 cm, qui a peu de chose à voir avec le célèbre *Ici plage, ici-bas*. Avec un très bel effet de perspective, Raysse a reproduit ces immenses étagères, dont les lignes semblent converger vers un point de fuite qui se trouve à l'extérieur de la toile. Mais alors que celles de l'entrepôt étaient encombrées par des objets de toutes sortes, il n'y a plus ici que des bustes et des moulages du visage de Francis Rissin, certains encore sous scellés, d'autres mystérieusement sortis de leurs sacs inviolables. Et Béranger avait été très clair sur ce point. Ces visages plongés dans la pénombre devaient à la fois avoir l'air parfaitement identiques et être tous différents les uns des autres.

La grande réussite de cette toile tient à cette impression de mouvement qu'elle produit sur le spectateur, qui se trouve projeté dans ces allées sans fin, cheminant à son tour devant ces étagères hautes comme des immeubles, à peine éclairées par des néons blafards accrochés à un toit qui aurait aussi bien pu être le ciel, mais un ciel sans étoiles, un ciel qui aurait aussi bien pu être la mort ; passant devant ces innombrables visages immobiles, certains posés bien droits, d'autres couchés, d'autres retournés, certains enveloppés dans des sachets en papier kraft, d'autres presque cachés dans des cartons à demi ouverts – ces visages pâles et figés, qui fixent des points qui n'existent pas, des points qui ne sont ni le passé ni l'avenir, ni même la ligne d'horizon, mais le fond d'une boîte ou la tablette en acier d'une étagère industrielle, ou simplement le noir infini de cet entrepôt infini, ou qui ne regardent rien du tout puisque Raysse les a peints parfois les yeux fermés, ou les orbites énucléées, et même, pour certains d'entre eux, sans orbites, sans visage.

*

Il avait finalement arrêté de pleuvoir. Patrick Béranger retourna à la fenêtre. Les lumières colorées des vitrines et des enseignes se reflétaient sur le sol détrempé, sur la surface brillante du kiosque, sur les arbres ruisselant d'eau, dans un grand tournoiement kaléidoscopique. Le quartier prenait des airs de fête foraine. Il n'aurait pas été étonné si les automates de la fontaine Stravinsky étaient descendus de leur socle et avaient profité d'avoir Paris rien que pour eux pour faire une petite balade dans le quartier. Il vit encore un drapeau de Francis Rissin, à moitié décroché par les trombes. Il le remettrait d'aplomb tout à l'heure, quand il passerait devant pour rentrer chez lui.

Son téléphone sonna une nouvelle fois. C'était Céline Chaban. Il ne répondit pas. Il activa le mode silencieux et le rangea dans la poche de sa veste. Elle voulait sans doute mettre les dernières choses au point, ou seulement s'assurer qu'il tenait bon, qu'il n'était pas dévoré par le trac. De toute façon c'était une conne. Ça avait été un vrai calvaire de travailler avec elle. Autant Alain Seban était un type charmant, avec lequel il avait toujours aimé échanger ses vues sur la course du monde, autant Céline Chaban était une insupportable arriviste, qui pensait seulement à sa petite carrière – qui pensait seulement à ce qu'on écrivait sur sa belle gueule de fille à papa dans les pages en papier glacé du magazine *WAD* ou de la revue *Area*.

Un haut-le-cœur lui souleva l'estomac. Ça lui arrivait parfois, quand il prenait trop de médocs d'affilée. Non, il fallait être honnête, ce serait un vrai soulagement de ne plus avoir affaire à elle, et de la laisser croupir dans son petit merdier parisien. Patrick Béranger s'était rapidement rendu compte qu'elle méprisait ses collègues, qu'elle harcelait les stagiaires, qu'elle humiliait les livreurs qui venaient leur apporter du matériel ou des œuvres pour l'exposition. Il n'était pas spécialement sadique, pas à sa connaissance en tout cas, mais il aurait aimé la voir clouée en haut d'une croix, ou simplement pendue par les pieds. Il aurait aimé la voir souffrir, la voir se noyer dans sa pisse. Et il se demanda pour finir s'il n'allait pas faire quelque chose, avant de partir, s'il n'allait pas au moins en toucher un mot à Alain Seban.

*

Les deux premières parties de l'exposition, « Approche de Francis Rissin » et « Présence de Francis Rissin », touchaient aux arts plastiques, et donc finalement à la fiction. Quand bien même le visage de Rissin, peint sur une toile ou sculpté dans un bloc de glaise, eût été réalisé d'après nature, c'est-à-dire quand bien même Francis Rissin en personne eût posé devant l'artiste, on était toujours ici du côté de l'imaginaire – l'œuvre produite restait une simple interprétation de la réalité.

Or, si « Passion de Francis Rissin » faisait événement, c'était parce que les organisateurs y présentaient aussi, à côté de ces œuvres figuratives, douze photographies (onze plus une) de Francis Rissin. Patrick Béranger s'était battu pour les avoir, et ces pièces exceptionnelles, tout à fait inconnues du grand public, représentaient le véritable joyau de l'exposition. Car il n'est plus question d'interprétation ici. Certes le photographe, par le cadrage, par le temps de pose, fait toujours un certain nombre de choix, qui racontent déjà quelque chose à leur manière, qui sont déjà le début d'une histoire, et même pourquoi pas le « début d'un mensonge », comme le reconnaît le photographe Gérard Rancinan. Mais n'importe, s'il prend un cliché du visage de Francis Rissin, et à condition qu'il ne cède pas à la tentation de la retouche numérique, c'est le vrai visage de Francis Rissin que le spectateur aura devant les yeux, ensuite, après que la photo aura été développée. Ce visage pourra bien être flou, incomplet, décoloré, c'est égal, ce sera son visage à lui, le seul, l'unique – car il n'en a pas d'autre.

C'était d'ailleurs là qu'il fallait saluer le travail de titan réalisé par Kenza Shérif et Vincent Mathoulin. Ceux-ci étaient en effet parvenus à dénicher des clichés remarquables, qui jetaient un regard neuf sur la vie de Francis Rissin, et le donnaient à voir pour la première fois dans sa nudité d'homme.

Comment étaient-ils parvenus à rassembler ces pièces, qui devaient prochainement être réunies dans un magnifique portfolio publié par les prestigieuses éditions Chez Higgins ? Jusqu'à présent, qu'il s'agisse de *Francis Rissin devant le lac aux deux reflets* ou des bustes en terre cuite, mais également d'une bonne moitié des photographies exposées, le travail des commissaires avait essentiellement consisté à convaincre les autorités de leur prêter certaines pièces inédites, au moins pour le temps de l'exposition. Personne n'ignorait les accointances d'Alain Seban, le directeur du Centre Pompidou, avec le ministre de l'Intérieur, mais également avec le préfet de Paris (le plus étrange, dans cette affaire, étant finalement qu'on eût refusé à Béranger d'exhiber les bustes).

Or Shérif et Mathoulin avaient également mis la main sur des photographies qui étaient inconnues à ce jour des services de renseignement. Ils avaient donc mené, de leur côté, un formidable travail d'investigation. Pour se justifier, Mathoulin évoquait ses relations au sein de l'état-major des armées, de la direction générale de la Gendarmerie nationale (DGGN) et du ministère des Affaires étrangères, mais également sa passion pour les logiciels de reconnaissance faciale. Mais on sentait bien qu'il cachait quelque chose, on sentait bien qu'il y avait une autre piste, d'autant que Kenza Shérif, face à ces questions, se contentait de garder le silence.

Pour ce troisième espace d'exposition, la scénographe avait pris le parti de la sobriété. Trois panneaux noirs avaient été installés au centre de la pièce, chacun accueillant deux photographies de Francis Rissin, une au recto et une au verso. Six autres photographies étaient exposées par deux sur les murs de droite et de gauche, et sur le mur du fond. Pour chaque cliché, Vincent Mathoulin avait choisi de présenter le tirage original, souvent de dimension réduite, mais également, pour chacun d'eux, un détail du visage, dans un agrandissement de deux mètres sur un mètre cinquante. La circulation se faisait d'un mur à l'autre en zigzag, chronologiquement, en passant entre les différents panneaux. Cette salle était augmentée d'un environnement musical frais et acidulé dont la réalisation avait été confiée au compositeur Jean-Claude Wolff.

*

Patrick Béranger tourna à nouveau la tête vers l'horloge murale. 21 heures. Il ne s'était passé qu'une demi-heure depuis qu'il l'avait regardée la dernière fois. Il avait l'impression pourtant que ces trente minutes avaient duré un siècle, qu'il avait eu le temps de descendre un million de fois dans les abîmes de sa conscience, et d'y racler la terre, d'y ratisser les feuilles mortes, d'y compter les strates géologiques. Une demi-heure. Autant dire que l'inauguration du lendemain aurait lieu dans un milliard d'années, si le temps persistait à s'étirer à ce point.

Il crut apercevoir un faisceau lumineux, au niveau 6 du Centre Pompidou. Ça pouvait être à hauteur de la Galerie 2, mais également de la Galerie 3, ou même du restaurant gastronomique. De toute façon, c'était trop loin pour qu'il puisse le localiser avec plus de précision. Il plissa les yeux. Quand même, ça revenait par intermittence comme le rayon d'un phare. Et en même temps, c'était animé de mouvements désordonnés qui pouvaient laisser penser qu'un être humain était derrière tout ça. En d'autres termes, il s'agissait très probablement du faisceau d'une grosse lampe de poche, type Maglite.

Pourtant le Centre devait être entièrement vide à cette heure-ci. Les vigiles faisaient-ils des rondes dans les étages ? Le Centre était équipé d'une vraie batterie de détecteurs de mouvements et de caméras de vidéosurveillance. Ça paraissait tout à fait inutile de demander à un pauvre agent de sécurité d'y déambuler d'un bout de la nuit à l'autre. Mais alors qu'est-ce que ça pouvait être ? Les démineurs de l'antiterrorisme étaient venus à chaque fois dans la matinée, ça aurait été étonnant qu'ils débarquent comme ça après la tombée du soir.

Il fut tenté un instant de passer un coup de téléphone à la sécurité, justement, mais il se ravisa. Ça paraissait impensable que des malfaiteurs aient pu se glisser dans le bâtiment. C'était probablement un agent d'entretien, un agent de maintenance ou un technicien qui venait vérifier que tout était en place. Il avait quand même pas mal plu ces dernières heures, ils avaient peut-être voulu s'assurer qu'on ne risquait pas une infiltration ou un dégât des eaux. Le niveau 6 du Centre était proche des toits après tout. Et puis sa petite installation était cachée dans les sous-sols. Si c'étaient des voleurs, ils pouvaient emporter tout ce qu'ils voulaient, ça ne l'empêcherait pas de lancer son petit feu d'artifice, le lendemain, après le discours de la ministre.

Patrick Béranger allait retourner à son bureau, lorsqu'il aperçut encore une fois le faisceau lumineux. Non, décidément, c'était étrange. Il avait lu quelque part que des types étaient parvenus à se laisser enfermer dans le musée d'Orsay, l'année précédente. Ils s'étaient baladés dans les salles, ils s'étaient perdus dans les galeries, ils avaient mangé un bout, ils avaient joué au foot avec un ballon qu'ils avaient avec eux, ils s'étaient allongés dans un coin, pour finir, histoire de dormir un peu quand même. Les agents d'entretien les avaient trouvés là le lendemain, à l'aube. Ils avaient voulu appeler la police, mais les types étaient sympas comme tout, ils les avaient laissés filer. Sauf que le musée d'Orsay était un moulin, une vraie passoire. En comparaison, le Centre Pompidou était un bunker impénétrable, il était plus inviolable encore que les coffres de la Banque de France – personne ne pouvait rester à l'intérieur comme ça sans que toutes les alarmes ne se mettent à hurler sur-le-champ.

Il passa quand même un coup de fil à Sergent. Justement, celui-ci avait envoyé quelqu'un pour faire un dernier tour. Ils avaient installé les mortiers sur le toit la nuit précédente, pour le show pyrotechnique. Ils devaient s'assurer encore que le dispositif de mise à feu était en place, à proximité du buffet. Le gars venait juste de sortir. Normalement c'était un pro, c'était étonnant qu'il n'ait pas été plus discret. Il espérait que personne n'allait appeler les flics. En tout cas, tout était en place, ça allait faire un beau raffut, demain, quand ils feraient péter tout ça.

*

1° *Le Troisième Homme*. Tirage argentique. 150 × 100 mm, date ?

Sur le premier cliché présenté au public, on aperçoit la silhouette de Francis Rissin devant l'étal d'un bouquiniste parisien, sans doute à la hauteur de l'île de la Cité, si l'on se fie aux façades qui se découpent de l'autre côté de la Seine. Le tirage est de mauvaise qualité. Au premier plan, on aperçoit une sorte de bande noire qui ressemble à un abattant de carton, comme si le photographe s'était caché pour immortaliser la scène. En face de Francis Rissin, engoncé dans un long manteau de fourrure, se tient l'écrivain Pierre Tarrent. Les deux hommes se donnent une poignée de main qui paraît très solennelle. Autour d'eux, il neige à gros flocons. Sous le bras de Tarrent, on distingue un exemplaire de la fameuse revue *Ecbatane*, qu'il s'apprête sans doute à tendre à son ami. Il a la bouche fermée, comme s'il venait de dire quelque chose de très important, ou comme s'il allait dire quelque chose de très important. Et Francis Rissin, de son côté, se contente de sourire – de ce sourire à propos duquel le Grand Orient de France a dit qu'il était le sourire d'un ange : ange de l'Annonciation, ange de la Consolation, ange de la Résurrection.

2° *Le Dieu au chapeau pointu en papier*. Tirage argentique. 180 × 240 mm, date ?

Francis Rissin est assis sur un banc, sur une voie désaffectée de la gare d'Oyonnax, dans le département de l'Ain. Il s'agit de l'endroit où Vincent Grangé et Claude Lazarevitch eurent leur entrevue du 17 octobre 2017, celle qui donna lieu au célèbre cliché dit de « La poignée de main ». Quelques années plus tard, Francis Rissin est assis là, sur cet ancien quai. La scène est légèrement surexposée, et il est difficile de distinguer l'expression de son visage. Les rails en revanche sont encore visibles, bien qu'ils aient été envahis par les herbes folles. Francis Rissin semble attendre un train – un train qui ne viendra pas ou qui ne viendra plus. Pour tromper l'ennui, il lit un journal, qu'il tient ouvert en grand devant lui, ses pages ronéotypées dissimulant une partie de ses traits. La une étant légèrement repliée sur elle-même, le bandeau du quotidien est illisible, de même que les titres des principaux articles. Cette photographie pose évidemment des questions décisives sur le passage du temps, sur la fuite de toutes choses, sur la vanité de l'existence humaine – on sait d'ailleurs que Rissin a été un grand lecteur des philosophes existentialistes, et notamment de Jacques Lavigne. Là où le préfet et le préfet de région se sont serré la main, il n'y a plus que des mauvaises herbes chahutées par le vent. Et Francis Rissin est là, assis sur ce banc. Il n'y a pas de train au départ, pas de train à l'arrivée ; mais il attend quand même. Ça n'a pas tellement d'importance, après tout, et puis il n'est pas si pressé, il n'a pas encore fini de lire le journal. Certains voudront se demander s'il a raison ou s'il a tort, s'il perd son temps ou s'il a quelque chose à gagner, à attendre sans bouger un express ou un TER qui ne viendra jamais ; mais ce sont des questions absurdes, ineptes, sans aucune portée philosophique. Car Francis Rissin est là, immobile, et c'est simplement le temps qui passe devant lui.

3° *Origine du monde*. Tirage argentique. 130 × 90 mm, 2021.

Dans son dernier roman, intitulé *Une parcelle d'hiver*, Michel Houellebecq met en scène la longue agonie d'un jeune intérimaire du nucléaire exposé malgré lui à une forte dose de radiations, lors d'une manœuvre de routine qui a mal tourné. L'hiver approche, les métastases se répandent dans son système sanguin, et il perd progressivement la raison. Au lieu de porter plainte, au lieu de constituer un comité de soutien, au lieu de se rapprocher des syndicats du secteur ou des associations d'aide aux victimes, il s'imagine que la charge radioactive l'a doté d'une force surhumaine et qu'il est devenu une sorte de super-héros, comme ceux de Marvel. À mesure que le mal progresse, à mesure que ses dents se déchaussent, que ses cheveux tombent, que ses forces le quittent, il a l'impression de prendre part à un combat d'ordre supérieur, dans lequel l'existence de la Terre elle-même, menacée par une entité extraterrestre, serait en jeu. On sait que, pour donner un peu de chair à son récit, le romancier est venu passer plusieurs semaines à proximité de la centrale du Bugey, dans la petite ville de Saint-Vulbas (Ain). Et c'est justement devant l'une des deux tours aéroréfrigérantes de cent vingt-huit mètres de hauteur de la centrale que l'on retrouve Francis Rissin, bras dessus bras dessous avec l'auteur des *Particules élémentaires*. Ils portent l'un et l'autre un casque de chantier et un gilet de sécurité jaune sur lequel apparaît le logo de la société Orano-Areva. Michel Houellebecq, les joues blanchies et creusées, recroquevillé sur lui-même comme un oisillon mort, a l'air réchappé d'un établissement de travaux forcés d'outre-mer – comme si c'était son propre dépérissement physique qu'il avait voulu décrire dans ce livre, au bout du compte. Francis Rissin, en comparaison, a l'air au mieux de sa forme, prêt à bondir comme un fauve et à défendre de ses mains le fleuron de notre industrie nucléaire contre les assauts de l'envahisseur.

4° *Il était là*. Papier vélin sérigraphié. 1 760 × 1 560 mm.

À la place du quatrième cliché annoncé, et pour s'amuser un peu, Kenza Shérif et Vincent Mathoulin ont simplement accroché le plan de l'exposition. On y retrouve le rectangle allongé de la Galerie 2 du Centre Beaubourg, sur lequel apparaissent les différents espaces du parcours imaginé par Patrick Béranger, avec leurs noms respectifs : « Approche de Francis Rissin », « Présence de Francis Rissin » et « Passion de Francis Rissin ». Les œuvres y sont représentées par de petites icônes numérotées, renvoyant à une légende située en bas à droite, au-dessus des différents logos des partenaires privés. Justement, l'icône n° 89, censée représenter le cliché devant lequel le visiteur se tient à ce moment précis, apparaît une deuxième fois dans la légende avec le message suivant : « Vous êtes ici » – ce qui peut laisser croire qu'on se trouve non plus à l'intérieur, mais bien à l'extérieur de la Galerie 2 ! Cette petite touche d'humour produit ainsi une subtile mise en abyme, et un clin d'œil des organisateurs à la célèbre *Trahison des images* de Magritte. N'importe, ça ne fait jamais de mal de s'amuser un peu, et il n'est sans doute pas inutile d'offrir un petit temps de respiration aux visiteurs, qui sont encore loin d'être au bout de leurs surprises.

5° *Saint-Louis des Français*. Tirage argentique. 150 × 100 mm, date ?

Ici, la célèbre grotte de Massabielle, à Lourdes. En haut, à droite, une grande statue de la Sainte Vierge en blanc, perchée dans sa cavité de pierre. Au premier plan, un imposant porte-cierge en métal, chargé de longues bougies blanches. Et au milieu de la foule, parmi les pèlerins qui se pressent devant l'entrée de la grotte, à moitié cachée par ce monolithe qui fait office d'autel depuis 2004, on aperçoit une nouvelle fois la silhouette élancée de Francis Rissin. Il se tient à l'endroit précis où le cardinal Jean-Marie Lustiger avait perdu connaissance en 1984, pendant les cérémonies du pèlerinage des malades de Paris et d'Île-de-France. Il y avait beaucoup de monde ce jour-là dans l'espace des sanctuaires. Mgr Lustiger, qui venait de recevoir le titre de « Saint-Louis des Français », était entouré d'élus et de jeunes polyhandicapés. Personne n'a compris ce qui s'est passé. C'était comme s'il avait glissé sur une flaque d'eau – ou roulé sur un noyau de pêche. Il s'est étalé de tout son long sur le sol, bousculant plusieurs enfants tétraplégiques au passage. Quelques officiels se sont jetés sur lui, pour lui venir en aide ; mais ils ont constaté avec effroi qu'il était impossible de le relever, c'était comme si son corps était cloué dans la pierre. Les pèlerins autour d'eux ont commencé à crier. Un type est parti en courant pour aller appeler les pompiers et la police, mais une vieille femme qui se tenait en retrait s'est approchée en le bousculant. Elle tenait à la main une bouteille en plastique en forme de Vierge Marie, qu'elle venait de remplir d'eau sacrée. Elle s'est encore avancée jusqu'au cardinal, sur lequel elle a vidé le saint liquide. Plusieurs dizaines de personnes ont été témoins de la scène. Une fumée épaisse est sortie du corps de Jean-Marie Lustiger, comme s'il était victime d'un phénomène de combustion spontanée ; et puis il a lentement retrouvé ses esprits. Il a essayé de se relever, mais ses vêtements étaient toujours fondus dans le sol, il a dû se déshabiller de pied en cap pour s'extraire de son habit de chœur. Les journalistes n'ont évidemment pas manqué de rendre compte de l'événement ; mais l'épiscopat a fait ce qu'il fallait pour qu'aucun cliché déshonorant ne filtre dans la presse.

6° *Fin de non-recevoir.* Tirage argentique. 150 × 100 mm, date ?

Un jour de tempête, le pont supérieur d'un navire, et même de ce qui apparaît comme un paquebot gigantesque, est martelé par les trombes. Le ciel a des airs d'apocalypse et, d'un côté et de l'autre, la mer soulève son sein, gonflant des vagues immenses qui viennent se fracasser contre le bastingage et projettent leurs gerbes d'écume au-dessus de la terrasse extérieure. On aperçoit la coque d'une chaloupe de sauvetage de couleur blanche, sur la gauche, et de gros câbles d'acier rivés au sol. Et à l'extrémité de la proue, face à l'océan, face aux gouffres ouverts de la mer furibonde, il y a un homme. Il est seul face au maelström. Il tourne le dos au photographe, mais on peut facilement reconnaître la silhouette de Francis Rissin, vêtu d'un ciré de marin Guy Cotten. Il se tient là, défiant le déluge, défiant les éléments déchaînés, et à droite justement il y a cette vague, cette montagne d'eau et d'écume, cette déferlante haute comme une tour, qui s'apprête à lui tomber dessus et à l'engloutir. Il ne bronche pas pourtant, il ne lui décoche pas même un coup d'œil. Il regarde au loin, comme s'il n'avait rien à craindre. L'océan est sur le point de l'écraser de sa masse d'écume, et Francis Rissin regarde ailleurs – ou plutôt non, il regarde droit devant lui, vers l'avant, vers l'avenir, pendant que le navire, lancé dans ce bouillonnement infernal, continue de tracer sa route, indifférent à la menace.

7° *Appareil réfrigérant.* Tirage argentique. 180 × 240 mm, 2019.

Nous voici projetés plusieurs années en arrière, le jour de l'inauguration du musée de la Peine de mort, dans la ville de Puteaux. Le Premier ministre s'apprête à couper le ruban d'inauguration aux couleurs du drapeau français. Autour de lui, on reconnaît certaines gloires locales, comme Claude et Sylvie Raimondi ou Étienne Varin, le préfet de région – mais également la ministre de la Culture, le ministre de la Justice et celui du Développement durable. Derrière eux, une foule bigarrée s'est massée là pour découvrir le dernier modèle de la Veuve Couperet, dans sa version très haut de gamme, dessiné par un célèbre designer français, et assemblé – cocorico ! – dans les anciennes usines Moulinex. Certains spectateurs portent des T-shirts imprimés sur lesquels on peut lire le slogan « Couic ! », d'autres des panneaux sur lesquels les têtes de Robert Badinter et de François Mitterrand ont été dessinées au bout d'une pique. À côté d'un homme portant une casquette « Ranucci coupable », on distingue très nettement la silhouette de Francis Rissin, venu assister lui aussi à cet événement historique, qui a incontestablement inauguré une ère d'apaisement dans les rapports que les Français entretenaient avec leur système judiciaire.

8° *Soleil nouveau*. Tirage numérique. 150 × 100 mm, 2020.

Un objet nébuleux d'un vert éclatant semble flotter au-dessus d'une ville plongée dans la pénombre. On pense d'abord à une aurore boréale, à un vaisseau extraterrestre, à un masque aztèque, ou à une feuille de malachite qu'on aurait incrustée directement dans l'image. On pense aussi à ces objets aux formes éthérées, mi-minérales mi-organiques, de la série « Panthéo-Vortex » du plasticien Richard Texier (et en particulier à *Skystone II* et à *Otolith*). Mais on comprend progressivement qu'il s'agit d'un visage, ou de quelque chose qui ressemble de près ou de loin à un visage, flottant au-dessus de la surface de la terre. Il s'agit en vérité d'un avatar holographique 3D du visage de Francis Rissin projeté au-dessus de la foule pendant le discours qu'il donna le soir du 29 juin. En effet, si l'on regarde attentivement en bas de la photographie, on aperçoit la minuscule silhouette de l'orateur, presque cachée derrière un pupitre noir. Il a les bras ouverts, dans un geste de triomphe et de rassemblement. Et son avatar holographique, entièrement composé de lasers – avatar auquel renvoie aussi, bien évidemment, le « morpho-montage » de Pierre Huyghe –, fixe la foule de ses yeux incandescents.

9° *Francis Rissin au refuge des Cosmiques*. Tirage argentique. 150 × 100 mm, 1982 ou 1984 ?

Ici, c'est d'abord la nature qui se donne en spectacle. Il y a cet immense glacier, crevant l'image de son bleu arctique – ce glacier qui représente la partie basse du glacier du Géant, au-dessus de la Mer de Glace. Il y a les sommets aussi, qui s'élèvent tout autour : le Gros Rognon à droite, la Pointe Lachenal à gauche, et le Mont Blanc du Tacul, tout au fond. Et puis il y a cet animal, les sabots plantés dans la neige. Il est difficile de savoir, à cette distance, s'il s'agit d'un chamois ou d'un bouquetin, même si sa stature pourrait aussi faire penser à une sorte de bovidé. La photo panoramique représente une vue décentrée du fameux refuge des Cosmiques, créé dans les années 30 par le physicien Louis Leprince-Ringuet, pour étudier les rayonnements de l'univers. À proximité du bâtiment, on aperçoit Francis Rissin, penché au-dessus du vide, un appareil photo à la main. A-t-il l'intention de prendre un cliché ? Et le cas échéant, quel morceau de ce paysage grandiose a-t-il choisi d'immortaliser ? Certes, nous avons déjà dit qu'une photo donnait à voir la chose elle-même, c'est-à-dire ici sûrement la partie basse du glacier des Géants, entouré de hauteurs aux flancs couverts de pierres noires comme la suie. Mais en agissant ainsi, Francis Rissin ne s'apprête-t-il pas lui aussi à nous raconter le début d'un mensonge ?

10° *Descente d'organes*. Tirage numérique. 150 × 100 mm, 2011.

La scène est plongée dans la pénombre. On pense d'abord aux profondeurs d'une mine de charbon, creusée dans le sillon Sambre-et-Meuse, ou aux tranchées de terre de la Première Guerre mondiale, où les poilus vivaient dans un bourbier innommable – ou peut-être à certaines zones reculées des carrières souterraines de Paris. On aperçoit une dizaine d'individus rassemblés autour d'une table basse au centre de laquelle brûle une vieille bougie. On se croirait dans un tableau de

Georges de La Tour. Le photographe n'a pas utilisé de flash, on a du mal à distinguer les traits des personnages présents, rendus presque monstrueux par le clair-obscur. Certains d'entre eux sont des enfants, d'autres des adolescents, et d'autres encore des adultes. Ils sont assis les uns à côté des autres, dans des poses à demi bestiales. Une sorte de plat ou de compotier est placé au milieu de la tablée, et tous tendent le bras, ou un membre qui ressemble plus ou moins à un bras, dans sa direction, comme s'ils voulaient saisir quelque chose. Il est difficile de dire ce qui se trouve à l'intérieur. Ça pourrait être des morceaux de viande, ou en tout cas un plat composé de morceaux de viande, car quelques os à moelle semblent flotter à la surface de ce mystérieux pot-au-feu. Caché derrière une poutre de soutien vermoulue, légèrement en retrait, presque dans la pénombre, on aperçoit le visage de Francis Rissin. Celui-ci semble partager le repas de cette famille miséreuse. L'une de ses mains se trouve devant son visage, comme s'il venait de porter quelque chose à sa bouche, ou plutôt comme s'il venait de tomber sur une arête ou sur un gros morceau de cartilage – et l'autre semble s'effacer dans le noir.

11° *L'Homme*. Tirage numérique. 150 × 100 mm, 2000 ?

Après l'ambiance claustrophobique de *Descente d'organes*, on découvre ici une scène d'extérieur, prise au grand angle. Dans sa partie supérieure, on aperçoit le défilé de la Voie lactée, déformé par l'objectif Canon 17-40 mm f/4. Le point de fuite de ce cliché se trouve au sommet d'une colline surmontée d'un imposant monolithe, semblable à un gigantesque madrépore, tandis qu'en contrebas, au milieu d'une minuscule clairière, se détachent les silhouettes de Francis Rissin et de cinq jeunes individus, réunis autour d'un feu de camp. Ce qu'ils sont en train de faire ? Et ce qui est en train de se matérialiser très lentement au-dessus d'eux ? Nous n'en dirons pas plus. Il serait criminel d'en dévoiler davantage ici, tant la tension qui est à l'œuvre dans cette superbe composition mérite d'être découverte *in situ* – et puis nous avons encore une œuvre à présenter.

*

12° *Levée de Francis Rissin.* Tirage numérique. 302 × 197 mm, date ?

Le dernier cliché présenté au public – dit cliché « + 1 » ou « surnuméraire », comme le portrait *Francis Rissin devant le lac aux deux reflets* – est incontestablement le plus troublant. On y voit Francis Rissin, debout devant l'obélisque de Louxor, place de la Concorde, à Paris. Autour de lui, quelques passants s'invitent dans le champ. Rissin se tient à quelques mètres du piédestal, dont la pierre, plus sombre et plus brillante que dans la réalité, fait penser à de l'obsidienne. Si on s'approche un peu, on remarque la présence d'une flaque d'ombre qui s'étend sous ses pieds. Or ceci semble indiquer que Francis Rissin flotte au-dessus du sol, comme s'il était en suspension au-dessus de la surface bitumée, comme s'il était entré en lévitation. Kenza Shérif et Vincent Mathoulin ont proposé plusieurs hypothèses tendant à prouver qu'il s'agit d'une simple illusion d'optique. Ainsi, le tirage est assurément de mauvaise qualité, et ce qu'on prend pour de l'ombre, sous les chaussures de Rissin, est peut-être un peu de poussière qui est venue s'accrocher à la lentille de l'objectif. Après s'être rendus sur place, et après avoir déterminé avec exactitude la localisation du sujet, Kenza Shérif et Vincent Mathoulin ont également montré que les pavés étaient plus sombres à l'endroit où il se tient, ce qui peut expliquer cette anomalie. Mais ça ne suffit pas à chasser le malaise produit par cette photographie. Car Francis Rissin semble bel et bien graviter à quelques centimètres au-dessus du dallage, il semble bien léviter sans appui ni aide matérielle, et si certains estiment qu'il est plutôt en train de s'élever dans les airs, comme Jésus de Nazareth le jour de l'Ascension, d'autres, au contraire, jugent qu'il a l'air pressé d'atterrir et de retrouver ce bon vieux plancher des vaches, après une petite virée en apesanteur – comme s'il nous faisait enfin l'insigne honneur, après des années de voyage intersidéral, de venir fouler à nouveau la surface de la terre.

*

Un peu avant 22 heures, Patrick Béranger se sentit subitement recru de fatigue. Ça faisait plusieurs heures qu'il était là à attendre. Il avait fait le trajet de son bureau à la fenêtre et de la fenêtre à son bureau un bon millier de fois. Et puis il avait faim. De toute façon, il faudrait bien qu'il se décide à sortir, il n'allait pas rester dormir ici comme l'autre fois.

Il jeta encore un coup d'œil à la Piazza, que la lumière chimique des réverbères ne parvenait pas à sortir tout à fait de la pénombre. Elle était désespérément vide. Il savait que le lendemain, au même endroit, une marée humaine se presserait devant les portes du Centre Beaubourg. Ça allait être une sacrée cohue – il espérait quand même qu'il n'y aurait pas trop de dégâts collatéraux.

Le pays était à la veille d'un événement inouï, et c'était lui qui avait fait ça, c'était lui qui avait porté cette exposition, qui l'avait nourrie de son sein – et le jour de la séparation pointait, le jour de l'accouchement. Tôt ou tard, les enfants devaient quitter le ventre de leur mère et voler de leurs propres ailes.

Ce n'était pas un moment facile, c'était même un moment douloureux. Celui où le créateur devait lâcher sa créature dans le monde, où il devait lui donner sa liberté. Il regarda encore le niveau 6. Il essaya d'imaginer les salles de la Galerie 2, derrière le grand escalator et l'armature métallique de l'édifice. Il essaya d'imaginer les pièces de l'exposition, qui attendaient le public dans le noir. Est-ce qu'elles étaient sujettes aux mêmes états d'âme que les êtres humains ? Est-ce qu'elles connaissaient ce mélange d'angoisse et d'impatience qu'on appelle simplement le trac ?

C'est là qu'ils se trouveraient demain, pour l'inauguration. Les invités seraient massés dans la première salle de la galerie, le long du buffet. Tout le gratin serait là. La ministre ferait son petit speech et puis, quand les applaudissements se seraient tus, Céline Chaban prendrait le micro pour inviter tout ce petit monde à se rapprocher du buffet. Dehors la foule serait plus dense à chaque instant. Elle se presserait contre les vitres du Centre Pompidou, déjà prêtes à exploser.

C'est à ce moment-là qu'il donnerait le feu vert. Sergent déclencherait le dispositif de mise à feu, et ce serait le début du spectacle.

*

Il y eut d'abord une légère secousse. Et puis aussitôt après, une série d'énormes déflagrations, qui firent trembler les fondations du bâtiment. Les invités hurlaient. Certains se cachaient de leur mieux sous les longues tables du buffet, sur lesquelles les attendaient des myriades de verrines et de petits fours colorés.

À l'extérieur, la place était parcourue de terribles mouvements de foule. Ceux qui se tenaient au pied du musée essayaient tant bien que mal de s'écarter, car les explosions semblaient provenir de la base même de l'édifice. Tout le monde criait, c'étaient de longs hurlements d'épouvante. Ça y est, Paris était de nouveau la cible d'attaques terroristes de grande envergure, la Mort allait frapper dans le tas à l'aveuglette ! Et puis de nouvelles détonations succédèrent aux premières. Un gigantesque nuage de fumée recouvrit le parvis de Beaubourg, dans une odeur de soufre et de plastique brûlé.

Dans la Galerie 2, Patrick Béranger avait du mal à contenir la situation. La ministre se tenait à une poutrelle. Les vigiles couraient dans tous les sens, complètement dépassés par les événements. Béranger parvint quand même à atteindre le micro et à prendre la parole. Il ne fallait pas s'inquiéter, tout était sous contrôle, c'était une petite surprise qu'ils avaient organisée pour eux – il s'excusait d'avance, ça allait sans doute secouer encore un peu.

Il y eut trois nouvelles explosions, et le Centre vibra cette fois sur toute sa longueur. C'était comme si la croûte terrestre s'était soulevée, après le passage d'un gros séisme, et que le bâtiment eût commencé à se briser de l'intérieur. Les invités étaient terrifiés. Dehors, c'était presque la guerre, on se serait cru dans une ville du Proche-Orient frappée par les bombes. Tout le monde criait au sauve-qui-peut.

Et puis une batterie de fusées à baguette s'éleva subitement au-dessus du quartier.

Cette fois c'était le signal du départ.

Alors, venus d'on ne sait où, des centaines de danseurs envahirent le parvis. Certains brandissaient de grands drapeaux tricolores, d'autres des oriflammes à l'effigie de Francis Rissin. Ils affluaient de tous les côtés, précédés parfois de chars immenses. Et des personnages tout en bleu, debout sur des échasses, se frayaient un chemin au-dessus de l'assistance.

Patrick Béranger avait commandé à Jean-Paul Goude quelque chose qui soit dans l'esprit de son bicentenaire de la Révolution, sur les Champs-Élysées. Au départ il avait pensé à Philippe Découflé, qui avait enchanté la France avec les cérémonies d'ouverture et de clôture des jeux Olympiques d'Albertville, en 1992 ; mais le chorégraphe voulait faire quelque chose d'expérimental, qui ne cadrait pas avec la dimension populaire que Béranger souhaitait donner à cet événement. Et puis il demandait vraiment trop d'argent.

En définitive, Jean-Paul Goude avait pris ça très à cœur. Et on pouvait dire qu'il n'avait pas lésiné sur les effets, ça grouillait de toutes parts, c'était un véritable déferlement de carnaval.

Au niveau 6, les invités s'étaient approchés des baies vitrées, pour voir ce qui se passait en contrebas.

Ils avaient eu une grosse frayeur, mais l'angoisse était passée, leur attention était tout entière fixée sur le spectacle.

Pour une surprise, c'était une surprise ! L'ancien publicitaire avait eu l'idée de ressusciter tous les personnages de réclame qui avaient marqué l'inconscient collectif du pays depuis l'armistice de 1918. Et force était de reconnaître qu'ils étaient tous là, personne ne manquait à l'appel. Le bibendum Michelin, plus souriant que jamais, était suivi de près par Footix, l'ami Y'a bon Banania et la Mère Denis. Un peu plus loin, Don Patillo dansait la farandole avec les Kodakettes, pendant que Pierrot Gourmand jetait des poignées de sucettes fruitées à la ronde et que l'écureuil de la Caisse d'épargne courait derrière eux en chantant « Quand c'est bon c'est Bonduelle ».

Mais ils n'étaient pas tout seuls. Une main velue surgit au-dessus de la foule. C'était Prosper, le roi du pain d'épice. Derrière lui, Mamie Nova sautait à cloche-pied en lançant des cotillons en direction de Vico, le roi de la pomme de terre. Celui-ci soufflait dans un mirliton rose fluo, pendant que M. Malabar tapait sur un gros tambour aux couleurs du Crédit Agricole. Et puis ce furent Germaine et les Martiens Lustucru qui apparurent à l'angle de la rue de Venise, et puis le Prince de Lu, chevauchant la Vache qui rit. Mais attendez... Oui, c'étaient les Pikifous qui entraient dans la danse. « Miam miam ! Miam miam ! »

Toute cette procession de joyeux personnages aux costumes bariolés se déploya le long de la rue Saint-Martin, suivis par un énorme véhicule Cochonou. À son sommet, un homme grimaçant vêtu de carreaux rouges et blancs agitait les bras comme un chef d'orchestre – on aurait dit Louis de Funès au début de *La Grande Vadrouille*.

Des milliers de fumigènes avaient été installés sur les toits du musée, et ils s'enflammèrent d'un seul coup. Tous les regards se tournèrent vers le sommet du bâtiment. Alors la musique envahit la ville. Un gigantesque projecteur était braqué en direction de la terrasse. En plissant les yeux, on pouvait voir une forme humaine s'agiter là-haut, derrière une grande table parsemée de platines.

Patrick Béranger avait demandé à David Guetta d'assurer la première partie du spectacle. Il serait suivi par le duo des Daft Punk, qui avaient accepté de jouer gratuitement et à visage découvert pour célébrer l'événement – et puis ce serait au tour d'Antoine Clamaran et de Laurent Garnier. Au sol, Monsieur Propre, Schuss le skieur et la Laitière avaient commencé à se trémousser, suivis de près par la foule, qui se laissait doucement gagner par ce vent de folie douce.

Des véhicules commerciaux aux couleurs de la marque Ricard s'étaient garés aux abords de la place, et on distribuait des échantillons d'anisette à l'assemblée en délire. Plus loin, c'étaient des polos Lacoste qui étaient offerts aux fêtards, et plus loin encore, des dosettes de moutarde Amora. Sur leurs échasses, les personnages publicitaires de Jean-Paul Goude lançaient d'une main des gerbes de préservatifs et de comprimés de MDMA, qu'ils piochaient continûment dans leurs sacs banane.

Dans la Galerie 2, l'atmosphère s'était complètement détendue. Certains invités avaient même commencé à se dandiner, un verre de champagne à la main. Béranger avait craint un instant que ça ne tourne à la panique générale, mais les choses rentraient doucement dans l'ordre. Il faut dire qu'il avait mis le paquet, et que Jean-Paul Goude avait du métier, il savait capter l'attention des spectateurs, et répandre au-dessus d'eux un grand tourbillon de bonne humeur.

Les basses résonnaient puissamment à la ronde, on devait les entendre jusque sur le parvis de Notre-Dame. Manifestement ça plaisait au public. Tous les regards étaient tournés vers le disc-jockey. Dès les premières notes, l'information avait circulé sur les réseaux sociaux. Ceux qui étaient déjà là bombardaient leurs proches de textos, pour qu'ils viennent prendre part aussi à la nouba.

Un instant, les forces de l'ordre avaient essayé de réguler ce flot montant, mais elles avaient renoncé à intervenir. Elles laissaient faire maintenant, en priant pour que ça ne dégénère pas trop vite. Des secouristes de la Croix-Rouge avaient été appelés en urgence, de crainte que ça ne tourne quand même rapidement à la catastrophe humanitaire.

Le parvis était bondé, comme les rues qui entouraient le Centre. Il fallait faire un peu de place là-dedans, sans quoi tout le monde allait finir étouffé. Patrick Béranger regardait la foule. Il se demanda si Francis Rissin était là, au milieu de cette masse humaine. Il n'était pas trop tard, il pouvait encore venir – rien n'était joué. Il se retourna vers Sergent et il lui fit un clin d'œil. Sergent hocha la tête.

Une nouvelle détonation secoua le Centre Pompidou. Mais personne n'y prêta vraiment attention, cette fois-ci. Ça n'intéressait plus personne, on en avait vu d'autres, depuis le début de la soirée, et puis on n'allait pas s'arrêter de danser pour si peu. Près d'une bouche d'aération blanche, le lion du Crédit Lyonnais tapait dans ses mains, pendant que le Géant Vert levait les bras vers le ciel en signe de victoire, suivi de près par Chevallier et Laspallès, récitant des slogans de la Matmut. Et puis Groquik avait sorti ses maracas, et il les agitait énergiquement devant lui en remuant du popotin.

Patrick Béranger était furieux. David Guetta avait filé à l'anglaise. Ce petit con n'avait pas joué un quart d'heure, alors qu'il avait signé pour un set de quarante-cinq minutes. Au prix où ils l'avaient payé ! Il s'occuperait de ça plus tard avec son agent, qui était aussi une belle ordure. Pour l'heure, les Daft Punk avaient pris le contrôle des platines, et quand les premières notes d'*Aerodynamic* envahirent la place, une gigantesque banderole Francis Rissin se déploya sur toute la façade du Centre Pompidou, son nom écrit en lettres colossales. Alors ce fut le début de l'hystérie. Les spectateurs hurlaient de joie – ils n'avaient jamais vu ça, personne n'avait jamais vu ça. C'était mieux que la Techno Parade, Disneyland, la Gay Pride et le Puy du Fou réunis.

Une énième détonation retentit, un peu plus forte que les autres, du côté de la rue Rambuteau.

Et puis le Centre Pompidou sembla s'élever légèrement, à quelques centimètres du sol, comme s'il était entré en lévitation. Personne ne s'en rendit compte, du moins au départ. C'était presque indétectable, en tout cas ce n'était pas suffisant pour détourner l'attention des spectateurs. D'autant que de nouvelles recrues de danseurs déguisés avaient fait leur apparition, au fond de la place Igor-Stravinsky. Les rumeurs se répandaient à toute allure. On parlait cette fois de la présence de Justin Bridou, du Pépito de Lu et même des deux moustachus de 118-218.

Il y eut un nouveau tremblement, très puissant cette fois. Le Centre Pompidou s'éleva encore un peu. Il flottait maintenant à quelques mètres au-dessus de l'ancien îlot insalubre n° 1, comme un ballon dirigeable paré au décollage. Les Daft Punk avaient enchaîné avec *Around the World*. Certains comédiens s'engouffrèrent sous le bâtiment, et une partie de la foule les suivit, soulagée quand même de pouvoir prendre à nouveau ses aises, et respirer un peu.

Béranger repensa au cliché *Levée de Francis Rissin*.

Le Centre Pompidou s'élevait toujours. Les projecteurs du bâtiment s'étaient allumés les uns après les autres, et ils éclairaient les façades alentour de leur puissant halo. Quand la base de l'édifice atteignit la hauteur des toits des pâtés de maisons environnants, il se stabilisa. De gigantesques câbles métalliques avaient été fixés à chaque coin, pour le retenir au sol ; ce qui ne l'empêchait pas de se laisser doucement bercer par les courants d'air.

Laurent Garnier s'étant décommandé à la dernière minute, c'est Antoine Clamaran qui prit le relais.

Alors Sergent lança le show pyrotechnique. C'était quelque chose de gargantuesque. Les fusées et les mortiers partaient par paquets de cent des toits du Centre Pompidou, qui surplombait maintenant le quartier comme une couronne de lumière, le nom de Francis Rissin rayonnant partout à la ronde, car des bannières démesurées avaient été déployées sur les autres façades. C'était un son et lumière qui envoyait du feu de Dieu, les gerbes colorées devaient se voir depuis la plage de Deauville – Jean-Michel Jarre pouvait aller se rhabiller !

Là-haut, dans le vaisseau, les invités de Patrick Béranger écarquillaient les yeux d'émerveillement. Ils bénéficiaient d'une vue inédite sur la capitale, qui rayonnait des éclats de couleur du feu d'artifice. La ministre était venue lui serrer la main, elle lui avait dit : « C'est incroyable, on n'a jamais vu ça, c'est du délire ! »

Plus bas, au sol, ils pouvaient voir la foule qui se pressait, toujours plus nombreuse. En quelques minutes à peine, l'espace vacant offert par le décollage du Centre Pompidou avait été envahi. Et Béranger se dit que c'était le moment ou jamais, qu'il fallait qu'il arrive maintenant – pour que le succès soit total.

Il se concentra. Il plissa les yeux. C'était étrange. Au niveau de la place Edmond-Michelet, justement, c'était comme si la foule s'ouvrait sur une large bande, pour laisser passer quelqu'un. Il regarda encore, il regrettait de ne pas avoir prévu une paire de jumelles. Vus de là-haut, les individus ressemblaient à des petites bêtes de rien du tout, à des fourmis qui s'agitaient dans tous les sens. Ce n'était pas facile de les distinguer les uns des autres, mais il était prêt à prendre les paris, il y avait bien quelqu'un qui avançait, et la foule qui s'écartait devant lui.

Antoine Clamaran lança son tube *Reach for the Stars*.

Patrick Béranger était sûr de lui, à présent ; et n'importe, il ne pouvait pas prendre le risque de se tromper. Il chercha Sergent du regard, et il lui fit de nouveau un clin d'œil. Sergent comprit immédiatement le message. Il appuya sur un bouton dissimulé derrière une lourde tenture, et une gigantesque échelle télescopique se déroula du vaisseau jusqu'au sol.

Si c'était bien Francis Rissin qui se trouvait en bas, il saurait ce qui lui restait à faire. Il comprendrait qu'ils n'attendaient plus que lui, qu'il n'avait qu'à monter pour venir les rejoindre.

5.

Pierre Tarrent, *Vies et morts de Francis Rissin*, chapitre V, « Le roi pris », p. 135-176, inédit (manuscrit en possession de l'éditeur).

Le miracle se produisit sur les bords de l'Oust, cette rivière qui serpente paisiblement à travers les pâturages bretons et qui coïncide pour une bonne part avec le tracé du célèbre canal de Nantes à Brest. Il faisait une chaleur de four à pain, ce jour-là. Le soleil jetait ses copeaux de lumière à grandes poignées sur les eaux sombres du canal, creusé à la force du poignet au début du XIXe siècle par des bataillons de forçats et de prisonniers de guerre, qui le remplirent de toute la sueur et de tout le sang de leur corps. Les peupliers qui bordaient le chemin de halage balançaient leurs troncs effilés au gré des bouffées de vent tiède. Dans les prés verts et gras, fleuris d'herbes folles, les génisses attendaient que le temps passe à l'ombre d'un gros chêne au tronc bossu. Et quelques centaines de mètres en aval de l'écluse de Saint-Jouan, une minuscule péniche voguait lentement en direction de l'écluse suivante, au milieu des tournoiements d'hirondelles.

Mais dans certains coins de forêt plus denses, là où les saules et les ronces avaient tissé un inextricable lacis de branches entremêlées et d'épines, dans ces coins où croupissait encore l'eau débordée des dernières crues, et où Notre-Dame traînait parfois son manteau bleu comme le ciel, il y avait déjà quelque chose qui fermentait, quelque chose qui levait en silence, comme une pâte à pain travaillée en profondeur par le levain et les enzymes de la vengeance.

C'est dans ce paysage champêtre que le jeune Francis Rissin eut une vision, l'année de ses onze ans ; c'est là qu'il vit quelque chose flotter dans les airs, au-dessus du petit hameau de Saint-Gobrien, quelque chose qui ne pouvait pas se trouver là, quelque chose qui était d'un autre lieu et d'un autre temps ; c'est là qu'il comprit qu'il avait une œuvre à accomplir, un combat à mener.

C'est aussi dans ce paysage que le miracle s'accomplit, sept jours plus tard.

Mais pour bien saisir le récit de ces événements, il faut revenir un peu en arrière.

*

Tout commença le 1er juillet 1961, dans la ville de Josselin.

Francis Rissin naquit de Ludovic Rissin et de Madeleine Rissin née Bon de Chabran dans cette petite cité médiévale du Centre-Bretagne, à la frontière du pays bretonnant et du pays gallo. Fief de la famille du Porhoët, puis de la maison des Rohan-Chabot, la ville comptait un peu plus de deux mille âmes, en ce temps-là, et elle possédait déjà une solide réputation touristique.

On y trouvait en effet le superbe château des Rohan, élevé au XIVe siècle par Olivier V de Clisson, qui toisait fièrement les bords de la rivière du haut de ses trois tours bâties en enfilade, à même le roc – ces trois quilles qui avaient résisté au « boulet de canon » que le cardinal de Richelieu avait jeté là en 1629. Mais il y avait également la célèbre basilique Notre-Dame-du-Roncier, avec ses magnifiques gargouilles de granite, ce bestiaire pétrifié qui semblait vouloir s'extirper de la façade de l'édifice. Il y avait encore les maisons médiévales à colombages du centre historique, le calvaire de la petite chapelle Sainte-Croix. Et puis il y avait la Fontaine miraculeuse, dédiée à Notre-Dame-du-Roncier.

On racontait qu'en l'an 808 après le Christ un pauvre laboureur avait trouvé une statuette de la Vierge dans un buisson, alors qu'il coupait des ronces avec sa faux. C'était un homme pieux. Par dévotion, il l'avait ramenée chez lui et l'avait posée sur la tablette de sa cheminée pour qu'elle lui tienne compagnie pendant les longues soirées d'hiver ; mais elle était revenue d'elle-même au lieu où il l'avait trouvée. Le laboureur avait la tête dure, il avait repris la statue, pour la rapporter derechef, mais elle était retournée encore une fois dans le roncier. Cet événement s'étant produit à plusieurs reprises (le laboureur était du genre têtu), on avait finalement décidé de bâtir une chapelle à l'endroit même de sa découverte, après que l'évêque d'Aleth eut autorisé qu'on lui vouât un culte – d'où vint qu'elle fut nommée Notre-Dame-du-Roncier.

Alors les miracles avaient succédé aux miracles. La fille du laboureur avait retrouvé la vue. Trois enfants épileptiques du bourg de Camors avaient subitement été guéris, après avoir bu l'eau de la fontaine qui alimentait un petit lavoir, percé à l'est de la ville, à proximité de la chapelle. Des lavandières se mirent à aboyer, après avoir injurié la Vierge, qui s'était adressée à elles sous les traits d'une mendiante. Le bruit courut rapidement que la fontaine était magique. Les Josselinais venaient y boire et s'y tremper le visage à la file, dans l'espoir d'être touchés à leur tour par la grâce du Ciel.

À dater de ce moment, la Mère de Dieu fit partie intégrante de la ville. Pas une anfractuosité dans la roche, pas une meurtrière, pas un rebord de fenêtre, pas un mur blanc qui n'accueillît une petite statuette à son effigie, en bois ou en plâtre – ou une icône dorée représentant son visage de bonne mère. Sa présence transpirait littéralement des rues de la cité médiévale.

On décida également d'organiser tous les ans, le 8 septembre, jour de la nativité de Notre-Dame, un grand pèlerinage devant le sanctuaire. Les miséreux et les éclopés des villages alentour se pressaient là, dans l'espoir d'une guérison miraculeuse – ou à tout le moins pour ramasser les piécettes dont le châtelain leur ferait sûrement l'aumône. Ce jour-là, le parcours des processions était pavoisé et fleuri, mais c'était toute la cité qui était en fête, et qui revêtait les couleurs bleu et blanc de la Vierge Marie.

*

Tout commença le 1er juillet 1961. Alors que les Français apprenaient la mort de l'écrivain Louis-

Ferdinand Céline, terrassé par une crise cardiaque dans sa maison de Meudon à l'âge de soixante-sept ans, un événement en apparence anodin, mais infiniment plus important pour l'histoire de France, était en train de se dénouer dans la chambre numéro 6 du petit service de maternité de l'hôpital local de Josselin – un événement qui prenait à cet instant précis la forme d'une tête presque bleue, coincée entre les cuisses grandes ouvertes de Madeleine Rissin.

La jeune femme avait fêté ses vingt-deux ans trois semaines plus tôt. Elle avait appris le métier d'infirmière à Pontivy, où elle avait passé la première partie de son existence ; mais son mari ayant trouvé du travail à Josselin, elle avait naturellement choisi de le suivre. Depuis ce jour, elle était restée à la maison, en femme dévouée et fidèle. Elle avait réalisé quelques menus travaux de couture pour les habitants du voisinage. Parfois on lui avait demandé aussi de vernir un meuble ou de nettoyer de l'argenterie. Mais c'était surtout une fine pâtissière. Ludovic n'avait jamais mangé deux fois le même dessert depuis qu'il vivait à ses côtés. Et puis elle était tombée enceinte.

Depuis un an, le couple louait une petite maison au numéro 4 de la rue Saint-Nicolas. Elle se tenait à quelques dizaines de mètres du parc du château, créé par le célèbre paysagiste Achille Duchêne et dans lequel s'épanouissaient de gros buissons d'azalées, de camélias et de rhododendrons, dont les fleurs généreuses débordaient du mur d'enceinte ; et à quelques centaines de mètres de la Fontaine miraculeuse, la fontaine de Notre-Dame-du-Roncier, à laquelle on accédait en rejoignant la rue de la Fontaine, en contrebas, et en empruntant deux petits escaliers de granite creusés dans le sol – on découvrait là une vieille Vierge à l'Enfant en bois polychrome, sous un monument à fronton encadrant le blason des Rohan, et comme c'était une fontaine votive à laquelle les pèlerins venaient s'abreuver chaque année, le Jour du Pardon, ses murs étaient recouverts d'*ex-voto*.

Ludovic Rissin exerçait la profession d'instituteur à l'école primaire Notre-Dame-du-Roncier. Tous les jours de la semaine, il descendait la rue Saint-Nicolas à pied, il empruntait la rue des Trente sur quelques dizaines de mètres avant de bifurquer à gauche et de gravir la forte pente de la rue des Douves-du-Noyer. Il rejoignait ainsi le numéro 11 de la rue Lucien-Briend où se tenait la petite école, à côté de l'imposant collège Sainte-Marguerite-Marie.

Il enseignait aux enfants de la ville la grammaire, l'orthographe, le calcul mental, l'histoire et la géographie, ainsi que quelques rudiments de sciences naturelles, avec la ferveur d'un instituteur de la IIIe République. Il croyait aux leçons de choses et à la morale. Au-dessus de l'estrade, dans un petit renfoncement, se tenait une statue de la Vierge couronnée, qui regardait défiler les classes et les élèves de son sourire bienveillant.

C'était un bel homme de vingt-huit ans, progressiste par conviction et croyant par tradition familiale. Les jeunes époux avaient été baptisés dans leurs familles respectives, et ils fréquentaient l'église le dimanche. Ils ne croyaient pas spécialement à l'existence du bon Dieu, mais n'importe, c'était inscrit dans leur chair comme une vieille habitude, ils ne voyaient pas pourquoi ils auraient changé de vie du jour au lendemain.

Ils venaient tous les deux de Pontivy, au confluent du Blavet et du canal de Nantes à Brest. Ludovic avait trouvé ce poste grâce à l'intercession d'un cousin issu de germain qui travaillait à Vannes, à la direction diocésaine de l'enseignement catholique. Ce dernier était membre du Rotary, il lui avait proposé de lui présenter l'héritier de la famille de Rohan, Josselin de son prénom, qui devait bientôt détrôner l'actuel maire de la ville, Aristide Delebecque. Mais la rencontre entre l'instituteur et le jeune énarque n'eut jamais lieu, au grand soulagement de Ludovic, qui eût craint de se faire difficilement accepter des Josselinais s'il s'acoquinait trop vite avec leur maître. En revanche, il rencontra à plusieurs reprises le père Baudrans, qui avait la charge de la paroisse et officiait le samedi et le dimanche à la basilique.

La famille de Madeleine était installée à Pontivy depuis la Révolution française. Celle de Ludovic, en revanche, venait de l'est de la France. Le bastion familial était implanté à Jujurieux, sur les contreforts de ces modestes hauteurs qui dominent la Dombes et la plaine de l'Ain. Dans les veines du jeune père de famille courait un peu du sang de Claude-Joseph Bonnet, cet industriel visionnaire et un peu fou qui avait construit une gigantesque usine textile dans son village natal, une usine qui sentait encore le socialisme utopique, et dont le personnel était composé uniquement de jeunes femmes.

Ludovic Rissin suivit ses parents, Martial et Renée, quand ils émigrèrent en Bretagne, juste avant la Seconde Guerre mondiale, pour rejoindre une branche de cousins éloignés. Il rencontra Madeleine en novembre 1959, à l'occasion des fêtes de la Kerlenn

Pondi. Les deux jeunes gens se marièrent quelques mois plus tard, juste avant que Ludovic apprît sa nomination à l'école élémentaire de Josselin. Madeleine tomba enceinte dans la foulée. Et ce petit amas de cellules qui devait devenir bientôt Francis Rissin commença sa lente maturation, alors que de nombreuses manifestations pour l'indépendance éclataient dans les villes d'Algérie, en soutien au FLN et au GPRA après que les colons y avaient défilé au nom de l'Algérie française.

*

Pendant ses mois de grossesse, Madeleine cessa progressivement de rendre service à ses voisins. Elle était fatiguée, elle passait ses journées alitée rue Saint-Nicolas. C'était une petite maison sans charme, située en bas de la rue. Elle possédait un étroit carré de terre grise, planté d'un gros camélia, dans le prolongement d'une minuscule arrière-cour depuis laquelle on apercevait le mur d'enceinte du château et l'une des tours. Les pièces étaient humides, on y grelottait de froid l'hiver, et on y éternuait encore en plein été.

Les époux Rissin la louaient à une vieille femme acariâtre, la veuve Cobigot, qui vivait au-dessus de chez eux, au numéro 18. C'était une femme au cœur tari, une caricature des mégères mauvaises et cupides qu'on trouve dans les romans de Balzac ou de Zola. Le jour de leur emménagement, un an plus tôt, elle leur avait dissimulé certains problèmes d'infiltration, en fixant leur attention sur d'autres détails. Ils lui avaient fait confiance, ils n'étaient pas d'un caractère suspicieux.

Quand ils s'aperçurent, après y avoir passé seulement quelques jours, que la maison prenait l'eau de toutes parts, Ludovic alla sonner chez elle pour lui demander poliment de venir voir l'état des murs. La veuve Cobigot lui répondit sèchement que c'était sûrement de leur faute, qu'elle n'y était pour rien, que ce n'étaient pas ses affaires si sa femme ne savait pas tenir une maison. Malgré l'insistance de son locataire, elle refusa de sortir de chez elle, prétextant que ça lui aurait fait trop mal au cœur de voir ses plâtres se désagréger comme ça sous ses yeux, simplement parce qu'ils étaient incapables d'aérer une pièce comme il fallait.

Mais ces mauvaises relations avec leur propriétaire ne tracassèrent pas le jeune couple outre mesure. Ludovic et Madeleine s'aimaient d'un amour franc et sincère, et c'est sans doute le privilège des âmes aimantes de voir seulement le monde à travers les yeux transis de l'être cher et, partant, de naviguer loin au-dessus des petits tracas de la vie ordinaire – ces mêmes petits tracas qui empoisonnent l'existence des célibataires ou des vieux couples à la flamme chancelante.

*

Tout commença à Josselin, le 1er juillet 1961. Le décor est planté, les projecteurs sont bien en place. Comme ça, à première vue, il s'agit d'un environnement tout ce qu'il y a de plus commun, tout ce qu'il y a de plus banal. En tout cas rien qui puisse laisser présager ce qui va advenir, rien qui puisse laisser augurer l'imminence d'un miracle – un miracle en comparaison duquel les guérisons de la fontaine Notre-Dame allaient bientôt faire figure de bagatelles.

Le déroulement de l'existence humaine suit rarement les schémas de la logique classique. On a beau connaître les ingrédients à l'avance, on a beau les incorporer les uns après les autres dans le même creuset, selon l'ordre imparti, on ne sait jamais quel étrange sabayon sortira du four, après cuisson. Bien sûr il y a certains invariants, bien sûr il y a certaines lois, certaines relations nécessaires de cause à effet ; bien sûr, il y a les déterminismes des sciences naturelles, de la psychologie, de la sociologie – sans compter les mauvais penchants de l'inconscient. Mais ceux-ci se vérifient toujours après coup, rétrospectivement. Ils n'apparaissent dans leur évidence de force agissante qu'après avoir déjà opéré sur les individus.

Sur le moment, dans l'instant, qui peut bien dire ce qui se passera, qui peut bien dire à l'avance si une cause déterminée produira l'effet qu'elle produit dans 99 % des cas, ou si c'est la combinaison inattendue, celle qui tombe seulement une fois sur cent, une fois sur mille, qui sortira sur le tapis ? Qui peut bien dire, au moment du décollage, et en s'appuyant sur la loi des séries ou le calcul des probabilités, si le vol AF447 Paris-Rio atteindra sa destination sans encombre, comme ça a toujours été le cas jusqu'ici, ou s'il s'abîmera tragiquement dans les eaux froides et salées de l'océan Atlantique ?

Ce 1er juillet 1961, donc, nul prophète, nul astrologue, nul augure ne peut encore prédire ce qui va se passer ; au crépuscule de cette journée de canicule, personne ne peut deviner le destin exceptionnel qui attend ce petit être de chair et de sang qui vient d'avaler sa première gorgée brûlante d'oxygène, et qui hurle à la mort.

Mais silence ! La pièce est sur le point de commencer.
Éteignez les lumières de la salle.
Brigadier !
Tatatatatatatatatatatatam.
Tam. Tam. Tam.

*

Tout travail de recherche biographique, et plus généralement toute investigation de nature historique, en tant qu'elle est tournée vers le passé, se heurte à une difficulté constitutive presque insurmontable. Quand on connaît à l'avance la suite des événements, quand on sait déjà quelles seront les conséquences d'un fait, on peut difficilement s'empêcher, rétrospectivement, de regarder l'enchaînement des causes et des effets qui mènent jusqu'à lui sous le jour de la nécessité. Alors le moindre détail, le moindre geste, le moindre mot, devient gros de tout ce qui va advenir ensuite, comme si le futur imprégnait déjà la substance des phénomènes, comme si on pouvait le lire à l'avance – comme s'il était déjà présent, en quelque sorte.

Or le biographe et l'historien ne doivent pas céder à la tentation de devenir sinon des devins ou des voyants, du moins des visionnaires. S'ils connaissent le fin mot de l'histoire, s'ils connaissent le lieu et l'heure du crime, ainsi que le nom de l'assassin, ils doivent faire comme s'ils l'ignoraient, ils doivent se couler dans le présent de leur objet d'étude, c'est-à-dire faire comme si le temps qui les séparait de lui ne s'était pas encore écoulé. Mais c'est une exigence à laquelle il est bien difficile de se tenir. Parce que, une fois qu'on a parcouru la dernière page du livre, comment se la sortir de la mémoire, et comment lire une deuxième fois le roman en faisant abstraction de sa chute ? Quand on connaît le fin mot de l'histoire, on a l'impression de le voir écrit partout en lettres capitales, dès les premières lignes du premier chapitre. Et lorsqu'on connaît le nom de l'assassin, tout semble déjà plaider contre lui, longtemps avant qu'il ait commis son premier crime.

D'autant que le fameux « effet papillon » vaut pour les affaires humaines comme pour les choses du monde naturel, et l'Histoire nous montre à sa façon que des événements minuscules peuvent aussi avoir des conséquences et des répercussions à grande échelle. Mais aussi longtemps que le présent dure, aussi longtemps que les minutes s'étirent, aussi longtemps que nous sommes pris dans la matière du temps qui passe, impossible de savoir si une cause donnée aura des effets infimes ou immenses, impossible de savoir si elle empruntera une voie de garage ou si elle décidera de l'avenir de l'humanité. Impossible de savoir, quand le comte Jean-Marie de Silguy relance le chantier du canal de Nantes à Brest, si ses projets joueront un rôle important dans le développement économique du Centre-Bretagne, ou si on les oubliera aussi vite que le nom des esclaves qui l'ont creusé.

Mais celui qui a le privilège de connaître la fin du film, celui qui a le privilège de pouvoir poser sur le temps le regard de Sirius, celui qui connaît déjà le partage entre les causes fécondes et les causes stériles ne risque-t-il pas, irrépressiblement, de céder à la tentation de procéder à une réécriture orientée du déroulement des choses ? Ne risque-t-il pas de donner une importance excessive à certains événements pourtant négligeables *a priori*, comme s'ils contenaient déjà tout le futur en germe ? Ne risque-t-il pas par exemple d'accorder trop de poids historique au fait qu'il ait plu dans la nuit du 17 au 18 juin 1815 pour expliquer la ruine de Napoléon à Waterloo, ou à l'intégrité de l'hymen de la Pucelle d'Orléans, ou simplement, comme le fait Pascal dans les *Pensées*, aux charmes du nez de Cléopâtre ?

*

Quelle importance accorder par exemple au fait que le petit Francis Rissin soit de constitution fragile, qu'il développe rapidement des problèmes aux bronches, qu'il souffre de difficultés respiratoires graves causées par une nature asthmatique, que le Dr Hervouët vienne une fois par jour dans la petite maison de la rue Saint-Nicolas, que sa mère le garde alité jour et nuit, qu'elle le couve comme un œuf de Fabergé ?

Il faut dire que Francis est si chétif, si malingre que son père a cru d'abord qu'il ne serait point viable. Mais la nature est parfois opiniâtre. Choyé et protégé par une mère inquiète et débordante d'affection, il passe ses premiers mois sur la terre dans un environnement familial confiné. En effet, ses parents ont décidé de le garder enfermé à la maison, de crainte qu'il n'attrape quelque chose de mauvais s'il sortait dehors. C'est encore un être de rien du tout, qui ressemble davantage à un fœtus qu'à un joli petit garçon, et la nuit, sa respiration difficile produit des sifflements aigus de grive qui empêchent ses parents de dormir. Ils le croient toujours sur le point d'expirer. Mais c'est pendant ses crises, plus fréquentes à mesure que l'hiver avance, qu'ils s'imaginent qu'ils vont le perdre pour de bon. Pendant cette période, il est continuellement sur le point de s'étouffer, du fait de la mauvaise constitution de ses poumons, son visage devient écarlate et il crache régulièrement d'épais caillots de glaires de couleur brunâtre et à l'odeur nauséabonde.

Cette complexion maladive, de même que la claustration à domicile, qu'on disait nécessaire au renforcement de son métabolisme, ramollissent progressivement le petit Francis, qui bouge à peine dans son berceau et garde la bave aux lèvres, comme un enfant paralytique. Son mauvais développement chagrine beaucoup son père, qui rêvait d'avoir un fils vaillant et vigoureux, avec lequel il aurait fait de grandes marches dans la campagne josselinaise.

Les choses auraient-elles été différentes s'il avait été doté d'une constitution solide, s'il s'était épanoui dans le sens de la nature, comme un animal sauvage qui parvient rapidement au degré le plus élevé de sa puissance ?

Un soir du mois de février, Ludovic rentre plus tard que de coutume de l'école Notre-Dame-du-Roncier. C'est une réunion entre collègues qui s'est éternisée, il n'a pas eu le temps de prévenir sa femme. En ouvrant la porte, il trouve Madeleine en pleurs, au milieu des préparatifs du dîner. Le petit Francis, déjà âgé de sept mois, tousse à en cracher ses organes. Ludovic s'approche du couffin de son fils, que Madeleine a posé sur la table de la cuisine pour l'avoir à côté d'elle pendant qu'elle épluchait des légumes ; mais il se prend les pieds dans son cartable, qu'il vient de poser devant lui, et il perd l'équilibre. Dans sa chute, il essaie de se rattraper en levant le bras droit ; mais celui-ci vient percuter le couffin, qui se renverse et tombe à plat sur le carrelage de la pièce en faisant un bruit mat.

Les deux adultes, horrifiés, se jettent sur le nourrisson. Celui-ci est blanc comme un mort, les yeux révulsés. Il ne bouge plus. Il a arrêté de tousser certes, mais il a également arrêté de respirer, ce qui ne laisse quand même rien présager de bon. Madeleine pousse un cri de défaillance et perd connaissance à côté du corps raidi de son fils.

À ce moment précis, Ludovic se sent complètement dépassé par ce qui est en train de se produire ; mais il fait tout ce qu'il peut, il donne de petites tapes sur les joues du bébé, puis il lui jette un grand verre d'eau sur le visage. Pendant quelques secondes, longues comme des heures, il se dit que Francis est mort, qu'il a tué son enfant. Pendant quelques minutes, longues comme des siècles, il pense à ce petit oisillon dont la vie a été étouffée dans l'œuf, à ce petit être qui n'aura pas eu la chance de se réaliser dans le monde, de prendre son envol ; il pense à ces quelques mois d'existence passés pour rien, en pure perte ; il pense à sa responsabilité de père ; il pense à Madeleine qui ne lui pardonnera jamais ce geste, une bouffée d'émotion s'empare de lui, ses yeux se remplissent de larmes – et le silence de mort qui régnait dans la pièce est brusquement brisé par les cris stridents du petit Francis, miraculeusement revenu à la vie.

Et on pourrait se dire aussitôt que ce sont des choses qui arrivent, que certains nouveau-nés tombent, perdent connaissance, font des malaises ou des syncopes. La plupart d'entre eux s'en tirent d'ailleurs sans la moindre égratignure, et ils se remettent aussi vite à rire ou à pleurer. Certains s'en sortent tout de même avec un léger traumatisme crânien. D'autres, moins chanceux, ceux dont le crâne a subi un choc plus important, tombent dans le coma, dont ils reviennent plus ou moins rapidement, avec plus ou moins de séquelles. D'autres, plus rares encore, meurent sur le coup. Et ce sont là simplement les choses de la vie. Faut-il chercher dans ces événements la cause de quelque chose d'autre ? Et même la cause originelle, la cause primordiale, celle qui peut décider pour toute la suite d'une existence humaine ? À l'issue de cette journée du mois de décembre, pourtant, les événements qui viennent de se dérouler dans la petite bicoque de la famille Rissin sont ce qu'ils sont, ils ne débordent pas vers le futur. Ludovic et Madeleine n'y ont trouvé eux-mêmes qu'une énorme frayeur – suivie d'un immense soulagement. Mais pour les autres, pour ceux qui connaissent la suite, pour ceux qui savent ce qui va se passer, les années et les décennies suivantes, cette chute et cette inconscience, de même que ce subit retour à la vie, peuvent facilement prendre le statut de présage, ou du moins de signe avant-coureur.

*

Le biographe joue dans la cour des métaphysiciens. Il affronte à sa façon les questions décisives qui ont été posées par les philosophes à propos du fil de la vie humaine. Y a-t-il une seule force, une seule et même essence qui se déploierait de manière inéluctable, en s'adaptant seulement aux accidents du terrain ? Ou bien est-ce que la vie se jouerait toujours en temps réel – tout pouvant être remis sur le tapis à chaque instant ?

Et si ces questions se posent pour l'existence du plus ordinaire des individus, elles sont plus vertigineuses encore quand il s'agit de ces hommes et ces femmes d'exception qui ont marqué l'histoire de l'humanité de leur grandeur, ces génies des Arts et des Sciences, si chers à la patrie – mais aussi bien de ces individus qui ont précipité leur époque dans l'autre direction, celle de la terreur et de la barbarie. Et qu'est-ce qui a bien pu se passer ? Comment a-t-on pu en arriver là ? Comment une série de causes inoffensives peut-elle engendrer une telle anomalie, quelque chose qui sorte à ce point des cadres établis, que ce soit par sa démesure ou sa complète opposition avec ce qu'il en est du reste du genre humain ?

Et c'est là peut-être le rêve de tout biographe : assister en direct à la naissance du Bien ou du Mal, aller les débusquer jusque dans le couffin ou le berceau, remonter cette série de causes et d'effets qui a pu engendrer un saint d'un côté ou un tyran de l'autre, traquer le moment insaisissable du basculement, ce moment où un individu ordinaire s'engage, le plus souvent malgré lui, et inconsciemment, sur le chemin de sa gloire ou celui de sa damnation.

Et rappelons qu'à ce point précis de notre histoire rien n'est encore tranché, le petit Francis chemine encore à quatre pattes sur le fil du rasoir. Il peut tomber d'un côté ou de l'autre, et même y tenir en équilibre jusqu'à la fin de ses jours, comme le fait du reste la majorité des hommes, c'est-à-dire sans jamais vraiment interférer avec le cours de l'Histoire. Pour le moment, Francis Rissin est un enfant comme les autres, malgré son état de santé préoccupant, et il pourrait aussi bien s'appeler Stéphane Le Guennec, Julien

Tilois ou Sandrine Blanchard – et connaître un tout autre destin.

À moins que tout ne soit déjà écrit, à moins que tout ne soit déjà décidé, dès les premières minutes de la vie intra-utérine. Et c'est la raison pour laquelle les biographes n'en finissent pas de creuser à vif dans la chair de l'individu, de la découper méticuleusement avec leur scalpel, de l'examiner à la loupe, à l'affût du moindre indice, de la moindre preuve rétroactive. C'est la raison pour laquelle ils ratissent chaque parcelle de son environnement immédiat et lointain, à l'affût de la moindre empreinte, de la moindre trace, comme des techniciens de la police scientifique qui cherchent à reconstituer les circonstances d'un meurtre et à démontrer votre culpabilité, parce que vous avez eu le malheur de vous trouver trop près de la scène de crime.

Les biographes sont des flics qui s'ignorent.

*

Le 17 mars 1965, dans l'entre-deux-tours des élections municipales qui devaient voir le sacre de Josselin de Rohan, l'héritier de la célèbre famille princière du duché de Bretagne, Madeleine donna simultanément naissance à une petite Jeanne et à un petit Albert. Très éprouvée par l'accouchement, elle passa une longue semaine à l'hôpital, avant de retrouver les murs suintants de la maison de la rue Saint-Nicolas.

Francis, alors âgé de quatre ans, accueillit l'arrivée de ces deux présences étrangères dans le cocon familial avec une relative indifférence. Pendant les premières semaines, les premiers mois, ses parents reportèrent évidemment une grande partie de leurs soins et de leur attention sur les nouveaux venus. Mais la santé de l'aîné ne s'étant pas améliorée avec les années, Madeleine et Ludovic ne cessèrent jamais de s'occuper de lui et de le couvrir d'affection, en particulier pendant les périodes d'hiver et de printemps, lorsque le mal empirait. Madeleine courait de la chambre des jumeaux à celle de Francis, et de celle de Francis à celle des jumeaux, se démultipliant de façon presque surnaturelle. En conséquence de quoi, et contrairement à beaucoup d'aînés qui se sentent délaissés à l'arrivée de leurs frères et sœurs, Francis ne devait jamais souffrir des effets de l'abandon et, malgré les pleurs répétés des nouveau-nés, la famille Rissin resta une famille unie.

Francis venait de fêter ses cinq ans lorsqu'il fit sa première incursion sur le chemin de halage, le long de l'écluse de Josselin, en face de la minoterie. Ludovic avait insisté pour qu'il se joigne à eux, ils ne pouvaient pas le garder éternellement enfermé à la maison. On était en plein mois d'août, mais Madeleine le couvrit comme si c'était le milieu de l'hiver. La famille était au grand complet. C'était une journée magnifique. Les jumeaux trottinaient le long de la rivière d'un pas mal assuré. Francis se précipitait derrière eux pour les relever chaque fois qu'ils tombaient par terre. Ils ne se faisaient pas mal, ils avaient le rire solidement accroché aux joues.

Mais quelques centaines de mètres plus loin, en passant devant l'abbaye Saint-Jean-des-Prés, Francis poussa subitement un grand cri et il tomba à son tour. Ludovic et Madeleine coururent vers lui. Il tremblait de tous ses membres, le visage plein d'effroi – comme s'il avait vu un revenant. Ses parents l'assaillirent de questions, pour savoir ce qui s'était passé ; mais pour toute réponse, il se contenta de les regarder de ses yeux tirés, débordant de larmes.

Et puis les années passèrent. Francis finit par s'attacher solidement au petit Albert et à la petite Jeanne, qui marchaient désormais bien droit sur leurs deux jambes, et qui commençaient même à raconter des choses. Il pouvait leur chanter des chansons pendant des heures, leur lire des livres de contes, ou simplement les regarder empiler des cubes de bois avec leurs petites mains agiles. L'automne et l'hiver à cause du froid, le printemps et l'été à cause des pollens, il restait sagement à l'intérieur de la maison, pendant que les jumeaux jouaient dehors, emmitouflés dans de gros anoraks, un bonnet sur la tête, ou leurs bras et leurs jambes offerts au grand soleil. Il les regardait par la fenêtre avec amour, il se disait qu'il ferait tout pour eux, qu'il donnerait sa vie pour sauver la leur, que c'était dans l'ordre des choses, que c'était son devoir de grand frère.

Souvent, les jumeaux lui ramenaient des fleurs, des nids ou des plumes d'oiseaux qu'ils trouvaient en retournant le fond du jardin, mais Madeleine lui interdisait de manipuler ces saletés, de crainte qu'il n'attrape un mauvais germe ou une mauvaise bactérie et qu'il fasse une nouvelle crise. Elle les posait sur son étagère, à l'abri d'une jolie vitrine qu'ils lui avaient offerte quelques mois plus tôt, pour qu'il puisse contempler la nature de près, faute de pouvoir y toucher.

*

À l'école Notre-Dame-du-Roncier, le jeune Francis fait preuve d'une précocité rare. Il apprend la lecture et le calcul mental dans la classe de Marie-George Mallic, une jeune femme célibataire aux traits fins et à la chevelure d'or, à laquelle les commères de Josselin prêtent de mauvaises mœurs.

Mais c'est son père qui sème en lui ce goût pour les livres qui ne devra jamais le quitter. Très tôt, en effet, Ludovic a commencé à lui raconter des histoires à son chevet, avant qu'il s'endorme. Ce sont des histoires fantastiques, dans lesquelles il fait intervenir pêle-mêle les héros des épopées homériques, des créatures du bestiaire légendaire breton ou des personnages de bande dessinée comme Tintin et Milou ou Blake et Mortimer. Rapidement, Francis se passionne pour la mythologie de la Grèce et de la Rome antiques. À l'âge de six ans et demi, ses parents lui offrent un livre sur le sujet, dans une belle édition jeunesse.

Il le connaît rapidement par cœur et il rapporte les aventures d'Achille ou de Jason à ses camarades de classe, dans le hall de l'école – Madeleine ayant expressément demandé à la directrice qu'il ne sorte pas pendant les récréations. Il déroule devant eux les exploits d'Hercule combattant le lion de Némée, de Thésée tuant le Minotaure dans le labyrinthe de Dédale, ou de Persée triomphant de la Gorgone Méduse.

Mais progressivement, imitant son père, il mêle à ses récits des morceaux de mythologie chrétienne, qu'il retient de ses cours de catéchisme. Alors Adam et Ève rejoignent Zeus et Héra sur les hauteurs du mont Olympe, Noé et Moïse se cachent avec les Achéens dans le cheval de Troie, les anges fraternisent avec les sphinx et les centaures, tandis que Jésus-Christ traverse le ciel en chevauchant Pégase et que les Apôtres joignent leurs forces à celles d'Hercule pour terrasser l'hydre de Lerne et le sanglier d'Érymanthe.

Quand Marie-George Mallic lui demande d'où il tire ces mélanges contre nature, Francis lui répond que ce sont les voix qui lui demandent de ne pas oublier la Vierge Marie et la communion des saints quand il raconte des histoires. Il ne veut pas les contrarier, alors il fait ce qu'elles demandent, il rajoute simplement des personnages de la Bible à cette longue liste où apparaissent Icare, Ariane, Orphée, Ajax, mais également le Sphinx, les sirènes et les cyclopes. La Sainte Vierge ? Elle est justement allée rejoindre Héra, Athéna et Aphrodite sur le mont Ida, pour revendiquer la pomme de la Discorde et remporter le jugement de Pâris – puisque de toutes elle est la plus belle.

Marie-George Mallic rapporte à Ludovic que son fils invente des récits composites douteux, qui ne la dérangent pas du tout, en ce qui la concerne, mais que certaines oreilles josselinaises pourraient facilement juger blasphématoires.

Ludovic ne veut pas d'histoires, justement. Il confisque pour un temps le livre de son fils, tout en l'invitant à reporter sa soif de lecteur sur les romans de Jules Verne, dont il lui offre les œuvres complètes. Il en profite également pour lui apprendre à jouer aux échecs. D'ailleurs, Francis montre non seulement un intérêt très vif, mais il faut bien dire aussi un certain talent, pour le noble jeu. Malheureusement, à cette époque, il n'y avait pas de club à Josselin qui lui eût permis de développer ces excellentes prédispositions – elles restèrent donc enfouies en lui comme des graines jamais arrosées. Ludovic consigne toutefois dans un cahier un certain nombre de parties fulgurantes, au cours desquelles Francis lui arrache la victoire en moins de trente coups, et où certaines attaques égalent peut-être en inventivité celles d'un Philidor.

Un jour, alors que son père le félicite pour une nouvelle victoire éclair, Francis lui répond qu'il n'y est pour rien, que ce sont les voix qui lui ont dit quels coups il devait jouer. C'est à ce moment-là que Ludovic comprend que quelque chose déraille dans la tête de son fils.

*

Parallèlement à sa passion pour les mythes de l'Antiquité, le petit Francis avait exprimé très tôt une grande ferveur pour le culte de la Vierge Marie. Alors que les obligations religieuses prenaient une place relativement circonscrite dans la vie de Madeleine et Ludovic, davantage rythmée par le travail et la vie de famille, Francis se prit rapidement de passion pour cette espèce de bigoterie locale, pétrie de croyances champêtres et de superstitions ancestrales, qui faisait le terreau des différents cultes du coin, et dans laquelle il croyait retrouver peut-être l'écho lointain des légendes grecques et romaines.

Il faut dire qu'à côté de ces courtes promenades en famille le long du canal, le dimanche après-midi, l'office dominical faisait partie des rares sorties que ses parents lui autorisaient. C'était toujours le même rituel. Ils laissaient les jumeaux à Mme Guaignic, une voisine immobilisée par la maladie à laquelle ils ramenaient le pain de communion en échange, et ils prenaient tous les trois le chemin de la basilique Notre-Dame-du-Roncier. Le petit Francis, vêtu pour l'occasion comme un enfant de bonne famille, courait devant ses parents, le visage radieux, le cœur tout excité.

Ils avaient l'habitude de s'asseoir sur la rangée des bancs de gauche, sous un immense crucifix en bois. Francis écoutait la voix du père Baudrans avec religiosité. Il mettait à faire le signe de croix et à réciter le *Notre-Père* ou le *Je vous salue Marie* une application grandissante, dont ses parents ne s'inquiétèrent pas immédiatement. Il attendait avec impatience le jour de sa première communion, quand il pourrait enfin sentir le corps du Christ fondre sur sa langue et pénétrer dans sa chair. À la sortie de la messe, il se signait plusieurs fois devant l'icône de Notre-Dame qui trônait à l'entrée de l'église.

Un jour, son père le surprit dans sa chambre, agenouillé devant une bougie à l'effigie de la Vierge, les mains jointes, les yeux fermés, les lèvres agitées d'un léger tremblement. Il tendit l'oreille. C'étaient des paroles dénuées de sens qu'il psalmodiait comme un acte de contrition. Ludovic repensa au jour où son fils était tombé de la table de la cuisine. Il le prit par l'épaule et il le secoua fortement. Francis ouvrit les yeux et regarda son père comme s'il le voyait pour la première fois, ou comme s'il revenait d'entre les morts. Et pourquoi est-ce qu'il lui criait dessus, il n'avait pas de raison de crier ! Il n'avait rien fait de mal ; et puis ce n'était pas de sa faute, il n'y était pour rien. C'étaient les voix ! C'étaient elles qui lui demandaient de prier pour les morts et pour la Mère de Dieu !

*

Au même moment, dans le reste du pays, les ministres de la Ve République se succédaient sous le mandat du général de Gaulle. En 1967, à en croire les éditorialistes, la France et les Français s'ennuyaient ferme. Mais la multiplication des conflits sociaux, dans les services publics et les usines, laissait penser que quelque chose se préparait – jusqu'à la grande explosion qui allait suivre.

Des événements de Mai, justement, on ne vit pas grand-chose à Josselin, qui restait une ville solidement tenue par la droite réactionnaire – une ville où l'on célébrait depuis la nuit des temps les noces contre-révolutionnaires de l'hérédité du sang et de l'obscurantisme catholique. Ludovic sentit pourtant comme un appel, comme une invitation à marcher sur les pas de son aïeul.

Alors, tous les soirs, il écoutait les informations sur France Inter, l'air solennel, interpellant Madeleine de ses élans d'enthousiasme ou au contraire de ses coups de colère, quand les choses se passaient mal, quand les étudiants se faisaient sauvagement tabasser par les CRS. Il était tenu par son travail, mais il participa quand même à quelques réunions organisées par des militants de l'École émancipée, qui regroupait quelques enseignants d'extrême gauche.

Mais Josselin était une ville coupée de l'Histoire, coupée du monde, une ville dans laquelle on vivait seulement à l'heure des offices et des apparitions de la Vierge – même si le duc de Rohan se rêvait déjà des responsabilités nationales.

Il y eut bien des cars qui partirent de Ploërmel pour les manifestations du 20 mai et du 22 mai, mais Ludovic Rissin ne se décida pas à aller rejoindre les forces vives de la France révoltée, et il passa les jours suivants assis dans son salon, l'air rêveur, l'oreille vissée à son petit poste de radio, pendant que Madeleine s'occupait des enfants.

Le grand vent de liberté et d'émancipation qui souffla sur la France à l'orée des années 70 n'atteignit jamais la petite cité médiévale, dans laquelle on vivait gentiment à l'heure du féodalisme et des vieilles superstitions du Moyen Âge. Et les Josselinais étaient eux-mêmes comme ces gargouilles difformes, comme cet hippopotame de granite, ce dragon, cette truie, ce chien ou ce moine à demi dévoré par le Léviathan, qui essayaient en vain de se désengluer des pierres millénaires de la basilique Notre-Dame-du-Roncier.

*

À la rentrée suivante, Madeleine et Ludovic décidèrent de faire quelque chose pour leur fils, qui souffrait encore de ses hallucinations auditives.

Plusieurs fois, ils l'avaient retrouvé accroupi dans sa chambre, un chapelet entre les doigts, dans un état de catatonie qui les avait complètement paniqués. Agenouillé devant une icône de la Vierge Marie, Francis récitait des prières dans lesquelles se mêlaient les noms des héros de l'Antiquité grecque et romaine, mais également ceux des rois de France et des ministres de l'église catholique. D'ailleurs c'était ce qu'il avait dit à ses parents, après qu'ils l'avaient secoué de toutes leurs forces, un soir de la fin du mois de septembre, pour le sortir de sa transe : la France était en train de se noyer dans les eaux sombres du fleuve des Enfers. Il n'était peut-être pas encore trop tard, mais il fallait faire quelque chose. Il fallait agir vite. Les voix lui avaient dit que la Vierge ferait son possible, mais qu'elle ne pouvait pas y arriver seule, que c'était au-dessus de ses forces, qu'elle avait besoin de quelqu'un d'autre pour lui venir en aide. Elles lui avaient dit que c'était lui qu'elle avait choisi, justement, que c'était lui qu'elle avait élu pour sortir le pays de l'ombre, pour le tirer des ténèbres.

Ses parents se demandèrent s'il n'était pas en train de devenir fou.

À l'issue du premier rendez-vous, le Dr Lebel, qui exerçait la psychiatrie à Ploërmel, lui diagnostiqua une légère tendance à la schizophrénie, mais il rassura les Rissin en leur expliquant que c'était assez courant à cet âge où l'enfant construit sa représentation générale du monde – que ça passait généralement au moment de l'adolescence.

Le 19 décembre 1969, le jour de la terrible tuerie du boulevard Richard-Lenoir à Paris, après le braquage de la pharmacie Delaunay, Jeanne et Albert vinrent chercher Madeleine qui raccommodait des vêtements dans le salon. Les jumeaux étaient en pleurs. Francis était sorti, profitant qu'elle soit occupée, et ce malgré l'interdiction formelle qu'il avait d'aller dans le jardin. Il était tombé dans l'herbe, il ne bougeait plus.

Madeleine jeta son ouvrage devant elle et se précipita dehors.

Francis était couché sur le ventre, immobile, le nez dans la terre. Il respirait, mais il avait l'air évanoui. Madeleine lui donna quelques tapes sur les joues et, comme il ne réagissait pas, elle le souleva et le porta laborieusement jusqu'au canapé du salon.

À son réveil, Francis dit à sa mère qu'il ne se souvenait de rien, ou plutôt si, il se souvenait d'une grande lumière qui était venue frapper au carreau. Il avait cru que le soleil allait entrer par la fenêtre, il était simplement sorti pour lui demander de rester dehors, il ne voulait pas qu'il mette le feu à la maison.

Après s'être raisonnés mutuellement, Ludovic et Madeleine mirent finalement ce désordre intérieur sur le compte de l'enfermement. Le petit Francis restait dans le hall de l'école pendant que ses camarades se dépensaient dans la cour de récréation. Le reste du temps, il le passait cloîtré chez eux, à jouer dans sa chambre ou à lire dans le salon, et l'atmosphère humide du lieu ne devait qu'empirer le mal. Ce n'était pas étonnant, au bout du compte, qu'il se soit construit un monde intérieur et qu'il passe son temps à s'inventer des histoires, à un âge où le corps a tellement besoin de se développer au contact du monde extérieur.

Ce qui était arrivé dans le jardin n'était pas bien difficile à comprendre : Francis étouffait, il avait besoin de respirer, il avait besoin d'aller dehors, au grand air. En voulant protéger leur fils des germes et des microbes, en le couvant pour préserver sa santé, fragile certes, mais pas non plus vacillante, ils n'avaient fait que l'affaiblir encore davantage.

Justement, Ludovic avait lu récemment un ouvrage dans lequel on établissait un lien profond entre la passivité et la dégénérescence. L'auteur prétendait même que la vigueur humaine décroissait en fonction du degré de civilisation, c'est-à-dire du confort de la vie moderne. Ce qu'on gagnait d'un côté en délicatesse, on le perdait de l'autre en vaillance, et toute cette énergie inemployée qui tournait en rond dans le corps sans jamais être libérée pouvait donner lieu à quelques impatiences, dans le meilleur des cas, mais parfois aussi à une irrépressible tendance à la névrose d'angoisse, voire à la schizophrénie.

Et puis s'il attrapait un rhume, dame ! ça ne lui ferait pas de mal, comme leur disait madame Guaignic. Il avait plus à perdre à rester prisonnier à l'intérieur, à se remplir les poumons de cet air moite et vicié, sûrement gorgé de corps impurs, qu'à aller affronter les puissances allergènes qui l'attendaient au-dehors.

*

Alors, un peu avant le mois de juin 1971, Madeleine et Ludovic décidèrent d'ouvrir en grand les portes du monde extérieur à leur fils aîné et de lui rendre cette liberté dont ils l'avaient injustement privé pendant les dix premières années de sa vie.

Pour se faire pardonner, ils lui offrirent un vieux vélo de course Peugeot, qu'ils achetèrent pour une bouchée de pain à Mme Guaignic. Son mari n'en avait plus l'usage, maintenant qu'il était couché au fond d'un trou. C'était une chance, on n'enterrait pas encore les morts avec leur bicyclette ! Le Dr Lebel accueillit cette décision avec bienveillance. En effet, l'exercice ferait le plus grand bien à Francis, à un âge où les défenses immunitaires se développent au même rythme que les muscles et la résistance à l'effort.

Pendant les grandes vacances de l'été 71, Francis Rissin partit chaque jour après le déjeuner pour de longues excursions le long du chemin de halage.

Il faisait un temps exceptionnel. On se serait cru revenu dix ans en arrière, pendant l'été 1961, l'été de sa naissance – quand il avait fait si chaud, justement.

Francis découvrit le soleil, la nature, la forêt profonde. Il découvrit l'espace infini, avec cette ligne d'horizon qui recule sans cesse à mesure qu'on essaie de se rapprocher d'elle. Il fit l'expérience de la solitude extrême et de la liberté absolue, qui devinrent bientôt indissociables pour lui.

Mais loin de refermer la brèche qui s'était ouverte dans sa tête, loin de réduire la fêlure dont il souffrait, ces mois d'été firent simplement éclore les graines qui s'étaient plantées là, et germer ces ferments qui ne demandaient qu'à sortir de terre et à s'épanouir – même si ses parents se persuadèrent du contraire, dans un premier temps.

Ces moments de liberté, il les goûta toujours à proximité des eaux du canal, ces eaux sombres et menaçantes qui semblaient receler de vieux secrets, comme s'il y avait quelque chose de sale et de pourri dans cette grande ligne de fracture qui coupait la Bretagne en deux.

Rien pourtant ne pouvait lui laisser imaginer ce qui avait vraiment eu lieu ici, dans quelles conditions de travail les forçats avaient creusé cette grande voie fluviale, ce grand axe canalisé que le barrage de Guerlédan avait divisé en deux en 1927. Et c'était pourtant le spectre de ces travailleurs, prisonniers de guerre, repris de justice, bagnards et déserteurs, qui flottait au-dessus des eaux, au milieu des moustiques et des chatons cotonneux de peupliers qui dérivaient dans l'air comme de gros flocons de neige. Leurs chants et leurs râles résonnaient au-dessus de l'Oust comme une étrange vibration, qui accompagnait Francis chaque fois qu'il pédalait sur le chemin de graviers roses.

Parfois, il posait son vélo dans l'herbe et il allait se perdre dans les bois qui s'étendaient autour de lui. Il affectionnait les zones marécageuses, dans lesquelles il glanait des branches aux formes tortueuses, des champignons inconnus, des animaux morts pour lesquels il construisait d'étranges sépultures, des pierres qu'il enfonçait dans l'humus comme des dolmens ou qu'il posait simplement à plat sur le sol.

Un jour, Ludovic et Madeleine découvrirent une petite croix en bois plantée sur un tas de terre au fond du jardin. Ils demandèrent à Francis si c'était lui qui l'avait laissée là. Il leur répondit en larmes qu'il avait trouvé une pie à moitié morte dans le marais. Il avait voulu lui donner des fourmis à manger avec un bâton, mais elle avait expiré dans sa main. Il avait essayé de la ranimer en disant des *Je vous salue Marie*, mais ça n'avait pas marché – il s'en voulait terriblement de ne pas avoir prié assez fort.

*

De même que l'univers du jeune Marcel Proust possédait deux côtés bien distincts, celui de Méséglise (ou de chez Swann), d'une part, et celui de Guermantes, de l'autre, le monde du jeune Francis Rissin se divisait aussi en deux, en fonction de la direction qu'il choisissait de suivre sur le chemin de halage.

Il y avait d'abord le côté de Saint-Jouan, qui partait vers le sud-est, en direction de Saint-Gobrien, du moulin de Carmenais, du moulin de Guillac – jusqu'au petit pont de l'Herbinaye. Mais il y avait également le côté de Beaufort, qui partait quant à lui vers le nord-ouest, en direction de Bocneuf-la-Rivière, de Pomeleuc, de l'écluse de Cadoret, et qui s'étirait jusqu'au pont du Redressement, surplombé par les landes de Saint-Yves. Mais alors que l'exploration de l'un ou de l'autre tenait surtout à des questions météorologiques pour le narrateur de la *Recherche* – la promenade du côté de Guermantes, plus longue que celle de Méséglise, étant réservée aux jours de grand soleil, et l'autre, partant, aux temps gris et pluvieux –, le petit Francis pouvait pédaler dans un sens ou dans l'autre aussi longtemps qu'il voulait.

S'il fit ses premières excursions du côté de Saint-Jouan, c'est sans doute parce que c'était celui qui était le plus proche de la maison de la rue Saint-Nicolas, celui qui était le plus immédiatement accessible, celui sur lequel aussi ils avaient pris l'habitude de se promener, tous les cinq – celui où Francis avait eu cette terrible frayeur, le jour où il avait longé l'abbaye Saint-Jean-des-Prés pour la première fois.

Ce fut donc par là qu'il découvrit la campagne, qu'il planta ces balises invisibles qui dessinent la carte du monde de l'enfance. Il y avait ce grand champ qui entourait l'hippodrome, il y avait ces zones marécageuses qui faisaient face à la lande du Moulin, il y avait le petit bourg de Saint-Gobrien, et plus loin les allées couvertes préhistoriques de Trévelo, le château de Kergras, le petit ruisseau de la Grée Cocherel. Longtemps, le côté de Beaufort resta pour lui une *terra incognita*, une zone blanche qui l'effrayait un peu. Dans les rares occasions où il s'y était quand même aventuré, il n'avait jamais été plus loin que l'écluse du Rouvray. Mais progressivement, c'est de ce côté-là qu'il passa la grande majorité de ses après-midi, délaissant presque complètement le côté de Saint-Jouan.

Chaque fois qu'il s'apprêtait à monter sur son vélo, Madeleine lui demandait s'il partait du côté de Saint-Jouan ou du côté de Beaufort. Elle était infiniment inquiète, c'était une manière comme une autre d'apaiser ses angoisses. S'il se passait quelque chose, si son fils n'était pas rentré à la tombée du soir, elle saurait au moins dans quelle direction envoyer les gendarmes. Mais ça ne l'empêchait pas de sentir son estomac se nouer dès qu'elle le voyait partir.

Petit à petit, les promenades de Francis se firent plus longues. Les journées raccourcissaient, mais il rentrait de plus en plus tard le soir, les vêtements couverts de boue, les genoux griffés par les ronces, les chaussures trempées. Ses parents se gardaient bien de lui demander où il avait été traîner. Il avait les joues rouges et un grand sourire au visage – il n'avait jamais paru aussi bien portant. D'autant que ses voix semblaient également lui laisser un peu de répit.

Mais entre eux, ils se demandaient ce qu'il pouvait bien fabriquer pendant ces longues absences qui pouvaient durer parfois presque quatre heures. Quand ils lui posaient quand même la question, Francis restait silencieux. Ils le sentaient mal à l'aise, comme s'ils touchaient à quelque chose qu'il voulait garder seulement pour lui, comme s'ils violaient son jardin secret. Leurs interrogations restèrent toujours sans réponse, mais elles ne cessèrent jamais de les harceler, surtout quand il allait du côté de Beaufort ; car ce n'était pas la même lumière qui brillait au fond de ses yeux, quand il revenait de par là-bas. C'était comme s'il était parti beaucoup plus loin, beaucoup plus longtemps – comme s'il revenait à Ithaque après avoir erré pendant des siècles et des siècles sur les flots salés.

Un jour, à la fin du mois, Ludovic trouva par hasard un clou rouillé dans la poche du pantalon de son fils, et une autre fois le squelette d'un petit oisillon. Il prit alors l'habitude de regarder dans ses poches, après qu'il s'était déshabillé pour se mettre en pyjama. Elles étaient pleines de reliques hétéroclites : plumes d'oiseaux, petites pierres colorées, morceaux de bois, ossements.

Mais un soir, il tomba sur un morceau d'étoffe tout élimé. Il avait dû être bleu, autrefois, mais il était presque entièrement décoloré, à présent, et tout écorché par les ronces. En même temps, il dégageait quelque chose de pur et de majestueux. C'était un vieux chiffon, et pourtant on avait presque envie de se le poser sur le cœur, pour se consoler des misères de la vie ou chasser les cauchemars. Ça devait être un lambeau de vêtement – on trouvait parfois de ces saletés dans les ronces des marécages.

Ludovic demanda à son fils où il l'avait trouvé. Francis fit une drôle de grimace quand il aperçut le haillon dans les mains de son père. Celui-ci réitéra sa question. Il voulait juste savoir, il n'allait pas le punir pour ça – c'était même une jolie trouvaille. Ça pouvait dater du siècle précédent, ça avait peut-être appartenu à un paysan du coin, qui s'était retrouvé pris dans les lianes de lierre, ou peut-être même que ça venait de très loin, peut-être que c'était tombé dans l'eau quelque part, et que ça avait flotté comme ça au fil de l'Oust, avant de se retrouver coincé ici, à l'occasion de la dernière crue.

Francis lui répondit que ce n'était pas ça, que ce n'était pas ça du tout.

C'était un lambeau du manteau de la Vierge.

*

L'été tirait à sa fin. Les premières bourrasques du mois de septembre sonnèrent l'heure de la rentrée des classes. Francis entra en CM2 dans la classe d'Annick Amouraux, une grosse bonne femme au doux sourire de grand-mère.

Mais il n'abandonna pas ses habitudes. Le soir, à peine rentré chez lui, il enfourchait son vélo de course Peugeot et il partait toujours plus loin du côté de Beaufort. Il pédalait à toute vitesse le long du canal, il posait sa bicyclette dans un coin et il s'enfonçait à travers les bois, dans des lieux connus de lui seul.

Il passa l'hiver à s'émerveiller des transformations de la nature et à s'extasier devant la beauté de cette campagne plongée dans la brume, que les fougères mortes parsemaient de plaques de rouille.

Il avait évidemment des camarades, mais ils n'existaient pour lui qu'à l'intérieur de l'enceinte de l'école. C'était sans doute un peu différent avec Monique, qui lui tenait compagnie dans le hall pendant que les autres jouaient au ballon dehors ; mais de toute façon il préférait être seul quand il explorait les berges du canal et la campagne environnante.

Un samedi après-midi du mois d'avril suivant, deux jours après la découverte par des enfants du corps sans vie de la jeune Brigitte Dewèvre, sur un terrain vague de Bruay-en-Artois, Francis fut invité rue du Château pour fêter les onze ans de l'un de ses camarades,

Yves Legoaesbe. C'était un jeune garçon plein de joie et de fantaisie, courtisé par tous les enfants de la classe, et dont les parents tenaient la grande boulangerie-pâtisserie de la place Notre-Dame.

Francis bavardait souvent avec lui pendant les heures de récréation. Il lui avait résumé les différents épisodes de la guerre de Troie et du retour d'Ulysse, car il venait de lire l'*Iliade* et l'*Odyssée*. En échange de quoi Yves lui avait parlé de ses idoles à lui, qui couraient pour leur part après le ballon rond – les quarts de finale de l'Euro 1972 approchaient.

Le jour de la fête d'anniversaire, presque tous les enfants de la classe étaient présents. Il y avait Françoise Le Dervoust, Hervé Jacolo, Michel Angroix, Marie-Rose Danet, Sylvie Couespel que Francis avait l'habitude de côtoyer à l'école. Monique Durhais, à côté de laquelle il était assis en classe, était là elle aussi. Manquaient à l'appel Marie-Odile Fanon et Patrick Roussel, qui étaient restés aux côtés de leurs parents, car il y avait du travail dans les champs pendant cette période de l'année.

Les Legoaesbe avaient voulu gâter leurs jeunes invités. C'était une véritable farandole de friandises qui se déroulait sur la grande table du séjour, et dans laquelle ils pouvaient piocher à loisir, entre deux verres de limonade ou de jus de pomme.

Il y avait de la tarte au citron, du gâteau au chocolat, des macarons, des crêpes, des gaufres, des choux à la crème, mais également des paniers remplis de roudoudous, de caramels et de sucettes Pierrot Gourmand. Il y en avait pour un régiment entier. De quoi faire éclater plusieurs fois la panse de ces prisonniers affamés qui avaient creusé la roche pour frayer un chemin à la rivière, quelques centaines de mètres en contrebas.

Il y avait beaucoup d'agitation dans la pièce. Après que chacun eut offert son cadeau au roi de la fête, les enfants se jetèrent sur le buffet. Francis avait apporté un imposant morceau de bois flotté qu'il avait trouvé du côté de Beaufort, et qu'il avait décoré avec des plumes d'épervier et quelques touches de peinture. Ses parents étaient très fiers de cette espèce de totem, qui avait un peu effrayé les jumeaux. Yves avait regardé ça avec un air de curiosité, et puis il s'était tourné aussitôt vers les autres paquets-cadeaux.

Ce qui s'était passé ensuite ? Les enfants étaient rassemblés dans la salle de séjour, à l'étage de la maison médiévale. Yves avait sorti des jeux de société, et ils jouaient d'une main, en s'enfilant des ribambelles de friandises de l'autre. Son père, Raymond, les ravitaillait régulièrement en chaussons aux pommes, meringues, roses des sables et beignets à la framboise. C'était comme si l'étal de la boutique s'était retrouvé entassé là, sur la grande table du salon.

Yves, Françoise et Hervé disputaient une partie de 1 000 bornes. Les autres jouaient au Cochon qui rit, gloussant, criant, se chamaillant comme des enfants de leur âge. Monique justement faisait partie de ce deuxième groupe. Après avoir lancé le dé et ajouté une oreille rouge à sa figurine, elle attrapa une part de clafoutis, en goba un gros morceau, et s'arrêta subitement de rire. Les autres continuaient de jouer. C'était au tour de Sylvie. Seul Francis, qui était à la droite de Monique, remarqua que quelque chose clochait. Sa bouchée était restée coincée dans sa gorge, elle ne pouvait plus respirer.

Sans paniquer, Francis lui donna plusieurs tapes dans le dos, pensant que ça allait suffire à la faire éructer, mais ce fut sans effet. Les autres enfants avaient arrêté de jouer pour regarder ce qui se passait. Leurs visages se décomposaient lentement. Ils ne pouvaient rien faire, ils assistaient impuissants au drame.

Des sons de robinetterie grippée sortaient de la gorge de la petite fille, dont le teint avait viré à l'écarlate. Elle asphyxiait. Les autres avaient maintenant les yeux écarquillés d'horreur. Francis prit sa camarade par les épaules et il la secoua énergiquement, avant de lui donner de grandes claques sous les omoplates. Dans un sursaut de réactivité, Yves Legoaesbe se leva et descendit chercher ses parents, qui devaient être dans la boutique, au rez-de-chaussée.

Quand ces derniers arrivèrent, une longue minute plus tard, Monique finissait d'agoniser, les yeux veinés de rouge. Ils appelèrent le Dr Hervouët et les urgences de l'hôpital local, mais c'était trop tard, ils n'arriveraient jamais à temps, on ne pouvait plus rien faire pour cette pauvre petite. Raymond Legoaesbe lui donna encore une grosse claque dans le dos, en espérant que ça fasse sortir le morceau coincé, ça avait marché il y a quelque temps de ça, il avait sauvé une jeune femme qui s'était étranglée avec une dragée – mais ce fut sans effet cette fois.

Alors Francis dit aux autres qu'il allait revenir, qu'il allait chercher quelque chose, qu'il en avait pour quelques minutes. Il prit une carafe vide qui traînait sur le buffet et quitta précipitamment la pièce.

Depuis qu'il passait son temps libre à faire du vélo le long du canal, il avait développé une bonne endurance. Il descendit la rue des Trente en courant aussi vite qu'il put, manquant se faire renverser par une voiture qui arrivait en sens inverse. Au niveau de la place Saint-Nicolas, il bifurqua à gauche. Il aperçut la façade de sa maison, avec sa petite porte à la peinture écaillée. La fontaine était deux cents mètres plus loin.

En descendant l'escalier de granite, il essaya de se concentrer un instant pour dire une prière, pour ne pas arriver là comme un voleur ; mais il n'avait pas le temps de s'arrêter, il n'avait pas le temps de se signer et de réciter le *Je vous salue Marie*. Il présenta quand même ses excuses à Notre-Dame – il prierait avec elle une autre fois. Il trempa la carafe dans le bassin et remonta les marches quatre à quatre. Il reprit le même chemin, courant de toutes ses forces, sa main gauche posée sur le haut du récipient pour éviter de perdre trop d'eau en route. Ses jambes lui faisaient mal, il était hors d'haleine. Mais il revit les traits déformés de Monique asphyxiant sur le carrelage et il essaya d'accélérer encore le pas.

Quand Francis entra dans le salon des Legoaesbe, le Dr Hervouët était penché au-dessus de la petite fille, un stéthoscope posé sur son ventre dénudé. Certains enfants étaient rentrés chez eux, ceux qui étaient encore là regardaient la scène sans rien dire, l'air terrifié. Le docteur fit un geste d'impuissance de la tête, comme si c'était trop tard.

Francis était tout essoufflé, mais il le poussa d'un geste vif et s'agenouilla au-dessus de Monique. Il pencha la carafe d'eau sur son visage et en fit couler un léger filet sur ses lèvres en récitant la prière de la Vierge. Les autres le regardaient avec hébétement. Le Dr Hervouët essaya de reprendre sa place, mais Francis le repoussa d'un nouveau coup de coude, plus énergique que le premier, et accompagné cette fois d'un regard plein de défiance. Le médecin abdiqua. Après tout, si ça pouvait faire plaisir au gosse.

L'eau de la fontaine coulait lentement sur les lèvres de la fillette. Francis était plongé dans un état semi-extatique, ses lèvres tremblaient comme celles d'un sacristain qui égrène un chapelet.

Raymond Legoaesbe s'approcha de lui, des larmes plein les yeux, en disant que ça ne servait à rien, qu'on ne pouvait plus rien faire pour elle, que c'était fini.

Mais c'est à ce moment-là que le corps de Monique tressaillit. Ce fut presque imperceptible, mais il bougea, tout le monde le vit bouger – tout le monde sauf Francis, qui avait fermé les yeux et qui continuait à prier en balançant son corps d'avant en arrière comme un moine tibétain.

Le filet d'eau se répandait doucement. Monique sursauta encore une fois. Francis entama un énième *Je vous salue Marie*. Sa voix se réduisait à un murmure. Monique sursauta encore une fois, mais elle fut prise cette fois d'un violent accès de toux. On eût dit que quelque chose voulait se frayer un chemin à travers son corps. Elle sursauta encore, mais cette fois on entendit comme un craquement au niveau de sa gorge – c'était ce qu'il y avait de plus précis pour décrire le bruit qu'ils entendirent, une sorte de craquement, comme une branche sèche qu'on aurait cassée en deux. Elle toussa encore et un petit objet rond, de la taille d'un noyau de cerise, traversa la pièce avant de rebondir sur le mur d'en face.

Tous les autres se regardaient, incrédules.

Francis ouvrit doucement les yeux et prit la main de Monique. Alors Monique ouvrit les yeux à son tour.

Elle avait le visage doux et reposé d'une sainte. Elle se releva lentement, dévisageant tous ceux qui étaient là, et qui la regardaient sans y croire. Gisèle Legoaesbe tomba à genoux et se signa. Les enfants ne savaient pas s'ils devaient rire ou hurler d'épouvante. Francis se releva en gardant la main de Monique dans la sienne.

Il régnait un silence de crypte dans la pièce.

Les deux enfants se frayèrent un chemin à travers les corps à demi paralysés de leurs camarades, qui les regardaient comme s'ils avaient assisté à une nouvelle apparition de la Vierge.

Ils descendirent au rez-de-chaussée et retrouvèrent rapidement la place Notre-Dame, où ils furent accueillis par un grand rai de soleil.

*

Sur le moment, ceux qui avaient assisté à la scène de « résurrection » avaient immédiatement pensé à un miracle. Mais quelques heures, quelques jours plus tard, après avoir pris le temps d'y repenser, après avoir eu le temps de retourner tout ça dans sa tête, chacun y allait de sa petite explication rationnelle et scientifique. Le Dr Hervouët estimait que le gamin avait eu une excellente idée, que l'eau avait relancé le réflexe de déglutition bloqué par ce corps étranger et qu'elle avait libéré la gorge de la fillette ; mais non, il ne s'agissait pas d'un miracle à proprement parler, la petite n'avait pas encore rendu l'âme – puisqu'elle était revenue ! Ça avait marché, personne ne pouvait dire le contraire, Francis lui avait bel et bien sauvé la vie. Mais la science médicale pouvait facilement expliquer ce genre de résurrection-là. Il y avait eu une cause, et cette cause avait produit un effet. La semaine passée encore, à l'hôpital de Ploërmel, le cœur d'une femme avait recommencé à battre deux heures après qu'on l'eut déclarée morte.

À l'école, le lundi suivant l'anniversaire, Monique s'approcha de Francis pour l'embrasser affectueusement sur la joue, mais celui-ci fit volte-face et la repoussa violemment. Monique en resta épouvantée. Comment pouvait-il la rejeter alors qu'il lui avait sauvé la vie deux jours plus tôt ? Elle s'approcha à nouveau, lentement cette fois. Mais Francis prit un air contrit et il essaya de lui parler. Il avait demandé à la Sainte Vierge de venir, et la Sainte Vierge était venue. Maintenant il était lié à jamais à la mère de l'Enfant Jésus. Il aurait préféré ne jamais avoir à choisir, mais c'était comme ça, il fallait qu'elle lui pardonne.

Le samedi suivant, au milieu de l'après-midi, Monique vint frapper à la porte des Rissin. Elle avait les yeux bouffis, comme si elle avait beaucoup pleuré. Elle demanda à voir Francis. Madeleine lui répondit qu'il était parti du côté de Beaufort. Monique lui dit que c'était important, qu'il fallait absolument qu'elle aille le chercher. Madeleine était en train de faire manger les jumeaux, elle répondit à la petite fille qu'elle allait faire ce qu'elle pouvait, qu'elle dirait à Francis d'aller sonner chez elle dès qu'il serait rentré à la maison. Et puis elle pensa à autre chose. Ce fut seulement le dimanche soir qu'elle se souvint de la visite de la petite Durhais. Quand elle en avisa Francis, celui-ci tomba dans un état de profond abattement. Il lui dit qu'il ne voulait plus la voir. Madeleine lui demanda ce qui s'était passé, s'ils s'étaient fâchés, mais il refusa de lui répondre.

*

Depuis l'arrivée d'Annick Amouraux, au début des années 60, les instituteurs de l'école Notre-Dame du Roncier avaient pris l'habitude d'emmener les élèves de CM1 et de CM2 en « classe verte » dans les Pyrénées. Ça ne coûtait pas bien cher aux parents, car ils étaient accueillis dans les grands dortoirs de l'école privée d'Arreau, une petite commune des Hautes-Pyrénées. Il n'y avait que le kérosène à payer pour transbahuter tout ce petit monde d'un coin à l'autre du pays.

À l'époque, les écoliers de Josselin avaient rarement l'occasion de quitter les limites de leur département – c'est tout juste s'ils allaient à Rennes une ou deux fois par an. Alors, pendant ces dix jours, ils découvraient souvent pour la première fois ces paysages de montagne grandioses, qui dépassaient les sommets des monts d'Arrée de plusieurs kilomètres de haut. Ils découvraient la vallée de la Neste, les hauteurs du Vignemale, le col du Tourmalet ou l'observatoire du pic du Midi de Bigorre. Beaucoup avaient l'impression d'être projetés sur une autre planète.

Au cours de ces belles journées passées au grand air, Francis essaya d'échapper aux sollicitations de Monique, qui revenait constamment vers lui. Ce ne fut pas bien difficile. Il lui suffit de se tourner vers ses autres camarades, et notamment vers Michel Angroix et Hervé Jacolo, qui étaient quand même extrêmement drôles, quand ils faisaient leurs sketchs au fond du car. Sans compter que les CM1 et les CM2 de l'école d'Arreau s'étaient joints à eux pour les visites et les balades. Il n'avait eu qu'à se fondre dans le groupe.

Sur le chemin du retour, comme chaque année, le car de la compagnie Morice s'arrêta à Lourdes. Les enfants avaient été élevés dans la parole de Dieu, une petite halte touristique dans ce haut lieu de pèlerinage ne pouvait pas faire de mal à leur foi naissante.

Pendant ces deux jours, ils visitèrent au pas de course les sanctuaires de Notre-Dame de Lourdes : la basilique de l'Immaculée Conception, la maison de Bernadette, la toute récente basilique Saint-Pie X, et surtout la célèbre grotte de Massabielle, où la jeune Bernadette Soubirous avait eu sa vision de la Vierge. Mais ce furent les commerces de souvenirs religieux, le long de la rue de la Grotte et du boulevard de la Grotte, qui impressionnèrent le plus les enfants. C'était un vrai caravansérail, où s'échangeaient des bibelots et des bondieuseries en quantités innombrables. On trouvait là des chapelets en plastique, des bougies à l'effigie de la Vierge, des bonbons à l'eau miraculeuse, des statuettes « apparition », des flacons contenant de l'eau de la Grotte, des mini-bénitiers et des icônes phosphorescentes représentant la jeune miraculée.

Francis ressentit un profond sentiment de dégoût à la vue de ces idoles de pacotille et de ces objets de piété bon marché. Le visage couronné de Notre-Dame se répétait à l'infini, comme si on l'avait coincé entre deux miroirs tournés face à face. On le retrouvait sur des sets de table en plastique, des assiettes, des pendentifs, des ronds de serviette, des coquetiers, des crayons de couleur, des porte-clés, des cendriers. Jamais il ne s'était senti aussi loin d'elle, dans ce lieu qui se voulait pourtant imprégné de sa présence. Pourquoi laissait-elle faire ça ? Pourquoi se laissait-elle transformer en banale marchandise ? Francis aurait voulu qu'elle lève la voix, qu'elle s'insurge, qu'elle donne un grand coup de pied dans ces étals. Elle avait rendu la vue à des aveugles, elle avait guéri des paralytiques, elle pouvait bien envoyer ces vendeurs se faire voir avec leur camelote.

Les enseignants pensaient pourtant que la visite de cette ville pouvait sinon affermir les croyances des enfants, du moins les sensibiliser aux grands mystères de la religion et aux voies impénétrables du bon Dieu. Mais après ces journées passées dans les alpages à courir après les ruisseaux, après ces journées passées au grand air à fouler les sentes qui serpentaient dans les vallées, cette ville leur faisait l'effet d'une inquiétante Cour des miracles. Ils se retrouvaient pris dans les remous d'une foule immense, composée pour l'essentiel de personnes âgées, de grabataires, de grands invalides de guerre, de polyhandicapés, tous obsédés par l'éventualité d'un nouveau miracle. Ils n'avaient jamais vu autant de corps, avec une telle variété d'anomalies et de difformités. C'était la grande foire, la grande parade des monstres. Ça dépassait de loin tout ce qu'ils avaient pu observer à Josselin, le 8 septembre, le jour du Pardon, quand les cinq ou six mutilés du coin paradaient en tête du cortège.

En arrivant devant la grotte de Massabielle, toutefois, au-dessus de laquelle étaient suspendus des chapelets de béquilles, le jeune Francis fut complètement bouleversé. Alors comme ça, c'était là, dans ce renfoncement rocheux, qu'elle était apparue à Bernadette Soubirous, toute de blanc vêtue, et qu'elle s'était adressée à elle. Il fut envahi par un profond sentiment de jalousie. Il se demanda pourquoi elle ne lui était pas apparue à lui, pourquoi elle s'était donnée seulement à l'autre. Il partit en courant, les yeux en pleurs. Les enseignants mirent une bonne demi-heure pour le retrouver, assis sur une grosse pierre qui se tenait à l'entrée des parkings.

C'était comme si la Vierge avait quitté les murs de Josselin pour venir s'installer ici, comme si elle l'avait abandonné. Il savait qu'il ne la retrouverait pas, là-bas, à son retour. Il savait qu'il se retrouverait seul. Alors il la détesta comme il n'avait jamais détesté personne.

*

Et puis vint le 17 juin 1972. Que se passa-t-il ce jour-là ? Les élèves de l'école Notre-Dame étaient rentrés de classe verte trois semaines plus tôt. C'étaient les derniers jours avant les grandes vacances, qui devaient propulser le jeune Francis tout droit vers la sixième, au collège Sainte-Marguerite-Marie.

C'était un samedi, il faisait un temps superbe. Ludovic et Madeleine avaient prévu d'aller faire des courses à Ploërmel avec les jumeaux, mais Francis insista pour rester à Josselin. Il voulait faire une petite échappée du côté de Saint-Jouan, qu'il avait un peu délaissé ces derniers temps. Ses parents acceptèrent à condition qu'il soit de retour deux heures plus tard, pour les aider à décharger les provisions.

Il enfourcha son vélo Peugeot et prit la direction du chemin de halage, sous un soleil éblouissant. Il portait un simple T-shirt. Il avait quand même pris un paquet de gâteaux, qu'il avait jeté au fond de son sac à dos. En longeant le mur d'enceinte du château, il repensa à Monique. Cette courte halte à Lourdes avait ébranlé ses convictions. Il se dit qu'il avait peut-être été un peu brutal avec elle, il faudrait qu'il lui parle, qu'il prenne le temps de lui expliquer les choses. Peut-être qu'elle lui pardonnerait, après tout. Peut-être même qu'ils pourraient se réconcilier et recommencer comme avant.

Il laissa l'écluse derrière lui. L'air était incroyablement doux. Il avait envie de s'allonger dans l'herbe et de regarder passer les nuages, mais ce n'était pas le moment, il fallait qu'il s'éloigne encore de la ville. Ça faisait longtemps qu'il ne s'était pas aventuré de ce côté-ci du canal, et pourtant rien n'avait changé. Il reconnaissait chaque souche, chaque pierre, chaque méandre de la rivière. Il passa devant l'abbaye, puis il longea l'écluse de Saint-Jouan, qu'il abandonna rapidement derrière lui.

Il se sentait à nouveau libre. L'air de la montagne lui avait fait beaucoup de bien. Il avait l'impression de s'être délesté de ses démons, comme si les voix étaient restées prisonnières avec la Sainte Vierge, derrière cette grosse grille qui défendait l'entrée de la grotte de Massabielle. Il était bien content de ne plus les entendre, ça lui faisait des vacances. Il repensa à Monique, et une sensation de chaleur se répandit dans sa poitrine. Il l'appellerait à son retour de balade.

Il approchait de Saint-Gobrien. Il s'arrêterait un peu plus loin, au niveau du moulin de Guillac. Il connaissait un coin de verdure, par là-bas, où il pourrait s'allonger un moment, avant de prendre son goûter.

Et puis quelque chose arriva.

*

Quand Madeleine et Ludovic retrouvèrent Francis, à leur retour de Ploërmel, il était assis en tailleur au milieu du jardin, les jambes boueuses, les cheveux décoiffés, des griffures plein le visage. Il fixait le mur du château de ses yeux absents. Le visage de Madeleine se décomposa lentement. Ludovic s'approcha de lui pour lui demander ce qui s'était passé.

Francis lui répondit qu'il avait vu quelque chose, près du pont de Saint-Gobrien. Ludovic eut du mal à comprendre ce qu'il disait, il avait vraiment l'air choqué. Il lui parla d'une forme qui flottait, une forme de couleur bleue, mais d'un bleu comme le fond de la mer – une forme qui s'était tournée et s'était adressée à lui. Il n'y avait pas un nuage dans le ciel, et pourtant c'était comme si la nuit était tombée d'un coup, ou comme si un gros nuage d'orage avait subitement caché le soleil. La forme avait parlé et puis elle avait disparu. Et quand il avait retrouvé ses esprits, il faisait grand jour, le soleil lui tapait sur le visage. C'est seulement à son retour à la maison qu'il avait découvert qu'il était dans cet état.

Ludovic fit de son mieux pour ne pas prendre ça trop au sérieux. Il essaya d'abord de calmer son fils, puis il l'installa dans le salon, devant une grosse pile de bandes dessinées qu'ils venaient de ramener de la bibliothèque municipale. Il prit sa femme à part et lui promit qu'elle n'avait pas de crainte à avoir, que ce n'était pas bien grave. Francis avait sans doute mélangé le rêve et la réalité, il avait sans doute été victime de sa puissante imagination, ce n'était pas la première fois que ça arrivait – ils en avaient vu d'autres, dans ce registre-là.

Mais quoi qu'il se soit vraiment passé ce samedi-là, quoi que Francis Rissin ait vraiment aperçu dans le ciel, son comportement changea définitivement les jours qui suivirent. Ce fut comme s'il était sorti de l'enfance du jour au lendemain. Il était persuadé à présent qu'une terrible menace planait sur eux, que quelque chose de tragique allait arriver, quelque chose qui risquait de mettre leur vie en péril, mais également le destin de la France tout entière. Devant son père, il évoqua à nouveau ses voix, qu'il attribuait à présent à sainte Catherine et à sainte Marguerite – ces voix qui lui avaient demandé d'être pieux, et de libérer le pays de ceux qui voulaient l'asservir ; ces voix qui lui avaient demandé de lever une armée, et de marcher sur Paris pour chasser les rois infidèles de leur trône. Il était extrêmement lucide pour son âge. Il se demandait comment c'était possible, comment on pouvait le charger d'une pareille responsabilité – alors qu'il n'avait pas encore onze ans.

Les nuits qui suivirent, il fit de mauvais rêves, dans lesquels il crut lire de sombres présages pour l'avenir. Une nuit, notamment, il rêva qu'il était enlevé au ciel sur un char gemmé tiré par quatre aigles, tandis que le précédait, en volant, une forme gigantesque qui ressemblait à un homme ; au cours de cet enlèvement, il compta jusqu'à soixante et un, nombre correspondant à l'année de sa naissance ; puis les aigles le déposèrent dans un immense cercle aérien où il resta longtemps, seul et abandonné, effrayé à l'idée de pouvoir tomber la tête la première – lorsque lui apparut soudain la silhouette de Notre-Dame. Elle l'appelait en lui montrant une croix en haut d'une montagne qui ressemblait au pic de Néouvielle, qu'ils avaient vu pendant leur séjour pyrénéen, et qu'il interpréta comme étant le Golgotha.

Mais ce n'était que le début encore.

*

Il n'avait pas fallu longtemps aux parents Legoaesbe et au Dr Hervouët pour se persuader que le prétendu miracle dont ils avaient été les témoins était tout à fait explicable dans les termes de la science. Rétrospectivement pourtant, après les événements du 24 juin 1972, ils repensèrent à ce qui s'était passé le jour de l'anniversaire du petit Yves.

Du reste, ce qui arriva sur les bords de l'Oust, le samedi de la fête de la Saint-Jean, fut d'une autre envergure. Et personne ne douta, cet après-midi-là, qu'il s'agissait d'un véritable prodige et que la main du jeune Francis Rissin était guidée par des forces supérieures.

C'était le milieu de la journée. De nombreux villageois s'étaient rassemblés dans ce grand champ qui s'étendait entre le chemin de halage et la route de La Croix-Helléan, juste avant l'abbaye de Saint-Jean-des-Prés, pour préparer la grande fouée qui devait flamber à la tombée du soir. On avait également commencé à aligner de grands morceaux de parquet pour le *fest-noz*. Le soleil tapait d'aplomb. Il faisait une chaleur d'alambic. Les hommes, le torse nu, transportaient sur les épaules d'encombrants fagots, qu'ils jetaient négligemment sur la pyramide de bois mort avant de se rafraîchir le gosier d'une lampée de cidre.

Josselin de Rohan, au prétexte d'une promenade à cheval jusqu'à l'hippodrome, s'était arrêté là, et il observait le spectacle en prenant bien soin toutefois de rester à distance de la foule. Il fallait bien que ces gens-là s'amusent un peu – la vie n'était pas facile tous les jours, sans doute, pour ceux qui vivaient en dehors de la rassurante enceinte d'un château fort.

D'ailleurs, Ludovic et Madeleine étaient venus assister aux préparatifs avec Jeanne et Albert, qui regardaient du haut de leurs sept ans cet amas gigantesque qui n'en finissait pas de s'élever vers le ciel. Les jumeaux s'étant mis en tête d'ajouter leur pierre à l'édifice, ils ramassèrent quelques brindilles qui traînaient à leurs pieds et les jetèrent avec fierté à la base de la pyramide, sous le regard bienveillant de leurs parents.

Le soleil était haut dans le ciel. Pour se protéger de l'insolation, certains s'étaient noué des foulards au-dessus des oreilles, d'autres portaient de grands chapeaux de paille élimés. On travaillait la main au-dessus des yeux, pour ne pas être ébloui par la lumière.

Ludovic et Madeleine ne virent pas Francis arriver tout de suite.

Celui-ci leur avait dit qu'il partait du côté de Beaufort, il voulait profiter de cette grande journée de soleil pour aller jusqu'à l'écluse de Cadoret. Mais arrivé à celle de Bocneuf, il eut un drôle de pressentiment. Il pensa aux préparatifs de la fouée. Il savait qu'il devait y avoir pas mal d'agitation, ce jour-là, aux abords de l'hippodrome. Il savait aussi que ses parents avaient prévu d'aller y promener son frère et sa sœur.

Alors une voix s'adressa à lui. Elle était différente de celles qu'il avait eu l'habitude d'entendre jusqu'ici. Elle était infiniment plus claire, infiniment plus douce.

Francis sut immédiatement que c'était la voix de Notre-Dame. Il l'écouta révérencieusement, comme si Dieu lui-même se fût adressé à lui. Elle lui dit simplement qu'il devait aller là-bas, jusqu'à l'abbaye, et tremper son doigt dans l'eau du canal – que quelque chose l'attendait.

Il rebroussa chemin sur-le-champ.

Quinze minutes plus tard, il doublait l'écluse de Josselin. Il pédalait à vive allure sur le chemin de halage, depuis lequel il pouvait voir le grand champ qui s'étalait à sa gauche – le duc n'avait pas encore planté cette haute barrière d'épicéas qui le soustrait aujourd'hui aux regards. Il distingua bientôt les silhouettes des villageois qui s'agitaient autour du gros tas de branchages.

Arrivé à hauteur de l'abbaye, il posa son vélo contre le tronc gris d'un jeune peuplier. C'était comme si quelqu'un ou quelque chose avait pris le contrôle de son corps. Il s'approcha de l'eau étincelante. D'habitude, sa surface était complètement immobile, comme une épaisse flaque d'huile – il était parfois difficile de savoir dans quel sens allait le courant. Mais ce jour-là, l'onde était agitée d'un mouvement inhabituel. Francis avança sa main vers l'eau.

Alors un gros nuage masqua le soleil. C'était un nuage immense, haut de plusieurs kilomètres, un de ces mastodontes qui portent de terribles orages dans leurs entrailles et répandent la tourmente sur la terre, quand ils ont le malheur de craquer au-dessus d'elle. Personne ne l'avait vu venir. Les travailleurs prièrent pour qu'il pète un peu plus loin, sans quoi ils seraient bons pour se mettre à l'abri, ce qui n'allait pas faire avancer le travail. L'eau du canal devint sombre et menaçante.

Quand Francis trempa son doigt dans le courant, un étrange picotement le saisit, et entra progressivement en lui, lui chatouillant bientôt tout l'intérieur du corps. C'était comme une force, comme une vibration de la terre, comme un tourbillon qui l'aurait lentement entraîné dans sa spirale. Mais c'était aussi quelque chose d'infiniment agréable, il n'avait jamais ressenti un plaisir aussi puissant, une joie aussi intense. Il se dit qu'il pourrait mourir pour cette force, qu'il pourrait s'abandonner à elle jusqu'à la fin des temps.

Les jumeaux continuaient leur ouvrage. Ils ramassaient les innombrables brindilles qui étaient tombées des fagots et les portaient religieusement jusqu'au bûcher. Ludovic et Madeleine avaient levé les yeux, pour regarder cette nuée gigantesque qui menaçait d'abréger leur sortie. Ils se tenaient la main amoureusement, et c'est en baissant la tête que Madeleine aperçut leur fils aîné, posté un peu plus loin, au bord de la rivière. Elle lui fit de grands signes, pour attirer son attention, mais Francis ne les vit pas – Francis ne pouvait pas les voir, il avait déjà fermé les yeux.

Les cloches de la basilique se mirent à sonner, au loin.

C'est alors que le miracle s'accomplit.

Les eaux du canal s'ouvrirent d'un seul coup, comme la mer Rouge s'était ouverte autrefois, sans doute, pour laisser passer Moïse et le peuple d'Égypte. Elles refluèrent jusqu'à l'écluse de Saint-Jouan, produisant un puissant mascaret qui laissa rapidement un grand vide entre celle-ci et l'écluse de Josselin, dans un monstrueux bruit d'aspiration. Surpris par ce vacarme, les villageois tournèrent immédiatement leurs regards vers le canal : on pouvait voir le lit de la rivière désormais. Ils n'en crurent pas leurs yeux, c'était la première fois qu'ils assistaient à un tel prodige. Ils s'approchèrent pour observer ça de plus près – pour s'assurer que ce n'était pas le cidre qui leur montait à la tête. Ludovic et Madeleine s'avancèrent également, à la fois fascinés et terrifiés par ce qui venait de se passer. Ils avaient complètement oublié les jumeaux, qui tournaient encore autour de la pyramide de fagots.

Au fond, dans la vase, des dizaines de corps étaient allongés. Ils étaient pris dans le sol, comme s'ils étaient restés embourbés au fond de la rivière pendant des siècles. C'étaient les cadavres de ces prisonniers de guerre, de ces repris de justice, de ces bagnards, de ces déserteurs, de tous ces forçats qui avaient creusé le lit du canal à la force de leurs os, cassant la roche à coups de masse et de pioche, et qui y avaient laissé leur peau, au bout du compte, qu'ils eussent été emportés par la fatigue, la faim ou la maladie.

Les Josselinais s'approchèrent encore. Ils pouvaient apercevoir les dépouilles, à présent, à demi enfoncées dans le limon. Elles étaient éparpillées sans ordre au milieu de troncs d'arbres noircis, mais aussi d'objets métalliques qui pouvaient ressembler à des morceaux de voiture ou de machine à laver. Le duc de Rohan avait du mal à garder son calme. Il se demandait quel genre de théorie scientifique pourrait bien expliquer ce qu'il venait de voir, et qui lui paraissait pour l'heure tout à fait insensé. On n'avait jamais vu l'Oust refluer comme ça, il devait y avoir un problème quelque part. Et en observant le mouvement de foule, un peu plus loin, il s'avança à son tour, en conservant toujours une certaine distance. Il était philosophe à ses heures, il savait que le pire était toujours à craindre, dès lors que les choses sortaient de leur cours tranquille.

Francis n'avait pas bougé, depuis qu'il avait trempé la main dans l'eau. Il restait là, accroupi, le front posé sur les genoux.

Ludovic et Madeleine commencèrent à courir, pour aller le secouer, pour le sortir de sa transe, comme ils avaient l'habitude de faire quand ils étaient chez eux. Mais ils s'arrêtèrent subitement. Les corps bougeaient, les corps étaient en train de bouger. Ils étaient pourtant dans un état de décomposition épouvantable. Certains, à vrai dire, n'étaient plus que de simples squelettes, et pourtant ils se tortillaient, comme s'ils essayaient de s'extraire de la vase. Pour finir, l'un d'eux se releva et regarda autour de lui. Son visage de mort-vivant était hideux à vomir. Ses yeux étaient retournés dans leurs orbites et seuls quelques lambeaux de chair pendaient de sa mâchoire déchaussée. Mais il bougeait, il se déplaçait avec une démarche saccadée d'automate. Il s'approcha de l'un de ses camarades. Il lui tendit la main et l'autre la saisit, avant de se lever à son tour. En quelques minutes, ils furent tous plus ou moins sur pied, tous plus ou moins debout. C'était une vraie vision d'horreur. Ce n'étaient que des os flottant dans des haillons. Leurs membres dégoulinaient de vase, répandant autour d'eux une infâme odeur de nécropole. C'était comme si on avait réveillé tous les morts qui pourrissaient sous les tombes du cimetière de Sainte-Croix.

Les cloches de Notre-Dame-du-Roncier retentirent encore une fois. L'instant d'après, ils étaient immaculés. Ce n'étaient plus des cadavres, c'étaient des êtres bien vivants, à la peau lisse et aux yeux perçants, des êtres de chair et de sang, comme ceux qui les regardaient depuis la berge, la bouche ouverte, paralysés d'effroi.

Les forçats se rassemblèrent lentement aux pieds de Francis. Leurs jambes s'enfonçaient encore dans la vase jusqu'aux chevilles, mais leurs costumes étaient impeccables, on eût dit qu'ils sortaient de chez le teinturier. Un silence de mort régnait autour de l'enfant, mais une fois qu'ils furent réunis devant lui, ils commencèrent à entonner une étrange mélopée, d'abord de manière hésitante et désordonnée, et puis bientôt d'une seule et même voix, grave et puissante.

Josselin de Rohan se demandait s'il n'était pas en train de rêver. Il donna un coup de talon dans le flanc de sa jument, pour qu'elle avance encore un peu. Ils étaient en train de chanter quelque chose, mais il avait du mal à distinguer les paroles. Il tendait l'oreille pourtant, le vent devait souffler en sens contraire. Alors un tressaillement de terreur lui traversa le corps de part en part. Les autres s'y étaient mis aussi ! Les volontaires qui préparaient la fouée s'étaient joints au chœur des bagnards ressuscités, et ils chantaient avec eux. Ça y est, il distinguait leurs voix maintenant, ils disaient simplement : « Francis Rissin ! Francis Rissin ! Francis Rissin ! » Sur sa droite, il vit un couple agenouillé dans l'herbe, la femme se signait en pleurant à grosses larmes. Deux gamins couraient dans leur direction, des branchages dans les mains.

La nuée orageuse libéra d'un seul coup les rayons du soleil, qui projetèrent sur la scène une lumière blanche presque surnaturelle. Josselin de Rohan donna encore un coup de talon dans le ventre de sa monture, plus fort que le précédent. Ça commençait à sentir le roussi.

Il y avait comme un vent d'insurrection dans l'air, il était pressé de rentrer se réfugier derrière les remparts du château. Mais au moment de faire demi-tour, il aperçut encore ce grand tas de fagots qui trônait au milieu du champ déserté. Et il se dit qu'un autre que lui eût peut-être tenté d'y jeter le gamin. Les bagnards avaient encore les genoux dans la crotte, et les autres étaient à demi tétanisés par ce qu'ils avaient devant les yeux. Il aurait fallu qu'il fasse vite, il n'aurait eu droit qu'à une seule chance ; mais ça paraissait jouable : saisir le petit à pleine vitesse, le hisser d'un bras sur la monture et le tenir fermement jusqu'au bûcher – avant d'y jeter un mégot de cigarette et de faire flamber d'un coup cette montagne de bois mort.

Le cheval du duc partit au galop de course vers la ville. En se retournant, celui-ci distingua encore une fois les traits des anciens esclaves. Ils avaient des visages durs, des visages haineux – et des yeux vengeurs dans lesquels flottaient des silhouettes de guillotines avec des têtes de rois à leurs pieds. Certains s'apprêtaient à se hisser sur le chemin de halage. Ils étaient bien une trentaine, sans compter les Josselinais qui les avaient rejoints.

Et Francis Rissin était là, prostré, immobile, le nez posé sur les genoux, replié sur lui-même au milieu de la foule comme le *Garçon accroupi* de Michel-Ange.

6.

Journal, attribué à Fr. Rissin (signature apocryphe) et non daté, manuscrit conservé à la BNF.

Mercredi 25 avril. — Ils m'ont descendu dans le service de curiethérapie qui se trouve au rez-de-chaussée du bâtiment E. Le traitement devait se faire à jeun, ils sont venus me chercher aux toutes premières lueurs de l'aube. Ils ont été étonnés de me trouver réveillé à une heure si matinale. Les couloirs de l'hôpital étaient vides, je suppose que les autres patients étaient encore en train de dormir.

Ils m'ont allongé sur un lit ordinaire, dans une petite salle protégée contre les radiations, en zone contrôlée. Ils m'ont demandé de me déshabiller. J'ai défait lentement les boutons de ma chemise de nuit, pendant qu'ils lançaient le projecteur de source. Je commence à avoir l'habitude de la procédure. Pour le reste, je préfère vous épargner des détails qui vous seraient aussi désagréables qu'à moi-même.

En retrouvant ma chambre, l'idée m'est venue que mon corps, ce fidèle compagnon, cet ami le plus sûr, presque mieux connu de moi que mon âme, était devenu un monstre sournois, en train de dévorer son maître de l'intérieur – mais peut-être qu'elle n'est pas de moi, peut-être que je l'emprunte à quelqu'un d'autre.

Je sais bien que, chaque jour qui passe, la maladie poursuit son œuvre, et que le temps qu'il me reste à vivre s'amenuise à la vitesse même où elle travaille. Je sais que le charretier de la Mort n'est plus très loin, j'entends déjà grincer les roues de sa vieille brouette – et pourtant j'ai encore tellement de choses à vous raconter.

On s'apitoie parfois sur le sort de ceux qui sont morts avant d'avoir atteint leur but. Mais vous connaissez beaucoup de gens qui meurent l'esprit tranquille, avec la satisfaction du travail bien fait, de l'ouvrage accompli – juste après avoir posé la dernière pierre en haut de l'édifice ? Vous connaissez beaucoup de gens qui n'ont plus rien à faire, le jour fatidique, qui ne pensent pas à aller un peu plus loin, à améliorer ce qu'ils ont déjà fait, et à bâtir encore, à bâtir toujours – simplement parce que ce sont des hommes ? Vous connaissez beaucoup de gens qui accueillent la Mort les bras ouverts, qui abandonnent leur ouvrage sur l'accoudoir du canapé pour la suivre, sans penser encore à l'avenir, sans penser encore à tout ce qu'ils pourraient faire s'ils obtenaient un petit sursis de quelques heures ? Une vie qui s'arrête n'est-elle pas toujours et nécessairement inachevée ?

Et pourtant, l'existence est longue comme un voyage en goélette jusqu'aux îles Éparses de l'océan Indien, de l'autre côté du globe, ou comme une traversée en solitaire en direction de nos anciennes colonies – ces territoires merveilleux qui ont fait rayonner le nom de la France aux quatre coins du planisphère.

Quand on rentre d'une telle expédition, on a tellement de choses à raconter à ceux qui sont restés assis sagement au coin du feu, à ceux qui sont restés là à compter les jours, qu'on en perdrait presque l'usage de la parole. Alors on embrasse ces hommes et ces femmes qu'on n'a pas vus depuis de si longues années, ces hommes et ces femmes qu'on n'est pas tout à fait sûr de reconnaître, et qui sont pourtant un frère, une épouse, un fils, un père, une mère. On s'assoit à leur côté, un peu mal à l'aise, on ouvre une bonne bouteille de cidre s'il fait chaud, ou on se sert une tasse de café fumant s'il fait froid, et on commence par le commencement. On commence par le jour du départ, quand toutes les familles étaient massées sur le port, le mouchoir à la main, et que la fanfare municipale répandait ses flonflons au-dessus de la foule. On commence par décrire ce moment presque magique où le terre-neuvier a déroulé d'un seul coup ses sept cent quatre-vingt-cinq mètres carrés de voilure. Et puis de fil en aiguille, la mémoire s'ouvre, on se laisse doucement entraîner par la chaîne des événements et on finit par en dévider le chapelet devant eux, et à leur raconter tout ce qui s'est passé ensuite.

Chacun ressent le besoin de dire quelque chose, quand le sablier commence à se tarir, chacun ressent le besoin de se confier à ceux qui vont rester, à ceux qui vont lui survivre. Mais si vous sentez que vous approchez de la terre ferme, si vous sentez que vous arrivez au bout du voyage, il vaut mieux que vous commenciez à raconter votre histoire avant d'être arrivé à bon port, il vaut mieux que vous commenciez à parler tout de suite. Parce que, une fois débarqué là-bas, vous aurez beau hurler, il n'y aura plus personne pour vous entendre – et les vivants ne pourront pas profiter des deux ou trois leçons que vous avez tirées de votre petite échappée sous les feux du soleil.

*

Vendredi 27 avril. — Quand je regarde le ciel, ce n'est pas à Dieu que je pense. Je pense plutôt à la France, à cette France qui a su s'élever loin au-dessus de la surface de la terre, qui a su cheminer là-haut au voisinage des étoiles et des météores, et qui se rapproche chaque jour un peu plus du pinacle de l'univers. Mais je pense aussi à ces millions de soldats qui ont donné leur vie pour la défendre. Je pense au sang qu'ils ont versé sur les terres grasses et fertiles de notre Mère Patrie, ce sang qui a nourri toutes ces générations de cocardiers fidèles.

Des héros, il y en a eu tout de même beaucoup, si on fait le compte. Des héros, on en trouve à peu près à toutes les périodes de l'Histoire, dans tous les pays du monde – ni la Grèce d'Homère ni la Rome des Césars n'en ont eu le monopole. Mais je ne crois pas me tromper en disant qu'il y en a eu en France plus que partout ailleurs. Les héros, nous les avons nourris avec le grain de nos champs, le jus de nos vignes, l'eau de nos ruisseaux et de nos rivières. Et en vérité je vous le dis, j'ai connu des Français qui étaient plus valeureux que des Achille, plus flamboyants que des Diomède, plus fougueux que des Ajax. D'autant que ces guerriers achéens n'ont peut-être jamais existé hors de l'imagination d'Homère ! Mais ces Français admirables, qui ont cultivé nos champs de blé à la sueur de leur front, qui ont protégé nos départements limitrophes au péril de leur vie, ces Français je les ai vus de mes yeux, je leur ai touché l'épaule ou la main, je leur ai dit parfois des paroles réconfortantes dans le creux de l'oreille – pour les exhorter à penser toujours d'abord à la France.

Il ne me viendrait pas à l'idée de bomber le torse et de me comparer à eux, de me mettre à leur hauteur ; car ce sont eux qui sont morts, le corps transpercé de balles ou égorgés par un revers de baïonnette, ce sont eux qui ont marché sur une mine antipersonnel, ou qui ont reçu un éclat de bombe à fragmentation dans le ventre. Ce sont eux, les héros. Moi, je n'ai jamais été qu'une idée abstraite, une force invisible, un principe directeur, une puissance secrète, mais qui les faisait avancer, qui les faisait regarder plus loin. Je les ai aidés à ma manière ; mais pas de quoi faire de moi leur égal, pas de quoi les rejoindre d'un bond en haut du podium.

Du reste, ce n'est pas à moi de me prononcer sur cette question. Personne ne peut décider pour la France. Elle seule a le pouvoir de choisir ses héros, elle seule a le pouvoir de couvrir ses enfants de gloire ou de décréter leur infamie. Et elle seule décidera, le moment venu, si elle me condamne à l'indignité nationale, à la *damnatio memoriae*, ou si elle me fait l'honneur d'une apothéose.

Tant que je suis en vie, ma place est ici, auprès de tous les Français. Quand je serai mort... Vous verrez bien. Vous croirez m'avoir enterré sous un mausolée du Père-Lachaise, ou avoir déposé mes cendres dans la niche d'un petit colombarium de province ; vous croirez que j'aurai disparu, et pourtant je serai encore là, parmi vous – aussi vrai que je m'appelle Francis Rissin.

*

Dimanche 30 avril. — Certains disent que la vie est atroce, et que l'existence n'est un dîner de gala pour personne, pas même pour ceux qui tiennent le destin des peuples entre leurs mains. Ils prétendent même qu'il y a suffisamment de misère et de violence en ce bas monde, à chaque instant qui passe, pour vous vacciner contre l'espoir, la joie et le bonheur jusqu'à la fin de vos jours – quand bien même vous feriez partie de ces nantis qui observent la marche du monde depuis les hauteurs de leur palais, à l'abri des hoquets du sort.

Mais précisément parce qu'il y a peu de chose à attendre de la nature humaine, il faut aussi savoir reconnaître les miracles lorsqu'ils ont lieu. Et Dieu sait que j'ai fait de mon mieux, à mon niveau, avec les forces qui étaient les miennes, pour réenchanter un peu l'existence humaine et accomplir de nouveaux prodiges sur la terre.

J'ai vu des choses, au cours de ces longues années de règne, dont vous n'avez pas la moindre idée. J'ai vu ce qu'il y a de plus grand et de plus bas en ce monde, et pourtant je ne dirai jamais comme ce rabat-joie d'Ecclésiaste que tout est vanité et poursuite du vent. J'ai connu le luxe et la misère, la gloire et l'anonymat ; j'ai exercé toutes les fonctions, des plus hautes aux plus modestes. Et je pense encore à ce faux cul de Septime Sévère qui affirmait qu'il avait tout été, et que rien ne valait la peine ! *Omnia fui et nihil expedit.*

Laissez-moi répondre au moins une fois à ce demeuré. J'ai tout été moi aussi, et en vérité je vous le dis, il y a quelque chose à faire ici-bas sur la terre, il y a des combats à mener sur cette planète, des monuments à élever jusqu'à la voûte du ciel.

Bien sûr, ça n'a pas toujours été la victoire qui nous attendait au bout du chemin ; bien sûr nous avons dû apprendre à compter avec l'échec, avec la défaite, avec les mille et une déconvenues de la fortune. Mais chaque fois que nos plans ont abouti, chaque fois que nos efforts ont porté leurs fruits, chaque fois que nos espoirs ont été satisfaits, nous avons compris que tout cela n'avait pas été vain, et que la vie tenait parfois ses promesses les plus hautes.

Nous avions cessé de croire en nos propres forces, nous avions abandonné toute espérance ; mais nous sommes allés de l'avant quand même, nous sommes allés de l'avant toujours, sans jamais nous arrêter en chemin ; et le jour est venu où le réel a contredit notre pessimisme, et où les portes du triomphe se sont d'autant plus sûrement ouvertes devant nous que nous les avions d'abord imaginées closes à jamais.

*

Mardi 2 mai. — La guerre ? Pourquoi est-ce que je vous parlerais de la guerre ? Il y a un temps pour aimer et un temps pour haïr, un temps pour élever et un temps pour détruire – c'est tout, il n'y a rien d'autre à dire.

Ou bien est-ce que ça vous chatouille l'entrejambe d'entendre parler de bombes à fragmentation qui martèlent la terre comme une pluie d'acier, de villes détruites, d'exécutions sommaires, de mares de sang qui inondent les champs de bataille ? Est-ce que vous êtes comme ces voyeurs qui accourent dès qu'ils entendent la sirène des pompiers, et qui restent là pendant des heures à regarder les blessés et les morts ?

Vous voulez vraiment savoir ce que c'est, la guerre ? Est-ce que vous avez la moindre idée de ce qui se passait dans la tête des poilus, quand ils attendaient dans les tranchées de la Somme, en juillet 1916, au milieu des barbelés et du feu des mitrailleuses ? Est-ce que vous avez la moindre idée de ce qui se passait au fond de la culotte des marines américains, quand ils couraient sur les plages du débarquement, à Ouistreham et à Saint-Aubin-sur-Mer ? Est-ce que vous avez la moindre idée de ce qui se passait dans les intestins des soldats de l'ONUCI, pendant les dernières opérations de maintien de la paix en Côte d'Ivoire ? Ou bien est-ce que vous voulez que je vous parle de la guerre d'Algérie ? Est-ce que vous voulez que je vous parle du colonel Bigeard et du général Massu ? Est-ce que vous voulez que je vous raconte ce qui se passait le soir, au milieu du pont Paul-Doumer à l'entrée d'Hanoï, et du genre de crevettes qu'on retrouvait dans les profondeurs du fleuve Rouge ?

Je n'ai rien à vous dire parce que la guerre ne se raconte pas. Tous les écrivains qui s'y sont essayés ont échoué, et je peux vous dire que je les ai tous lus, tous vous m'entendez, pour m'assurer qu'aucun d'eux ne faisait exception à la règle. Aucun d'eux n'a jamais approché la vérité d'un pet, même ceux qui ont porté l'uniforme et commandé les troupes de la Légion étrangère au Cambodge, au Rwanda ou en Centrafrique. Il n'y a rien à dire de la guerre, les mots seront toujours de trop, ils seront toujours impuissants à la saisir, à la décrire, à l'expliquer – branchez plutôt votre console, lancez une partie de *Zone de tir* ou de *Verdun*, et arrêtez de me harceler avec vos questions de bleu-bite.

Dieu sait pourtant que je l'ai approchée de plus près que n'importe qui, la guerre, Dieu sait qu'elle s'est entièrement dénudée devant moi, qu'elle m'a montré des parties de son corps qu'elle n'avait jamais dévoilées à personne. Après ce que j'ai vu, j'aurais pu écrire des livres, des romans interminables, des manuels d'histoire, des essais dans lesquels j'aurais donné mon avis sur le pourquoi et le comment, dans lesquels j'aurais imaginé la suite des événements, dans lesquels j'aurais dit à chaque page : « Si seulement ! » ou alors : « Plût au ciel ! » Mais je n'ai rien écrit, je n'ai rien raconté à personne. Parce que les mots manquent, je vous l'ai dit, ou plutôt parce qu'ils n'ont rien à faire ici. Parce qu'il n'y a pas de mot pour décrire ce genre de marmelade qui remplace votre cerveau quand les balles pleuvent partout autour de vous, que vos camarades tombent comme des rangées de dominos, que votre sphincter vous lâche, que votre champ de vision se réduit à peu près à un trou de balle, et qu'il faut avancer pourtant, qu'il faut avancer encore, en tirant au petit bonheur la chance pour essayer de dégommer ces types en face qui vous arrosent de plomb.

Jamais je ne vous parlerai de la guerre. Si vous voulez savoir quelque chose, engagez-vous ! « Devenez vous-même », comme ils disent ! Ils vous passeront sur le corps un beau costume avec des écussons, pour vous donner des airs de général, et puis ils vous enverront très loin à dos d'hélicoptère ou de sous-marin. Ils vous expliqueront un plan auquel vous ne comprendrez rien, mais alors ce qui s'appelle rien, et puis ils vous lâcheront quelque part, Dieu seul sait où, dans la jungle ou le désert, et vous n'aurez pas le temps de vous retourner que les obus s'abattront déjà sur vous et qu'il faudra courir pour vous mettre à couvert, sans savoir à l'avance où sont cachés les snipers qui vous traquent avec leurs désignateurs laser.

Et puis pourquoi vous parler de la guerre alors que la guerre est finie ? Vous en avez déjà marre de la paix ? Vous tenez vraiment à réveiller les fantômes du champ d'honneur ? Vous tenez vraiment à faire parler les morts ? La question « Qu'est-ce que la guerre ? » est une question à peu près bonne pour les chiens. Pour ce qui est des hommes, soit ils en savent quelque chose, et alors ils gardent le silence, et il y a seulement cette flamme qui danse au fond de leurs yeux hallucinés ; soit ils n'en savent rien du tout, et alors ils pourront bien se mettre à genoux, ils pourront bien supplier les généraux à la retraite, les grands invalides ou les anciens combattants, personne ne leur soufflera jamais la réponse.

*

Jeudi 4 mai. — Vous vous souvenez de l'histoire de ce gamin qui a miraculeusement survécu à un accident de car scolaire, à côté de Lans-en-Vercors ? C'était juste avant que j'arrive au pouvoir, si ma mémoire est bonne. Le véhicule a fait une chute de plusieurs dizaines de mètres dans un ravin. À l'arrivée, il n'en restait qu'une carcasse tout aplatie, on aurait dit une compression à la César, si vous voyez ce que je veux dire. Je crois me souvenir que ce n'était pas beau à voir là-dedans. Les corps des gosses étaient en charpie, mais quelque chose de bien dégueulasse, c'était un gros tas de chair à saucisse – il y avait de quoi farcir plusieurs tonnes de tomates. Et ce gamin était là, simplement évanoui, au milieu du carnage, au milieu des morceaux de ses petits camarades. Les médecins ont cherché, ils ont ausculté chaque centimètre carré de son corps, plusieurs fois de suite. Rien. Pas un bleu, pas une égratignure. Le gamin était indemne, frais et dispos comme s'il sortait du lit.

Les journalistes ont profité de ce fait divers pour rebooster un peu les ventes de leurs canards. Les vieilles bigotes se signaient sur les lieux du drame en tripotant leurs rosaires. On a parlé de miracle, d'ange gardien, de bonne étoile, on a parlé également de la structure en acier du car, de la place qu'occupait le petit, juste derrière le chauffeur, des tonneaux que le véhicule a faits pendant sa chute, de la végétation qui a amorti le choc. Mais personne n'a parlé du gamin lui-même.

Le ciel est vide de dieux, je vous l'ai déjà dit ; dans le ciel vous ne trouverez que des soldats morts, et peut-être quelques généraux vivants. Il n'y a pas de miracles en ce bas monde, et vous pouvez trouver ça infiniment regrettable, infiniment triste, moi je vous dis juste que c'est comme ça. Il n'y a pas d'événements surnaturels, pas de phénomènes paranormaux. Les grenouilles de bénitier peuvent réciter toutes les prières qu'elles veulent, il n'y a pas de force supérieure qui les écoute, là-haut, et qui aurait le pouvoir de les exaucer. Des forces supérieures, j'en ai connu, vous pouvez me croire, mais elles étaient là, avec nous, les pieds bien à plat sur la terre, les poings serrés, le regard perçant comme celui d'un faucon pèlerin, et elles couraient au combat quand les autres y allaient à reculons.

À l'autre bout, évidemment, il y a la science, il y a l'explication rationnelle du monde. Les experts ont observé le véhicule sous tous les angles, ils l'ont passé aux rayons X, et ils en ont déduit que les choses s'étaient passées de la manière suivante : le car s'était retourné dans sa chute et, au moment de la collision, du fait de la présence d'un affleurement rocheux, la carrosserie s'était déformée pour constituer une sorte de coque de protection. Si un autre gosse s'était trouvé à côté du petit, il aurait également eu la vie sauve. Mais le fauteuil de droite était vide.

Sauf que ces choses-là ne relèvent pas plus des mathématiques ou de la mécanique du solide que des humeurs du bon Dieu. Je crois simplement que ce gamin ne voulait pas mourir. Je ne sais pas ce qui s'est passé au juste dans sa tête à ce moment-là ; allez savoir ce qui se passe dans la tête d'un gosse de huit ans, quand le car qui l'amène à l'école fait une chute de plus de trente-cinq mètres au-dessus du vide ! Mais ce qui est sûr, c'est qu'il y a quelque chose en lui qui a refusé ce qui se passait, qui a dit non, pas maintenant. Les dieux sont morts, la physique est la science des nombres. Mais entre les deux il y a la volonté, la volonté des hommes. Et c'est quelque chose, vous savez, la volonté d'un homme.

La sagesse populaire dit : « Ce que femme veut, Dieu le veut. » Mais c'est simplement une façon d'insister sur la dimension capricieuse et lunatique du désir féminin. La volonté dont je parle n'a rien à voir avec ça. C'est cette force intérieure qui vous tient, sur laquelle vous n'exercez aucun contrôle, et qui vous entraîne pourtant dans la direction que vous avez choisie.

Si aucun être de la nature ne peut rivaliser avec l'homme, c'est précisément parce qu'il possède cette faculté. Vous avez vu les lions, quand ils chassent. Ils y mettent tout leur corps, toute leur énergie vitale. Mais chaque geste qu'ils font, chaque « décision » qu'ils prennent, est à mettre sur le compte de l'instinct. Tout se passe à peu près en pilote automatique, comme si c'était la nature qui les guidait. Le félin fond sur sa proie, généralement une antilope, un buffle ou un éléphanteau, il la projette à terre, il l'écrase de tout son poids, il la saisit à la gorge pour lui trancher la trachée et l'œsophage d'un coup de crocs. Parfois ça marche, d'autres fois, le plus souvent, ça échoue. Mais vous pouvez ouvrir les yeux aussi grands que vous voudrez, vous ne verrez aucune trace de volonté là-dedans.

Maintenant regardez autour de vous. Regardez ces villes qui s'étendent à l'infini à travers l'espace ; regardez ces machines effilées comme la lame d'un couteau de chasse qui fendent les airs à la vitesse du son et relient entre eux les continents ; regardez ces villes gigantesques qui s'élèvent au-dessus des nuages comme des tours et qui pullulent aujourd'hui dans les déserts ; regardez ces réseaux qui font circuler l'information autour de la planète plusieurs fois par seconde ; regardez ces civilisations qui naissent, grandissent, prospèrent, déclinent et agonisent pendant des milliers d'années sous le soleil brûlant ; regardez ces peuples qui se battent pour un lopin de terre, une paillette d'or, une goutte de pétrole ou le sourire d'une starlette ; regardez cette masse grouillante qui en sait un peu plus chaque jour, consigne ses leçons de vie dans des ouvrages, et qui continue de plus belle, et ne s'arrête jamais. Regardez ces individus qui s'agitent et courent fiévreusement comme s'ils allaient mourir demain. Certains d'entre eux seront des empereurs, d'autres des mendiants ; certains voisineront avec les cimes, les aigles et les neiges éternelles, d'autres pataugeront dans la boue des décharges à ciel ouvert – mais tous seront des hommes. Tous seront animés par ce principe, cette force, cet élan que j'appelle la volonté – cette volonté qui m'anime aussi, comme elle vous anime depuis que vous avez passé le stade embryonnaire.

*

Vendredi 5 mai. — Quelqu'un a dit que les yeux étaient le miroir de l'âme. Ça paraît banal, mais c'est une vérité extrêmement profonde, aux conséquences éminemment pratiques. Vous avez déjà eu l'occasion de discuter avec un aveugle de naissance ? Ses yeux sont blancs et vitreux comme un carré de faïence, mais ils vous « parlent » exactement comme ceux d'un homme qui possède l'usage de la vue.

En vérité, c'est comme si les yeux menaient une existence autonome, comme s'ils avaient leur propre personnalité. Tout au long de ma vie, j'ai fait de mon mieux pour protéger les miens contre les agressions du dehors, et en premier lieu contre la pollution atmosphérique, qui peut vous donner de terribles conjonctivites. En revanche, je n'ai jamais vraiment eu l'impression qu'il faille les protéger contre le soleil, même s'ils sont clairs et que je suis facilement ébloui par la lumière.

Bien sûr il y a les lunettes de soleil. On en trouve aujourd'hui d'excellents modèles bon marché. Mais j'ai l'impression qu'à trop se protéger les yeux et à vouloir les garder braqués sur la lumière aveuglante, on perd ce réflexe simple et naturel qui consiste simplement à détourner la tête et à se mettre à l'abri de ses rayons éblouissants.

Surtout, je me suis efforcé de les nourrir avec ce qu'il y avait de meilleur, de leur donner à voir les plus belles choses qui soient sur cette terre. Les yeux sont comme les femmes. Ils resplendissent des bijoux qu'on leur passe autour du cou. J'ai posé mes yeux sur les plus belles plages du monde, celles qui se cachent comme des trésors au fond des déserts corses, ou qui s'étalent à l'infini le long du sillon de Talbert ou de la dune du Pilat ; sur les plus beaux sommets des Alpes et des Pyrénées – et si j'ai toujours eu un faible pour le pic de Néouvielle et la brèche de Roland, rien ne vaut pour moi la pointe de Ronce et le signal du Grand Mont-Cenis. J'ai posé mes yeux sur les plus belles œuvres d'art, comme certains chefs-d'œuvre impressionnistes ou certaines sculptures de Degas et de Rodin, que n'importe qui peut aller admirer dans les musées parisiens ; mais aussi sur certaines installations d'artistes contemporains à la réputation équivoque, exposées dans des squats mal famés ou des galeries minuscules, cachées dans les arrière-cours de l'île Saint-Louis. J'ai surtout posé mes yeux sur les plus beaux corps que la nature ait créés, qu'il s'agisse d'hommes ou de femmes – et quand je dis cela, je pense tout particulièrement à celui de cette actrice de la Nouvelle Vague dont je préfère taire le nom ici, et qui avait des formes et des rondeurs à faire rougir les baigneuses de Renoir.

Eh bien croyez-moi si vous voulez, je l'ai fait d'abord pour eux, je veux dire pour mes yeux, pas pour moi – même si j'y ai parfois trouvé mon avantage.

Les gens ordinaires s'imaginent que c'est la nature qui décide de tout ça une fois pour toutes, qu'elle attribue à nos yeux telle ou telle couleur, tel ou tel éclat, et que c'en est joué pour la vie. Si vous n'êtes pas content de votre lot, vous pourrez toujours vous acheter des lentilles colorées dégueulasses, qui vous ruineront la cornée plus sûrement qu'un grand bain d'ultraviolets.

Mais ce n'est pas vrai, ce n'est pas comme ça que ça marche. Vous avez vu ces grands voyageurs, quand ils reviennent au pays après plusieurs années de marche au bout du monde, vous avez vu leurs yeux, comme ils brillent ? Vous avez vu ces formes qui dansent dans les replis de leurs iris, comme ces volutes de fumée qui s'échappent d'un feu de camp au-dessus duquel on a jeté des herbes et des épices, pour donner aux flammes des reflets mordorés ou convoquer l'âme des chasseurs morts ?

Enfant, j'avais déjà les yeux clairs, mais je crois qu'ils étaient ternes et sans vie. Ils étaient bleus, mais d'un bleu ordinaire, lisse, uniforme. Aujourd'hui, mes yeux sont bleus encore, mais ils sont profonds comme le cristal, clairs comme ces vagues turquoise qui viennent s'échouer sur les plages immaculées des îles Sous-le-Vent, ils chantent comme les moraines et les séracs de la Mer de Glace ou les neiges éternelles de la vallée Blanche. Surtout, il y a ces flammes bleues, mais bleues comme le ciel d'été au-dessus des champs de lavande, quelque part dans la Provence de Marcel Pagnol, bleues comme les eaux pures de la terre Adélie ; ces flammes qui tournoient lentement comme les étoiles d'une galaxie spirale. Regardez bien. Vous ne les voyez pas danser ?

Je n'ai pas laissé le dernier mot à la nature. Simplement, j'ai travaillé à partir du matériel qu'elle m'a offert au départ – car on ne peut pas faire autrement. Aussi bien, le peintre doit bien commencer par acheter une toile sur châssis s'il veut faire un tableau, et le sculpteur doit d'abord se procurer un bloc de glaise ou un billot de bois. La nature m'a donné le support, et je l'ai rempli de touches de couleurs à mon gré, en posant les yeux sur tous ces lieux que j'ai choisis avec le plus grand soin.

Mais j'ai aussi regardé les hommes, dans la diversité de leurs occupations quotidiennes. Car vous devez observer longtemps les hommes, pour que vos yeux aient l'air un jour un peu humains. Alors je les ai regardés scier le métal, jouer avec les particules élémentaires, tuer leurs bêtes à la main ou dans des abattoirs immenses, paver et déneiger les routes, construire des villes au milieu des plaines, taper sur leurs machines, observer le ciel les nuits de grand froid, conduire des engins formidables avec des roues hautes comme des châteaux d'eau, manipuler les nombres, mêler entre eux les éléments chimiques, avaler leur ration quotidienne de poisons et de vitamines. Je les ai regardés naître, croître, mûrir, vieillir et mourir. Je les ai regardés faire la guerre, faire la paix, faire l'amour, faire des pieds et des mains au bon Dieu. Et si vous me regardez à votre tour, droit dans les yeux, ce sont ces hommes que vous verrez. Je les ai emprisonnés là, tous autant qu'ils sont, derrière le verre protecteur de ma cornée. Et quand je veux voir l'humanité oisive et laborieuse, l'humanité gracieuse et revêche, l'humanité vile et glorieuse, je me mets devant la glace et je regarde ces formes vivantes qui se meuvent en banc au fond de ma rétine.

Je ne dirais pas que je suis tout à fait satisfait de la couleur de mes yeux. Peut-être qu'elle tend encore un peu trop vers l'azur, vers le bleu pâle. Je me plais parfois à l'imaginer plus foncée, plus sombre, comme celle du drapeau français quand il flotte au vent – et je vous parlerai un jour de la couleur de mon sang.

*

Mardi 9 mai. — Mon père ? Mon père était surtout un ivrogne, dont la seule préoccupation était de ne jamais faire baisser son taux d'alcoolémie. Quand il rentrait de l'école, le soir, il se servait un petit verre, et puis un autre, et un autre encore. Il était soûl quand nous passions à table et je voyais ma mère pleurer en silence pendant qu'il manipulait sa fourchette avec peine, et qu'il tachait son gilet de soupe de légumes ou de sauce au beurre blanc.

Quand il y avait une fête, je le regardais danser comme un abruti, seul au milieu de la piste de danse, les bras en l'air. Je voyais les gens autour qui le montraient du doigt, qui riaient à gorge déployée chaque fois qu'il perdait l'équilibre et s'affalait sur les planches. Je ne savais pas si j'éprouvais davantage de haine ou de pitié quand je le voyais donner comme ça son ivresse en spectacle.

Il consommait surtout du vin rouge, une piquette dégueulasse qu'il achetait par cubis pour trois fois rien à l'un de ses collègues, qui l'importait directement du Beaujolais – je crois que c'était du beaujolais.

Certains soirs, sans que je sache vraiment pourquoi, il m'envoyait manger directement dans ma chambre, et j'obtempérais sur-le-champ, car sa main partait vite quand il avait trop bu. Ce qu'ils se racontaient autour de la table, lui et ma mère, en mon absence, je n'en ai aucune idée. J'imagine qu'ils mangeaient sans rien dire et que, dans le meilleur des cas, mon père s'endormait rapidement sur sa chaise, sa cuillère à la main. Ma mère rangeait les reliques du repas avant de se claquemurer dans sa chambre, et mon père se réveillait à la même place, le matin suivant, déjà en retard pour aller au travail. Mais c'était dans le meilleur des cas. Car si mon père était d'humeur lutine, ma mère était loin d'être couchée – il devait la harceler jusqu'à ce qu'elle accepte de se donner à lui, pour en finir.

Un soir, alors que mon père m'avait encore une fois envoyé me coucher avant l'heure, j'ai insisté pour rester dîner avec eux. J'en ai pris pour mon grade, je vous assure. Sa paume m'est arrivée dans la joue sans que je la voie partir. J'ai saigné du nez pendant des heures. Mon père ne s'est jamais excusé. Aussi bien, je ne sais pas trop ce que j'aurais fait de ses excuses. Et puis il faut avoir des remords pour s'excuser. Je ne crois pas qu'il ait jamais été rongé ou miné par les remords. Pour ce que j'en sais, il n'y a jamais eu que l'alcool qui lui ait grignoté les entrailles.

Je n'ai rien contre la boisson, certains disent même que je me défends, que je suis un bon buveur – comme si j'avais hérité ça de mon paternel, à défaut d'autre chose. Mais je fais aussi partie de ceux qui ont connu d'un peu trop près les revers de l'alcoolisme, de ceux à qui les vapeurs de pinard ont offert leur comptant d'ecchymoses.

Peut-être que vous connaissez la suite de l'histoire. Les années passaient et ça ne s'arrangeait pas, ça allait de mal en pis. Ma mère était le fantôme d'elle-même. Je crois qu'elle passait ses journées à pleurer, assise sur le vieux fauteuil en osier qui se délitait au milieu du salon. Quand elle se levait et qu'elle passait devant moi, elle avait des allures de spectre. Je pouvais presque voir à travers elle, comme si elle n'était qu'une simple vapeur qui se dissipait dans l'air de la pièce.

Pendant les heures de classe, mon père devait parvenir à donner le change, je ne sais pas, c'est un mystère. Vu les cuites qu'il se mettait, il devait se réveiller avec des maux de crâne à se taper la tête contre les pierres. Dans une petite ville comme celle où j'ai grandi, les rumeurs vont bon train. Mais aussi longtemps que les parents d'élèves ne se sont pas manifestés, j'imagine que la direction de l'école a préféré fermer les yeux sur tout ça, et faire comme si de rien n'était. Bref, les culs de bouteille s'entassaient devant la porte de la remise, et ma mère fondait à vue d'œil, comme si ses larmes étaient les gouttes de cire d'une bougie se consumant en silence.

C'est à ce moment-là que j'ai décidé de tuer mon père.

Ça m'est tombé dessus comme ça, comme une évidence, comme la seule échappatoire, la seule voie du salut. Sans doute que ça avait mûri pendant toutes ces années, quelque part dans ma tête. Mais le fruit était mûr, il était tombé de l'arbre, et sa chute m'avait ouvert les yeux en grand.

Vous vous imaginez peut-être que ce projet a occupé la majeure partie de mes pensées, que j'ai échafaudé des plans par dizaines avant de choisir celui qui me paraissait le plus efficace, le plus discret aussi, car la police ne manquerait pas de faire son travail. Mais ce n'est pas comme ça que les choses se sont passées.

Je vous ai parlé de volonté. La graine était là, enfouie quelque part dans mon crâne, et il m'a suffi d'attendre que les choses se mettent en place d'elles-mêmes. Je continuais ma petite vie ordinaire, le plus naturellement du monde, tout en sachant que ma volonté était tapie dans les herbes hautes, prête à bondir, et qu'elle frapperait dès que les circonstances le permettraient, sans que j'aie rien d'autre à prévoir ou à penser d'ici là. Du reste, je n'ai pas eu grand-chose à faire. Ça s'est passé un soir du mois de juin, juste avant mes douze ans – le soir de la fête de la Saint-Jean.

Comme chaque année, un grand bûcher avait été élevé au milieu du champ, au bord du canal, et tout le monde dansait au son perçant de la bombarde. J'ai encore quelques images de cette soirée en tête. Je revois mon père ivre mort, les bras tendus, toupillant devant les flammes, percutant les danseurs, tombant à terre, se relevant à grand-peine et reprenant sa ronde de derviche. À intervalles réguliers, il marchait jusqu'au bar, et quand je dis marcher, c'est comme on peut marcher sur la mer un jour de grand vent, parce qu'il roulait et tanguait comme une barque perdue dans la tempête. Il avalait plusieurs verres d'affilée, éclaboussant à grands jets les autres buveurs, avant de remettre le cap sur la piste – et de recommencer à tourner sur lui-même.

Je vous l'ai dit, je n'ai pas eu grand-chose à faire. J'ai simplement attendu qu'il aille pisser. Les soirs de fouée, tout le monde pisse dans le canal, du moins tous les hommes – je ne me suis jamais posé la question de savoir où allaient pisser les femmes.

La première fois, il est resté un peu trop près d'un petit groupe de fêtards, j'ai préféré attendre ; mais la seconde, il s'est éloigné un peu sur le chemin de halage. Le brasier crépitait au loin. Personne ne pouvait plus le voir, il était plongé dans l'obscurité, noyé déjà dans les ténèbres. Je me suis approché de lui par-derrière. Je suis persuadé qu'il aurait fini par tomber tout seul si je ne l'avais pas poussé ; mais peut-être que je me dis ça pour me sentir moins coupable. Aussi bien, je ne m'en suis jamais voulu, bien au contraire. Je ne dirais pas que c'est la meilleure chose que j'aie faite de ma vie ; mais rien en comparaison ne m'a jamais offert un tel sentiment de soulagement, comme si je m'étais enfin déchargé d'un immense fardeau.

Il ne m'a pas entendu arriver. J'aurais pu attirer son attention, au dernier moment, pour qu'il tourne la tête et voie mon visage – le visage de son assassin, le visage de son fils aîné. Mais je n'ai pas pris cette peine. Je me souviens très bien du bruit de sa pisse qui tombait dans l'eau du canal. J'ai eu peur qu'il s'arrête trop tôt et qu'il me surprenne en se retournant, mais le flot ne tarissait pas, il ne s'arrêtait plus de pisser, c'était une vraie fontaine – il faut dire qu'il était plein comme une barrique.

Il était étrangement immobile, la tête légèrement relevée, comme s'il essayait de regarder quelque chose, là-haut, les étoiles peut-être, les étoiles qui devaient tournoyer à toute vitesse autour de lui.

Je ne sais plus si je l'ai poussé avec le plat de la main ou le bout de l'index. Ce que je sais, c'est qu'il a été immédiatement déséquilibré et qu'il est tombé sans rien dire, en silence, presque au ralenti, droit comme un *i*.

Il a fait un grand plat dans le canal, mais personne n'a rien entendu. Je pensais qu'il se serait débattu, qu'il aurait essayé de se sortir de là avec les rudiments de nage qu'il connaissait, et qu'il se serait noyé dans la panique. Mais il est resté à plat, la tête enfoncée dans l'eau, comme s'il faisait la planche. J'ai entendu une sorte de gargouillement, comme s'il avait vidé ses poumons d'un coup et avalé une grande rasade d'eau trouble. Quelques bulles d'air sont venues mourir à la surface. Et puis il a complètement cessé de bouger, emporté lentement par le faible courant, les bras écartés comme un Christ en croix.

Je suis resté là un long moment à le regarder partir, au milieu des constellations qui se reflétaient sur les eaux, à le regarder s'éloigner doucement comme une épave portée par l'onde noire. J'ai relevé la tête à mon tour, j'ai regardé le ciel. Il ne bougeait pas, il était absolument immobile, comme si les étoiles avaient été clouées là une fois pour toutes.

Alors j'ai ouvert ma braguette, j'ai sorti mon sexe d'adolescent et je me suis mis à pisser, exactement au même endroit, mêlant mon urine à celle de mon père et aux eaux froides du canal. Je me suis vidé la vessie, j'ai entendu les dernières gouttes rebondir sur leur surface polie. J'ai jeté un ultime regard au loin, mais le corps avait disparu. Peut-être qu'il avait fini par couler, ce con, ou peut-être qu'il y avait plus de courant que je ne le croyais.

J'ai reboutonné ma braguette et j'ai rejoint la fête qui battait son plein, là-bas. Je n'ai jamais été un grand amateur de danse, mais ce soir-là j'ai attrapé la première main qui passait devant moi et je me suis fondu dans le cortège des danseurs – sous ces grandes gerbes d'étincelles qui montaient vers le ciel étoilé.

*

Vendredi 12 mai. — Quand j'avais vingt ans, mon sexe fonctionnait à merveille. Il me suffisait d'apercevoir l'ouverture d'un décolleté, de sentir la caresse d'une mèche de cheveux sur ma peau ou les notes musquées d'un parfum de chez Chanel, ou même d'y penser seulement, de dessiner la scène dans ma tête, et immédiatement mon pénis se tendait comme la corde d'un arc, dans un geste de salut romain. Un sexe grand comme ça, droit comme une lance.

Eh bien croyez-moi si vous voulez, il fonctionne toujours à la perfection, malgré ma santé incertaine. Jamais il ne m'a fait défaut, pas une seule fois il n'a failli. Ça n'a rien à voir avec l'âge ou la fraîcheur juvénile. C'est seulement une question de volonté, de volonté et de désir – parce que c'est à peu près la même chose. Vous allez penser que je digresse ; mais je vais vous montrer que ce sont des choses importantes, des choses capitales même.

Les philosophes ont beaucoup glosé sur cet organe capricieux qui échapperait à notre volonté d'être fini. Saint Augustin a même fait de la détumescence une punition liée au péché originel. Mais moi, je ne sais pas de quoi ils parlent ! Il m'a toujours suffi d'imaginer mon sexe en érection pour qu'il se mette à bander tout seul, automatiquement, comme si j'avais appuyé sur un bouton. Ça n'a jamais été plus compliqué que ça.

Quand j'ai envie d'attraper quelque chose, je tends le bras ; quand j'ai envie de me soulager entre les cuisses d'une femme, je fais affluer mon sang là où il faut, et je lui présente immédiatement une verge bien raidie. Au diable toutes ces théories sur la séparation de l'âme et du corps ! Moi je ne fais qu'un avec mon organisme, j'en contrôle chaque partie, chaque fonction. Et c'est ça qui a toujours tellement plu aux femmes.

Où que je sois, je n'ai jamais eu de problème pour les faire monter jusque dans mes appartements, comme si j'étais constamment entouré d'un grand nuage de phéromones. Je leur faisais retrousser leurs jupons et je les prenais une fois par-devant, une fois par-derrière. Je les faisais aboyer comme des chiennes ou cacarder comme des pintades. C'est drôle, elles avaient toutes leur animal totem. Certaines meuglaient comme des vaches quand je leur tirais les seins, d'autres blatéraient comme des chamelles quand je les montais à cru, d'autres encore grouinaient comme des truies quand je leur enfonçais ma main au fond du rectum.

Un jour je suis tombé sur une nymphomane qui a voulu m'apprendre à jouer à touche-pipi. Ça s'est passé au Meurice, dans l'ancienne suite royale d'Alphonse XIII, celle que Salvador Dalí a occupée régulièrement pendant plus de trente ans. Elle avait un visage très singulier, je n'en avais jamais vu d'aussi mal fichu. Mais elle avait un corps de déesse.

Elle a commencé à me déshabiller en me donnant des gifles et en me mordant le haut des épaules, mais à me mordre jusqu'au sang, vous voyez le genre. Je me suis laissé faire un moment, un peu déconcerté je dois dire par l'audace de cette fille de garce. Manifestement elle ne savait pas à qui elle avait affaire. Alors j'ai simplement renversé la vapeur, j'ai simplement inversé les rôles – pour lui montrer.

Je lui ai d'abord donné un coup de poing dans le ventre, un coup de poing bas de boxeur qui lui a coupé la respiration pendant plusieurs minutes. Elle me regardait avec ses grands yeux noisette. Je lui ai déchiré ses bas résille et je l'ai enfilée à revers, comme une pute. Et puis je lui ai attrapé le cou à deux mains, et j'ai commencé à serrer. Elle avait dans le regard un air d'hébétement que je n'avais jamais vu. Je crois que des larmes ont commencé à couler sur ses joues. Elle n'était pas loin de pigner comme une gouine. Moi je continuais à la tringler, j'avais une gaule d'enfer – et puis on dit qu'il y a des femmes qui aiment ça.

Elle essayait de me dire quelque chose. Visiblement elle ne s'attendait pas à ce dénouement, cette petite salope. Mais je ne me suis pas arrêté de serrer pour autant. Les muscles de mes doigts étaient directement reliés à ceux de mon entrejambe, et je sentais le plaisir monter, monter, pendant que son visage ressemblait de plus en plus à une grosse tomate bien mûre. J'étais tellement excité que je n'ai pas pu me retenir. Si je n'avais pas déchargé aussi vite, je crois bien que je l'aurais tuée.

Je suis sorti de la chambre en vitesse, de peur qu'elle me fasse une crise d'hystérie après avoir retrouvé ses esprits. Il y a des femmes qui n'oseront jamais reconnaître qu'elles ont pris leur pied de cette manière-là.

J'ai connu beaucoup de femmes dans ma vie. Les femmes ont toujours su qui j'étais, elles ont toujours su à qui elles avaient affaire, elles ont toujours compris qui était le chef. Et ça ne les a jamais dérangées, bien au contraire. Elles en redemandaient, ces marie-couche-toi-là !

Mais ce qui a valu pour mes maîtresses valait aussi, à un autre niveau, pour les Français, hommes et femmes confondus. Car les Français veulent un chef qui a la trique, un chef avec un sexe dur et inflexible de hardeur, comme celui de Richard Allan, vous savez, cette star du porno qu'on surnommait « Queue de béton ».

Vous pouvez lever les yeux au ciel, vous pouvez trouver ça cliché ou vieille France, mais au fond vous savez bien que j'ai raison, vous savez bien que c'est comme ça que ça fonctionne. Si DSK ne s'était pas fait pincer dans ce Sofitel de New York, tout le monde sait qu'il aurait été élu président de la République en 2012, à la place de ce pisse-froid impotent de François Hollande. Pourquoi cela ? Parce qu'il avait ce feu quelque part qui fait toute la différence, et que les Français aiment les débauchés, les baiseurs, les chauds lapins, les queutards, et tous ceux qui ont le diable au cul. Parce que l'amour à la française, ça a quand même toujours été d'abord « fous-la-moi bien profond ». Il n'y a que ces abrutis d'étrangers pour s'imaginer que les descendants du divin marquis s'envoient en l'air à grands coups de sonnets et de bouquets de roses.

*

Dimanche 14 mai. — Les pessimistes prétendent que tout est souffrance, misère et vanité, que tout fout le camp à la surface de la terre, qu'il vaudrait mieux s'asseoir dans un coin et attendre que l'orage passe, plutôt que de se jeter pour rien dans la tourmente, qui nous emportera tous.

Vous voulez que je vous dise ? Les stoïciens étaient des larves, des nabots dégénérés, des résidus d'avortement. Personne ne doit se résigner devant le malheur. Personne ne doit se résigner devant la mauvaise fortune. Il y a toujours une porte quelque part, un parachute, une fusée de détresse, un canot de sauvetage. Il y a toujours une issue, même dans les situations les plus désespérées ! Ou alors asseyez-vous sur le pont arrière du *Titanic* ou du *Bugaled Breizh*, et regardez-les sombrer lentement dans les eaux salées de l'Atlantique, en attendant de boire la tasse à votre tour – ou en attendant d'avoir les narines pleines de mazout, s'il s'agit de l'*Erika* ou de l'*Amoco Cadiz*.

Et même jetez-vous à l'eau tout de suite, et restez bien à plat, immobile, la tête dans l'eau, comme mon connard de père étendu dans le canal, pour vous noyer plus vite. Ou bien tirez-vous une balle dans la tête avant l'embarquement, ça fera économiser le prix de la traversée à vos héritiers testamentaires.

La résignation n'est pas le fait d'un homme. Nietzsche avait raison d'être impitoyable à l'égard de Socrate, qui ne pensait qu'à sa gloire posthume en s'imposant de boire la ciguë, sous prétexte de respecter les lois athéniennes. Personne sur cette planète ne reste dans sa cellule à attendre le bourreau quand la porte est grande ouverte et que les gardiens vous poussent gentiment vers la sortie.

Et si j'ai encore un conseil à donner aux Français, je leur répéterai ce que je leur ai toujours dit : ils ne doivent jamais renoncer, jamais baisser les bras, jamais abandonner le navire. Parce que la partie est belle et qu'elle n'est jamais perdue d'avance.

Quand je suis monté à bord du *France*, avant qu'il soit racheté par ces couillons de Norvégiens et rebaptisé *Norway* (non mais il y a de quoi rire), j'ai compris quelque chose qui m'a servi ensuite tout au long de ma vie. Le paquebot était immense, gigantesque. On aurait dit un Léviathan qui fendait les mers. J'avais rencontré le second capitaine, un certain François de Cosser, et nous avions parlé plusieurs fois de la pluie et du beau temps.

Ce jour-là, en l'occurrence, nous étions en train d'essuyer une putain de tempête, les vagues étaient hautes à peu près comme les ballons des Vosges – aucun navire je crois n'aurait résisté à cette houle, et surtout pas ce rafiot de *Titanic*. Mais le *France* continuait sa route, indifférent au maelström.

Les passagers étaient terrorisés. Il faut dire que l'océan prenait des grandeurs d'apocalypse. On s'attendait presque à voir le Kraken ou un calamar géant sortir des eaux et lancer ses tentacules vers le paquebot pour le tordre en deux comme une carlingue de voiture – ou un dieu des océans en colère, tiré de son sommeil par le bourdonnement de ses cent soixante mille chevaux.

La surface de l'océan n'était plus ni bleue ni noire, le ciel avait cessé d'y refléter ses teintes d'ardoise. C'était un bouillonnement formidable, comme si des géants s'étaient mis en tête de monter en neige les eaux de l'Atlantique avec leurs fouets de titans. La mer était blanche comme les neiges éternelles des Rouies ou de l'Ailefroide, mais c'était un blanc de cataracte, un blanc en perpétuelle effervescence.

Les passagers se terraient dans leurs cabines, le souvenir des grands naufrages du siècle passé en tête.

Et moi j'avais le cœur en joie. Parce que je me disais que c'était ça, la France ! Ce navire traçant imperturbablement sa voie dans la tourmente. Il y avait une houle de tous les diables, je vous assure. Les vagues se jetaient à plat contre la coque du navire pour essayer de le renverser latéralement, mais il gardait son équilibre, il gardait son cap, il restait droit comme la justice, conservant impeccablement son horizontale.

Un autre paquebot, un paquebot à deux pounds comme en construisent les rosbifs, aurait dansé la danse de Saint-Guy, et un bateau de pêche aurait immédiatement été englouti sous les eaux. Mais le *France* allait son chemin, inébranlable. Et moi j'étais là, debout sur le pont avant, comme Ulysse affrontant le chant des sirènes, alors que le commandant en personne était allé se planquer avec les chefs de quart dans la salle des turbines.

J'étais là, dominant la mer en furie, dominant les tourbillons et les déferlantes, plein de respect et de confiance pour l'industrie française. Les gars des chantiers de l'Atlantique pouvaient être fiers, ils avaient fait du bon travail. L'océan se déchirait de toutes parts, et le navire amiral de la Transat allait son petit bonhomme de chemin, comme s'il remontait le canal de Nantes à Brest. Jamais les dieux du ciel n'auraient bâti un cuirassé de ce calibre. Il y a des ingénieurs et des ouvriers à qui la patrie doit plus d'honneurs qu'à certains écrivains du dimanche.

À l'heure qu'il est, nul ne sait ce qui attend notre beau pays, nul ne sait quels obstacles le destin placera exprès sur notre route, pour le plaisir de nous voir rebrousser chemin.

L'avenir est noir comme la nuit, mais il y a des sémaphores dans les ténèbres. Certains disent que j'ai été l'un de ces sémaphores, justement. Comme le phare de Nividic, au large de la pointe de Pern, à Ouessant, comme le phare d'Ar-Men, celui de l'île Vierge ou encore celui de la Vieille, élevé sur la roche de Gorlebella, qui éclaire et sécurise le périlleux raz de Sein, j'ai guidé les navires entre les brisants, les écueils et les récifs.

Mais la nuit est profonde, et les ténèbres sont épaisses. Et quand un phare s'éteint, il faut aussitôt en allumer un autre, qui projettera à son tour son faisceau lumineux sur les étendues salées, ouvrant un chemin dans la géhenne – pour nous préserver du naufrage.

Je sens que l'heure de vous quitter est proche. Mais je sais qu'il y a déjà quelqu'un qui vous attend, quelque part. Quelqu'un qui prendra ma place dès que je serai parti, et qui continuera de vous guider sur cette route où nous avons cheminé ensemble, le pas tranquille, indifférents aux périls qui nous guettaient sur notre gauche et notre droite ; quelqu'un qui se donnera entièrement à vous et qui prendra avec joie la charge de ce projet grandiose dont le nom est simplement la France.

*

Mercredi 17 mai. — Ce qu'il restera de notre histoire commune ? Quelques phrases dans des livres, quelques souvenirs enfouis profondément dans le cerveau de nos descendants, quelques empreintes de pas dans les flaques boueuses des chemins, quelques détritus que nous avons négligemment laissés tomber de nos sacs à dos, et que nous avons laissés derrière nous, parce que nous avions la flemme de faire marche arrière. Ou rien de tout ça, peut-être. Peut-être que tout disparaîtra. Aussi bien, le temps se chargera tôt ou tard de rendre au néant les derniers vestiges qui auront survécu.

Mais n'oubliez jamais, vous qui allez mourir aussi, que tout cela a bel et bien existé, que tout cela a bel et bien eu lieu, ici-bas, sur la terre. Et vous étiez là, et vous étiez beaux et vivants ; et nous nous tenions la main. Nous étions une seule et même force, un seul et même élan, un seul et même désir ; et nous avons posé les pierres les unes après les autres, sans jamais penser à nos muscles endoloris et à ces grosses gouttes qui nous ruisselaient abondamment dans le dos.

Et je peux vous dire que nous avons fait du beau travail. Je me souviens de chaque instant, de chaque détail – je me souviens de tout, je suis la mémoire vive de la France.

Il y a les petites pierres taillées de Lézignan-la-Cèbe et la grotte du Vallonnet, près de Roquebrune, sur les bords de la Méditerranée ; il y a cette épée lourde et barbouillée de sang séché que Brennos lança sur la balance des assiégés romains en criant *Vae Victis !* ; il y a les peuples barbares de Germanie qui franchissent la frontière sur le Rhin, des ossements plein les cheveux, et les Wisigoths qui s'installent en Aquitaine après la mort du roi ; il y a le baptême de Clovis Ier par l'évêque Rémi de Reims, le jour de Noël, entouré de trois mille guerriers au front luisant de chrême ; Pépin le Bref enferme Childéric III dans un couvent et se fait élire roi par les guerriers francs en 751 ; après s'être étripés comme des gamins, les trois fils de Louis le

Pieux se partagent l'empire carolingien en signant le traité de Verdun ; Jean sans Terre organise une coalition réunissant l'empereur germanique Othon IV et le comte de Flandre. Souvenez-vous. Il y a la guerre civile entre Philippe le Hardi, duc de Bourgogne, et Louis d'Orléans, qui prendra le contrôle de l'État en s'alliant avec des seigneurs du Sud-Ouest hostiles au roi d'Angleterre ; il y a la mort du Téméraire à la bataille de Nancy et l'assassinat du duc de Guise commandité par Henri III ; il y a la conspiration de Chalais contre le cardinal de Richelieu et la cabale des Importants, menée par François de Vendôme, duc de Beaufort, et Marie de Rohan, duchesse de Chevreuse ; il y a l'édification de la citadelle de Lille par le marquis de Vauban ; il y a... Mais arrêtez-moi, je crois que ma braguette va exploser.

Aussi bien, tout cela appartient au passé, tout cela est derrière nous. Nous avons fait ce que nous avions à faire, et personne aujourd'hui ne peut changer le cours de l'Histoire. Il n'y a que le temps, qui efface tout. De notre ouvrage, certains esprits désagréables disent qu'il ne restera rien dans quelques poignées de millénaires. Peut-être qu'ils ont raison ; mais peut-être aussi qu'ils ont tort.

Les juges de l'Inquisition pouvaient bien détruire les télescopes et les boussoles des astronomes, ils pouvaient bien jeter leurs livres dans les bûchers, ils ne pouvaient pas inverser la course des corps célestes, ils ne pouvaient pas pousser le Soleil pour qu'il tourne quand même un peu autour de la Terre. Et quand le dernier homme aura cessé de respirer, quand l'astre du jour aura emporté dans sa chute toutes les planètes du système solaire, les étoiles continueront de briller dans le ciel, et les lois de l'astrophysique de s'appliquer uniment aux nébuleuses et aux trous noirs.

Du fait de la distance incroyable qui nous sépare d'elle, on peut continuer à voir la lumière d'une étoile longtemps après qu'elle est morte. Ce n'est pas pour dire que la France est une étoile. Ce n'est pas pour dire non plus que je suis moi-même une étoile, comme certains d'entre vous l'ont suggéré parfois. Si ce terme a un sens pour qualifier des hommes ou des femmes, je le laisse volontiers aux danseurs et aux vedettes de cinéma. Mais il n'y a pas que les étoiles qui dégagent de la chaleur ou produisent de la lumière.

Du reste, l'image de chacun de nos gestes, l'écho de chacune de nos paroles sont projetés à grande vitesse à travers les quatre dimensions de l'espace-temps, où les générations futures pourront aller les recueillir, un jour lointain. Ce qu'il adviendra de notre ouvrage, je n'en ai pas la moindre idée. Certains détruiront ce que nous avons fait ; d'autres, plus tard, reconstruiront nos palais et nos monuments, là même où nous les avions élevés.

Quoi qu'il en soit, entre le présent et la fin de tout, il y a l'avenir, il y a les jours qui viennent – il y a ce temps qui nous appartient. Et ceux qui proclament que tout est vanité oublient que rien n'est jamais écrit sous le soleil, et que le monde dans lequel nous vivons est le domaine des surprises. Des mauvaises surprises, j'en conviens – mais pourquoi pas aussi parfois des bonnes ?

*

Jeudi 18 mai. — Vous vous souvenez de ce qui s'est passé, le jour où ce jeune vagabond est venu me prendre par la main, le regard si désemparé ? Je ne sais plus en quelle année c'était, mais je suis sûr que ça vous dit quelque chose. Personne n'a oublié cette histoire. Je crois que c'était dans une ville du Sud, car il faisait chaud ce matin-là – une de ces villes du bord de la Méditerranée où l'air est particulièrement doux et sucré.

Il s'est avancé vers moi, après être passé par-dessus la barrière. Il ressemblait à peu près à un gueux, avec ses cheveux ébouriffés, ses joues terreuses, ses nippes dégoulinant de crasse. Mes gardes du corps ont voulu lui sauter dessus, mais je leur ai dit de le laisser faire, de le laisser venir à moi.

Il s'est approché timidement. Les mouches tournaient autour de son visage grimaçant. Mon Dieu qu'il sentait mauvais ! J'ai marché dans les marécages nauséabonds de la Petite Camargue, j'ai visité des catacombes et des cloaques infects, j'ai arpenté les fosses d'aisances des bidonvilles et des banlieues-poubelles de la région parisienne, et je crois que jamais pourtant je n'ai senti une odeur aussi forte.

Le petit était devant moi à présent, avec ce regard de chien battu que les miséreux empruntent parfois pour se faire prendre en pitié et mendier quelques piécettes aux passants. C'est à ce moment-là qu'il m'a pris la main. Ses petits doigts d'enfant étaient noirs de terre.

J'allais lui demander ce qu'il voulait, mais il s'est retourné en pointant son index en direction de la foule, comme s'il voulait me montrer quelque chose ou quelqu'un. J'ai plissé les yeux, en essayant de suivre son regard. Et c'est alors que je l'ai vue.

C'était une petite fillette, gauchement assise sur un fauteuil roulant à demi hors d'usage. Elle faisait vraiment peine à voir. J'ai fait un pas dans sa direction. Son visage était repoussant à peu près comme celui d'un monstre. Ses bras étaient retournés sur eux-mêmes et ils ballottaient dans le vide, raclant le sol de leurs doigts atrophiés, comme les ailes cassées d'un oisillon. Je me suis approché encore.

Elle me dévisageait de ses yeux blancs, la bave aux lèvres. Je me souviens qu'elle souriait, ou du moins qu'elle essayait de sourire.

Le petit a commencé à m'entraîner dans sa direction. Je me suis dit qu'elle devait être sa sœur cadette – même s'il paraissait difficile de leur trouver un quelconque air de famille. J'ai relevé la tête et observé un moment la foule, pour voir s'ils étaient accompagnés de leurs parents. Il y avait du monde autour d'eux, mais les gens étaient bien habillés, ce jour-là. Ils avaient sorti leurs habits du dimanche. Seuls des SDF ou des toxicos auraient accepté de laisser leurs mioches sortir dans un état pareil. Non, ces deux gosses devaient être des orphelins, des enfants des rues – c'était le grand qui devait s'occuper de la gamine.

Quand je suis arrivé devant les barrières avec lui, il a levé ma main et il l'a posée lentement sur la tête de la petite infirme. Je l'ai laissé faire. C'était comme si le temps s'était arrêté, je sentais la présence de la foule, de cette marée humaine, derrière elle – et celle de mes gardes du corps qui commençaient à s'impatienter.

Je me tenais le dos bien droit, comme j'essaie toujours de le faire aujourd'hui quand je sors me promener dans les jardins de l'hôpital. Et cette fillette était là, toute difforme, toute tordue. Le soleil me tapait à plat sur les épaules, je transpirais à grosses gouttes. Je crois que les gens autour scandaient mon nom, mais je n'en suis plus tout à fait sûr. Ce dont je suis sûr, c'est que je me suis approché encore, que j'ai posé ma deuxième main à plat sur la première, dans un geste de bénédiction. La petite poussait des râles de bête, et un instant je me suis revu dans cette chambre d'hôtel, avec cette femme qui hennissait. Mais je suis revenu à moi et j'ai su ce que je devais faire.

Les drapeaux flottaient autour de nous, il y en avait des milliers, des millions peut-être. Ce n'était pas encore le 14 Juillet, mais c'était un jour de réjouissances publiques, après tout. J'ai prononcé quelques mots, des mots que personne n'a entendus j'espère – et puis j'ai craché sur le visage de la fillette.

Il faisait une température de poêle, ma bouche était sèche comme un caillou. Je n'avais presque plus de salive sur la langue, mais en raclant le fond de sa gorge, on trouve toujours un petit quelque chose à lancer. Un projectile glaireux a atterri sur l'œil de la môme et a commencé à dégouliner sur sa joue pâle et creusée.

La foule s'était tue. Je crois que je pouvais entendre les battements de mon cœur. Le vent s'était subitement arrêté et les drapeaux paraissaient en berne, à présent, comme un jour de deuil national. La petite handicapée m'a lancé un regard plein d'incompréhension – et jamais, entendez-moi bien, jamais je n'ai eu l'occasion, par la suite, de voir un regard aussi navré que celui-là, aussi profondément désespéré. J'ai senti mes intestins se contracter. Et puis j'ai croisé le regard du gamin qui me dévisageait avec fureur. La rage ruisselait littéralement sur son visage, on eût dit qu'il allait bondir sur moi et me ruer de coups.

J'ai fait plusieurs pas en arrière. Mes gardes du corps étaient sur le qui-vive. Ça se voyait que le gosse bouillait de l'intérieur. Je crois qu'il voulait simplement me tuer.

Il y a eu ce moment où je l'ai vu s'élancer vers moi, les mains ouvertes comme des serres, le meurtre au fond des yeux, et le moment suivant il était immobile, presque paralysé. J'ai salué intérieurement les réflexes de mes gardes du corps, qui étaient parvenus à le maîtriser à temps. Et puis j'ai réalisé qu'ils étaient toujours derrière moi, et qu'ils étaient comme pétrifiés, eux aussi.

J'ai tourné la tête sur ma gauche, pour voir ce qui fascinait toute cette assemblée. Et alors je l'ai vue. Elle était là, debout. Elle s'était levée de son fauteuil roulant. Elle regardait ses mains et ses bras, qu'elle déplaçait librement devant elle, incrédule. Elle avançait à petits pas, ses appuis encore mal assurés. Chaque fois qu'elle perdait l'équilibre, elle se rattrapait *in extremis* à la barrière, et puis elle repartait de plus belle – comme un grand accidenté qui réapprend à marcher.

Et croyez-moi si vous voulez, elle ne portait plus ce visage déformé d'impotente, ce visage qui sentait bon la foire aux monstres ou l'hôpital psychiatrique. Elle ressemblait maintenant à une jeune fille, et à une très jolie jeune fille même, avec ses joues rosées, ses lèvres rondes comme un baiser et ses yeux en amande – à une jeune femme presque, une de ces jeunes femmes qui font monter en vous un brusque élan de désir quand vous les voyez fleurir au grand soleil.

Je ne sais plus comment les choses se sont passées ensuite. Il y a eu je crois une immense clameur, comme si mille trompettes avaient sonné de concert, une gigantesque acclamation de joie mêlée de battements de mains ininterrompus. À moins que je ne confonde avec le Grand Jubilé du Champ-de-Mars – les choses se mélangent dans ma tête.

Ce dont je me souviens en tout cas, c'est de la nuit qui a suivi, cette nuit d'ivresse que j'ai passée avec elle, cette nuit d'amour où je lui ai fait découvrir les unes après les autres toutes les parties de son corps dont la malchance lui avait fait ignorer jusque-là l'existence.

*

Samedi 20 mai. — Comment les choses se sont-elles passées ? Vous vous en souvenez mieux que moi sans doute. Mais je crois simplement que les Français étaient en colère. Je crois qu'ils voulaient se débarrasser définitivement de cette clique de branquignols qui se prenaient pour leurs éternels représentants. Justement ces derniers disaient « les Français, les Français » ; mais en vérité je vous le dis, ils se foutaient des Français à peu près comme de l'an quarante. Ils ne pensaient qu'à leurs petits intérêts privés, ils ne pensaient qu'à leurs poches – et évidemment à celles de leurs copains –, qu'ils remplissaient en piochant de toutes leurs mains dans le Trésor public, ou en partant à la pêche aux rétrocommissions.

On dit qu'il ne faut jamais donner le pouvoir à ceux qui le réclament. Et pourtant c'étaient toujours les mêmes qui se retrouvaient sur l'estrade, à chaque nouvelle consultation, usant leurs bouches à baiser des mains qu'ils refuseraient de serrer ensuite, s'ils avaient la chance de remporter le scrutin. C'étaient toujours les mêmes gueules de con, les mêmes faces de cul qui monopolisaient la conduite des affaires publiques depuis plusieurs générations, comme s'ils refusaient de crever une bonne fois pour toutes et de laisser la place à quelqu'un d'autre.

Et j'aime autant vous dire que la France en a pris pour son honneur, pendant ces décennies où ils colonisaient tous les lieux du pouvoir.

Tous ils lui sont passés dessus, par-devant et par-derrière, et sans prendre la peine de s'essuyer les pieds sur les paillassons de l'Élysée. Elle s'est fait sauter par tous les trous, la France, d'autant que certains disaient que ce n'était pas ça qui manquait, justement – que le pays était une vraie meule de gruyère. Jamais ils ne lui ont demandé son avis, jamais vous m'entendez ! Ils l'ont simplement coincée dans un coin, ils lui ont ligoté les bras, et puis ils ont sonné le début de la grande tournante de la République.

Sauf que c'étaient les Français qui se faisaient monter à cru, dans cette grande partouze à la gauloise – parce que c'étaient eux qui réglaient l'addition, à la fin de la journée. En effet, dès que ces fouteurs autoproclamés quittaient le gang-bang un moment pour aller pisser un coup, ils en profitaient pour faire le tour du pays avec leur cochon-tirelire, s'assurant que chaque citoyen paie son écot, que chaque Français s'acquitte bien de sa quote-part, comme si des bataillons de scouts avaient ratissé le pays pour remplir les caisses du peep-show. Ils empochaient tout ça en se faisant des clins d'œil – et ils retournaient en courant dans leur grand lupanar, pour s'offrir une nouvelle partie de jambes en l'air devant les yeux hébétés de leurs électeurs.

En vérité je vous le dis, le temps était venu de mettre un peu d'ordre dans ce poulailler, de donner un grand coup de balai dans ce pays qu'ils avaient transformé en hôtel de passe VIP. Alors je suis allé les trouver au Sénat et à l'Assemblée nationale, je suis allé les trouver à l'Élysée et à Matignon, mais aussi du côté du parvis de La Défense, où certains avaient leurs habitudes. Je me suis simplement présenté devant eux, en déclamant mon identité. Je les ai regardés droit dans les yeux, et je leur ai demandé d'une voix implacable : « Est-ce qu'il y a quelqu'un ici qui pense à la France ? »

Ils se sont regardés sans savoir quoi dire. Ah, si vous les aviez vus ! Ça ne respirait pas l'intelligence dans l'hémicycle, on se serait plutôt cru dans les couloirs du pavillon Magnan, à l'hôpital Sainte-Anne – d'autant qu'ils étaient tous en tenue d'Adam et Ève.

Ils ont quand même balbutié quelque chose je crois, je ne sais plus. Ils ont essayé de m'amadouer en arguant qu'on avait presque grandi ensemble, qu'on se connaissait bien. Et puis ils se sont défendus avec leurs petits arguments de notaires et leurs petits calculs d'experts-comptables. Ils disaient c'est ridicule, c'est abracadabrantesque. Mais c'était trop tard, ils étaient déjà vaincus, ils étaient déjà finis.

Ils ont pris peur, ils se sont tous carapatés de là. Je me souviens que j'ai beaucoup ri, en les voyant sonner le sauve-qui-peut général et fuir par les portes et les fenêtres – avec leurs godemichés, leurs vibromasseurs et leurs boules de geisha qui leur pendaient encore entre les jambes. Il y en avait un, celui avec des petites lunettes, qui s'est étalé de tout son long en marchant sur ses lacets, la bite à l'air, et un autre, un grand type qui portait un képi, qui a fait un début de crise de nerfs, avant de se faire pousser par une femme avec les cheveux courts et une grosse tête de gendarme.

Si je m'étais écouté, j'en aurais retenu deux ou trois par les oreilles, ou par les parties, et je leur aurais foutu une bonne rouste – pour l'exemple. Mais je suis sans doute trop bon – trop bon trop con, comme on dit – et je les ai laissés s'enfuir comme des lâches et disparaître derrière le premier pâté de maisons, courant et sautant comme des macaques en liberté – même si beaucoup, ensuite, sont revenus me manger dans la main.

Quoi qu'il en soit, la nature a horreur du vide, et c'est le moment que nous avons choisi pour nous faufiler dans la brèche. Rappelez-vous. Nous sommes arrivés là avec nos clairons et nos trompettes, brandissant nos étendards et nos drapeaux. Nous sommes entrés en prenant bien soin cette fois de retirer nos chaussures, nous avons posé nos fesses sur ces fauteuils en velours encore tout chauds, et puis nous avons pris la direction des destinées nationales. Et je crois pouvoir dire que la France a immédiatement retrouvé le sourire. Tout était à reconstruire, tout était à refaire ; mais quelques semaines plus tard elle avait déjà retrouvé sa fraîcheur de pucelle, et les Français avaient déjà repris goût à la grande épopée nationale.

*

Mardi 23 mai. — Vous vous souvenez de cette partie d'échecs que j'ai disputée contre Jean-Marc Tual ? Il était le deuxième joueur français, à cette époque-là. Je ne sais plus très bien qui était le premier, j'imagine que c'était Stéphane Carrory.

La partie s'est tenue dans une célèbre brasserie parisienne qui s'appelait le Bouillon Chartier. Elle n'existe plus aujourd'hui, malheureusement, elle a été remplacée par une agence immobilière.

Tual est arrivé avec un peu de retard, car les conditions de circulation dans la capitale étaient épouvantables ce jour-là. Il s'est excusé rapidement et il s'est assis en face de moi sur la grande banquette en cuir rouge.

J'ai eu beau réfléchir, je n'ai jamais compris pourquoi il avait accepté cette rencontre. Est-ce qu'il avait véritablement quelque chose à y gagner ? Si je le battais, il pourrait toujours prétendre qu'il m'avait laissé faire, par politesse. Mais s'il me mettait la branlée, comme chacun s'y attendait, du reste, je ne vois pas bien quel genre de bénéfice il aurait pu en tirer. Évidemment ça lui faisait une victoire de plus à son palmarès. Mais quel champion se félicite d'avoir battu un grand débutant, quel grand maître se vante d'avoir mis une raclée à un amateur ? À vaincre sans péril... Et puis ça aurait quand même été difficile pour lui de faire le fanfaron, il savait qui j'étais.

Bref, nous nous sommes retrouvés face à face autour de cette table du Bouillon Chartier, et je ne sais pas pourquoi, mais je me sentais en pleine forme, ce matin-là, j'avais l'esprit léger comme un ballon atmosphérique, je me sentais prêt à franchir des sommets.

Les journalistes se pressaient autour des barrières de sécurité qui avaient été installées au milieu de la brasserie. L'échiquier était posé au milieu de la table, ses deux armées Staunton en buis prêtes au combat.

J'aimais beaucoup le style de Jean-Marc Tual, c'est pour ça que j'avais pensé à lui. Il jouait toujours le gambit dame, et je peux vous dire que je n'ai jamais connu de joueur qui le maîtrisât avec une telle élégance.

Ce qui m'avait poussé à disputer ce match ? Il faut que je revienne un peu en arrière.

Je n'ai jamais été un grand joueur. J'ai pratiqué un peu le jeu de go et le poker, comme tout le monde ; je me suis même passionné un temps pour le Kriegsspiel, ce jeu de guerre inventé par cet incorrigible Guy Debord – en revanche je n'ai jamais beaucoup aimé les jeux vidéo, les écrans me donnent mal à la tête. Et puis il y a eu les échecs.

Aussi bien, quand vous vous retrouvez à la tête d'un pays, les jeux de société vous paraissent bien fades, et bien désuets, comparés au jeu grandeur nature de la politique *in situ*. Si vous saviez comme je me suis amusé ! Les gens ordinaires se contentent de déplacer des pions en plastique sur un grand plateau en carton, et ça leur suffit pour s'imaginer qu'ils bâtissent des villes ou qu'ils conquièrent des empires. En ce qui me concerne, j'ai eu la chance d'avoir pour plateau la France, et pour pions les Français. Et je peux vous dire que je n'ai jamais perdu une seule partie, et que je n'ai jamais concédé à mon adversaire un sacrifice qui ne m'ait conduit tôt ou tard à la victoire.

Mais ça n'avait rien à voir avec ça. On peut dire que c'était une opération purement scientifique. Les Français m'aimaient comme on aime une mère, mais ils me craignaient aussi comme on craint un tyran, et je crois que ça ressemblait assez aux conditions idéales pour conserver longtemps le pouvoir, si l'on en croit les vieux stratèges.

Mes conseillers en communication – des types malins et brillants, dont je n'ai jamais eu à regretter les services, quand bien même ils me coûtaient des fortunes –, mes conseillers en communication donc s'étaient demandé dans quelle mesure je pouvais déstabiliser un opposant par la seule force de mon regard. Ça pouvait leur être très utile de savoir ce genre de choses, s'il fallait préparer un débat télévisé par exemple – même si j'ai toujours rechigné à me livrer à ce genre d'exercice. C'est pourquoi ils ont pensé à cette rencontre autour d'un échiquier.

Les joueurs de poker sont de parfaits bluffeurs, ils sont capables de dissimuler leurs intentions, ou mieux encore, de faire croire à leurs concurrents qu'ils voient clair dans leur jeu ; mais ce sont aussi des frimeurs machos qui jouent pour la flambe, pour l'apparat. Une partie de poker ne se déroule pas sur le tapis vert mais tout autour, c'est une grande comédie, une mascarade où chacun essaie de duper ses adversaires. Rien à voir avec une partie d'échecs.

Bien sûr les joueurs d'échecs peuvent également exercer une pression psychologique sur leurs challengers, mais tout se passe d'abord sur les soixante-quatre cases de l'échiquier, le monde extérieur existe à peine. C'est pour ça qu'un grand maître d'échecs peut parfois passer plusieurs heures avant de jouer un coup – s'il n'y a pas de pendule qui décompte les secondes évidemment.

Jean-Marc Tual avait cet air décontracté que je lui connaissais bien. Il me souriait de son grand visage rond. Ça m'amusait d'être là en face de lui, bien que je sois assez sceptique quant aux enseignements que mes conseillers allaient pouvoir tirer de cette rencontre.

Il était question de s'en remettre au hasard, mais Tual m'a gracieusement proposé de prendre les blancs. J'ai immédiatement accepté. J'ai jeté un regard circulaire autour de moi, et j'ai joué mon premier coup.

J'ai poussé le pion dame. Et je crois que Tual ne s'était pas attendu à ça. Neuf fois sur dix, les débutants ouvrent avec le pion roi, les parties fermées étant quand même moins risquées pour eux.

Nous avions pris la décision suivante avec mes conseillers : je devais jouer mes coups rapidement, en ayant l'air sûr de moi. Après avoir évalué mes chances, nous avions conclu en effet que ça revenait à peu près au même, au bout du compte, que je joue vite ou que je prenne le temps de réfléchir ; en revanche, pendant le tour de Tual, je devais le fixer de manière non pas soutenue, mais légèrement appuyée – de ce genre de regard par en dessous que l'on prend parfois pour observer le visage de quelqu'un sans qu'il s'en aperçoive.

Le grand maître avança également son pion dame. Je surenchéris en jouant c4.

Tual avait le choix d'accepter ou de refuser le gambit. Il a relevé la tête et il a croisé mes yeux de glace. Je me trompe peut-être, mais à ce moment-là il m'a semblé pris d'un léger tremblement, comme si une langue de vent polaire s'était engouffrée sous sa chemise noire. Il a refusé le gambit. Et je me suis dit : « Hé hé, ce n'est pas dans tes habitudes, mon bonhomme ! »

Et à vrai dire, cela était même tout à fait inouï, car jusqu'à ce jour Tual avait toujours accepté le gambit dame – toujours. Je vous passe les différents rebondissements de la partie. Du reste, elle est restée gravée dans les mémoires, et vous pourrez en trouver le détail dans n'importe quel ouvrage sur le sujet, ou sur n'importe quel site Internet spécialisé.

Toutes les parties d'échecs remarquables ont des noms. Il y a eu « la Partie immortelle », qui opposa Adolf Anderssen et Lionel Kieseritzky en 1851, il y a eu « la Perle de Zandvoort », « l'Immortelle polonaise », « la Partie du siècle », disputée en 1956, et « Kasparov contre le reste du monde ». À l'issue de cette rencontre avec Tual, il y eut une partie de plus dans cette liste. Allez savoir pourquoi, les journalistes la baptisèrent « la Scélérate ».

On m'apprit par la suite que nous avions joué la variante dite « d'échange » du gambit dame refusé. Les organiseurs de la rencontre me soupçonnèrent de leur avoir dissimulé un talent caché pour le jeu royal. Mais je vous assure que c'est mon regard qui a triomphé de Tual, et rien d'autre.

Dès le départ, il a dû sentir que je cherchais à exercer sur lui une certaine pression psychologique. J'imagine qu'il s'attendait un peu à cela, il savait qui j'étais, je vous l'ai dit. Il a fait de son mieux pour éviter mes yeux braqués sur lui et pour fixer l'échiquier, mais la force d'un regard insistant, et quand je dis insistant, je veux dire d'une pesanteur d'enclume, c'est qu'il oblige tôt ou tard celui qui est en face à relever la tête et à croiser sa ligne de mire.

Tual est un très grand joueur d'échecs, et un individu imperturbable, vraiment, d'une force de volonté et de concentration comme j'en ai rarement vu dans ma vie – et je dois même dire qu'à ce jeu-là il fait partie des meilleurs adversaires que j'aie jamais eus. Mais j'étais le plus fort, j'étais psychologiquement le plus fort. Techniquement, je ne l'ai pas battu, je ne l'ai pas « maté » comme on dit. Il a abandonné au vingt-sixième coup. Et les spécialistes se demandent encore aujourd'hui s'il avait ses chances, à ce moment-là. Et je crois que oui, je crois qu'il avait ses chances, matériellement parlant du moins.

Mais vous voulez peut-être savoir ce qu'il a vu au fond de mes pupilles, chaque fois qu'il a fini par relever la tête ? Je ne peux pas vous le dire, je n'étais pas à sa place ; mais je peux vous dire en tout cas ce que j'ai vu dans les siennes.

J'y ai vu le long frisson de la terreur.

*

Jeudi 25 mai. — Un de mes anciens amis, philosophe à ses heures, nous avait demandé qu'on fasse graver sur sa tombe l'épitaphe suivante : « Mourir, c'est partir beaucoup. » C'est un très bon mot je trouve, et j'espère qu'il orne sa stèle, s'il est mort, et que personne ne le lui a volé, s'il est encore vivant – je l'ai perdu de vue il y a longtemps.

En ce qui me concerne, je préférerais quelque chose de plus sobre, de plus solennel aussi, de plus intemporel. Peut-être une phrase en latin. Pas une sentence comme *Veni, vidi, vici*, qui perd un peu de sa force, il faut bien dire, quand on la lit sur une pierre tombale. Peut-être un vers de Ronsard ou de Mallarmé. Mais dans le fond, je crois que cela m'est égal. Après réflexion, je crois même qu'une maxime, quelle qu'elle soit, fait de l'ombre au nom à côté duquel elle est écrite.

Ils m'ont remonté dans ma chambre. Ils ne m'ont rien dit, mais je sais que la maladie trace inexorablement sa voie dans mon corps. Je ne lui en veux pas, je vous ai déjà dit que je n'étais pas rancunier. Et puis c'est dans la nature des choses. Du reste, je ne me laisse pas faire. Ce sera ma dernière bataille, mon dernier combat. Je ne me ferai pas envahir par les tumeurs et les métastases sans rien dire, sans lutter un peu contre elles. Je n'ai pas le choix des armes, hélas ! S'il m'avait été donné de choisir, j'aurais défié la maladie au fleuret ou au pistolet – ou aux échecs, tiens ! Mais elle ne m'a pas demandé mon avis, c'est elle qui décide.

Alors ça se passe pour une bonne partie à l'hôpital de la Salpêtrière, dans ces chambres qui ne ressemblent pas non plus à des cachots ou à des cellules, mais dans lesquelles flotte quand même cette odeur de vie en suspens, cette odeur de mouroir qui parfume tous les couloirs d'hôpitaux du monde.

Je ne fais pas le fier, quand ils me descendent dans leur service de curiethérapie. Je sens que les choses m'échappent, et vous savez que je n'aime pas beaucoup ça – je préfère quand elles m'obéissent comme un cheval de course. Pourtant, les médecins qui s'occupent de moi sont aussi de grands hommes, ce sont des héros à leur manière. Ils mènent des batailles dont nous n'avons pas idée.

Je n'ai pas beaucoup de connaissances en sciences et techniques, et l'appareillage qu'ils utilisent ressemble pour moi à des engins de science-fiction. J'ai parfois l'impression d'être dans un roman de Maurice G. Dantec. J'essaie de leur faire confiance, de m'abandonner à eux.

Rassurez-vous, pendant tout ce temps, ma bite est restée au garde-à-vous, et cela n'a pas échappé à ces jeunes infirmières qui défilent dans ma chambre, les yeux pétillants et un sourire vicieux au coin des lèvres. Et puis j'ai un moral à toute épreuve, un moral de plomb. Mon âme a été forgée dans le même métal que mon sexe – celui du bouclier d'Héphaïstos.

J'ai eu mes heures de doute, mes heures de souffrance, il m'est arrivé aussi de me retrouver au fond du trou, et si j'ai toujours su triompher des coups de mes ennemis, cela ne veut pas dire qu'ils ne m'ont jamais atteint. Plus d'une fois la lame de leurs glaives s'est faufilée à travers mes chairs, et elle a fait couler mon sang. J'ai connu la douleur et l'injustice, le froid et le déshonneur, mais je suis toujours resté debout, droit comme un roc. Non pas de cette immobilité impassible qui est celle de ces stupides stoïciens, mais de celle au contraire qui permet la volte-face, quand tous les muscles sont bandés, et que l'on est prêt à bondir d'un côté ou de l'autre, comme une lionne aux aguets.

J'ai toujours réagi, car il faut toujours réagir, il ne faut jamais rien laisser passer sans réagir, d'une façon ou d'une autre, car c'est le seul orgueil dont puisse se targuer l'homme : cette fierté devant les revers de la Fortune, cette persévérance magnifique, cet entêtement aveugle et glorieux à vouloir aller encore de l'avant, malgré tout, à vouloir garder la tête haute jusque dans le plus grand malheur, et à croire envers et contre tout que quelque chose est possible – ce courage, cette ténacité, cette obstination, cette patience aussi.

J'ai toujours réagi, et je n'ai jamais regretté de l'avoir fait. On dit que la vengeance est un plat qui se mange froid. Moi je n'ai jamais attendu, j'ai toujours riposté dans la seconde. J'ai toujours offert à mes ennemis de brûlantes représailles. Comme disait ce type, la façon la moins incorrecte de ne pas être à l'heure, c'est encore d'être en avance.

Aujourd'hui, je dors sur un lit dur, pour ne pas amollir ma colonne vertébrale. Je mange peu, en demandant toujours de la nourriture simple. Des légumes, du riz ou des pommes de terre, parfois un peu de viande ou de poisson. Je fais une promenade après chaque repas, pour favoriser la digestion. Rien qui ne change vraiment de ma vie passée, car on peut dire que j'ai toujours vécu à ce régime-là, que je me suis toujours tenu loin du confort et de l'opulence.

Un chef doit vivre avec ses soldats, il doit manger dans la même gamelle qu'eux, il doit dormir dans le même lit de camp. Celui qui veut régner longtemps en maître doit partager la vie quotidienne de ses esclaves, et je vous assure que je me suis toujours servi le dernier, que mes hommes sont toujours passés avant moi. Quand les casseroles avaient été vidées, je me couchais avec un grand trou dans l'estomac – mais heureux pourtant de les savoir rassasiés. Mon repas était le plus sec et ma couche la plus dure. Et c'est comme ça qu'un général gagne le respect et la confiance de ses troupes, et qu'il peut les envoyer au combat l'esprit tranquille, sans craindre la révolte ou la mutinerie.

Je ne suis pas encore mort, puisque je vous parle, en ce moment même. La situation n'est peut-être pas encore tout à fait désespérée. Les médecins m'ont assuré qu'ils étaient parvenus à endiguer le mal, à le juguler comme une simple morsure de vipère – même si j'imagine qu'ils disent ça pour me rassurer. Je leur avais pourtant demandé de me dire la vérité.

Mais regardez, je suis encore là. Le sang continue de battre dans mes veines. Et tant que je suis vivant, tant que je suis debout, je poursuis mon œuvre, je continue mon combat pour la France et le peuple français comme si je devais vivre encore mille vies. Tant que je suis vivant je ne suis pas mort, comme disait l'autre !

Dans tous les cas, même si la Fortune me faisait cadeau d'un petit sursis, je sais que la maladie reprendra le dessus, d'ici à quelques mois ou quelques semaines.

Je vais mourir, tout le monde meurt – il n'y a pas de raison que j'échappe à la règle.

Mais je vous l'ai déjà dit, quand je serai parti, je sais que quelque part, dans l'une ou l'autre de nos belles villes, l'une ou l'autre de nos belles provinces, quelqu'un se présentera pour prendre ma place – comme les Césars ont toujours succédé aux Césars. Je ne sais pas s'il sera meilleur ou s'il sera pire, s'il sera plus doux que moi ou plus inflexible encore. Ce n'est pas à moi de juger celui qui prendra ma suite, celui qui prendra la relève.

Je sais seulement qu'il viendra, un jour de grand vent ou de plein soleil, je sais qu'il se lèvera au-dessus de vous, au-dessus des vastes étendues de notre Mère Patrie, les yeux bleus comme un ciel d'aurore – et qu'il s'appellera encore une fois Francis Rissin.

7.

Paroles de Témoins (textes sélectionnés et agencés par Jacques Babolat) : Bénédicte (III-IX), Claude (XXVI-XXXIII), Dominique (XI-XVII), Stéphane (XLVI-LVI), Chantal (V-XII), Maxime (XXXI-XL), Jackie (XIX-XXVIII), recueil inédit.

Selon Bénédicte.

Vers le matin, alors qu'il faisait encore très sombre, Francis Rissin se leva et sortit de son hôtel pour aller dans un lieu désert, le long des rives de la Marne. Là, il contempla longtemps la nuit, il contempla le ciel noir, et puis les premières lueurs de l'aube, quand elles apparurent timidement à l'est. Le soleil n'était plus très loin. Il pensa un instant au *Rayon vert*, le roman de Jules Verne. Ce n'était pas ce que l'écrivain français avait fait de mieux dans sa vie. On était quand même très loin du *Voyage au centre de la Terre* ou de *Vingt mille lieues sous les mers*, dans lesquels il avait donné libre cours à son imagination fulgurante et à ses talents d'écrivain visionnaire.

Une fois le jour levé, nous partîmes à sa recherche, et quand nous l'eûmes trouvé, assis au milieu du terrain vague derrière le centre E. Leclerc, Dominique et Jackie lui annoncèrent que tout le monde l'attendait.

Francis Rissin resta encore la tête en l'air pendant plusieurs minutes, perdu dans ses pensées, les silhouettes de Pierre Aronnax et d'Otto Lidenbrock flottant au-dessus de la rivière. Et puis il se leva et marcha avec nous jusqu'à l'entrée du centre pénitentiaire, rue des Loyes, où se tenait la foule des journalistes.

C'était une prison haute sécurité flambant neuve, un bijou de technologie qui avait coûté au moins un bras au Trésor public, et dont la réalisation avait naturellement été confiée à la société Kreatis. On l'avait d'ailleurs baptisée « le Diamant », à cause de sa forme effilée de cerf-volant, dessinée d'une main d'orfèvre par Jean Nouvel, le Haussmann de la France nouvelle et éternelle. Mais ici l'innovation était à la fête. C'était un concentré de toutes les dernières solutions carcérales disponibles sur le marché. On y trouvait des spectromètres de mobilité ionique 3.0, des dispositifs de contrôle biométrique multimodal, des caméras de vidéosurveillance « riposte armée », des drones d'assaut RQ-11 Rapace, et surtout des robots-surveillants NAO de chez Aldebaran Robotics, ces joyaux de la robotique française capables de détecter n'importe quel type de comportement suspect – et d'y réagir de façon appropriée.

Dès le lendemain, on devait transférer là la crème des détenus de l'Hexagone, et parmi eux tous les représentants de l'Ancien Monde. C'étaient les membres de l'appareil d'État, peu nombreux du reste, qui ne s'étaient pas résolus à dérouler le tapis rouge à Francis

Rissin au moment de son accession au trône, et plus généralement tous ceux qui avaient refusé de lui prêter allégeance – et qui avaient naturellement fait les frais de la grande purge qui avait suivi.

Ils s'entassaient aujourd'hui dans des centres de détention miteux aux quatre coins du territoire. Il faut dire que le parc des établissements pénitentiaires français était vieillissant. Quelques années plus tôt, le Conseil de l'Union européenne avait épinglé la France et lui avait infligé des amendes bien salées, parce que ses prisons étaient surpeuplées et que les détenus y étaient traités à peu près comme des rats.

D'abord la France avait payé, puisqu'il suffisait de payer pour régler le problème. Mais pour finir, elle en avait eu marre de se faire taper sur les doigts comme une écolière. Alors elle avait quitté le grand navire européen, et Francis Rissin souriait intérieurement, aujourd'hui, quand il voyait ce dernier couler à pic dans les eaux tumultueuses du XXIe siècle, pendant que la France, qui n'avait jamais connu un tel âge d'or, voguait fièrement sur les flots. Et pour tout dire, ce n'était pas cher payé, si ce grand élan de renaissance nationale avait pour seul prix des cellules remplies au-delà de leur capacité d'accueil.

Mais on avait finalement été obligé de construire le centre pénitentiaire Marnaval de Saint-Dizier, dit « le Diamant », afin de désengorger un peu les autres établissements qui menaçaient d'exploser. Bâti sur le modèle des prisons dites « Supermax » aux États-Unis, il était censé doubler la prison d'Alençon sur le terrain de la sécurité. Mais qu'on se rassure, les détenus y seraient toujours traités comme de la merde ! Cette débauche de moyens avait pour seule fonction de leur rendre la vie plus insupportable encore – histoire de faire payer le prix double à tous les ennemis déclarés de la patrie ressuscitée.

À Saint-Dizier, ils seraient savamment séparés les uns des autres, grâce à un système de cellules individuelles fonctionnant comme autant de « bulles » indépendantes et autarciques, dans un univers totalement automatisé. Francis Rissin avait personnellement participé à l'élaboration de l'organisation générale de la prison, qui s'inspirait pour une bonne part des travaux de Michel Foucault sur le panoptique et la microphysique du pouvoir.

Les matons seraient rassemblés dans un bâtiment à l'écart, d'où ils pourraient observer les prisonniers sur des écrans vidéo. En cas de problème, il leur suffirait d'appuyer sur un bouton pour que les robots NAO interviennent. Cerise sur le gâteau, cette prison nouvelle génération possédait un quartier de très haute sécurité (QTHS), pour les prisonniers les plus récalcitrants. En vérité, elle s'inspirait de la structure du quartier « Katingal », qui fut construit à l'intérieur du Long Bay Correctional Complex, à Sydney. À l'époque, c'est-à-dire en 1975, tout y était déjà informatisé – les prisonniers surnommaient l'endroit le « zoo électronique ». Malheureusement, le centre fut rapidement fermé, suite à quelques incidents et à de nombreuses plaintes déposées par les associations de défense des droits de l'homme.

Mais plusieurs décennies plus tard, à Saint-Dizier, en territoire de France, on ne se laisserait pas marcher sur les pieds comme ces blaireaux d'Australiens. Les droits de l'homme ? Ici, on se préoccupait d'abord du droit des Français. Pour le reste, on verrait plus tard.

Et si les autres pays nous montraient du doigt et nous reprochaient nos méthodes, on les enverrait gentiment se faire voir chez les Belges. Est-ce qu'on n'était pas chez nous ? Est-ce qu'on avait besoin que quelqu'un vienne nous faire la morale et nous dire ce qu'on avait à faire ?

Francis Rissin s'approcha encore de la foule, rassemblée le long de la rue des Loyes et de l'avenue Jean-Pierre-Timbaud. L'inauguration devait avoir lieu une petite dizaine de minutes plus tard. C'était la dernière étape de son grand tour de France des établissements carcéraux, qu'il avait entamé plusieurs mois auparavant. Il avait voulu montrer par là à ses compatriotes que ceux qui avaient refusé d'accueillir le Nouveau Monde à bras ouverts, qu'il s'agisse des sortants qui s'étaient opposés à lui au moment de sa prise de fonction ou de l'éternelle vermine contestataire, avaient bien compris qui était le chef, à présent.

Dès le lendemain, aux quatre coins de l'Hexagone, plusieurs centaines d'entre eux quitteraient leurs cellules décaties et seraient transférés à Saint-Dizier pour purger leur peine au milieu des caméras intelligentes et des robots armés, derrière les hauts murs du Diamant.

Il y avait bien quelques voix discordantes qui s'élevaient dans le pays. Elles venaient surtout des familles de détenus, qui pensaient seulement aux intérêts de leurs proches, et pas à ceux de tous les Français ; mais il y avait aussi ici et là quelques vieux rabat-joie réactionnaires, quelques revanchards de l'ancienne majorité dont les couilles trôneraient tôt ou tard sur son bureau. Du reste, les sondages étaient excellents, tout le pays était derrière Francis Rissin.

Il s'avança encore un peu. Maxime et Chantal se tenaient à sa droite et à sa gauche, le visage rayonnant de joie. Nous étions un peu en retrait avec Stéphane, Dominique et Jackie, pour contenir le flot de journalistes. Il leva les ciseaux que Claude lui présentait sur un coussin de velours. Un imposant silence se répandit dans l'assistance. On entendait le grondement de la Marne, un peu plus loin, car il avait beaucoup plu les jours précédents.

Francis Rissin coupa le ruban d'inauguration aux couleurs de la France, et immédiatement un grand cri d'allégresse monta dans les airs, en même temps que des nuées de ballons et de colombes, lâchées au-dessus de la prison. Il prononça encore quelques paroles devant l'assistance. Tous les journalistes et tous les spectateurs l'acclamèrent. Et puis il s'en alla – et nous allâmes à sa suite.

*

Le lendemain, on apprenait dans les journaux que Michel Degroise, un jeune informaticien de la communauté d'agglomération Tarbes-Lourdes-Pyrénées, s'était défenestré sur son lieu de travail. Il avait laissé une lettre qui accablait son chef de service, Jérémy Berraba, un ancien député-maire qui avait miraculeusement échappé à la purge. Et justement, celui-ci s'était enfui des locaux de la zone tertiaire Pyrène Aéro-pôle juste après la découverte du corps au pied de l'immeuble. Les collègues de la victime ne l'avaient pas vu partir, il avait profité de la panique et de l'affolement pour s'éclipser. Des aveux n'auraient pas été plus clairs.

Les enquêteurs de la police se mirent immédiatement à sa recherche, car tout se joue dans les premières minutes. Mais des témoins avaient aperçu sa voiture de fonction de l'autre côté de l'aéroport, après les pistes. Manifestement, il avait filé par la N21, en direction de Lourdes. Les hélicoptères étaient déjà en route, les autorités ne donnaient pas long avant qu'il se fasse intercepter. Pendant ce temps, le visage en larmes de la veuve Degroise passait en boucle sur les chaînes de télé. Elle suppliait les forces de l'ordre de retrouver celui qui était responsable de ce drame et de venger la mort de son mari. Mais c'était la France entière qui était sous le choc et qui réclamait justice.

Dès qu'il eut appris la nouvelle, Francis Rissin se rendit à Tarbes et il prit la parole depuis le hall du grand hôtel Mercure, devant les caméras de télévision, promettant une sanction exemplaire pour le coupable s'il refusait de se livrer aux autorités – et à peu près la même chose, d'ailleurs, s'il lui venait l'idée de se rendre.

Il dit : « Je suis très en colère, et je vous assure que ce Berraba va payer le prix de son crime. Je ne suis pas un tyran sanguinaire ; mais je crois que nous devons être à la hauteur de la nature humaine. Il y a parfois quelque chose de mauvais dans l'homme, de même qu'il y a parfois aussi quelque chose de bon en lui. J'ai fait de mon mieux, toutes ces années, pour chasser cette part d'ombre et faire briller la lumière – mais ce n'était pas suffisant encore. C'est pourquoi je proclame le rétablissement de la peine de mort ! »

Le lendemain, les sondages étaient unanimes. Partout les Français criaient leur joie et leur soulagement – parce qu'en vérité ils n'attendaient que ça !

Et devant l'engouement que ses paroles suscitèrent, Francis Rissin déclara derechef que cette mesure serait rétroactive, autrement dit que les criminels ayant été jugés coupables d'un crime qui tombait dorénavant sous le coup de la peine de mort, et qui avaient écopé jusqu'ici de simples peines d'enfermement, seraient rejugés jusqu'au dernier – et condamnés en conséquence.

On imaginait à présent la haute silhouette de la Veuve Couperet, qui allait trôner à nouveau sur les places des villes et des villages. On repensait à ces exécutions publiques auxquelles tous les citoyens étaient invités à venir assister, autrefois, pour l'exemple, et où l'on se réjouissait de voir le sang couler à flots – ce sang qui nettoyait la France, après chaque crime qu'on avait commis contre elle.

Quelques manifestations d'étudiants et d'opposants politiques s'organisèrent timidement à Paris et dans les grandes villes de province. À Tarbes, plusieurs centaines de contestataires se dirigèrent vers l'hôtel Mercure, mais ils s'arrêtèrent devant les barrières qui avaient été installées pour sécuriser le quartier. Quelques affrontements avec les forces de l'ordre s'ensuivirent.

Francis Rissin les observait, au loin, derrière les grandes vitres du restaurant de l'hôtel. Stéphane et Claude déjeunaient à ses côtés. Il leur dit : « Ces hommes ne savent pas ce qu'ils font. Ce sont des nantis, que le malheur n'a jamais égratignés. Mais enlevez-leur un fils ou une fille, étranglez la chair de leur chair et jetez-la dans un vide-ordures, et ils seront les premiers à signer votre arrêt d'exécution. La peine de mort n'est pas un acte de barbarie. C'est tout le contraire. Elle est le summum de notre civilisation à la pointe des progrès, puisqu'elle contredit cette partie vile et dégénérée de la nature humaine qui est toujours avide de sang et de chair fraîche, et qui rapproche les hommes des vautours ou des hyènes. »

Les opposants lançaient maintenant des projectiles en direction des vitres du restaurant. Un pavé rebondit à hauteur des convives, mais le verre blindé était résistant – et l'appétit est parfois le plus fort. On apercevait quelques bras tendus à travers les fumées des gaz lacrymogènes. Mais plus rien ne pouvait déconcentrer Francis Rissin, qui suçait bruyamment les os de ces petites carcasses d'ortolan qui faisaient une grande pyramide dans son assiette.

Selon Claude.

Nous nous étions réfugiés dans un grand hôtel afin d'échapper à ces groupes de manifestants hystériques qui hurlaient leur refus de la peine capitale. Quelques camionnettes de la Police nationale s'étaient déplacées. Des barrières de sécurité avaient été mises en place dans le centre-ville, mais rien de très impressionnant non plus. Les énervés étaient seulement une petite dizaine. Ils se fatigueraient les premiers.

Stéphane était à mes côtés, le nez collé au vitrage.

Les forces de l'ordre s'étaient déployées autour des manifestants, et ces derniers s'étaient retrouvés pris dans la nasse. Quelques balles de défense avaient été tirées pour la forme, mais rien de bien méchant, en définitive, et puis après tout c'étaient eux qui avaient commencé – ils n'allaient pas se plaindre maintenant de se faire éborgner !

Tout ce petit monde avait fini les menottes aux poignets. On voyait les opposants monter les uns à la suite des autres dans les fourgons. Certains d'entre eux trouvaient encore le moyen de pigner, mais on les faisait taire d'une bonne tarte. Ils étaient bons pour une longue garde à vue, et sans doute pour un jugement en comparution immédiate. Les plus chanceux écoperaient d'une petite peine de prison ferme, histoire d'être vaccinés à jamais contre leur penchant aux manifestations sauvages.

Francis Rissin avait demandé aux juges d'être intraitables avec tous ceux qui récuseraient sa nouvelle réforme du droit pénal. Aussi bien, les agitateurs étaient connus des services de police. Ceux qui ne furent pas arrêtés sur place, au moment où le cortège se dispersait, furent cueillis à leur domicile le lendemain, aux aurores, par les forces spéciales du GIPN – et la cote de popularité de Francis Rissin continua de grimper.

Comme on pouvait s'y attendre, l'annonce de la restauration de la peine de mort suscita un tollé auprès de la communauté internationale, et notamment des pays d'Afrique et d'Asie qui l'avaient justement abolie quelques années plus tôt. En Europe, toutefois, on assistait à un lent changement de cap. Mais la France, comme toujours en matière de progrès social, avait été la première à franchir le pas.

*

Le lundi suivant, accompagné de Stéphane et Chantal, Francis Rissin se déplaça jusque dans l'État du Texas, à la Huntsville Unit, pour y rencontrer le gouverneur. Le nombre d'exécutions avait un peu baissé, là-bas, pendant les dernières décennies, mais c'était de l'histoire ancienne, le Texas avait récemment retrouvé ses chiffres des années fastes : quatre-vingt-cinq condamnés, dont vingt-sept femmes, avaient été exécutés depuis le dernier Washington's Day.

Quand Francis Rissin visita la chambre d'exécution, la presse se passionnait pour le cas d'un jeune Afro-Américain de seize ans, Steven Joe Wallace, qui avait tiré presque à bout portant à la M240 sur ses camarades de classe, par un beau matin de l'été précédent, à la veille des grandes vacances. Il avait prévu de se donner la mort dans la foulée, mais la balle avait ripé sur son maxillaire, et le gamin s'était retrouvé salement défiguré, quelque chose de moche. Il avait le visage en bouillie, mais il était bien vivant – suffisamment en tout cas pour sentir les décharges électriques du vieil Old Sparky quand elles lui brûleraient la peau des fesses.

Il laissait un grand bain de sang derrière lui, puisque dix-huit élèves avaient péri sous les balles, sans compter la vingtaine de blessés, dont certains dans un état grave – ils passeraient le restant de leurs jours en service de réanimation. Son procès au tribunal de Houston avait été expédié en deux après-midi. Il faut dire qu'il avait immédiatement reconnu les faits, même s'il était difficile de comprendre ce qu'il baragouinait, avec sa mâchoire en charpie. Le jury fédéral ne s'était pas fait prier pour le condamner à la peine capitale. On pouvait dire ce qu'on voulait sur les États-Unis, mais ils avaient une justice efficace, une justice qui marchait du feu de Dieu. La procédure avait été accélérée ces dernières années, et quelques mois séparaient désormais le jour de la condamnation de l'exécution proprement dite.

Quand Francis Rissin atterrit sur le sol américain, Steven Joe Wallace n'avait plus que vingt-quatre heures à vivre. Le chef des Français devait passer la journée en compagnie de Rick Perry, le gouverneur républicain, qui veillait sur le Texas en bon père de famille depuis le début des années 2000. Ils parlèrent longuement de la nature humaine et de cette bête qui possédait l'âme de certaines brebis égarées. Francis Rissin rencontra les parents des victimes, qui le félicitèrent, à propos du rétablissement de la peine de mort, d'avoir eu le courage de prendre cette décision difficile, qui allait de toute façon dans le sens du progrès et de la morale chrétienne. Francis Rissin pleura avec eux quand ils lui parlèrent de ce grand vide que la mort de leurs enfants avait brutalement creusé dans leurs existences paisibles et sans histoire.

Suite à une série d'exécutions qui avaient mal tourné, la fée électricité ayant un peu traîné au moment de griller la tête des condamnés, et certaines ONG ayant comme toujours crié au scandale, on avait quand même cherché ces derniers temps à réduire leurs souffrances en les plongeant dans un état de quasi-inconscience – avant de provoquer la mort par overdose.

En l'occurrence, le jeune Steven Joe Wallace devait mourir par injection de thiopental sodique, ce qui revenait à peu près à s'endormir au beau milieu d'un rêve, la tête dans les nuages, comme après un bon shoot d'héroïne. Et Francis Rissin avait demandé à Rick Perry mais qu'est-ce que ça veut dire ? Est-ce que les assassins s'inquiétaient de la douleur de leurs victimes ? Steven Joe Wallace avait-il proposé à ses camarades de classe de tirer quelques taffes sur un joint avant de les descendre comme une volée de bécasses des bois ?

Il ne s'agissait pas de démultiplier inutilement les souffrances du condamné à mort, et sans doute la torture était-elle une forme de barbarie, du moins lorsqu'elle n'était pas justifiée par l'intérêt national. Mais fallait-il pour autant chercher à les adoucir, voire à les réduire à néant, pour que le condamné rencontre la Mort dans un parfait état d'euphorie ?

À ce titre, le rituel de la dernière cigarette et du dernier repas était déjà particulièrement choquant. Il ne prenait d'ailleurs son sens qu'à admettre une certaine forme de culpabilité de la société vis-à-vis du futur exécuté – culpabilité qu'elle s'efforçait d'atténuer tant bien que mal, au dernier moment, en reconnaissant sa dignité de personne morale. Mais fallait-il se sentir coupable de rendre la justice ? Fallait-il se sentir coupable d'ôter la vie à un monstre ?

Encore une fois, Steven Joe Wallace avait-il invité ses petits camarades au Burger King du coin, avant de leur envoyer ces bouts de métal partout à travers le corps ? Est-ce qu'il leur avait seulement demandé ce qui leur ferait plaisir avant de crever ?

Il ne fallait pas accabler le condamné, certes, mais il n'y avait pas de raison de le ménager non plus pour se donner bonne conscience. La peine de mort devait être ce qu'elle était, ni plus ni moins. C'est pourquoi, à Saint-Dizier, Francis Rissin avait opté pour la méthode la plus expéditive : la guillotine, qui avait quand même fait ses preuves au cours de l'Histoire, quoi qu'on en dise, et quoi qu'on en pense – et puis elle était plus économique à long terme que la solution médicalisée.

Stéphane et Chantal avaient vu Rick Perry froncer les sourcils, tordre les lèvres dans une grimace de scepticisme, et puis un grand rayon de soleil avait illuminé son visage. Pourquoi n'y avait-il pas pensé plus tôt ? Décidément, Francis Rissin était bien la voix de la raison.

Le lendemain, Steven Joe Wallace ne mangea pas le steak T-bone et le cornet de frites qu'il avait commandés à l'intendant de la prison. Il ne fuma pas de dernière cigarette, et il ne rencontra pas l'aumônier du centre pénitentiaire. On vint le chercher à 6 heures du matin, on l'amena dans la cour de la prison, et six matons déchargèrent leurs armes sur son corps d'adolescent, sans lui couvrir le visage, sans lui demander s'il avait une dernière chose à dire. Et il ne s'agissait pas là d'un surcroît de cruauté. Le petit devait mourir et il était mort. Et à l'exception peut-être de ses parents et de ses frères et sœurs, tous les Américains s'en félicitèrent.

Après avoir assisté à l'exécution, Francis Rissin et ses disciples rejoignirent Rick Perry dans un fast-food des environs. Là-bas, ils commandèrent chacun un gros steak T-bone et un cornet de frites bien grasses et bien salées. Après tout, le dernier repas des condamnés ne devait-il pas revenir aux vivants, à ceux qui avaient rendu la justice – à ceux qui avaient les mains sales, peut-être, mais qui les avaient salies pour laver l'honneur des victimes, de leurs familles et de la communauté tout entière ?

Selon Dominique.

La prison de Huntsville était un édifice gigantesque, construit tout en briques rouges. Devant l'entrée principale, Francis Rissin raconta à Stéphane et Chantal que l'établissement avait accueilli Satanta, un chef de guerre indien de la tribu des Kiowas qui avait été condamné à mort, puis finalement à la prison à perpétuité, pour s'être sauvagement attaqué à des colons, quelques années après la première bataille d'Adobe Walls. Il s'était finalement suicidé en sautant d'une fenêtre élevée de l'hôpital de la prison en 1878 – comme si la nature se débarrassait parfois d'elle-même de ses créatures dégénérées. Sauf qu'à Tarbes c'était un pauvre informaticien qui avait sauté dans le vide, et le coupable courait toujours.

Ils mangèrent sur le pouce dans un McDonald's de Huntsville, et ils rirent un bon coup en constatant qu'ils mangeaient le dernier repas de Steven Joe Wallace à sa place, pendant que ce dernier avalait sa première ration de terre. Est-ce que ce n'était pas un juste retour des choses ? D'ailleurs, le gamin n'avait-il pas essayé de se donner la mort tout seul, comme un grand ? Il avait raté son coup, c'est vrai. Mais peut-être que Mère Nature avait jugé plus approprié, au bout du compte, de le garder en vie avec le visage en forme de barquette de viande hachée.

Et Francis Rissin dit à ses disciples que la peine capitale avait ses ambivalences, puisqu'elle offrait au condamné ce qu'il réclamait parfois lui-même de toutes ses forces. Et la meilleure chose à faire, dans un cas comme celui-ci, eût peut-être été de laisser le gamin en vie et simplement de l'obliger à aller à l'école, et de présenter sa gueule de lépreux à toutes les filles du lycée pour leur demander si elles voulaient sortir avec lui. Mais ce qui était fait était fait. Et puis il n'était pas question de réécrire la Constitution américaine. Ils avaient déjà suffisamment de travail avec la réforme du droit pénal français.

Jackie et Maxime vinrent les chercher à leur retour à Roissy-Charles de Gaulle le mercredi après-midi, sous un grand soleil de juillet et, le lendemain, les forces de police arrêtaient Jérémy Berraba dans un petit hôtel de Saint-Pé-de-Bigorre, au bord de la D937.

*

C'était un célibataire de cinquante-deux ans, qui vivait dans la tour L de la résidence Laubadère, au 8 de l'avenue Antoine-de-Saint-Exupéry à Tarbes. Il avait été élu maire de la ville en 2014, sous les bannières d'un vieux parti de l'Ancien Monde – lequel précisément, plus personne ne s'en souvenait aujourd'hui –, avant d'être élu député aux législatives de 2017.

Après l'arrivée au pouvoir de Francis Rissin, il avait renié publiquement ses anciens idéaux et sa vision passéiste du républicanisme à la française, mais sans grande conviction non plus. Il avait quand même échappé à la purge, et il avait pu continuer à exercer certaines responsabilités au sein de la communauté de communes.

Or, dans cette longue lettre qu'il avait laissée derrière lui, Michel Degroise révélait non seulement que l'ancien député-maire n'avait jamais véritablement renoncé à ses convictions archaïques, qu'il serinait constamment à ses subalternes ; mais surtout qu'il nourrissait une haine invétérée pour le nouveau chef de la France. Depuis quelques mois même, Jérémy Berraba cherchait à se coordonner avec ses anciens camarades de parti pour lancer une fronde à l'échelle nationale – dans l'idée de débusquer Francis Rissin de son trône.

Le jeune informaticien travaillait pour l'agglomération depuis un an à peine. Berraba avait profité de son caractère effacé et de sa psychologie d'éternel dominé pour le faire œuvrer malgré lui à cette entreprise séditieuse, qui exigeait le secret le plus absolu.

Degroise avait été incapable d'en parler à ses collègues et à ses supérieurs. Il avait tenu un moment, malgré la culpabilité qui le rongeait et la peur permanente des représailles policières – et puis un jour il avait ouvert la fenêtre, et il avait sauté.

Et Francis Rissin avait dit : « Je veux un procès exemplaire. »

*

Le procès Berraba s'ouvrit au mois de février suivant. L'accusé comparaissait devant la cour d'assises du palais de justice de Tarbes, présidée par la terrible Mathilde Chapdelaine, connue pour son inflexibilité et son sens de l'Histoire. Francis Rissin avait demandé à endosser le rôle de l'avocat général, substitut du procureur – ce que la récente réforme du droit pénal autorisait.

Non seulement le procès fut exemplaire, mais il fut torché en trois après-midi, à l'américaine. L'avocate de l'accusé, maître Samara Bakhos, eut beau rivaliser de persuasion pour faire entendre aux jurés les incohérences du dossier, la faiblesse des preuves, la dimension éminemment politique de l'accusation, ces derniers avaient déjà tranché, si l'on peut dire. Berraba méritait la peine de mort, non seulement pour le crime qu'il avait commis, mais aussi pour ce qu'il incarnait d'une France d'un autre temps, incapable de digérer sa défaite.

Dans son réquisitoire, Francis Rissin avait longuement insisté sur le profil de l'accusé, qui manifestait des tendances sadiques complexes. Ses voisins l'avaient surpris plusieurs fois en train de tirer les oreilles des gamins du quartier parce que leur ballon avait tapé dans sa fenêtre, ou à donner des coups de pied dans le ventre de son chat pour qu'il dégage du balcon où il prenait simplement le soleil.

Et puis ce fut le bouquet final.

Il dit : « Vous demandez : cet individu a-t-il tué oui ou non Michel Degroise ? Et moi je demande simplement : cet individu mérite-t-il de mêler son souffle au nôtre ? Mérite-t-il encore le nom d'homme ? Mérite-t-il d'exister plus longtemps à la surface de la terre ? »

Les yeux des jurés brillaient d'une flamme vénéneuse. Depuis le début du réquisitoire, l'accusé se tordait en tous sens, comme s'il cherchait à s'extraire de sa camisole, et de longs râles de colère perçaient à travers son bâillon-boule.

Jérémy Berraba fut condamné à la peine de mort à l'unanimité, et on le transféra immédiatement au centre pénitentiaire de Saint-Dizier. Le lendemain, les quotidiens nationaux titraient « Va en enfer ! », « Bon débarras ! », « Bon voyage », et certains même comme *Le Monde* demandaient ironiquement « À qui le tour ? ».

Les Français exultaient. De grands défilés furent organisés dans tout le pays pour fêter cette belle décision de justice, preuve que tout n'était pas pourri en ce bas monde.

Il y avait sans doute encore quelques monstres, tapis dans les replis de l'humanité, des opportunistes qui se croyaient au-dessus des autres et qui pouvaient sauter à la gorge de la France à la première occasion ; mais ça ferait toujours une raclure de moins ! Et puis les autres n'avaient qu'à bien se tenir, car on n'hésiterait plus à se défendre contre les attaques de ces carnassiers, mus seulement par le goût du pouvoir et le désir de vengeance.

Non, les chiens devaient rester avec les chiens, et crever comme des chiens. Et c'était presque une insulte pour le meilleur ami de l'homme. Car celui qui était capable d'asservir son semblable au point de le pousser à mettre fin à ses jours n'était pas un chien, n'était pas même une bête à proprement parler ; jamais en effet un animal n'infligerait un tel traitement à l'un de ses congénères. C'était simplement un ennemi de toute vie, une créature qui n'aurait jamais dû venir à l'existence, un être à éliminer sans se poser de question – comme on écrase un moustique sur un mur, qu'il vous ait piqué ou non.

Mais c'était fini tout ça, les choses étaient sur le point de rentrer dans l'ordre. Et Francis Rissin donna le signal de départ des procès dits « rétroactifs », qui devaient se charger de rééquilibrer enfin la balance de la justice. En quelques jours, plusieurs dizaines d'opposants politiques se retrouvèrent à nouveau devant les juges – et les peines capitales tombèrent. Un formidable sentiment d'euphorie flottait au-dessus du pays. Enfin ces ennemis de la France allaient payer, enfin ils allaient être punis à la hauteur de leurs actes !

Francis Rissin voyagea beaucoup, pendant cette grande période de rédemption nationale. J'avais la charge de rester à Paris pour organiser ses futurs déplacements, mais les autres Témoins étaient toujours avec lui. Il rencontra des petits commerçants à Roubaix, des industriels de la métallurgie à Soissons, des retraités à Mont-de-Marsan, des chefs d'entreprise à Cannes, des promoteurs immobiliers à Dunkerque, des jeunes créatifs à Digne-les-Bains, des clercs de notaire à Montgiscard. Et tous les Français lui baisaient les mains ou les pieds sur son passage, et ils lui disaient encore une fois merci, encore mille fois merci, et ils lui offraient un petit quelque chose, en témoignage de leur gratitude. Et Francis Rissin leur disait : « Ce n'est pas moi qu'il faut remercier, c'est la France ! Car c'est la France qui se lève quand je me lève, c'est la France qui vous parle quand je vous parle, c'est la France qui condamne quand je condamne. »

Selon Stéphane.

Nous nous rendîmes à Montceau-les-Mines, Voiron, Terrasson-Lavilledieu, Challans, Saint-Chély-d'Apcher, Lure, Brive-la-Gaillarde – et à chaque fois c'était le même accueil, le même triomphe. À Guéret, une jeune hémiplégique nous tressa des couronnes de lauriers et nous recouvrit les cheveux de pétales de roses ; à Honfleur, des milliers d'enfants s'agenouillèrent à nos pieds en récitant *Douce France* de Charles Trenet ; à Rive-de-Gier, des chorales de femmes nues chantèrent nos louanges en levant les mains au ciel ;

à Lacanau, nous palabrâmes avec des gameurs qui croyaient à la victoire des forces du Bien sur les forces du Mal ; à Plougastel-Daoulas, nous reçûmes plusieurs médailles, ainsi que le trophée de la rade de Brest.

Et Francis Rissin leur disait : « La France est un grand pays, avec une grande histoire. Ces dernières années, nous avons été plongés dans les ténèbres ; mais un nouveau soleil s'est levé, et ensemble nous allons retrouver le chemin de la lumière. »

De nouvelles affiches fleurissaient partout sur les maisons, sur les troncs noueux des platanes, sur les murs de briques rouges, sur les devantures de verre ou les façades de granite, et nous esquissions à chaque fois un sourire en les apercevant, car cela nous rappelait de bons souvenirs.

*

Le 23 mars, Francis Rissin devait prononcer un grand discours à Saint-Amant-de-Boixe, dans le département de la Charente, à une dizaine de kilomètres au nord d'Angoulême. Quelques minutes avant de monter sur scène et de s'adresser à la foule, il dit à Maxime : « Ils veulent un père ; mais je ne suis le père de personne. Je suis seulement le fils de la France. »

Plusieurs dizaines de milliers de personnes s'étaient déplacées pour assister à ce grand événement. Un imposant service d'ordre avait été mis en place par les organisateurs, mais cinq escadrons de gendarmerie avaient également été mobilisés, afin de parer à toute éventualité. En effet, les opposants déclarés au rétablissement de la peine de mort avaient progressivement associé leurs forces et ils avaient fini par créer un collectif, simplement baptisé « Tuer tue ! ». Ils semblaient extrêmement déterminés, croyant trouver là une occasion inespérée de renverser l'opinion publique et de fragiliser Francis Rissin. Et déjà les rumeurs les plus folles circulaient sur la Toile à leur sujet. Du reste, certains experts de l'antiterrorisme n'excluaient pas qu'ils s'en remettent rapidement à l'action directe, pour faire entendre leur profond désaccord.

Francis Rissin parlait devant son pupitre, et d'immenses drapeaux tricolores flottaient derrière lui. Dans la salle omnisports, les fans et les supporters avaient amené leurs petits fanions bleu-blanc-rouge, c'était comme si tous les drapeaux qui recouvraient le territoire national avaient été réunis là, au-dessus de la foule. Un peu plus tôt, il avait confié à Bénédicte qu'il ne goûtait pas spécialement ce genre d'exercice, qui tenait un peu trop de la comédie, mais qu'il fallait parfois en passer par là pour rassembler les Français.

L'assistance applaudissait. Rissin souriait, de ce sourire doux et chaleureux qui faisait tomber les murailles et les remparts aussi sûrement qu'un poing d'acier. Justement, un journaliste avait parlé de ses méthodes en évoquant une main de fer dans un gant de velours ; mais ce n'était pas parce que le gant était doux et chatoyant que la main qui se cachait à l'intérieur n'était pas douce elle aussi, et sa chair plus tendre encore qu'un filet d'agneau.

Francis Rissin s'apprêtait à citer quelques vers de Victor Hugo, un extrait des *Châtiments*, pour mettre un peu de poésie dans ces affaires graves et sérieuses, lorsqu'une grosse explosion retentit à proximité de la scène.

Pendant les minutes qui suivirent, la salle omnisports de Saint-Amant-de-Boixe fut plongée dans le chaos.

Toute l'installation électrique avait sauté, et une épaisse fumée noyait l'assistance dans les ténèbres. L'écho de la détonation résonnait sourdement dans les tympans crevés, étouffant les cris de douleur et les appels à l'aide. La salle était jonchée de débris de bois et de verre, trempés parfois de grandes mares de sang. Et puis la poussière et les cendres retombèrent, et les secours commencèrent à s'organiser.

Dieu merci, Francis Rissin était sain et sauf, et la bombe n'avait pas fait de victime dans l'assemblée. Si le sang avait coulé ici ou là, les blessures étaient superficielles. C'étaient principalement des éclats de verre ou de grosses échardes qui étaient venus se planter dans la peau des mains ou des genoux. En revanche, Bénédicte avait bondi sur l'orateur, au moment de l'explosion, comme eût fait un garde du corps, et un fragment de métal lui avait sectionné la carotide. Claude et Dominique avaient surgi derrière eux, dans la brume épaisse. Ils avaient soulevé le corps de Bénédicte, afin de libérer celui de Francis Rissin, et ils avaient emporté ce dernier en lieu sûr, laissant leur condisciple au milieu de l'estrade, ses artères déjà vidées de leur sang.

Le lendemain, à l'occasion d'une allocution télévisée suivie par plusieurs dizaines de millions de téléspectateurs, Francis Rissin apprit aux Français que les terroristes avaient utilisé un rat domestique téléguidé. Ils lui avaient branché un émetteur et des électrodes directement sur le cerveau de manière à pouvoir contrôler ses mouvements. La bombe avait été placée à l'intérieur de l'animal, ce qui l'avait rendue indétectable par le service d'ordre. Ils avaient piloté le rongeur avec leurs manettes, à travers les conduits d'air chaud et les tuyauteries, jusqu'aux pieds de l'orateur – et puis ils avaient appuyé sur le bouton.

*

Les jours suivants, les enquêteurs procédèrent à de nombreuses interpellations dans les milieux réfractaires, notamment parmi les membres actifs du collectif « Tuer tue ! » – car qui d'autre pouvait avoir agi de la sorte ?

Les forces de l'ordre avaient retrouvé de nombreuses traces d'ADN sur les morceaux de l'engin explosif. Ils avaient bon espoir de pincer les coupables dans les prochaines vingt-quatre heures. Puis ce serait au tour de la justice de faire son travail. Et celle-ci n'avait aucune raison d'être clémente avec les assassins. Même, ils allaient connaître le vrai goût du sang.

De grandes funérailles devaient être organisées à la fin de la semaine, pour accompagner Bénédicte dans le séjour des défunts. Ensuite, l'heure serait au deuil et à la contrition nationale. Mais les choses se passèrent autrement.

Les jours précédents en effet, les militants du collectif « Tuer tue ! » s'étaient rapprochés de certains opposants séjournant derrière les barreaux, et leur combat s'était lentement propagé à l'intérieur des prisons. Les jours qui suivirent l'attentat de Saint-Amant-de-Boixe, un mouvement de protestation concerté émergea simultanément dans plusieurs centres pénitentiaires de la région parisienne, avant de s'étendre à la grande majorité des prisons françaises. Mais c'est à Saint-Dizier qu'il atteignit son paroxysme.

Depuis le procès Berraba et la révision des peines de tous les prisonniers politiques, aucun condamné à mort n'avait encore été exécuté – Berraba devait avoir l'honneur d'être le premier à monter sur l'échafaud. En revanche, tous les futurs guillotinés avaient été rassemblés dans le quartier de très haute sécurité du Diamant, qui ressemblait maintenant à peu de chose près au superbe couloir de la mort de la Huntsville Unit. Et s'il était difficile pour ses occupants de savoir ce qui se passait à l'extérieur, les autres détenus, informés par leurs proches, s'étaient lancés dans une éprouvante grève de la faim. Ils avaient d'ailleurs été immédiatement soutenus à l'extérieur par les militants du collectif, qui avaient installé une sorte de camp de protestation sur le parking du centre E. Leclerc. Celui-ci se faisait régulièrement déloger de là par les forces de l'ordre, mais les militants réinstallaient leurs tentes et leurs tables de camping au même endroit, le lendemain matin, avec la résignation d'un Sisyphe.

*

Maître Samara Bakhos, l'avocate de Jérémy Berraba, avait demandé la révision du procès de son client, mais la Commission de révision des condamnations pénales refusa de transmettre le dossier à la Cour de révision. L'exécution devait avoir lieu quelques jours plus tard. Il restait évidemment le recours en grâce, mais seul Francis Rissin était en mesure de l'accorder.

Celui-ci fit savoir par voie de presse que l'avocate qui avait demandé la grâce était mère de famille, que c'était une honte, que seule une inconsciente pouvait exprimer ce genre de demande – est-ce qu'elle pensait seulement à ses enfants ? Il l'avait tout naturellement refusée. Et Dieu sait que ça n'avait pas été une décision facile à prendre. Plût au ciel qu'il ait pu laisser la vie sauve à ce dégénéré, quand bien même ses mains étaient tachées de sang ! Mais ce n'était pas possible, ce n'était pas loyal. Francis Rissin n'avait pas rétabli la peine de mort pour arranger les affaires des marchands de guillotines, et on n'allait pas décapiter Berraba pour le plaisir d'épater la galerie.

Le lendemain, le visage du condamné faisait la une de tous les quotidiens nationaux, qui titraient : « L'heure est venue », « Francis Rissin a tranché », « Qu'on en finisse ! », et les Français sentaient monter quelque chose autour d'eux et en eux, comme un sang nouveau, une sève nouvelle, et ce n'est pas mentir de dire que ça faisait gentiment bander les pères de famille, et que les ménagères de moins de cinquante ans en mouillaient le fond de leur string.

Un état d'excitation inouï avait envahi l'Hexagone, le pays était tout électrisé. Vingt-quatre heures plus tard, tout serait fini. Et chacun comptait les minutes qui séparaient Berraba de son destin – et la France de son salut.

Selon Chantal.

Samara Bakhos avait demandé la grâce de son client par principe. Elle savait que Francis Rissin ne l'accorderait pas, qu'il ne l'accorderait jamais – il restait seulement quelques jours avant l'application de la sentence, et la France attendait fiévreusement que Berraba paie le prix de son crime. Néanmoins, elle voulait profiter de son exécution pour retourner l'opinion publique, et sauver la tête des prochains condamnés.

Pendant cette journée où le pays entier retenait son souffle, elle prit la parole à de multiples reprises dans les médias, montrant que la mort de Berraba n'était pas le fait d'une fatalité transcendante, mais qu'elle tenait seulement à la volonté d'un homme – d'un homme qui se prenait pour Dieu. Ce faisant, elle attisa encore la colère et la détermination des militants du collectif, mais également celles des condamnés eux-mêmes.

La veille de l'exécution, alors que les grands médias se félicitaient de ce qui allait se passer, des émeutes éclatèrent simultanément dans plusieurs centres pénitentiaires des régions PACA, Bretagne et Nord-Pas-de-Calais. Dans ceux de Vezin-le-Coquet, de Fleury-Mérogis et de Lyon-Corbas, les surveillants parvinrent rapidement à maîtriser les fauteurs de trouble, et Francis Rissin demanda immédiatement des sanctions historiques. À la maison centrale de Clairvaux et au centre pénitentiaire de Lannemezan, des heurts violents opposèrent les détenus et les gardiens jusque tard dans la journée. Mais à Saint-Dizier, la situation devint progressivement incontrôlable.

Pour bien comprendre la suite des événements, il faut se rappeler que le Diamant était une prison high-tech, presque intégralement pilotée par une intelligence artificielle dernier cri. Les détenus étaient enfermés seuls dans des cellules vides de deux mètres sur trois dépourvues de fenêtres, comme s'ils étaient placés en isolement. Toutes les tâches étaient informatisées et automatisées. Les robots-surveillants se chargeaient de leur apporter les plateaux-repas, de leur ouvrir les portes, de les escorter jusqu'aux douches ou à l'infirmerie. Les gardiens n'avaient de contact avec les prisonniers que par écrans interposés.

Dans ces conditions, rien ne devait pouvoir arriver. Sauf que si quelque chose arrivait malgré tout, ce que les concepteurs de l'établissement avaient évidemment refusé d'envisager, il était d'autant plus difficile pour les gardiens d'intervenir et d'éteindre les premières étincelles que plusieurs murailles épaisses les séparaient des condamnés. Certes les robots NAO étaient armés, mais ils n'avaient pas encore la faculté d'adaptation d'un homme entraîné. Dans ces conditions, si pour une raison ou une autre les détenus parvenaient à sortir de leurs cellules et à échapper aux androïdes, ils pouvaient se retrouver rapidement ensemble, sans surveillants autour d'eux.

Dans la journée du 24 juin, une série de dysfonctionnements dans les dispositifs de sécurité, probablement liés à des actes de sabotage à l'extérieur de la prison, permit ainsi à plusieurs dizaines de prisonniers de se retrouver dans la cour centrale de l'établissement. Ils neutralisèrent les robots de la société Aldebaran en quelques secondes. Ces derniers gisaient en morceaux sur le sol, leurs batteries fumantes – les ingénieurs allaient devoir revoir un peu leur copie. Depuis le poste de commande, les gardiens avaient déclenché à distance les canons à gaz lacrymogène et ouvert le feu grâce à des caméras dômes équipées de fusils automatiques, mais pas de quoi arrêter les fugitifs, c'est à peine s'ils furent ralentis par ces vétilles.

C'étaient des individus dangereux, des taulards sans foi ni loi dont certains avaient été mis sous les verrous parce qu'ils avaient catégoriquement refusé de s'agenouiller devant leur nouveau maître. Deux d'entre eux, un syndicaliste à la retraite et un ancien attaquant des Bleus, étaient parvenus à s'évader, on ne sait trop comment ; mais on les avait repêchés en train de courir à demi nus sur un terrain vague adjacent. Les autres se dirigeaient vers les ateliers, qui se trouvaient au niveau de l'entrée principale du Diamant. Là-bas, ils pourraient peut-être trouver un peu de matériel, et pourquoi pas des armes, avant de prendre le chemin du QTHS.

Ils étaient menés par un certain Achille Gaudemar, un exploitant agricole qui avait carrément refusé de serrer la main de Francis Rissin le jour où il était venu le saluer en ami sur son stand du Salon de l'agriculture. Il tombait sous le coup de la nouvelle réforme du droit pénal. Il devait être jugé en révision quelques mois plus tard, et il ne se faisait aucune illusion quant à l'issue de ce nouveau procès. Autrement dit, il n'avait plus grand-chose à perdre.

Les militants du collectif « Tuer tue ! » avaient quitté leur campement et ils s'étaient rassemblés devant les cordons de gendarmes mobiles qui défendaient l'entrée principale du centre pénitentiaire, à l'angle de la rue des Loyes et de l'avenue Jean-Pierre-Timbaud. Quelques heurts avaient déjà été signalés. Mais certains activistes résolus avaient apporté des armes à feu, des explosifs et des grenades, et ils les lançaient au petit bonheur par-dessus les hauts murs de la prison, en espérant qu'ils atterrissent entre de bonnes mains. Et c'était justement ce qui s'était passé.

Achille Gaudemar et les autres détenus avaient une petite idée en tête. Ils projetaient d'aller jusqu'à la cellule de Jérémy Berraba, de le prendre en otage, et de négocier leur libération sans condition contre la tête de l'ancien député-maire. Or ils étaient tombés sur plusieurs armes de poing qui les attendaient sur le parking des livraisons, et ils s'étaient dit que décidément la chance était de leur côté.

*

Quand il apprit ce qui se passait à Saint-Dizier, Francis Rissin nous convoqua sur-le-champ et nous courûmes avec lui jusqu'à l'aéroport le plus proche. Une demi-heure plus tard, nous atterrissions sur le tarmac de la base aérienne Saint-Dizier-Robinson. Nous y aperçûmes quelques Mirage IV A, qui attendaient probablement d'être démantelés ou de rejoindre un musée de l'Armée de l'air, mais également quelques Rafale B et C, qui attendaient pour leur part de rejoindre le *Charles de Gaulle* et de lâcher un jour leurs beaux missiles air-air MICA ou Meteor sur des cibles classées « secret Défense ».

Francis Rissin fut saisi par un sentiment de fierté, en voyant ce fleuron de l'aviation française. Mais aussitôt après, il se souvint que cette lavette de Saint-Exupéry avait servi ici au moment de la Seconde Guerre mondiale, et il ne put réprimer une grimace de dégoût en pensant à ces contes niaiseux qu'il avait écrits, et qui représentaient souvent tout ce que les étrangers connaissaient de la littérature française !

Nous rejoignîmes le poste de commandement opérationnel qui avait été installé à proximité de l'entrée de la prison. Francis Rissin ne s'attendait pas à trouver là un tel chaos. Il se revit un instant dans la salle omnisports de Saint-Amant-de-Boixe, le jour de l'attentat au rat piégé.

La porte principale de la prison avait complètement disparu derrière un épais nuage de gaz CS qui s'élevait haut dans le ciel. On pouvait entendre résonner l'écho des grenades de désencerclement et des tirs de LBD 40, mais Maxime crut distinguer d'autres sons encore, sans parvenir à les identifier tout à fait.

Francis Rissin ferma les yeux, et des images qu'il pensait avoir refoulées à tout jamais remontèrent dans sa mémoire. Il se vit une main devant les yeux, l'horizon bouché par une tempête de sable, perdu avec les hommes du groupement terre de la force épervier, au Tchad. Il se vit marchant dans la jungle centrafricaine, une machette à la main, pendant la troisième journée de l'opération Baliste. Il se vit avec tous les officiers de la Marine nationale sur le pont de la frégate *Guépratte*, ou peut-être de l'aviso *Commandant Bouan*, pendant la mission Corymbe – juste avant de passer l'équateur et d'entrer dans les eaux neptuniennes.

Les gendarmes mobiles avaient de plus en plus de mal à repousser les assauts des manifestants. Ces derniers avaient été rejoints par une foule de casseurs aguerris, prêts à aller au clash. Certains d'entre eux étaient cagoulés et armés de barres de fer – et Francis Rissin se dit que c'était une bonne chose, au bout du compte, que ça ferait la différence, quand il faudrait justifier les tirs à balles réelles sur cette racaille contestataire.

Le préfet et le capitaine de gendarmerie avaient les yeux braqués sur de petits écrans qui diffusaient en temps réel les images provenant de l'intérieur de la prison. Ils avaient encore du mal à y croire. Seules dix-sept caméras de surveillance avaient résisté au passage des mutins, mais c'était suffisant pour se faire une idée du massacre. Ces derniers en effet n'avaient pas hésité à tirer sur les gardiens quand ils étaient sortis du poste de commande et qu'ils leur avaient demandé de se rendre. Sur l'asphalte de la cour centrale, leurs corps tièdes se mêlaient aux carcasses froides et désarticulées des robots.

Un peu plus tôt, un hélicoptère de la Gendarmerie s'était positionné en vol stationnaire au-dessus de la prison, dans l'intention d'y faire descendre des agents du RAID, mais ces derniers s'étaient fait canarder par les rebelles, deux hommes s'étaient fait toucher et ils avaient chuté de vingt mètres sur le sol bitumé du Diamant.

Toute nouvelle intervention depuis l'extérieur semblait compromise. Le bâtiment était coupé du reste du monde. Les gardes mobiles pouvaient encore ouvrir les portes principales pour lancer une intervention terrestre, mais c'était prendre le risque que les insurgés fassent un carnage, s'ils les attendaient derrière et qu'ils étaient lourdement armés. D'autant que les manifestants en profiteraient sans doute pour les prendre à revers.

D'ailleurs, les rangs de ces derniers n'en finissaient pas de grossir, et pendant quelques secondes Francis Rissin fut saisi par le doute. Les sondages étaient catégoriques, une grande majorité de Français était favorable au rétablissement de la peine de mort ; mais à voir tous ces hurluberlus débouler là en criant le contraire et en réclamant la suspension immédiate de sa réforme, il se demanda s'il avait fait le bon choix, s'il n'était pas allé un peu trop vite en besogne, s'il n'allait pas le regretter plus tard.

Justement, les dépêches AFP tombaient les unes après les autres, et elles témoignaient d'un léger revirement de l'opinion publique. Si les Français voulaient un chef intraitable à la main de fer et à la queue de béton, ils voulaient aussi un chef qui soit capable de pardonner. Jamais un roi ou un prince n'affermissait autant son pouvoir que lorsqu'il faisait preuve de clémence et de magnanimité, comme Jules César quand il laissait la vie sauve aux gladiateurs, alors que tous les spectateurs réclamaient leur mise à mort – jamais un empereur n'était aussi près d'être un dieu que dans ces moments-là.

Et même, à bien y réfléchir, est-ce que Berraba n'avait pas tout à gagner à mourir demain ? Pourquoi lui faire une fleur en mettant fin à ses tourments, quand il pouvait passer le restant de sa vie enfermé entre quatre murs à penser à ce qu'il avait fait et à affronter le regard du fantôme de Michel Degroise qui le poursuivrait dans ses cauchemars jusqu'à la fin de ses jours ?

N'importe, c'était cette putain d'avocate qui avait tout manigancé, en réclamant la grâce et en l'accusant, lui, Francis Rissin, d'être le dernier des mégalos. On allait s'occuper d'elle aussi, tiens ! On allait lui faire passer l'envie de défendre les ennemis de la nation. Dans un sursaut de colère, Francis Rissin donna l'autorisation au chef d'escadron de tirer à balles réelles sur les manifestants.

D'après les dernières informations qui venaient de la prison, les mutins avaient traversé le Diamant jusqu'à sa pointe nord-est, autrement dit jusqu'au QTHS, et ils avaient commencé à libérer les condamnés à mort. Ils avaient été un peu ralentis par les drones, qui les avaient lourdement arrosés de plomb, mais ils s'étaient servis des gardiens pour se protéger des balles, puis ils les avaient fait sauter d'une rafale de mitraillette et ils avaient continué leur chemin.

Tout n'était pas encore perdu pour les forces de l'ordre, qui avaient encore quelques sérieux atouts à jouer. Du reste, les insurgés allaient être déçus s'ils espéraient mettre la main sur l'ancien député-maire. À vingt-quatre heures de son exécution, en effet, Jérémy Berraba avait déjà été transféré dans une autre aile du centre pénitentiaire et placé dans une pièce spéciale à proximité de la salle d'exécution.

Francis Rissin demanda au directeur adjoint du Diamant s'il existait un moyen de rejoindre directement cette dernière depuis l'extérieur. Et justement c'était le cas, il existait bien un passage. Les exécutions devant être ouvertes au public, on avait fait percer une petite porte dans le mur est de la prison, pour permettre aux familles et aux volontaires d'assister à la décollation – dans la limite des places disponibles.

Francis Rissin jeta un rapide coup d'œil aux plans qu'on avait dépliés devant lui, il se leva et nous pria de le suivre, en prenant soin de rester en contact téléphonique avec l'état-major. Nous contournâmes le bâtiment par la droite et nous tombâmes en effet sur une lourde porte blindée qui s'ouvrait sur le mur est. Elle était surmontée d'un petit écriteau qui disait « Entrée du public ».

Francis Rissin nous regarda un moment en gardant le silence, puis il enfila une paire de Google Glass Pro

Hero7+ qu'il nous donna l'impression de sortir de sa manche. La caméra intégrée était directement reliée au PC, les autres pourraient suivre l'opération en temps réel.

Finalement, il demanda au directeur adjoint de lui ouvrir la porte. Celui-ci sortit une carte en plastique qu'il agita devant la borne du digicode. Une petite LED passa du rouge au vert, et la porte s'ouvrit sur un long corridor plongé dans la pénombre et éclairé par intermittence par des néons rouges qui clignotaient.

Francis Rissin dit : « On dirait les entrailles du *Terrible* ! » et il disparut dans le boyau étroit, pendant que la porte blindée se refermait sur lui.

Selon Maxime.

Le plan était simple. Francis Rissin voulait essayer de rejoindre « la Chambre du Rachat », où était à présent enfermé le premier ennemi de la nation. Pour cela, il devait d'abord traverser un long couloir, passer plusieurs portiques de sécurité, rejoindre la chambre d'exécution, et passer encore un dernier sas. Au vu des dernières informations recueillies par les caméras, les mutins n'avaient pas encore envahi cette aile de la prison. Ils avaient sans doute pensé que Berraba serait avec les autres condamnés à mort, dans le QTHS. Autrement dit, ils s'étaient bien fait niquer, ces cons !

Jackie et Chantal lui proposèrent de l'accompagner, mais Francis Rissin leur répondit qu'il préférait agir seul. Tout était calé. Un opérateur devait lui ouvrir les portes et les sas depuis le PC, au fur et à mesure de sa progression. Avec un peu de chance, il tomberait sur des gardiens venus se réfugier dans le secteur.

Ils pourraient facilement le conduire jusqu'à l'ancien député-maire.

Le commandant nous avait rejoints. Il équipa Francis Rissin d'une paire de Google Glass Pro, d'une oreillette et d'un micro-cravate, et il lui donna également un trousseau de cartes à puce, censées lui ouvrir les portes qui résisteraient au contrôle à distance.

Nous étions tous les six autour de lui et nous le regardions avec des yeux inquiets. Est-ce que nous pouvions le laisser faire ça ? Est-ce que ce n'était pas tout simplement de la folie ? Claude s'approcha de lui, pour essayer de le retenir, mais Francis Rissin nous dit : « En vérité je ne suis pas seul, car c'est la France qui m'ouvrira le chemin. »

Le directeur adjoint lui désigna du doigt la porte qui devait permettre au public de rejoindre directement la chambre d'exécution. Francis Rissin nous salua, puis il salua le directeur adjoint et le commandant, et il s'engouffra dans l'étroit couloir.

*

L'état-major avait vu juste, les mutins s'étaient d'abord rendus au QTHS, pensant y trouver Jérémy Berraba. Mais après avoir libéré tous les condamnés, ils avaient dû se rendre à l'évidence – il n'était pas parmi eux. Ils avaient interrogé brutalement un gardien qu'ils avaient gardé avec eux en otage. Une partie de son bras gauche avait été emportée par un morceau de tôle projeté dans l'explosion d'un hangar, mais la blessure était propre, il tiendrait bien encore quelques heures.

Aussi bien, il ne s'était pas fait prier pour leur expliquer la situation. Vingt-quatre heures avant l'exécution, le protocole exigeait qu'on transfère le condamné dans « la Chambre du Rachat », dans l'aile sud de la prison, à proximité de la salle d'exécution. Pendant cette ultime journée, on arrêtait de le nourrir et de s'adresser à lui. C'était le temps de la rédemption. Sur l'un des murs de la salle, il y avait un grand drapeau de la France ; car c'était la France qui jugeait et qui condamnait – à bon entendeur, salut.

Alors la compagnie des insurgés prit rapidement la direction du bâtiment C, où le rasoir national attendait de chatouiller le cou de Jérémy Berraba.

*

Au même moment, Francis Rissin traversait le couloir de jonction qui reliait l'extérieur de la prison à une première salle, dans laquelle les spectateurs étaient censés patienter un peu avant d'être installés sur des rangées de fauteuils de cinéma en velours rouge, séparés de la salle d'exécution par un grand miroir sans tain.

Jusqu'ici, les choses s'étaient passées à la perfection. Il avait trouvé un fusil à pompe derrière une étagère métallique, et il faisait maintenant sauter les serrures des portes les unes après les autres, avant même qu'elles s'ouvrent automatiquement devant lui. On aurait dit Arnold Schwarzenegger dans *Terminator 2*.

Il faisait là une vraie chaleur d'étuve, les systèmes d'aération et de climatisation avaient probablement été détruits par les rebelles, mais il se déplaçait à vive allure. Pour tout dire, il était dans son élément. Il fendait l'espace comme un félin dans la nuit.

À l'extérieur, le directeur adjoint et le commandant, assistés de nombreux gradés de la gendarmerie, suivaient sa progression sur un grand écran plat HD. Ils n'en revenaient pas, le chef des Français n'avait rien perdu de sa jeunesse. Le maréchal Pétain eût été bien en peine d'accomplir un tel exploit, du haut de ses quatre-vingts printemps.

Ils avaient à peine besoin de le guider ou de lui annoncer les différents obstacles qui l'attendaient sur sa route. Il traçait son chemin d'un pas sûr, d'un coup de fusil à l'autre, presque les yeux fermés, comme s'il connaissait les arcanes de la prison. Alors ils se contentaient de compter les secondes et d'essuyer de temps en temps la sueur qui perlait abondamment sur leur front.

*

De leur côté, les insurgés atteignirent rapidement la cour centrale du Diamant. Ceux qui n'avaient pas d'armes à feu brandissaient des disqueuses et des perceuses industrielles qu'ils avaient récupérées un peu plus tôt dans les armoires à outils de l'atelier dont ils avaient abattu les portes en verre incassable d'un grand coup de pioche.

D'après le gardien, ils devaient traverser d'abord cette grande dalle goudronnée, puis emprunter l'allée nord-est, avant d'atteindre le bâtiment C. Ils n'avaient plus rien à perdre et ils marchaient, emportés par un grand élan d'orgueil. Ils couraient presque, détruisant tout sur leur passage, vidant leurs chargeurs sur les robots-surveillants et les gardiens de prison qui surgissaient parfois de derrière les murs comme dans un jeu vidéo, faisant sauter les sas et les cloisons d'une grenade.

C'était leur cri du cœur, leur vengeance longtemps mûrie. Ils se voyaient déjà sortir de la prison dans les débris et la poussière d'une formidable explosion, des otages plein les bras et des bombes incendiaires plein les poches, menaçant de tout faire péter si Francis Rissin campait dans ses galoches, et refusait d'abdiquer la couronne et le trône.

Leur imagination ne s'arrêtait plus. Pour un peu ils se voyaient faire la révolution, ils se voyaient reprendre instantanément le contrôle de l'appareil d'État, et envoyer Francis Rissin se faire voir sous le grand massicot de la Veuve Rasibus.

Ils avaient peu d'informations sur ce qui se passait au-dehors, mais ils étaient d'un optimisme de fer. Ils avaient l'impression d'avoir le Diamant à leurs pieds, et même toute la France entre le pouce et l'index – ils n'avaient qu'à appuyer encore un peu pour la faire péter comme un gros grain de raisin.

*

À l'extérieur, justement, rue des Loyes, les gardes mobiles avaient lancé une deuxième sommation aux manifestants. La prochaine fois, ils leur tireraient dessus à balles réelles. Ce serait bien fait pour leur gueule, ils n'avaient qu'à déguerpir de là la première fois, quand on le leur avait demandé gentiment.

Bernard Frontigny, le chef d'escadron, s'était résigné à contre-cœur à employer la manière forte, mais depuis le couloir de la prison, Francis Rissin lui précisa par radio que ce n'était pas la peine, qu'il s'était un peu emporté, qu'il lui demandait seulement de contenir la foule encore une petite heure, le temps qu'il finisse son travail et qu'il ressorte de l'enceinte. Même, ça pouvait arranger leurs affaires, s'il laissait les opposants s'approcher lentement de l'entrée principale. Mais il lui expliquerait la suite de son plan dès qu'il serait de retour.

Frontigny fut infiniment soulagé. L'idée de tirer à balles réelles sur ces hommes et ces femmes lui paraissait insupportable. En trente ans de carrière, il n'avait jamais eu à déplorer la mort d'un seul manifestant – ce dont peu de ses collègues pouvaient se féliciter. Il ordonna aux pelotons de gardes mobiles de reculer lentement. À chaque pas qu'ils faisaient en arrière, la foule grouillante faisait un pas en avant, comme si l'espace qui les séparait dût rester aussi resserré que possible.

*

Francis Rissin atteignit la chambre d'exécution deux minutes et trente-trois secondes après être entré à l'intérieur du Diamant. La pièce était vide, mais la guillotine, qu'on avait surélevée sur une petite estrade en contreplaqué, dégageait une sorte de présence féminine.

Il resta quelques instants à la contempler. Il avait en tête l'image de ces guillotines à l'ancienne, qu'on fabriquait avec de vieilles planches et des tasseaux de bois. En comparaison, celle-ci ressemblait à un véritable engin de science-fiction. C'était un modèle tout en élégance, qu'on aurait dit sorti de l'imagination d'un Philippe Starck. Elle était blanche et lisse, et elle semblait recouverte d'une sorte de velours synthétique. Ses formes étaient incroyablement pulpeuses, et Francis Rissin songea que le designer avait forcément dû les calquer sur les courbes d'une femme – certainement une actrice française. À y regarder de près, avec ses lignes parfaites et ses rondeurs aguicheuses, est-ce que la Louisette n'avait pas un petit quelque chose d'Eva Green, de Ludivine Sagnier ou de la sublime Léa Seydoux, qui portaient toutes avec fierté ces formes fermes et galbées des femmes qui savent y faire ?

En tout cas, c'était un objet magnifique, qui possédait une vraie personnalité. Il ne comprenait pas pourquoi Victor Hugo s'était acharné contre elle avec tant de hargne – à croire pour finir qu'il avait quelque chose à se reprocher.

Le couperet était dissimulé dans une sorte de poche rétractable. En guise de panier en osier, il y avait au sol un cube transparent qui pouvait faire penser à un aquarium. Devant un engin si séduisant, la mort paraissait bien lointaine – et même presque désirable. Francis Rissin essaya d'imaginer un instant quel effet ça pouvait faire, de poser sa tête là, sur cette matière qui avait l'air infiniment douce, infiniment chaude. Il s'approcha encore de l'échafaud et cala sa nuque sur la lunette blanche. Il sentit la texture du velours lui chatouiller la base du cou. Il ferma les yeux et imagina le glissement du couperet, la rencontre du métal avec la chair. Non vraiment, c'était du bel ouvrage. Merci monsieur Guillotin ! Merci la France !

Son oreillette émit un léger bruissement et la voix du directeur adjoint le tira subitement de sa rêverie. Il lui demanda où il en était, il avait l'air un peu excédé. Francis Rissin se releva rapidement, comme un collégien pris en flagrant délit d'école buissonnière, et il chercha la porte qu'on lui indiquait. Elle débouchait sur un nouveau couloir. Il lui restait deux portiques de sécurité à franchir. Il arma son fusil à pompe et tira encore un coup. Il se rapprochait. Il n'était plus très loin de la Chambre du Rachat – et de l'horrible Jérémy Berraba.

*

Quelques heures plus tôt, juste avant le début de la mutinerie, l'ancien député-maire avait été sorti de sa cellule et traîné jusqu'au pavillon C. Depuis plusieurs nuits, il avait cessé de dormir, du moins de ce sommeil profond et réparateur qui permet à ceux qui vivent loin des murmures de la mort de profiter pleinement de l'état de veille qui lui succède. Il était dans un état de détresse psychologique avancé. Les pensées se bousculaient dans sa tête, il était incapable de poser son esprit ou son attention sur un objet particulier. Tout flottait autour de lui. Parfois il se disait qu'il était déjà mort, d'autres fois qu'il était simplement en train de rêver, que tout ça n'était qu'un abominable cauchemar, qu'il allait se réveiller d'une minute à l'autre.

Il avait pourtant pressenti que quelque chose clochait en écoutant les deux gardiens qui avaient été chargés de son transfert – ces deux connards qui lui avaient dit de se tenir tranquille, quand il avait essayé de se débattre, et qui lui avaient dit en riant qu'il serait bientôt calmé, de toute façon.

Il avait collé son oreille contre la porte, et il avait entendu des échanges radio. Manifestement ça chauffait dans l'aile ouest de la prison, les détenus étaient parvenus à sortir de leurs cellules et ils marchaient à présent vers le QTHS. Beaucoup de gardiens s'étaient fait tuer, les autres avaient besoin de renforts de toute urgence.

Berraba avait entendu des bruits de clés, des bruits de pas, et puis plus rien, le silence. C'était comme si la zone avait été évacuée.

Depuis quelques heures, il s'était presque résigné à son triste sort. Quand il relevait les yeux, il voyait le drapeau tricolore glorieusement déployé au-dessus de lui. Comme s'il allait se mettre à genoux et renier ses convictions politiques juste pour faire plaisir à ce taré ! Si le drapeau avait été par terre, il aurait pissé dessus. Un flot de bile épais lui remonta le long de l'œsophage. Et puis soudain une bouffée d'espoir s'empara de lui. Les détenus s'étaient révoltés, les surveillants étaient en position de faiblesse. Peut-être que la situation pouvait encore tourner à son avantage.

Berraba gardait son oreille collée sur la porte de métal, à l'affût du moindre bruit de pas, du moindre souffle d'air. Mais pour le moment, le pavillon C était plongé dans un silence de mort.

Selon Jackie.

Les gardes mobiles reculaient lentement et la foule avançait au même pas. Frontigny, le chef d'escadron, craignait qu'un petit malin ne fasse dégénérer la situation en lançant un projectile ou en faisant rouler sur eux une bonbonne de gaz enflammée. Si les manifestants perdaient leur calme, il y aurait sûrement des morts dans la mêlée, car ses hommes ne réfléchiraient pas, ils auraient seulement le réflexe de tirer. Ce qui ne les empêcherait sans doute pas de se faire laminer ensuite, le rapport de force ne jouant vraiment pas en leur faveur.

Plusieurs dizaines de milliers d'individus étaient massés devant eux, à présent, prêts à tout pour faire entendre leur colère, prêts à tout pour entrer dans le Diamant et aller libérer Berraba, et, à la moindre provocation de leur part, Frontigny sonnerait la retraite générale. Il ne voulait pas risquer la vie de ses gars.

Mais il n'en était pas encore là. Les manifestants avançaient, au son de « Tuer tue ! », « Libérez-le ! » ou « Il est innocent ! », et il espérait que ces slogans contiendraient encore un peu leur rage, le temps que Francis Rissin finisse le job.

*

Contrairement à ce qu'ils s'étaient figuré, les mutins perdirent pas mal de temps en traversant la cour centrale. Celle-ci était surmontée de deux miradors, et les snipers de la prison avaient pour ordre de les abattre à vue. Trois détenus se prirent des balles dans le crâne, et ils tombèrent là, sur le bitume où ils auraient dû tourner en rond pendant leurs rares heures de sortie, sous le regard des caméras et des robots-surveillants NAO. Plusieurs autres furent sérieusement blessés par les projectiles.

Mais passé l'effet de surprise, il ne fallut que quelques dizaines de secondes aux rebelles pour reprendre le dessus et neutraliser les tireurs d'élite. Un peu plus tôt, Gaudemar avait trouvé un lance-roquette AT6 CS HP, dans une pièce originellement réservée au personnel de la prison. Il se mit derrière le mur du bâtiment B et, pendant que les autres le couvraient, il tira dans le tas.

Les deux miradors éclatèrent dans une grande gerbe de débris et de fumée. En voyant la fusée arriver sur eux, l'un des gardiens avait sauté par la fenêtre et il s'était écrasé sur l'asphalte quinze mètres plus bas.

Mais la voie était libre à présent, et les mutins reprirent leur marche, bien décidés à retrouver Berraba.

*

Des pas. Quelqu'un approchait de sa cellule. Les intestins de Berraba se serrèrent. Tout allait se jouer maintenant pour lui. Soit c'étaient les gardiens qui apparaissaient derrière la porte, et alors il était bon pour monter sur l'échafaud et crever comme un rat. Soit c'étaient les insurgés, et alors il partirait avec eux, alors il rejoindrait la fronde – et advienne que pourra.

Une voix qu'il ne connaissait pas lui cria : « Écarte-toi ! » Il recula jusqu'au fond de la cellule, et une violente détonation fit sauter la serrure, le plaquant brutalement contre le mur.

Berraba avait fermé les yeux et pendant quelques instants il se dit que c'était bon, qu'il était sauvé. Si ça avait été les gardiens, ils auraient forcément ouvert la porte avec leur badge magnétique.

Il ouvrit doucement les paupières, s'attendant à voir les visages vainqueurs de ses camarades. Mais c'était un autre visage triomphant qui se tenait devant lui.

Berraba poussa un cri de terreur, et tous ses espoirs s'envolèrent d'un coup.

Il était nez à nez avec Francis Rissin.

*

Les gardes mobiles avaient suffisamment reculé, et les manifestants se trouvaient désormais devant l'entrée principale de la prison. Ils se désintéressèrent alors des forces de l'ordre et commencèrent à tambouriner sur la grande porte métallique. Celle-ci paraissait d'une solidité à toute épreuve, elle était capable, disait-on, de résister à un assaut de char ou de véhicule blindé ; mais la colère des hommes peut avoir raison parfois des plus hautes forteresses, et ses gonds montrèrent rapidement des signes de faiblesse.

Frontigny avait songé à cette éventualité, il avait demandé à Francis Rissin ce qu'il devait faire si les manifestants essayaient de la faire tomber, et Francis Rissin avait répondu : « Laissez-les taper, laissez-les même entrer s'ils le souhaitent. Ils ne savent pas ce qu'ils font. » Et la foule justement tambourinait dessus à tout va, dans un vacarme infernal. Et quand la porte céda enfin, quand elle s'ouvrit en grand sur l'intérieur de la prison et que la marée des manifestants disparut dans la brèche, le chef d'escadron eut un moment d'hésitation.

Il se tourna vers le préfet, qui était resté paralysé de peur pendant tout ce temps-là, pour lui demander d'un regard s'ils devaient tirer quand même, mais celui-ci avait un sourire radieux, à présent, le sourire de celui qui sait qu'une petite surprise se prépare. À ses côtés en effet se tenait Francis Rissin, les vêtements maculés de sang, miraculeusement revenu des profondeurs du Diamant.

*

Quand Gaudemar vit qu'on avait fait sauter la porte de la Chambre du Rachat, il eut comme un mauvais pressentiment. Les insurgés pénétrèrent dans la cellule. Le corps sans vie de Jérémy Berraba était replié dans un coin, au milieu des débris de plâtre et de métal.

Ils pensèrent d'abord à un suicide, mais en s'approchant ils comprirent qu'il avait été saigné comme un goret. Une large entaille se dessinait sous son menton, et manifestement c'était tout frais car le sang continuait de s'échapper de la blessure, crevé ici et là de petites bulles d'air, et de se répandre sur le sol bétonné de la pièce qui le buvait lentement – comme si la prison se nourrissait du sang de ses prisonniers.

Les membres de Jérémy Berraba étaient encore parcourus de légers frissons, mais il était mort, et Gaudemar se demanda qui avait pu faire ça, quel monstre avait pu venir l'égorger ici, dans cette pièce dégueulasse qui faisait penser à un cagibi ou à un local poubelles, avec ce drapeau français déployé en grand au-dessus de lui dans une pose impudique, comme l'imperméable ouvert d'un exhibitionniste.

Un sentiment de colère monta en lui et il se jura de venger cet homme, de régler son compte à l'ordure qui était venue jusqu'ici pour faire justice elle-même

– d'autant qu'ils venaient de perdre le seul atout qu'ils avaient pour sortir d'ici sains et saufs.

De l'autre côté, un couloir étroit s'enfonçait vers l'est, un couloir dont tous les sas étaient restés ouverts. Gaudemar pressa le pas et invita les autres détenus à le suivre. Quelqu'un était venu jusqu'ici depuis l'extérieur et était reparti par le même chemin, après avoir accompli son sale travail de bourreau. Mais il ne devait pas être loin non plus, puisque le corps de Berraba était encore tiède. Avec un peu de chance ils pourraient le rattraper et lui régler une bonne fois son compte – d'autant que la Monte-à-Regret était dans les parages, s'il avait bien compris.

*

Le Dassault Rafale C décolla de la base militaire de Saint-Dizier à 16 h 46. Quinze minutes plus tôt, sur ordre de Francis Rissin, la zone militaire avait été totalement évacuée. Les gardes mobiles avaient rejoint leurs fourgons et quitté les lieux, suivis de près par l'état-major de l'armée de terre et les forces spéciales du RAID et du GIPN.

Seuls quelques cars de journalistes étaient restés plantés là, guettant avec avidité le retour des manifestants qui s'étaient précipités dans l'enceinte du Diamant à la recherche de Jérémy Berraba. Même, certains envoyés spéciaux n'avaient pas pu résister à la tentation et ils s'étaient aventurés derrière eux à l'intérieur du bâtiment, avec leurs appareils photo en bandoulière, et ils mitraillaient de leurs flashs ces cellules grandes ouvertes et ces corps de gardiens ou de détenus criblés de balles – témoins muets de cette guerre impitoyable qui avait eu lieu ici, à l'insu du monde extérieur.

L'avion de chasse s'envola plein ouest, il prit un peu d'altitude dans le crépuscule et il fit une grande boucle dans le ciel, virant de cap à cent quatre-vingts degrés. Quelques secondes plus tard, il avait déjà le centre pénitentiaire en ligne de mire. C'est vrai qu'il ressemblait à un diamant, vu d'ici – un diamant gigantesque à faire bisquer le père Cullinan. Les copains de Kreatis avaient vraiment fait du bon boulot. C'était malheureux, quand même, de devoir en arriver là ; mais les prisonniers ne lui avaient pas laissé le choix.

Francis Rissin largua la bombe thermobarique MOAB en appuyant sur un petit levier rouge qui se trouvait à l'arrière de la manette de pilotage. C'était aussi simple que d'appuyer sur le bouton d'une machine à café.

L'engin explosif sembla flotter quelques instants dans les airs, pendant que l'avion militaire changeait brusquement de trajectoire en faisant un nouveau looping, laissant ses traînées de fumigènes bleus, blancs et rouges dans le ciel pur de la fin de journée. Et puis la bombe tomba comme une boule de fonte, se rapprochant du sol à toute vitesse.

Alors ce fut un vrai cataclysme. Le centre pénitentiaire fut rasé d'un coup, dans un grand bouquet de flammes et de vapeurs de suie, fauchant aussi bien les manifestants hébétés que les rebelles, qui venaient à peine de sortir de là par l'entrée de la prison réservée au public – sans compter tous ces journalistes qui s'étaient aventurés partout sans autorisation.

Francis Rissin jubilait. Vu du ciel, ça faisait un sacré feu d'artifice – il ne manquait que David Guetta aux platines ! Comme quoi, les diamants n'étaient pas toujours aussi éternels qu'on disait.

Les habitations du quartier de la Plaine furent soufflées par l'onde de choc, de même que le centre E. Leclerc qui jouxtait la prison, et de nombreux entrepôts de la zone commerciale du Chêne Saint-Amand furent partiellement détruits. Mais c'était un mal pour un bien, on mettrait ça sur le compte des dégâts collatéraux. Et puis on ne faisait pas de blanquette sans abattre quelques têtes de bétail.

Ça ne devait pas être joli joli à voir, en contrebas, ça devait ressembler un peu à la ville de Lorient, après que les Alliés avaient jeté dessus leurs quatre mille tonnes de bombes incendiaires. Une chance que les habitants aient été prévenus, ce jour-là. Pour le centre pénitentiaire, en revanche, c'était ballot, on avait oublié d'avertir les occupants – on essaierait d'être plus prévenant la prochaine fois ! Mais pour l'heure, ça devait ressembler un peu à une boucherie, par là-bas, une grande boucherie pleine de rillettes, de tripes à la mode de Caen et de boudins accrochés aux murs, comme celle qui faisait l'angle de la rue Bouchardon et de la rue du Château-d'Eau, dans le 10e arrondissement de Paris, dans les années 60.

Un gigantesque champignon de poussières et de cendres s'éleva dans le ciel, au-dessus de Saint-Dizier. Et Francis Rissin, qui survolait déjà le lac du Der-Chantecoq, à plusieurs kilomètres de là, s'autorisa à arborer un grand sourire satisfait de bon père de famille – car enfin le travail avait été fait, car enfin la justice avait été rendue.

8.

« Un délire d'illusion des sosies de Capgras », archives du centre hospitalier Sainte-Anne, pavillon C, patiente 89006 B (A. Vayr-Melin), en présence du Dr Marianne Chaplan, 25 mars *** (enregistrement sonore).

J'ai les idées encore un peu embrouillées, mais c'est surtout parce que je n'ai pas dormi de la nuit. Je suis restée là, assise sur le lit de cet hôtel miteux, à regarder l'enregistrement une bonne centaine de fois. Je pourrais encore m'allonger et fermer les yeux, mais c'est inutile, le sommeil ne viendra pas, ce seront encore les mêmes images qui défileront sous mes paupières. Et puis il vaut mieux que je reste éveillée. Je sais qu'ils vont venir, je sais qu'ils sont à ma recherche. Je pourrais appeler Sébastian, mais je crois que Sébastian est mort ; et si une voix me répond à l'autre bout du fil, allez savoir si ce ne sera pas celle de quelqu'un d'autre, même si elle ressemble parfaitement à la sienne.

Où je me trouve ? Je serais bien incapable de vous le dire. Je pourrais me lever et aller regarder par la fenêtre, mais peut-être qu'ils sont sur le trottoir d'en face, peut-être qu'ils attendent que je me mette à découvert pour me faire taire d'une balle dans le front. Je suis bien là où je suis. Les murs de la pièce ne sont plus tout blancs, mais les rayons du soleil les inondent de lumière.

Le film de la nuit dernière passe et repasse en continu dans ma tête, je n'ai même plus besoin de baisser les yeux pour le regarder sur l'écran de ma tablette. Je suis tellement fatiguée. Il faudra bien pourtant que je dorme, que je reprenne des forces. Mais pour le moment, le sang tape encore trop fortement contre mes tempes, et les pensées font la toupie dans mon crâne. Ce qui m'est arrivé hier ? Vous n'allez pas me croire. Pour ça, il faut que je revienne un peu en arrière.

*

La première fois que j'ai vu Francis Rissin en chair et en os, c'était il y a deux ans, le jour des cérémonies du 14 Juillet. Je l'ai vu de loin, il y avait un monde fou sur les Champs-Élysées. Vous étiez là aussi, j'imagine. Peut-être que nous nous sommes croisées sans le savoir, votre visage me dit quelque chose. Ou alors vous n'auriez pas une sœur ? Une sœur jumelle ? Je suis sûre de vous avoir déjà vue quelque part.

Il était debout sur un véhicule blindé de combat d'infanterie (VBCI), il faisait de grands signes à la foule massée des deux côtés de l'avenue. Il était loin, je ne l'aurais jamais reconnu si quelqu'un ne l'avait pas montré du doigt en disant : « Regardez, c'est Francis Rissin ! » Les enfants battaient des mains, le visage illuminé par un sourire incrédule, pendant que leurs parents agitaient ces petits fanions tricolores qu'on pouvait se procurer pour quelques dizaines de centimes.

Il était entouré de soldats aux costumes serrés comme ceux des hauts gradés. Ils marchaient d'un pas sûr, leur fusil sur l'épaule, escortant le char de combat. Francis Rissin lançait ses mains ouvertes d'un côté et de l'autre, comme pour dire « Vous aussi vous êtes là ». Et puis il a tourné son visage dans notre direction. J'ai même cru un instant que c'était moi qu'il regardait. Je vous l'ai dit, il était vraiment loin. Mais je ne sais pas. J'ai eu l'étrange impression que ce n'était pas tout à fait lui, que ce n'était pas tout à fait Francis Rissin – que c'était quelqu'un d'autre.

Je suis rentrée chez moi dans un drôle d'état. J'avais le sentiment que quelque chose clochait – mais sans savoir si c'était là, dehors, ou si ça se passait à l'intérieur de ma tête.

Mais aujourd'hui je sais. Je sais par exemple que quand quelqu'un dit « Francis Rissin », il ne faut pas prendre ce nom au pied de la lettre. Il ne faut pas le prendre pour ce que les logiciens appellent un « désignateur rigide », c'est-à-dire un nom propre qui désignerait le même individu dans tous les mondes possibles – vous me suivez ? Quand je dis « Francis Rissin », je peux faire allusion à quelqu'un de particulier, mais je peux également faire allusion à quelqu'un d'autre, éloigné spatialement de celui-là. Je ne sais pas si je me fais bien comprendre.

Il n'y a pas qu'un seul Francis Rissin. Il y en a au moins deux, même si je crois qu'il y en a beaucoup plus que ça, en vérité, qu'il y en a des dizaines, des centaines – même si je crois que Francis Rissin est une foule innombrable. Je ne vous parle pas d'homonymes.

Si vous cherchez les coordonnées de Jean Martin ou de Marie Bernard dans l'annuaire, vous allez évidemment avoir l'embarras du choix, surtout si vous n'avez pas une adresse pour vous aider à faire le tri. Mais quand je dis qu'il y a plusieurs Francis Rissin, je ne parle pas seulement de son nom. Je parle aussi de l'individu que ce nom désigne.

*

Tout a commencé le jour du Grand Jubilé. C'était l'année dernière, en mai ou en juin je crois – ma mémoire me joue des tours. Francis Rissin voulait fêter l'anniversaire de son accession au pouvoir sur le Champ-de-Mars, là même où Napoléon Ier avait procédé à la Distribution des aigles, quelques jours après son couronnement. Il voulait offrir un nouveau message d'amour et de paix à tous les Français, et pourquoi pas même leur toucher le bras ou l'épaule, pour leur montrer qu'il vivait bien dans le même monde qu'eux.

Encore fallait-il un édifice qui fût à la hauteur d'un tel événement. À sa demande, les jardins furent entièrement rénovés. C'est Karine Macaire, une paysagiste virtuose, qui fut chargée du projet, et il faut bien reconnaître qu'elle a fait un travail remarquable, le lieu n'a plus rien à envier aux jardins du château de Versailles. Mais vous savez que le chef-d'œuvre de ce chantier pharaonique a été la construction, au centre de la zone, de la gigantesque Arena de France, dont la réalisation a été confiée cette fois à Nicolas Michelin. Celui-ci s'est inspiré des arènes de Nîmes et de celles, plus modernes, de Bayonne – mais également du célèbre Circus Maximus qui pouvait déjà accueillir plus de trois cent mille spectateurs, si l'on en croit les catalogues romains.

Le Centre Pompidou avait eu ses détracteurs. L'Arena a évidemment eu les siens. On a beaucoup glosé sur son architecture néo-classique très « années 80 », avec un petit côté Ricardo Bofill, qui cadrait quand même mal avec la finesse des dentelles métalliques de la tour Eiffel d'un côté et les bas-reliefs du château de l'école militaire de l'autre.

Mais quelle prouesse tout de même, et quel génie ! C'est comme si Nicolas Michelin avait étiré les arènes de Nîmes sur plus de six ou sept cents mètres de long – dessinant une oblongue parfaite. Les murs d'enceinte s'élèvent aujourd'hui à la verticale à plus de cent trente mètres au-dessus du sol, pour redescendre de l'autre côté sur vingt-sept niveaux de gradins.

Vous savez que l'Arena à proprement parler couvre quatre cent vingt mille mètres carrés au sol, soit la superficie de cinquante-huit terrains de football ? Les Chinois peuvent aller se rhabiller avec leur stade du Premier-Mai, car l'Arena a une jauge – accrochez-vous bien – de plus de cinq cent mille spectateurs.

Le jour du Grand Jubilé, ils ont installé des écrans gigantesques dans ces somptueux jardins à la française qui entouraient l'édifice, pour ceux qui n'auraient pas la chance de pénétrer dans la sacro-sainte architecture, ainsi qu'un imposant dispositif de sonorisation, pour que la voix de Francis Rissin se répercute dans tous les quartiers de la capitale.

*

J'ai suivi une bonne partie de la retransmission en *direct live* sur ma tablette. Je me souviens de cette forêt de drapeaux tricolores qui flottait fièrement au-dessus de la foule et disparaissait à l'horizon. Ça me faisait penser à ce magnifique tableau de Claude Monet, vous savez, *La Rue Montorgueil*.

Je n'étais pas dans la capitale ce jour-là, hélas ! Vous imaginez ma déception. Vous y étiez sans doute – tout le monde y était. C'était pourtant un dimanche, mais j'avais été retenue à Juan-les-Pins jusque tard dans la matinée, pour des histoires de droits de succession. C'était trop tard pour remonter à Paris et assister à la fête. J'ai donc regardé les premières images sur BFM TV, et puis j'ai rangé ma tablette et j'ai marché jusqu'au cap d'Antibes, histoire de chasser ma déception en profitant de cette belle lumière qui se reflétait sur les eaux de la Méditerranée.

J'ai suivi un petit sentier perché à flanc de rochers, avec la mer bleue d'un côté et les hauts murs des villas de luxe de l'autre, leurs remparts bardés de caméras de surveillance, de barbelés, de tessons de bouteilles – ces palaces survolés en permanence par des drones minuscules qui ressemblent presque à des libellules. Ce n'est pas pour rien, j'imagine, qu'on surnomme ce lieu « la baie des milliardaires ».

Je savais que quelques grandes fortunes russes étaient venues s'installer ici, et que même Vladimir Poutine avait séjourné plusieurs fois au château de la Garoupe, chez son vieil ami Boris Berezovsky. Mais ça m'était bien égal ce jour-là. Je regardais la mer qui venait clapoter contre ces promontoires rocheux découpés par les vagues. Le panorama était exceptionnel. À l'ouest je pouvais apercevoir les îles de Lérins, avec leur ceinture claire et leur toison de pins maritimes, et à l'est les premiers sommets du Mercantour.

Et puis j'ai aperçu un grand trimaran de course au loin, peut-être le *Maxi Banque Populaire V* ou le *Groupama 3*. J'étais en train de déchiffrer le nom qui se détachait sur ses flotteurs et sa grande voile colorée lorsque j'ai surpris des bribes de conversation, de l'autre côté d'un petit portail noir qui coupait le mur d'enceinte d'une magnifique propriété.

Vous savez comment fonctionne l'esprit humain. Saisie par un irrésistible élan de curiosité, je me suis approchée de la barrière sans faire de bruit. De l'autre côté, dans un superbe jardin exotique, j'ai aperçu un homme dont le visage m'était vaguement familier. Il était en train de parler avec une femme qui ressemblait à un ancien top model. Le rouleau de ma mémoire s'est dévidé de manière presque automatique. J'ai passé en revue les visages de mes proches et de mes connaissances plus lointaines, et puis ceux des personnalités qui avaient fait la une les dernières semaines.

Et puis d'un seul coup je l'ai reconnu. C'était lui, avec un polo Lacoste et des lunettes de soleil Christian Dior remontées sur le haut du crâne. Il parlait d'une voix grave à cette jolie femme vêtue comme une secrétaire d'État. Il avait le teint hâlé et des yeux bleus comme les eaux claires de la Méditerranée. Impossible de se tromper. Ça ne pouvait être personne d'autre que lui. Il était là, à quelques mètres de moi. C'était Francis Rissin.

Vous pouvez imaginer ma stupéfaction. Cet homme qui s'adressait au même moment à tous les Français, cet homme qui parlait depuis les hauteurs d'une tribune installée au milieu de l'Arena de France, à Paris, cet homme était là, en face de moi, dans le jardin d'une luxueuse demeure du cap d'Antibes. J'aurais pu rester scotchée là pendant des heures, à contempler cette scène qui ne pouvait pas avoir lieu. Mais un promeneur est arrivé sur ma gauche, et j'ai rapidement retrouvé mes esprits. J'ai dégainé ma tablette, j'ai mitraillé la scène, et j'ai filé sur le sentier rocheux.

Je ne crois pas qu'il m'ait vue. Il avait l'air préoccupé seulement par son interlocutrice, avec laquelle il semblait évoquer un sujet douloureux, même s'il la regardait de ce regard que prennent parfois les hommes, ce regard qui vous persuade que vous êtes la seule, qu'il n'y a pas d'autre femme que vous à la surface de la terre.

Je me suis hâtée de rejoindre le centre d'Antibes. J'ai marché sans m'arrêter jusqu'à la vieille ville, pour être sûre de ne pas être suivie. Et puis je me suis engouffrée sous un porche, et je me suis assise sur le sol.

Après avoir repris mon souffle, j'ai sorti ma tablette et j'ai regardé les photographies que j'avais prises quelques dizaines de minutes plus tôt. C'était bien son visage. Comment l'oublier ! C'était bien lui, c'était bien Francis Rissin – il n'y avait aucun doute possible. Je transpirais abondamment, mais d'une transpiration de fièvre. Mon T-shirt n'était plus qu'une grande flaque froide plaquée contre mes omoplates. Je crois que je tremblais.

Alors j'ai cliqué du bout de l'index sur la petite icône BFM qui se trouvait en haut à gauche de l'écran. Il y avait beaucoup de lumière dehors, mais j'étais cachée dans la pénombre, l'image était parfaite.

Plan d'ensemble.

Les pointes des drapeaux se croisent au zénith et la foule applaudit, massée sur ces cascades de gradins qui montent presque jusqu'au ciel. Les spectateurs se sont levés en signe d'ovation, et une gigantesque clameur monte au-dessus de l'Arena, comme un ouragan de triomphe. Il est presque 14 heures. Au loin, derrière le pupitre transparent qui a été placé au centre de la tribune, le dos bien droit dans son costume de gala impeccable, les yeux fixes, le menton légèrement baissé dans une posture de gratitude et de déférence, se découpe la silhouette de Francis Rissin qui n'a pas bougé depuis le début.

Cut.

Gros plan.

Le visage de Francis Rissin apparaît seul sur l'écran, les yeux brillants d'émotion, les lèvres tremblantes. Est-ce que le chef des Français va pleurer ?

Cut.

Plan américain.

Francis Rissin lève la main droite, qu'il agite lentement en signe d'au revoir, puis il se baisse pour saluer la foule à la manière des comédiens. Les applaudissements repartent de plus belle. C'est une ovation. Il est là, au cœur de la métropole parisienne, au milieu de cette éblouissante architecture – et cinq cent mille personnes peuvent en témoigner.

Et pourtant je l'ai vu, je l'ai vu de mes yeux, en train de converser avec cette femme, dans le parc luxuriant d'une propriété du cap d'Antibes. Je l'ai vu, et il y a ces photos, gravées dans la mémoire morte de ma tablette, qui attestent que je n'ai pas rêvé.

Quand je l'ai revu la fois suivante, les événements se sont un peu précipités. Mais chaque chose en son temps, ne brûlons pas les étapes.

*

Je crois que la folie a à voir avec l'impossibilité de parler à quelqu'un d'autre, l'impossibilité de partager ce qu'on a vu, ce qu'on a entendu, ce qu'on a compris. La folie a quelque chose à voir avec la solitude et le silence.

Ce que j'avais vu était trop invraisemblable, trop fou pour que je puisse le confier comme ça au premier venu, au premier passant croisé au hasard sur la plage. J'aurais pu m'arrêter dans un bistrot, m'asseoir au comptoir, commander un petit jaune et raconter ce qui venait de m'arriver à mon voisin de gauche ou de droite – ou même au barman si j'étais la seule cliente. Parce que ça me brûlait la gorge, ça me brûlait les lèvres. Il fallait que je crache la vérité à quelqu'un, ne serait-ce que pour m'assurer que ça avait vraiment eu lieu, que je n'avais pas rêvé. Et dans le même temps, je craignais qu'on me ligote comme une démente et qu'on me jette sur-le-champ dans une cellule capitonnée, dès qu'on aurait entendu ce que j'avais à raconter.

La folie, c'est la nécessité impérieuse de parler, et l'impossibilité de le faire. Et je repensais à ces individus qui vous alpaguent parfois dans la rue et vous déballent des récits invraisemblables, sans jamais vraiment prendre la peine de s'assurer que vous les écoutiez ou non – ces individus dont on a toujours beaucoup de peine à se dépatouiller et qu'on entend encore soliloquer, longtemps après qu'on a pris congé d'eux.

Et je dois dire que j'en étais presque arrivée à ce genre d'extrémités. J'étais prête à sauter sur le premier venu et à tout lui raconter, à lui ouvrir ma conscience comme à un psychanalyste, à lui dire que je l'avais vu, que je l'avais vu de mes yeux, à lui avouer que Francis Rissin n'était pas à Paris ce jour-là, qu'il n'était pas sur le Champ-de-Mars, que c'était bidon, que c'était truqué – qu'il était ailleurs, dans le jardin d'une luxueuse villa de la Côte d'Azur.

*

Le lendemain, tout le monde parlait du grand événement de la veille. Ça avait été un moment rare, un moment d'exception. Malgré le demi-million de Français qui étaient venus se masser dans l'Arena, l'agence Fériales était parvenue à créer une ambiance intime et chaleureuse, grâce à une mise en scène de lumières et un somptueux habillage scénographique, et chacun était ressorti de là avec des étoiles plein les yeux et la conviction que Francis Rissin avait parlé juste pour lui. D'ailleurs son discours avait été excellent. Ça faisait longtemps qu'on n'avait pas entendu quelque chose comme ça. Ça changeait des mensonges et des niaiseries que les derniers présidents crachaient à la gueule des Français dès qu'un micro traînait dans les parages.

Après une bonne nuit de sommeil à l'hôtel Beau Site, mes angoisses s'étaient éclipsées. Je me sentais d'attaque pour mener ma petite enquête. Je n'étais pas folle. J'avais vu Francis Rissin de mes yeux et j'en avais la preuve. Il devait y avoir à tout cela une raison simple et logique, et j'étais bien décidée à la découvrir.

J'ai profité de mon retour en train pour lire la presse du jour. Le portrait de Rissin s'étalait en grand à la une des journaux et des sites d'information en ligne, et je le trouvais, comment dire... changé. Il n'avait plus cette aura de sainteté qui irradiait de son visage la veille à midi, quand il s'exprimait devant le pays tout entier. Mais c'était lui quand même, c'était Francis Rissin, la légende des photographies l'attestait – c'était celui qui nous avait rassurés la veille de sa voix douce et bienveillante, qui nous avait promis que la crise était passée et que la France allait bientôt retrouver la vigueur de sa première jeunesse.

J'ai parcouru le dossier que *Libération* consacrait à l'événement. C'est vrai qu'il avait l'air fatigué, notre héros national. Et il y avait sans doute de quoi. Ça devait être plus que stressant de prendre la parole comme ça devant un demi-million de personnes – quarante millions en comptant les téléspectateurs. Et pourtant il n'avait pas fait la moindre faute de diction, le moindre lapsus. Ses conseillers en communication avaient dû le booster à bloc pour réaliser cette petite performance. Mais quel fardeau, quand même. Franchement, il aurait mieux fait d'envoyer quelqu'un à sa place !

Mon estomac se serra. C'était tellement évident que ça m'avait complètement échappé sur le moment. D'autant que c'était la seule explication possible – dès lors qu'on renonçait à l'hypothèse de la bilocation.

Francis Rissin avait un sosie, voilà tout ! Ce n'était pas plus compliqué que ça. Et même, c'était une vieille ruse de leader politique, du moins de ceux qui avaient une petite inclination à la paranoïa. Les grands dirigeants du XXe siècle y avaient tous eu recours à un moment ou un autre de leur règne, que ce soit par commodité personnelle ou par crainte de se faire assassiner.

On racontait ainsi que Joseph Staline avait enrôlé de jeunes paysans qui lui ressemblaient à s'y perdre, qu'il leur avait appris à parler comme lui, à se déplacer comme lui, à rire comme lui, au point d'en faire de véritables clones. Saddam Hussein avait également toute une panoplie de doubles qu'il envoyait aux quatre coins du monde pour s'entretenir avec les chefs d'État, pendant qu'il restait au calme dans son palais présidentiel. Dieter Buhmann, un médecin légiste allemand épris de biométrie et d'expertise crâno-faciale, avait révélé la supercherie grâce à une méthode infaillible qui lui avait permis de discriminer les différentes incarnations du président de la République d'Irak.

Certains prétendaient que Vladimir Poutine avait quatre sosies qu'on apercevait de temps en temps à la télévision, et que Donald Trump en avait un qu'il gardait en lieu sûr dans une base secrète, au cas où. En vérité, c'était un grand caprice de politicard, auquel du reste toutes les vedettes du show-biz étaient tentées de céder au cours de leur carrière ; c'était un stratagème vieux comme la Grèce, même si je devais découvrir par la suite, grâce à une autre méthode imparable, que Francis Rissin l'avait poussée beaucoup plus loin que ses homologues étrangers. Mais j'y viendrai un peu plus tard.

*

Une fois à Paris, je suis rentrée directement chez moi, je me suis préparé une tasse de thé noir et je me suis enfoncée dans mon gros fauteuil Roset, celui que j'avais trouvé sur le trottoir en bas de mon immeuble, quelques années plus tôt.

J'essayais d'imaginer la scène. Un beau jour, en se promenant du côté de Courcouronnes ou de Savigny-le-Temple, Francis Rissin était tombé sur un type qui lui ressemblait comme une parfaite réplique. Ils s'en étaient fait mutuellement la remarque, ça les avait beaucoup amusés, l'un et l'autre. Et puis, une fois rentré à Paris, ça l'avait fait pas mal gamberger. Le lendemain, il était retourné sur les lieux de la rencontre et il avait retrouvé le type en question. Celui-ci avait été très étonné de le revoir si vite. Il lui avait dit en riant qu'on ne se débarrassait pas comme ça de son reflet ! Francis Rissin avait souri et il lui avait fait une proposition. L'autre avait très probablement refusé, il avait une vie, une famille peut-être, des projets pour les années à venir – il ne pouvait pas tout plaquer comme ça. Mais en voyant les billets s'amonceler devant lui, ses yeux s'étaient mis à briller. Il avait demandé à son interlocuteur s'il avait déjà des sosies ou s'il serait le premier, et à ce moment-là Francis Rissin avait su que l'affaire était conclue.

Ensuite tout avait été très vite. Le type était passé sur la table du chirurgien. On lui avait retouché très légèrement le nez, les pommettes, le menton – pas besoin d'en faire trop, ils se ressemblaient presque comme l'étoile du soir et l'étoile du matin. Et ma foi, le tour était joué !

Tout s'expliquait. La veille, pour une raison ou une autre, Rissin s'était trouvé dans l'incapacité de monter sous les projecteurs – et ils avaient fait monter son sosie pour qu'il fasse le job à sa place. Francis Rissin était parti se refaire une petite santé au soleil, du côté du cap d'Antibes justement, et pendant ce temps l'autre avait prononcé le même discours, de la même voix douce et confiante, fixant les Français du même regard doux et bienveillant. Et fallait-il blâmer quelqu'un pour ça ?

*

Dans la soirée, j'ai voulu aller me détendre un peu à la piscine des Tourelles, qui se trouve juste derrière chez moi avenue Gambetta. Il y avait beaucoup de monde. Ça paraissait difficile de se relaxer au milieu de tous ces nageurs qui transformaient le bassin en océan démonté. Alors je suis allée me détendre dans les jacuzzis qu'ils avaient installés là quelques semaines plus tôt. Bizarrement, ça n'avait pas l'air d'intéresser les habitués – ils étaient presque vides.

L'eau était chaude. Les bulles glissaient le long de mes vertèbres et finissaient leur course en éclatant sous mon menton. Ça faisait renaître en moi des sensations lointaines, des sensations de fœtus baignant dans un sac de liquide amniotique. Pour la première fois depuis plusieurs jours je me sentais infiniment calme et sereine, infiniment forte aussi. J'avais l'impression de maîtriser parfaitement la situation. Et si les questions continuaient d'affluer dans ma tête, j'avais l'impression qu'il me suffisait de claquer des doigts pour les faire s'envoler comme des papillons.

Je savais pourtant que je n'étais pas tirée d'affaire, que les choses allaient sans doute se corser un peu. Car, à bien y repenser, si de nombreux chefs d'État avaient pu recourir à un tel stratagème, et s'il n'y avait pas nécessairement matière à s'en offusquer *a priori*, ce genre de pratique cadrait quand même assez mal avec le style « Francis Rissin ». Depuis le départ, celui-ci s'était présenté aux Français sans fard et sans artifice – ce en quoi il se distinguait de tous ses prédécesseurs, pour lesquels il y avait assez peu de différences entre l'exercice du pouvoir et le carnaval de Nice.

Francis Rissin était arrivé, et il avait dit à ses compatriotes qu'il se montrerait toujours à eux tel qu'il était, dans sa nudité et sa vulnérabilité d'homme. Ça avait fait son petit effet, on n'avait pas entendu ça depuis les *Essais* de Montaigne et *Les Confessions* de Jean-Jacques Rousseau. Jusqu'ici, dans les couloirs de l'Élysée, c'était plutôt Arlequin, Napoléon et La Compagnie créole ! Il n'y avait pas assez de jours dans l'année pour que les dirigeants du pays enfilent tous les costumes de bal qui s'entassaient dans les placards de la République.

C'est pourquoi ça paraissait quand même étonnant que Rissin ait cédé aussi rapidement à cette ficelle éculée de dictateur parano. Il jouait très gros sur un coup pareil. Car si les Français finissaient par apprendre qu'il avait lui aussi un sosie, ils seraient d'autant moins disposés à lui pardonner qu'il leur avait d'abord promis vérité et transparence. Dans ces conditions, il fallait que le secret reste bien gardé, car sa révélation pouvait entraîner un petit séisme politique. Et si quelqu'un découvrait malgré tout la supercherie, quelqu'un dans mon genre, si vous voyez ce que je veux dire, alors il faudrait l'empêcher de parler par tous les moyens.

*

Je n'avais pas vraiment le choix. Pour me protéger, il fallait que j'établisse le bien-fondé de ma découverte de manière irréfutable, et que j'en avise rapidement la presse ou un avocat.

Le lendemain, devant mon écran, j'ai téléchargé le logiciel Face2Face, qui s'inspirait des méthodes de reconnaissance faciale mises au point par Dieter Buhmann, ce médecin légiste dont je vous ai parlé tout à l'heure. J'ai ouvert plusieurs photos officielles de Francis Rissin, auxquelles j'ai ajouté les portraits en gros plan qui illustraient les articles sur le meeting du

Champ-de-Mars, ainsi que les clichés que j'avais pris la veille à Antibes avec ma tablette.

En quelques fractions de secondes, le logiciel a effectué pour chaque image un relevé de quatre-vingt-dix points caractéristiques, basé sur la morphologie crânienne, avant de leur attribuer une clé biométrique. À l'issue de la recherche, le programme était formel : il n'y avait là qu'un seul et même individu !

La méthode qui avait permis à Dieter Buhmann de démasquer les différents visages de Saddam Hussein, c'est-à-dire *in fine* l'existence de ses différents sosies, m'amenait à conclure que j'avais bien affaire, pour ma part, à un seul et même homme. Comme s'il n'y avait jamais eu qu'un seul et unique Francis Rissin.

Je peux vous dire que ça a complètement refroidi mon enthousiasme. D'une photo à l'autre, il y avait pourtant des micro-différences, qu'il s'agisse de l'implantation des poils, de la courbure des cernes, de la couleur de la peau ; mais elles avaient été jugées non pertinentes par le programme informatique qui se basait sur les propriétés du visage résistant à l'usure du temps ou aux contrefaçons de la chirurgie esthétique. Car si celle-ci avait fait des progrès spectaculaires ces dernières années, elle était encore incapable de métamorphoser la structure générale d'un crâne humain.

Dans ces conditions, mon hypothèse s'écroulait. Il n'y avait pas plusieurs Francis Rissin, ni même deux. Il n'y en avait qu'un seul. Il n'y avait que Francis Rissin en personne.

J'ai cru que j'allais devenir folle. J'ai fait défiler sur mon écran les clichés que j'avais pris au cap d'Antibes. Le logiciel avait ajouté des dizaines de petits carrés verts sur le visage de Rissin, à chaque point remarquable de sa morphologie. J'ai feuilleté ensuite les photos que j'avais découpées dans *Libération*, ponctuées de ces mêmes petits carrés. Je n'en revenais pas. Alors comme ça, c'était le même type qui avait pris la parole depuis la tribune de l'Arena de France et qui palabrait au même moment avec une jolie quadragénaire dans le jardin d'une propriété de luxe, à plus de neuf cents kilomètres de là !

J'ai avalé un comprimé de Laroxyl et je suis sortie m'aérer l'esprit. Quand j'ai envie de marcher un peu, il me suffit de descendre l'avenue Gambetta pour tomber sur le cimetière du Père-Lachaise. Je ne sais pas pourquoi, mais c'est comme si je renaissais, chaque fois que je me perds dans ce dédale de tombeaux en ruine et de mausolées. Vous avez vu ces arbres noueux qui ont poussé à même les stèles funéraires et qui les ont lentement comprimées avec leur poigne de géant ? Quand je sors de là, je me sens lavée de toutes les pensées qui m'oppressaient en entrant, comme si la présence des morts me faisait l'effet d'un grand verre de jouvence.

En vérité, je n'étais pas encore tout à fait perdue. Il me restait quelques hypothèses à considérer avant de sombrer définitivement dans la folie.

Par exemple, la retransmission télévisée du Grand Jubilé avait pu être différée – suffisamment en tout cas pour permettre à Rissin de faire le grand saut de Paris à Nice en Airbus présidentiel.

Mais ça paraissait quand même difficile à mettre en œuvre. Comment voulez-vous monter un tour pareil, quand l'Arena est au centre de la capitale et que plusieurs millions de personnes sont censées y assister physiquement, entre les veinards qui auront une place assise sur les tribunes et tous les autres qui se tasseront sur les pelouses, les yeux rivés sur les écrans géants ?

Ou bien Francis Rissin avait-il utilisé un avatar holographique 3D ? Je savais que des progrès incroyables avaient été faits en matière de projection en relief et d'animation de clones virtuels, mais rien qui permît encore d'atteindre ce degré d'illusion. Ou bien avait-il un frère jumeau dont il aurait scrupuleusement caché l'existence à tous les Français ?

Non, décidément rien ne collait. Et progressivement, je me suis résignée à accepter l'hypothèse la plus plausible, à savoir celle de ma propre confusion. Ce n'était sans doute pas Francis Rissin que j'avais vu ce jour-là au cap d'Antibes. Et si les photos que j'avais prises me soufflaient le contraire, je me suis finalement persuadée qu'il s'agissait d'un concours de circonstances – un individu qui ressemble de loin à une personnalité peut en effet, sous une certaine lumière, avec le visage tourné dans un certain sens, être confondu ponctuellement avec elle, au point peut-être de tromper un logiciel comme Face2Face. Et puis il fallait bien admettre que les clichés étaient complètement flous.

Ça ne vous est jamais arrivé, de reconnaître quelqu'un dans la rue, d'aller à sa rencontre avec l'assurance d'un VRP, de lui tendre une main ou même un coin de joue pour lui faire la bise, et de constater au dernier moment que vous vous êtes trompée, qu'il s'agissait d'un parfait inconnu ?

*

C'est à peu près à ce moment-là que Sébastian m'a parlé de ses dernières recherches. Il travaillait depuis

2008 pour GENIX Labs. C'était une petite start-up d'une dizaine de salariés qui développait des technologies de reconnaissance génétique à distance pour les besoins de la police scientifique et des agents de sécurité de l'armée de terre.

Jusque-là, c'était quand même tout un pataquès de prendre l'empreinte génétique d'un individu. Je ne sais pas si vous vous rendez compte. Les flics vous sortaient de votre cellule, ils vous foutaient un coton-tige sous la langue pour récolter un peu de salive, ou bien ils vous arrachaient un cheveu, un poil du nez, ils vous coupaient un ongle ou ils vous grattaient la surface de l'épiderme pour faire tomber quelques peaux mortes. C'est à peine s'ils ne vous foutaient pas un doigt dans le cul pour avoir un moulage de votre rectum. Et puis ils envoyaient ça dans un laboratoire spécialisé à l'autre bout de la France, et je ne vous parle pas du nombre d'éprouvettes dans lesquelles ces prélèvements devaient passer avant qu'on obtienne enfin votre profil ADN.

Mais cocorico ! Des chercheurs du CNRS avaient fait une série de découvertes importantes permettant de décoder l'empreinte génétique d'un individu sans qu'on ait besoin de lui demander de tirer la langue ou de lui secouer la tête pour faire tomber ses pellicules.

Jusqu'ici, les appareils étaient encombrants ; mais GENIX Labs venait justement de mettre au point un bijou de miniaturisation. C'était une sorte de stylet laser qui, pointé sur un individu, permettait d'obtenir son profil génétique. Il y avait un petit écran sur le crayon. Une série de treize nombres, correspondant chacun à un locus particulier, s'y affichait instantanément. Et si deux séries coïncidaient, c'est simplement que vous aviez affaire à la même personne – avec un risque d'erreur de un sur dix puissance dix-huit.

J'ai commencé à raconter à Sébastian l'histoire des sosies de Saddam Hussein. Il avait déjà entendu parler de Dieter Buhmann. Comme si de rien n'était, j'ai enchaîné sur Francis Rissin. Est-ce qu'il n'avait pas l'air complètement à côté de ses pompes, parfois, à la télévision ? Et est-ce qu'on ne le retrouvait pas pourtant quelques heures plus tard, sur une autre chaîne, frais et pimpant comme un jeune marié ? Et s'il avait des doubles, lui aussi ? Et s'il avait des sosies ?

J'avais dit tout ça sur le ton de la blague. Ça l'a beaucoup fait rire. En revanche, il a ouvert de grands yeux quand je lui ai dit qu'on pourrait tenter l'expérience avec son stylet – juste pour voir. Il a cru que je blaguais encore. Et puis sa mine s'est assombrie lorsqu'il a compris que j'étais sérieuse.

Alors je lui ai tout raconté, en commençant par cette rencontre impromptue du cap d'Antibes.

Sébastian m'a écoutée sans m'interrompre. Quand j'ai eu terminé mon récit, il a souri – mais d'un sourire dans lequel il y avait déjà de l'excitation. Il faut dire que, sans être un farouche opposant au pouvoir, il détestait profondément Francis Rissin. Il n'avait pas forcément de raisons à mettre sur la table, nous en avions déjà parlé à plusieurs reprises. Simplement sa tête ne lui revenait pas – et qu'est-ce que vous voulez faire à ça ?

*

J'avais rencontré Sébastian plusieurs années auparavant, à l'occasion d'une soirée chez des amis communs. Je me souviens très bien, c'était dans le triangle de Choisy, j'en avais eu pour plus d'une heure de métro. Il pleuvait à verse ce jour-là. On s'est retrouvés plusieurs fois d'affilée sur le balcon, pendant la soirée, bravant les gouttes pour tirer quelques bouffées de cigarette. Je ne sais plus de quoi nous avons parlé, perchés au-dessus du vide. J'imagine qu'on a sorti les banalités d'usage – celles qu'on confie à un jeune inconnu quand on se retrouve avec lui dans un espace confiné, les vêtements ruisselants de pluie. Il m'a un peu draguée. Je me suis laissé faire gentiment, en rigolant comme une godiche chaque fois qu'il sortait une connerie pour me charrier.

On a fait le chemin du retour ensemble. Il me tenait par le bras. Il n'habitait pas très loin de chez moi, du côté de Stalingrad. À Belleville, il m'a demandé s'il pouvait me raccompagner jusqu'à ma porte, mais je lui ai dit que j'étais fatiguée, que je préférais rentrer seule. Il a eu l'air un peu déçu. Il est sorti de la rame en me faisant un sourire triste.

On s'est revus plusieurs fois ensuite. On a failli avoir une aventure, à l'époque. Je crois qu'il avait vraiment le béguin pour moi. Il ne me laissait pas indifférente non plus mais, sans que je sache trop pourquoi, j'ai toujours éconduit ses avances. Ce n'était pas le moment, sans doute. Il faut dire qu'avec moi ce n'est jamais vraiment le moment pour ce genre de choses.

Bref, le laboratoire dans lequel Sébastian travaillait était hautement sécurisé, mais il m'a affirmé en riant qu'il pourrait assez facilement « emprunter » un stylet, le garder avec lui quelques jours, le temps de procéder aux vérifications que je suggérais, et puis le remettre gentiment à sa place – ni vu ni connu !

Justement, depuis le Grand Jubilé du Champ-de-Mars, Francis Rissin multipliait les déplacements. On l'avait vu la veille à Coustellet, un tout petit village du Lubéron, et les journalistes avaient annoncé qu'il allait distribuer des poignées de main dans la région les jours suivants, du côté de Tourves et de Gréoux-les-Bains, avant de s'exprimer sur la sécurité et l'identité nationale à Roubaix à l'occasion d'un grand meeting.

Sébastian avait quelques jours de congé à prendre. Il m'a dit qu'il allait suivre Rissin pendant sa tournée des marchés de Provence, et puis qu'il monterait sur Roubaix.

Ce serait un jeu d'enfant. On était en pleine affaire Bollène, à ce moment-là. À chacune de ses interventions, une marée de photographes et de journalistes suivait le chef des Français dans l'attente d'une de ces petites phrases assassines dont il avait le secret, et qu'ils s'empressaient ensuite de faire tourner en boucle sur les réseaux sociaux. Sébastian n'avait qu'à se mêler à la foule, sortir son stylet, le pointer sur Francis Rissin et appuyer sur le petit bouton qui se trouvait au bout du crayon au bon moment.

Comme je m'y attendais, il m'a proposé de l'accompagner, dans le genre « ça nous changera des puanteurs de la région parisienne ». J'ai éconduit sa proposition en prétextant des piles de dossiers en retard qui m'attendaient sur mon bureau. En vérité, j'étais trop retournée par cette histoire pour faire une bonne compagne de voyage. Et puis je commençais doucement à craindre pour ma peau. Si mes hypothèses étaient corroborées, autrement dit si Sébastian établissait formellement que Francis Rissin avait des sosies, nous devenions immédiatement quelque chose comme des ennemis d'État, et j'avais ma petite idée sur le traitement qu'on réservait, aujourd'hui plus que jamais, à ce genre d'indésirables.

Francis Rissin ne m'avait pas vue ce jour-là, je suis formelle. Mais le mur de la propriété était équipé de batteries de caméras de surveillance, et leurs images étaient sûrement analysées en temps réel par des logiciels de détection des comportements déviants, puis enregistrées sur des disques durs protégés, et finalement visionnées par des agents de sécurité en chair et en os.

Or j'avais bel et bien levé ma tablette et pris plusieurs clichés de la scène. Et c'était suffisant sans doute pour convaincre le juge d'un tribunal militaire que je représentais une menace importante pour la sécurité nationale, et qu'il était donc nécessaire de m'enfermer à vie dans une geôle secrète avec tous les prisonniers politiques du pays.

J'ai passé des jours affreux, et des nuits affreuses. J'avais demandé à Sébastian de m'appeler tous les soirs, pour me tenir au courant des avancées de l'opération ; mais il m'a laissée sans nouvelles pendant presque une semaine. Je zappais d'une chaîne à l'autre sur ma télévision, à la recherche de la moindre image ou vidéo qui m'eût permis de l'apercevoir, noyé dans la masse des sympathisants de Francis Rissin. J'appris de cette façon que ce dernier s'était arrêté à Lorgues, Barjols, Saint-Paul-lès-Durance, avant d'atterrir à Pourrières.

*

Quelques mois plus tôt, le juge Bollène avait ouvert une information judiciaire suite à des soupçons de favoritisme dans l'attribution du marché relatif au chantier de l'Arena de France. Depuis, les faits avaient été clairement établis par les enquêteurs. Au mépris de tous les protocoles qui encadrent ordinairement la procédure de sélection, la société Kreatis, dont le P-DG était un proche de Francis Rissin, avait bénéficié d'un traitement privilégié au moment de l'appel d'offres – qu'elle avait naturellement remporté.

Le soir de son allocution roubaisienne, Francis Rissin ne manqua pas pourtant de justifier encore une fois ce choix du bon sens, en interpellant le juge d'un ton goguenard.

Alors comme ça, on ne pouvait plus faire appel directement à ses copains, le jour où on avait besoin d'eux ? Et on devait prendre le risque de s'associer avec de parfaits inconnus, qui n'étaient pas toujours des bras cassés, c'est vrai, mais avec lesquels on n'était jamais sûr de bien s'entendre ? Est-ce que c'était un crime, en fin de compte, de donner simplement la préférence à ses amis, qui avaient peut-être le bras plus long que les autres, mais qui peinaient comme tout le monde à remplir leur carnet de commandes ?

Comme d'habitude, des drapeaux immenses flottaient au-dessus d'un océan de visages transis. Les spectateurs tenaient leurs tablettes et leurs téléphones à bout de bras pour immortaliser ce moment.

Francis Rissin tendit alors un index menaçant en direction des caméras pour incriminer ce juge infidèle qui le regardait sûrement derrière son écran de télévision.

Profitant de ce doigt inquisiteur, sur lequel tous les regards étaient braqués à ce moment-là, un homme d'une quarantaine d'années sortit de sa poche une espèce de crayon Bic et le pointa sur l'orateur.

Personne autour de lui ne vit le faisceau laser qui s'en échappa et disparut un millième de seconde plus tard.

*

Sébastian m'a appelée tard dans la soirée, et nous avons pris rendez-vous pour le lendemain après-midi dans un café de la rue Saint-André-des-Arts, pas très loin de chez sa mère, chez laquelle il devait d'abord aller déjeuner. Ça avait marché nickel. Il avait suivi Francis Rissin à la trace comme un paparazzi. À chacune de ses apparitions, il avait enregistré son profil génétique dans la mémoire du stylet. Et pour finir, il avait quitté la belle Provence de Frédéric Mistral et il était remonté en train jusqu'à Roubaix. Ça n'avait pas été un moment agréable, de se faire un chemin à travers la foule, mais il y était parvenu, au bout du compte, il était arrivé à quelques mètres de la tribune. Non, vraiment, ça ne pouvait pas s'être mieux passé. Par contre...

J'ai tressailli. Il m'a mis sous les yeux une série de chiffres, qu'il avait extraits de la mémoire du stylet laser et imprimés sur une feuille blanche. Les résultats étaient formels. C'était la même personne qui avait parlé dans le sud de la France et s'était exprimée ensuite dans le hall 5 du parc des expositions de Roubaix.

Il m'a regardée les yeux pleins de tristesse, et il m'a dit qu'il était désolé.

Du reste, ça ne prouvait pas que j'avais tort. Rien n'obligeait Francis Rissin, à l'occasion d'une seule et même tournée, à solliciter plusieurs sosies. Un seul pouvait très bien faire l'affaire – la preuve ! À la limite, ils auraient pu envoyer quelqu'un d'autre à Roubaix, mais peut-être que Rissin n'avait qu'une seule doublure à sa disposition, après tout, et que, malgré la fatigue accumulée pendant la semaine, il lui avait demandé d'assurer encore le dernier meeting avant de lui donner son week-end.

J'avais également demandé à Sébastian de le prendre en photo, chaque fois qu'il présenterait son grand sourire de marchand de savon aux habitants de Taradeau ou de Saint-Antonin-du-Var. Je ne les ai pas regardées tout de suite, trop déçue de ces résultats certifiés conformes par la société GENIX Labs.

En partant, il m'a confié qu'ils travaillaient sur un truc de malade, un truc qui pourrait peut-être nous aider, qu'il m'en parlerait une prochaine fois – pour le moment ça fonctionnait seulement sur le papier. Ils devaient bientôt lancer la phase de tests.

De retour à la maison, j'ai ouvert la grande enveloppe en papier kraft que Sébastian m'avait laissée. J'ai regardé distraitement les différents clichés, sur lesquels apparaissait à chaque fois le visage redondant de Francis Rissin. Et rapidement un long frisson m'est remonté le long du dos. C'était une impression très forte, presque de l'ordre d'une évidence ; hormis que j'étais incapable de la mettre en mots.

Sur chaque cliché, Francis Rissin avait l'air d'être un homme différent. Mais pas le genre de différence qui tient à votre état de fatigue ou votre humeur du jour, vous voyez à quoi je fais allusion. Ce n'était pas seulement que Francis Rissin avait l'air différent d'une image à l'autre. C'était comme s'il était à chaque fois quelqu'un d'autre que lui-même – même si ça me paraissait impossible d'expliciter pourquoi. Ça se voyait à des détails infimes. À une petite rougeur sur l'oreille, sa figure plus mince, la couleur de ses yeux, légèrement différente d'un cliché à l'autre, mais aussi à sa façon de sourire, de lever les sourcils, de tendre le bras pour désigner un avion de chasse qui passait dans le ciel.

*

Je dois bien vous avouer que j'ai commencé à avoir des doutes sur ma propre santé mentale. Peut-être que c'était moi, en définitive, qui me dédoublais. Peut-être que je projetais sur Francis Rissin mon propre trouble dissociatif de l'identité. Peut-être que c'était moi, au bout du compte, qui souffrais d'une épidémie de personnalités multiples.

Il faut dire que j'avais passé un temps fou sur le net à visionner toutes les images de Francis Rissin que je pouvais trouver. Sur chacune d'elles, j'aurais juré qu'il avait un air différent – une certaine manière de se tenir, de poser son regard, qu'on ne retrouvait pas sur les autres. Et puis c'était la mode des soirées de sosies, vous vous souvenez ? Ça faisait un carton dans les bars et les cocktails de mariage. Et justement, sur certaines photos, on voyait Francis Rissin boire le thé avec des avatars de Charles Trenet, Édith Piaf, Serge Gainsbourg ou Johnny Hallyday.

À la fin, devant tous ces visages de Francis Rissin, je n'arrivais plus à faire la différence. Et quand je me regardais dans le miroir, comment dire... j'avais l'impression d'être face à une parfaite inconnue. J'avais aussi commencé à m'intéresser aux phénomènes paranormaux et à toutes ces histoires de doubles, de jumeaux maléfiques, de *doppelgänger*. Autrement dit, je perdais gentiment la boule.

*

Il y avait une psychiatre qui exerçait de l'autre côté de ma rue, au numéro 94 – une certaine Catherine Joule. Plusieurs amis de confiance me l'avaient recommandée. J'ai fini par l'appeler sur les conseils de Sébastian, pour lui demander si elle pouvait me recevoir rapidement. Elle avait une voix calme et veloutée au téléphone. Elle m'a dit qu'il n'y avait pas de problème, qu'elle pouvait me donner un rendez-vous pour le surlendemain en fin d'après-midi. Je ne sais pas pourquoi, mais je me suis sentie immédiatement soulagée, comme si elle m'avait déjà déchargée d'un poids immense. J'avais l'impression d'avoir fait le bon choix. J'en étais même à me dire que c'était sans doute le bon moment pour commencer une analyse. Et puis une série de coïncidences troublantes est venue me sortir de cette rêverie.

Ce jour-là, de nouvelles photos de Francis Rissin avaient été publiées sur son site officiel et, en les regardant, la vérité m'a presque sauté au visage. On ne le reconnaissait presque plus, il avait une mine de malade en fin de vie, de toxicomane, je ne sais pas ; en tout cas il faisait vraiment peine à voir. Ses joues étaient creusées, ces yeux azur qui avaient envoûté la France s'enfonçaient profondément dans leurs orbites, de nouvelles rides étaient apparues sur son front, sur ses joues. Il avait pris dix ou vingt ans d'un coup. Simplement, c'était un autre homme.

Du reste, et à mon grand soulagement, la métamorphose n'avait pas échappé aux journalistes, qui s'inquiétaient cette fois de l'état de santé du chef des Français. Quant à moi, je n'avais pas seulement l'impression que Francis Rissin était affaibli ou diminué ; il me semblait encore une fois que c'était quelqu'un d'autre, que ce n'était pas Francis Rissin. Et autant ça avait tenu à peu de choses, les semaines précédentes, autant ça crevait littéralement les yeux, cette fois-ci – c'était gros comme le nez aquilin qu'il avait désormais au milieu du visage.

Mon rendez-vous chez la psychiatre était déjà un lointain souvenir. J'ai immédiatement transféré ces nouvelles images sur le logiciel Face2Face et j'ai lancé une analyse, pour qu'il procède à une comparaison à partir de ma base de données « Francis Rissin ».

Quelques secondes plus tard, une nouvelle fenêtre s'ouvrait sur mon écran. Encore une fois, le programme était formel, tous les points remarquables du visage coïncidaient. C'était Francis Rissin, le seul et l'unique, l'éternel Francis Rissin.

Mais ça me paraissait complètement dément. Les concepteurs du logiciel devaient être dans le coup, je ne sais pas. Parce que je vous assure que c'était quelqu'un d'autre. Que ce n'était même plus un sosie ou un jumeau. Vous avez vu le film *Volte-face*, avec Nicolas Cage et John Travolta ? C'était exactement ça. Francis Rissin avait littéralement changé de visage.

*

Mais ce n'était pas le plus fou, attendez. Vous n'allez pas le croire mais, en surfant sur les forums consacrés aux phénomènes paranormaux, je suis tombée sur un autre témoignage de bilocation. Un type avec un pseudo ridicule, quelque chose comme « Béhémoth300 » si mes souvenirs sont bons, prétendait avoir aperçu Francis Rissin sur la Côte d'Azur le soir de son grand meeting de Roubaix. Et accrochez-vous bien ! Il l'avait vu à proximité de la baie de Golfe-Juan, à quelques kilomètres tout au plus du cap d'Antibes.

C'était une sorte de forum complotiste généraliste qui s'appelait *Coagula* – j'ai appris par la suite qu'il était lié au Réseau Voltaire. On y contestait la version officielle des attentats du 11 Septembre aux États-Unis, ce qui n'avait rien de nouveau, mais on y affirmait également que Coluche était encore en vie et que Ben Laden n'avait jamais été assassiné par les Navy SEALs.

D'ailleurs, pour expliquer l'inexplicable, Béhémoth300 était prêt à avancer les hypothèses les plus farfelues. Il prétendait que Francis Rissin était un Ummite, ou du moins une sorte d'extraterrestre humanoïde, qui s'était échappé d'un univers jumeau ou d'un univers miroir pour venir sauver le peuple français – les habitants de sa planète ayant entretenu autrefois des relations commerciales privilégiées avec les Gaulois. Un habitué du site lui avait demandé s'il pensait que Francis Rissin faisait également partie du groupe Bilderberg et, sur ce point, Béhémoth300 était formel : non, les Ummites n'avaient rien à voir avec le groupe Bilderberg. Un autre type lui avait demandé encore s'il avait aperçu un halo lumineux au-dessus de la tête de Rissin, mais Béhémoth300 n'avait pas encore pris le temps de répondre à sa question.

Tout cela versait évidemment dans le grand n'importe quoi. Je pouvais difficilement faire confiance à cette bande d'illuminés, mais par acquit de conscience j'ai quand même envoyé un message à Béhémoth300, pour lui demander de plus amples détails sur les circonstances de cette mystérieuse apparition. Parce qu'en même temps ça paraissait impossible qu'il ait pu inventer tout ça – puisque j'avais vu la même chose que lui.

*

Le matin du 12 juillet, j'avais l'intention d'appeler Catherine Joule pour annuler mon rendez-vous de la fin d'après-midi. Mais au moment même où je saisissais mon smartphone pour composer le numéro de la psychiatre, l'Airbus présidentiel explosa. Il rebondit deux fois sur la piste avant de s'écraser à hauteur du terminal 7 de l'aéroport d'Orly. Les réservoirs étaient pleins. La déflagration fut formidable. Sur les images, on voit d'abord quelques flammes lécher le dessous de l'aile gauche, puis les deux réacteurs sauter d'un coup, suivis rapidement par le cockpit et le reste de l'appareil. De quoi laisser quand même assez peu de chances aux malheureux qui se trouvaient à bord.

Ce jour-là, Francis Rissin devait justement se rendre à Strasbourg pour rencontrer Alain Dubois, le P-DG de la société Kreatis. Ils devaient discuter ensemble de la stratégie à adopter face au juge Bollène, car le procès en appel approchait. Il faisait un temps magnifique. Les conditions météorologiques étaient parfaites. L'Airbus A440-200 F-RARF était aux mains du capitaine Franck Bensaïd, qui avait servi dans l'armée de l'air pendant plus de vingt ans. Plus tard, les boîtes noires révélèrent qu'un oiseau de la taille d'une corneille ou d'une mouette avait été aspiré par l'un des réacteurs, et que le départ de l'incendie n'avait pas été détecté par les systèmes électroniques.

Sur le moment, ce fut évidemment la piste terroriste que les journalistes privilégièrent, sans même attendre les premières conclusions des services de sécurité. Mais ça ne dura pas bien longtemps, du reste, et les médias s'en désintéressèrent rapidement. Parce que quelque chose d'insensé se produisit dans l'intervalle.

Ce jour-là, je vous l'ai dit, Francis Rissin devait se rendre à Strasbourg pour rencontrer Alain Dubois. Sauf que Francis Rissin n'était pas à bord de l'Airbus A440-200 qui venait de flamber sur le tarmac ! Et une dizaine de minutes à peine après l'explosion du F-RARF, il s'était exprimé sur toutes les chaînes de télévision. Bien lui en avait pris, il avait changé de programme à la dernière minute et envoyé un conseiller spécial qui devait signer les contrats à sa place. Ceux qui avaient voulu attenter à sa vie, quels qu'ils soient, seraient punis avec la plus grande sévérité ; mais en cet instant solennel, il pensait aux familles des victimes qui étaient mortes pour la France.

Et je le regardais parler, je le regardais expliquer aux Français qu'il n'était pas dans cet avion, qu'il n'était pas mort dans cette malheureuse explosion, que ses cendres ne s'étaient pas mêlées à celles des membres de l'équipage. Décidément, le hasard faisait bien les choses. Je le regardais sur mon écran, et le même sentiment m'envahit. Ce n'était pas Francis Rissin. Ou du moins ce n'était pas celui de d'habitude, c'en était un autre, c'était encore un sosie, une doublure ou que sais-je.

Si vous vous y connaissez un peu en histoire moderne, vous savez sans doute que les doublures ont surtout permis aux chefs d'État ou aux grands dictateurs de se faire passer pour morts aux yeux de leurs ennemis, alors même qu'ils couraient encore dans la nature. Les anciens dirigeants nazis ont élevé cette stratégie au rang d'art, si bien que personne n'a jamais pu garantir que les cadavres de Himmler ou de Hitler étaient les bons, et donc que les génocidaires avaient bel et bien été neutralisés. Sur le forum *Coagula*, certains racontent d'ailleurs qu'ils les ont croisés sur le boulevard Saint-Michel le soir de la dernière Saint-Sylvestre.

Sauf que ça marche aussi dans l'autre sens. Autrement dit, si un chef d'État se fait assassiner par un opposant politique ou s'il meurt dans l'explosion de son avion présidentiel, et pourquoi pas sur le tarmac de l'aéroport d'Orly, il peut faire comme s'il était encore en vie, comme s'il avait miraculeusement échappé à la mort. Ainsi, quelques années après son exécution, le visage de Ben Laden était apparu sur la chaîne qatarie Al Jazeera. L'ancien chef spirituel d'Al-Qaïda s'y étonnait que le monde entier ait pu croire qu'il était mort, alors que les Navy SEALs s'étaient contentés de tirer sur son sosie. Et allez savoir, dans une situation comme celle-là, qui est l'original et qui est le duplicata !

D'ailleurs les grands magiciens ou les rois de l'illusion à la Harry Houdini ou David Copperfield font ça très bien, dès lors qu'ils ont un frère jumeau dont tout le monde ignore l'existence. Peut-être que Francis Rissin était bel et bien dans l'avion quand il s'était enflammé comme un bidon d'essence. Peut-être que Francis Rissin était mort, à l'heure qu'il était. Simplement, on avait immédiatement convoqué son sosie, ou du moins l'un de ses sosies, pour qu'il prenne sa place et assure la continuité du pouvoir – car il eût été risqué sans doute de reconnaître que le destin de la France, et donc le sort du peuple français, était à la merci d'un goéland ou d'un corbeau suicidaire, bien décidé à en finir avec la vie en se jetant dans le grand hachoir-moulinette d'un turboréacteur.

On avait sorti les boîtes noires de la fournaise, justement. Les experts avaient analysé toutes les données et images des caméras placées dans l'aéronef. Il ne s'agissait pas d'une attaque terroriste, mais d'un accident. En vérité, le risque aviaire était vraiment le fléau de l'aéronautique. Et pendant ce temps, Francis Rissin continuait à se pavaner et à exhiber son visage indemne de survivant sur tous les écrans du pays. Et je savais bien, moi, que ce n'était pas lui ; je savais bien que c'était quelqu'un d'autre – je savais bien que Francis Rissin avait rôti avec les membres de l'équipage dans la carcasse carbonisée de l'avion présidentiel.

*

Je n'ai pas été à mon rendez-vous chez la psychiatre. Cela ne me paraissait plus utile, désormais. J'avais l'impression que la vérité était juste là, à portée de main, comme un fruit au bout d'une branche. Je me voyais déjà faire la une des quotidiens nationaux et des flashs d'information. Et je me disais que ça ferait une jolie pagaille le jour où je dévoilerais aux Français que celui qui se faisait passer pour leur chef n'était qu'une doublure, un vulgaire avatar, et que l'original s'était grillé les fesses parce qu'une mouette un peu plus hardie que la moyenne avait voulu visiter l'intérieur d'un réacteur General Electric CF6-80E1A4B.

J'ai rassemblé toutes les images de Francis Rissin que j'avais en ma possession, jusqu'aux derniers clichés publiés dans le *Paris Match* de la semaine, sur lesquels on le reconnaissait à peine, tant il semblait avoir vieilli. Je les ai punaisées sur le mur de mon salon, après avoir décroché toutes les affiches et cartes postales qui s'étaient accumulées là.

J'ai également affiché les portraits-robots biométriques que j'avais réalisés avec le logiciel Face2Face. Et le sentiment qui m'avait si souvent frappée m'a saisie une fois encore.

Sur certains sites Internet, on peut trouver les photographies des différents sosies de Saddam Hussein, placées les unes à côté des autres. Et à les voir alignées comme ça, on a du mal à croire que quiconque ait pu tomber dans le panneau tant la ressemblance est grossière. C'est seulement parce qu'ils se sont toujours présentés au public successivement que ce mauvais tour a pu fonctionner.

D'un jour à l'autre, un président de la République peut avoir les traits apaisés ou tendus, les joues rougies ou blafardes, la mine réjouie ou soucieuse, les yeux pétillants ou éteints ; mais il y a toujours aussi quelque chose qui reste, une sorte de fond commun qui transcende les différentes modulations de sa physionomie.

Mais prenez toutes les photos de Francis Rissin qui sont sorties dans la presse ces cinq dernières années, et affichez-les sur un grand mur blanc. Vous comprendrez rapidement qu'il manque quelque chose, que le fil qui relie le visage d'un jour au visage du lendemain est absent, que chaque visage est une monade coupée de toutes les autres et que, s'il y a bien quelques propriétés communes, s'il y a bien, entre deux clichés, ce

« thème général » qui nous saute aux yeux quand on regarde les visages des différents sosies de Saddam Hussein, celui-ci vacille dès qu'on les compare à un troisième, et il disparaît progressivement à mesure qu'on les rapproche d'autres clichés, encore et encore, comme si le visage de Francis Rissin, du vrai Francis Rissin, si cette expression a un sens, s'évanouissait lentement dans le vide.

J'approchais du but. D'autant que j'avais une deuxième corde à mon arc. Si je ne parvenais pas à démontrer la vérité à partir de cette collection de visages hétérogènes, je pouvais peut-être le faire à partir de facteurs extrinsèques.

Je m'explique. Si Francis Rissin avait bien des sosies qui se substituaient régulièrement à lui, il était impossible qu'ils mènent ce petit manège sans quelques incohérences spatiales, ou quelques inexactitudes temporelles, susceptibles de démontrer la supercherie.

Je me suis donc mise à tenir un emploi du temps très précis des déplacements du premier des Français. Et ce que j'ai découvert a rapidement dépassé toutes mes espérances. Parce que ça ne collait pas, ça ne collait pas du tout. Je me basais sur toute une série de distances et de vitesses moyennes dont j'avais trouvé les valeurs sur Internet ; tout en prenant soin de toujours faire mes calculs dans la fourchette haute, pour être sûre. Aussi bien, rien n'y faisait, ce n'était pas possible, Francis Rissin ne pouvait pas se déplacer aussi vite.

Par exemple, le 17 juillet, il était revenu d'un rendez-vous d'affaires à Marseille en avion. Il avait fait une courte intervention au pied de la tour CMA CGM entre 14 h 23 et 14 h 29. Deux heures et cinq minutes plus tard, soit à 16 h 34 précises, il s'exprimait devant les caméras de TF1 depuis le hall d'embarquement de l'aéroport d'Orly, rendant un nouvel hommage à tous ceux qui avaient péri dans l'accident de la semaine précédente.

J'ai refait mes calculs des centaines de fois, et j'en suis toujours arrivée à la même conclusion : ce n'était pas possible. Ce n'était techniquement et physiquement pas possible. Je sais qu'un chef d'État bénéficie de certaines commodités en matière de transports. En voiture officielle, il n'est pas obligé de s'arrêter à tous les feux tricolores ; à l'aéroport, il n'est pas obligé de passer les différents sas de sécurité. Il gagne donc toujours un certain temps sur les autres véhicules ou voyageurs. Mais même en prenant le temps minimum nécessaire pour rallier l'aéroport Marignane depuis la tour CMA CGM, c'est-à-dire en supposant que tous les feux aient été verts et la circulation nulle, en prenant le temps minimum pour embarquer à bord de l'avion présidentiel, en prenant le temps de vol minimum entre Marignane et Orly, ça restait absolument infaisable – à moins que Francis Rissin ne soit un dieu, ou un démon.

C'était soit de la télétransportation, soit un tour de magie – un bon tour avec un truc vieux comme le monde.

Un grand sourire a illuminé mon visage. J'avais enfin trouvé la preuve formelle que je cherchais.

*

Pendant ce temps, l'équipe de GENIX Labs travaillait dans le plus grand secret à la fabrication d'un modèle encore plus perfectionné du stylet d'identification génique que nous avions déjà utilisé avec Sébastian. Jusqu'à présent, en effet, il était nécessaire d'avoir la personne en face de soi pour que le faisceau laser soit capable de « lire » son empreinte. Mais le nouveau prototype, baptisé SIG XP05, permettait de reconstituer le profil génétique d'un individu à partir d'une simple image.

Ce nouveau concentré de technologie diffusait un faisceau laser élargi grâce auquel il était possible de scanner n'importe quel portrait, n'importe quelle photographie sur laquelle apparaissait un visage, un corps, une main, un doigt. L'empreinte génétique de l'individu photographié apparaissait alors en quelques fractions de seconde sur le petit écran, sur le même principe que la version précédente.

Un matin, Sébastian m'a appelée pour me proposer de voir le joyau, qui ne serait pas commercialisé avant plusieurs mois, voire plusieurs années. Il fallait d'abord sensibiliser les populations, qui risquaient de se sentir agressées par un gadget de ce genre, profitant d'abord à la communauté policière. Bref, il avait encore une fois réussi à en « emprunter » un exemplaire. Il pouvait passer rue Haxo dans l'après-midi si je le souhaitais. Deux preuves valant mieux qu'une, je lui ai dit que c'était OK.

Dès que je l'ai vu dans l'encadrement de la porte, j'ai compris qu'il n'était pas dans son état normal. Ça ne lui ressemblait pas, il était toujours d'une humeur égale d'habitude.

En entrant dans mon salon, il a été très impressionné par le mur du fond, entièrement tapissé des mille et un visages de Francis Rissin. Sébastian n'a pas été aussi catégorique que moi, même s'il admettait qu'il avait parfois une drôle de mine. Mais après tout, est-ce que nous n'étions pas tous logés à la même enseigne ? Notre visage ne se métamorphosait-il pas au gré de nos humeurs, de notre état de fatigue, de nos coups de cafard – sans compter le temps, qui l'amochait de jour en jour ?

Patiemment, il a passé le faisceau du stylet sur chaque cliché, du plus flou au plus net, du plus ancien au plus récent, et progressivement j'ai dû me rendre à l'évidence. Les treize chiffres qui apparaissaient sur le petit écran à cristaux liquides étaient à chaque fois rigoureusement identiques. Autrement dit, Francis Rissin n'avait pas de sosie. C'était un solitaire, il travaillait seul.

Après avoir scanné le dernier cliché, Sébastian m'a regardée d'un air infiniment apitoyé. Je crois qu'il était encore plus déçu que moi.

Il était chouette, Sébastian, c'était quelqu'un de bien. Peut-être que j'avais eu tort de repousser ses avances, à l'époque, peut-être que quelque chose aurait pu se passer entre nous. Je ne dis pas une histoire d'amour. Qui croit encore aux histoires d'amour ? Mais quelque chose d'un peu plus fort que cette étrange relation d'amitié qui nous liait à présent.

Je n'avais pas dit mon dernier mot. Je lui ai parlé des incohérences que j'avais constatées dans l'emploi du temps de Rissin. Je lui ai montré mes résultats directement sur ma tablette, en faisant défiler devant lui les dizaines de feuilles de calcul que j'avais enregistrées, et je lui ai expliqué pourquoi il ne pouvait pas être à Marseille à 14 h 29 et à Orly à 16 h 34. Ça crevait les yeux, ce type se payait la tête de la France, il sautait d'une ville à l'autre comme s'il était chaussé de bottes de sept lieues.

J'ai dû m'emporter un peu. Sébastian m'a regardée cette fois d'un air mi-amusé mi-affligé. Je ne crois pas que je l'ai convaincu. Il a dû me prendre pour une folle. D'autant qu'il n'avait vraiment pas l'air d'avoir le moral, ce jour-là. Le pauvre. Je m'en veux aujourd'hui de m'être donnée comme ça en spectacle quelques jours seulement avant sa disparition. Je m'en veux de l'avoir laissé partir avec cette dernière image de moi nageant en plein délire.

Peut-être que j'aurais dû le retenir, peut-être que j'aurais dû le prendre dans mes bras, l'embrasser – je ne sais pas, ce sont des choses qui se font, à ce qu'on dit. La suite de l'histoire se serait sans doute passée différemment.

Mais il a esquissé un timide salut et l'instant d'après il avait disparu derrière la porte. Et moi je suis restée plantée là, au milieu de mon salon, épiée par ces milliers d'yeux bleus qui me dévisageaient tous de leur regard glacé.

*

Si le SIG XP05 était fiable, ce dont je ne doutais pas une seule seconde, et si mes calculs étaient fondés, alors je devais en conclure que Francis Rissin ne faisait pas appel à de simples sosies ou à de banales doublures, mais bel et bien à des clones.

Aujourd'hui, avec un peu de fric, non je dis des bêtises, avec pas mal de fric quand même, vous pouvez faire à peu près tout et n'importe quoi en matière de clonage.

Les premiers clones qui ont été proposés au grand public n'avaient pas beaucoup plus de cervelle qu'un veau. Mais en quelques années, des progrès sidérants ont été faits dans ce domaine. Alors allez savoir si on ne créera pas bientôt des clones aussi intelligents que leurs géniteurs, des clones plus intelligents encore, des copies qui dépasseront l'original de plusieurs dizaines de points de QI.

Vous croyez vraiment que des types comme Staline ou Saddam Hussein se seraient privés, s'ils avaient eu les connaissances et les technologies dont nous disposons aujourd'hui ? Vous croyez vraiment qu'ils se seraient fait chier à aller débusquer un sosie au fin fond de la campagne russe ou irakienne, et à lui apprendre patiemment leur démarche, leurs mimiques, leurs intonations de voix ?

Pourquoi Francis Rissin aurait-il renoncé à la tentation ? Non, la seule question qui me chiffonnait, c'était de savoir pourquoi ils se ressemblaient si peu, au bout du compte – pourquoi d'un visage à l'autre Francis Rissin paraissait si étranger à lui-même. Dans l'imaginaire collectif en tout cas, on se représente le clone comme une réplique parfaite, ressemblant à l'original comme une goutte de pluie ressemble à une autre goutte de pluie.

Mais j'arrête de vous bassiner avec ça.

*

Je n'ai jamais vraiment cru à toutes ces histoires de fantômes et d'esprits, mais pour ajouter encore une preuve à mon faisceau de présomptions, je suis allée voir une sorte de médium, une certaine Élizabeth Teissier ou Texier qui officiait dans un vieil immeuble posé le long du boulevard périphérique, au niveau de la porte de Bagnolet.

Sébastian m'avait parlé de cette femme quelques années plus tôt. Il disait qu'elle avait conseillé des hommes importants, autrefois, qu'elle avait frayé avec les princes, mais il pouvait s'agir d'une simple rumeur. Du reste, les années de gloire de l'astrologie étaient bien loin maintenant. La roue de la fortune avait tourné, les logiciels de prédiction avaient remplacé les augures et les vestales, et désormais elle essayait de gagner de quoi vivre en persuadant encore quelques paumés qu'elle lisait dans les cartes et parlait aux morts.

Je lui ai apporté tous mes clichés, que j'avais patiemment décrochés du mur de mon salon. Je les ai posés sur sa table, sans rien dire, à côté d'une sorte de boule de cristal qui avait l'air un peu en toc. Elle m'a regardée avec ses yeux cernés de noir, et puis elle a observé toutes les photos, l'air soupçonneux. Je pensais qu'elle les examinerait longuement, pour s'imprégner de l'aura de chaque visage, mais elle s'est contentée de les faire défiler rapidement devant elle, comme si elle battait un jeu de cartes.

Je ne sais plus ce qu'elle m'a dit, pour finir. C'était un charabia auquel je n'ai rien compris. Je crois quand même qu'elle a prononcé cette phrase, qui a semé le trouble dans ma tête : « Le nom d'un lion mort vaut mieux que celui d'un chien vivant. » Elle m'a demandé de l'argent, ça je m'en souviens. J'ai ramassé mes photos, j'ai jeté quelques billets sur la table et je suis sortie de là en courant, soulagée de retrouver le monde extérieur.

Dans la soirée, je suis retournée à la piscine des Tourelles. Je n'ai pas essayé de me faire une place dans le grand bassin, je me suis immédiatement coulée dans le jacuzzi.

Si Francis Rissin avait bel et bien des clones à sa disposition, alors se posait la question de savoir où était l'original. Est-ce qu'il était resté tout ce temps-là assis tranquillement dans son canapé, quelque part entre Antibes et Juan-les-Pins peut-être, pendant que ses sosies génétiquement conformes paradaient les uns après les autres devant les Français ? Et même, y avait-il un véritable Francis Rissin ? Ou bien Francis Rissin n'était-il que la somme de ces différentes marionnettes, de ces différents pantins qui portaient son masque et défilaient les uns derrière les autres comme des enfants costumés un jour de mardi gras ? Et le cas échéant, y avait-il quelqu'un d'autre qui tirait les ficelles quelque part ? Quelqu'un qui avait inventé toute cette histoire, et qui regardait le pays se passionner pour les tribulations de cet individu qui n'existait pas ?

*

Bon, je me dépêche. L'heure tourne, vous devez commencer à vous impatienter. Je suis rentrée chez moi, et en allumant mon ordinateur j'ai découvert qu'un nouveau témoignage de bilocation était apparu sur le forum *Coagula*, que j'avais pris l'habitude de consulter une ou deux fois par semaine. Un internaute répondant au nom de « Domsau2 » prétendait avoir vécu une expérience à peu près identique à celle de Béhémoth300. C'était le même scénario – à croire qu'il avait tout pompé sur lui. C'était le soir du grand meeting de Bourg-en-Bresse, qui avait eu lieu quelques jours plus tôt. Il était en train d'écouter le discours à la radio et il avait aperçu Francis Rissin qui passait dans la rue, comme s'il s'était magiquement dédoublé.

Les commentaires suivaient, tout aussi fantasques que ceux auxquels le témoignage de Béhémoth300 avait donné lieu. Francis Rissin était-il un saint, ou simplement l'envoyé d'une autre planète ou d'un univers parallèle ? Était-il une âme, une entité métaphysique possédant le don d'ubiquité, un cercle dont le centre était partout et la circonférence nulle part ?

Francis Rissin était-il l'autre nom de Dieu ?

Mais je n'avais pas la tête à m'intéresser à ces élucubrations. J'étais presque paralysée sur ma vieille chaise dactylo. Domsau2 avait aperçu Francis Rissin, ou du moins le sosie de Francis Rissin, ou quoi que fût cette chose, boulevard Édouard-Baudouin, à Juan-les-Pins, soit à quelques kilomètres à peine du cap d'Antibes – là où je l'avais aperçu moi aussi.

Est-ce qu'il s'agissait d'une blague ? Est-ce qu'ils se foutaient de moi ? La voix douce et rassurante de Catherine Joule, la psychiatre de l'autre côté de la rue, est remontée à ma mémoire, et j'ai retrouvé un peu mon calme.

J'ai essayé plusieurs fois d'appeler Sébastian, mais à chaque fois je suis tombée sur sa messagerie vocale. Je lui ai quand même envoyé un long texto pour lui dire que j'avais de nouveaux éléments. Il m'a rappelée quelques heures plus tard. Et dès les premiers mots, j'ai su que ce n'était pas lui, que c'était quelqu'un d'autre qui se trouvait à l'autre bout du fil. Mon sang s'est figé.

On aurait dit une voix artificielle, une voix numérique de répondeur intelligent ou de cyborg, une voix glaciale, en tout cas, sans la moindre trace d'humanité.

La chose m'a demandé si tout allait bien, si j'étais sûre de ce que j'avançais. C'était d'autant plus troublant qu'elle essayait de reproduire les différentes intonations de voix de Sébastian – mais avec un résultat assez catastrophique, je dois dire. Depuis le temps que des chercheurs bossaient jour et nuit sur les voix électroniques, ils n'étaient pas parvenus à faire mieux que ça ?

Je ne voulais surtout pas éveiller ses soupçons. J'ai répondu dans le vague, en disant que je n'étais pas tout à fait sûre, après réflexion, que je devais faire encore quelques vérifications. La chose m'a demandé derechef ce qui s'était passé, ce que j'avais découvert.

Et subitement j'ai pensé à Sébastian. Où était-il ? Qu'avaient-ils fait de lui ? Était-il encore en vie ? Et j'ai repensé à l'impression qui m'avait envahie quand il était venu à la maison la dernière fois. Est-ce qu'il savait des choses qu'il ne m'avait pas dites ?

Si ces gens-là étaient capables de remplacer Francis Rissin tous les jours par un clone, ils pouvaient remplacer n'importe qui par un automate ou un robot. Je me suis mordu la langue, consciente d'en avoir déjà trop dit au réplicant qui était à l'autre bout du fil. J'ai raccroché immédiatement, le coupant au milieu d'une phrase. Mais l'écho de sa voix m'a encore poursuivie pendant quelques dizaines de secondes, comme si elle était restée coincée dans les circuits intégrés de mon smartphone.

J'étais en nage, je tremblais de tous mes membres. Est-ce que je devenais folle pour de bon ? J'ai avalé d'un trait un grand verre d'eau, accompagné de trois comprimés de Lobutal, et je me suis assise à mon bureau.

*

Par réflexe, j'ai ouvert ma boîte aux lettres électronique. J'ai constaté avec surprise que j'avais reçu un mail de Béhémoth300. C'était un message assez bref, cousu de fautes d'orthographe. Il me disait brutalement qu'il avait aperçu Francis Rissin une deuxième fois, depuis le sentier de Tire-Poil, dans les jardins du prestigieux château de la Croë. Il me donnait les coordonnées géographiques du lieu de l'apparition. Je les ai transférées d'un clic sur Google Maps. J'ai zoomé sur l'image satellite. J'ai reconnu le sentier des douaniers que j'avais emprunté ce jour-là. Aucun doute n'était possible. Béhémoth300 avait aperçu Francis Rissin exactement au même endroit que moi.

Il fallait que j'en aie le cœur net. En trois caresses du bout de l'index, j'ai réservé un vol à destination de Nice pour le lendemain matin sur ma tablette. J'avais bien l'intention de retourner sur place, et d'aller voir de plus près ce qui se tramait dans cette gigantesque demeure appartenant au milliardaire russe Roman Abramovitch.

Le lendemain, justement, à la tombée du soir, Francis Rissin devait retrouver l'imposante tribune de l'Arena de France et s'exprimer une nouvelle fois depuis les luxueux jardins du Champ-de-Mars. L'édifice avait coûté un poumon à la France, autant s'en servir !

L'intervention devait débuter à 20 heures précises. Francis Rissin serait debout devant son pupitre, comme l'autre fois, toutes les caméras braquées sur son visage. Autour de lui, je savais qu'il y aurait ces mêmes drapeaux tricolores immenses, qui onduleraient au gré du vent. Le son et lumière avait encore été confié à l'agence Féeriales, et celle-ci avait promis quelque chose de rare, quelque chose qui resterait longtemps dans la mémoire des Français et qui leur réchaufferait le cœur quand ils y repenseraient, plus tard, pendant les longues soirées d'hiver.

*

J'ai atterri à l'aéroport de Nice-Côte d'Azur un peu avant midi. Il faisait une chaleur étouffante. De gros nuages s'amoncelaient au loin, sur les hauteurs du Mercantour. Le bulletin météorologique annonçait de gros orages pour la fin de journée. Je m'étais donc équipée en conséquence. Je ne savais pas exactement ce que je cherchais, mais j'étais résolue à aller jusqu'au bout.

J'ai pris le TER jusqu'à Antibes. Là, j'ai erré un moment dans les ruelles de la vieille ville. Je me suis perdue dans le labyrinthe de la commune libre du Safranier, et puis j'ai retrouvé le musée Picasso. Je me sentais complètement hors du monde, comme si je flottais au-dessus des pavés. J'avais prévu d'entrer sur le domaine du château de la Croë à 20 heures pétantes, au moment même où Francis Rissin commencerait à parler, dans l'espoir que les habitants soient devant leur écran de télévision – si la bâtisse était occupée.

Le premier coup de tonnerre a retenti aux alentours de 17 h 40. J'ai marché jusqu'à la plage de la Garoupe et je me suis réfugiée dans une sorte de bar-restaurant quand j'ai senti les premières gouttes tomber du ciel. C'était un établissement ordinaire. J'ai commandé un grand café. Au-dessus de ma tête, une affiche annonçait une soirée de sosies qui devait avoir lieu là le samedi suivant. On y attendait les doubles de

Georges Pompidou, Dalida, Fernandel, Brigitte Bardot, Bernard-Henri Lévy, et même Sophie Marceau.

Pendant l'orage, j'ai sorti ma tablette et regardé distraitement les derniers préparatifs du grand meeting du soir sur BFM. On voyait les techniciens s'affairer dans tous les sens comme des insectes qui vont et viennent sur un tronc d'arbre. Il y avait aussi du vent ce soir-là à Paris, et les drapeaux volaient au-dessus de la scène, claquant d'un côté puis de l'autre, changeant brusquement d'amure. On racontait que le *light show* serait grandiose – que ce serait du jamais vu. Des batteries de lasers avaient été installées un peu partout autour de la scène ainsi que sur les tribunes. Ils devaient dessiner des structures géométriques en trois dimensions au-dessus de l'Arena et, pour finir, c'était le visage de Francis Rissin en personne qui devait s'élever très haut dans les airs. Le discours serait suivi d'un gigantesque feu d'artifice d'un genre innovant, sur lequel les techniciens de Fériales avaient gardé le secret.

Aux alentours de 18 h 30, je suis sortie de là pour me rapprocher de l'enceinte du château de la Croë. Il avait cessé de pleuvoir un peu plus tôt. L'orage était passé, mais on entendait encore le tonnerre rouler dans les hauteurs.

Le sentier des douaniers commençait quelques dizaines de mètres plus loin, à l'extrémité est de la plage. Pensant agir de nuit, je m'étais vêtue entièrement de noir ; mais pour ne pas trop attirer l'attention sur moi avec mon look de militante anarchiste, j'avais quand même pensé à garder un gilet bleu foncé que je pourrais enlever au dernier moment.

Je me suis arrêtée au cap Gros, pour patienter encore un peu. Le chemin offrait une vue imprenable sur la baie des Anges, avec les premiers contreforts des Alpes qui se découpaient au loin, leurs cimes attaquées de toutes parts par les nuées d'orage. La mer était plus agitée que la dernière fois. Elle cognait lourdement contre les rochers, qui cassaient les vagues en petits filaments d'écume. Mais je n'avais pas la tête à la contemplation. Je me demandais ce que j'allais bien trouver là-bas. Est-ce que j'allais parvenir à pénétrer dans les jardins sans me faire voir ? Je me souvenais que l'enceinte du château était équipée d'innombrables caméras de surveillance, et que le lieu était survolé par des drones de sécurité. Est-ce que j'allais parvenir à franchir les murs du château sans éveiller l'attention des gardiens ? Et qu'est-ce que j'allais trouver à l'intérieur ? Est-ce que j'allais tomber nez à nez avec Francis Rissin ? Et le cas échéant, qu'est-ce que j'allais lui dire ? Qu'est-ce que j'allais lui faire ?

Il était trop tard pour se poser ce genre de questions. Et puis je savais quand même à peu près pourquoi j'étais venue ici. La veille, j'avais été acheter une lampe frontale et une caméra GoPro au Darty du boulevard de Belleville, pour pouvoir filmer cette petite expédition en temps réel.

Et puis j'avais ce qu'il fallait dans ma ceinture, en cas d'extrême nécessité.

*

À 19 h 45, j'ai repris mon chemin sous un ciel ferreux. Les éclairs zébraient l'horizon, là-bas, en direction de la Corse je crois. J'espérais arriver à destination avant que les nuages se fendent et que le déluge s'abatte sur moi. J'ai atteint l'enceinte de la propriété un peu avant 19 h 55. Il n'y avait pas un chat sur le sentier.

J'ai marché jusqu'à un petit renfoncement du mur que j'avais repéré sur Google Maps et, sans attendre, je l'ai gravi d'un bond avant de sauter de l'autre côté, dans les jardins du château. Sur mon écran, la niche en question semblait échapper au champ de vigilance des caméras ; mais comment en être sûre ?

J'étais cachée entre le mur d'enceinte et un gros arbuste couvert de fleurs aux couleurs ternies par l'obscurité. Un léger bourdonnement s'est fait entendre à ma gauche. Je me suis recroquevillée autant que je pouvais sous les feuillages. Un mouchard motorisé est passé au-dessus de moi avant de disparaître derrière un massif de conifères. Il fallait que je fasse extrêmement attention, l'endroit était une vraie forteresse.

J'ai profité d'être à couvert pour allumer ma tablette.

Francis Rissin avait commencé à parler deux minutes plus tôt. Son visage apparaissait en gros plan sur mon écran haute résolution.

Le jour déclinait rapidement. Je me suis faufilée derrière un autre buisson d'arbrisseaux. J'avais de la chance, le jardin était richement boisé. J'ai entendu une branche craquer sur ma gauche. Je me suis immobilisée, tous mes sens en alerte. Il y avait sûrement des chiens, et peut-être même des molosses prêts à me couper la jambe d'un coup de mâchoire, pour garder une propriété pareille.

J'avais emporté avec moi des morceaux de viande préalablement trempés dans un puissant somnifère, pensant que ça pouvait suffire à les neutraliser, comme au cinéma. Je les ai sortis en tremblant. Mais plus rien, le silence. J'ai attendu quelques minutes encore, mon cœur bondissant à chaque battement. Et puis j'ai repris ma progression.

Dans mes oreillettes, à faible volume, la voix doucereuse de Francis Rissin me berçait presque malgré moi. Depuis le mur d'enceinte qui longeait le front de mer, les jardins remontaient en douceur jusqu'à l'imposante demeure. Il faisait presque noir. Après avoir remonté la pente sur plusieurs dizaines de mètres et longé ce qui ressemblait à des roseraies, j'ai enfin aperçu la terrasse de la maison. S'il y avait des chiens de garde, ils n'avaient donné aucun signe de vie.

Deux autres drones étaient passés au-dessus de moi, mais depuis cinq minutes ils semblaient avoir disparu pour de bon de l'espace aérien. Il faut dire que le vent s'était levé, et il soufflait son désespoir sur les jardins, chahutant les pins de ses lourdes bourrasques. Un flash illumina les lieux, suivi de près par un grondement de tonnerre. L'orage était de retour.

*

Quand j'ai posé le pied sur la terrasse, Francis Rissin parlait de faire des économies ou quelque chose comme ça.

Je me suis approchée des marches blanches du château. Le lieu était absolument désert. Je me suis dit que le propriétaire des lieux devait être du genre à ne venir là qu'une ou deux fois par an. Mais il devait bien y avoir quelqu'un pour monter la garde, un vigile, un agent de sécurité. Ou bien tout était-il informatisé ? Peut-être que les caméras et les drones envoyaient simplement leurs images à une société de surveillance délocalisée quelque part au Maghreb, les opérateurs de cette dernière ayant simplement la charge de prévenir les flics s'ils détectaient la moindre anomalie.

Je me suis penchée à l'une des fenêtres qui donnait sur un salon immense. Je fus très étonnée de voir qu'un écran plat XXL trônait au milieu de la salle. Et oh surprise ! il diffusait aussi, avec une étrange pulsation bleutée, le *direct live* de l'Arena.

Je me suis laissé hypnotiser doucement par les yeux de l'orateur. Ils fixaient intensément les caméras, sans jamais se laisser aller à baisser les paupières. J'ai entendu encore un craquement de branche derrière moi. Je me suis retournée.

Il était là, à quelques mètres seulement de la première marche. Il avançait vers moi, le visage fermé. Il était là, en chair et en os. Il n'avait rien d'un clone, rien d'un avatar qui serait venu au monde trois semaines plus tôt avec un paquet de souvenirs implantés dans sa mémoire vive. Il était là, devant moi. Ce n'était pas un androïde, ce n'était pas un automate. C'était un être plein et entier. C'était lui, personne d'autre que lui. C'était Francis Rissin.

Par réflexe, j'ai à nouveau tourné la tête vers l'écran plat. C'était bien le même visage ; le même nez, le même regard, le même sourire gêné.

Est-ce qu'il a dit quelque chose ? Est-ce qu'il m'a posé une question ? Je ne m'en souviens plus, d'autant qu'il continuait de parler dans mes écouteurs. Ce dont je me souviens, c'est qu'il avait quelque chose à la main, peut-être un flash-ball ou un Taser, peut-être un revolver, je ne sais plus. Mais je crois quand même qu'il a essayé de me tuer.

Ce qui s'est passé ensuite ? Les souvenirs se précipitent dans ma tête. Ce que je peux vous dire, c'est que j'ai sorti mon revolver. Il a levé son bras, j'ai tiré, j'ai tiré tout de suite, il ne m'aurait pas ratée, je le sais, si je lui avais laissé une chance. Je l'ai tué, enfin je crois que je l'ai tué, je crois qu'il était mort, un trou fumant entre les deux yeux.

Quant à savoir comment je suis arrivée dans cette chambre d'hôtel, alors là...

Je me souviens quand même que j'ai descendu les jardins en courant jusqu'au mur d'enceinte. Je l'ai gravi précipitamment, et puis j'ai marché d'abord jusqu'à la plage de la Garoupe, et ensuite jusqu'au centre-ville d'Antibes. Ça m'a bien pris une heure. Il pleuvait à verse, les dieux rejetaient leurs eaux usées sur la terre. J'ai pris un train peut-être, ou un avion, je ne sais plus. En tout cas le jour a fini par se lever. Et je me suis retrouvée tout habillée dans cette chambre, avec un abominable mal de crâne.

Je n'ai pas rêvé, je vous assure. J'ai tout filmé avec ma GoPro. Je viens de regarder encore une fois les images. Évidemment elles sont de mauvaise qualité, mais elles m'ont permis de retracer très précisément le fil des événements, au moins depuis cette courte pause que j'ai faite au cap Gros, un peu avant 20 heures, jusqu'à mon retour à la Garoupe sous le déluge du ciel.

Je l'ai tué d'une balle dans la tête. On le voit lever son arme et puis il y a ce trou noir qui apparaît sur son front, juste au-dessus de l'endroit où les sourcils se rejoignent – comme s'il avait reçu une petite crotte de pigeon. Son visage se fige, et puis son corps tombe au ralenti comme une plume. Je me suis amusée à regarder la scène image par image un bon millier de fois. Il y a ce trou noir qui apparaît, ses yeux qui s'ouvrent en grand, sa langue qui pointe, comme s'il voulait attraper quelque chose qui flottait dans l'air, une mouche ou je ne sais quoi. Et puis l'instant d'après il s'écroule, voilà, c'est tout. Je l'ai tué, ce n'est pas plus compliqué que ça.

*

Ça fait maintenant une longue journée que je suis cloîtrée dans cette pièce. Je n'ai encore vu personne, à croire que le personnel a déserté les lieux. Pourtant le sol est vraiment dégueulasse, ça ne lui ferait pas de mal de recevoir un bon coup de serpillière.

Je ne sais pas pourquoi je vous ai raconté tout ça. Merci quand même, ça m'a permis de me sentir moins seule. Le temps ne passe pas bien vite ici, même s'il y a ce film que je peux regarder chaque fois que j'en ai envie sur l'écran de ma tablette – ou juste en fermant les yeux.

Pour le moment, rien n'a encore filtré dans les médias. J'ai passé la journée à zapper sur toutes les chaînes. Ils se contentent de rediffuser les images du grand discours et celles de la fête qui a suivi. Ils ont dit que Francis Rissin s'exprimerait encore ce soir à la télé, pour remercier les Français d'avoir été là hier.

De toute façon il n'y a pas cinquante scénarios possibles.

Vous pouvez penser ce que vous voulez. Vous pouvez penser que cette intervention sera remplacée à la dernière minute par un flash spécial qui annoncera aux téléspectateurs que Francis Rissin a été assassiné par une démente ; vous pouvez penser aussi qu'il portera des bandages partout sur la tête pour cacher le petit trou fumant que je lui ai fait à la racine des cheveux, et qui lui a seulement frôlé la boîte crânienne – c'est vous qui voyez.

Mais moi je sais qu'il sera là, comme d'habitude, resplendissant, le front immaculé. Son visage aura peut-être un je ne sais quoi qui le fera paraître un peu étranger à lui-même, mais ça durera seulement une fraction de seconde. Et puis il parlera, il parlera comme il a l'habitude de parler, il endormira les Français avec sa voix mielleuse de bonimenteur, avec ses éternelles flatteries de Francis Rissin.

Je sais qu'il sera là, et pourtant je peux déjà vous affirmer avec certitude que ce ne sera pas lui, que ce ne sera pas tout à fait lui – ou en tout cas que ce sera seulement l'un d'entre eux.

Car je sais qu'ils sont un régiment, qu'ils sont toute une armée.

Car je sais que Francis Rissin est légion.

9.

Cyrille Fessault, script pour le film *Inspiré de faits réels : Rissin* vs. *Rissin* (long métrage jamais réalisé, du fait de la disparition prématurée du cinéaste), Centre des archives JLG, 2 rue Cognacq-Jay, Paris.

Justement, un certain Francis Rissin s'était manifesté auprès du secrétariat de mairie de son village. Il habitait la petite commune de Ruynes-en-Margeride, dans le Cantal. Et pour tout dire, il en avait par-dessus les oreilles de ces nuées d'affiches qui l'avaient subitement mis sous les feux des projecteurs. Ça lui pourrissait l'existence, c'était du harcèlement moral !

Un journaliste de *La Montagne* lui avait donné la parole dans les pages de l'édition de Saint-Flour. Il y racontait comment sa vie était devenue un supplice depuis que son nom s'étalait en gras sur toutes les façades du village, et même sur toutes celles de la région, à en croire le présentateur du JT 19/20 Auvergne de France 3. On venait frapper à sa porte à toute heure de la journée. On le tirait de sa sieste pour lui demander la météo des jours à venir, ses pronostics sur les prochains tirages du loto, ou son avis sur les derniers remaniements ministériels. Les plus hardis le réveillaient même au milieu de la nuit pour savoir comment il voyait le futur – comme s'il était devenu une espèce de devin ou de prophète. Certains faisaient le trajet depuis les départements limitrophes et passaient la journée sur le trottoir en face, juste pour le voir à travers les carreaux de ses fenêtres.

Ses visiteurs n'étaient pas désagréables, ce n'était pas ça. Mais il ne pouvait pas recevoir tous les habitants du village à la queue leu leu – ils n'avaient qu'à aller sonner chez le médecin de la grand-rue, s'ils avaient du mal à mettre leurs pensées en veilleuse.

C'était arrivé comme ça, du jour au lendemain, sans qu'il ait rien demandé à personne. Il profitait paisiblement de sa retraite dans le petit village où il avait passé sa vie tranquille et monotone. Les jours se succédaient avec la rassurante régularité des saisons. Et puis brusquement son existence était devenue un véritable enfer. Est-ce qu'il n'y avait pas des lois pour assurer la tranquillité des gens, dans ce foutu pays ? demandait-il pour finir.

*

C'était un vieux gaillard de soixante-douze ans, qui tenait encore à peu près droit sur ses deux jambes. Quand il ne restait pas somnoler devant la télévision, il occupait ses longs après-midi à de menus travaux de bricolage, qu'il faisait chez lui ou chez Mme Locatelli, une voisine de dix ans son aînée qui avait perdu l'usage de la parole après la guerre.

Il avait des yeux étranges, des yeux minuscules enfouis sous des paupières épaisses et cachés par de drôles de sourcils broussailleux – mais des yeux perçants comme ceux des milans royaux qui planent en silence sous le soleil ardent, au-dessus des eaux saumâtres de la Truyère. Des yeux qui avaient été d'un bleu parfait autrefois, des yeux qui avaient fait chavirer le cœur des femmes les soirs de vogue ; mais qui avaient progressivement perdu de leur flamme, au fil des années, et qui avaient même fini par devenir ternes et vitreux, comme un vieux carré de faïence qu'on n'a pas frotté depuis des lustres.

Quand le temps était à l'averse, ses articulations lui faisaient souffrir le martyre. Il n'arrivait plus à lever le bras ou simplement à marcher le dos à la verticale. Ces jours-là, il ne pouvait pas tenir un marteau ou un tournevis. On le voyait traverser la place de l'église cassé en deux comme un accent circonflexe. Et puis il se redressait lentement, à mesure que les nuages de pluie étaient chassés par le vent d'ouest. C'était un peu le baromètre du village.

Il possédait une vieille vache de Salers qu'il gardait dans un champ d'herbes folles, derrière son potager. Il lui rendait visite deux fois par jour – le matin et le soir. Malgré son âge avancé, sa toison acajou était encore superbe, et ses cornes immenses dessinaient un grand V qui pointait vers le ciel comme le signe de la victoire. Elle avait une touffe de poils rouges sur la tête, alors il l'avait simplement appelée « la Coucarde ». Et comme il avait lui aussi une grosse touffe de cheveux blancs sur le haut du crâne, qui s'échappait de son éternel chapeau de paille, les enfants du coin l'avaient baptisé « le Calaou ».

Ça avait fait rire leurs parents, et bientôt tout le village s'y était mis – plus personne ne l'appelait Francis Rissin, le maire lui-même donnait du Calaou par-ci, du Calaou par-là quand il s'entretenait avec lui. Il avait d'ailleurs accueilli ce sobriquet avec une certaine philosophie. Un surnom, est-ce que ce n'était pas aussi une marque de reconnaissance ?

Pendant trente ans, il avait tenu la grande épicerie qui se trouvait au numéro 1 de la rue de la Tour, à proximité du bureau de poste. À l'époque, les habitants des environs passaient chez lui plusieurs fois par jour, pour lui acheter une plaquette de beurre, un paquet de Gitanes, une boîte de haricots verts en conserve.

Les enfants lui volaient ses bonbons à pleines poignées. Il les avait laissés faire, au début tout du moins. Il était heureux de les voir dans sa boutique, ils mettaient un peu d'animation. Mais en vieillissant, il avait commencé à leur tirer les oreilles quand il les attrapait la main au fond du bocal. Progressivement, ça devint une affaire personnelle, et pour finir une véritable obsession. Il les épiait du coin de l'œil dès qu'ils passaient le pas de sa porte. Il tournait autour d'eux comme un taon, bondissant dès qu'il les voyait farfouiller dans leurs poches ; mais les enfants en sortaient qui une pièce de monnaie qui un mouchoir – et le Calaou enrageait de plus belle.

À l'époque, il allait se ravitailler en marchandises une fois par semaine à Saint-Flour, le mardi après-midi. Et puis les choses avaient doucement changé. Les grandes surfaces s'étaient implantées un peu partout dans la région, et ses voisins avaient commencé à prendre leur voiture eux aussi, pour aller faire leurs courses à la ville au lieu de venir chez lui. Sa boutique s'était lentement vidée. Les gamins eux-mêmes hésitaient désormais à venir y acheter leurs friandises, de peur de se faire pincer les joues. Ça avait eu un mauvais effet sur son moral. Il était devenu aigri, mais aigri dans le genre misanthrope. Et puis un jour l'épicerie avait fermé.

La retraite a du bon. Profitant des effets de la paresse, il se radoucit un peu. Il finit par prendre goût à la solitude et aux grasses matinées. Et puis il y avait cette pauvre Mme Locatelli, chez qui il allait parfois monter une étagère ou changer une prise électrique. Ça le faisait toujours sortir de chez lui pendant une heure ou deux. Sur le chemin du retour, il passait saluer la Coucarde qui broutait paisiblement au soleil. Il lui lançait son éternel « Cuc ! Cuc ! » avant de retrouver son fauteuil et son poste de télévision.

Il n'avait jamais vraiment fait parler de lui, sauf une fois peut-être, quand il avait renoncé à épouser la fille Signeroles – mais il y avait prescription, c'était de l'histoire ancienne.

En tout cas il n'avait rien à se reprocher, il était au clair avec sa conscience, le bon Dieu lui en était témoin. Il avait ses humeurs, c'est vrai. Mais est-ce que chacun n'avait pas les siennes ? Non, vraiment, il ne voyait pas pourquoi on s'acharnait sur lui avec tant de hargne. Et puis quel sens ça avait, de recouvrir le village avec des affiches à son nom ? Il n'allait tout de même pas se présenter aux prochaines élections municipales ! Pour vrai, c'était presque à regretter d'avoir survécu jusque- là.

*

Mais quelques jours plus tard, un autre Francis Rissin s'exprima publiquement dans les pages de *La Presse de la Manche*. Il vivait à Yquelon, dans la banlieue de Granville, et il avait immédiatement compris ce qui se passait quand il avait vu les premières affiches portant son nom, placardées aux quatre coins du chef-lieu de canton.

Enfin les Français faisaient appel à lui, enfin les Français l'invitaient à prendre les manettes de la grande locomotive nationale ! Il avait attendu ce moment-là une bonne partie de sa vie, le bon Dieu en savait quelque chose ; mais là c'était trop tard, désolé, il n'avait plus l'âge, il n'avait plus la force, et puis surtout il avait d'autres choses à faire. S'il avait eu quinze ans de moins, il se serait assurément lancé dans l'aventure, mais il avait plus de soixante-dix ans aujourd'hui, il voulait profiter de ses dernières années sur terre dans la paix et la tranquillité.

Chaque matin, il descendait au port de Granville pour rejoindre sa petite embarcation de bois à la peinture bleue écaillée. Il la poussait à l'eau en sifflotant et, trois coups de rame plus tard, il se trouvait du côté des îles Chausey. Là-bas, il avait ses coins à homards, ses coins à sardines. C'était quelque part entre la Houllée et le Grand épail – mais il serait mort deux fois plutôt que de donner une indication plus précise à quelqu'un. Quand il rentrait chez lui le soir, il était fourbu mais heureux comme une bernique sur une pierre. Sa peau sentait bon le varech et les embruns. Et puis il avait de quoi se nourrir pour le restant de ses jours. Son congélateur était plein à ras bord.

Non vraiment, c'était gentil d'avoir pensé à lui, mais il n'avait plus l'âge de se jeter comme ça dans la cage aux lions – il avait besoin de ses bras et de ses jambes pour ramer, il ne voulait pas risquer de se les faire croquer par un fauve. Ils trouveraient quelqu'un d'autre, quelqu'un qui ferait parfaitement l'affaire – et si ce n'était pas aujourd'hui, pas d'inquiétude, ils le trouveraient demain.

*

C'était un petit bonhomme rondouillard, un bon Normand élevé aux fruits de mer, aux bonnes tripes et au camembert – le tout copieusement arrosé de pommeau et de calva. Il avait travaillé longtemps comme docker au port de Granville, à charger et décharger des containers. Il avait attendu la retraite avec impatience, et maintenant qu'il était libre de goûter au plaisir de ne rien faire, ou du moins de ne rien faire d'autre que pêcher, il avait bien l'intention d'en profiter jusqu'à la fin.

C'est vrai qu'il avait sa manière à lui de voir les choses. On l'appelait même « le Bécu », pour dire qu'il avait du nez, qu'il sentait le vent venir ou au contraire changer de direction ; mais aussi peut-être parce qu'il avait les dents un peu en avant. Ses collègues venaient souvent lui demander son avis quand ils voulaient acheter une voiture d'occasion, louer une petite maison à Saint-Planchers, ou se fiancer avec une fille de Coutances ou de Regnéville-sur-Mer. Ils lui proposaient toujours un petit billet pour le dérangement ; mais il n'en demandait pas tant. Ça lui suffisait de savoir qu'il les soulageait de ces lourdes caisses qui s'entassaient aussi dans leur tête. Et puis il n'avait pas besoin de se gratter le menton pendant des heures, ça lui venait comme ça, d'un coup. Il donnait simplement son avis et, avec l'expérience, il avait constaté que ça avait toujours plutôt bien tourné pour ceux qui avaient suivi ses recommandations.

*

Il n'avait pas été très longtemps à l'école ; mais n'importe, il avait compris pas mal de choses, en traînant ses bottes de pêche ici ou là sur le port. Il avait compris comment roulait le monde et comment tournaient les hommes, et ça lui avait suffi pour mener sa petite embarcation sur l'océan de la vie – et pour aider ses amis à slalomer entre les écueils, chaque fois qu'ils lui avaient demandé de leur éclairer un peu la route.

Un jour quand même il s'était dit que c'était trop bête que ses vues et son flair profitent seulement à ses collègues de Granville – alors qu'il pouvait en faire bénéficier tous les Français. Il avait pris un peu d'altitude. Il s'était dit qu'avec des idées pareilles il avait le devoir de s'inviter là-haut, dans le poste de pilotage des affaires nationales. Il avait envoyé des lettres à Caen et à Paris pour se rapprocher de certaines organisations politiques et proposer ses talents ; mais ça n'avait jamais rien donné, hélas ! Peut-être qu'elles s'étaient perdues, ou qu'il avait mal orthographié les adresses. Alors vous pouvez imaginer si ça lui avait fait chaud au cœur de voir que sa demande avait enfin été entendue !

C'était pourtant un jour qui devait ressembler à tous les autres. Il était sorti de chez lui pour descendre au port, et il avait vu toutes ces affiches sur les façades de la rue Jean-Jaurès, avec son nom écrit en lettres capitales. Il n'en avait pas cru ses yeux, il avait fait trois fois le tour du centre-ville pour s'assurer qu'il ne dormait pas. Mais non, c'était la réalité. Il y en avait partout, de la rue Jeanne-Jugan à la rue de la Passardière, du boulevard Vaufleury à la cale d'Hacqueville.

Il était infiniment touché par ce cri unanime, il se souviendrait longtemps de ce plébiscite, même s'il regrettait de devoir refuser le poste. C'était à croire que tout arrivait à contretemps dans la vie – comme si les bonnes choses se présentaient toujours après qu'on s'est lassé de les attendre.

Quand il était arrivé sur le port, un grand sourire lui entaillait les joues. Mais las ! Ce serait pour une autre vie. L'occasion était passée. C'était trop tard, vraiment, il préférait qu'ils aillent voir quelqu'un d'autre – un jeune tant qu'à faire, avec plein d'idées nouvelles.

D'autant que ce n'était pas la grande forme, en ce moment. Il pouvait bien leur faire cette confidence. Les médecins venaient de lui trouver une leucémie chronique, ou quelque chose comme ça, en tout cas un truc pas joli à voir sur l'écran du scanner, et qui risquait d'empirer dans les mois ou les années à venir. Il n'avait plus assez de globules rouges dans le sang, il était obligé d'aller se faire piquer une fois par semaine au centre hospitalier rue des Menneries. Alors il préférait garder le peu d'énergie qui lui restait pour quitter le port à la rame sur son petit bateau de pêche et jeter ses casiers dans les eaux froides de la Manche.

*

À la fin de l'entretien, le journaliste lui avait demandé s'il avait entendu parler de cet homonyme qui habitait à l'autre bout de la France, dans un village reculé du Massif central – ce type qui s'appelait aussi Francis Rissin. Le Bécu lui avait répondu : « Jamais de la vie ! » Alors comme ça, il avait un homonyme ? Elle était bonne, celle-là ! Un homonyme ! Il faut dire qu'il ne s'était jamais vraiment posé la question. Il avait toujours cru qu'il était le seul Francis Rissin sur la terre.

« Où ça ? » avait-il demandé. « À Ruynes-en-Margeride ? » Mais alors peut-être que les affiches n'étaient pas pour lui, peut-être qu'elles étaient adressées à celui-là. D'autant qu'on disait qu'elles proliféraient aux quatre coins de la France – et notamment autour de la ville de Saint-Flour, dans le Cantal.

Non, décidément ça changeait tout, maintenant qu'un autre pouvait se retrouver à la tête du pays à sa place. Ils avaient à peu près le même âge, à ce que le journaliste lui avait dit, mais peut-être que l'autre aurait moins de scrupules, peut-être qu'il foncerait là-haut tête baissée, comme un Julien Sorel ou un Rastignac – pour lui souffler le poste.

Ça avait fait comme un grand looping dans son esprit, il n'en avait pas fermé l'œil plusieurs nuits d'affilée. Il l'imaginait à Paris, en costume de chef de la France, remontant l'avenue des Champs-Élysées, acclamé par tous les Français. Est-ce qu'il pourrait garder l'esprit tranquille et rester assis là, dans sa petite demeure d'Yquelon, pendant qu'un autre Francis Rissin se ferait applaudir quotidiennement par une foule enjouée de 14 Juillet ? Est-ce qu'il pourrait encore relever ses filets sereinement dans le chenal Beauchamp, entre la Mauvaise et la Culassière, pendant qu'un autre Francis Rissin tiendrait la barre de la France ?

Non, il n'avait pas le choix. C'était soit répondre à l'appel, soit mourir. Alors, un beau matin de mai, Francis Rissin se leva de très bonne humeur. Il mit son plus beau costume, celui qu'il gardait repassé pour les grandes occasions. Et quand il passa le portail de son jardinet, il dit tout bas à ceux qui l'avaient réclamé : « J'arrive. »

*

Pierre Serbier, un journaliste de *La Nouvelle République*, eut l'idée d'organiser une rencontre entre les deux hommes. Toute sa rédaction était derrière lui, ça allait faire un joli buzz sur les réseaux sociaux.

La célèbre poignée de main eut lieu quelques jours plus tard à Romorantin-Lanthenay, soit à peu près à mi-chemin entre Yquelon et Ruynes-en-Margeride.

C'était une belle journée du mois de septembre. Il faisait un temps merveilleux. Les deux hommes se retrouvèrent sur le Grand Pont qui enjambe la Sauldre. Ils se saluèrent en bombant le torse et en prenant des airs de polytechniciens. Les photographes immortalisèrent le moment en pouffant derrière leurs téléobjectifs. La scène devait faire la une du quotidien régional, le lendemain matin – elle serait très certainement reprise par ses concurrents dans les jours qui suivraient. Pierre Serbier avait trouvé une bonne idée de titre, pour présenter la rencontre au sommet de ces deux cloportes qui n'avaient jamais mis un pied hors de leur trou. Ce serait « Le choc des titans » ou « Les grands esprits se rencontrent » – en tout cas les Français n'avaient pas fini de se poiler.

Et puis on avait quand même été manger une bavette dans une grande brasserie de la vieille ville, derrière l'église Saint-Étienne. Les photographes descendaient les carafons de vin comme des verres d'eau minérale, et Pierre Serbier, bien qu'il eût avalé son repas avec une gloutonnerie d'ogre, continuait à essuyer son assiette avec de gros morceaux de pain qu'il se jetait ensuite d'un mouvement de poignet au fond de la bouche.

Après le café, les deux héros du jour se retirèrent dans un coin de la salle principale, où ils s'entretinrent en aparté pendant presque une heure et demie. Les autres s'impatientaient. Qu'est-ce qu'ils pouvaient bien se raconter, ces deux grands-pères qui n'avaient pas lésiné non plus sur la cuvée du patron ?

Quand ils revinrent s'asseoir parmi les journalistes, un grand sourire de champion leur coupait le visage en deux. Ils étaient devenus les meilleurs amis du monde.

*

Bien sûr, Francis Rissin, celui de Ruynes-en-Margeride, était un vieillard grincheux, un célibataire endurci et misanthrope qui passait ses journées à maugréer contre les enfants du village ou contre son voisin d'en face, avec lequel il avait un différend familial remontant peut-être bien aux grands jours d'Auvergne, une vieille histoire de haie ou de champ derrière la tour ; bien sûr, Francis Rissin, celui d'Yquelon, était un ancien docker qui avait peut-être encore du nez, mais qui voulait surtout profiter de ses longues journées de retraite pour aller à la pêche, sans se soucier des affaires des autres, pour lesquels il avait déjà suffisamment donné – tant et si bien que ni l'un ni l'autre, seul, n'aurait répondu à l'appel et ne se serait lancé dans l'aventure.

Mais voilà, ils étaient deux ! Et quand on est deux, est-ce qu'on n'est pas plus forts ? Est-ce qu'on ne voit pas plus loin ? Et tout à coup ça leur avait paru absurde et injuste de rester comme ça chacun dans son coin à compter les jours qui les séparaient du funérarium alors qu'on clamait leur nom de baptême partout à la ronde. On avait été les chercher jusque chez eux, on avait recouvert le pays avec les treize lettres qui composaient leur patronyme, et ils allaient rester là à faire les fiers, en tournant dédaigneusement la tête et en levant les yeux au ciel ?

En vérité, ils n'étaient pas de cette farine ! Et puis de toute façon est-ce qu'ils avaient le choix, est-ce qu'ils pouvaient se permettre de refuser cet honneur – de bouder cet appel unanime dont aucun homme politique n'avait profité depuis Napoléon Bonaparte ? Si on avait pris la peine d'afficher leur nom comme ça partout dans le pays, ce n'était pas pour le plaisir de décorer les façades des maisons, c'était que l'affaire était grave et que le temps pressait – c'était qu'on avait besoin d'eux de toute urgence.

Des idées pour relever le pays ? Justement ils en avaient de bonnes, maintenant qu'on leur posait sérieusement la question – des idées pas piquées des vers, et même à s'étrangler de rire. Ils rêvaient de souffler un grand vent d'hilarité au-dessus du pays et de lancer quelques pachydermes dans le grand jeu de quilles de la République. Et puis ça les changerait des séries télé et des grilles de mots fléchés qui étaient à peu près les seules consolations de la retraite, après la pêche pour l'un et le sourire bienveillant de la Coucarde pour l'autre. Non, assez rigolé, ils allaient se remettre au travail, et tant mieux s'ils y passaient du bon temps au lieu de se morfondre tout seuls chez eux comme des petits vieux impotents. Et puis est-ce qu'on n'était pas plus bécu encore à deux que tout seul ? Plus rien ne leur faisait peur. Ils allaient dépasser toutes les espérances du peuple français. D'autant qu'ils étaient peut-être plus nombreux encore. Ils avaient découvert qu'ils possédaient chacun un homonyme. Alors qui sait s'il n'y en avait pas d'autres ici ou là, cachés dans les innombrables renfoncements de l'Hexagone ?

Deux mois après la fameuse poignée de main de Romorantin-Lanthenay, les deux bonshommes lancèrent un grand avis de recherche, conviant expressément tous les Francis Rissin de France à venir les rejoindre pour les aider à la besogne. Pas la peine de discuter, l'affaire était conclue ! Ils allaient monter tous les deux sur le trône, avec l'assemblée des Francis Rissin réunis derrière eux, et ensemble ils prendraient les commandes du grand navire France – pour qu'il fende à nouveau les glorieux océans de l'aventure humaine, comme il l'avait toujours fait pendant les siècles passés.

*

Rapidement, d'autres Francis Rissin se manifestèrent, par courrier ou voie de presse. Les deux compères n'en revenaient pas. Ce n'était pas banal, tout de même ! Toute leur vie ils avaient cru qu'ils étaient les seuls à porter ce patronyme, les seuls à se retourner dans la rue quand ils entendaient le nom

« Francis Rissin ». Et ils découvraient aujourd'hui qu'ils étaient toute une famille, toute une assemblée, que Francis Rissin était peut-être un nom aussi populaire que Nicolas Durand ou Nathalie Martin – un nom qui pouvait réunir à lui seul la totalité des Français.

Ils invitèrent leurs homonymes à les rejoindre sans tarder, parce que ça faisait trop longtemps qu'on avait vécu loin les uns des autres, et puis surtout parce que tout partait en truffade, dehors, les heures de la France étaient comptées. D'ailleurs, pour hâter un peu la rencontre, ils se mirent en tête de les recenser. Ils n'en finissaient pas de s'étonner, en feuilletant les vieux annuaires ou en consultant le site des Pages blanches et les forums de généalogie.

« Il y a un Francis Rissin qui vit à Saint-Maurice-des-Lions, tiens ! s'étonnait le Bécu. Et un autre à Champlitte. Un autre encore à Pont-d'Ain.

— Est-ce que Tanavelle n'est pas à côté de Ruynes-en-Margeride ? lui répondait le Calaou. Parce qu'il y a un autre Francis Rissin qui vit là-bas justement. »

Après quelques jours de recherches, ils avaient déjà listé plus d'une centaine d'homonymes, et ils n'avaient pas quadrillé la moitié du pays. Ils découvrirent qu'il y avait également des Francis Rissin un peu partout sur la planète, et notamment aux États-Unis, mais ceux-là les intéressaient moins – il eût fallu prouver d'abord qu'ils étaient bien de souche gauloise. Et puis ils avaient quitté le bateau avec les rats et les cafards au moment où la France prenait l'eau, au moment où elle demandait justement à ses enfants de rester soudés sur le gaillard d'avant. On n'allait quand même pas supplier ces déserteurs de revenir maintenant qu'on avait écopé toute l'eau qui était à bord. Ils envoyèrent toutefois un long message classé « secret Défense » à l'ambassade de France à Washington, dans lequel ils demandaient aux autorités compétentes d'exfiltrer les expatriés ou les Français naturalisés américains qui avaient le même nom qu'eux – quoi qu'on en dise, on n'était jamais assez nombreux quand il s'agissait de porter un pays sur ses épaules.

Un jour, en examinant attentivement leur atlas des États-Unis, ils découvrirent l'existence d'un minuscule village de sept cents habitants fondé au XIXe siècle par une espèce de mormon, à la lisière des grandes forêts de l'Utah, et qui s'appelait Francis. Ils n'en revinrent pas. C'était ballot quand même ! Ça aurait été tellement chouette de se retrouver tous ensemble dans une ville qui portât leur prénom. Mais ils eurent beau éplucher les cartes et les atlas routiers, il n'y avait pas de Francis au Pays des trois cents fromages.

Sur une carte de la Louisiane, ils tombèrent également sur une petite localité qui s'appelait Saint-Francisville. Ça aurait fait l'affaire tout pareil. Mais il n'y avait pas de Saint-Francisville en France non plus. Non, vraiment, le monde était mal fichu. Ils n'allaient quand même pas s'installer chez ces crétins d'Amerloques ?

Ils ne demandaient pourtant pas grand-chose. Ils se cherchaient seulement une base arrière, un petit coin de campagne tranquille à l'abri du monde, où ils pourraient prendre le temps de s'organiser à tête reposée et d'élaborer leur grand projet pour la France, avant de monter à la capitale pour investir tous les lieux du pouvoir.

*

Et puis un beau matin, à force de détermination, ils dénichèrent une commune savoyarde qui portait le joli nom de Francin. Ils en tombèrent immédiatement amoureux. Francin ? Mais c'était la parfaite contraction de Francis et Rissin. Il suffisait de prendre la première syllabe de leur prénom et la deuxième de leur nom de famille, le résultat suivait tout seul ! Fran + ssin = Francin, si on leur permettait la réduction du double *s* ! D'autant qu'un de leurs homonymes vivait dans les parages sur la commune de Frontenex, au bout de la combe de Savoie. Non, c'était un vrai miracle, on n'aurait pas pu rêver mieux ! Est-ce qu'ils avaient des communes qui s'appelaient Francin, là-bas, sur les terres graisseuses de l'oncle Sam ? Non, ils n'en avaient pas. Il n'y en avait qu'une à la surface du globe, et c'était tombé ici, c'était tombé chez nous, sur les terres prestigieuses de notre Grande Nation. Ils furent envahis par une grande montée d'orgueil.

Ils prirent le premier train pour Montmélian, au sud-est de Chambéry. Francin était posé à quelques kilomètres de là, au pied du massif des Bauges sur l'axe du sillon alpin, et c'est vrai que le village offrait un magnifique panorama sur le parc naturel de Chartreuse et la chaîne de Belledonne.

Le Bécu et le vieux Calaou posèrent leurs valises à l'auberge de la Savoyarde, chez M. et Mme Grange-Roddet. C'était un petit hôtel-restaurant situé à proximité de l'école élémentaire. L'air était frais et piquant, mais les rayons du soleil réchauffaient le sol, et ils avaient le cœur en fête. Ils avaient enfin trouvé leur lieu sur la terre, et tous les Francis Rissin du monde allaient converger jusqu'ici pour les rejoindre et pour reprendre avec eux le grand roman national là où l'avaient laissé leurs prédécesseurs.

La Coucarde avait voyagé à part, dans un wagon à bétail. Le vieux Calaou était tout excité à l'idée de la retrouver là. Il ne pouvait quand même pas la laisser à Ruynes-en-Margeride, elle se serait laissée mourir de chagrin s'il avait cessé de lui rendre visite au moins une fois par jour. Sur le quai de la gare de marchandises, il la salua de son éternel « Cuc ! Cuc ! » quand il l'aperçut enfin, et elle lui répondit en poussant un grand meuglement de joie.

Ils l'installèrent dans le petit jardinet qui encerclait l'établissement. Là, elle serait comme un pacha. L'herbe était grasse et sucrée, elle lui tiendrait solidement au corps, sans compter que ça donnerait à son lait la saveur puissante et parfumée des fromages de la région. Et puis elle n'était pas toute seule, elle avait des cousines tachetées de blanc dans tous les champs des environs.

Ils s'installèrent quant à eux dans la même chambre, celle qui se trouvait au bout du couloir à l'étage. Ils partageraient le grand lit qui trônait au milieu de la pièce – ils étaient comme des frères jumeaux, ils ne voyaient pas le mal qu'il pouvait y avoir à ça.

Un peu plus tard, devant une assiette de diots au vin blanc, ils cherchèrent un nom pour leur petite société révolutionnaire. Ça ne dura pas longtemps, ils s'entendirent presque aussitôt. Elle s'appellerait en toute simplicité la Société Francis Rissin. Comme ça on les reconnaîtrait immédiatement, et puis ça éviterait les malentendus.

Ils rayonnaient. Ils eurent l'impression de n'avoir jamais mangé un si bon repas. Ça les changeait de la soupe à l'échalote et des tripes à la crème pour l'un, du pounti et de l'aligot pour l'autre. Et quand la serveuse posa le plateau de fromages sur la table, ils n'en crurent pas leurs papilles.

Il y avait là une épaisse tranche d'Abondance, du bleu de Termignon, du vacherin des Bauges, du grataron du Beaufortain, du persillé des Aravis, du Beaumont et même un chevrotin, avec sa fine croûte blanche qui ressemblait à une magnifique meringue. Ils s'en mirent plein la panse, arrosant chaque bouchée d'une grande gorgée de roussette de Savoie. Ils se regardaient, l'air conquis, et disaient de concert : « Ah, la France ! »

Bientôt ils n'eurent même plus besoin de parler. Ils pensaient à l'unisson. Il y avait l'avenir qui s'ouvrait devant eux, ce grand chantier de reconstruction qui les attendait, et des images folles se mirent à danser devant leurs yeux étincelants, des images un peu floues quand même, parce que les choses étaient encore imprécises en l'état actuel, et puis décidément la roussette était délicieuse ; mais n'importe, c'était plein de couleurs, ça pétillait dans tous les sens comme les bulles au fond de leurs verres, c'était plein de formes nouvelles, de parfums épicés, de saveurs inconnues – c'étaient les trompettes bourdonnantes de l'aventure à la française, les clairons de la grande épopée nationale qui résonnaient rien que pour eux dans la salle de restaurant.

*

Ce jour-là, ils avaient essayé de semer les journalistes mais ça n'avait pas été facile, ces derniers les avaient suivis à la trace. Le Bécu et le vieux Calaou avaient à peine eu le temps d'ouvrir leurs valises, de prendre leurs aises dans la grande chambre de l'auberge et de profiter de la vue qu'elle leur offrait sur la Meije et le mont Thabor, que des bataillons d'envoyés spéciaux avaient déboulé là, dans les rues de Francin, avant de se présenter le plus innocemment du monde à la réception de l'auberge.

Sur le moment, les Grange-Roddet, dont les affaires n'avaient pas été épargnées par la crise, se frottèrent les mains. Leurs chambres étaient désespérément vides à cette période de l'année. C'était le bon Dieu en personne qui leur envoyait ces clients inespérés. Ils n'allaient pas beaucoup dormir s'ils voulaient satisfaire tout ce beau monde, mais ils étaient trop heureux de se remettre au travail, ils n'allaient pas manquer une occasion pareille.

Mais Francis Rissin et Francis Rissin étaient intervenus. Ils avaient expliqué aux journalistes qu'ils allaient avoir besoin d'être un peu au calme, ces prochains temps, pour pouvoir réfléchir l'esprit tranquille. Ils leur avaient demandé poliment d'aller chercher un toit ailleurs, et même de bien vouloir respecter un périmètre de discrétion en restant à bonne distance de l'hôtel. Ils les tiendraient informés de la situation au fur et à mesure. Aux plus récalcitrants, ils avaient expliqué calmement les choses, en faisant un effort de pédagogie. Des cohortes de Francis Rissin devaient affluer là dans les heures et les jours à venir, et s'il n'y avait plus de chambre pour eux à l'étage de l'auberge, ils repartiraient par le même chemin, et les journalistes l'auraient dans le pif parce que l'histoire s'arrêterait là !

Conscients de leur intérêt, ces derniers quittèrent la Savoyarde la tête basse, filant entre les doigts des aubergistes qui essayaient tant bien que mal de les retenir. Mais le Bécu et le Calaou promirent aux Grange-Roddet que leur hôtel serait plein à craquer dès le lendemain, et ils leur demandèrent à ce titre de prévoir aussi des chambres dans les annexes de l'établissement, dont la jauge était quand même relativement réduite. Le couple était sceptique, mais les autres étant partis, autant penser à ceux qui allaient arriver.

Pour rester quand même au plus près de l'information, les journalistes s'installèrent un peu partout autour de l'auberge. Les plus chanceux parvinrent à négocier une chambre en soupente chez un voisin, les autres campaient dans les jardins, dans les parcs, ou dormaient simplement dans leurs voitures ou leurs vans aux couleurs d'Europe 1, M6, RTL, BFMTV et Radio France, qu'ils garaient à la volée sur les parkings ou le long des routes.

Le maire du village, Sébastien Pernettaz, était un bon bougre qui avait le sens de l'Histoire. Quand le Bécu et le vieux Calaou lui expliquèrent pourquoi ils avaient choisi sa commune et pourquoi elle devenait d'une certaine manière le centre de la France, une bouffée de fierté le saisit à la poitrine, et il leur donna immédiatement sa bénédiction – ils pouvaient faire ce qu'ils voulaient, ils étaient ici chez eux. Ça allait être un peu la foire dans ses rues, ces prochaines semaines ; mais on n'avait pas tous les jours l'occasion d'accueillir les membres de la prestigieuse Société Francis Rissin. Qu'est-ce que c'était, dix jours de dérangement dans les rues de Francin, si c'était pour venir à la rescousse du peuple français – si c'était pour relever la France ? Et puis ces journalistes n'étaient pas des sauvages, ils savaient se tenir, c'étaient de vrais professionnels descendus tout droit de la capitale pour couvrir l'événement. Francin serait bientôt le centre de l'attention médiatique, et Pernettaz faisait déjà des plans pour l'avenir. Il imaginait des cortèges de touristes débarquant ici par cars entiers, juste pour faire le pèlerinage et voir de leurs yeux le village où les Francis Rissin s'étaient réunis, en ce jour glorieux où ils avaient repris en main les destinées générales de l'Hexagone.

*

Le lendemain soir, une douzaine de Francis Rissin les avait déjà rejoints, et les Grange-Roddet, qui avaient passé la nuit précédente à serrer leur traversin d'angoisse, affichaient leur sourire des jours où les affaires reprennent. Pourtant, ne voyant personne arriver à l'aube, ils avaient bien failli menacer le Bécu et le vieux Calaou pour qu'ils leur ramènent tous ces clients qu'ils leur avaient fait glisser des mains à la dernière seconde. Mais sur le coup de 10 heures, un premier Francis Rissin s'était présenté à la réception, suivi d'un autre, et encore d'un autre. Ils arrivaient de Bourgoin-Jallieu, Lapalisse, Castelsarrasin, Rion-des-Landes, Argenton-sur-Creuse, Chalindrey, Carignan, Froncles, Bains-les-Bains, et même de Saint-Nabord, ce charmant petit village posté à l'orée du parc naturel régional des Ballons des Vosges, où les aubergistes avaient justement passé leur lune de miel il y avait bien vingt-cinq ans de ça.

Quand il fut l'heure de passer à table, les convives étaient dans un état d'excitation inhabituel. Il faut dire qu'un peu plus tôt on avait eu chaud. Un journaliste du *Figaro* avait essayé de s'infiltrer à l'intérieur du cénacle de l'auberge en se faisant passer pour un sociétaire homonyme. Heureusement, le Bécu l'avait immédiatement démasqué. Avec sa mine de gardien de prison, il ne pouvait tout de même pas porter le même nom qu'eux, c'était impossible ! Ils l'avaient sorti de là d'un grand coup de pied dans les reins. Ça devait servir de leçon à tous les autres, qui pouvaient être tentés comme lui de céder à ce genre de manigance pour leur arracher un scoop.

En guise de hors-d'œuvre, les aubergistes leur servirent de la pormonaise, une délicieuse saucisse de porc maigre cuite avec des épinards, des blettes, des poireaux et des herbes de Provence, le tout arrosé de vin de Savoie. Les convives s'en léchaient encore les doigts longtemps après qu'ils avaient vidé leurs assiettes.

On leur offrit ensuite un merveilleux berthoud, ce gratin au fromage d'Abondance, à l'ail et au vin blanc, accompagné d'un plat de bougnettes. Ce fut un vrai délice. Les hôtes en avaient presque la larme à l'œil. D'autant que ça les remplissait aussi d'émotion d'être là à ripailler tous ensemble et à faire connaissance autour d'un bon plat avant de s'occuper de l'avenir de la France. Ils crurent apercevoir encore une silhouette d'homme, au fond du jardin de l'auberge, mais personne n'eut le courage de se lever. Ils demandèrent simplement aux aubergistes de tirer les rideaux, pour qu'ils puissent finir leur repas tranquilles.

Pour le dessert, Mme Grange-Roddet leur avait carrément préparé des rissoles aux poires. Elle leur garantit qu'ils lui en diraient des nouvelles, personne ne pouvait résister à ça, ça vous fondait dans la bouche comme un morceau de beurre.

*

Alors, le lendemain, au matin du 17 mars, ils décrétèrent l'ouverture du premier congrès de la Société Francis Rissin.

Ils s'étaient tous levés très tôt, pour se mettre rapidement au travail. La nuit avait été fraîche, les toits étaient couverts de givre. La première conférence de presse ayant été fixée aux alentours de midi, ils avaient quatre heures devant eux pour entamer les débats et élaborer une première feuille de route.

Ils s'installèrent dans la salle de restaurant, à l'endroit même où ils avaient festoyé la veille. Le fumet refroidi de leur dîner flottait encore dans les recoins de la pièce. Le Bécu et le vieux Calaou prirent la direction des échanges, en précisant que c'était seulement ce jour-là, pour lancer les moteurs. Ensuite il faudrait tourner, on présiderait les séances chacun à son tour.

Ils se lancèrent alors dans une discussion effrénée. Les Grange-Roddet ravitaillaient régulièrement les corbeilles qui se trouvaient au milieu de la tablée en croissants et en pains au chocolat, et sur un signe de tête de leur part ils leur resservaient un grand bol de café fumant. Ils vaquaient tous les deux à leur ménage du matin, en les écoutant toutefois d'une oreille curieuse. En vingt ans de service, ils n'avaient jamais vu ça. Ils ne savaient pas s'il y avait là matière à éclater de rire, ou au contraire à s'agenouiller avec dévotion comme s'ils étaient devant une représentation de la Cène.

Au fil de la matinée, d'autres Francis Rissin vinrent encore renforcer les rangs. On leur avait installé des lits de camp dans la remise. Et puis un peu après midi, le Bécu et le vieux Calaou sortirent de l'auberge pour aller à la rencontre des journalistes. C'était beaucoup d'activités pour leur grand âge, mais ils n'étaient pas aussi fatigués qu'ils auraient pu craindre. Ils débordaient même d'énergie. Ça y est, le train était lancé, plus rien ne pouvait les arrêter à présent !

Ils furent surpris de trouver une foule massée devant le petit portail en bois qui ouvrait sur le parking de l'établissement. Il y avait là un salmigondis de perches, de caméras, de micros, de câbles, d'appareils photo. Le pape lui-même n'aurait pas eu droit à autant d'égards s'il avait débarqué là sans prévenir. Les flashs crépitaient de tous les côtés, et le vieux Calaou se massa les tempes pour prévenir un accès de migraine. Ses oreilles étaient rouges de froid, mais il avait la tête au chaud, cachée sous son chapeau de paille.

Immobile, les sabots disparaissant dans la pelouse à demi tondue, la Coucarde les regardait avec une curiosité détachée. Elle ruminait son dernier repas de trèfles en remuant ses cils avec une grâce apprêtée qui lui donnait des faux airs de diva. Elle était ravie d'être là, elle s'était immédiatement acclimatée à la région. De temps en temps, le Calaou lançait un bref « Cuc ! Cuc ! » dans sa direction, pour rappeler aux rédacteurs et aux photographes qu'elle faisait aussi partie de la troupe.

Du reste, ce ne fut pas bien long. Ils dirent aux journalistes qu'ils n'avaient pas chômé, qu'ils avaient fait un gros bilan de la situation. La conjoncture n'était pas reluisante, c'est vrai, mais on était venu les chercher un peu au tout dernier moment, il faut dire. N'importe ! Ils avaient déjà trouvé une bonne dizaine de pistes pour requinquer le pays. Il leur faudrait un peu de temps pour finaliser tout ça, mais pas non plus des années ou des mois – c'était l'affaire de quelques jours, une grosse semaine tout au plus. D'autant que d'autres Francis Rissin devaient les rejoindre encore ces prochaines heures.

*

Ils étaient maintenant plusieurs douzaines à loger dans l'enceinte de l'hôtel. Pour libérer de la place, les Grange-Roddet avaient laissé leur chambre et s'étaient installés chez un vieil oncle qui vivait à Montmélian. Ce n'était pas un problème, c'était autant de nuitées supplémentaires qu'ils mettraient sur la note.

Il fallut une bonne semaine à la Société Francis Rissin pour venir à bout du programme qui avait été esquissé le premier jour. Il y avait une assemblée le matin et une l'après-midi. Le soir, c'était relâche. On se retrouvait autour d'un bon repas mitonné par les aubergistes, et on parlait d'autre chose, pour ne pas devenir fou – même si c'était difficile, au bout du compte, parce que chacun avait encore en tête les débats de la journée, et les nouvelles idées poussaient dans les esprits comme des primevères au bord des routes. Mais on était intraitable. Ça attendrait bien le lendemain – d'autant que la nuit y ajouterait sa touche.

Deux fois par jour, à midi et à 19 heures, le Bécu et le vieux Calaou sortaient sur le perron de l'auberge, et ils informaient les journalistes de leurs dernières avancées. C'était un drôle de moment. Ils étaient assaillis de questions, la lumière des flashs leur mettait des éclairs plein les yeux, on se bousculait autour d'eux pour prendre quelques images, pour enregistrer leurs premières réactions à chaud – ils se seraient crus sur les marches du Festival de Cannes.

Mais quel plaisir aussi, d'être les porte-parole de toute leur assemblée et de voir le visage des journalistes s'illuminer à mesure qu'ils leur lisaient le communiqué du jour. Ils auraient préféré qu'il y eût un roulement, mais les autres avaient insisté pour qu'ils soient leurs représentants permanents. Alors autant en profiter. Sans compter que ces envoyés spéciaux et ces reporters qui attendaient leur discours avec la fièvre au corps n'étaient que des intermédiaires, des passeurs. C'étaient tous les Français qui étaient suspendus à leurs lèvres, et c'était bien le cœur de la France qui s'emballait, chaque jour, quand ils se présentaient respectueusement devant cette foule de micros et de caméras, leurs feuilles à la main, et qu'ils commençaient à parler.

*

On avait déploré plusieurs incidents avec les journalistes, qui rivalisaient de sans-gêne et d'audace pour obtenir des informations avant leurs collègues. Mais dans l'ensemble, les choses se passaient bien. La vie s'organisait vaille que vaille dans le village, qui était devenu un grand cantonnement. Pour loger les derniers arrivants, le maire avait réquisitionné l'école Jean-François Gojon, mais également la ferme de Leschaud qui se trouvait derrière le lotissement des Chambrettes, et le château de Carron qui avait des suites plus que confortables.

Les gendarmes étaient intervenus plusieurs fois, pour régler quelques petits différends avec le voisinage, mais c'était sans importance, on allait bien trouver à s'arranger, on n'était pas des bêtes ! Et puis Pernettaz avait promis aux Francignerains qu'ils seraient récompensés pour leur gentillesse et leur patience. Il leur baisserait les impôts locaux de moitié l'année prochaine – ça ne ferait pas une grande perte pour la commune, si on comptait sur le coup de fouet que cet événement allait donner à l'activité touristique.

De nouveaux Francis Rissin les rejoignirent encore. Mais comme ils n'apparaissaient pas sur la liste des homonymes que les fondateurs avaient établie, il y eut un moment de doute. On craignait qu'il ne s'agisse encore de taupes, envoyées là par les services secrets ou les rédactions parisiennes. Mais au bout du compte, on s'était inquiété pour rien. Les arrivants n'étaient simplement pas recensés dans les annuaires ou sur les registres de l'état civil – tout le monde pouvait être rassuré.

Il fallait lever la voix à présent, dans la salle de restaurant bondée, quand on voulait prendre la parole, mais les membres de la Société Francis Rissin étaient bien disciplinés, chacun restait concentré et attentif. Et puis ce n'était pas parce qu'on était nombreux qu'on ne pouvait pas s'entendre – surtout quand on partageait le même nom de baptême.

D'ailleurs, ils n'avaient pas eu trop de problèmes de ce côté-là. Toutes les décisions avaient été votées à l'unanimité. C'était comme s'ils partageaient d'emblée les mêmes idées, les mêmes convictions sur les grandes questions de société, et jusque sur les sujets qui fâchent. On eût dit qu'ils parlaient d'une seule et même voix, qu'ils pensaient d'une seule et même âme. Ils étaient nombreux, ils étaient pléthore, mais c'était comme s'ils ne faisaient qu'un, comme s'ils étaient les différentes parties d'une entité supérieure qui flottait au-dessus d'eux et possédait sa vie propre.

*

Et puis un beau jour, ils jugèrent qu'ils étaient arrivés au bout de leur réflexion. Ils étaient là depuis presque deux semaines, ils avaient pris le temps qu'il fallait, l'heure était venue de parler de vive voix au peuple français. De toute façon ils ne pouvaient pas faire mieux, alors à quoi bon continuer à couper les arguments en quatre, puisqu'ils avaient déjà atteint l'excellence ?

Le moment était aux confidences. Au départ, c'est vrai, le Bécu et le vieux Calaou avaient à peine osé y croire, c'était seulement un rêve qui flottait devant leurs yeux incrédules. Et puis progressivement, à mesure que les choses s'étaient mises en place, ils s'étaient laissé prendre au jeu. Aujourd'hui, le doute les avait quittés pour de bon, ils étaient sûrs de leur succès. Avec ce qu'ils avaient bûché, il n'y avait pas de raison pour que le plan échoue, toutes les chances étaient de leur côté. Ah çà ! les Français ne pourraient pas leur reprocher d'être restés assis sans rien faire.

Alors, le 17 octobre, les membres de la Société Francis Rissin quittèrent l'auberge de la Savoyarde les uns derrière les autres dans une ambiance d'euphorie contenue. Ils donnèrent de chaleureuses poignées de main aux deux membres fondateurs qui devaient les rejoindre un peu plus tard, et ils saluèrent la Coucarde, qui continuait de brouter sagement son petit carré d'herbe devant l'entrée de l'établissement hôtelier. Ils jetèrent un dernier regard au petit village de Francin, qui avait été mis un peu sens dessus dessous, il faut bien dire, pendant cette période, tout en se promettant de revenir bientôt, et même de venir s'installer là pour de bon quand ils auraient achevé leur mission.

Alors ils quittèrent les belles terres de Savoie pour monter à la capitale, car c'est à Paris qu'ils avaient leur deuxième rendez-vous avec le destin – c'est à Paris qu'ils avaient leur deuxième rendez-vous avec l'Histoire.

*

Le Bécu et le vieux Calaou se retrouvèrent seuls dans la grande salle à manger de l'auberge. Ça faisait bizarre, quand même, de se retrouver comme ça l'un en face de l'autre, après avoir été toute une joyeuse compagnie.

Ils avaient beaucoup payé de leur personne pour que ce congrès inaugural reste dans toutes les mémoires, mais ils sentaient à peine le poids de la fatigue. On eût même juré qu'ils avaient rajeuni, pendant cette intense période d'activité intellectuelle. Le vieux Calaou avait cessé de se plaindre de ses rhumatismes, qui l'avaient laissé en paix tout ce temps-là, et le Bécu avait l'air en pleine santé avec ses joues rouges qui dessinaient deux coquelicots sur son visage – ça faisait une paye qu'il n'avait pas pensé à ses injections de globules.

Quelques questions étaient restées en suspens, mais n'importe, ils avaient atteint leurs objectifs. Plus rien ne pouvait les arrêter à présent.

Ils connaissaient les hommes, ils savaient comment avançait l'Histoire. Les grandes nations, celles qui avaient surnagé fièrement au-dessus de la masse amorphe des pays immobiles, avaient toujours été dirigées avec ferveur par ceux qu'on appelait les meneurs, les conducteurs, les guides, les chefs du peuple. Mais il fallait regarder la vérité en face. Bien sûr, le peuple français avait toujours été un grand peuple, un peuple fier et courageux, un peuple qui n'avait jamais cessé d'aller de l'avant, un peuple qui avait su rayonner sur la terre entière. Mais autant dire que, ces derniers temps, le soufflé national s'était un peu dégonflé, et que les drapeaux tricolores étaient en berne. C'était bien simple : les Français n'avaient plus la foi. Ils ne croyaient plus en leur noblesse, en leur grandeur. Ils ne croyaient plus en cet élan de conquête qui les avait transportés autrefois, ce grand vent d'universel et d'absolu qui les avait poussés aux quatre coins des continents. Ils avaient encore quelques projets, quelques plans pour l'avenir, mais c'était petit, désormais, c'était mesquin – ça ne dépassait pas les tristes banalités de leur vie quotidienne.

Mais c'était déjà de l'histoire ancienne. Ils allaient tirer toute cette masse engourdie vers l'avant, ils allaient redonner enfin aux Français le goût de l'aventure, mais de l'aventure avec un A majuscule, et redorer ce rêve éternel qui n'avait jamais cessé de les hanter, et qui avait pour nom la France.

*

Ils firent leurs bagages les larmes aux yeux. En descendant, ils voulurent remercier les Grange-Roddet, mais c'était trop d'émotion, ils se tombèrent dans les bras. Les aubergistes pleuraient en pensant à tous ces bons moments qu'ils avaient passés ensemble. On s'embrassa dix fois en jurant de se revoir.

En sortant, le vieux Calaou arracha le pieu auquel il avait attaché la Coucarde, et il tira sur son licou à plusieurs reprises pour lui signifier qu'ils partaient.

« Cuc ! Cuc ! »

Derrière eux, les Grange-Roddet leur faisaient des grands signes d'au revoir, et la Coucarde tourna la tête dans leur direction en poussant un long mugissement de gratitude.

Sur le chemin de la gare de Montmélian, les fondateurs de la Francis Rissin admirèrent encore une fois les montagnes enneigées qui s'élevaient partout autour de Francin. Décidément, ils ne regrettaient pas d'être venus jusqu'ici. Le fond de l'air était frais, pour sûr, mais avec des grosses pantoufles et une petite laine, on pouvait facilement se croire au paradis. C'était tout vu, c'est là qu'ils viendraient passer leurs vieux jours ! Le Bécu avait mangé des homards toute sa vie, il était temps de changer de régime alimentaire. Il espérait vivre assez longtemps pour pouvoir goûter toutes les variétés de fromages qu'on produisait dans la région.

Ils arrivèrent à Paris-Gare de Lyon en milieu d'après-midi. Les médias avaient bien fait leur travail. Une foule compacte les attendait sur le quai de la gare, trépignant de bonheur à l'idée de les rencontrer pour de vrai et, quand ils descendirent de voiture, ce fut une formidable ovation.

Mais ils retrouvèrent aussi tous les membres de la Société qui étaient partis un peu plus tôt dans la matinée. Ces derniers d'ailleurs s'étaient chargés de tout, le Bécu et le Calaou n'avaient qu'à se laisser guider. On leur avait trouvé un chauffeur particulier qui se chargerait de les conduire là où ils voulaient – la voiture les attendait au parking VIP.

Ils n'en revinrent pas de voir défiler devant eux les avenues de la Ville lumière, alors qu'ils étaient encore à la montagne quelques heures auparavant.

Ils voulurent d'abord trouver un pré gras et verdoyant pour la Coucarde, afin qu'elle puisse paître le temps qu'ils s'acquittent de leurs obligations. Ils avaient d'abord pensé au jardin des Tuileries, près du palais du Louvre ; mais il n'y avait pas un pet de gazon par là-bas, c'était juste de la caillasse. Elle allait s'étrangler si elle essayait de brouter les herbes séchées qui poussaient tristement entre les gravillons.

Alors ils la déposèrent à la ménagerie du jardin des Plantes. La veille, justement, les pécaris s'étaient évadés en creusant un trou sous le grillage, leur enclos était vacant – sans compter que les auges étaient pleines. Elle serait bien installée ici, et puis ils pourraient venir la voir quand ils voudraient. Du reste, ils lui promirent qu'ils n'en avaient pas pour longtemps, ils allaient expédier la transition du pouvoir en trois coups de torchon.

Ils ne croyaient pas si bien dire, douze heures plus tard l'affaire était pliée.

Ils demandèrent à leur chauffeur de les déposer place Denfert-Rochereau, dans le 14e arrondissement, mais en passant derrière le Centre Georges Pompidou, rue Beaubourg, leur véhicule se retrouva bloqué un moment par une foule inhabituelle qui semblait converger vers le parvis. Le tambourinement d'un concert de musique de jeunes parvenait jusqu'à leurs oreilles. Manifestement, il y avait de l'ambiance par là-bas. Mais pas de repos pour les braves ! Ils n'avaient pas le temps d'aller faire la nouba ce soir-là, ce serait pour une autre fois.

La veille, un sociétaire de la Francis Rissin leur avait expliqué que la capitale était crevée de partout, qu'elle était bâtie sur d'immenses poches de vide qui déployaient leur réseau labyrinthique sous ses voies de circulation. Autrement dit, ils pouvaient rejoindre secrètement n'importe quel point de la ville en empruntant ces galeries souterraines, vestiges de carrières désaffectées qu'on avait consolidées à la petite semaine depuis la révolution de 1789. Ensuite, ils n'auraient plus qu'à remonter et à surgir inopinément dans l'hémicycle du Sénat ou dans les appartements du Premier ministre, à l'hôtel Matignon – et à s'emparer du sceptre du pouvoir.

En descendant de voiture, place Denfert-Rochereau, ils restèrent ébahis un moment devant le lion de Belfort. Ils ne s'attendaient pas à tomber nez à nez avec une telle allégorie de leur détermination. Quelle noblesse, et quelle puissance ! Ils s'imaginaient forts comme ce fauve en plaques de cuivre repoussé, qui soumettait tout Paris de son imposante stature – et sans même avoir à bouger de son socle.

Ils suivirent les panneaux indiquant l'entrée des catacombes ; mais à la barrière d'Enfer, ils eurent la mauvaise surprise de découvrir une foule massive qui faisait la queue devant le guichet. En se renseignant à l'accueil, ils apprirent que les portes étaient ouvertes jusqu'à 21 h 30 ce jour-là, et que le billet plein tarif leur coûterait douze euros – à moins qu'ils aient une carte de réduction Senior. Pour ce qui était du temps d'attente, il était estimé à une heure et demie.

Ils prirent une mine infiniment contrariée. Leur cosociétaire avait dû se tromper dans ses calculs, ils ne pouvaient tout de même pas descendre par là – on eût dit que tout Paris s'était donné rendez-vous devant ce cloaque. Il devait y avoir une autre entrée quelque part.

Ils s'éloignèrent, soulagés aussi de différer le moment où ils allaient devoir s'enfoncer dans ces souterrains sinistres dont les galeries semblaient couvertes de crânes et de tibias humains, à en croire les cartes postales qu'ils avaient aperçues à la boutique de souvenirs.

Mais en s'arrêtant devant un plan de la ville, ils réalisèrent qu'ils étaient quand même à une bonne distance de leurs différents objectifs. Ils regardèrent autour d'eux. Leur chauffeur avait disparu, il s'était probablement attablé à la terrasse d'une brasserie pour dîner d'une portion de frites et d'une tranche de jambon – à moins qu'il ne soit carrément rentré chez lui, pensant qu'ils n'avaient plus besoin de ses services.

Alors, pour aller plus vite, ils décidèrent de prendre les transports en commun, ils avaient déjà perdu suffisamment de temps comme ça – l'heure était venue de passer à l'action.

Ils cherchèrent la bouche d'entrée du métro. La ligne 4 les conduirait jusqu'à Châtelet ; là-bas, ils rejoindraient facilement la ligne 7 jusqu'à la station Palais-Royal.

À leur droite, la longue file d'attente pour les catacombes semblait figée sur place, comme l'imposant félin d'Auguste Bartholdi. Ils ne regrettèrent pas d'avoir bousculé leurs plans – ils auraient passé leur nuit à attendre.

Ils errèrent un moment le long du boulevard Arago ; mais en s'engageant dans une rue adjacente, et en retrouvant le boulevard Saint-Jacques, ils aperçurent enfin l'entrée de la station, entre les deux voies de circulation.

Ils allaient traverser quand ils croisèrent deux jeunes Parisiens d'une vingtaine d'années, équipés de vieux sacs à dos, de lampes torches et de hautes cuissardes. Les deux septuagénaires se lancèrent un regard complice – finalement, ils allaient peut-être pouvoir revenir à leur plan initial et économiser les douze euros qu'on leur avait demandés tout à l'heure.

Ils les suivirent jusqu'au coin de la rue de la Santé et de la rue Léon-Maurice-Nordmann, où les deux jeunes rejoignirent un petit groupe de trois étudiants massés sur le trottoir autour d'une bouche d'égout. Alors une jeune femme avec un foulard dans les cheveux sortit une courte corde au bout de laquelle pendait un mousqueton, et ils s'en servirent pour soulever l'épaisse plaque de fonte.

Le Bécu et le Calaou avancèrent à leur rencontre, histoire de profiter qu'on leur tienne la porte, et les jeunes les firent passer devant eux après s'être assurés qu'ils savaient bien où ils allaient.

*

Ils descendirent une petite échelle métallique qui s'enfonçait verticalement sous Paris et donnait sur une espèce d'entresol, et pendant que les autres refermaient le tampon métallique au-dessus de leurs têtes, ils découvrirent un immense escalier en colimaçon qui plongeait dans les ténèbres. C'était une chance qu'ils n'aient pas emmené la Coucarde avec eux, elle n'aurait jamais pu se faufiler par là !

Le Bécu chercha un interrupteur pour allumer la lumière, mais déjà les étudiants arrivaient, des lampes frontales vissées sur la tête. En les voyant tâtonner comme ça le long des murs, la jeune femme tendit une vieille lampe de poche à dynamo au Bécu et elle referma sa main sur la sienne, après qu'il l'eut prise, pour lui signifier qu'il pouvait la garder, qu'elle n'en avait pas besoin. Ils la remercièrent d'un signe de tête et attendirent qu'ils furent tous passés devant eux avant de les suivre.

Après plusieurs minutes de descente, ils débouchèrent enfin dans un grand couloir. Il leur fallut plusieurs secondes pour chasser le mouvement de tournis que l'escalier à vis avait imprimé à leur cervelle. La jeune étudiante leur demanda s'ils avaient un plan, et cette fois ils hochèrent fièrement la tête, leur plan « Paris poche » de la RATP en main – souterrain pour souterrain, ça ferait forcément l'affaire ! D'autant que leur cosociétaire leur avait précisé que ces anciennes galeries suivaient de près le tracé des lignes du métro – il fallait vraiment qu'ils eussent une gourde à la place du cerveau s'ils trouvaient quand même le moyen de se perdre.

Ils s'apprêtaient à lui proposer d'y jeter un œil, mais elle les salua d'un air gêné, et le groupe disparut en courant dans le couloir qui partait vers le sud.

Le Bécu et le Calaou ne furent pas mécontents de se retrouver seuls – ils n'avaient plus l'âge des colonies de vacances. Ils déplièrent leur plan. Ils devaient faire attention, ils seraient bien embêtés s'ils se retrouvaient sur la ligne 4 ou la ligne 6 du métro ! Mais le Bécu poussa un cri de stupeur : le RER B passait aussi dans les parages. Non, décidément, Paris était une vraie meule de gruyère – et ils repensèrent aussitôt à tous les plateaux de fromages qu'ils avaient engloutis chez les Grange-Roddet.

Ils décidèrent de marcher vers le nord. Ils n'y voyaient pas grand-chose avec cette lampe qu'il fallait remonter sans cesse et dont le mécanisme à friction répandait un insupportable bruit de crécelle autour d'eux ; mais le chemin était tout droit, ils n'avaient qu'à avancer.

Bientôt, la galerie se divisa en deux. Ils durent choisir entre leur droite et leur gauche. Sur le plan, la ligne 4 du métro partait vers le nord-ouest, ils bifurquèrent donc à gauche et suivirent un grand axe constitué de deux couloirs mitoyens. Les lieux étaient déserts, ils auraient pu croire que personne ne s'aventurait jamais ici s'il n'y avait pas eu tous ces graffitis sur les murs. Et soudain, ils se demandèrent où étaient passés les touristes qui faisaient la queue devant la barrière d'Enfer. C'était tout de même étonnant qu'ils n'en aient pas croisé un seul.

Et puis sur une plaque en tôle émaillée accrochée à la paroi, le Bécu lut « boulevard Raspail ». Ils approchaient déjà de la station suivante – ils n'étaient pourtant plus tout jeunes, mais ils avançaient presque aussi vite que le métro. Ils se virent un instant filant sur les voies, poursuivis par les deux phares d'une rame incapable de les rattraper.

Depuis quelques minutes, la puissance du faisceau lumineux avait un peu faibli, parce que le Bécu avait mal au poignet, mais sans s'arrêter d'avancer il tendit la lampe de poche au Calaou, qui en fit retentir la dynamo avec une énergie renouvelée.

Rapidement toutefois, leurs pas rencontrèrent de grandes flaques d'eau, éclaboussant le bas de leurs pantalons. Ils ne s'en inquiétèrent pas sur-le-champ, ils étaient trop heureux de pouvoir cavaler librement sous la capitale. Mais quand elles leur arrivèrent aux genoux, ils ralentirent le pas. Est-ce qu'ils avaient pris un mauvais chemin ? Est-ce qu'ils s'étaient égarés dans les égouts ?

Ils avaient maintenant de l'eau jusqu'aux cuisses. Le Bécu regretta de ne pas avoir emporté ses cuissardes, et ils se dirent que décidément ces jeunots étaient prévoyants – ils auraient peut-être mieux fait de rester avec eux. Surtout, ils craignaient de tomber sur une galerie noyée et d'être obligés de rebrousser chemin.

Mais devant eux, balayée par le faisceau de leur lampe, s'étalait une longue étendue d'eau claire et limpide qui répandait ses reflets turquoise sur les murs de soutènement de la galerie. Et au-dessus de leur tête, des concrétions de calcaire aux formes féeriques pendaient du plafond, et plus loin c'était une vraie forêt de stalactites, plus fines que des cierges.

Ils furent émerveillés par cette vision. Ils ne pensaient pas que les sous-sols parisiens eussent recelé de telles splendeurs. Et tout ça dans un silence qui invitait au recueillement, ce qui n'était pas pour fâcher leurs oreilles après le vacarme infernal de la surface.

Qu'ils étaient bêtes ! lança finalement le Bécu. Ils ne pouvaient pas être dans les égouts. Les Parisiens étaient des vrais cochons, leurs eaux usées devaient ressembler à un énorme torrent d'immondices. Or ces eaux cristallines étaient d'une pureté sans tache, elles n'avaient jamais connu la moindre saleté, la moindre souillure. En vérité, personne n'avait emprunté ces galeries depuis des siècles – et ils surent alors qu'ils étaient sur le bon chemin.

Ils restèrent en extase quelques minutes encore devant la beauté des lieux et, de nouveau confiants dans leur trajectoire, ils reprirent leur marche, pressés malgré eux par leurs obligations.

*

Cinq cents mètres plus loin, alors que le niveau d'eau avait déjà considérablement baissé, ils furent arrêtés par un éboulement. La galerie s'était effondrée sur plusieurs dizaines de mètres, de grosses pierres jaunes leur barraient le passage. Ils n'eurent pas d'autre choix que de revenir un peu en arrière et de tourner sur leur droite, dans un couloir plus étroit que le précédent. Le Bécu ayant trouvé l'inscription « rue Huyghens côté du midi » gravée sur un gros moellon, il chercha une station « Huyghens » sur leur plan de la RATP, mais il n'y en avait pas ! N'importe, ils n'avaient pas le choix, ils étaient obligés d'avancer.

Le plafond se rapprochait dangereusement de leur tête. Bientôt, ils furent obligés de marcher le dos cassé en deux. Mais ce n'était pas un problème pour le vieux Calaou, dont la colonne vertébrale pouvait se plier comme un compas ; quant à la sciatique du Bécu, elle semblait évanouie, il avait presque retrouvé sa souplesse de jeune homme.

Ils marchèrent longtemps. Parfois ils tournaient à droite, parfois à gauche. Ils avaient les pieds au sec, ou au contraire ils progressaient dans un mètre d'une eau bleue et verte de lagon. Quand le vieux Calaou en avait marre de tourner la manivelle de la dynamo, il la tendait au Bécu, et inversement – tout était tellement plus simple quand on affrontait la vie en binôme.

Mais bientôt, le paysage changea. Après la magie de ces broderies et de ces dentelles de calcaire accrochées au plafond, ils arrivèrent dans une zone plus ancienne. Ces couloirs impeccables et délicatement décorés, avec leurs confortations de pierres taillées et leurs voûtes en ogive, avaient été remplacés par de vieux murets derrière lesquels on avait entassé à la sauvage des tonnes de remblai. Le tout était retenu par quelques piliers rachitiques constitués de pierres branlantes aux formes disparates, et menaçant ici et là de céder. Ils dépassèrent encore de nombreuses zones d'effondrement, et plusieurs fois le plafond leur parut près de s'affaisser derrière eux.

De temps à autre, comme une brève respiration, un puits de service leur permettait de voir un minuscule fragment du dehors, vingt ou trente mètres plus haut, comme s'ils le regardaient à travers une longue-vue qu'ils auraient tenue à l'envers. La nuit était tombée depuis longtemps, quelques étoiles se détachaient timidement dans le ciel orangé de la capitale. Du reste, c'étaient de simples cheminées, ils n'auraient jamais pu remonter par là.

Après avoir erré plusieurs heures, ils découvrirent sur leur plan qu'ils étaient sous le jardin du Luxembourg. Le Bécu sortit son vieux carnet à spirales, sur lequel il avait pris des notes pendant le congrès de Francin. Banco ! Ils étaient à quelques encablures du Sénat, qui faisait justement partie des cibles auxquelles ils avaient prévu de donner l'assaut. Ils n'avaient plus qu'à trouver un moyen de remonter à la surface, et à se rendre maîtres des lieux à l'insu de la Garde républicaine.

Ils vaguèrent encore un peu, cherchant un escalier, une échelle, un ascenseur, n'importe quoi, pourvu qu'ils puissent remonter jusqu'aux sous-sols du palais. Dans un angle, le vieux Calaou aperçut une plaque de liais indiquant la rue de Vaugirard. Quel dommage qu'ils soient coincés comme ça sous terre, alors que leur objectif était juste au-dessus !

Comme ils étaient épuisés, ils décidèrent quand même de faire une courte pause avant de reprendre leur exploration – ça ne servait à rien de se tuer à courir dans tous les sens, d'autant qu'ils auraient besoin de toutes leurs forces quand ils seraient remontés là-haut.

Mais en s'adossant à un joli pilier à bras, le vieux Calaou en emporta une lourde pierre, et celle-ci entraîna toutes les autres dans sa chute. Il eut à peine le temps de faire un pas en arrière, tout était tombé par terre.

Il frémissait, imaginant l'état de ses membres s'il était resté coincé sous les décombres, quand un grondement sourd résonna autour d'eux. Leur petit doigt leur intima de déguerpir et, dès qu'ils commencèrent à courir, un gigantesque éboulement se déclencha à l'endroit où ils se tenaient quelques secondes plus tôt.

Ils fuirent sans se retourner, pour s'éloigner de ce chaos et échapper à cette nuée de poussière qui courait après eux comme la rame de métro qu'ils avaient imaginée un peu plus tôt. Mais partout c'était un effroyable tohu-bohu. Ils se seraient crus aux commencements du monde. C'était comme si les fondations de

Paris s'étaient mises à craquer de toutes parts, menaçant d'emporter la capitale dans les profondeurs de la terre. Ils pouvaient ressentir l'écho de ces bouleversements telluriques jusque dans leur moelle épinière.

Néanmoins, après un temps qui leur parut infiniment long, le vacarme s'apaisa, et quand le brouillard jaune qui les entourait retomba enfin, ils voulurent revenir sur leurs pas, pour voir l'étendue des dégâts.

*

Là même où s'étirait un peu plus tôt le couloir de confortation de la carrière, ils se retrouvèrent dans une salle gigantesque. Au-dessus d'eux, tout là-haut, une immense fenêtre s'ouvrait sur le ciel étoilé. Mais le fond de cette cavité cyclopéenne était un vaste champ de ruines. Des masses infinies de gravats s'étaient amoncelées pour former une sorte de terril conique encore fumant dont le sommet rejoignait la surface de Paris, et que des blocs de pierre continuaient parfois de dévaler.

Face à cette vision d'apocalypse qu'ils avaient provoquée malgré eux, ils décidèrent de mettre immédiatement un terme à leur exploration souterraine et de rejoindre les rues de la capitale. Mais en entamant leur ascension, et tout en prenant garde à ne pas déclencher un nouveau cataclysme, ils remarquèrent des morceaux qui n'étaient pas comme les autres. Ils s'approchèrent, en se méfiant de certains rochers qui menaçaient de dégringoler sur eux.

Alors ils n'en crurent pas leurs yeux. Des pans entiers du palais du Luxembourg s'étaient aussi abîmés dans ce gouffre. En vérité, l'effondrement avait eu lieu juste sous le Sénat – ils étaient en train de marcher sur ses cendres.

Ils se dévisagèrent. Pas la peine de remonter là-haut, ils avaient atteint leur cible sans faire exprès ! Ils rirent à gorge ouverte pendant plusieurs minutes. Les sénateurs en feraient, une drôle de tête, quand ils viendraient assister à leur prochaine séance plénière – du moins pour ceux qui prenaient la peine de se déplacer. Et puis leur poitrine se serra. Quand même, c'était une chance qu'ils aient agi au cœur de la nuit, ça leur aurait fait de la peine de voir tous ces hommes écrasés sous des monceaux de gravats.

Ils regardèrent encore le ciel. Le jour était loin d'être levé, ils avaient largement de quoi achever leur ouvrage d'ici le retour du soleil.

Ils ressortirent leur plan du métro, qui avait un peu souffert de la catastrophe, et ils regagnèrent les profondeurs de Paris.

Après s'être perdus encore plusieurs fois en cherchant à rejoindre le tracé de la ligne 1, ils arrivèrent finalement sous les fondations du Palais-Royal. Les murs et les couloirs étaient dans le même état de décrépitude que ceux qui supportaient le poids du jardin du Luxembourg, sans compter que le sol était jonché de tessons de bouteilles et de mégots de cigarette, et qu'il régnait là une insupportable odeur de pissotière.

Mais soudain ils virent une forme bouger dans un morceau de couloir qui s'achevait en cul-de-sac. Ils s'approchèrent tout doucement. Il y en avait une deuxième à côté, et elles poussaient ensemble de petits grognements en raclant la terre. Ils tremblaient de tout leur épiderme, ne sachant pas sur quel genre de monstre ils allaient tomber.

Le vieux Calaou pointa la lampe à dynamo dans leur direction. Surprises par le halo lumineux, les deux créatures lancèrent cette fois des cris perçants de goret et se ruèrent sur les fondateurs de la Francis Rissin.

C'étaient des rats gigantesques qui faisaient presque la taille d'un molosse. Leurs yeux rougeoyaient de toutes les flammes de l'Enfer et leurs dents étaient longues et affûtées comme des sabres. Cette fois ils étaient perdus. Le Bécu et le vieux Calaou entamèrent le *Notre-Père*, prêts à être dévorés vivants ; mais les deux bêtes vinrent se frotter affectueusement à leurs chevilles comme des chiens reconnaissants.

Alors ils les observèrent de plus près. Elles ressemblaient davantage à des sangliers qu'à des rats, au bout du compte. Elles étaient même presque attendrissantes avec leurs petites oreilles arrondies, leur groin tout rose, leurs pattes courtes et fines, et leur pelage poivre et sel orné d'un large collier blanc qui leur remontait des deux côtés du cou jusqu'à l'échine.

Alors le Bécu partit d'un grand éclat de rire. Ce n'étaient pas des rats, c'étaient des pécaris, c'étaient les pécaris du jardin des Plantes qui s'étaient égarés comme eux dans le labyrinthe des souterrains de Paris !

Alors le vieux Calaou songea à la Coucarde, qui devait trouver le temps long dans sa cage, et il ne put s'empêcher de lancer son cri aigu : « Cuc ! Cuc ! » Sans doute elle n'allait pas l'entendre, mais n'importe, c'était une manière de penser à elle ! D'autant que les pécaris se joignirent à lui en poussant des petits nasillements plaintifs.

Mais l'heure tournait, ils décidèrent de se dépêcher un peu. Ils cherchèrent le pilier qui leur parut le plus bancal. Le Bécu lui donna une légère pichenette de l'index, et ils partirent à nouveau en courant, le sourire aux lèvres, comme ces gamins de Ruynes-en-Margeride qui passaient leurs après-midi à embêter le vieux Calaou. Les deux pécaris trottinaient à leur suite. Derrière eux, ce fut une fois encore un chaos formidable. Ils entendaient des pans entiers de la ville s'entrechoquer comme des cymbales de titans en s'abîmant dans le précipice qu'ils venaient d'ouvrir.

Ils imaginèrent la tête des vieux croûtons qui siégeaient au Conseil d'État et au Conseil constitutionnel quand ils verraient ce trou béant en plein Paris – et tous leurs dossiers éparpillés au fond. Ils étaient excités comme des mouches avant l'orage. Est-ce que c'était toujours aussi facile, de faire la révolution ?

En suivant le tracé de la ligne 12, ils rejoignirent finalement le Quai d'Orsay. Les pécaris avaient compris le principe, cette fois ils les attendirent à bonne distance, cachés derrière un mur de plusieurs mètres d'épaisseur.

Le palais Bourbon et l'Assemblée nationale furent aussitôt ensevelis sous des tonnes de plâtras à trente mètres sous terre, et puis ce fut au tour de l'hôtel Matignon rue de Varenne. En bons humanistes qu'ils étaient, le Bécu et le Calaou croisèrent les doigts pour que le locataire eût découché ce soir-là. Et puis ils redevinrent sérieux : ils agissaient pour une cause supérieure, ils ne pouvaient pas éviter de laisser quelques blessés derrière eux.

Mais déjà le jour se levait, il était temps de regagner la surface. Ils s'égarèrent encore une bonne heure en essayant de trouver une issue de secours. Sauf que les petits pachydermes avaient le nez fin, eux aussi. Ils leur dénichèrent finalement un autre escalier en colimaçon, comme celui qu'ils avaient emprunté pour descendre. Il s'élançait vers les hauteurs à côté d'un magnifique puits à eau dont le bleu turquoise brillait comme une pierre précieuse au fond d'une mine. Autour d'eux, le ciel de la carrière était retenu par d'immenses piliers en troncs de pyramide.

Quand ils soulevèrent enfin l'épaisse plaque en fonte qui les séparait du monde extérieur, ils eurent la bonne surprise de se retrouver devant le palais de l'Élysée, rue du Faubourg-Saint-Honoré. Le soleil tapait sur la façade de l'édifice, et deux sociétaires de la Francis Rissin se tenaient déjà en faction devant les grilles. Ils n'avaient pas chômé non plus de leur côté, la situation était sous contrôle. Le Bécu et le vieux Calaou époussetèrent leurs vestons avant de traverser solennellement la cour d'honneur, suivis de près par les deux pécaris qui jappaient en sautillant comme des chiots en liberté.

Ils jetèrent la lampe à dynamo dans une poubelle en forme de cage à oiseaux, leurs poignets encore agités de mouvements spasmodiques – on eût dit qu'ils essayaient de monter des blancs en neige avec un fouet invisible. Mais ils ne pensaient déjà plus à l'incroyable nuit qu'ils venaient de passer. Ils avaient du mal à croire qu'ils étaient là, devant le siège de la présidence de la République, au cœur de l'État français. Quelle grandeur, quelle munificence ! On avait beau dire, on ne pouvait pas rester insensible.

On leur raconta que le président avait fait des manières au moment de céder son trône. Il s'était enfermé dans les appartements du Roi de Rome. Ses proches et ses conseillers avaient tambouriné à la porte, pour le faire sortir de là et lui proposer de s'enfuir avec eux. Peine perdue, il n'avait rien voulu entendre – c'était un sot. Alors ils avaient filé sans lui. Ce n'était plus un enfant, il pouvait bien se dépatouiller tout seul.

Mais quand il vit le Bécu et le vieux Calaou entrer tous les deux dans la cour, avec leur mine radieuse de putschistes résolus, il s'avoua vaincu. Ses valises étaient déjà prêtes, il sortit par la porte de derrière.

Malgré leurs traits tirés par la fatigue, les visages du Bécu et du vieux Calaou resplendissaient. Le palais de l'Élysée avait été réaménagé de fond en comble pour préparer leur arrivée. D'ailleurs les pécaris avaient déjà adopté les lieux, ils furetaient dans toutes les pièces, reniflant bruyamment sous les meubles et derrière les portes. Le vieux Calaou envoya aussitôt quelqu'un libérer la Coucarde ; sa place était ici parmi eux, il ne pouvait pas la savoir une minute de plus derrière les barreaux.

On vint finalement les chercher. La table du petit déjeuner venait tout juste d'être dressée dans la salle à manger Paulin. Les brioches étaient sorties du four, et mille pots de confiture, aux saveurs plus délicates les unes que les autres, étaient disposés sur la table – on pouvait leur servir un œuf à la coque et un grand bol de café dès qu'ils se seraient lavé les mains.

*

Pour fêter leur triomphe, ils voulurent organiser quelque chose de grand, quelque chose de fou et de démesuré, quelque chose en tout cas qui marquerait durablement la mémoire des Français. Ils pensaient à une grande tournée à travers le pays, pour saluer et remercier tous ceux qui leur avaient accordé leur confiance.

Justement, on était au début du mois de juillet, le départ du Tour de France approchait. Alors ils eurent une idée magnifique. Est-ce qu'ils ne pourraient pas se mêler à la caravane publicitaire et précéder le passage des coureurs à chaque étape ? Ils allaient fabriquer un grand char, avec deux grands bibendums en carton-pâte, l'un à l'effigie du Bécu et l'autre du Calaou, depuis lequel ils pourraient distribuer leurs autocollants, leurs porte-clés et leurs maillots « Francis Rissin » à tous les spectateurs.

Depuis le début de la campagne, ils avaient fait l'apologie du courage et du dépassement de soi, de l'endurance et de la grande aventure collective. Mais assez bavardé, il fallait joindre le geste à la parole ! Ils allaient se mettre en selle eux aussi, aux côtés des coureurs des équipes de marque et, parce qu'on rigole d'autant plus gaiement qu'on est en bonne compagnie, ils proposèrent à tous les Français de venir pédaler avec eux. On gravirait ensemble le Tourmalet, l'Izoard, le Galibier, le Grand-Saint-Bernard, l'Iseran et la douloureuse côte de la Croix Neuve ; mais attention ! pas de gagnants pas de perdants, on se passerait devant chacun son tour, et on se refilerait le maillot jaune comme un simple témoin dans une course de relais.

Pour convaincre les plus réticents de prendre part à la balade, ils réalisèrent un petit trailer qui passa plusieurs fois à la télévision, juste avant le journal de 20 heures. On y voyait le Bécu et le vieux Calaou enfourcher des vélos Lapierre de l'équipe FDJ.fr et remonter l'Alpe d'Huez en danseuse comme de jeunes athlètes. La réalisation de la bande-son avait été confiée à Nicolas Fromageau, du groupe M83, et celui-ci avait composé un thème grandiose, un air épique et envoûtant – quelque chose qui vous serrait les tripes et vous donnait immédiatement envie de monter sur votre bicyclette pour aller rejoindre les deux coureurs.

Ils n'étaient pas ridicules du tout, on eût dit qu'ils avaient encore rajeuni de dix ans. Et puis est-ce qu'ils n'étaient pas là pour entraîner la France, justement ? Pas pour qu'elle coure plus vite que les autres, non, c'était fini tout ça. Est-ce qu'on allait en finir un jour avec cet insatiable besoin de compétition, qui poussait les individus à se tirer continuellement dans les mollets ? Est-ce que pour une fois on ne pouvait pas cheminer tous ensemble en se donnant la main ?

D'ailleurs, est-ce qu'on avait vraiment besoin des équipes étrangères, qui venaient surtout saloper nos belles campagnes en pissant la bite à l'air sans prendre la peine de descendre de vélo ? Est-ce qu'on ne serait pas mieux si on restait entre nous ? Allez, c'était décidé, cette année le Tour se ferait seulement entre Français – les autres n'auraient qu'à regarder les étapes à la télé en mangeant un jambon-beurre et en sirotant des ballons de beaujolais nouveau !

*

La première étape suivait à peu près le tracé de la D940, entre Calais et Eu, puis celui de la D925 jusqu'à Fécamp. Ensuite, on se retrouverait à nouveau sur la D940 jusqu'au Havre.

C'était un peu plus de trois cents kilomètres le long du littoral de la Manche. D'abord, on longerait la côte d'Opale, on passerait par Boulogne-sur-Mer, on traverserait la forêt domaniale d'Hardelot et la réserve naturelle de la baie de la Canche. Ensuite, on contournerait la baie de Somme pour rejoindre la côte picarde. Entre Dieppe et Saint-Valéry-en-Caux, on visiterait Varengeville-sur-Mer, Quiberville et le petit village de Veules-les-Roses. Et puis ce serait la côte d'Albâtre jusqu'à Étretat. On pousserait encore jusqu'au cap de la Hève et, ma foi, ce serait déjà la fin de la journée.

Le Bécu ne tarissait pas de superlatifs pour parler des côtes de la Manche, ce pays à la fois bucolique et sauvage qui ressemblait un peu à sa Basse-Normandie natale. Ça lui faisait tout drôle, d'ailleurs, de revenir par ici, après ces petites vacances à l'autre bout du pays qui lui avaient donné le goût du voyage.

Le départ fut donné le 12 juillet à 8 heures du matin. La veille, Météo France avait annoncé de la grisaille sur toute la moitié nord de l'Hexagone mais, contre toute attente, le ciel était d'un bleu impeccable. Un vent tiède caressait les joues des coureurs, chassant les embruns jusque sur leurs visages radieux.

C'est Dany Boon qui devait appuyer sur la détente du pistolet. L'acteur français avait tenu à prendre part à la fête, suite au formidable succès de son dernier long métrage qui se déroulait justement en Normandie. Kad Merad et Audrey Tautou avaient aussi fait le déplacement. Les discours furent rapidement expédiés, malgré le souci des invités d'y intercaler quelques calembours. Les coureurs s'impatientaient sur leurs deux-roues. Et puis Dany Boon leva son arme vers le ciel et fit entendre le signal du départ.

Ce fut un vrai bonheur de rouler enfin.

Ils étaient plusieurs milliers à prendre part à la course, une course pour le plaisir de courir ensemble, sans se crever les cuisses à essayer de dépasser le voisin. Et tous ils pédalaient, sous ce grand soleil d'été. Les mouettes les observaient de loin, profitant des courants d'air chaud pour planer au-dessus du peloton qu'elles saluaient parfois de leurs cris aigus.

C'était un moment de communion comme on n'en connaissait plus guère. Le Bécu et le vieux Calaou s'étaient placés en tête pour ouvrir la voie, suivis de près par les membres émérites de la Société Francis Rissin – et puis par tous les Français, amateurs ou professionnels, qui avaient accepté de se prêter au jeu, et d'ajouter le roulement de leur pédalier à la symphonie de ce glorieux cortège.

Après Wissant et Tardinghen, la route descendait dans un petit vallon creusé par le ruisseau du Châtelet. C'était un paysage de champs de blé et de prairies, quelque chose de vraiment bucolique, un concentré de campagne française à vous retourner le cœur. L'herbe y était grasse comme nulle part, et la Coucarde, qu'on déplaçait d'un champ à l'autre, au fur et à mesure de l'avancée des participants, s'en faisait un vrai festin. Elle broutait de son air paisible de toujours, relevant la tête chaque fois qu'un coureur passait à sa hauteur, dans l'espoir que ce fût son maître – à l'affût de ses « Cuc ! Cuc ! ».

Quelques kilomètres plus loin, après Haringzelles, ils retrouvaient déjà la Manche. Elle étalait nonchalamment sa surface étincelante, ondulant sous les rayons du soleil. Les coureurs en sifflèrent d'admiration. Quelle chance, quand même, d'habiter dans le plus beau pays du monde !

Ils y allaient gaiement, sans se presser, c'était une promenade de santé, une petite balade au grand air, histoire de se rafraîchir un peu l'esprit et les articulations. Plus tard le temps serait à l'exploit et aux records ; mais pour l'heure on voulait seulement profiter du plaisir d'être là, ensemble, au milieu de ces paysages superbes que les autres peuples et les autres nations nous enviaient si fort.

*

Entre Cucq et Le Crotoy, le Bécu et le Calaou s'autorisèrent une petite échappée, pour se retrouver un moment en tandem. Il y avait beaucoup de monde le long de la route, et la foule les applaudissait énergiquement sur leur passage. Mais juste après Groffliers, au lieu-dit Le Pâtis à Plumes, un gamin au teint pâle se jeta presque sous leurs roues, et les deux coureurs furent obligés de donner un brusque coup de guidon pour éviter le petit inconscient. Ils se laissèrent tomber tous les deux dans le fossé, manquant renverser une famille nombreuse qui avait eu la mauvaise idée de poser sa table de pique-nique juste à cet endroit-là.

Les spectateurs se jetèrent immédiatement sur eux pour les tirer des orties et de la bouillasse, mais on avait eu plus de peur que de mal, ce n'étaient que des égratignures. Le Bécu, le pantalon tout crotté, s'épousseta les genoux, et le vieux Calaou releva maladroitement sa bicyclette. Le cadre n'avait pas la moindre éraflure. C'était du solide, quand même, un vélo français !

Pendant ce temps, le gamin aux joues blanches les avait observés de ses yeux hagards. Ils regardèrent d'un côté et de l'autre, cherchant un père ou une mère à gourmander – est-ce qu'ils ne pouvaient pas faire attention à leur gosse, au lieu de le laisser courir comme ça à l'aveuglette ? Mais non, il n'y avait personne. Ce n'était tout de même pas un orphelin !

Ils s'approchèrent du mouflet. Décidément, il avait la peau bien claire, et les oreilles bien décollées. Ils lui demandèrent comment il s'appelait, mais il n'eut pas l'air de comprendre la question. Alors ils jubilèrent. Tout s'expliquait maintenant ! Il n'était pas de chez de nous, ce petit con, il était de chez les voisins d'en face !

Ils n'en croyaient pas leurs yeux. C'était un petit rosbif qui avait échappé aux mains de ses parents. Ces gens-là étaient de vrais dangers publics. Merci pour le cadeau, mais ils pouvaient venir le reprendre ! Pour tout dire, on n'était pas passé loin de la catastrophe. Heureusement qu'ils avaient encore de bons réflexes. La prochaine fois, qu'il se jette directement sous les roues d'une voiture ! Ça ne ferait de peine à personne. Comment pédaler l'esprit tranquille et profiter sereinement du panorama, avec tous ces résidus de fausses couches britanniques qui pouvaient vous arriver dessus sans dire pardon et vous envoyer droit dans les ronces ?

Le Calaou lui tira violemment les oreilles – souvenir du temps où il martyrisait les enfants qui se servaient à pleines mains dans ses bonbonnières. Mais ce n'était pas assez sans doute. Alors le Bécu lui fila une paire de roustes comme il avait le secret, et le petit valsa sur le bas-côté, tombant le nez dans le talus. La Coucarde, qui paissait à quelques mètres de là, lança un grand mugissement de rire, et le petit se mit à pleurnicher comme un idiot du village. Il pouvait s'estimer heureux, ils avaient été magnanimes. D'autres, plus sévères, lui auraient donné un grand coup de pied dans l'entrejambe, ou carrément brisé le cou, pour qu'il arrête une bonne fois pour toutes de venir mettre en danger la vie des autres. Ils auraient laissé son corps pourrir là, dans le champ, ça aurait fait de l'engrais pour le maïs, ou même de la viande faisandée pour régaler les goélands.

*

Mais il n'était pas question de se gâcher la fête pour si peu. Ils remontèrent sur leurs bicyclettes et repartirent sous les applaudissements redoublés des spectateurs.

Le peloton n'était pas loin derrière eux. Ils roulèrent un peu moins vite, pour se laisser doucement rattraper. Ils approchaient de Waben et du port de la Madelon. Ensuite, ils passeraient le Pas d'Authie, puis ils traverseraient la réserve ornithologique du Marquenterre, juste avant d'atteindre la baie de Somme. Ce n'était que le début, du reste. La France était vaste, et ils étaient impatients d'en faire le tour. Ils pensaient à toutes les villes-étapes qu'ils allaient traverser les prochaines semaines, et à tous ces Français qui attendraient leur passage et les acclameraient de leurs cris d'allégresse.

Entre Sallenelle et Poutrincourt, le Bécu et le vieux Calaou eurent encore une idée du tonnerre. L'avant-dernière étape du Tour devait les amener jusqu'à Taninges, en Haute-Savoie. Est-ce qu'ils ne seraient pas juste à côté de Chamonix, une fois arrivés là-bas ?

C'était très simple. Ils allaient confier la dernière étape à leurs co-sociétaires de la Francis Rissin, qui se feraient un plaisir de remonter les Champs-Élysées sous les bravos et les hourras des Parisiens. Quant à eux, ils voulaient aller plus loin encore, ils voulaient offrir aux Français un dernier shoot d'adrénaline, un dernier frisson, pour leur montrer tout ce qu'ils étaient prêts à faire et jusqu'où ils étaient prêts à aller pour les beaux yeux de la France.

Pédaler dans les montées et freiner dans les descentes, ils pouvaient faire ça pendant des journées entières – c'était amusant comme tout, mais ils rêvaient de quelque chose de plus fou et de plus grand. Ils voulaient accomplir une prouesse, un prodige, pour montrer à tous leurs compatriotes de quel bois dur ils étaient faits.

La Coucarde rompit le silence d'un grand « meuh ! » d'enthousiasme. Allez, c'était décidé ! Ils allaient faire l'ascension du mont Blanc en trio. Ça ne les effrayait pas du tout, ils se sentaient capables de dompter n'importe quelle éminence. Et quand ils seraient là-haut, quand ils auraient planté leur drapeau tricolore au sommet, ils pourraient se retourner et regarder fièrement leur pays, et dire d'une voix unanime, à l'attention de tous les Français : « Et vive la France ! »

*

Au-dessus des Rognes, ils virent l'antenne du refuge de Tête Rousse, et plus haut encore, au sommet de l'arête Payot, pris entre le glacier de Bionnassay et le glacier du Taconnaz, ils aperçurent les vestiges du refuge du Goûter, où ils avaient prévu de passer la nuit. Mais pour le rejoindre, ils devaient d'abord traverser le couloir du même nom, connu pour ses imprévisibles chutes de pierres.

Ils avançaient d'un pas sûr et confiant, tirant la Coucarde avec une grande corde d'escalade qu'ils lui avaient passée autour du cou. Ils étaient équipés comme de vrais professionnels. Chacun d'eux portait un grand sac à dos Quechua de soixante litres, dans lequel ils avaient mis des provisions, des vêtements chauds et du matériel de secours. Le Bécu avait troqué son bob contre un casque de protection, mais le vieux Calaou avait tenu à garder son chapeau de paille. Il ne pouvait rien lui arriver, tant qu'il l'avait enfoncé sur la tête !

Ils avaient acheté des chaussures de haute montagne à crampons semi-automatiques, pour assurer leurs pas, et s'aidaient aussi de bâtons de marche télescopiques. La Coucarde, pour sa part, n'avait pas besoin de tout cet attirail. Il n'y avait pas besoin de lui rajouter partout des pièces, elle était parfaitement adaptée à ce genre de conditions extrêmes – un dahu n'eût pas été mieux loti.

Au moment de traverser le couloir, ils s'arrêtèrent et tendirent l'oreille. Ils cherchaient à surprendre le bruit d'une pierre qui se serait détachée au mauvais moment et qui aurait risqué de les emporter dans sa chute ; mais ils entendirent seulement le vent qui sifflait entre les roches. Ils s'engagèrent dans l'étroit goulet et parvinrent rapidement de l'autre côté, sains et saufs.

La vue était sublime. À leur droite, l'arête de l'aiguille de Bionnassay, fine comme une lame, ondulante comme une dune, se détachait sur le ciel pur. De l'autre côté, c'étaient les Grands Mulets, la pointe Lachenal, et puis l'aiguille du Midi, un peu plus loin, au-dessus du glacier des Bossons. Mais là-haut, tout là-haut, c'était le mont Blanc qui les dominait de sa blancheur immaculée, le mont Blanc qui les attendait de sa patience éternelle – et avec lequel ils avaient rendez-vous. Parfois, ils avaient l'impression qu'il leur aurait suffi de tendre le doigt pour l'atteindre, pour caresser du revers de la main sa chevelure de poudreuse et de nuages.

Mais il fallait monter encore, il fallait monter toujours. Ils entamèrent l'ascension de l'aiguille du Goûter, au milieu de roches instables qui menaçaient de s'affaisser sous leur poids – des roches qui eussent risqué de rafler les cordées situées en contrebas, si la voie avait été encore ouverte.

Quelques années plus tôt, en effet, la voie normale, par l'arête des Bosses, avait été fermée au public suite à une grosse avalanche qui avait fait une vingtaine de morts, emportant le tracé du chemin avec elle. Mais ça ne leur faisait pas peur, au contraire. Ils avaient justement l'intention de la rouvrir, afin que les Français puissent à nouveau emprunter ce chemin sublime, à la rencontre de la terre et du ciel, et dominer toute l'Europe depuis les sommets de la montagne maudite.

Ils y allaient en douceur, à leur rythme. La Coucarde avait des réflexes de bouquetin ou de chamois, elle leur donnait presque l'impression de danser sur les pierres. Ils prenaient lentement de l'altitude, l'oxygène commençait à manquer. À chaque pas, leurs mouvements leur demandaient un peu plus d'efforts. Mais ils n'étaient pas nés de la dernière tempête de neige. C'était un plaisir pour eux, d'aller comme ça au bout de leurs limites.

Ils repensaient à leur vie passée. Ils se revoyaient dans leurs communes respectives, l'un à Ruynes-en-Margeride, l'autre à Yquelon, à attendre bêtement que les jours succèdent aux jours et que la Mort vienne les chercher quand ils auraient vidé la clepsydre. Le Bécu pensait à sa vieille barque et à ces innombrables journées passées à tirer des casiers à homards, et le vieux Calaou à la silhouette des forêts du mont Mouchet, qui dominaient ce grand champ où il faisait son potager.

Et maintenant ils étaient là, sur le chemin du sommet de la France. C'était le grand frisson, la grande aventure ! D'autant que, l'air de rien, ils se rapprochaient. Ils n'étaient plus qu'à quelques heures de marche du toit des Alpes. Et pourtant ils se sentaient plus jeunes que jamais, comme si l'air alpin leur eût fait l'effet d'une grande cure de rajeunissement.

Ils passèrent devant les vestiges de l'ancien refuge du Goûter, perché à presque quatre mille mètres d'altitude. Ce n'était plus qu'un amas de plaques de tôles que les vents s'étaient chargés d'enfouir sous les neiges éternelles. Ils bivouaquèrent là, profitant des ruines pour se mettre à l'abri des bourrasques. Ils dormirent d'un sommeil sans rêves. Et puis ils se levèrent au milieu de la nuit pour reprendre leur ascension. Il faisait un froid de glacière. L'air sec leur cisaillait les joues. Le pelage de la Coucarde était parcouru de longs spasmes, mais elle semblait à peine embêtée par ces températures arctiques.

Ils rejoignirent le dôme du Goûter à la lumière de leurs lampes frontales. Ils commençaient à souffrir sérieusement du manque d'oxygène, mais ils avançaient le sourire aux lèvres, le cœur serein.

Tout en bas, dans la vallée, ils aperçurent les lumières d'une ville. C'était peut-être Saint-Gervais-les-Bains ou Les Contamines-Montjoie. Et ils pensaient à tous ces Français qui sommeillaient au même moment, bien au chaud sous leur couette, pendant qu'ils veillaient sur eux du haut de leur tour de guet minérale.

Ils firent une pause à l'abri Vallot, histoire de s'alimenter un peu. Ils sortirent quelques tranches de saucisson sec accompagnées d'un vieux quignon de pain. Le Bécu fit la surprise au vieux Calaou d'un quart de vin rouge qu'il avait caché dans son bissac. Il ne leur en fallut pas plus, ce fut un véritable festin. Pas besoin de se compliquer la vie ; quand les Alpes déroulaient comme ça leurs cimes rien que pour vos yeux, on pouvait se nourrir d'un bouillon cube noyé dans un verre d'eau.

Les voyant manger d'un si bon appétit, la Coucarde se décida à croquer un bouquet d'edelweiss. Ils la retinrent à la dernière seconde. L'espèce était protégée, il fallait la brouter seulement avec les yeux ! Mais la pauvre bête était affamée, elle aussi. Ils lui laissèrent la moitié de leurs victuailles. Le vieux Calaou l'encouragea d'un « Cuc ! Cuc ! ». Et ils reprirent leur ascension. Ils n'avaient jamais été aussi près du but.

Les premières lueurs de l'aube apparurent timidement à l'est. Ils voyaient où ils mettaient les pieds désormais. Ils éteignirent leurs frontales. Ils ralentissaient le rythme, pour profiter des derniers mètres, des derniers pas. C'est le meilleur moment, quand on est sur le point d'arriver – après c'est trop tard, il faut déjà penser au retour.

Ils firent même un petit détour par le col de la Brenva, pour profiter du panorama sur la tour Ronde et la magnifique pointe de l'Androsace. Et puis ils remontèrent en passant par les Petits Rochers Rouges. Ils se découvraient une nouvelle passion, un nouveau talent.

Ils étaient ici comme des mulets dans les eaux froides de la Manche, ça ne leur coûtait pas plus de marcher en s'enfonçant dans la profonde couche de neige que de flâner sur le petit chemin de terre qui passait derrière la tour de Ruynes-en-Margeride.

Ils y allaient à grandes enjambées, poussés par un élan qui les dépassait, comme si une force surnaturelle les eût entraînés loin devant. Et soudain ils furent au sommet. Le soleil était encore bas, mais ses rayons étaient déjà étonnamment puissants. Mille monts projetaient leurs ombres effilées sur le manteau de neige immaculé du massif, traversé ici ou là par les coulées bleues des glaciers.

À leur gauche, c'étaient les aiguilles Rouges du Brouillard, les dômes de Miage, et puis plus loin le col de la Seigne et le Lancebranlette ; de l'autre côté, à droite, c'était la pointe Helbronner, la dent du Géant, et puis le mur des Grandes Jorasses, le mont Dolent et l'aiguille d'Argentière. Quel spectacle ! Ils n'avaient jamais rien vu d'aussi beau. La France était là, devant eux. C'était la France entière qui s'étalait sur des centaines de kilomètres à cent quatre-vingts degrés à la ronde.

Ce qu'il y avait de l'autre côté, dans leur dos ? Pas la peine de se retourner, il n'y avait rien à voir par là-bas. C'était juste un océan de nuages qui avait toute l'apparence du néant. Il y avait bien une odeur de tomates et d'huile d'olive qui montait dans les airs et leur chatouillait les narines, mais ça ne les intéressait pas, ça leur aurait gâché le plaisir s'ils avaient commencé à y prêter attention.

Le Bécu ouvrit la poche latérale de son sac à dos, et il en sortit un drapeau enroulé autour d'un mât télescopique. C'était un drapeau tricolore, un drapeau de la France sur lequel ils avaient ajouté leur patronyme, écrit comme un autographe au feutre indélébile. Il le déroula avec soin et planta le mât d'un coup sec dans la neige épaisse. Le vent le fit immédiatement claquer comme le foc d'un navire.

Ils regardaient au loin, ils essayaient d'embrasser le pays tout entier d'un seul tour d'horizon. Ils imaginaient encore les Français, qui devaient avoir l'esprit gentiment embrumé à cette heure si matinale, mais qui ne manqueraient pas d'avoir une petite pensée pour eux, en ce jour de victoire nationale, dès qu'ils seraient un peu plus réveillés.

Soudain, la Coucarde releva son museau et lança un long beuglement aigu vers le ciel. Le vieux Calaou n'avait jamais entendu ça. C'était un cri d'une puissance formidable, un long chant qui se répercuta sur tous les sommets qui les entouraient, et dont l'écho les poursuivit pendant plusieurs minutes.

Cocorico ! C'était le chant du coq, c'était le grand réveille-matin de la France ! Cocorico ! Debout les Français, réveillez-vous ! Une grande journée nous attend ! Cocorico ! C'étaient les cloches de la reconstruction qui sonnaient.

Quand elle s'arrêta, le Bécu et le vieux Calaou caressèrent affectueusement le pelage rouge de la Coucarde. Ses cornes immenses dessinaient plus que jamais un grand V qui pointait vers le ciel comme le signe de la victoire. Alors ils se prirent dans les bras. Ils ne savaient pas s'ils devaient rire ou pleurer. Ils avaient réussi, ils avaient été jusqu'au bout de leur rêve – et ils n'avaient presque rien eu à faire. C'était comme si, tout du long, le chemin s'était magiquement ouvert devant eux.

Alors ils regardèrent encore une fois cet océan silencieux de neiges éternelles qui s'étendait partout à perte de vue, ils soulevèrent leurs gros sacs à dos, qu'ils avaient posés à leurs pieds en arrivant pour soulager leurs épaules. Ils firent une ultime révérence au ciel et au soleil levant. Le vieux Calaou lança un « Cuc ! Cuc ! » en direction de la Coucarde, pour la remettre en train, et ils prirent lentement le chemin de la vallée – ils prirent lentement le chemin du retour.

10.

> Vincent Grangé, *Retour à Congénies*, roman-feuilleton initialement destiné à paraître dans les numéros 234 à 241 du magazine *Pièges à conviction*, mais finalement recalé par le comité de rédaction – d'après l'enquête très contestée de François Malinge et Fanny Quayron, *Le Gardian*, L'Harmattan, 2020.

Cette nuit-là, ils couvrirent une bonne partie de la zone que Sergent leur avait indiquée quelques semaines plus tôt. C'était une nuit sans lune, une de ces nuits noires d'automne où les étoiles naviguent tous feux éteints pour traverser le ciel sans se faire voir des hommes.

B. et L. concentrèrent leurs efforts sur Aigues-Mortes, La Grande-Motte et Le Grau-du-Roi ; K. et J. sur Palavas-les-Flots, Mauguio et Candillargues. G. et R. poussèrent quant à eux jusqu'à Mudaison, Lansargues, Saint-Just et finalement Lunel, où ils firent de leur mieux pour quadriller la ville malgré la fatigue qui les tannait.

Ils faillirent se faire repérer en quittant les lieux. R. avait oublié le seau de colle sur le toit de la voiture. Il fit un grand bruit de timbale en tombant sur le trottoir de la rue des Aires, et quelques fenêtres s'allumèrent autour d'eux. G. démarra en trombe. Ils crurent entendre au loin les sirènes de la police, mais peut-être qu'ils avaient rêvé, après tout. Ils firent quand même le trajet du retour avec le ventre serré d'angoisse.

Ils avaient décidé plus tôt qu'ils se retrouveraient chez R. et G., de l'autre côté de l'A9, à la sortie de Congénies. Ces derniers disposaient d'un grand garage vide, dans lequel ils avaient stocké le matériel jusqu'ici – dissimulé sous de grandes bâches noires.

Quand R. et G. arrivèrent devant la petite maison, balayant la haie et le portail de leurs feux de croisement, les autres étaient là, immobiles, à les attendre. Ils étaient sortis de leurs véhicules, pour chercher un semblant de réconfort en se serrant les uns contre les autres – mais ils étaient restés silencieux, la gorge nouée encore.

R. et G. lâchèrent un grand soupir de soulagement. Ça y est, le boulot était fait, c'était terminé – Sergent serait ravi d'apprendre que tout s'était passé sans encombres.

Personne ne les avait vus, personne ne les avait entendus. Ils s'étaient dissous dans les ténèbres avec la souplesse et la rapidité des bêtes de proie. C'était comme s'ils n'avaient jamais été là, comme si les choses s'étaient faites sans leur aide. Tout au long de la nuit, ils s'étaient déplacés en mode furtif, ils avaient disparu de toutes les cartes – ils s'étaient seulement confondus avec les rafales de vent et les courants d'air.

Ils étaient fiers de leur ouvrage. Pas une façade n'avait échappé à leurs coups de brosse, tout le long du golfe d'Aigues-Mortes et tout autour de l'étang de l'Or. Mais à cet instant précis, ils avaient encore du mal à se dire que c'était vraiment fini. Ils avaient du mal à se débarrasser de ce sentiment que quelque chose les guettait encore, tapi dans un coin – quelque chose qui les frapperait dans le dos dès qu'ils relâcheraient un peu leur garde. C'était une impression vague, accentuée peut-être par les odeurs mauvaises qui montaient autour d'eux, ces odeurs d'eau croupie et de marécages nauséabonds.

Leurs vêtements dégoulinaient de colle. Ils ne savaient pas quoi faire de leurs mains poisseuses qu'ils gardaient tendues devant eux, pour ne pas se tacher encore plus, et sur lesquelles les insectes, attirés par la lumière, venaient s'engluer.

R. ouvrit la porte du garage. Ils y déchargèrent lentement ce qui restait dans les voitures. Ils avaient collé des milliers d'affiches, ils avaient recouvert les villes des environs de ces immenses feuilles, fines comme du papier à cigarette. Hercule lui-même n'en aurait pas placardé autant si le roi de l'Argolide lui avait demandé de faire la besogne à leur place. Mais étrangement, leurs coffres en paraissaient encore pleins à ras bord, comme s'ils avaient à peine entamé le travail, ou comme si les affiches qui restaient s'étaient mystérieusement multipliées pendant le trajet du retour. Ils en sortirent sept piles de plusieurs milliers chacune. Ils se regardèrent. Ils se demandaient presque, à les voir encore en telle quantité, s'ils étaient vraiment sortis de chez eux – ou si leur imagination leur avait joué un tour.

Leurs souvenirs avaient pourtant des contours à peu près nets et précis. Ils se revoyaient trouant la nuit avec leurs véhicules, s'arrêtant tous les quinze ou vingt mètres, tous les cinq mètres parfois quand les habitations étaient serrées les unes contre les autres comme des livres sur une étagère.

Chaque binôme se revoyait répétant indéfiniment les mêmes gestes. Ils avaient fait ça toute la nuit, à s'en donner le vertige, à s'en donner la nausée. Ils avaient collé leurs affiches avec une détermination de militants chevronnés sur chaque façade, chaque mur de béton, chaque panneau d'affichage, chaque tronc de pin parasol. Impossible de les rater. Les habitants de la région auraient du mal à y croire, le lendemain ; comme si un nuage de criquets pèlerins était passé par là pendant la nuit – des criquets qui auraient grignoté le monde et laissé derrière eux ces nuées d'affiches électorales.

*

Ils s'installèrent dans le salon. Ce n'était pas beaucoup plus clair pour eux, maintenant que les choses étaient faites. Ils se demandaient toujours quel était le sens de tout ça.

À chaque fois, Sergent avait fait de son mieux pour esquiver leurs questions et différer le moment de leur détailler les tenants et aboutissants de l'opération. Il leur avait simplement dit de faire ce qu'ils avaient à faire, et éventuellement d'ouvrir l'œil et de tendre l'oreille. Mais au bout du compte, c'était toujours aussi flou dans leurs têtes. Ce n'était pas un drame pour autant. Ils n'étaient pas là pour comprendre, mais pour agir, pour exécuter – c'était pour ça qu'on les payait.

Plus haut, quelque part en lieu sûr, quelqu'un s'était chargé d'élaborer un plan, d'articuler les fins et les moyens. Plus haut, quelqu'un possédait la logique d'ensemble ; mais ce n'était pas pour eux, ils n'étaient que les petites mains de la cause, ces petites mains sans lesquelles pourtant rien n'était possible, du moins aussi longtemps que les affiches ne se déplaceraient pas toutes seules comme des drones.

Sergent leur avait seulement dit que ça allait faire son petit effet, que les édiles locaux allaient se chier dessus aussi sûrement que si on leur avait mis un couteau sous la gorge. Pourtant, les affiches qu'ils avaient placardées n'étaient pas spécialement menaçantes. C'étaient des affiches électorales tout ce qu'il y a de plus ordinaire. Elles étaient d'un bleu uni, avec le nom de ce type qui se détachait en grosses capitales blanches. Pas de quoi sentir la froideur d'un canon de revolver sur la tempe.

Ils se décoincèrent un peu. Ils parlaient timidement. Chacun y allait de ses impressions, de ses doutes. Ils se demandaient ce qu'ils allaient trouver le lendemain dans la presse. Sergent leur avait promis que ça ferait les gros titres – que les journalistes n'auraient pas fini d'en parler. Ça leur paraissait disproportionné, mais ils lui faisaient confiance. De toute façon, depuis le début, ils n'avaient pas eu d'autre choix que de lui faire confiance. Ils avaient collé plusieurs milliers d'affiches pendant la nuit. Ça pouvait bien passer avant les orages qui dévastaient les vignobles, avant les dernières victimes de la route des Bouches-du-Rhône, ou avant ces grèves reconduites d'un jour sur l'autre dans les raffineries de l'étang de Berre.

Ils tombaient de fatigue. Dehors, le ciel s'éclaircissait timidement. K. et J. s'allongèrent sur le canapé. Ils n'avaient pas la force de reprendre leur voiture – ils seraient aussi bien là à dormir. B. et L. rentrèrent à Codognan, où ils dormirent d'un sommeil agité.

Bien qu'il fût épuisé, R. resta un long moment assis sur son lit. Il avait la désagréable impression que quelque chose fermentait lentement quelque part, comme si Sergent ne leur avait pas tout dit – ou comme si c'étaient eux qui n'avaient pas tout entendu.

Il repassa les événements de ces derniers mois dans sa tête. Leur entrevue à Vauvert, la réception des affiches, la première réunion avec les autres. Et puis ce filtre noir qui recouvrait tout. Il avait le sentiment d'être face à une photo de groupe, une photo où tout le monde est là, dans le cadre, une photo où tout le monde est en train de sourire face à l'objectif, mais devant laquelle on a pourtant la certitude qu'il manque quelqu'un – jusqu'au moment où on se demande qui tient l'appareil.

*

Le lendemain, ils s'étonnèrent de ne rien trouver dans la presse régionale. Ils s'étaient donné rendez-vous à Congénies en début d'après-midi, pour prendre un semblant de petit déjeuner. B. et L. s'étaient arrêtés en route pour acheter des viennoiseries et quelques exemplaires de *La Provence* et de *La Marseillaise*.

Ils feuilletèrent plusieurs fois les journaux, ils les épluchèrent jusqu'à en effacer l'encre de leurs doigts. Il n'y avait rien, absolument rien.

Un long article détaillait les mesures d'un nouveau décret interdisant la pêche à la ligne dans les étangs du Ponant, du Médard et de la Marette. Un autre rapportait qu'une fillette de sept ans avait été retrouvée saine et sauve par les gendarmes, après une fugue de plus de quarante-huit heures. Elle avait dormi deux nuits durant dans une cabane de chasseur, le long du Petit-Rhône. Les autorités la donnaient pour morte.

Et puis il y avait cette histoire à faire froid dans le dos, racontée par Myriam Ferhat dans les pages de *La Provence*.

Quelques semaines plus tôt, un promeneur avait trouvé une main humanoïde dans un fossé, à proximité du mas Grand-Saint-Jean. Après expertise, les techniciens de la police scientifique avaient établi qu'il s'agissait d'une main de jeune orang-outan. Et puis le jour suivant, à proximité de la réserve naturelle du Scamandre, un ornithologue de la LPO était tombé aussi sur un avant-bras presque momifié, qui semblait appartenir à une créature d'une espèce voisine, peut-être un gorille cette fois. Les enquêteurs avaient contacté les zoos, les cirques et les parcs d'attractions des environs, puis de tout le pays ; mais aucun spécimen ne manquait à l'appel.

Myriam Ferhat racontait alors que la veille, au mas de Grand-Ponche, à proximité de l'étang du Fangassier, les gendarmes avaient fait une abominable découverte. Dans le cadre d'une enquête sur la disparition d'une jeune élue écologiste, ils avaient perquisitionné dans le sous-sol d'une maison abandonnée, et ce qu'ils avaient découvert les avait retournés d'horreur.

Ils s'étaient retrouvés face à une dizaine d'individus qui vivaient cloîtrés là dans un état de saleté absolue, au milieu de la vermine et des immondices. La pièce dégageait une odeur de putréfaction à la limite du supportable. On eût dit qu'ils étaient enfermés depuis des siècles. Surtout, ils s'étaient très certainement reproduits entre eux, car les plus jeunes présentaient des signes évidents de consanguinité – pour ne pas dire qu'ils ressemblaient à des phénomènes de foire, avec leurs joues renfoncées, leur tête en demi-lune, leur dos bossu. À première vue, dans la pénombre, il paraissait presque impossible de déterminer si ces êtres étaient des humains, des grands singes, ou quelque chose d'innommable à la croisée des espèces. À trois de ces créatures, il manquait une main ou un avant-bras. Les plaies avaient dû être cautérisées au métal rougi, mais ça n'avait pas arrêté la gangrène ou la lèpre, qui leur avait rongé des parties du corps. Une cellule psychologique avait été mise en place pour les agents qui étaient intervenus au milieu de ce palais des horreurs.

*

À trois reprises, R. essaya de joindre Sergent, mais il tomba à chaque fois sur son répondeur. Ça ne lui ressemblait pas, pourtant. Il vivait le portable accroché à l'oreille.

Ils réfléchirent un moment. Ils avaient agi tout au long de la nuit. Et s'ils avaient collé les premières affiches aux alentours de 23 heures, c'est-à-dire à une heure où les rédactions sont encore susceptibles d'être ouvertes, ils étaient rentrés peu de temps avant le lever du soleil. Dans ces conditions, il était somme toute assez logique qu'on ne parle pas d'eux dans l'édition du jour, il faudrait attendre celle du lendemain.

Ils furent étonnés en revanche de ne rien trouver sur Internet, que ce soit sur les sites des journaux locaux ou sur les blogs.

Sergent restait injoignable. R. eut un mauvais pressentiment. Il se dit que tout ça allait mal finir, d'une manière ou d'une autre. Dans tous les cas, ils ne pouvaient pas rester là à attendre.

Il leur restait des affiches et de la colle à papier peint. Sans trop savoir pourquoi, et alors que cette perspective les eût pétrifiés d'angoisse quelques heures plus tôt, ils décidèrent de faire une deuxième session de collage le soir même, en élargissant leur périmètre – pour être sûrs que personne ne passe à côté de ces putain de placards. Ils auraient pu rester assis au chaud, mais c'était comme si une force supérieure avait pris le dessus et contrôlait désormais leurs esprits dociles.

Ils étalèrent la carte de la région sur la table basse. B. et L. s'occuperaient de Marsillargues, Le Cailar et Vauvert. K. et J. se concentreraient sur Beauvoisin, Aubord et Générac. G. et R. couvriraient d'abord Saint-Gilles, puis ils descendraient jusqu'aux Saintes-Maries-de-la-Mer. Au bout du compte, ils auraient écumé toute la Petite Camargue, comme le leur avait demandé Sergent au départ.

*

Encore une fois, l'opération se déroula sans heurts. Il faut dire que la nuit était leur élément, leur milieu naturel. Ils savaient se couler dans l'obscurité comme des ombres.

Sergent leur avait conseillé de se masquer le visage avec des cagoules. Il leur avait également filé des matraques télescopiques, comme celles qu'utilisent les agents de la BAC, et ces grosses gazeuses que les agents de la police municipale portent ostensiblement à la ceinture. Ça leur permettrait de se tirer d'embarras s'ils faisaient une mauvaise rencontre en chemin. Si c'étaient les forces de l'ordre, en revanche, il valait mieux qu'ils gardent ça au fond de leurs sacs et s'évaporent dans les ténèbres.

Ils se démultiplièrent. Des appendices leur poussaient partout sur le ventre, sur le dos, ils pouvaient coller plusieurs affiches d'un coup. Ils étaient devenus des machines à retapisser le monde. Ils arrivèrent au bout de leur stock un peu avant l'aube. Quand ils se séparèrent, le soleil était un disque pâle coincé au-dessus de la ligne d'horizon, impuissant à chasser la pénombre.

Comme ils l'avaient fait la veille, ils se retrouvèrent en début d'après-midi dans le salon de R. et G. Ils avaient comme une impression de déjà-vu. Ils étaient inquiets. Les journaux étaient ouverts en grand sur la table. Il n'y avait rien. Pas le moindre entrefilet, pas la moindre brève. Rien.

Ils essayèrent encore une fois de joindre Sergent, mais son téléphone sonnait toujours dans le vide, comme s'il avait disparu à tout jamais. Ils ne comprenaient pas ce qu'il fabriquait. Il devait pourtant être impatient de savoir comment les choses s'étaient passées.

Ils s'agglutinèrent une bonne heure devant le PC, naviguant de lien en lien. Personne ne parlait des affiches, personne ne parlait de leurs deux virées nocturnes.

Ils se regardaient, les yeux pleins d'incompréhension. Comment cela était-il possible ? Est-ce que les affiches avaient été décollées dans leur dos par des mains invisibles ? Ou bien est-ce qu'elles s'étaient envolées les unes après les autres, arrachées par la pluie ou le mistral ? Ça défiait leur entendement. Ils avaient recouvert la région avec plus de quinze mille affiches, ils avaient noyé la Camargue sous une épaisse couche de colle, et personne n'avait rien vu !

Plutôt que de rester assis à se ronger les ongles et à attendre que Sergent les rappelle, ils décidèrent de retourner sur les lieux. Ils voulaient vérifier ça de leurs yeux, à la lumière du jour, ils voulaient s'assurer que les affiches étaient bien là, qu'ils n'avaient pas collé seulement des reflets ou des mirages.

*

Le ciel était couleur de cendres. Une pluie fine et collante s'abattait sur eux, faisant remonter du sol une odeur de terre salée.

Ils se tassèrent dans la voiture de B. et L.

Ils se rendirent d'abord à Lunel, puis à Marsillargues.

Elles étaient là. Elles n'avaient pas bougé. Mais certaines d'entre elles avaient été déchirées de long en large. D'autres, à demi arrachées, portaient des messages énigmatiques inscrits à la bombe de peinture, et dont ils se demandèrent un instant s'ils leur étaient adressés. Ils disaient : « après tout, ces gens-là n'avaient tué personne » ou « la France ferait bien de se boucher les oreilles ». Certaines étaient à ce point décolorées qu'on eût dit qu'elles avaient passé là plusieurs hivers, quand d'autres avaient été entièrement déchiquetées par la pluie et le vent. Leurs affiches étaient toujours en place, mais c'était comme s'ils les avaient collées plusieurs semaines, plusieurs mois, plusieurs années auparavant pour certaines – comme si elles dataient du siècle dernier.

Pourtant elles étaient là, offertes à la vue de tous. Personne ne pouvait les rater. Elles avaient bravé les âges, traversé les ères. Elles étaient là, immanquables, comme un écho obscène répétant à l'infini, et jusque dans les moindres recoins de l'espace, le nom de ce candidat dont ils ignoraient tout, ce candidat dont ils ne connaissaient que le nom monotone, ce candidat qui s'appelait des milliers de fois Francis Rissin.

*

Ils trouvèrent la première brève le surlendemain, dans *La Provence*. C'était un court entrefilet de six lignes signé Sabine Aumont. Celle-ci rapportait l'apparition subite et inexplicable de plusieurs centaines d'affiches électorales dans une petite commune du Gard. Les habitants y allaient de leurs hypothèses, sans vraiment comprendre ce qui se passait. La journaliste penchait pour un canular. Le candidat était un parfait anonyme, personne n'avait jamais entendu parler de ce type, ni ici ni ailleurs. La brève était d'ailleurs intitulée : « Un illustre inconnu ».

En lisant les premières lignes, le cœur de R. se souleva. Ça y est, on parlait enfin de leur travail. La mécanique s'était mise en marche, les têtes allaient bientôt tomber, là-haut, à en croire les prophéties de Sergent. Mais ses yeux s'emplirent soudain de terreur, et son estomac se contracta violemment. C'était comme s'il avait reçu un grand coup de poing dans le ventre.

Sabine Aumont parlait de la commune de Bouillargues, au sud-est de Nîmes. Sauf qu'ils n'étaient jamais montés jusque-là. Ils n'avaient pas poussé plus loin que Générac et Beauvoisin. Est-ce que la journaliste s'était trompée ? Parce que s'il y avait des affiches Francis Rissin à Bouillargues, alors ce n'était pas les leurs.

Il téléphona sur-le-champ à B. et L. pour s'assurer qu'ils n'avaient pas fait de détour au cours de leur deuxième sortie. Mais non, ils s'en étaient tenus au plan, ils étaient rentrés immédiatement après avoir fait leur part. Par acquit de conscience, il téléphona également à K. et J., pour leur poser la même question. Mais K. et J. n'étaient pas montés jusqu'à Bouillargues. Ils s'en étaient tenus eux aussi à l'itinéraire qu'ils avaient fixé ensemble.

Ils se retrouvèrent tous les six dans le salon de R. et G. quelques heures plus tard.

B. manifestait des signes inquiétants de nervosité. Il se mordait continuellement les lèvres en agitant les mains et en trépignant comme un gamin impatient.

Ils essayèrent encore une fois d'appeler Sergent, mais ils tombèrent directement sur sa boîte vocale. Elle était saturée, à présent, ils ne pouvaient même plus lui laisser de message.

R. avait beau chercher une explication, il ne parvenait pas à comprendre. Sergent les aurait prévenus, s'il avait prévu de s'absenter quelques jours. Ou est-ce qu'il avait eu des ennuis avec la police ? Il disait qu'il avait pas mal d'emmerdes au cul, ces derniers temps, et que la justice se rapprochait dangereusement de lui. Mais au point de rester muet pendant trois jours ? Ou bien est-ce qu'il leur avait caché quelque chose ? Est-ce qu'il était mouillé dans de sales affaires dont ils n'avaient pas la moindre idée ? Des affaires qui pouvaient le conduire droit au mitard des Baumettes, ou au fond de l'étang de Vaccarès, les bottes pleines de ciment ?

Ils déplièrent à nouveau la carte Michelin du Languedoc-Roussillon sur la table basse du salon. Ils avaient dessiné leurs différents itinéraires avec des feutres de couleur : rouge pour celui de G. et R., bleu pour celui de K. et J. et vert pour celui de B. et L. Il fallait se rendre à l'évidence, aucun d'entre eux n'allait jusqu'à Bouillargues.

K. et J. étaient ceux qui étaient montés le plus au nord, puisqu'ils étaient passés par Aubord et Générac, mais ils leur jurèrent encore une fois qu'ils avaient respecté le plan, vexés que les autres puissent douter de leur bonne foi.

*

R. : Elles ne sont quand même pas apparues toutes seules !

G. : Calme-toi, il y a forcément une explication.

R. : Pourquoi ils ne parlent pas des autres villes ? Pourquoi ils parlent seulement de celle où aucun de nous n'a été ?

R. les observait d'un air mauvais et suspicieux. L'un d'eux avait-il fait cavalier seul pendant que les cinq autres dormaient ? Il se laissait lentement gagner par la paranoïa. Des scénarios surgissaient dans sa tête. Y avait-il un traître parmi eux ? Et puis il se calma en pensant à Sergent. Est-ce qu'il avait modifié le plan à la dernière minute, est-ce qu'il avait engagé d'autres gars sans leur dire ?

G. : De toute façon on les a toutes collées, leurs putain d'affiches. ça vient forcément de quelqu'un d'autre.

J. : Sergent nous aurait prévenus.

G. : Pour ça, il faudrait déjà qu'il réponde quand on l'appelle.

K. : Il n'y a pas un autre moyen de savoir ?

L. : Il y a le Gardian.

Tous les regards se tournèrent vers L.

Le mois précédent, Sergent leur avait donné un numéro de téléphone s'il y avait un problème, s'ils ne parvenaient pas à le joindre. Mais il les avait mis en garde, c'était en cas d'extrême urgence. Il leur déconseillait presque d'y recourir, quoi qu'il arrive.

Il l'appelait simplement le Gardian, mais ils avaient compris qu'il s'agissait de son supérieur – de quelqu'un dont il recevait des ordres. Si le Gardian était lui-même un simple maillon de la chaîne ou l'ordonnateur général du plan, ils n'en avaient pas la moindre idée.

G. : On va quand même pas faire ça.

R. leur jeta un regard sombre.

R. : J'ai jeté le numéro.

Ils furent soulagés, même si quelque chose aussi sembla les contrarier. Le Gardian possédait sans doute la réponse aux innombrables questions qu'ils se posaient, et sur lesquelles Sergent avait toujours gardé le silence.

J. suggéra qu'il y avait peut-être un autre groupe semblable au leur, un groupe auquel il aurait confié une mission à peu près identique, sur une aire géographique proche.

R. : Il nous en aurait parlé, bordel !

G. : Vraiment, un autre groupe ?

J. : De toute façon ce n'est pas compliqué. Si aucun de nous n'a collé ces foutues affiches sur les murs de Bouillargues, alors d'autres s'en sont chargés. Et je ne sais pas pour vous, mais moi, je me fiche bien de savoir à quoi ils ressemblent !

R. : C'est quand même dément ! Ils font un papier sur Bouillargues et rien sur Palavas, Mudaison, Lunel. On en a collé combien, de ces affiches de merde ? Des milliers, des dizaines de milliers ? Pourquoi est-ce qu'ils voient les affiches des autres et pas les nôtres ?

*

Le lendemain dans *La Provence*, après une double page sur la météo dégueulasse qui souillait le ciel et empoisonnait l'air de la région, on reparlait de la campagne de Francis Rissin. Ce n'était plus une brève, cette fois-ci – c'était un article d'une dizaine de feuillets.

Le journaliste, Charles de Val-André, avait tout de même du mal à y croire. Il faut dire que, dans les dernières vingt-quatre heures, on avait retrouvé des affiches à Arles, Saint-Rémy-de-Provence et jusqu'à Châteaurenard, au sud d'Avignon. Il était allé interroger les habitants de Maussane-les-Alpilles, qui se trouvait également sur la route des colleurs. Francis Rissin ? Ça disait quelque chose aux anciens mais ils n'étaient pas bien clairs, le journaliste n'avait pas compris grand-chose à ce qu'ils lui avaient raconté. Est-ce qu'ils l'avaient rencontré dans leur jeunesse ? Est-ce qu'ils l'avaient vu un jour à la télévision ? Est-ce qu'ils avaient combattu à ses côtés pendant la guerre d'Algérie ? Charles de Val-André avait mené sa petite enquête, il avait fait jouer ses relations dans les commissariats de police et les préfectures, il avait fouillé dans les archives et sur les moteurs de recherche, mais rien – il avait été incapable de remonter jusqu'à ce mystérieux individu.

Trois jours plus tard, *La Marseillaise* rapportait dans ses colonnes qu'un groupe de promeneurs avait trouvé des affiches autour de l'étang de Berre, et notamment à Martigues et à Miramas – mais on en avait vu aussi la veille à Puyloubier.

Le doute n'était plus permis, il y avait bien un autre groupe, ou d'autres groupes, qui avaient pris le relais – qui avaient continué leur besogne. Et pour des raisons qu'ils n'arrivaient pas à s'expliquer, Sergent ignorait aussi leur existence ou avait préféré la leur cacher.

Depuis leur deuxième expédition nocturne, R. essayait de le joindre presque tous les jours. Un matin, il s'énerva après son téléphone. Il le jeta violemment contre le mur de sa chambre, et l'appareil retomba en pièces à ses pieds. R. s'assit et se mit à pleurer en silence. Est-ce que quelqu'un pouvait leur expliquer ce qui se passait ? G. essaya de le raisonner avec douceur. Ils avaient fait leur boulot, c'était fini. Le reste ne les regardait pas.

Ils sortirent prendre l'air.

Dehors, il continuait de pleuvoir. Ils ne se souvenaient pas d'avoir jamais connu un automne aussi pourri. C'était une pluie presque visqueuse, recouvrant leurs vêtements d'une sorte de gelée qui coulait ensuite avec lenteur. Les montagnes étaient noyées sous la bruine. Ils empruntèrent le chemin d'Alès pour monter jusqu'au Mazet. Du sommet, ils aperçurent seulement les premières maisons en contrebas – le reste de la ville disparaissait dans cette grisaille lourde et épaisse comme de la poix.

La dernière fois, Sergent leur avait expliqué qu'ils voulaient seulement faire un peu de chahut dans les mairies de la Petite Camargue. Mais on avait retrouvé des affiches jusqu'à Marseille. Il y en avait dans toute la région PACA, à présent. Ils se sentaient trahis. Est-ce qu'il s'était servi d'eux pour faire quelque chose d'autre, quelque chose de beaucoup plus grand ? Est-ce qu'ils étaient des pièces minuscules dans une mécanique immense, dont on avait préféré leur taire le fonctionnement et la destination ?

Ils étaient déjà trempés quand ils commencèrent à redescendre au village par la combe de Biol, à travers les tamaris et les plantations d'oliviers. La pluie recouvrait les collines de son grand manteau gris, dans lequel le mistral découpait des silhouettes de fantômes.

G. lui répéta qu'ils avaient fait ce qu'ils avaient à faire. Que c'était terminé pour eux. Qu'ils devaient laisser les autres bosser, sans se casser la tête pour essayer de comprendre.

Mais R. n'arrivait pas à calmer sa colère.

R. : Ils parlent d'eux partout dans la presse. Et nous ? Rien ! Rien de rien ! Tu trouves ça normal ? On a quadrillé la région, on en a collé plus de dix mille, quinze mille peut-être, et personne n'a rien remarqué, personne n'a rien vu ?

G. : Il y a forcément une explication. Si tu veux, on peut aller voir ce qui se passe là-bas, du côté du golfe de Fos ou de l'étang de Berre. Ce n'est pas gagné, mais on peut peut-être essayer d'en savoir un peu plus.

R. : Tu sais bien ce qu'en penserait Sergent.

G. : Il est probablement mort et enterré à l'heure qu'il est, ton Sergent. Ou allongé sur une plage au soleil, à siroter des cocktails colorés. Si tu crois qu'il s'en carre, de ce qui se passe ici ! Mais si tu te sens encore tenu de lui rendre des comptes, alors il nous reste seulement deux solutions.

R. : Dis toujours.

G. : Arrêter de penser à ça une fois pour toutes. Mais j'ai bien l'impression que...

R. : Ou ?

G. : Ou appeler le Gardian.

*

Le lendemain, *La Provence* annonçait que les mêmes affiches avaient été massivement placardées dans les villages de Pourcieux, Brignoles, Vidauban et Puget-sur-Argens. On eût dit que les colleurs avaient suivi le tracé de l'A8.

Mais les enquêteurs avaient aussi du nouveau dans l'affaire des « Amputés du mas de Grand-Ponche », comme on disait. La famille nombreuse qu'on avait retrouvée entassée dans ce sous-sol immonde vivait là depuis le début de la Seconde Guerre mondiale. Les grands-parents s'y étaient cachés avec leurs gosses, à l'époque, pour échapper à ces salauds qui martyrisaient la France, et ils n'avaient jamais osé ressortir. Leurs réserves de nourriture leur avaient duré quelques mois. Et puis ils avaient mangé ce qu'ils pouvaient. C'étaient surtout des repas de vers de terre et de ragondins – ils avaient installé des pièges, la viande leur tombait presque directement dans la bouche. Certains hivers, ils avaient quand même connu la famine. Ils mangeaient des racines, des copeaux de bois et même de la terre, quand ils n'avaient vraiment plus rien à mâcher. Si une envie de chair fraîche les saisissait, ils tiraient simplement à la courte paille. Les médecins légistes découvrirent qu'à certains d'entre eux il manquait aussi un rein, un morceau de foie, un pied. Le grand-père avait été vétérinaire. Avant de s'enfermer dans ce caveau, il y avait descendu son attirail. Ce n'était pas comme s'ils avaient besoin de tous leurs membres et de tous leurs organes, cachés ici à l'insu du monde extérieur. Et puis c'était normal, c'était comme ça qu'ils avaient toujours vécu. Depuis quelques années, toutefois, un type passait régulièrement leur apporter des victuailles, en échange de certains services sur lesquels ils avaient gardé le silence.

*

Ils se retrouvèrent encore une fois tous les six dans le salon de R. et G. à Congénies, pour appeler le Gardian. La pluie tombait à charge redoublée, on n'avait jamais vu ça depuis l'automne 1923, à en croire les anciens. Cette année-là, il avait plu sans discontinuer pendant trois mois d'affilée. L'eau des étangs était montée, ils avaient progressivement fusionné les uns avec les autres. La Camargue était devenue une immense mer intérieure. On pouvait aller des Saintes-Maries-de-la-Mer à Saint-Laurent-d'Aigouze sans poser le pied sur la terre ferme.

G. leur distribua des serviettes pour qu'ils s'essuient au moins les cheveux. Il leur avait fallu à peine quelques secondes pour sortir de voiture et courir jusqu'au porche, mais c'était assez pour qu'ils soient trempés jusqu'à la chair. Ils n'auraient pas été aussi mouillés s'ils avaient sauté tout habillés dans la cuvette du Lairan.

B. salua ses hôtes d'un air absent. Il les lâchait peu à peu, s'enfermait progressivement dans la cellule capitonnée de sa conscience. L. commençait à s'inquiéter sérieusement pour sa santé mentale, d'autant que plusieurs fois il avait commencé à évoquer leurs sorties nocturnes devant des voisins ou des commerçants. Elle avait pu l'arrêter à temps, mais elle ne serait pas toujours à ses côtés pour le surveiller.

Ils évitaient de regarder le téléphone, posé devant eux sur la table basse. Ils avaient l'impression que quelque chose flottait au-dessus de l'appareil, quelque chose de noir et cireux comme le ciel qui écrasait la maison de sa masse sombre.

R. rompit le silence.

R. : Je vais quand même essayer d'appeler Sergent encore une fois.

Les autres acquiescèrent, une pointe d'espoir dans les yeux. Mais il tomba une nouvelle fois sur la boîte vocale. Il raccrocha en soupirant.

R. sortit alors un petit morceau de papier de sa poche, qu'il déplia maladroitement devant eux.

K. : Tu ne nous avais pas dit que tu avais jeté son numéro ?

R. : Désolé. Quelqu'un veut s'y coller ?

Ils gardèrent le silence. Le battement du sang contre leurs tempes venait se mêler au martèlement de la pluie, dehors.

R. inspira un grand coup.

R. : OK, je me doutais bien que ce serait pour ma pomme.

Il saisit le combiné et composa les dix chiffres qui s'étalaient sur la feuille, notés rapidement au feutre noir.

À la cinquième sonnerie, il se dit que c'était mort, qu'il allait tomber sur le répondeur, mais quelqu'un décrocha à l'autre bout. C'était une voix fluette, presque chantante, pas du tout ce qu'il aurait imaginé pour le chef d'une organisation clandestine comme celle dont lui avait parlé Sergent.

L'échange fut rapide. Le Gardian entra dans une rage incontrôlée dès qu'il apprit l'identité de son interlocuteur. Sa voix monta encore plus haut dans les aigus. Ils avaient osé l'appeler sur son téléphone personnel ? Ils avaient osé s'adresser directement à lui ? Est-ce qu'ils étaient fous ? Celui qui avait eu la bonne idée de leur donner son numéro allait avoir affaire à lui ! Mais il remercia R. d'avoir transgressé les règles, c'était plus simple comme ça, au bout du compte. Il allait pouvoir leur dire de vive voix ce qu'il pensait de leur travail de sagouin. À ce moment-là, le Gardian s'était presque étranglé de rage. Est-ce qu'on leur avait demandé d'aller coller des affiches à Carpentras et à Marseille, oui ou non ? Est-ce qu'on leur avait demandé d'inonder la région PACA ? Ils n'avaient peut-être pas assez avec ce qu'on leur avait dit de faire ? Mais est-ce qu'ils voulaient tout faire foirer ? Et est-ce qu'ils avaient la moindre idée des risques qu'ils prenaient ? Dans un accès de rage, le Gardian dit à R. qu'il leur donnait vingt-quatre heures pour aller décoller ces guirlandes d'affiches qu'ils avaient accrochées dans tout le sud de la France, pas une de plus – sans quoi ils allaient se souvenir de lui. Comment Sergent avait-il pu faire appel à une telle bande de bras cassés ?

« Vingt-quatre heures ! » répéta-t-il en raccrochant.

R. était pâle comme un mort.

Les autres avaient la voix coupée.

R. avait pris soin d'enclencher le haut-parleur du téléphone, au début de la conversation. Ils n'avaient pas manqué une seule phrase de ce glaçant monologue.

*

B. se leva brusquement et commença à marcher en rond dans la pièce.

L. : Viens t'asseoir !

Mais il continuait de tourner, le regard perdu, marmonnant des incohérences.

L. : On va rentrer à la maison.

Ils étaient terrorisés. Ils se demandaient qui serait le prochain à péter un plomb.

R. : De toute façon il faut qu'on réfléchisse un peu. Rentrez chez vous pour le moment, on vous tient au courant.

Il les raccompagna jusqu'à la porte d'entrée. Ils se faufilèrent dans l'embrasure, mais une bourrasque de vent froid parvint à s'engouffrer dans le hall.

R. : Faites attention à vous !

Il claqua la porte derrière eux et rejoignit les autres dans le salon.

K. : Qu'est-ce que c'est que cette histoire ?

J. : Il pense qu'on a mis les autres affiches, c'est tout.

K. : Mais c'est pas possible ! Comment peut-il être aussi con ?

R. : De toute façon on n'arrivera jamais à les enlever, il doit y en avoir des millions, des milliards peut-être. Autant nettoyer les écuries d'Augias avec une brosse à dents, ou autant racler cette croûte de suie que la pluie laisse partout sur la terre.

G. : D'autant qu'ils n'ont pas l'air décidés à s'arrêter. Les flics en ont encore trouvé des palanquées, ce matin, le long de l'A51.

J. : Mais il a dit dans vingt-quatre heures !

G. : Pas d'affolement. Essayons de réfléchir. Il y a des types qui collent nos affiches, ou du moins des affiches qui ressemblent grandement aux nôtres, un peu partout dans la région, et manifestement, ils n'étaient pas prévus au programme. Autrement dit, le Gardian et ses petits copains sont en train de se faire gentiment dépasser par les événements.

J. : Mais qui ça peut bien être ?

G. : C'est justement la question à laquelle nous allons devoir répondre par nous-mêmes.

J. : Mais ça pourrait être n'importe qui !

G. : Pas si sûr. Il n'y a pas cinquante possibilités non plus. Quelles seraient les hypothèses les plus crédibles ? Je ne sais pas, moi. Ça pourrait être un acte de sabotage. Genre : les types qui étaient visés par l'opération ont essayé de contre-attaquer en collant les mêmes affiches aux quatre coins de la Côte d'Azur, afin d'en neutraliser les effets par voie de saturation.

R. : C'est pas un peu tiré par les cheveux ? Tu n'as pas mieux ?

G. : Ou bien il s'agit d'une pure coïncidence. Imaginez un peu. Contre toute attente, il y a un autre type qui s'appelle Francis Rissin dans la région, et ce dernier a eu exactement la même idée que nos commanditaires, au même moment. Il a simplement lancé une campagne de communication à peu près identique à la nôtre, sur une zone contiguë. Je sais que les chances sont infimes, mais elles ne sont pas nulles.

J. : Tu admettras tout de même qu'elles tendent vers zéro.

K. était partie à la cuisine, elle revint avec un grand plateau sur lequel tremblaient quatre tasses de thé fumantes.

K. : Vous voulez du sucre ?

R. : Merci.

J. : Tiens, j'en ai une autre ! Peut-être que nous sommes simplement en train de rêver, de faire un cauchemar, on ne sait jamais, et que le réveil va sonner d'une minute à l'autre !

G. : Non, attendez. Plus sérieusement. Et s'il s'agissait simplement d'un phénomène de contagion ?

R. : Qu'est-ce que tu veux dire par là ?

G. : Des individus qui n'ont rien à voir avec tout ça ont vu les affiches et, pour une raison que j'ignore, ils ont décidé d'en imprimer d'autres et de les coller à leur tour.

J. : Pourquoi est-ce qu'ils feraient un truc pareil ?

G. : Je ne sais pas, pour diffuser le message à plus grande échelle.

R. : Il n'y a pas de message sur ces putain d'affiches. Il n'y a que le nom d'un parfait inconnu.

G. : Pas si sûr ! Tout cela doit avoir un sens, sinon Sergent, le Gardian ou qui que ce soit ne se serait jamais lancé là-dedans. Et puis des types ont vu ces affiches, ils ont compris ce qu'elles voulaient dire, ou en tout cas ils leur ont immédiatement trouvé un sens, et ils ont voulu relayer le machin, je ne sais pas. Peut-être même qu'ils croyaient bien faire. En tout cas, ça a drôlement bien marché, parce que ce n'est plus la boule de neige, là – c'est carrément l'avalanche !

R. : Je veux bien, mais ça ne nous dit pas ce qu'il faut faire !

G. : On pourrait essayer d'entrer en contact avec eux !

R. : Ah oui ? Et tu fais ça comment ?

G. : Le Gardian veut qu'on aille enlever ces foutues affiches qu'aucun de nous n'a jamais collées ? Eh bien on va aller sur place, dans les différents coins où elles ont été signalées. Au moins il ne pourra pas nous reprocher de ne pas avoir essayé. Et si les étoiles sont avec nous, peut-être que nous tomberons sur l'un ou l'autre de ces petits malins. Le cas échéant, j'imagine que ce sera facile de tout expliquer au Gardian.

K. : Hmm, ça fait sens.

R. : Je suis d'accord avec G. De toute façon on n'a pas vraiment le choix.

K. : Oui, et on a intérêt à se magner le cul. Je sais qu'ils ont trouvé des affiches du côté de Pourcieux, hier. On peut aller jusque là-bas.

J. : Ça marche. Et les autres ?

R. : Je vais appeler L. Si B. a retrouvé ses esprits, ils voudront sûrement se joindre à nous pour la balade.

En saisissant le combiné, R. eut un léger mouvement de recul, comme s'il s'était brûlé les doigts en touchant l'appareil, encore chargé de la fureur du Gardian. Il chercha le numéro de L. dans son répertoire. Elle décrocha à la troisième sonnerie. B. avait pas mal déliré sur la route du retour. Il parlait d'appeler les journalistes, pour leur expliquer que c'étaient eux qui avaient fait le plus gros du travail. Mais il était couché à présent, il avait vraiment besoin de dormir.

Elle pouvait le laisser à la maison et les rejoindre sur la route, du côté de Saint-Maximin-la-Sainte-Baume.

*

Ils restèrent silencieux pendant une grande partie du trajet. Ils étaient plongés dans leurs pensées opaques, comme des sous-marins traçant péniblement leur voie dans un océan épaissi. R. fixait la route lourdement battue par les trombes. Les autres regardaient au loin, dans l'espoir d'apercevoir quelque chose par-delà le rideau gris qui les entourait – mais par-delà il n'y avait rien, ils étaient environnés de ténèbres.

C'était une pluie sale et grumeleuse qui laissait de longues traînées sur le pare-brise, et contre laquelle les essuie-glace paraissaient incapables de lutter. Ils traversèrent Arles, Salon-de-Provence, Aix. Ils avaient l'impression qu'il pleuvait depuis des mois, depuis des siècles. Ils essayaient de se souvenir du soleil, qui inondait autrefois la région de lumière, mais ça leur paraissait infiniment lointain. Un jour il s'était éteint, et depuis, autour d'eux, il n'y avait plus que le gris et la mort.

À la sortie d'Aix, sur un mur antibruit en béton, quelqu'un avait tagué le nom de Francis Rissin à l'extincteur. La peinture avait abondamment coulé, les deux dernières lettres de « Francis » étaient à peine lisibles, mais c'était bien ça, ils auraient reconnu ce nom entre mille.

À en croire les guides de voyage, Pourcieux était un village pittoresque situé à l'extrême ouest du département du Var. C'était une image vivante de la Provence de Frédéric Mistral, avec ses maisons de vigneron construites autour du château et sa place ombragée par des platanes centenaires sous lesquels murmurait une magnifique fontaine. Ses coteaux ensoleillés s'étalaient aux pieds du mont Aurélien, à quelques encablures de la montagne Sainte-Victoire et ses paysages immortalisés par Cézanne.

Mais aujourd'hui, les coteaux étaient plongés dans la brume, et les paysages immortalisés par Cézanne, noyés dans un gris d'hiver nucléaire, tendaient vers le monochrome. Les précipitations avaient laissé sur le sol une épaisse couche de particules boueuses et glissantes. C'était comme si une gigantesque marée noire était montée jusqu'ici avant de redescendre avec le reflux, laissant sur le sol sa désolante croûte d'hydrocarbures à demi coagulée.

Ils firent plusieurs fois le tour du village en voiture, scrutant les maisons de vigneron à travers le voile fuligineux de l'averse. Aucune trace des affiches. Ils avaient pris *La Provence* du jour. G. relut à voix haute l'article de Marc Honarat. Il citait pourtant le nom de Pourcieux noir sur blanc.

Pour finir, ils se décidèrent à sortir du véhicule, prêts à se prendre une nouvelle rincée. Ils firent à nouveau le tour du centre-ville, les pieds dans la fange, le corps à peine protégé par leurs vêtements de pluie. Le lieu était désert, les habitants s'étaient claquemurés dans leurs baraques, toutes lumières éteintes, tous volets fermés. Et pas la moindre affiche à l'horizon. C'était comme si elles s'étaient envolées, ou que la pluie les avait dissoutes à force de les battre de ses eaux usées.

Ils décidèrent de pousser jusqu'à Brignoles.

*

Ils récupérèrent L. une demi-heure plus tard, à la sortie de Saint-Maximin-la-Sainte-Baume. Elle avait garé sa voiture sur le parking du centre commercial. Elle les attendait depuis vingt bonnes minutes, à l'abri dans l'habitacle du véhicule.

Elle s'agglutina à K. et J. à l'arrière de la Twingo. Ils parlèrent un moment de B., dont l'état de santé les préoccupait sérieusement, puis ils se turent. Ça paraissait plus simple de rejoindre Brignoles par la départementale, mais R. se trompa plusieurs fois de direction. Les panneaux devenaient presque invisibles, dans cette purée de pois cendreuse qui les engloutissait lentement.

Il était à peine 15 heures et les véhicules roulaient tous phares allumés, comme s'ils venaient de sortir d'un gros orage. Au loin, le ciel était noir, mais d'un noir cireux, presque phosphorescent. Il n'y avait pas d'éclairs à voir, pas de coups de tonnerre à entendre. Il y avait seulement la pluie, qui tombait sans discontinuer depuis le commencement des temps – cette pluie limoneuse qui recouvrait le monde de ses flaques de glaires.

En traversant Tourves, K. aperçut des affiches sur un bâtiment désaffecté. Les vitres étaient pleines de buée, mais elle en était sûre, elles ressemblaient trait pour trait à celles qu'ils avaient collées. R. fit demi-tour et ils pénétrèrent dans la ville.

Ils n'en crurent pas leurs yeux. Il y en avait partout. Les façades étaient intégralement recouvertes. G. repensa à cette image qui l'avait frappée, la dernière fois qu'elle était allée au festival d'Avignon. La vieille ville disparaissait sous des monceaux d'affiches, accrochées par les compagnies sur chaque centimètre carré de surface accessible, sans la moindre considération pour les édifices et les monuments. Il y en avait jusque sur les lampadaires et les troncs d'arbres. Sauf qu'ici c'était encore un autre niveau – c'était sans comparaison possible. D'autant qu'il n'y avait qu'un seul spectacle au programme. Où qu'on posât le regard, il n'y en avait que pour Francis Rissin.

*

Ils se garèrent rue Ambroise-Croizat, tout près de la mairie. Les images leur manquaient pour décrire ce qu'ils avaient devant les yeux. C'était une vraie forêt vierge. Les immeubles, les maisons, les boutiques, les arbres disparaissaient littéralement sous cette épaisse gangue d'affiches qui enveloppait la ville. Il n'y avait plus un seul espace vacant, comme si on avait coulé une épaisse nappe de béton pour condamner les lieux, après une fuite de matières radioactives.

R. s'approcha de la façade de la mairie. Celle-ci était couverte d'une couche d'affiches de plusieurs centimètres d'épaisseur. Il en décolla une délicatement. Derrière, il y en avait une autre. Il la décolla à son tour. Derrière, il y en avait une autre encore. Il se dit qu'ils en auraient jusqu'à la fin des temps, s'ils devaient les enlever jusqu'à la dernière. Il repensa aux châtiments éternels des héros de l'Antiquité ; à Tantale, Ixion, Sisyphe. Il se voyait en train de décoller ces affiches les unes après les autres, et les affiches repoussaient au même endroit comme du lierre, à la vitesse même qu'il mettait à les enlever.

Ils marchèrent jusqu'à la rue Sadi-Carnot, marquant de leurs semelles sales cette conglutination de papiers gorgés d'eau qui recouvrait le sol comme une chrysalide. Les rues étaient vides. Certaines façades avaient été taguées. C'étaient des tags de grande envergure, comme celui qu'ils avaient vu sur l'autoroute. Ils s'étalaient parfois sur plusieurs immeubles en enfilade. Ils disaient : « le chant enfantin de Lisa Portelli fait brusquement retentir son iPhone » ou « des plaques de tôle rouillée pour les lubrifiants Igol » ou « une ambiance d'euphorie qui collait mal avec l'image qu'ils se faisaient de ce lieu de recueillement et de prière ». Et sans qu'ils sachent très bien pourquoi, quelque chose leur disait que ces messages étaient pour eux, qu'ils leur étaient personnellement adressés. Comme si les autres cherchaient à entrer en contact avec eux.

Ils tombèrent finalement sur un graffiti qui renvoyait à un forum Internet baptisé *Coagula*. J. essaya de le consulter avec son Galaxy S10, mais l'URL du site avait récemment été désactivée. En revanche, elle apprit que d'autres régions avaient été touchées par la marée Francis Rissin. On avait trouvé des affiches jusqu'à Gap et Sisteron, et d'autres encore à Bonifacio. Rien ne semblait pouvoir arrêter la déferlante – le Gardian allait devoir se faire une raison.

Ils remontèrent en voiture et filèrent droit jusqu'à Brignoles.

*

La ville croulait également sous de gigantesques grappes d'affiches – ils crurent même un moment qu'ils avaient tourné en rond, qu'ils étaient simplement retournés à Tourves. Ils se demandaient comment les autres avaient fait pour être aussi efficaces, pour aller aussi vite. Peut-être qu'ils avaient jeté tout leur stock depuis le haut d'une tour, ou depuis un petit aéronef, et que la pluie poisseuse s'était chargée de les coller là où le vent les avait dispersées.

R. repensa à cette carrière de pierre à béton qu'il avait visitée un jour dans l'est de la France. C'était une carrière souterraine, creusée dans une roche qui se délitait en feuilles noires et cassantes – soutenues ici ou là par d'énormes colonnes de pierre qui faisaient penser à des troncs d'arbres fossilisés. Ici, l'impression était à peu près la même. Les affiches étaient empilées dans chaque coin de l'espace comme des fines feuilles d'ardoise ou de schiste. Et quand ils marchaient dessus, elles rendaient le même bruit mat et cassant, comme s'il s'agissait d'un tapis de coquillages.

Ils trouvèrent d'autres messages. Ils disaient : « depuis ce jour funeste où un marchand de charbon et un marchand de ferraille ont eu la mauvaise idée de s'associer » ou « il avait percuté la mère du gamin, qui regardait la scène en hurlant » ou « il n'y a plus de Babolat dans le coin depuis longtemps ». Ce n'était plus une impression, maintenant, c'était une conviction : les autres essayaient de leur dire quelque chose.

J. essaya une nouvelle fois d'ouvrir la page d'accueil du forum *Coagula*. La connexion était mauvaise, plus rien ne s'ouvrait sur son écran. Ils parcoururent les axes de la ville à la recherche d'une adresse, d'un numéro de téléphone, de quelque chose qui leur aurait permis d'entrer en contact. Mais il n'y avait rien, seulement ces messages ésotériques et les affiches elles-mêmes, qui répétaient le nom de Francis Rissin à l'infini.

Contrairement aux rues désertées de Tourves, quelques piétons arpentaient celles de Brignoles, défiant la pluie et cette épaisse couche de colle qui salopait les chaussures et le bas des pantalons. Ils avaient l'air de parfaits fantômes. Ils semblaient se désintéresser complètement de cette croûte de papier qui enkystait leur ville et qui n'était pas là la veille encore. Ils filaient à travers le déluge, apparaissant au coin d'une rue et disparaissant quelques secondes plus tard derrière le pâté de maisons suivant. R. et G. se regardèrent. Ils crurent un moment qu'ils étaient devenus fous, qu'ils étaient les seuls à voir cette carapace de papier.

Ils poussèrent jusqu'à Vidauban, pour constater les dégâts.

Ils ne furent pas déçus du voyage. C'était un vrai chaos. Il y avait des affiches jusque sur les feuilles des arbres, dans les bouches d'égout, sur les pierres des maisons, sur les détritus qui prenaient la poussière sous le mobilier urbain. On eût dit qu'une espèce de parasite extraterrestre avait envahi la ville, la recouvrant d'un gigantesque cocon de salive bleu et blanc.

En s'approchant d'une affiche, G. ressentit un léger malaise.

C'était difficilement exprimable. À première vue, elle paraissait strictement identique à celles qu'ils avaient collées quelques jours plus tôt, et pourtant elle eut la certitude que ce n'était pas la même. Est-ce que c'était le bleu qui était légèrement plus clair ? Est-ce que ça venait de la police de caractère utilisée, ou du grammage du papier ?

Ils en décollèrent plusieurs, à des endroits différents. Bien qu'elles fussent détrempées et poisseuses, ils s'efforcèrent de les plier soigneusement, pour qu'elles soient en bon état quand ils les ouvriraient plus tard, pour faire la comparaison. S'ils pouvaient démontrer que ces affiches étaient différentes, que ce n'étaient pas celles que Sergent leur avait confiées, alors peut-être qu'ils parviendraient à convaincre le Gardian qu'ils n'étaient pour rien dans cette mutinerie.

L'après-midi était bien avancé, ils décidèrent de rebrousser chemin.

Sur le retour, ils s'arrêtèrent une nouvelle fois à Brignoles et à Tourves, pour récolter d'autres spécimens. Ils étaient épuisés, mais un souffle nouveau battait dans leur tête, une petite lueur d'espoir commençait à rayonner devant leurs yeux. Ils s'imaginaient qu'ils allaient pouvoir rapidement établir leur innocence, et en finir avec cette histoire qui ne leur attirait que des emmerdes.

*

L. récupéra sa voiture à Saint-Maximin-la-Sainte-Baume. Elle voulait faire un crochet par Codognan pour prendre des nouvelles de B. Elle lui avait passé plusieurs coups de fil, mais il n'avait pas répondu – il devait être en train de dormir. Elle les retrouverait un peu plus tard dans la soirée à Congénies.

Ils étaient assis tous les quatre dans le salon de R. et G. quand ils reçurent son coup de téléphone. Ils avaient passé une bonne heure à comparer les différentes affiches. Il y avait quelque chose qui clochait, de ça au moins ils étaient sûrs. Les deux séries étaient différentes, ça crevait les yeux, et en même temps ils n'arrivaient pas à dire pourquoi. C'était la même police de caractère, c'étaient bien la même couleur, les mêmes dimensions, le même papier, le même procédé d'impression. Mais ils étaient convaincus tous les quatre : ce n'étaient pas les mêmes affiches. Celles qu'on leur avait données, celles qu'ils avaient collées de leurs propres mains et celles qu'ils venaient de recueillir sur le chemin du retour n'avaient rien à voir, même si elles paraissaient absolument identiques au premier abord.

Ils étaient en train de se demander comment ils allaient pouvoir expliquer ça au Gardian lorsque la sonnerie du téléphone retentit.

G. décrocha.

Son visage se ferma d'un coup. Malgré leur demande, elle n'alluma pas le haut-parleur grâce auquel la voix fluette du Gardian s'était matérialisée devant eux quelques heures plus tôt. Elle hochait régulièrement la tête, sans dire un mot. Elle avait pris une mine grave. Les autres surent tout de suite qu'il s'était passé quelque chose.

Elle se tourna vers eux avant même d'avoir pensé à raccrocher, bouleversée, les yeux en larmes. B. était mort. L. l'avait retrouvé pendu dans la cuisine, elle ne comprenait pas ce qui s'était passé. Avant de sauter de sa chaise, B. s'était scié l'avant-bras avec le couteau électrique. Il y avait du sang partout dans la pièce, c'était atroce. L. avait perdu connaissance un moment. Après avoir retrouvé ses esprits, elle s'était demandé si elle devait appeler la police. Mais elle s'y était finalement résolue – les flics devaient arriver là-bas d'une minute à l'autre.

*

Ils pensèrent immédiatement à l'ultimatum du Gardian. Qui d'autre pouvait avoir fait une chose pareille ? Ils restèrent muets un long moment, crevant de trouille, les yeux rivés aux flammes qui s'agitaient dans la cheminée. Ils n'auraient jamais imaginé que cela eût pu prendre de telles proportions. Alors chacun se débattait avec sa conscience, imaginant les souffrances que B. avait dû endurer, avec son bras en charpie, avant de rendre l'âme – chacun se demandait lequel d'entre eux serait le prochain sur la liste.

Contre toute attente, le Gardian les rappela le lendemain pour leur dire qu'il avait vu les nouvelles affiches et que c'était bizarre en effet, qu'il y avait un problème. Il ne s'excusa pas non plus de s'être énervé la veille au téléphone, mais R. sentit bien qu'il était emmerdé. Il reconnut d'ailleurs qu'ils étaient sous pression en ce moment, et que ces affiches inopportunes qui fleurissaient partout dans la région ne simplifiaient pas leurs affaires. Il les tiendrait au courant, il les rappellerait d'ici à quelques jours.

Ils ne comprenaient plus rien. Si ce n'était pas le Gardian qui avait mis sa menace à exécution, est-ce que B. s'était bel et bien suicidé ? Est-ce qu'il s'était vraiment scié le coude avec le couteau électrique de la cuisine ? Ils ne savaient pas s'ils devaient se réjouir d'avoir à examiner cette hypothèse.

L. était méconnaissable. Elle avait pris des tranquillisants, mais ça ne lui avait pas fait grand-chose. Elle était assise dans un coin, le visage caché entre ses mains. Parfois elle se contentait de pleurer, mais à d'autres moments, elle prononçait des paroles qu'ils n'arrivaient pas à comprendre.

*

Ils se retrouvèrent tôt le matin devant l'église de Sainte-Sixte de Pérols, tout vêtus de noir. Il s'était un peu arrêté de pleuvoir, la nuit passée ; mais les averses avaient repris de plus belle avec l'arrivée du jour. L. avait voulu que les choses se fassent religieusement. B. n'avait jamais été un modèle de piété, mais ils n'avaient rien trouvé à y redire. C'était très bien comme ça, il n'en avait probablement plus rien à foutre, de toute façon, là où il était. C'était le salut des vivants qui comptait. Il serait enterré au cimetière Saint-Sauveur, à quelques centaines de mètres de là.

Quelques individus s'étaient rassemblés sous le porche de l'église, pour se mettre à l'abri des rafales de vent. C'étaient sans doute des membres de la famille de B. Il y avait une femme âgée, les yeux rougis de chagrin. Un homme d'une cinquantaine d'années avait sorti ses lunettes de soleil, ce qui eût paru bien inutile en d'autres circonstances, vu la couleur du ciel qui étalait au-dessus d'eux sa noirceur presque laiteuse. La moyenne d'âge était élevée. G. se fit la remarque qu'il n'y avait pas d'enfants. Même la cour de récréation de l'école élémentaire qui se trouvait à l'autre extrémité de la rue était plongée dans le silence.

Le corbillard arriva avec quelques minutes d'avance, les agents funéraires sortirent la bière du véhicule, et tout le monde s'engouffra à leur suite dans l'édifice religieux. Quand le prêtre entama les prières d'usage, ils n'étaient pas vingt autour du cercueil.

Vu les circonstances de la mort de B., il y avait eu une autopsie, ce qui avait repoussé plusieurs fois la date de l'enterrement. Les flics étaient emmerdés. Étant donné l'angle de découpe, le médecin légiste ne pouvait pas affirmer avec certitude qu'il s'était bien tranché le coude lui-même avec le couteau électrique. Si ça avait été le cas, alors il avait taillé à vif dans sa propre chair en forçant sur les cartilages, à l'endroit de l'articulation. La douleur avait dû être inouïe. Or là-dessus les analyses étaient formelles, il ne s'était pas drogué, il n'avait même pas avalé un petit verre de marc de Provence pour se donner du courage. Ça paraissait presque surhumain.

Il y avait une sorte de crochet qui pendait au plafond de la cuisine. Manifestement, il était monté sur une chaise pour y accrocher un nœud coulant qu'il s'était passé autour du cou, et il avait sauté. Ce qui posait une autre question embarrassante : comment avait-il pu s'y prendre au juste, avec une seule main valide et l'autre bras en charpie, pour accomplir ce geste ultime ? Les enquêteurs restèrent relativement prudents sur ce point. Ils reconnaissaient toutefois que, dans certains moments de détresse extrême, le corps humain pouvait réaliser de véritables prouesses.

Non, le seul problème, c'est qu'ils avaient été incapables de retrouver le membre manquant. Ils avaient passé les pièces au peigne fin, ils avaient fouillé la cave, le jardin, la fosse septique et jusqu'aux fossés fangeux qui entouraient la maison – sans succès. Mais l'hypothèse qu'un chien affamé soit passé par là et se le soit enfilé pour le déjeuner n'était pas à exclure.

Ils furent tous interrogés par les enquêteurs de la police judiciaire. Ils craignirent que L. ne leur raconte toute l'histoire, mais elle tint bon. « Cette foutue pluie va finir par tous nous rendre dingues », avait conclu le commissaire, d'un ton plein de philosophie.

*

La pluie battait fortement contre les vitraux, comme si elle avait voulu s'inviter à la cérémonie. L. avait demandé au père Baudrans que ça aille vite, et l'homme d'église avait tenu parole. Un quart d'heure plus tard, ils étaient de nouveau à l'air libre, prêts à prendre le chemin du cimetière. Ils firent les cinq cents mètres qui les séparaient du lieu de l'inhumation en voiture, pour rester au sec aussi longtemps que possible. Ils se feraient suffisamment tremper pendant la mise en terre, quand ils seraient massés devant la tombe.

Les agents funéraires étaient des professionnels. Ils leur avaient proposé de grands parapluies noirs, sous lesquels on pouvait facilement se serrer à quatre ou cinq. Les choses se firent dans les règles, mais en vitesse accélérée. Ils descendirent le cercueil au fond du trou. Des cascades d'eau boueuse ruisselaient le long de l'excavation. Chacun y alla de sa petite poignée de terre. Le curé en profita pour s'éclipser, sa soutane alourdie comme un drap mouillé. Ils restèrent là quelques minutes encore. Chacun essayait à sa façon de donner un peu de sens à ce qui venait de se passer, chacun essayait de dire au revoir. L. fixait le fond du trou comme s'il était possible, en cherchant bien, de voir ce qu'il y avait de l'autre côté. La plaque de marbre gris qui devait le sceller à jamais attendait quelques mètres plus loin, salie de pluie.

Il fallut encore donner quelques poignées de main, remercier les agents funéraires, manger un morceau.

Ils se retrouvèrent à Congénies au milieu de l'après-midi.

La terre ne parvenait plus à absorber les eaux du ciel. De grandes mares saumâtres s'étaient accumulées sur le chemin de graviers qui menait à l'entrée de la maison. Le jardin ressemblait à ces rizières inondées qui s'étalaient un peu plus loin au sud, vers Aigues-Mortes.

Pendant la longue semaine qui avait suivi la mort de B., R. avait encore essayé plusieurs fois de joindre Sergent. Mais ça avait toujours été en vain. Le Gardian ne leur avait pas donné de nouvelles. Peut-être que c'était inutile, finalement. Peut-être qu'il s'était rendu lui aussi à l'évidence.

Ils grelottaient quand ils se retrouvèrent devant la cheminée. R. alla chercher quelques bûches dans le garage, et il les jeta négligemment sur le tas de cendres qui trônait au fond de l'âtre avec des feuilles de papier journal froissées en boule.

*

Il y avait d'autres cellules. Pour une raison qui leur échappait encore, d'autres groupes avaient continué le boulot, d'autres groupes avaient voulu donner une plus grande visibilité à leur ouvrage. Sergent pourtant avait été clair : ils devaient s'en tenir à cette zone qui s'étend autour de l'étang de Mauguio et de la Petite Camargue. Mais plus étrange encore, il leur semblait que ces groupes essayaient d'entrer en contact avec eux par le biais de ces messages ésotériques, dont ils n'étaient pas tout à fait sûrs de saisir le sens.

G. : On pourrait leur en laisser un, nous aussi.

R. : Pour leur dire quoi ?

G. : Je ne sais pas. Au moins qu'on a bien reçu les leurs.

K. : On peut créer une boîte mail et leur laisser l'adresse.

G. : Oui, un truc comme ça ! Il suffit de faire comme eux. Ils taguent ça en grand sur leur toile d'affiches agglomérées. Il doit bien nous rester des bombes de peinture quelque part.

J. : Et le Gardian ?

G. : Pas de nouvelles, bonnes nouvelles ! On ne va tout de même pas lui envoyer un texto pour se rappeler à son bon souvenir.

J. : Et Sergent ?

R. : Il ne serait pas plus silencieux s'il était mort.

R. regretta aussitôt d'avoir prononcé cette phrase. Il jeta un bref coup d'œil à L. qui se tenait prostrée devant la cheminée, mais il lui sembla qu'elle ne l'avait pas entendu. Elle regardait les flammes danser en balançant doucement sa tête. Elle fredonnait une mélodie qui lui paraissait familière, mais dont il n'arrivait pas à retrouver le nom. À bien des égards, son comportement ressemblait à celui que B. avait manifesté les jours précédant le drame. Ils espéraient qu'elle allait tenir, qu'elle n'allait pas se laisser entraîner dans la même spirale.

J. avait apporté la presse de la semaine.

Ils épluchèrent les différents exemplaires de *La Provence* et de *La Marseillaise*. Ça semblait s'être un peu calmé, même si on avait encore trouvé des affiches à

Narbonne, La Ciotat, et jusque du côté d'Antibes et de Barcelonnette.

J. : Il y a quelque chose qui déconne.

G. : Comment ça ?

J. : Regardez, ils interrogent Gilles Romanès, le maire de Villeneuve-lès-Maguelone.

R. : Qu'est-ce qu'il raconte ?

J. : Il dit qu'il se souvient des premières affiches, que c'était le jeudi 13. Ça lui est resté en mémoire parce qu'il avait un déjeuner d'affaires ce jour-là. Il avait rendez-vous dans un petit bistrot de la vieille ville avec un autre type, un chef d'entreprise, et le préfet du département. Il se souvient qu'il avait été très étonné de voir des dizaines d'affiches électorales identiques sur la façade de l'établissement.

R. : Où est le problème ?

J. : Le jeudi 13.

R. : Eh ben ?

J. : Est-ce qu'on n'a pas fait notre première sortie dans la nuit du 16 au 17 ?

Ils se regardèrent, interdits. Alors comme ça non seulement d'autres avaient pris le relais, mais eux-mêmes n'étaient pas les premiers – ils n'étaient que les simples maillons d'une entreprise beaucoup plus vaste, qui avait commencé bien avant eux, et qui pouvait se prolonger jusqu'à la fin des temps. Et pourquoi le Gardian n'en avait-il pas été avisé ? Est-ce qu'il était lui aussi un simple pantin, une marionnette entre les mains d'un type qui était encore au-dessus de lui ?

Les questions se précipitaient, ils étaient pris de vertige.

R. : Allez vous reposer, je m'occupe de nous créer une adresse mail.

G. : Et les tags ?
R. : Je fais ça dans la foulée, allez vous coucher.
G. : Attends, je vais t'aider à trouver les bombes.
R. : Va te reposer aussi. Je sais où elles sont.

*

R. quitta Congénies sur le coup de 00 h 20. Les bombes de peinture étaient bien là où il pensait. Ils avaient l'habitude de s'en servir quand ils étaient encore de jeunes militants. Il les avait secouées pour vérifier qu'elles n'étaient pas vides avant de les tester sur un morceau de carton. Elles étaient un peu rouillées, mais elles fonctionnaient très bien.

Il prit la route de Sommières. Il voulait passer au moins à Lunel, Marsillargues et Vauvert. S'il avait suffisamment d'énergie, il pousserait peut-être jusqu'à Saint-Gilles et ferait le crochet par Aigues-Mortes sur le chemin du retour.

Il avançait prudemment sur la chaussée à demi noyée. Il se dit qu'une émission de radio le tiendrait éveillé pendant le trajet, mais le poste refusait de s'allumer, et puis de toute façon le martèlement de la pluie sur la carrosserie l'aurait obligé à mettre le son à tue-tête.

Alors il se laissa envahir par ses pensées. Le visage de B. flottait devant lui comme si son esprit l'eût projeté juste là, sur le pare-brise. Il repensa aux derniers moments qu'ils avaient passés ensemble. Il pensa également à ce qu'ils avaient fait à Villard-de-Lans, quelques années plus tôt, et à ce qui s'était passé à Manosque. Quand il traversa Boisseron, il revoyait ce type qu'ils avaient rencontré tous les deux sur la plage de Fréjus par une nuit du mois de septembre. Ensemble, ils avaient fait des choses qu'il avait fini par regretter, et d'autres dont il serait fier jusqu'à la fin de sa vie. Ils n'avaient jamais reparlé non plus de ce grand rassemblement qui avait eu lieu dans le hameau de Sallagriffon, sur les flancs de la montagne des Miolans, ni de cette femme dont ils avaient croisé le chemin à Paris, et qu'ils avaient aimée tous les deux passionnément quand ils étaient étudiants.

À Lunel, seules quelques affiches avaient survécu aux précipitations. Elles semblaient avoir encore vieilli. Il n'en restait que des lambeaux, ici ou là, des fragments qui formaient comme des caillots de matière sale et spumeuse.

Il sortit de voiture sans s'inquiéter de savoir s'il y avait du monde autour de lui, ni s'il pouvait être vu. Il tagua à plusieurs reprises l'adresse électronique qu'il avait créée, mais également des messages mystérieux, qui lui vinrent à l'esprit comme ça, et qu'il écrivit de manière presque mécanique : « en lui expliquant patiemment pourquoi nous ne pouvions pas nous contenter d'approximations de sa part » ou « tous les habitants du village ont un parent ou un proche qui est enterré ici » ou « Fanny espère qu'il s'agit d'une annonce pour le tournoi de pétanque de Génissiat ».

Il était resté dehors quelques minutes à peine, mais il dégoulinait déjà de pluie quand il s'assit de nouveau au volant. Il s'essuya le visage et les cheveux avec un mouchoir qui traînait. Il mit le contact, démarra et prit la direction de la D34 qui devait le conduire à Marsillargues.

*

Il répéta l'opération dans ces villes qu'ils avaient traversées ce qui lui semblait être un jour lointain, la nuit du premier collage, une nuit d'avant la création du monde, avant que le ciel se sépare de la terre. À chaque fois, il eut un mal fou à retrouver précisément les lieux où ils avaient officié, ce soir-là. Les affiches avaient presque toutes disparu, arrachées par les hommes ou l'obstination des éléments.

Il poussa jusqu'à Saint-Gilles. Une voiture de flics passa à sa hauteur au moment où il taguait une série de mots presque illisibles ; mais elle fila tout droit – comme si les condés ne l'avaient pas vu, ou que des affaires plus pressantes les avaient amenés à l'ignorer. Ça le fit redescendre un peu. Il avait eu l'impression de flotter ces dernières heures, de se tenir loin au-dessus de son corps.

Il avait fait tout ça en pilote automatique. Il avait répété les mêmes gestes avec un acharnement de machine. Il s'était garé. Il s'était coulé dans la nuit. Il avait vidé la plupart de ses bombes, laissant derrière lui des centaines de messages sibyllins. S'ils ne les voyaient pas, c'est vraiment qu'ils ne voulaient pas les voir.

En démarrant, il hésita un instant. Et puis il prit plein sud, pour rejoindre Aigues-Mortes par les petites routes. Il connaissait bien le coin, et comme il n'y avait personne, il appuya un peu sur l'accélérateur.

Il était à bout de forces, mais il n'arrivait pas à arrêter ses pensées. Il essayait de se rappeler où il avait rencontré Sergent, la première fois. Ce n'était plus si clair pour lui. Il se souvenait en tout cas du jour où il l'avait présenté aux cinq autres, aux

Saintes-Maries-de-la-Mer. Et puis de ce fameux dîner au Grau-du-Roi où il leur avait exposé le plan. Il leur avait montré l'affiche sur son téléphone. Ils lui avaient demandé qui était Francis Rissin, et il leur avait répondu qu'ils n'avaient pas besoin de le savoir.

Ils avaient fait des recherches sur Internet avec G. Ils n'avaient rien trouvé du tout. C'était comme si cet homme n'avait jamais existé. Sur le site d'un généalogiste, ils étaient tombés toutefois sur un certain François Rissin, qui avait vécu dans un petit village de l'est de la France après la Seconde Guerre mondiale. Ce n'était pas très clair, le texte était mal écrit. Il y avait toutefois une petite photo en noir et blanc. La résolution était mauvaise, mais on pouvait distinguer les principaux traits de son visage.

Il devait avoir la cinquantaine. Il avait un nez et un menton très particuliers, qui lui donnaient un air inquiétant de roi ensorcelé. Ses yeux paraissaient étrangement clairs. On eût dit deux petites fentes qui laissaient simplement passer la lumière blanche de l'écran. Il avait cette mine à la fois grave et apprêtée des premiers portraits argentiques. Il regardait ailleurs, loin derrière le photographe. Ça les avait profondément marqués.

Ils découvrirent également un Francis Rissein et une Francine Rissin – mais pas de Francis Rissin. Ils se demandèrent si les gars qui avaient monté tout ça avaient pu inventer ce nom de toutes pièces, mais ils ne voyaient pas le sens que ça pouvait avoir. De toute façon ils avaient accepté la proposition de Sergent. Ils avaient vraiment besoin de fric à ce moment-là.

*

En entrant dans Aigues-Mortes, R. fut étonné d'apercevoir quelques passants qui pressaient le pas en marchant sous l'ondée. Ils semblaient se diriger vers la porte de la Gardette. C'était étrange, il était presque 3 heures du matin.

Il se gara rue du Faubourg-du-12-Avril, il enfila son vêtement de pluie et sortit du véhicule, sa dernière bombe de peinture à la main. Il faisait nuit noire, la plupart des réverbères de la ville étaient éteints et la pluie plongeait les lieux dans une sorte de crachin impénétrable ; mais il ne s'en émut pas, ça allait arranger ses affaires.

En rejoignant l'avenue de la Tour-de-Constance, il aperçut encore un groupe de quatre individus qui couraient se mettre à l'abri. Il se demanda ce qu'ils faisaient dehors à une heure pareille. Il se dit qu'il ferait mieux de rentrer au chaud à Congénies, que c'était inutile, qu'il y avait trop de monde pour qu'il puisse agir sans se faire voir ; mais il était piqué par un vif sentiment de curiosité. Au loin, d'autres silhouettes se découpaient encore dans cet océan de ténèbres, et cette masse convergente d'individus semblait l'appeler à elle, le happer.

Il se retrouva bientôt au pied des remparts. Il y avait maintenant des groupes de noctambules partout autour de lui, mais l'absence de lumière et le rideau de pluie ne laissaient apparaître que des formes fantomatiques, des spectres faits d'ombres et de bruine.

Il avançait au milieu de ces apparitions. Il était recru de fatigue, mais avant de prendre le chemin du retour il voulait savoir ce qui se passait, où ces gens se rendaient comme ça en plein milieu de la nuit, bravant ces cataractes qui leur tombaient incessamment sur les épaules.

L'homme qui était devant lui se retourna dans sa direction en lui faisant le geste de le suivre. R. resta complètement tétanisé. C'était incompréhensible. C'était le visage de ce type dont ils avaient déniché la photo sur Internet – de ce fameux François Rissin.

Il était juste là, à quelques mètres de lui, son menton en galoche faiblement éclairé par les rares projecteurs qui jetaient encore leur halo orangé sur les remparts. R. songea qu'il était probablement en train de rêver. Il s'approcha encore un peu. La pluie l'empêchait de distinguer les détails, mais il remarqua pour finir qu'il s'agissait d'un masque.

R. s'apprêtait à apostropher cet inconnu quand il aperçut un autre individu, à côté du premier. C'était le même visage encore, celui de ce François Rissin. R. se retourna. Il réalisa avec horreur que tous les passants portaient sur la tête ce masque grossier, qu'il voyait maintenant se répéter à l'infini autour de lui. Et tous entraient dans la vieille ville, et R. se sentait emporté comme un navire chassé par les courants. Ils s'étaient progressivement resserrés autour de lui et ils le poussaient de leur pas régulier. Il n'essaya pas de lutter, c'était trop tard, il était pris au piège.

Il se laissa porter à travers la rue Jean-Jaurès par cette marée de visages identiques, par cette grande parade de messe noire. Et puis ils arrivèrent place Saint-Louis.

Il y avait une foule considérable assemblée au pied du monument. Certains individus, vêtus de larges capes, levaient des torches vers le ciel.

Un homme lui tendit un masque, accompagnant son geste d'un hochement de tête. Il le regarda sans savoir quoi lui dire. Il s'agissait d'un masque en plastique, semblable à tous les autres. Il l'enfila et leva les yeux vers Saint Louis.

C'était une haute statue de bronze représentant le roi couronné, vêtu d'une cotte de mailles et appuyé contre une ancre de mouillage. Il avait l'air presque vivant, comme ça, balayé par la lumière des flambeaux. Ces derniers dégageaient une forte odeur de résine et de goudron, et ils crachaient une épaisse fumée noire qui montait rapidement dans la nuit, se faufilant à travers les hallebardes.

La foule commença à entonner un hymne, et la tête de R. se mit à tourner, lentement d'abord, et puis de plus en plus vite. Les masques devenaient des taches grises qui se fondaient progressivement les unes aux autres. Les platanes et les façades blanches se tordaient dans un mouvement de toupie. Seul le visage du Prudhomme, surmonté maintenant de deux aigles en or, paraissait immobile au milieu de ce maelström, comme si c'était le nombril du monde, le pivot de mécanique de l'univers. Et puis tout se brouilla.

Devant lui, il aperçut le cloître de l'abbaye de Royaumont, et à sa droite la tribune des reliques de la Sainte-Chapelle, illuminée par les rayons du soleil qui se diffractaient à l'infini sur les fins pétales de la rose de l'Apocalypse. À sa gauche, il y avait les larges tours d'enceinte du château d'Angers, et derrière, il pouvait entendre des cris d'hommes et de femmes, et sentir la chaleur des bûchers.

Et puis il vit le visage bienveillant de Philippe Auguste sur son lit de mort, une plume de cygne posée sur les lèvres ; il vit la nef démesurée de la cathédrale de Reims, avec ses piliers hauts comme des troncs tendus vers le ciel, et ses cryptes de terre battue jonchée de reliques ; il vit une foule de barons aux visages durs et rocailleux rassemblés dans les rues de Montlhéry, une meute de chiens à leurs côtés, aboyant au soleil couchant comme des loups ; il vit cette jeune femme au teint pâle et aux cheveux d'encens agenouillée devant lui dans la cathédrale de Sens, cette femme au corps plus fragile encore que le cristal, et qui pleurait ; il vit des monceaux de cadavres couverts de mouches sur le champ de bataille de Taillebourg coupé en deux par la Charente ; il vit aussi les grandes plaines de la Perse et de la Mongolie, les déserts d'Égypte, le Grand Khan et le chef de la Horde d'Or ; il vit encore un chêne immense, à Vincennes, et des cohortes de frères mendiants raclant les campagnes de France de leurs ongles fendus.

*

Il se réveilla en sursaut.

La pluie avait redoublé de violence. Elle fouettait sans répit la baie vitrée du salon. Il était allongé sur le canapé, les chaussures aux pieds, ses vêtements de la veille encore humides. Le soleil s'était levé, derrière le manteau de nuages cendreux qui encerclait la terre.

Il avait un effroyable mal de crâne. Il se leva avec l'idée de prendre un verre d'eau et un cachet d'aspirine.

G. était assise à la table de la cuisine, devant son ordinateur portable.

Elle leva la tête pour le regarder, un éclat de suspicion dans les yeux.

G. : Qu'est-ce qui t'est arrivé ?

R. : Rien.

G. : Tout s'est bien passé ?

R. : Oui, je crois.

Il avait l'impression que quelqu'un lui pressait violemment les tempes.

G. : Tu as bu en rentrant ?

Elle lui désigna du doigt une bouteille de whisky vide, qu'elle avait posée derrière la poubelle à côté de quatre pots de confiture fraîchement lavés.

R. : Je ne me souviens pas.

G. : Tu as trempé tout le canapé, tu as vu ?

R. : Il reste du café ?

G. : Assieds-toi. Je m'en occupe.

Plus tard dans la journée, ils consultèrent leur nouvelle boîte aux lettres électronique. En plus des nombreux messages de bienvenue que leur avait adressés le serveur, ils avaient reçu un mail étrange, sans adresse d'expéditeur. Ils trouvèrent presque inquiétant que la longue sortie nocturne de R. eût porté si rapidement ses fruits.

Ils lurent les quelques mots qui apparaissaient à l'écran.

« Ça fait trente-six ans que les tours de la Forge me bouchent à moitié l'horizon ;

Toute la classe dirigeante pourrait être éclaboussée ;

Cette masse à la fois morte et vivante qui croît magiquement entre ses mains. »

Ils essayèrent plusieurs fois de cliquer sur la touche « répondre », mais le curseur cessait d'être actif lorsqu'ils le pointaient dessus.

Ils cherchèrent par tous les moyens à retrouver l'adresse de l'expéditeur. Mais ils n'étaient pas des experts, ils ne savaient pas comment s'y prendre. Pour finir, impatients, ils envoyèrent un message au centre d'aide de leur messagerie électronique.

R. : Qu'est-ce que ça veut dire ?

G. : Je ne sais pas.

R. : Je vais appeler ton frère. Il a fait une formation en webmastering ou un truc comme ça, non ? Il saura peut-être nous dire ce qu'il faut faire.

Il composa son numéro, mais tomba directement sur le répondeur.

*

Dans la soirée, ils reçurent un autre message. Celui-ci disait :

« Il n'a rien avalé depuis le morceau de pain rassis et la tranche de comté qu'on lui a offerts dans une petite épicerie Vival. »

Cette fois-ci, la messagerie mentionnait une adresse d'expéditeur : tovar@org.fr. Mais il leur fut à nouveau impossible d'envoyer une réponse. Le pointeur de la souris refusait de se déplacer jusque- là.

Excédé, R. se rendit dans le cybercafé de Sommières, pour voir s'il aurait plus de chance en se connectant depuis un autre ordinateur. Mais c'était le même problème, comme si on leur interdisait de répondre. Il rentra chez lui dans un profond état d'abattement.

Il ne s'était pas tout à fait remis de sa nuit en solitaire. Quand il essayait de se souvenir, des images mouvantes remontaient jusqu'à sa conscience, mais il les perdait la seconde d'après.

Il essaya encore une fois d'appeler le frère de G.

R. : Mais qu'est-ce qu'il fout, bordel !

G. : Calme-toi, il va bien finir par rappeler.

Ils perdaient doucement patience, à mesure que l'inquiétude traçait son chemin dans leurs nerfs. Ils perdaient doucement l'équilibre. Ils ne comprenaient pas ce qui leur arrivait. C'était comme si les autres cellules essayaient de prendre contact avec eux, mais depuis un plan de réalité qui ne coïncidait pas avec le leur. Comme s'ils étaient séparés par une sorte de membrane invisible qui laissait passer certaines informations mais en retenait d'autres – une membrane qui ne fonctionnait que dans un seul sens.

G. : Tu crois qu'ils essaient de nous prévenir ?

R. : Ils ne pourraient pas être un peu plus précis ?

G. : On dirait qu'ils nous demandent de faire attention, de rester sur nos gardes.

R. : Mais faire attention à qui ? Au Gardian ? À Sergent – qui peut bien aller se faire foutre, là où il est ? À la pluie qui nous bouffe lentement le cerveau de l'intérieur ? Faire attention à quoi ?

Ils étaient épuisés, mais ils se sentaient incapables de trouver le sommeil. Ils auraient pu s'allonger un moment, mais un nouveau mail pouvait arriver dans l'intervalle. Leurs têtes étaient devenues des roues qui tournaient sans s'arrêter. Alors ils restèrent simplement devant l'écran à attendre que quelque chose se passe.

*

À 3 heures du matin, ils reçurent un nouveau message.

« Les affiches Francis Rissin claquent autour de la scène comme des haubans sur des mâts ;

Que les gens lisent “Oyonnax”, mais qu'ils pensent à Bagdad ou à Mogadiscio ;

Il aurait aimé être une petite bestiole pour voir leur tronche quand ils ont ouvert les pages du *Progrès*. »

Il manquait à nouveau le nom de l'expéditeur. Ils constatèrent, sans surprise cette fois, qu'il leur était toujours impossible de répondre.

Leurs corps manifestaient des signes de fatigue avancée. Ils n'étaient plus très loin de s'évanouir ou de sombrer dans les ténèbres qui se rapprochaient d'eux en silence.

R. restait prostré devant l'écran. Par intermittence, des images de la nuit précédente parvenaient à s'extraire des abîmes de son subconscient, et elles le frappaient de stupeur comme des visions, menaçant de l'entraîner avec elles dans les abysses.

Ils ne comprenaient plus rien. Des centaines de bribes de phrases flottaient devant leurs yeux, mais elles refusaient obstinément de s'emboîter les unes aux autres comme les pièces d'un puzzle.

Ils se sentaient écrasés par quelque chose d'immense qui les dépassait, dont ils ne parvenaient pas à saisir la nature. Ils se demandèrent pour finir s'ils n'étaient pas les jouets d'une force supérieure, une force qui aurait porté une infinité de noms. L'un de ces noms était le

Gardian, un autre de ces noms était Sergent. Et peut-être que Francis Rissin était le nom qui incluait tous les autres, le nom de cette créature qui les poussait lentement dans le vide, le nom de cette pluie noire et poisseuse qui salopait le monde ?

Peut-être que Francis Rissin était l'autre nom de Dieu ?

*

J. et K. avaient passé la matinée à essayer de joindre R. et G. Ces derniers ayant obstinément refusé de décrocher, K. avait décidé d'aller jusqu'à Congénies d'un coup de voiture, pour s'assurer que tout allait bien, et pour leur montrer l'article s'ils ne l'avaient pas vu. Elle n'était toujours pas rentrée et J. faisait les cent pas dans la salle à manger, *La Marseillaise* du jour ouverte en grand sur la table rectangulaire qui se tenait au milieu de la pièce.

C'était un long article d'une demi-page intitulé : « Un homme de mains ». La journaliste racontait que, la veille, cinq agents de police judiciaire, accompagnés de quelques gros bras de la BAC, avaient entrepris de faire une perquisition chez un certain Richard Terrast, qui vivait dans un petit HLM de L'Isle-sur-la-Sorgue. L'homme n'était pas à son domicile. Les policiers avaient enfoncé la porte, lourdement blindée. Après avoir fouillé méticuleusement les différentes pièces, ils avaient fini par trouver cinq mains dans son congélateur. Trois d'entre elles étaient clairement des mains de grands singes, probablement encore une fois d'orangs-outans ou de jeunes gorilles. Mais les deux autres, plus petites, leur avaient paru suspectes.

Il pouvait s'agir de mains humaines, de petites mains d'adulte, même s'ils attendaient les conclusions de la police scientifique pour se prononcer avec certitude. Sous l'évier, dans une sorte de double-fond, ils avaient trouvé plusieurs scies rouillées tachées de sang. Un plan épervier avait aussitôt été déclenché par le commandant du groupement de gendarmerie du Vaucluse, et immédiatement élargi au Gard, à l'Hérault et aux Bouches-du-Rhône. Un appel à témoin accompagnait l'article. Une photographie de mauvaise qualité montrait le visage de Richard Terrast, le principal suspect.

En l'apercevant, J. l'avait immédiatement reconnu.

Elle s'était concentrée quelques instants, pour faire remonter le souvenir de leur rencontre. Et dès qu'elle parvint à attraper l'extrémité du fil, le reste de la pelote se déroula de lui-même, sans le moindre à-coup.

*

Ce jour-là, R. et G. les avaient tous amenés aux Saintes-Maries-de-la-Mer. Ils avaient une sorte de travail à leur proposer, c'était tout ce qu'ils avaient dit. J. se souvenait que B. et L. étaient arrivés avec une bonne demi-heure de retard, ce qui avait encore agacé R., qui était déjà très tendu.

Il faisait un temps magnifique. Ils avaient déjeuné tous les six face à la mer, à la terrasse d'une grande brasserie. C'était le début du mois de mai. Les rayons du soleil se reflétaient sur la surface de l'océan, comme si quelqu'un avait jeté là de pleines poignées de paillettes argentées. Il y avait du monde sur la plage. Quelques courageux s'étaient mis en maillot, et ils criaient en essayant d'échapper aux vagues fraîches qui leur chatouillaient les cuisses. Personne ne pouvait s'imaginer que, dès la semaine suivante, les nuages allaient brusquement envahir la région et les priver des chaleurs et de la lumière de l'été.

Les mouettes montaient et descendaient dans le bleu du ciel, au gré des trous d'air et des courants ascendants, chassées par les voiles des kitesurfs, qui offraient là un grand ballet de couleurs.

Plus loin, alignées face à la mer, se dressaient les cabanes des gardians.

R. avait les yeux rivés sur sa montre. Il était resté mystérieux pendant toute la durée du repas. Il leur avait seulement précisé qu'il avait un ami à leur présenter.

Ils avaient pris le café en parlant de choses ordinaires. Le temps s'était étiré comme il s'étire parfois quand on le passe en plein soleil. Et puis à 14 h 55 un grand type était arrivé. Il portait un panama sur le crâne et de fines lunettes de soleil qu'il avait gardées sur le nez tout au long de leur échange. Ses traits recelaient quelque chose que J. avait immédiatement détesté. C'était quelque chose qui ne cadrait pas avec le panorama, qui ne collait pas avec cette chaleur douce qui leur caressait la peau et le soleil qui restait perché là-haut, cloué au ciel.

Alors elle regarda encore la photographie qui illustrait l'article.

Aucun doute n'était possible.

C'était le visage de Sergent.

11.

Archives de la préfecture de police de Paris, audition de Richard Terrast dit « Sergent », du 17 novembre ***, liasse n° 17-J-02, compte rendu dactylographié (document classé « secret Défense »).

Je suis vieux maintenant, ma mémoire me joue des tours. Je mets parfois de longues minutes à me souvenir du prénom de ma femme de ménage, ou de l'endroit où j'ai posé mes lunettes avant d'entrer sous la douche. Ma mémoire est comme un bateau qui s'en va.

Mais pour ce que vous me demandez, c'est différent. Je me souviens de tout, d'absolument tout. Je revois chaque détail avec une précision et une netteté extraordinaires, comme si les choses étaient posées juste là, sous mes yeux, ou comme si le temps s'était arrêté ce lointain soir de juillet et que tout le reste, tout ce qui avait suivi, avait été un rêve – ou plutôt un épouvantable cauchemar.

J'ai eu la chance d'atteindre l'âge que j'ai aujourd'hui, j'ai eu la chance de vieillir, la chance – mais est-ce vraiment une chance ? – de survivre. J'ai eu le temps de voir beaucoup de choses au cours de cette vie interminable ; j'ai eu le temps de faire à peu près le tour des bonnes et des mauvaises surprises qui guettent un être humain au cours de son petit séjour à la surface de la terre.

J'ai traversé les déserts et les océans, j'ai fait rouler mes valises aux quatre bouts du monde, bondissant d'un continent à l'autre comme si j'étais équipé d'un réacteur dorsal. Il y a eu le sable aveuglant des plages des îles Marquises et les bordels enfumés de Bogotá, les gratte-ciel infinis de Dubaï et les coupe-gorge de Venise, entre deux journées de carnaval. Et puis l'Histoire s'est invitée à la fête et il y a eu les terribles événements de Leucate et du Barcarès, au cours de cette fameuse semaine du mois de juin. Les oiseaux migrateurs étaient comme des billes d'acier dans le ciel. La fumée épaisse des incendies noyait le soleil derrière un grand voile aux reflets noirs et métalliques. Les émeutiers étaient joyeux comme des soldats de plomb. Personne ne pouvait encore imaginer que les bombes allaient pleuvoir sur la région et la noyer sous les cendres et la poussière. Mais vous vous souvenez de tout ça mieux que moi peut-être.

Par la suite, je me suis fait inviter dans des palais dont ne rêvent même pas les rois et les émirs, et aussitôt après on m'a jeté dans des cloaques nauséabonds, où je ne souhaiterais à personne de croupir une seule minute, pas même à un tueur d'enfants. Des enfants... Je n'ai jamais eu d'enfants, vous savez. Je crois que c'est mon seul regret, ma seule amertume. Vous pouvez créer tous les personnages de roman que vous voulez, ça ne sera jamais assez pour faire de vous un père.

En vérité je vous le dis, j'ai presque tout essayé au cours de ma vie, j'ai presque tout vu ; mais rien qui ait égalé en intensité ce que nous avons fait ce soir-là, rien dont j'aie pu me sentir ensuite aussi fier, aussi comblé – rien qui ait jamais approché d'aussi près ce que certains appellent le nirvana, et d'autres simplement la béatitude. C'est la plus belle chose que j'aie faite, ma plus belle œuvre, la seule et unique – et j'étais si jeune pourtant à ce moment-là. Comme si le bon Dieu s'était amusé à me faire goûter d'emblée ce qu'il pouvait y avoir de plus haut dans une existence humaine, pour mieux m'en faire ressentir le manque aussitôt après. Car toutes les années qui ont suivi, je les ai vécues dans le souvenir et la nostalgie de ce qui s'est passé là-haut, ce soir-là, sur le Méjean. Quand les portes de l'avenir étaient encore grandes ouvertes.

Ça ne s'est jamais reproduit. J'imagine que ces choses-là n'arrivent qu'une seule fois au cours d'une existence – à condition même qu'elles arrivent une fois. J'ai vécu plus longtemps sur cette terre que la plupart des hommes, j'ai eu une vie longue comme un voyage en capsule vers les immensités vides et silencieuses de l'espace infini. Eh bien, ça aura été le seul moment de grâce. Il n'y en a pas eu d'autre. Au moment de mourir, au moment de faire le bilan, de faire les comptes, c'est tout ce qui me reste – ce qui a suivi n'a été qu'une interminable méprise.

*

Quand je ferme les yeux, je revois chaque image, chaque détail. Il y a le soleil couchant, prêt à rouler sur les crêtes du mont Aigoual avant de disparaître à jamais derrière le rideau noir des Cévennes ; il y a le vent chaud qui siffle dans nos oreilles et vient caresser la steppe qui s'étend derrière nous, cette immense prairie couverte de cheveux d'ange et qui ondule comme la surface nacrée d'un océan ; il y a les vautours qui tournoient au-dessus de nos têtes comme des croissants de planètes, traçant leurs ellipses dans le ciel.

Les derniers rayons du jour chauffent nos visages rougis par la canicule de l'après-midi. De tous les côtés, des silhouettes de pierres aux reflets ferreux se découpent sur le ciel couleur d'abysses comme une armée de gladiateurs pétrifiés – comme si tous les héros troyens avaient subitement croisé le regard de Méduse. Nous sommes là, immobiles, à attendre que quelque chose se passe. Nous avons ôté nos chaussures de marche, pour sentir la fraîcheur de l'herbe sèche sous nos pieds endoloris. Nous fixons le soleil, qui n'en finit plus de regagner l'abîme.

Nous avons guetté le rayon vert, celui dont parle Jules Verne, mais je crois que nous n'avons rien vu. En revanche, des disques d'ombre se sont invités ensuite devant nos yeux pendant plusieurs minutes, s'illuminant chaque fois que nous baissions les paupières.

Nous étions là, tous les cinq, à attendre que la nuit tombe. Il y avait Alix, Juliette, Nadim, Antoine et moi – et Tonkar qui courait autour de nous comme un dératé, s'arrêtant subitement ici ou là pour renifler une fleur de cardabelle ou un buisson d'églantines.

Nous avions jeté nos sacs à dos derrière une grosse roche à la base effilée, prête à décoller comme une navette spatiale parée pour le grand voyage. Nous avions presque oublié pourquoi nous étions venus ici. Juliette a commencé à fredonner un air que je n'ai pas reconnu. C'était quelque chose de très doux, de très lent. Alix était là, à côté de moi. J'ai imaginé que je lui tenais la main. J'ai fermé les yeux, j'ai pris une longue inspiration. Je crois que je me sentais en paix.

*

Nous avions marché tout l'après-midi sous un soleil de fournaise, et nous nous remettions à peine de notre insolation. C'est Antoine qui avait le plus souffert. Il n'avait pas l'habitude de crapahuter comme ça pendant une journée entière, un sac sur le dos, et puis quand on a sa peau blanche de rouquin, criblée de taches de rousseur comme un œuf de merle, on se méfie des grosses chaleurs. Je me sentais un peu coupable, je lui avais promis que ça ne serait pas si long, qu'on se mettrait à son rythme, qu'il ferait frais dans ces hauteurs où les vents n'arrêtent jamais de se plaindre.

Après avoir fait du stop sur la départementale pour monter sur le Méjean, nous avions cherché les balises rouge et jaune du GR de pays, celui qui fait le tour du causse en longeant la corniche. Nous espérions rejoindre Nîmes-le-Vieux en quelques heures de balade ; nous ne nous attendions pas à une telle odyssée.

Nous avions traversé plusieurs villages en ruine, des villages où le vent soufflait ses longs gémissements de spectre – comme si chaque maison éboulée était une flûte en bois. Nous nous étions assoupis parfois à l'ombre d'une voûte de pierre qui s'ouvrait en grand sur le ciel bleu. Et puis nous avions repris notre chemin, notre grande traversée, apercevant au loin, de-ci de-là, des menhirs plantés en haut des serres comme des antennes pointées vers le cosmos.

Sur notre gauche, les monts des Cévennes déroulaient leur mer sombre. De gros nuages nous avaient suivis, à l'ouest, mais au bout de plusieurs heures de marche, nous n'avions déjà plus peur de l'orage, nous croisions presque les doigts pour qu'il nous tombe dessus, pour qu'il lâche enfin ses eaux sur nos têtes brûlantes, et étouffe cette chape de braises qui nous écrasait les épaules. Le mont Gargo nous toisait au loin, indifférent à notre peine.

Nous avions traversé péniblement ces espaces décharnés, ces terres pelées où ne poussent que les cailloux et les herbes mortes. Parfois, nous marchions sur quelques ossements, sans doute ceux d'un lièvre ou d'une jeune brebis. C'était un paysage de fin du monde, comme si la région avait été rasée par une explosion atomique et que nous fussions les seuls à avoir survécu à l'onde de choc – comme si nous étions les derniers hommes sur la terre. C'était un désert sans commencement ni fin, une surface cabossée et stérile qui s'étendait aussi loin que portaient nos regards ; même si la présence inattendue d'une petite fleur bleue, ici ou là, nous enseignait aussi que dans ces lieux arides, dans ces lieux de vide et de mort, quelque chose comme la vie pouvait toujours éclore.

*

Il était déjà tard lorsque nous avons traversé le village de Villeneuve, puis celui du Veygalier. Nous avions de quoi manger pour la nuit, nous avons continué un peu encore, malgré les protestations d'Antoine. Nous n'étions plus très loin du hameau de L'Hom.

Les collines sèches laissèrent progressivement la place à un paysage lunaire, à un décor d'une autre planète. C'étaient des milliers de stalagmites de lave qui avaient poussé là sans raison apparente, ou qui étaient simplement tombées du ciel comme une pluie de météorites. Nous en oubliâmes presque la fatigue et la douleur.

C'était comme marcher dans le creuset où le bon Dieu avait assemblé les morceaux de la terre, ou dans la forge de Vulcain, le dieu forgeron. Il était tard, nous étions éreintés, mais rien ne put nous retenir d'aller nous perdre dans ce chaos de pierres. Tonkar disparaissait derrière un gros fragment d'astéroïde, et il réapparaissait beaucoup plus loin, derrière un autre monolithe, comme s'il s'était dématérialisé dans l'intervalle – n'eussent été ses jappements de joie.

Nous avons bientôt trouvé une zone plus plane que les autres. Nous nous sommes affalés là, nos jambes incapables de nous porter plus loin. Nous étions cuits par le soleil. Alix avait le souffle coupé par l'effort. Elle était magnifique. Je crois qu'elle n'a jamais été aussi belle qu'à ce moment-là – ce moment béni où j'ai su que ce serait elle, et personne d'autre.

Je sais que la mort est proche, et pourtant, quand je repense à ce lieu, quand je repense à cet instant de pure magie, je ne peux m'empêcher de croire que ces images me suivront de l'autre côté du tunnel, d'une manière ou d'une autre, que je les emporterai avec moi dans la tombe, et que l'éternité ressemblera à ce labyrinthe de pierres sculptées par les forces telluriques, à ce dédale dans lequel nous continuerons de jouer jusqu'à la fin des temps, tous les cinq – tous les six avec Barthélemy. Et Tonkar qui virevoltera autour de nous.

Toute ma vie, ces images sont restées là, dansant devant mes yeux comme des flammes vivantes, elles ont hanté chaque instant de mon existence, je les ai transportées partout avec moi. Pourquoi faudrait-il qu'elles me lâchent à la dernière heure, pourquoi faudrait-il qu'elles m'abandonnent et me laissent seul, au moment de mourir ?

*

Vous entendez ces cloches qui sonnent au loin ? Vous croyez qu'il est déjà midi ? C'est fou comme le temps passe vite, quand on se plonge comme ça dans les vieux souvenirs du passé. Vous me pardonnerez si je me suis un peu perdu en chemin – ma tête est pleine de ruelles en cul-de-sac. Mais je vais essayer d'aller à l'essentiel, si c'est ce que vous voulez, je vais vous raconter ce qui s'est vraiment passé. Je vous préviens, ça risque de durer encore un peu. Ensuite, je vous laisserai juger si ça répond ou non à vos questions – j'imagine que ça vous occupera un bon moment encore. Et puis vous pourrez décider ce que vous ferez de moi.

Mais laissez-moi d'abord aller au bout de mon histoire. Après tout, le soleil n'a pas encore tout à fait atteint son zénith, nous avons presque toute la journée devant nous.

L'adolescence est une période difficile. Nous sommes sortis de là à demi sonnés. La vie ne fait de cadeau à personne, mais il faut reconnaître que nous avons été particulièrement lésés, tous les six, de ce point de vue-là.

Je ne vous parlerai pas de mon enfance, ni de celle des autres. On lave son linge sale en famille, n'est-ce pas ? Sachez seulement que nous avons fait nos valises à la première occasion, dès que nous avons été en âge de partir. Je ne suis pas sûr que nos parents se soient aperçus de notre disparition. Ils regardaient toujours ailleurs, c'était à se demander s'ils nous avaient vus venir au monde.

Nous avons erré un bon moment à l'aveuglette, chacun de son côté. Nous avons découvert que le monde extérieur n'était pas beaucoup plus accueillant que le giron de nos familles déchirées. Quand nous nous sommes retrouvés au centre d'accueil de Florac, nous étions déjà bien abîmés par l'existence.

Là-bas, nous avons rapidement pris de mauvaises habitudes. Les après-midi d'été sont longs, dans une petite ville de deux mille habitants, et je ne vous parle pas des journées d'hiver. Alors il y a eu tous ces petits trafics, toutes ces petites magouilles. Parfois nous montions à Mende ou nous descendions à Montpellier pour faire le plein. C'étaient des petites choses sans conséquences, même si certains d'entre nous se sont fait rattraper parfois par la justice.

Les flics s'emmerdent ici, ils tournent en rond dans le vide comme des parapentistes. Alors dès que trois jeunes veulent jouer aux apprentis dealers, ils se font un plaisir de leur apprendre la loi avec leurs poings, pour qu'ils retiennent bien la leçon. Et puis ils les traînent devant leurs éducateurs, pour qu'ils leur montrent leurs beaux coquards. Ils ne seraient pas plus fiers s'ils avaient serré un prêtre pédophile ou un tueur en série.

Le shit, on faisait ça pour la même raison que les autres, pour remplir nos journées – et pour arrondir les fins de mois. Il y avait du monde au centre d'accueil, il y avait du passage ; mais je crois pourtant que nous avons toujours été différents des autres. La vie ne nous a pas épargnés, je peux vous le garantir, mais je ne sais pas, peut-être qu'il restait quelque chose au fond de nous, peut-être que nos familles n'avaient pas tout détruit – peut-être qu'elles nous avaient laissé une étincelle de confiance en la vie, une minuscule lueur d'espoir.

Les autres, ceux qui étaient arrivés là avant nous, n'étaient pas des enfants de chœur, si vous voyez ce que je veux dire. Ils s'étaient blindés comme ils pouvaient pour survivre dans cette jungle hostile, dans cette banlieue du monde sinistrée où on les avait poussés sans leur demander leur avis, et où ils devaient écraser les autres s'ils ne voulaient pas se faire écraser les premiers. Ils n'étaient pas foncièrement mauvais, certains même avaient un cœur grand comme ça – mais ils avaient renoncé à toute forme d'idéal, à toute forme d'aspiration. Ils avaient perdu toute espèce de considération pour cette société qui n'avait pas eu plus d'égard pour eux que leurs mères dépressives et leurs pères alcooliques.

Ils venaient de Chanac, Meyrueis, Sainte-Énimie ou La Canourgue. Ils avaient mis les pieds dans le cercle vicieux de la petite délinquance dès leur plus jeune âge. Gamins, ils rackettaient déjà leurs camarades de classe à la sortie de l'école. Ils ne juraient que par le « business », comme ils disaient. Le business, ça voulait dire aussi la coke, le crack, les produits – les armes même, parfois.

Pour sortir de cet univers violent, il y avait seulement deux portes : l'héroïne d'un côté, la prison de Mende de l'autre. Le plus souvent, ils slalomaient de l'une à l'autre pendant un certain nombre d'années, et puis un jour ils disparaissaient sans laisser de trace. On n'entendait plus jamais parler d'eux, ni au centre d'accueil ni ailleurs. Certains finissaient sans doute par se prendre perpète. On retrouvait les autres morts, une aiguille plantée dans le creux du coude. Ceux qui avaient le courage de se jeter d'un pont avant d'en arriver là étaient regardés comme des héros.

Nous étions les plus jeunes, les autres étaient comme des grands frères pour nous. Ils nous protégeaient à leur façon, ils veillaient à ce qu'on ne suive pas leur mauvais exemple – même s'ils savaient que nous étions voués à prendre leur place, plus tard, quand ils se seraient tirés de là par une issue ou une autre.

*

Comme tout le monde, nous avons connu le monde du travail. Nous nous sommes levés aux aurores pour essayer de convaincre des types en costard que laver des gamelles ou nettoyer des chiottes était le rêve de nos vies. Des assistantes sociales nous ont aidés à faire des CV à moitié vides, et à écrire des lettres de motivation qui s'entassaient dans les poubelles des DRH. Du reste, nous n'étions pas de ceux qui acceptent de se faire exploiter en s'écrasant.

Ça ne veut pas dire que nous n'avons pas travaillé, au contraire. Nous avons presque tout essayé, à cette époque. L'hôtellerie, la restauration, le nettoyage, l'usine, et même le BTP. Mais ça ne durait jamais longtemps, on se faisait vite renvoyer d'un coup de pied au cul. On faisait le concours de celui qui tiendrait le plus longtemps. Nadim avait tenu dix jours dans un abattoir de Millau, et puis un matin, il est simplement resté dormir au centre. Ça nous faisait rire, en ce temps-là. Vous me direz que c'était toujours mieux que d'en pleurer. D'autant que nous n'avions pas spécialement besoin d'argent. Les allocations tombaient tous les mois sur nos comptes courants. Et puis comme je vous l'ai dit, il y avait le shit pour les extras.

Nous n'étions plus des adolescents, nous étions déjà de jeunes adultes. À Florac, les journées étaient identiques les unes aux autres, rythmées seulement par les petits événements de la vie ordinaire et les exploits des grands frères – les overdoses étaient quand même rares, et les rappels à la loi ou les peines de prison avec sursis ne suffisaient pas à nous sortir de notre petite routine. Nous aurions pu nous perdre aussi dans ce train-train monotone. Mais nous savions qu'à suivre le chemin de nos aînés nous nous retrouverions tôt ou tard derrière les barreaux ou dans un tiroir réfrigéré de l'institut médico-légal de Montpellier. C'est pourquoi nous avons cherché autre chose, c'est pourquoi nous avons essayé de trouver un autre chemin.

Ce qui nous a sortis de là ? Ce qui nous a sauvés ? Il y a eu les livres, d'abord. Quand les autres regardaient des séries débiles à la télé, ou jouaient des heures durant à *Medal of Honor* ou à *Counter-Strike* sur leur console, nous montions au grenier pour lire des romans. Il y en avait des caisses entières, entassées sur des étagères aux plateaux rouillés.

Nous avons d'abord mis la main sur de vieux romans à l'eau de rose et des polars qui sentaient l'humidité et la poussière, mais aucun de nous n'a jamais osé se plonger dans leurs pages jaunies. Il y avait également les œuvres complètes de Jules Verne, dans une belle édition reliée. Nous avons lu les classiques : *Voyage au centre de la Terre*, *Vingt mille lieues sous les mers*, *Michel Strogoff* ou *Le Château des Carpathes*, mais ça nous paraissait quand même daté, avec ces machines volantes ou ces sous-marins qui ressemblaient surtout à des montres à ressort.

Heureusement, cachée sous ces cartons de livres d'une autre époque, nous découvrîmes un jour une caisse pleine de romans de science-fiction. C'étaient des livres aux pages cornées, signés de la plume de Laurence Reouven, Fabrice Colin, Chaden Elfassi, Pierre Bordage ou Maurice G. Dantec. Nous y sombrâmes comme les autres avaient sombré dans le gouffre cotonneux des paradis artificiels. Ce fut notre trésor, notre raison d'être. Nous lûmes *Les Messagers de l'An 3005*, *Destination iota Draconis*, *Les Champs de l'infini*, le cycle de *Wang*, *Abzalon*, *Villa Vortex*, *Le Réveil des dieux*, *Babylon Babie*s et *Le Vaisseau des condamnés*. Nous les avalions le soir à la lueur de nos lampes frontales. Sitôt achevés, nous nous les passions de main en main, les yeux brillant d'excitation, avant d'ouvrir un autre volume. C'est arrivé aussi que nous en lisions certains à voix haute, tous ensemble. Chacun déchiffrait son paragraphe, avant de passer le bouquin à son voisin de droite comme un pétard. Nous étions insatiables. Antoine était le plus acharné, je me souviens qu'il a dévoré *Les Guerriers du silence* en quelques heures.

Et puis un jour, un peu par hasard, au fond d'un carton contenant de vieux journaux, Nadim est tombé sur l'*Iliade* et l'*Odyssée* – et Homère est devenu notre seul maître.

*

Si les livres ont été notre véritable salut, les balades dans la nature nous ont aussi aidés à rester ouverts sur le monde. Nous ne partions jamais très loin ; mais pendant que les autres traînaient dans les rues de Florac à fumer leur merde, nous nous éclipsions pour la journée du côté de la cascade de Runes ou du château de Rocheblave. Tonkar nous suivait en jappant de plaisir. Tonkar ? Je vous en ai déjà parlé tout à l'heure. C'était ce border collie noir et blanc qui rôdait toujours à proximité du centre, et qui avait fini par nous adopter. Il courait devant nous, heureux d'échapper pour un temps à la ville, et de cheminer avec nous au grand air, à la lisière du monde sauvage.

C'est là que nous avons nourri le désir d'une vie pleine et rare, d'une vie au contact des éléments et des matières, d'une vie en lien avec les forces qui avaient modelé ces plateaux s'étalant au-dessus de nous – et qui bouillonnaient encore aux confins de l'univers. Nous ne nous satisfaisions plus de nos vies minuscules, nous voulions bâtir quelque chose de grand et de rare, pour l'avenir. Dans ces moments-là, Dieu lui-même eût été bien en peine de satisfaire nos appétits de titans.

Antoine venait rarement avec nous. Ce que nous trouvions aussi dans les hauteurs, ou le long des gorges du Tarn, il le trouvait seulement dans les livres qu'il dévorait en attendant notre retour, avachi sur ces vieux canapés que nous avions installés là-haut sous les combles. Je crois me souvenir qu'il a lu l'*Odyssée* au moins trois fois d'affilée.

Barthélemy, en revanche, était un geek comme les autres. Il était un peu plus âgé que nous, pourtant. Mais il n'a jamais ouvert un livre, et il ne s'est jamais joint à nous pour l'une ou l'autre de ces grandes virées. Il restait le nez collé à sa tablette ou à son ordinateur portable, à regarder des films d'action ou à jouer aux dernières versions en date de *Warcraft* ou de *Total Annihilation*.

Parfois il montait quand même au grenier avec nous, mais la plupart du temps il restait dans sa chambre – ou dans le salon de sa baraque, plus tard. Je n'ai jamais compris pourquoi il recherchait comme ça la solitude. Mais je peux vous assurer que c'était un putain de pote !

Les grands nous avaient dit qu'on ne pouvait compter que sur soi dans la vie. Alors nous cherchions à ouvrir notre propre voie, à fixer notre propre cap sur ce terrain vaseux qui s'étendait autour de nous comme un marécage. Nous cherchions quelque chose à faire, mais quelque chose qui soit à la hauteur de nos regards, qui perçaient beaucoup plus loin que l'horizon. C'étaient des regards de rapace, d'aigle et de faucon ; mais comme ceux des dieux égyptiens ou des héros zoomorphes des *Cinq Citadelles du Centaure*. Nous cherchions une idée, un projet, une œuvre à accomplir, mais quelque chose qui soit supérieur en taille, en poids et en grandeur à tout ce que nous avions connu jusque-là, à tout ce qui s'était présenté à nous depuis que nous avions trempé nos lèvres dans la coupe amère de la vie. Nous attendions un signe, un appel, une révélation ; nous attendions que nos vies deviennent brusquement celles d'un personnage de roman, et que l'imagination d'un Pierre Bordage ou d'un Laurent Genefort nous projette subitement hors de ce quotidien étriqué dont nous nous sentions prisonniers, et nous entraîne avec elle aux confins de l'hyperespace.

Et puis nous avons rencontré ce type étrange, un jour, à une terrasse de la place de la Mairie. Il pleuvait, nous étions massés sous le store dégoulinant. Il s'est adressé à nous machinalement, comme si nous le connaissions depuis toujours, et il nous a parlé du chaos de Nîmes-le-Vieux, qui se trouvait un peu plus loin au sud sur le causse. Nous n'avions jamais entendu parler de cet endroit, qu'il nous a décrit comme un lieu qui n'était pas de cette terre, comme un portail vers d'autres mondes, vers d'autres dimensions de la réalité. Nos cœurs se sont mis à battre plus fort. Le type s'est levé de sa chaise, et avant que nous ayons eu le temps de lui poser les questions qu'il avait fait germer dans nos têtes, il avait disparu.

Il n'en fallut pas plus pour nous décider à monter une petite expédition. Les éducs nous avaient à la bonne. Ils nous ont autorisés à découcher, à condition que nous soyons de retour le lendemain à l'heure du déjeuner. J'ai fait mon possible pour convaincre Antoine. Barthélemy nous a promis qu'il serait de la partie, mais nous savions qu'il se dégonflerait au dernier moment, comme d'habitude.

Et puis le grand jour est arrivé.

*

C'est ce soir-là que ça s'est passé, au-dessus du hameau de L'Hom, alors que le soleil nous effleurait les joues de ses derniers feux. Il ne nous avait pas lâchés de la journée, il nous avait harcelés comme un nuage de mouches, et pourtant nous nous sentions étrangement inquiets à le regarder disparaître, à le voir s'enfoncer lentement comme une boule rouge dans une flaque noire.

Nous n'étions pas de gros fumeurs, comparés aux grands frères – il n'y a que Juliette qui était peut-être en mesure de rivaliser avec eux. Mais quand nous avions imaginé cette escapade, excités comme des gosses, quand nous avions pensé à la nuit que nous allions passer là-haut, nous avions tous eu la même idée. Dans une situation pareille, il était impensable que nous n'ayons pas un joint ou deux à faire tourner.

Juliette a sorti l'herbe qu'elle avait achetée à Cassim – je crois qu'elle flirtait plus ou moins avec lui cet été-là. Elle a roulé un gros pétard qu'elle a allumé d'un geste sûr et précis. Une grande flamme a surgi à l'extrémité du joint, illuminant son visage, puis elle s'est éteinte aussitôt, laissant la place à un gros confetti de braise.

Je ne sais plus lequel de nous a lancé l'idée, comme ça, au détour de la conversation. Je crois que c'était Alix, ça ne pouvait être qu'Alix, car il y avait là-dedans un ton d'espièglerie qui n'appartenait qu'à elle. Je revois ses longs cheveux roux chahutés par le mistral. Je revois ses yeux clairs comme les eaux de la Mimente. Je revois ses lèvres, sur lesquelles j'osais à peine rêver de pouvoir poser les miennes un jour.

Elle a simplement dit nous aussi on pourrait écrire un roman.

Ça n'a peut-être pas l'air comme ça, mais sur le moment nous en avons eu le souffle coupé. Je me souviens que j'ai arrêté de rire. Ça avait l'air à la fois tellement évident et tellement insensé.

Ça a fait plusieurs fois le tour de notre petite communauté, en même temps que le joint. Passé la surprise initiale, nous avons immédiatement été emballés. C'était la meilleure idée que nous ayons jamais eue depuis que nous avions atterri ici, à Florac. Tonkar a aboyé plusieurs fois de suite, comme s'il voulait mêler son enthousiasme au nôtre. Nous ne pouvions peut-être pas refaire le monde, nous ne pouvions peut-être pas changer le cours du destin ; mais nous pouvions au moins imaginer quelque chose d'autre, nous pouvions au moins nous inventer une autre histoire et y satisfaire peut-être, à l'occasion, ce besoin d'absolu qui nous tenait.

Antoine a dit il nous faut un personnage principal, un héros. Nous avons immédiatement pensé à tous ceux que nous avions croisés au cours de nos lectures troyennes, et dont les noms résonnaient dans nos têtes comme des légendes. Nous avons pensé à Achille et Hector, nous avons pensé à Patrocle, Ulysse, Ajax et Diomède, fils de Tydée et roi d'Argos.

Nous aurions pu piocher dans l'un ou l'autre de ces noms, pour baptiser notre personnage principal que nous nous représentions nécessairement, allez savoir pourquoi, de sexe masculin ; nous aurions pu aussi les mélanger entre eux, pour obtenir quelque chose d'inédit. Mais nous voulions un nom absolument original, modelé de toutes pièces. Nous voulions créer notre premier héros *ex nihilo*. Car nous nous sentions presque des dieux, au moment de lui forger son nom de baptême – et de lui donner vie.

Je dis « lui donner vie », mais ne me prenez pas au mot, vous savez bien qu'il s'agit d'une manière de parler. Je vous rappelle qu'il s'agissait d'un simple nom, comme les écrivains en inventent des milliers tous les jours. Ce n'est pas parce que Flaubert a écrit le nom d'Emma Bovary sur une feuille de papier, ou Stendhal celui de Julien Sorel, que ceux-ci se sont incarnés en chair et en os, qu'ils sont venus serrer la main de leurs créateurs pour les remercier de les avoir invités ici-bas, et qu'ils sont allés mener leurs petites affaires ici ou là sur la terre. Et malgré tout, tout cela a été absolument réel. D'abord il n'y avait rien, et l'instant d'après il y avait quelque chose, quelque chose qui n'était pas tout à fait palpable, mais que nous pouvions tout de même articuler avec nos lèvres, quelque chose qui pouvait sortir du fond de nos gorges desséchées par la fumée du joint. D'abord il n'y avait rien, et l'instant d'après il était là.

*

Nous avons commencé à jeter comme ça des idées en l'air. Au début, pour lancer la machine, nous nous sommes quand même inspirés des noms que nous connaissions déjà, ceux que nous avions croisés dans nos romans favoris. Alix a dit « Van-Skin », Antoine « Jet-Sagak » et Nadim « Prothoénor ». Et puis une fois que la machine a été lancée, nous avons enchaîné les propositions avec ardeur. Certains noms, comme « Actor », « Jeff Bordgast » ou « Vago Panca », se sont confondus avec les bourrasques de vent tièdes et sucrées ; d'autres, comme « Kère-Nomion », « Franck Lidenbrook » ou « Phil Spectrum », se sont enfoncés dans la terre rocailleuse comme des parpaings qu'on aurait jetés à la surface d'un étang ; d'autres encore, comme « Arknos », « Rick Bomber » ou « Solal Viktor », se sont envolés vers les étoiles comme des lanternes thaïlandaises. Parfois, un nom un peu plus solide que les autres commençait à prendre corps devant nous avant de s'affaisser comme un château de cartes. D'autres restaient là, immobiles, comme ces colosses de pierre qui attendaient et rêvaient autour de nous, pétrifiés par le regard fou de la Gorgone. Mais nous avons bientôt gagné en confiance, comme un potier qui apprend à se servir de son tour et fait surgir de sa boule de glaise des formes de plus en plus audacieuses.

Un nom, en vérité, ça ne s'invente pas. Les noms – les vrais noms, c'est-à-dire ceux qui dégagent une certaine forme de nécessité, ceux qui ont déjà une âme – existent déjà quelque part, prêts à l'emploi. Il suffit simplement d'aller les chercher là où ils sont.

À mesure que ça se précisait, nous avons réalisé que cet individu que nous nous apprêtions à engendrer, cet individu qui allait surgir comme ça dans nos vies, allait peut-être en sortir tout aussi rapidement, que nous le voulions ou non – si tant est qu'une créature échappe toujours à ses créateurs. Parviendrions-nous à le ramener avec nous au centre d'accueil et à le garder caché dans un carton du grenier ? Il finirait nécessairement par s'échapper, comme le monstre du Dr Frankenstein. Mais ça nous était bien égal. Il pourrait faire le tour du monde s'il voulait, en ballon, en yacht ou en sous-marin, il pourrait s'envoler jusqu'à la planète Hugg-Zeta dans la constellation d'Orion – notre marque serait gravée à jamais sur son front. Il pourrait se terrer de l'autre côté du globe ou dans une galaxie lointaine, il pourrait passer sa vie à essayer d'échapper à ses géniteurs, rien n'y ferait, il serait condamné à être la chair de notre chair. Ce serait toujours notre visage qu'il verrait chaque matin en se regardant dans le miroir.

*

Je ne sais pas à quel point je dois entrer dans les détails. Dites-moi, c'est vous qui décidez. Je ne suis pas sûr que vous aimiez beaucoup les digressions.

Vous avez déjà entendu parler de Pierre Decostes ? Il n'a sans doute pas eu le succès qu'il méritait de son vivant – même s'il a reçu un prix littéraire ou deux, à l'époque. Il a écrit une sorte de roman qui s'appelle *La Chasse*. C'est un pavé de plus de mille pages qui se déroule dans une petite ville de l'ouest de la France et qui détaille, le jour de la fête de la Saint-Jean, tous les micro-événements qui précèdent, et par là même précipitent, la terrible tragédie qui va avoir lieu devant le feu de joie, à la tombée du soir. C'est un ouvrage fascinant, dont certains disent qu'il a beaucoup inspiré Georges Perec. Je me souviens très bien, je l'ai lu à Poitiers, l'année où on a inondé la France de Puron – ou peut-être que c'était le Spice. Mais je digresse encore.

Nous étions rassemblés en cercle, au pied de cette roche un peu plus haute que les autres. Elle avait pris des airs de cathédrale, maintenant que la nuit était tombée. Nous avons fait un feu – ce n'était pas pensable de ne pas faire de feu un soir comme celui-ci.

Je sais ce que vous allez dire. Que c'est complètement inconscient de faire du feu dans un endroit pareil, où chaque brin d'herbe est comme une allumette trempée dans de l'alcool à brûler. Mais nous étions jeunes. Et puis nous avions pris soin de construire un grand foyer avec des pierres grises récoltées dans les parages. Et puis enfin ! Vous avez entendu parler d'un départ d'incendie, ce soir-là ?

C'était une nuit sans lune et sans nuages – le front orageux qui nous avait suivis pendant la journée avait filé sans qu'on s'en aperçoive, remontant peut-être vers les monts d'Aubrac ou ceux de la Margeride. Les étoiles naissaient progressivement à tous les coins du ciel. Un vent chaud et salé soufflait sur le causse, un vent des mers du Sud. À ce moment-là, nous aurions aussi bien pu être sur une autre planète.

Nous continuions pourtant à lancer des noms en l'air, des noms à la fois plus ordinaires et plus consistants, qui auraient pu être ceux des anciens vivant encore sur le causse, à ce moment-là – des noms comme Martial Couves, Ludovic Chaffol ou Raoul Poizat.

Alors quelque chose a traversé le ciel. C'était peut-être un satellite, une étoile filante, une comète, un OVNI – allez savoir. Et puis l'un de nous a dit : « Francis Rissin. » Je crois que c'était Alix, ou peut-être Antoine, je ne me souviens plus très bien.

Nous nous sommes tus. Tonkar lui-même s'est arrêté de japper. Nous avions presque oublié que le vent soufflait si fort, qu'il s'engouffrait puissamment à travers les anfractuosités des rocs, dont il tirait une sorte de sifflement sourd.

Francis Rissin.

Nous avons murmuré ce nom en silence, chacun pour soi d'abord, et puis plus fort ensuite, tous ensemble, comme un mantra, comme un rituel d'évocation.

Francis Rissin... Francis Rissin... Francis Rissin...

Nous l'avons prononcé lentement, en insistant bien sur chaque syllabe, et puis de plus en plus vite. C'était la première fois que nous ressentions une telle vibration de la matière. La première fois que quelque chose prenait corps comme ça devant nous.

Juliette a tourné la tête, après avoir entendu un mouvement dans les buissons qui se trouvaient dans son dos. Et puis Nadim a cru apercevoir quelque chose un peu plus haut sur la colline, au milieu des pins et des silhouettes de pierre. En vérité, nous aurions à peine été surpris si nous l'avions vu arriver au loin, se détachant de la nuit noire comme un rocher qui se serait mis en branle, et s'il avait marché jusqu'à nous d'un pas lent.

À quoi aurait-il ressemblé ? Je ne me suis pas posé la question tout de suite. Plus tard, je me suis seulement dit qu'il devait avoir les yeux bleus, mais d'un bleu extraordinairement clair, d'un bleu boréal, presque surnaturel.

Nous prononcions son nom comme on prononce une prière, une incantation. Vaï Ka'i était le Christ de l'Aubrac, dans *L'Évangile du Serpent* de Bordage ; Francis Rissin serait le Christ du Méjean. À chaque bruissement, à chaque crépitement du feu, nous nous attendions à ce qu'il se matérialise quelque part, au-dessus des flammes, derrière un arbre ou au sommet d'un mégalithe. Nous nous attendions à le voir apparaître assis parmi nous, baissant la tête dans un signe de salut, son visage éclairé par le halo rougeoyant des braises.

Évidemment, personne ne s'est joint à nous cette nuit-là. Il n'y a pas eu de visiteur du soir, il n'y a pas eu d'apparition. Si quelqu'un était venu, j'imagine que ça aurait été un habitant du village ou un connard de gendarme, et qu'il aurait lancé un grand seau de terre sur le brasier.

Nous sommes restés seuls autour de l'âtre, les constellations flottant au-dessus de nos têtes hallucinées. Tonkar, épuisé par cette longue journée, s'était assoupi derrière les sacs.

Nous étions nous aussi à bout de forces, mais les idées se bousculaient encore dans nos crânes.

C'est quelque chose, la fierté d'une mère ! Il faut qu'elle exhibe le fruit de sa chair partout autour d'elle comme un trophée ; il faut qu'elle fasse cinquante fois le tour de la ville pour montrer au monde entier la bouille ridée de son petit trésor. Nous en étions au même point. Ce n'était pas assez d'avoir décroché le nom de Francis Rissin de la voûte du ciel, nous voulions maintenant le crier haut et fort, pour que toute l'humanité apprenne son apparition sur la terre.

Nos yeux se fermaient malgré nous. Malgré l'insistance du sommeil, j'essayais de me représenter les exploits à venir de ce héros aux contours encore évanescents, dont le nom bourdonnait dans ma tête. Est-ce qu'il allait, comme Abzalon et Ellula, partir à bord d'un gigantesque vaisseau spatial pour coloniser d'autres mondes, dans d'autres dimensions de l'espace-temps ? Est-ce qu'il allait, comme Qaal-Goreng, se révolter contre l'Empire du Pôle, et lancer ses troupes sur la Lune grise pour récupérer l'Anti-Graal ? Est-ce qu'il allait, comme Achille, marquer toute l'Histoire de son tempérament de feu ? Ou est-ce qu'il allait, comme Ulysse, errer sans fin sur tous les océans du monde avant de prendre le chemin du retour ?

*

Le lendemain, nous sommes rentrés à Florac en faisant du stop au col de Perjuret. Il y a toujours du passage sur cette route, à n'importe quelle période de l'année ; ça a été tout seul, nous nous sommes retrouvés devant la porte du centre d'accueil sans avoir eu le temps de nous retourner.

C'est étrange, à quel point la nuit est propice aux plans sur la comète. Sous les étoiles, on respire un parfum d'absolu. L'espace est grand, l'horizon sans limites – tout vous paraît possible. On s'invente des rêves hauts comme des sommets martiens. Mais allez savoir pourquoi, ils résistent rarement au lever du soleil. Ils se délitent le lendemain comme des brumes matinales, ils s'évaporent comme des croquemitaines surpris par la lumière du jour. Combien de projectiles ont été lancés, comme ça, au milieu de la nuit, en direction du ciel, et sont retombés sur terre dès le lendemain matin, inertes, tués dans l'œuf, comme ces oisillons aveugles qu'on retrouve morts sur le sol parce qu'ils se sont jetés dans le vide alors qu'ils n'avaient pas d'ailes ?

Écrire un roman de science-fiction, ou une nouvelle épopée du cycle troyen, quand on a devant les yeux le défilé des constellations et des planètes, ça paraît aussi simple que de casser une brindille en deux et de la jeter dans les flammes d'un feu de camp. Mais le lendemain, avec la fatigue accumulée d'une longue journée d'efforts et d'une courte nuit de sommeil, ça paraît aussi aventureux que la construction d'une pyramide au sommet du mont Lozère.

On en a reparlé l'après-midi, chez Barthélemy, après avoir mangé avec les éducs et les grands frères.

Nous sommes allés frapper à sa porte. L'année précédente, il avait hérité d'une vieille maison située au bout de l'avenue Jean-Monestier. Il avait quitté le centre, et il s'était installé là tout seul, comme un vieux garçon. On lui rendait souvent visite, c'était un peu notre repaire. Et puis ça nous sortait de l'ambiance pourrie qui régnait au foyer.

Ce jour-là, les volets étaient fermés, mais nous savions qu'il était chez lui. Comme je vous l'ai dit, c'était un vrai geek, il passait ses journées le cul collé sur le canapé de son salon, devant le grand écran plasma qu'il avait acheté quelques mois plus tôt, et auquel il avait connecté toutes ses machines. Il n'ouvrait jamais ses fenêtres, il vivait dans le noir vingt-quatre heures sur vingt-quatre.

Il a tout de suite « kiffé » notre projet – il parlait toujours comme ça. Les récits d'aventure et de science-fiction, c'était aussi son truc, à Barthélemy – même si ça évoquait plutôt des blockbusters américains ou des jeux vidéo pour lui. Il sautillait sur place en poussant des petits cris de guerre et en disant on va les niquer, on va les niquer.

Quelques mois plus tôt, étrangement, il nous avait parlé d'un roman expérimental dont il avait eu l'idée, un truc un peu fou qu'il avait imaginé au fil de ses journées passées à dériver sur les réseaux du cyberespace. Il n'y avait pas vraiment d'histoire. C'était simplement la somme de toutes les informations qu'un individu recevait et envoyait, au cours d'une seule et unique journée, sur les réseaux sociaux ou *via* sa messagerie électronique. Il disait que ça s'inspirait directement du *Ulysse* de Joyce – mais un *Ulysse* 2.0, ajoutait-il avec fierté. Je n'ai jamais su où il avait été chercher ça, il s'intéressait à la littérature à peu près comme au jardinage. Bref, ça commençait au moment où le type allumait son PC ou sa tablette, et ça s'achevait le soir, juste avant qu'il se mette au lit. Ça aurait ressemblé à une longue suite d'e-mails, de messages envoyés sur Facebook, de tweets, de commentaires laissés ici ou là sur la Toile, de recherches en ligne, etc. Et il avait bien raison, Barthélemy. C'est assez affolant, quand on y pense, tout ce qui transite entre nous et les écrans, tout ce qui passe de notre cerveau à la Toile et de la Toile à notre cerveau, le temps d'une seule journée.

Évidemment, Barthélemy n'a jamais écrit ce livre. Il était lui-même bien trop englué dans ce gigantesque flot de données et de métadonnées, bien trop obsédé par ce qui se passait sur ses moniteurs. Il aurait été incapable de faire le pas de côté qui lui eût permis de décrire tout ça de l'extérieur. C'est déjà un miracle qu'il ait pu se formuler cette idée – même si aucun de nous n'a jamais trouvé comment ça lui était tombé dessus.

Il n'aurait pas aimé que je vous parle comme ça de son projet. Si je le fais, c'est parce qu'il est mort et enterré, à l'heure qu'il est, et que personne n'écrira jamais ce roman à sa place. Mais rassurez-vous, je ne vais pas m'apitoyer sur le sort de mon ami d'enfance, je n'ai pas encore fini de vous raconter mon histoire.

*

Il fallait évidemment que l'un de nous se jette à l'eau. Mais ni moi ni les autres ne nous sentions vraiment capables de prendre la plume et de commencer à rédiger quelque chose.

Nous avons bien essayé d'inventer d'abord un scénario, une histoire, une intrigue. Mais ça ne venait pas, les idées restaient bloquées dans les filets de notre imagination.

Nadim a suggéré que nous retournions à Nîmes-le-Vieux, en fin de semaine, pour y prendre un nouveau shoot d'inspiration, mais ça n'a pas beaucoup fait rire Antoine. Moi aussi j'étais sceptique, de toute façon.

Les filles étaient déçues, elles disaient qu'on ne pouvait pas s'arrêter comme ça, après ce qui s'était passé là-haut. Mais vous savez ce que c'est, la force d'inertie. Nous nous sommes promis d'en reparler bientôt, le temps que ça décante un peu. Et puis les jours ont repris leur rythme monotone, et nous avons retrouvé nos activités là où nous les avions laissées. Seul le nom de Francis Rissin s'invitait parfois dans le fil de nos pensées, au moment le moins opportun, flottant en lettres capitales devant nos yeux indisponibles.

D'autant qu'il y a parfois des événements qui vous obligent à abandonner les chantiers en cours et qui vous projettent eux-mêmes dans un autre monde. C'est à ce moment-là en effet que nous avons commencé à sortir ensemble, avec Alix. C'est arrivé un mardi, un mardi matin de septembre. De ça aussi, je me souviens comme si c'était hier. Ça a été le deuxième miracle de ma vie. Mais vous pouvez me torturer autant qu'il vous plaira, je ne vous dirai rien. Ça restera à jamais entre elle et moi. C'est notre secret pour les siècles des siècles.

Quand nous avons à nouveau abordé le sujet, les rues de Florac étaient désertes. Les touristes étaient rentrés, leurs disques durs alourdis de plusieurs mégaoctets de photos.

Il n'a évidemment plus jamais été question d'écrire un livre. Nous nous sommes seulement demandé ce que nous allions faire de ce nom que nous avions extirpé du néant, que nous avions fait descendre sur la terre, et qui nous restait maintenant sur les bras – nous nous sommes demandé ce que nous allions faire de Francis Rissin.

Barthélemy avait plein d'idées. Il a dit on pourrait lui créer une page Facebook. On lui inventera une vie, une enfance, des souvenirs, des projets, des amis. On pourra publier plein de photos, des montages qu'on fabriquera avec Photoshop.

Ça avait évidemment le mérite d'être économique. En quelques clics, Francis Rissin aurait pu exister pleinement sur le Web, et quelques messages sur les réseaux sociaux auraient suffi à diffuser son nom dans le cyberespace – où il aurait pu vivre sa vie propre.

Mais ça ne m'emballait pas. Maintenant que ce nom était réel, je trouvais ça dommage, pour ne pas dire absurde, de le renvoyer à la virtualité des réseaux informatiques. J'aurais voulu quelque chose de plus tangible, de plus concret. J'aurais voulu qu'il s'incarne au moins une fois dans le monde réel.

À ce moment-là, Nadim était en train de lire un polar qui se passait dans le sud de la France. L'inspecteur Sirac, qui apparaissait déjà dans plusieurs romans de l'auteur, était sur la piste d'un groupe terroriste qui officiait depuis plusieurs mois à l'échelle nationale. Ils avaient inondé le pays de grandes affiches mauves, sur lesquelles ils invitaient les Français à buter les salauds et tous les tenants de l'ordre établi. Certaines d'entre elles étaient recouvertes de tags immenses, dessinant des messages incompréhensibles, dont l'inspecteur ne parvenait pas à trouver la clé. Ça se mêlait à une sombre histoire de trafic d'organes, qui l'avait conduit jusqu'à Nice, où sévissait la mafia roumaine. Nadim en était arrivé au chapitre où l'inspecteur entrait en contact avec un second couteau de la pègre locale pour essayer d'obtenir des informations.

L'idée s'imposa immédiatement à nous : nous allions la jouer à l'ancienne, en collant des affiches aux quatre coins de notre petite sous-préfecture. Nous ne savions pas très bien ce que ça allait produire, mais nous pourrions au moins observer les effets de notre action directement, sans être obligés d'avoir une connexion haut débit et les yeux rivés sur un écran. Et puis ça nous prendrait une ou deux heures, la nuit. Ce n'était pas très coûteux non plus, et ça nous permettrait de nous débarrasser une fois pour toutes de ce nom qui hantait nos consciences comme un enfant mort-né.

*

Nous avons confié la réalisation des affiches à Barthélemy. Il était très fier que nous nous en remettions à lui – il faut dire qu'il était le roi de la retouche d'image. Il nous a pondu un truc génial, très pro. Ça ressemblait à une affiche électorale plus vraie que nature. Il s'était inspiré de celles qui avaient été utilisées par les différents candidats du coin lors des dernières municipales.

Nous avions un peu d'argent de côté, nous sommes allés faire imprimer ça à Mende, aux Ateliers du Causse. Le type de la réception nous a regardés d'un œil soupçonneux. Mais deux heures plus tard, nous avions nos deux cents affiches Francis Rissin sérigraphiées, prêtes à inonder les rues de Florac. Elles dégageaient une magnifique odeur d'encre fraîche. Nous sommes passés chez Monsieur Bricolage, pour faire le plein de colle à papier peint et de brosses à enduire. Sur le chemin du retour, nous étions gais comme une compagnie de scouts. Nous avions mis le temps, mais nous allions enfin ouvrir les portes du monde à notre créature.

Malheureusement, les choses ne se sont pas passées comme prévu. Comme disait je ne sais plus qui, les hauteurs sont de telle nature qu'on n'en revient jamais que par une chute. Je nous revois tous les six, serrés dans la vieille Saxo dont Barthélemy avait hérité avec la maison et qu'il conduisait sans jamais avoir passé le permis. Nous n'aurions pas été plus excités si nous avions projeté de braquer une banque ou de faire sauter un relais télé.

Nous avions fixé le jour du collage pour le dimanche suivant. Il n'y a pas beaucoup d'animation dans les rues de Florac, passé 20 heures ; mais le dimanche soir, la ville prend des airs de village fantôme – comme le hameau abandonné de La Chabassude que nous avions traversé pendant notre escapade sur le Méjean. Pas une voiture, pas un passant. Les habitants restent claquemurés derrière les portes de leurs maisons, la peur au ventre, comme s'ils attendaient une meute de loups ou un nouvel épisode cévenol.

Nous avons déposé les affiches et le matériel chez Barthélemy, qui avait toute la place qu'il fallait dans son salon. Il y avait là un bazar sans nom. Plusieurs couches de fourbi s'étaient accumulées dans la pièce au fil des ans, et chaque semaine qui passait rendait plus incertaine la possibilité qu'il décide d'y mettre de l'ordre un jour.

Barthélemy a posé tout le matériel dans un coin. Nous nous sommes salués, l'air plus grave que d'ordinaire. Et puis nous sommes rentrés au centre, en attendant le jour J.

*

Le dimanche suivant, Alix a eu un empêchement de dernière minute qui nous a contraints à reporter l'opération au dimanche d'après. Le 13, c'est Antoine qui a manqué à l'appel, pour des ennuis de santé – une infection urinaire si ma mémoire est bonne. Et puis les choses se sont enchaînées avec l'implacabilité des forces du destin.

Antoine est mort d'une méningite virale dans la nuit du 17 au 18, dans une petite chambre du centre hospitalier de Mende. Les médecins sont toujours restés très réservés sur les causes de son décès. Il aurait attrapé une infection nosocomiale, une de ces saletés qui traînent dans les services de réanimation et dont le nom m'échappe. Ça a été très rapide. Ils ont assuré à sa famille qu'ils avaient fait tout ce qui était en leur pouvoir ; mais les choses ont quand même pas mal traîné avant qu'ils prennent toute la mesure du mal, si vous voulez mon avis.

Aucun de nous ne s'attendait à ça, d'autant qu'Antoine était le plus jeune de la bande.

Pendant plusieurs mois, nous avons essayé de penser à autre chose, de nous changer les idées, en nous laissant porter chacun par le courant rassurant de la vie quotidienne – ce qui nous a évidemment conduits à chasser Francis Rissin de nos têtes.

À la fin de l'année, Alix a mis les voiles. Elle n'en pouvait plus de cette ville minuscule, engoncée entre ces falaises et ces monts qui la privaient d'air. Ça a été un véritable déchirement pour nous deux. Mais ce n'était plus possible, il fallait qu'elle parte. Toute ma vie j'ai regretté d'avoir fait ce choix, mais sur le moment, allez savoir pourquoi, j'ai décidé de ne pas la retenir.

Nous avons gardé contact, au début tout du moins. Nous avons essayé de maintenir les liens qui nous unissaient, de nourrir la flamme. Mais les choses sont ce qu'elles sont. À distance, l'amour ressemble quand même surtout à la solitude. Nous nous sommes progressivement éloignés. Elle a passé quelques années à Leeds, en Angleterre, et puis elle a traversé l'Atlantique pour rejoindre le Canada. Je sais qu'elle s'est installée à Toronto avec un Français expatrié. Ils ont eu un enfant assez vite, je crois, un petit garçon. Elle est morte le jour de ses cinquante ans, foudroyée par une rupture d'anévrisme.

Un soir, Nadim est venu me reparler des affiches. J'avais mis cette histoire de côté, je me concentrais sur mes études – j'avais commencé à préparer le baccalauréat en candidat libre. Évidemment, le cœur n'y était plus, maintenant que le corps d'Antoine pourrissait sous une grande dalle de marbre dans le cimetière communal, et qu'Alix nous avait laissés en plan. Par curiosité, nous sommes quand même allés frapper chez Barthélemy, pour voir ce qu'elles étaient devenues.

Barthélemy avait les yeux rougis par le rayonnement de ses écrans. Il semblait encore plus mal en point que la dernière fois. Ses cheveux étaient sales, il n'avait probablement pas changé de fringues depuis plusieurs semaines. Et il empestait l'alcool.

Après la mort d'Antoine, il avait presque complètement cessé de parler, ce qui nous avait naturellement conduits à prendre un peu nos distances – même si nous avions fait notre possible, au début, pour le sortir de son mutisme. Il passait ses journées à jouer à des jeux en ligne ou à se laisser bercer par les courants de la Toile.

Il nous a amenés jusque dans son salon. Les affiches étaient encore là, à l'endroit même où nous les avions posées à notre retour de Mende. Une fine couche de poussière s'était déposée à leur surface, légère comme une première neige. À côté d'elles se tenaient les mêmes sacs Monsieur Bricolage, que nous n'avions pas pris la peine de déballer.

Les volets n'avaient pas été ouverts depuis ce jour lointain. La pièce baignait dans la pénombre, faiblement éclairée par les reflets bleutés de l'écran plasma qui trônait en hauteur sur le mur du fond. Nous sommes partis rapidement, sans comprendre quel était le véritable sens de notre visite. C'est la dernière fois que j'ai vu Barthélemy. Il s'est suicidé quelques mois plus tard. On l'a retrouvé pendu dans sa cuisine. Ça faisait plusieurs jours qu'il oscillait comme un pendule au-dessus de sa chaise renversée. La maison n'a jamais été revendue. J'imagine que le bazar qui était entassé là n'a pas bougé d'un pouce. Les affiches sont sûrement encore à leur place. Il n'y a pas de raison que des jambes leur aient poussé et qu'elles se soient fait la malle. Elles doivent attendre encore que l'humidité achève de les transformer en poudre de papier.

*

Juliette s'est tuée l'année suivante dans un accident de la route, en rentrant de Meyrueis. Elle avait eu son permis quelques mois plus tôt. Elle a perdu le contrôle de son véhicule au niveau du col de Perjuret – à l'endroit même où nous avions fait du stop, ce matin-là, à notre retour de Nîmes-le-Vieux.

Nous étions trop abasourdis pour imaginer que cela ait pu avoir un lien avec la mort d'Antoine et le suicide de Barthélemy – que les forces de l'invisible se soient volontairement acharnées contre nous. Trop abasourdis aussi pour envisager que nous puissions être les prochains sur la liste.

Nous sommes retournés là-haut avec Nadim, le lendemain de l'enterrement. Nous avons retrouvé le chaos de pierres comme il était quelques années plus tôt, à l'occasion de cette nuit irréelle. À ce moment-là, le Conseil général projetait de lancer un appel d'offres pour procéder au réaménagement du site, un truc très ambitieux pour attirer un peu les touristes qui avaient du mal à décoller des gorges du Tarn. Mais ils ont laissé tomber, en fin de compte. La région était suffisamment sinistrée financièrement pour qu'ils renoncent à un projet aussi coûteux, et aux retombées économiques aussi incertaines.

Nous avons fait le tour du sentier d'interprétation. Les rochers étaient absolument les mêmes que la dernière fois que nous les avions vus. Mais à la lumière de ce début d'après-midi, ils semblaient métamorphosés. Ils redevenaient de simples rochers. Des rochers aux formes extravagantes, certes ; mais des rochers quand même, c'est-à-dire des objets immobiles et inertes, qui n'avaient pas plus d'âme qu'une plaque de goudron.

Nous sommes passés à proximité de l'endroit où nous nous étions installés tous les cinq. Un troupeau de brebis paissait un peu plus loin. Nous ne nous sommes pas attardés, ça remuait trop de choses dans nos intestins.

Nous sommes redescendus jusqu'au village. Nadim avait apporté son appareil photo pour garder une trace, mais je ne crois pas qu'il s'en soit servi. Il y a des lieux qui doivent rester seulement dans les mémoires.

Quelques semaines avant le départ d'Alix, nous étions partis tous les deux quelques jours dans le Vercors, et nous avions fait l'ascension du Grand Veymont par le Pas de la Ville. Jamais je n'avais vu des reliefs aux formes aussi puissantes, aussi évidemment modelées par ces forces cyclopéennes qui ont façonné jadis la surface de la terre. C'était comme si je m'étais retrouvé au commencement des temps, longtemps avant l'apparition de la vie – comme si j'étais un dieu foulant un monde créé quelques secondes plus tôt par un titan.

Alix avait pris de nombreuses photos ce jour-là. Si je peux vous donner un conseil, ne regardez jamais les photos des lieux que vous avez aimés. Une photo est quelque chose de plat et de figé, quelque chose d'infiniment réducteur. Bien sûr, c'est différent avec les gens. Vous pouvez retrouver leur visage, vous pouvez presque les voir s'animer devant vous. Mais une photo est le contraire de l'espace, qu'elle prive de l'une de ses dimensions. Et ce sentiment de marcher sur le fil de l'espace, justement, ce sentiment qui m'a tenu pendant plusieurs heures, cet après-midi-là, et qui a hanté mes pensées les jours qui ont suivi, ce sentiment m'a quitté dès l'instant où j'ai vu les photos écrasées d'Alix, et malgré tous mes efforts, je n'ai jamais réussi à le rattraper. En revanche, je bénis le ciel d'avoir réussi à garder au fond de moi l'image de son visage d'ange, inondé de lumière.

Tonkar ? Il a disparu quelques mois après l'enterrement de Juliette, pendant un court séjour à Paris. Je l'avais emmené avec moi, pour le sortir un peu de ce gouffre où nous étions en train de sombrer, Nadim et moi. Ce n'était peut-être qu'un chien, mais je sais qu'il souffrait à sa façon de la tragique disparition de nos trois amis – et du départ d'Alix.

Nous avons traversé le jardin du Luxembourg, pour rejoindre la rue de Rennes par la rue de Vaugirard. Je ne le tenais pas en laisse, je ne l'ai jamais tenu en laisse, je trouvais ça trop cruel. Il était fidèle et dévoué comme un chien de berger. Il courait simplement après les pigeons, sur lesquels il sautait les pattes en avant au moment où ils prenaient leur envol. J'ai tourné la tête pour regarder une femme qui passait, et l'instant d'après il avait disparu. Je l'ai appelé pendant presque deux heures, j'ai fait dix fois le tour du jardin, dans l'espoir de le trouver caché sous un banc ou dans un buisson de rhododendrons. Je suis allé voir les gardiens, j'ai interrogé les gens qui étaient autour de moi. C'est comme s'il s'était évanoui dans les airs.

*

L'année suivante, Nadim a rencontré une fille de Marseille. Il est allé s'installer là-bas avec elle, il disait qu'il avait besoin d'air, lui aussi. Avant qu'il parte, je lui ai demandé par curiosité comment se terminait ce polar, celui qu'il était en train de lire à l'époque, avec ce groupuscule qui disséminait ses affiches mauves aux quatre coins de la Camargue. Il a été étonné que je lui pose la question, il ne se souvenait plus très bien. Il m'a dit qu'il pourrait me le filer si je voulais, à condition qu'il parvienne à le retrouver dans son barda. Je crois quand même qu'il m'a dit mal, ça se termine mal. Depuis, j'ai fait pas mal de recherches pour retrouver le nom de l'auteur et le titre du bouquin, mais je ne sais pas, ça n'a jamais rien donné. C'est comme si ce livre n'avait jamais existé. Je mourrai sans savoir ce qui est arrivé à ces colleurs d'affiches.

Plusieurs fois je suis allé leur rendre visite, rue des Bergers. Je ne connaissais pas Marseille, ils m'ont fait visiter le coin. On est allés se balader dans les calanques, on a pris le bateau jusqu'à l'archipel du Frioul, on a visité les quartiers grouillants du centre-ville : Noailles, la Plaine, Saint-Charles. Jamais on n'a reparlé de ce qui s'était passé, jamais on n'a reparlé des autres.

Nadia était une chouette nana. Elle était à peine plus jeune que lui, elle bossait dans un petit restaurant bio près de la Canebière. Je crois que Nadim a essayé de la tenir à l'écart de tout ça. Il voulait commencer une nouvelle vie, loin des démons du passé. Il a trouvé un petit boulot dans une agence de tourisme. Je crois qu'ils ont été heureux, pendant ces longues années passées au soleil.

Je n'ai pas été à leurs funérailles. C'est déjà suffisamment difficile quand il y a un cercueil devant l'autel, alors quand il y en a quatre collés les uns aux autres... Je n'avais jamais rencontré les jumelles. Nadim m'avait envoyé quelques photos. Elles ressemblaient étrangement à Juliette – quelque chose dans le sourire ou dans le regard. C'est arrivé l'année de leur treize ans. Ils se sont pris un poids lourd de front, sur la départementale qui relie Barrême à Castellane. C'était en plein milieu d'après-midi, le type s'était endormi au volant après avoir roulé pendant plus de dix heures d'affilée. La presse a raconté que Nadim et Nadia étaient morts sur le coup. Les jumelles étaient dans un état critique, mais vivantes. On les a conduites d'urgence au CHU de Nice. Elles sont mortes dans la nuit, à quelques minutes d'intervalle.

*

Ce que j'ai fait, de mon côté, pendant toutes ces années ? Je pourrais vous dire que j'ai fini par avoir mon bac, que j'ai fait des études, que j'ai gravi un à un les échelons, que je suis devenu quelqu'un de respectable – que j'ai eu des enfants, que j'ai fondé une famille. Mais ce n'est pas ce qui s'est passé. Antoine était mort, Alix s'était enfuie sur un autre continent. Je ne me suis pas présenté au centre d'examen, le jour de l'épreuve de philosophie. Alors tout naturellement je me suis rapproché des grands frères.

Je vous ai dit tout à l'heure qu'il y a deux issues possibles pour un dealer, l'overdose et la prison. J'ai mystérieusement échappé à l'une et à l'autre. J'ai touché un peu à tout, dans ma vie, mais jamais à l'héroïne, même si elle a assuré ma subsistance pendant de longues années. Quand j'y repense, j'ai du mal à y croire. Un peu comme un maquereau qui n'aurait jamais couché avec une fille. C'est pourtant ce qui m'a sauvé. C'est l'héroïne qui fauche les junkies les uns après les autres comme des épis de blé pourri. Le reste, les amphétamines, les cristaux, la coke, les acides, c'est de la pisse de moineau. C'est l'héroïne qui fait de la place dans les rangs. Vous connaissez la chanson de Lou Reed ? *Heroin, be the death of me.*

Pour la prison, c'est à peu près pareil. Il faut savoir se fixer des limites. Et puis il faut savoir s'entourer, il faut savoir étoffer son carnet d'adresses, se rapprocher de ceux qui décident, de ceux qui tirent les ficelles, et ne jamais rater une occasion de leur cirer les couilles.

J'ai d'abord eu des contacts dans le milieu des laboratoires pharmaceutiques, puis chez les marchands d'armes. Ensuite, dès lors que vous frayez avec le complexe militaro-industriel, vous ne tardez jamais à vous rapprocher des hommes politiques.

Et puis un jour vous serrez la main du maire ou du préfet de région, un jour vous dînez à la table du Premier ministre ou d'un homme d'affaires à la Ziad Takieddine, et là vous savez que c'est gagné, vous savez que la case prison a disparu de votre plateau du Monopoly. C'est une grande famille, je ne vous apprends rien, une bulle où chacun pense seulement à sa petite carrière, à ce petit nombril autour duquel tourne le reste du monde. Mais une grande famille où l'on sait aussi que les places sont facilement interchangeables. Ici, être clément avec les autres est seulement une façon d'être clément avec soi-même – car la roue tourne un jour dans un sens et le lendemain dans l'autre. À partir de là, si vous faites un peu trop parler de vous, on vous demandera simplement de quitter le pays et de vous taire. Certains appellent ça l'exil ; mais je connais des plages, quelque part dans l'océan Pacifique, sur une petite île des Marquises, qui valent bien les murs bétonnés du mitard des Baumettes.

En vérité je vous le dis, un bon dealer, un vrai dealer, un dealer qui connaît son métier, n'a de crainte à avoir que des autres dealers, que de ses concurrents. C'est un milieu sans pitié et sans merci, où il faut savoir donner les coups avant de les recevoir, je vous l'ai déjà dit. C'est ce que j'ai toujours fait, j'ai toujours frappé avant d'être frappé. Et c'est sans doute pour ça que je suis encore là aujourd'hui pour répondre à vos questions.

Avant de me lancer dans les affaires pour de bon, j'ai voyagé quelque temps en Asie et en Océanie. Un été, je suis parti en Colombie sur les conseils d'un ancien trafiquant. C'est là que j'ai appris les rudiments du métier. Si je m'en étais tenu à ce que m'avaient enseigné les grands frères de Florac, ma petite boutique n'aurait pas tenu trois jours. Je me serais fait écraser dans la minute comme un pou. Mais disons que j'ai rencontré les bonnes personnes, et qu'elles m'ont donné les bons conseils.

Quand je suis rentré en France, je me suis immédiatement mis au travail. Et je peux vous dire que ce n'était pas le travail qui manquait, à cette époque-là. C'était l'essor des nouveaux produits de synthèse. Il y avait une nouvelle saloperie qui venait d'apparaître en Russie. Ils appelaient ça le Tovar. Qu'il soit fait selon la volonté de Dieu, me suis-je dit, moi je vais inonder la France de Tovar.

Au départ, j'avais presque le monopole – du moins jusqu'à ce que les Polonais arrivent sur le marché, mais ça c'est une autre histoire. J'ai régné longtemps sur ce petit univers à l'abri des lois. Je me suis retrouvé aussi plusieurs fois au fond du ruisseau, car mes concurrents étaient loin d'être des amateurs ; mais à chaque fois j'ai reconstruit tout ce que j'avais bâti, pierre après pierre, sans jamais oublier de mettre la vengeance au frais – et de la sortir longtemps après du réfrigérateur.

Plus tard il y a eu le Spice, le Callax, le Puron et le Chimal.

On diffusait ça dans les *raves parties*, dans les boîtes de nuit, dans les festivals. C'était rose, ça sentait le caramel, ça avait l'air parfaitement inoffensif. On a élargi le panel de consommateurs. Les rois de la coke nous regardaient de travers. Il y a bien eu quelques overdoses, les premiers mois, quelques descentes de flics aussi ; mais c'était partout l'euphorie, c'était partout l'extase, on avait du mal à satisfaire la demande. Les prix montaient, du fait même de la pénurie. On brassait des millions. La France était un champ de billets à moissonner.

On a voulu se diversifier. Il y avait ce truc que les Roumains appelaient Argas, un dérivé de la méphédrone. On a passé une commande d'une tonne. Le fournisseur nous a vendu de la mauvaise came. Cette fois, ça a été le carnage. On retrouvait les consommateurs morts au petit matin, les yeux exorbités, du vomi plein les narines. Les stups ratissaient le pays pour essayer de nous serrer.

C'était trop tard pour revoir la composition du produit, trop tard pour demander des comptes au fabricant. Il a fallu se tirer pour de bon.

Évidemment, les petits vendeurs se sont fait laminer. Et dans le lot, j'imagine qu'il y avait quelques jeunes du centre d'accueil de Florac – ceux qui ont pris notre place, après notre départ. Ils doivent compter les jours en regardant le ciel, dans une cellule étriquée de la prison de Mende. Mais les intermédiaires aussi ont pris cher.

Finalement, il n'y a que les gros poissons qui s'en sont tirés sans trop de dommages, et je suis plutôt du genre cachalot, un cachalot blanc au front ridé, si vous voyez ce que je veux dire. Je me suis mis au vert. J'avais suffisamment d'argent pour vivre plusieurs vies sans avoir à travailler. J'avais des femmes à mes côtés, des femmes aux yeux de jade et au corps de porcelaine, des amantes plus dévouées que des esclaves – même si aucune n'a jamais réussi à chasser le visage d'Alix de ma mémoire.

Et puis un jour, la culpabilité. Elle m'a mis K.-O. comme une grande claque sur la nuque. Je suis tombé par terre. C'était comme si le monde s'était retourné sur lui-même.

Pendant toutes ces années, elle m'a rongé lentement de l'intérieur comme un cancer. Elle m'a rongé sans me tuer. Un cancer, un vrai cancer je veux dire, vous dévore à petit feu, et un jour il vous laisse mort sur votre lit d'hôpital, le corps ravagé par les tumeurs. Mais la culpabilité vous grignote jour et nuit sans toucher à vos plaquettes ou à vos cellules, et vous êtes encore là, des années après, bien vivant, des démons dansant devant vos yeux hagards. Un vrai cancer vous donne envie de continuer à vivre, enfin j'imagine que c'est comme ça que ça se passe. La culpabilité m'a seulement donné envie de mourir.

Je n'étais pas un héros. Des héros, j'en avais croisé beaucoup dans les livres de science-fiction que nous aimions lire, pendant nos années d'adolescence, j'en avais croisé beaucoup dans l'*Iliade* et dans l'*Odyssée*. J'en avais connu aussi quelques-uns à Florac. Des gars qui avaient fait preuve d'une détermination hors du commun, le moment venu.

Mais je n'ai jamais été l'un d'eux.

Je n'ai jamais eu le courage de me donner la mort.

*

Voilà, je crois que j'ai fait le tour de la question. Les affiches, vous savez où les trouver maintenant. Il vous suffira de donner un léger coup d'épaule dans un coin de la porte d'entrée. Vous verrez, elle s'ouvrira toute seule, le temps est le meilleur des passepartout. Allez-y, entrez. Prenez le couloir qui s'enfonce devant vous, et poussez la première porte sur votre droite. Ça y est, vous êtes dans la salle de séjour. Je ne vous avais pas menti, hein ? Drôle de caverne d'Ali Baba ! Barthélemy devait aussi souffrir de syllogomanie – c'est un mot que j'ai appris il y a seulement quelques mois, dans un reportage télévisé assez bien foutu sur les troubles obsessionnels compulsifs. Une chance qu'il n'ait pas gardé ses excréments dans des bouteilles en plastique, comme ce gars que les journalistes étaient allés interviewer.

Regardez, elles sont là, au fond, sur votre droite, au pied d'une imposante pile de DVD. Regardez bien, vous pourrez même vous assurer qu'il n'en manque pas une seule en examinant le ticket de caisse des Ateliers du Causse qui doit traîner aussi quelque part par là. Vous me dites qu'elles ont disparu ? Qu'il n'y a là qu'un grand rectangle vide, découpé dans une épaisse couche de poussière ? Arrêtez de vous moquer de moi. Regardez mieux, elles sont là, vous voyez bien, juste sous votre nez. Ne me dites pas que vous avez oublié d'allumer la lumière.

De toute façon, je ne vois toujours pas où est le problème. Vous avez bien compris que nous avons juste inventé un nom, ce soir-là, un simple nom, un nom comme tous les autres – vous n'avez pas de nom, peut-être ? Ce n'était pas une bombe artisanale, ce n'était pas un engin de torture, ce n'était pas le Golem du Talmud. C'était un nom, rien qu'un nom, un nom de treize lettres, sept pour Francis et six pour Rissin. Voilà, c'est la seule chose que vous pouvez me reprocher. Mais un nom n'a jamais tué personne, que je sache. Il faut quelqu'un au bout de l'arme du crime, pour en tenir fermement le manche et frapper. Jamais le nom de Landru ou de Michel Fourniret, écrit sur un bout de papier, n'a fait de mal à une mouche. J'ai fait les pires choses dans ma vie – et vous venez me reprocher d'avoir créé un nom ? Est-ce que c'est une blague, pour finir ?

*

Ce qui s'est passé ensuite ? Personne n'a jamais compris ce qui est réellement arrivé, ni comment les choses ont pu prendre une telle tournure. Personne, vous m'entendez ! Vous seriez bien les premiers à avoir des éléments de réponse !

Et quand bien même ! Quel rapport tout cela a-t-il avec moi ? Quel rapport tout cela a-t-il avec nous ? Je vous ai dit ce qui s'était passé. Mes amis sont morts les uns après les autres, je suis le dernier témoin de cette tragique histoire, et les affiches sont restées là où je vous ai dit, là où vous les trouverez, le jour où vous vous déciderez à faire une perquisition dans cette putain de baraque !

Alors arrêtez un peu, avec vos sales insinuations. J'ai la conscience tranquille. Pourquoi est-ce que je devrais me sentir responsable des débordements qui ont eu lieu ici ou là à travers le pays ? Mais regardez autour de vous ! L'Histoire ne s'est pas arrêtée le jour où nous avons passé cette nuit sur le causse Méjean. Depuis, il y a eu des guerres, des massacres, des famines, des révolutions, des attentats jusque sous nos fenêtres. Les enfants des pays en guerre ont continué de crever sous vos bombes *made in France* – et vous allez encore m'ennuyer pour une histoire d'affiches placardées dans deux ou trois communes de la région PACA ?

Je vais vous le dire encore une fois. Nous avons seulement inventé un nom. Un nom comme le mien, comme le vôtre – sauf que c'était celui d'un individu qui n'existait pas. Les écrivains font ça toute la journée, allez leur demander comment ça marche. Leurs cerveaux sont des distributeurs de noms, il en tombe toute la journée comme des gobelets en plastique remplis de café fumant. Est-ce qu'on vient les ennuyer pour ça ? Est-ce qu'on vient leur demander de se justifier pendant des heures ? Est-ce qu'on leur met une lame de cutter comme ça, juste sous l'oreille ?

Vous allez me dire que les mages aussi inventaient des noms, avec les sorciers, les envoûteurs et les démonologistes, des noms de diables, de succubes et d'anges déchus, et on les envoyait tous au bûcher pour éclairer l'espace public avec leurs blasphèmes et leurs hérésies. Mais ça ne vous a peut-être pas échappé que nous n'étions plus au Moyen Âge. Et puis notre nom à nous n'avait quand même pas grand-chose à voir avec Satan, Belzébuth, Lucifer ou Anabibazon. C'était le nom d'un individu ordinaire, d'un Français moyen, d'un pauvre type qui aurait tout aussi bien pu s'appeler Pierre Tarrent, Patrick Béranger, Joël Charbulier, ou pourquoi pas Catherine Joule, Nicolas Sirac, Anne Vayr-Melin, Kenza Shérif, Vincent Grangé ou Zoé Borkohvitz. Non mais attendez. Vous connaissez beaucoup de démons qui s'appellent Francis Rissin ?

Ça n'a jamais été une créature en chair et en os, un monstre que nous aurions façonné dans l'argile, une chimère que nous aurions assemblée pièce après pièce dans un laboratoire, un dinosaure que nous aurions ramené à la vie avec un bout d'ADN, ou même un androïde doté d'une intelligence artificielle hors du commun. Regardez encore ! Les chercheurs de l'armée bossent sur des modèles toujours plus perfectionnés de robots soldats, certains peut-être destinés au transport de matériel, mais d'autres habilités à tuer des êtres humains. Et c'est moi que vous venez arrêter, parce que j'ai créé le nom d'un personnage de fiction – un nom qui s'est perdu avec les vents chauds qui raclent continuellement la croûte des causses il y a maintenant soixante ou soixante-dix ans de ça ?

Les fantômes n'existent pas ! Pas plus que les spectres, les ombres, les mânes ou les mauvais génies. Vous pouvez répéter le nom d'un dieu autant de fois que vous voudrez, personne ne viendra vous voir, personne ne descendra du ciel pour vous demander vos trois souhaits ou vous dicter ses commandements. Le ciel est vide comme le fond des avens, et il n'y a pas d'autre plan de réalité que celui dans lequel nous respirons vous et moi à cet instant.

Le monde n'est pas un roman expérimental. Le monde n'est pas la somme de ce que vous avez laissé sur les réseaux sociaux pendant les dernières vingt-quatre heures. La vie de Francis Rissin est un livre qui n'a jamais été écrit, un livre qui n'existe pas, une épopée qui n'a jamais eu lieu. C'est à peine si nous l'avons jouée dans nos têtes. C'est un nom de treize lettres, de quatre syllabes, c'est tout. Derrière, il n'y a rien.

*

Et puis vous croyez peut-être que ça n'a pas été difficile à porter ? Ils étaient tous morts. Et moi j'étais encore en vie. Je me suis retrouvé seul avec notre création, avec notre créature orpheline. J'aurais pu laisser tout ça de côté, j'aurais pu penser seulement au travail, au business. Mais c'était bien la moindre des choses que je leur devais. J'ai pris soin de ce nom comme d'une paillette d'or, comme d'une pierre précieuse, comme de la flamme d'un sémaphore chassant au loin les ténèbres. C'était la dernière chose qu'il me restait d'eux, la dernière chose qu'il me restait de nous tous.

Ça ne m'a jamais lâché. J'ai toujours pensé à lui, à chaque moment de mon existence. J'ai toujours pensé à ce qu'il serait devenu, à ce qui lui serait arrivé, si nous avions écrit ce livre, ou si nous avions fini par coller ces putain d'affiches.

Une année, je suis parti à Kiev pour rencontrer un de mes fournisseurs, et tout au long de mon séjour, je me suis demandé ce qu'il faisait là-bas, en France, alors que je n'étais plus là pour veiller sur lui. Quand je suis rentré d'Espagne, l'année suivante, je me suis encore demandé où j'allais le retrouver. Je l'imaginais perdu dans les entrailles d'une prison de très haute sécurité, comme le Diamant de Saint-Dizier, ou crapahutant sur les sommets du mont Blanc. Plusieurs fois j'ai été obligé de faire le tour des capitales européennes pour parler affaires avec mes intermédiaires. Je ne parvenais pas à penser à autre chose. Je le voyais entrer en vainqueur dans des arènes gigantesques, acclamé par des foules survoltées, monter sur la tribune, s'avancer un peu et s'adresser à tous les Français d'une voix de chef des armées.

Il faut laisser les créatures imaginaires vivre leur vie de leur côté, sinon elles mêlent leurs pensées aux vôtres, elles prennent progressivement le contrôle de votre esprit.

Le nom de Francis Rissin m'a poursuivi tout au long de mon existence. À tel point que nos identités ont parfois fini par se confondre. Je ne peux pas vous jurer, aujourd'hui, que je n'ai pas vécu sa vie à la place de la mienne – je ne peux pas vous garantir, aujourd'hui, qu'il n'a jamais revêtu mon identité, et que je n'ai jamais enfilé celle que nous avions taillée exprès pour lui. Et même, si vous m'aviez demandé comment je m'appelle, en ce temps-là, il n'est pas impossible que je vous eusse simplement répondu Francis Rissin.

*

Mais je m'arrête là, je crois que je vous ai tout dit. Faites de moi ce que vous voulez maintenant.

Je n'ai pas peur de la mort. Ça fait suffisamment longtemps que je la vois rôder autour de ma petite cabane en bois pour que je ne la laisse pas entrer comme une vieille amie, le jour où elle frappera à la porte. Et puis quoi que vous en pensiez, vous ne pourrez pas défaire ce qui a été fait. Vous ne pourrez pas effacer ce qui s'est passé ce soir-là, derrière les silhouettes noires des rochers de Nîmes-le-Vieux.

Je nous revois là, tous les cinq, assis au milieu des chardons et des herbes sèches. Je revois le soleil qui tombe, projetant ses derniers rayons incandescents sur la terre. Je les revois frisant le sol, nous frappant presque à l'horizontale, ces rayons chauds et vivants qui nous enveloppent le corps et nous nimbent le visage. Pourquoi faut-il attendre d'être à demi aveugle, et sur le point de mourir, pour prendre conscience de l'importance de la lumière ? C'était une lumière dense, presque liquide, comme un sirop orange et sucré que les dieux auraient fait couler partout sur le monde pour le changer en friandise.

Je nous revois tous les cinq. Antoine, essoufflé par sa journée de marche, les traits tirés ; Juliette, pleine d'énergie encore, racontant ses dernières histoires de cœur avec des grands gestes de main ; Nadim, plus pensif que d'habitude peut-être, le regard perdu vers l'horizon – et puis Alix, irradiant de beauté, comme un fragment d'étoile posé sur la terre. Nous avions chacun une pensée pour Barthélemy, resté devant son écran. Et Tonkar qui dansait la tarentelle autour de nous, donnant des coups de gueule dans le vide comme s'il essayait de mordre les derniers rayons du soleil.

Ces choses-là sont réelles. Plus réelles que vos accusations, plus réelles que tous vos jugements à l'emporte-pièce. Ces choses-là font partie de l'Histoire à présent, elles sont inscrites à l'encre indélébile sur la trame de l'espace-temps. Ces choses-là ont eu lieu et le monde s'en est trouvé changé à jamais – sans que personne, et surtout pas vous, puisse le ramener un jour à son état antérieur.

Excusez-moi de vous le dire, mais vous n'avez pas le pouvoir de changer le cours des choses, vous n'avez pas le pouvoir de remonter le fil du temps et de défaire ce qui a été fait.

Tirez-moi une balle dans la tête, jetez-moi dans les profondeurs du golfe du Lion, enterrez-moi vivant dans les gorges de la Jonte, ça ne changera rien, ça ne changera rien du tout. Vous arrivez trop tard, vous arrivez après la bataille. Vous avez perdu.

Les autres sont déjà morts, et quand je serai mort à mon tour, le souvenir de cette soirée s'évanouira dans les airs comme un soupir. Mais vous savez bien que quelque chose continuera de subsister, en dépit de notre absence ; et vous aurez beau brûler toutes les traces de notre passage, vous aurez beau effacer toutes nos empreintes de pas sur la terre, vous ne pourrez pas le faire disparaître, vous ne pourrez pas l'empêcher de se répandre, de se diffuser partout comme une épidémie.

Tuez-moi si vous voulez, effacez toutes les traces de mon existence, assassinez mes proches et les proches de mes proches, faites la même chose avec les proches de ceux qui étaient à mes côtés ce soir-là – ce sera peine perdue. Les dés ont été jetés il y a déjà bien longtemps. Vous ne pouvez rien faire, vous ne pouvez rien dire. Les choses vont simplement suivre leur cours, inexorablement. Arrêtez-vous et asseyez-vous dans un coin, vous pourrez au moins profiter du spectacle. Ce qui est en train de se passer est trop grand, trop fou, pour que vous puissiez en renverser la marche, pour que vous puissiez avoir le moindre effet sur son déroulement. Du reste vous n'avez pas la carrure pour ça – à l'heure qu'il est, Dieu lui-même aurait du mal à freiner la machine.

Je sais que vous allez continuer à agiter les bras en l'air, et à vous mettre en travers des rails, au risque de vous faire écraser par le convoi. Je vous souhaite bien du courage. Car vous n'empêcherez pas que ça arrive – vous n'empêcherez pas que ce soit déjà arrivé.

Rentrez chez vous et dites simplement à votre femme et à vos enfants que vous les aimez. Ils vous en seront reconnaissants, même si c'est un mensonge. Pensez que vous ne les reverrez peut-être jamais. Nous avons ouvert les vannes, et personne ne pourra empêcher le flot montant de tout engloutir sur son passage – personne ne pourra vous sauver de la noyade.

*

Mais chut ! Écoutez.

N'entendez-vous pas cette grande clameur qui monte partout autour de nous, n'entendez-vous pas cette ovation, ces tonnerres d'applaudissements, ces hurlements de triomphe ?

Écoutez mieux.

N'entendez-vous pas ce nom grand et glorieux qui retentit fièrement aux quatre horizons, résonnant de la terre jusqu'au ciel ?

Faites un effort.

N'entendez-vous pas partout l'écho de Francis Rissin ?

Ouvrage composé par
PCA 44400 Rezé

Imprimé en Espagne par
Liberdúplex
à Sant Llorenç d'Hortons (Barcelone)
en février 2021

POCKET - 92, Avenue de France - 75013 Paris

S31188/01